CW00498874

# HISTOIRE

DE LA

# LITTÉRATURE ROMAINE

*Toutes nos éditions sont revêtues de notre griffe.*

*Charles Delagrave et Cⁱᵉ*

## A LA MÊME LIBRAIRIE :

Corbeil, typ. et stér. de Crète fils.

COLLECTION D'HISTOIRES LITTÉRAIRES

# HISTOIRE

DE LA

# LITTÉRATURE ROMAINE

PAR

## PAUL ALBERT

MAITRE DE CONFÉRENCES A L'ÉCOLE NORMALE SUPÉRIEURE.

TOME SECOND

PARIS

CH. DELAGRAVE ET Cie, LIBRAIRES-ÉDITEURS

58, RUE DES ÉCOLES, 58

1871

# HISTOIRE

## DE LA

# LITTÉRATURE ROMAINE

## LIVRE TROISIÈME

### CHAPITRE PREMIER

§ 1.

Le siecle d'Auguste. — Politique. — Religion. — Mœurs. — Le prince.
— Le théâtre. — Les Mimes. — Labérius et Publius Syrus. — Les Pantomimes. — Fin de la tragédie.

La période de l'histoire littéraire qu'on est convenu
d'appeler le *Siècle d'Auguste* est renfermée dans d'assez
étroites limites. Certains critiques rejettent même parmi
les écrivains de la décadence le poëte Ovide, né sous le
principat d'Auguste, et qui ne lui survécut que de quelques
années. C'est pousser un peu loin le purisme. Il est certain néanmoins que les qualités propres aux auteurs de
cette époque, ne se retrouvent pas au même degré chez
aucun de leurs successeurs. Quelles étaient ces qualités ?
La pureté du langage, l'élégance sobre, la mesure ; ajou-
tez-y un esprit nouveau, mais qui ne se perdra plus, l'esprit monarchique. Les poëtes en particulier en sont de

bonne heure profondément imprégnés : les Alexandrins
qu'ils étudient, les façonnent bien vite à l'admiration sans
bornes du prince; il devient un Dieu, le seul vrai Dieu,
car il est vivant, présent et payant. Grâce à lui, plus de
troubles, plus de révolutions, le loisir accordé à tous.

Les dernières convulsions de la vie républicaine ont
cessé. Brutus et Cassius n'ont survécu que d'un an à
Cicéron (712). Après la défaite de Sextus Pompée et la
mort d'Antoine, Octave César accepte le monde épuisé
de discordes civiles (Tacite). Le temple de Janus est fermé
pour la seconde fois depuis Numa; il y a un apaisement
universel, et une sorte de recueillement qui ne laisse plus
apercevoir que l'imposante grandeur de Rome. Un seul
homme dirige les destinées du monde, la servitude commence. Mais elle n'a rien d'amer ou de blessant. Le prince,
c'est le titre dont il se contente, est un homme simple dans
sa vie et dans ses mœurs. Il habite une maison modeste sur
le Palatin; seulement il a réuni l'un après l'autre entre
ses mains tous les pouvoirs de la république : il est consul,
impérator, tribun, grand pontife, il sera même censeur;
mais rien ne semble changé dans la constitution de l'État :
c'est l'élection qui lui confère toutes ces dignités. Le
Sénat semble gouverner; le prince n'a pris pour lui que
l'administration de certaines provinces. Il a des collègues
dans le consulat, et il affecte de les prendre parmi ceux
qui sembleraient devoir être ses plus implacables ennemis, le fils de Cicéron par exemple, puis les Pollion, les
Pison, les Varron, les Lépidus, les Lentulus, les noms les
plus illustres de la république. Ainsi, son usurpation est
comme consacrée par l'adhésion de ceux-là mêmes qui devaient y être les plus hostiles. La douceur et l'habileté du
prince, cet art qu'il a de faire accepter à tous un pou-

voir qui est la ruine réelle de toute liberté, triomphent sans peine des dernières résistances. Quelques vieux républicains restent bien à l'écart, insensibles à toutes les cajoleries de l'empereur : tel Valérius Messala Corvinus qui, nommé par lui préfet de la ville, refuse, parce que, dit-il, « cette dignité n'est pas faite pour un citoyen, » mais c'est un exemple qui n'a rien de contagieux. Octave est bientôt salué du nom d'Auguste, un décret du Sénat le met au-dessus des lois. Encore un pas, et il est Dieu. Les poëtes chantent déjà son apothéose. Il incarne en lui la majesté et la divinité même de Rome. Ce qui frappe tous les regards, ce qui ravit toutes les imaginations, c'est la grandeur de Rome dominatrice du monde, et les doux loisirs de la paix dus à un prince qui est le bienfaiteur de l'univers. Voilà les sources d'inspiration pour les poëtes et les historiens : il en est de plus hautes.

On a vu par Cicéron et Varron ce qu'étaient devenues les croyances religieuses des Romains, je n'y reviendrai pas. Il n'y avait pas dans tout l'empire un seul homme éclairé qui admît encore les fables du polythéisme. Mais tous reconnaissaient en même temps la nécessité d'une religion officielle, placée dans les mains du Sénat, ou d'un collége d'augures, pris parmi les plus illustres citoyens. Auguste voulut restaurer le culte national et l'épurer en bannissant les superstitions étrangères, particulièrement celles de l'Orient qui avaient envahi Rome. Mécène lui conseilla d'employer jusqu'aux supplices pour arrêter les progrès menaçants des cultes asiatiques. Mais tous ses efforts échouèrent. Ces superstitions et ces pratiques bizarres et monstrueuses étaient au nombre de ces choses dont parle Tacite, qu'on défend toujours et qu'on n'empêche jamais. Il fit relever les temples détruits et en construisit de nouveaux; il affecta le plus grand zèle pour l'accomplissement de toutes les cérémonies de la religion nationale; il fit célébrer par ses poëtes les anciens dieux du Latium, les fêtes instituées en leur honneur; il essaya de donner la vie et le mouvement à ces abstractions froides, à ces allégories grossières qui pâlissaient devant les splendides divinités de la Grèce et de l'Orient; il entoura d'un éclat inaccoutumé les Jeux séculaires que chanta froidement Horace: mais toute cette pompe extérieure ne réussit pas à galvaniser le cadavre du polythéisme romain. On savait d'ailleurs qu'Auguste lui-même, dans une orgie, avait parodié avec des compagnons de débauche les festins des douze grandes divinités de l'Olympe. Et Horace, son ami, ne craignait pas de dire: « Que le juif Apella croie cela, je le veux bien, mais je « sais moi ce que c'est que les dieux. » Aussi tous ces nouveaux colléges de prêtres qu'il créa, tous les priviléges qu'il leur accorda, toutes les splendeurs antiques qu'il rétablit, rien ne put ramener à des croyances mortes un peuple qu'attiraient de plus en plus les mystérieuses pratiques des cultes de l'Orient. Auguste ne put même trouver une vestale pour remplacer celle qui venait de mourir. Mais en revanche Mithra, Cybèle, Isis et Sérapis ont des adorateurs sans nombre, et les lois les plus sévères ne les peuvent décourager. Le prince lui-même, s'il poursuit ces cultes étrangers, sacrifie aux superstitions populaires. Il craint la foudre, se couvre d'une peau de veau marin pour s'en préserver, et va se cacher dans une cave bien close. Il redoute le vol d'un aigle, qui apparaît au moment où il va clore le lustre; pour rien au monde il ne chausserait son pied gauche le premier. Le nouveau dieu se défie de ses collègues.

Même hypocrisie dans les mœurs. Les désordres que j'ai signalés au début du siècle précédent, subsistent, avec cette aggravation, qu'ils sont acceptés de tous, qu'ils sont devenus la coutume régnante. La famille, cette base de l'État, n'existe plus. La facilité du divorce devenue extrême, l'adultère reçu en usage, l'ont sapée à la base. Mécène, l'ami particulier de l'empereur, divorce huit ou dix fois avec sa femme dont il ne peut se passer et avec laquelle il ne peut vivre. Auguste a enlevé Livie enceinte à son époux. Mais il n'en publie pas moins les lois les plus sévères contre l'adultère et la séduction. Les deux Julie, sa fille et sa petite-fille, font scandale dans une société qui était cependant fort indulgente ; l'empereur est forcé de les exiler. Ses lois sur la pudicité sont violées par ceux qui l'approchent de plus près. Il a pour consolation les vers d'Horace, l'amant des Nééra et de tant d'autres, qui s'écrie : « Aucun adul- « tère ne souille plus la chasteté de la maison ; les « mœurs et les lois ont vaincu cette honte : les femmes « mettent au monde des enfants qui ressemblent à leur « père, le châtiment suit le crime et l'écrase. » Et ailleurs : « Il a mis un frein à la licence qui se précipitait en dé- « sordonnée, il a fait disparaître le crime, il a fait refleurir « les anciennes mœurs. » Toutes ces lois, toutes ces assertions poétiques sont vaines et mensongères. Symptôme plus grave, la plaie du célibat s'étend tous les jours. Les encouragements honorifiques et pécuniaires de l'empereur ne peuvent décider les Romains au mariage, même au mariage tel qu'il est alors, si voisin du divorce. Horace célèbre le bonheur et la pureté des chastes et fécondes unions, mais ni lui ni Virgile ne se marient. Attendons les dernières années du règne, et nous verrons Ovide

rédiger le code qui régit alors les rapports entre les
deux sexes, c'est celui de la séduction et de la galanterie.

La suppression de la vie publique, et l'oisiveté qui en
est la conséquence, achèvent de démoraliser les Romains.
Ils se plongent avec une sorte de fureur dans toutes les
folies du luxe et de la débauche. Les lois somptuaires
sont impuissantes à les contenir. L'épicurisme fait chaque
jour de nouvelles conquêtes : c'est bien la philosophie
qui convient à des hommes à qui les nobles occupations
de la vie publique sont interdites. Les jeux du cirque et
du théâtre remplissent une partie de l'année; l'autre se
passe en voyages, ou dans les villas splendides de la Campanie. Quant au peuple, il est nourri par l'État, ou plutôt par César ; il ne fait rien, il assiste aux représentations scéniques, aux tueries de l'amphithéâtre, mendiant,
sale, déguenillé. Auguste les voit fourmiller au forum
dans leurs haillons, et il déclame avec une emphase ironique le vers majestueux de Virgile :

Romanos rerum dominos gentemque togatam.

De toges ils n'en ont plus, Horace dira bientôt « la
populace en tunique », (*tunicatus popellus*). Où est le
client d'Ennius? où est « ce citoyen avec qui le patron
« s'entretenait des grandes affaires du forum et du
« Sénat » ? Le client, c'est le mendiant attitré, qui suit son
patron pour lui faire un beau cortége et ne lui parle que
pour demander l'aumône.

Voilà ce que l'on trouve dans Rome. Mais Rome elle-
même, c'est la création d'Auguste, c'est la vraie et l'u-
nique splendeur du nouveau règne. Le prince se vante
de l'avoir reçue de briques et de la laisser de marbre.

Un forum nouveau, des temples éclatants de marbre et d'or, des portiques immenses, où les oisifs se promènent en causant, des basiliques, toute une ville monumentale bâtie au milieu de l'ancienne, voilà l'œuvre d'Auguste. Il sollicite la collaboration des riches citoyens, obtient de Marcius Philippus la construction d'un temple à Hercule, de Cornificius, celle d'un temple à Diane, d'Asinius Pollion, celle d'un temple à la Liberté. Cornélius Balbus, Statilius Taurus et surtout Agrippa construisent à l'envi théâtres, temples, portiques, bains, aqueducs. Le nombre et la magnificence des jeux publics donnés par l'empereur, sont incroyables; il en donnait en son nom et au nom des principaux magistrats, c'était un moyen de gouvernement. On y voyait des histrions de tous les pays et de toutes les langues, car toutes les nations de la terre avaient leurs représentants à Rome. Chasses, luttes d'athlètes, combats navals, courses de chars, combats de bêtes et de gladiateurs : il convoque dans des cirques immenses Rome tout entière, sauf quelques soldats destinés à protéger contre les voleurs les maisons sans habitants. Il renouvelle les Jeux Troyens, où la brillante jeunesse romaine étale ses grâces et fait l'essai de son adresse. Il montre aux députés des peuples étrangers cette magnificence. Il s'épuise en inventions bizarres pour amuser son peuple, exhibant tantôt un rhinocéros ou un serpent de cinquante coudées. Il règle avec un soin minutieux la place que chacun doit occuper : ici les sénateurs, là les chevaliers, plus loin les soldats, puis les hommes mariés; les femmes ne peuvent assister aux combats de gladiateurs qu'à une certaine distance; les vestales seules ont une place réservée et tout près de la scène. Il fait aussi la police parmi les histrions, fait fouetter celui-ci,

récompense celui-là. Il est évident qu'il attachait à cette
partie de sa tâche la plus grande importance, et avec
raison. Néron, qui l'imita en cela, fut toujours populaire.
Tel est le milieu où vivent les écrivains du siècle d'Auguste.

Après Cicéron, Varron, Lucrèce, Catulle, les lettres
étaient devenues une des puissances de la république. Il
fallait compter avec elles, Auguste le comprit. Il fut le
protecteur déclaré et voulut être l'ami des grands écrivains
de son temps. Il séduit le républicain Varron en le chargeant
d'acheter et d'organiser de vastes bibliothèques publiques ;
il recueille le poëte Horace, naufragé de Philippes, et qui
s'était cru l'âme d'un républicain ; il encourage le doux
Virgile, le comble de bienfaits, lui donne de nobles sujets de poëmes, la glorification de l'antique agriculture du
Latium, les légendes héroïques du berceau de Rome. Il a
les plus douces flatteries pour Tite-Live, qui commence à
écrire sa grande histoire de Rome ; il lui fait doucement
la guerre sur son attachement à l'ancienne république et
l'appelle Pompéien. Lui-même affecte le plus profond
respect pour les grands citoyens qui l'ont combattu ; il
salue la statue de Brutus à Milan, il supporte l'humeur
hautaine et dénigrante de l'historien Timagène, et la prétendue opposition d'Asinius Pollion. Il encourage le goût
des lectures publiques, des petits comités littéraires, et il
les honore volontiers de sa présence. Ces gens qui liment
des vers ou des périodes avec tant de soin, qui méprisent
le vulgaire et se piquent de ne plaire qu'aux délicats,
il les aime, il voit en eux des collaborateurs. Ils ne
soulèveront point de tempêtes au forum ni au sénat ;
leurs vers ne voleront point sur les bouches enflammées
des hommes, et ne verseront point dans leurs cœurs jus-

qu'à la moelle des traits de feu, comme ceux du vieil
Ennius. Ils berceront et charmeront les oisifs et les érudits. Cependant, quand la mort a emporté l'un après
l'autre tous ceux qui avaient vu les derniers orages de la
république et de la liberté, l'empereur est d'humeur
moins facile envers ceux qui sont nés ses sujets. Il
chasse Timagène, il exile Ovide en Scythie, il tire
du fourreau la loi de majesté qui deviendra l'épée de
chevet de Tibère, et l'étend aux écrits satiriques. Il fait
brûler l'histoire de Labiénus, et exiler Cornélius Sévérus,
le seul poëte qui se fût indigné du meurtre de Cicéron. Pour
éviter l'exil, Albutius Silon, coupable d'avoir regretté
trop haut la république, se tua. C'est le revers de la médaille. Les littérateurs sont avertis ; ils savent ce qu'il
leur est permis d'approuver ou de blâmer. Les splendeurs
de la Rome impériale s'imposent à eux. Poëtes, historiens, orateurs, érudits, il faut que tous ne songent au
passé que pour le faire servir à la glorification du présent.

## § II.

### LE THÉATRE.

L'influence de l'esprit nouveau pesa tout d'abord sur
le théâtre et sur l'éloquence. L'éloquence fut pacifiée,
c'est-à-dire qu'elle n'exista plus, car la parole est une
arme, et tout orateur est un combattant. Le théâtre ne
pouvait, lui, cesser d'être ; car si les Romains d'alors
étaient las des orages du forum et des tribunaux, ils
n'en étaient que plus avides de divertissements. La

ruine de la vie publique les avait rendus nécessaires ;
seulement le théâtre se transforma comme tout le
reste.

A la fin du septième siècle, le peuple applaudissait les
comédies de Plaute et de Térence, les tragédies de Pacuvius et d'Attius. De grands acteurs, amis des plus illustres personnages de la république, Ésopus, Roscius,
avaient porté l'art de la déclamation et du geste au plus
haut degré de perfection. De plus, bien que le nombre
des pièces empruntées à l'histoire nationale fût très-res-
treint, les spectateurs portant au théâtre les passions de
la vie publique, saisissaient avidement ou créaient dans
les œuvres des poëtes une foule d'allusions qui enflam-
maient l'attention. Enfin des pièces purement nationales
par le choix des sujets et des personnages, les Atellanes,
offraient une satisfaction à ce besoin de raillerie et
de satire si vif chez la race italique. Dès le milieu du
principat d'Auguste, tout cela a disparu, ou du moins
on n'en découvre plus aucune trace. L'Atellane, qui ne
doit pas périr cependant, car nous la retrouvons sous
Caligula et Néron, a cédé momentanément la place à un
genre nouveau, à la fois étranger d'origine et national de
caractère, c'est le *mime*. Je n'en dirai qu'un mot, aussi
bien les représentants du mime sont perdus pour nous ;
leurs noms, quelques indications de titres de pièces, un
prologue et des vers-sentences, voilà tout ce qui en a été
conservé. Rien de tout cela ne peut nous donner une
idée bien nette de ce qu'était dans sa composition et son
esprit ce genre qui semble par son nom se rattacher à la
Grèce, et par son caractère demeurer tout à fait italique.
Ce qui dominait en effet dans le mime, c'était le côté satirique, si cher aux Italiens. Les personnages étaient

plus variés que dans l'Atellane, mais au fond il y avait
une grande analogie dans l'esprit général des rôles. Le
plus ordinairement, le poëte mettait en scène moins un
individu qu'une profession ; nous avons déjà signalé ce
caractère dans l'Atellane. *Les foulons, les fileuses, le
cordier, le marchand de sel, le teinturier, le pêcheur,
la courtisane, l'augure*, voilà les titres de quelques-
uns des mimes de Labérius ; c'était une peinture des
mœurs de l'Italie, des villes municipales sans doute. Il
paraît que les plaisanteries des mimes étaient extrêmement
salées, les situations scabreuses, pour ne pas dire pis. Le
*patito* de ces pièces était le plus souvent un honnête mari
trompé, bafoué, battu. C'était le commentaire populaire
des lois d'Auguste sur l'adultère et la pudicité. — Écoutons
Ovide, sacrifié, disait-on, à la morale publique. « Que
serait-ce donc, si j'avais écrit des mimes aux plaisanteries
obscènes, peintures d'amours criminelles ? c'est là qu'on
voit paraître un amant brillant et paré ; c'est là qu'une
femme rusée trompe son mari. Voilà les spectacles auxquels assistent la vierge, la matrone, l'homme fait et
l'enfant, et le sénat presque tout entier. Ce n'est pas
assez que l'oreille y soit souillée de mots impudiques, les
yeux s'y accoutument à supporter toutes les obscénités.
Une femme a-t-elle imaginé un tour nouveau pour tromper son mari, on applaudit, on lui décerne la palme.
Plus la pièce est éhontée, plus elle rapporte au poëte,
plus le préteur la paye cher. Compte, Auguste, ce que
coûtent ces jeux placés sous ton nom, tu verras à combien te reviennent de telles turpitudes. Et tu as assisté
toi-même à de tels spectacles, tu les as commandés toi-
même, car partout et toujours douce et familière est ta
majesté ! Oui, de tes yeux, de ces yeux qui veillent sur le

monde, tu as contemplé tranquille ces peintures de l'adultère (1). »

Par une inconséquence qui ne doit pas nous surprendre, ces pièces graveleuses étaient semées de sentences morales admirables. Les Romains ont toujours aimé ce mélange du bouffon et du sérieux, du lascif et de l'austère. Dans l'âge suivant, quand les commentaires commencèrent à fleurir sur les ruines de la littérature originale, on tira des mimes de Publius Syrus une sorte de code moral en vers. Sénèque admirait fort ces maximes qui se détachaient comme une perle pure de la fange du mime. Il se plaît à citer Publius Syrus, il le commente avec son enthousiasme ordinaire.

Le mime eut trois représentants illustres, *Cn. Mattius*, le seul ami désintéressé qu'ait eu le dictateur César; il fut le créateur des mimiambes; *Décimus Labérius* et *Publius Syrus*. Les autres, contemporains d'Ovide, ne sont pas même nommés par lui (2). Décimus Labérius était chevalier romain, et appartenait au parti populaire. Il était hostile au dictateur César. Celui-ci l'invita à représenter lui-même les mimes qu'il composait, et lui offrit pour cela 500,000 sesterces. Une telle invitation était un ordre. Labérius parut sur la scène, et, dans le prologue suivant, il expliqua la violence qui lui était faite. Les hyperboles laudatives à l'adresse du dictateur ne sont pas autre chose qu'une ironie sanglante. « Nécessité au cours oblique, dont beaucoup ont voulu et dont peu ont pu éviter le choc, où m'as-tu réduit, presque au terme de

---

(1) Ovid. *Trist.* lib. II, v. 495. — Je recommande la lecture de l'élégie tout entière, peinture fort curieuse des mœurs et de la littérature légère du temps.

(2) Martial cite un Grec auteur de mimographes, Philistion de Nicée.

ma vie? Moi que ni l'ambition, ni la faveur, ni la crainte,
ni la puissance n'ébranlèrent jamais au temps de ma jeunesse, voici que dans ma vieillesse je glisse de mon rang
pour obéir à la prière humble, douce et caressante sortie
de l'âme clémente d'un homme illustre! Simple mortel,
puis-je rien refuser à celui à qui les dieux eux-mêmes
n'ont rien pu refuser! Ainsi, après soixante ans d'une vie
sans tache, sorti de ma maison chevalier romain, j'y
rentrerai mime! Ah! j'ai trop vécu d'un jour. O fortune,
toujours excessive dans le bien comme dans le mal, si tel
était ton caprice que mon génie dans les lettres fût l'é-
cueil où se brisât ma réputation, pourquoi n'est-ce pas
au temps où mes membres étaient pleins de vigueur et
de séve, au temps où j'aurais pu complaire au peuple
romain et à un tel homme, que tu m'as saisi pour me
courber sous ton étreinte? Où me jettes-tu aujourd'hui?
Qu'apporté-je sur la scène? Le charme de la beauté, la
grâce du corps, l'énergie de l'âme, le doux son de la
voix? Non. Comme le lierre rampant étouffe l'arbre vigoureux, ainsi l'âge m'étrangle par l'étreinte des ans; véritable sépulcre, je ne conserve que mon nom. » Tel n'é-
tait pas le ton ordinaire des mimes, comme on peut le
penser. Ceci est de la fière et virulente ironie. Labérius,
dégradé pour avoir paru sur la scène, redevint chevalier
romain, grâce aux 500,000 sesterces que lui donna
César; mais quand il voulut aller prendre sa place parmi
ses égaux, ils s'arrangèrent de façon à ce qu'il ne pût s'asseoir : « Je t'offrirais bien une place, lui cria Cicéron, si
je n'étais si serré. — Tu n'as pas trop de deux siéges, »
répliqua le mime, par une allusion sanglante à la conduite équivoque de Cicéron allant toujours de Pompée à
César. Ce même Labérius, dans la pièce même qu'il dut

jouer, prit le costume d'un esclave syrien, qui, meurtri
de coups et cherchant à fuir, criait : « O Romains,
c'en est fait de notre liberté! » Et il ajoutait, sombre
menace : « Il doit craindre tout le monde celui que
tout le monde craint. » « A ce vers, dit Macrobe, le
peuple, se tournant en foule vers César, montra qu'il
comprenait le soufflet insolent donné à sa tyrannie. » Le
dictateur se vengea en refusant le prix à Labérius, pour
le donner à l'esclave affranchi *Publius Syrus.* Celui-ci
était fort admiré des anciens, moins pour son génie comique dont ils ne parlent guère, que pour les maximes
morales semées dans ses mimes. On en fit un recueil dans
le siècle suivant, vraisemblablement après la mort de Sénèque. Ce recueil nous le possédons encore. Il se compose de 860 vers sentences, rangés par ordre alphabéti-
que. Il est certain que ce recueil, qui porte le nom de
Publius Syrus, est formé d'extraits empruntés à plusieurs
auteurs différents, à *Labérius,* à *Mattius,* et probablement à Sénèque lui-même. Ce qui semble le prouver,
c'est que le vers de Labérius, cité plus haut : « Il doit
craindre tout le monde celui que tout le monde craint, »
fait partie de ce recueil. Ces maximes parfois ingénieuses
et profondes, sont écrites dans le style de Sénèque : brè-
ves, antithétiques, elles frappent l'esprit, sans le satisfaire
toujours. Peu ou point d'images, ni même d'expressions
poétiques ; cependant je ne sais quoi de condensé, de
grave, de triste, qui n'est pas sans charmes. Voici un vers
tout grec par la grâce et le sérieux : « L'amour, comme
les larmes, naît des yeux et tombe sur le cœur. » On pla-
çait ces sentences morales entre les mains des enfants
dans les écoles au temps de saint Jérôme.

Le mime était encore un poëme dramatique, si inférieur qu'il fût à la comédie; mais que dire des *Panto-mimes*, qui bientôt le rejetèrent au second rang? De tout temps, les Romains préférèrent les spectacles qui frappaient les sens aux représentations idéales de la vie humaine. On se rappelle comment ils dispensèrent Livius Andronicus de déclamer ses rôles, pourvu qu'il les jouât par le geste. Cette tendance du génie italique prédomina de plus en plus. Bientôt les paroles devinrent l'accessoire, l'insignifiant, le geste fut tout. De là, le Pantomime, de là, la suppression du poëte remplacé par l'histrion. Au moyen de la danse, de la gesticulation, de mouvements harmonieux du corps, l'acteur des Pantomimes exprimait tous les actes, toutes les sensations, toutes les passions. Ces danses expressives ne furent plus un intermède comme les ballets de notre opéra, ce fut la partie importante du spectacle. Les chœurs étaient comme un repos ménagé au Pantomime. C'est sous Auguste que ce genre nouveau fut créé, et du premier coup il parvint à la perfection. Deux acteurs célèbres, Pylade et Bathylle, passionnèrent les sujets du prince. Bathylle, affranchi et mignon de Mécène, excellait dans la danse comique et gracieuse, Pylade, dans la danse grave et pathétique. Il y eut des factions, des luttes, des émeutes dont les deux histrions étaient les héros. Pylade fut banni par Auguste, puis rappelé. « Tu n'exciteras plus de cabales contre Bathylle, lui dit l'empereur. » — « Mais, César, répond l'autre, il vous est utile que le peuple s'occupe de Ba-« thylle et de moi. » Pylade avait de l'esprit et comprenait son temps. Voilà en effet les seuls orages intérieurs que Rome ait connus sous Auguste. La révolution est accomplie.

Le Pantomime détruisit la comédie; il tua aussi la tra-

gédie. Il y avait en effet des acteurs de Pantomimes tragiques, qui dansaient une tragédie (*saltare tragœdiam*).
Jusqu'où cet art fut porté, on peut à peine se l'imaginer
d'après les témoignages des auteurs anciens. Les situations les plus délicates, les plus impossibles à rendre par
le geste, sans le secours de la parole, étaient figurées
avec une vérité saisissante. Par une conséquence toute
naturelle, le poëte devint un être inutile. Je ne sais en
effet s'il y eut des tragédies proprement dites représentées
sous le règne d'Auguste. Il y eut des poëtes tragiques, on
n'en peut douter, mais leurs œuvres furent-elles jamais
interprétées sur le théâtre ? Elles étaient lues, déclamées
si l'on veut, en petit comité, devant des amis prompts à
applaudir, à titre de revanche. Tels furent probablement
le *Thyeste* de Varius, l'*Atalante* de Gracchus, l'*Adraste*
de Julius César Strabon, la *Médée* d'Ovide, et les tragédies de Cassius de Parme et d'Asinius Pollion.

Écoutons Horace : voici ce qui se passait au théâtre sous
ce règne d'Auguste, l'âge d'or des lettres latines.

« Voici ce qui épouvante et met en fuite le poëte le
plus audacieux. Cette partie du public, qui est la plus
nombreuse, mais non pas la meilleure, cette foule igno-
rante et stupide, toute prête à en venir aux mains pour
peu que les chevaliers ne soient pas de son avis, s'avise
parfois au milieu de la pièce de demander un ours ou
des lutteurs , car tel est le goût de la populace , que dis-
je ? des chevaliers eux-mêmes. Déjà le plaisir a fui de
leurs oreilles pour passer à leurs yeux errants et amusés
de vains spectacles. Quatre heures et plus, la toile demeure baissée, tandis que défileront sur la scène cavaliers
et fantassins, escadrons et bataillons. Puis vient, menée
en triomphe et les mains liées derrière le dos, la fortune

des rois vaincus ; puis des chars qui se hâtent, des li-
tières, des fourgons, des vaisseaux, nos conquêtes figurées en ivoire, Corinthe elle-même captive. Oh ! combien
rirait Démocrite, s'il était encore de ce monde, de voir
l'animal à double nature, panthère et chameau tout ensemble (la girafe), ou bien l'éléphant blanc, fixer seuls
les regards de la foule ! Les spectateurs l'attacheraient
plus que le spectacle, et mieux que les comédiens lui
donneraient la comédie. Pour nos poëtes, il lui semblerait qu'ils font des contes à un âne sourd. Quelle voix en
effet assez puissante pour surmonter le bruit dont retentissent nos théâtres ? Non, les bois du mont Gargan, les
flots de la mer de Toscane ne mugissent pas avec plus de
fureur que le public de nos jeux, devant ces richesses
lointaines, ces produits d'un art étranger dont l'acteur se
montre paré, et qui dès son entrée sur la scène, font de
toutes parts battre des mains. « Quoi ? qu'a-t-il dit ? —
Rien encore. — Et qu'applaudit-on ? — Sa robe teinte, aux
fabriques de Tarente, de la couleur des violettes. »

# CHAPITRE II

## VIRGILE

Virgile. — (Publius Virgilius, ou plutôt Vergilius) Maro (1).

### § I.

#### L'HOMME.

Les biographes, les commentateurs et la légende ont chargé de détails puérils ou merveilleux la vie de Virgile. Elle présente peu d'incidents, c'est une véritable vie de poëte. Il est né dans la haute Italie, à Andes, près de Mantoue, l'an 684 (70 avant J.-C.). Son père, petit propriétaire ou potier, s'appelait *Majus* ou *Magus;* c'est peut-être sur ce frêle fondement que l'imagination populaire fit de Virgile un magicien. Ses connaissances très-variées et très-étendues, les maîtres dont il suivit les leçons (le grammairien Parthénius, et le philosophe Épicurien Syron) permettent de supposer qu'il jouissait d'une certaine aisance. Peut-être fût-il demeuré inconnu, s'il n'avait été victime des misères du temps. Son patrimoine lui fut enlevé en 713, à la suite de la distribution de terres que les triumvirs firent à leurs soldats. (Voir la première Bucolique.) Asinius Pollion et Mécène

---

(1) C'est l'orthographe des plus anciens manuscrits, celui de Médicis et celui du Vatican.

obtinrent d'Auguste la réparation de cette injustice. Dès ce jour, Virgile est recherché par les plus grands personnages de Rome. Il publie de 713 à 717, les *Bucoliques*; — de 717 à 724, les *Géorgiques*; les dernières années de sa vie, de 724 à 735, sont consacrées à l'*Énéide*, qu'il laissa inachevée. La douceur de son caractère exerçait un charme infini sur tous ceux qui l'approchaient; mais il était d'une timidité extrême, peu fait pour l'existence de citadin et de courtisan. Aussi habitait-il d'ordinaire Naples ou Tarente, livré à l'étude et à la contemplation sereine de la nature. La faiblesse de sa santé, une sensibilité vive et profonde, un besoin continuel de recueillement et de paix, lui firent souvent préférer à Rome, où l'appelaient d'illustres amitiés, le séjour des champs. La dernière année de sa vie, il voulut voir la Grèce et l'Asie Mineure, demander aux lieux chantés par Homère une dernière inspiration. Il ne put achever ce voyage, revint précipitamment et mourut en débarquant à Brindes. Il avait institué pour ses héritiers Auguste, Mécène, Varius et Plotius Tucca, et exprimé le désir que son *Énéide* fût livrée aux flammes. Ses amis la publièrent sans y rien changer. Elle renferme des vers inachevés et quelques contradictions. Il fut enseveli à Naples, ainsi qu'il l'avait souhaité. On montre encore aujourd'hui son prétendu tombeau. Il n'est pas plus authentique que les bustes nombreux du poëte. Peut-être la petite miniature qui se trouve dans un manuscrit du Vatican, est-elle une reproduction d'un buste ancien.

### § II.

Virgile avait vingt-six ans quand César fut assassiné. Il vit et détesta toutes les horreurs de la guerre civile et les excès de la victoire plus cruels encore. Provincial, étranger à tous les partis, il fut de bonne heure indifférent à leurs succès ou à leurs revers. La paix, l'ordre, la stabilité, voilà les premiers biens qu'il souhaita pour sa patrie et pour lui-même. L'empire les lui donna, il aima l'empire, et salua dans Auguste le bienfaiteur du monde. *Deus nobis hœc otia fecit.* Horace fut d'abord un ardent républicain; toutes les sympathies de Virgile étaient pour la monarchie. Elles se conciliaient heureusement avec le goût particulier qui le porta toujours vers la philosophie d'Épicure : on sait de reste qu'elle est peu propre à faire des citoyens. Aussi bien une société nouvelle se fonde, animée d'un tout autre esprit que celui de Rome républicaine. Il y a un assoupissement général de la vie politique. La paix est imposée au monde, le repos aux particuliers. Détournée de son objet ordinaire, l'activité des patriciens se porte vers les études littéraires. Il y avait du temps de Cicéron un reste du vieux préjugé romain contre les hommes qui aimaient mieux écrire qu'agir : aujourd'hui tout le monde rêve la gloire d'auteur. *Scribimus indocti doctique poemata passim,* dit Horace. Des colléges de poëtes se forment, les lectures publiques sont instituées; Auguste, Mécène, Pollion, se plaisent à y assister. Libraires, rhéteurs, grammairiens, philosophes, une foule d'industries et de professions jusqu'alors peu connues ou peu estimées, s'établissent à Rome; c'est une véritable invasion de la Grèce savante, lettrée, artistique. « Feuilletez nuit et jour, dit Horace, les modèles grecs. » — Une nouvelle école littéraire se fonde, Virgile en est le chef, Horace en est le champion. L'un crée les modèles achevés de l'imitation savante ; l'autre bat en brèche la gloire des vieux auteurs

nationaux, pose les principes de l'art nouveau, et le
défend contre les amateurs obstinés de l'antiquité.
Faibles d'invention et d'élan, les poëtes novateurs sont des
artistes consommés de beau langage et de versification.
Leur travail est celui de l'abeille, à laquelle se compare
Horace ; il est lent, mais exquis. Épopée, poésie lyrique, didactique, élégiaque, pastorale, ils laissent dans
chaque genre un spécimen accompli de leur art. Les
calamités des guerres civiles d'une part, de l'autre, la
paix glorieuse de l'empire, et la splendeur de Rome souveraine du monde, voilà l'inspiration générale des œuvres de cette époque. L'héroïsme et l'amour de la liberté
ne les échauffent plus.

Virgile et Horace sont les deux hommes de génie de
cette école. Tous deux furent vivement attaqués et
critiqués par les admirateurs du passé, un Bavius, un
Mévius, un Cornificius, et quelques autres, qui ca-
chaient sous une guerre littéraire une opposition politique. Tous deux ont créé des genres nouveaux dans la
littérature romaine, ou donné à des genres anciens une
empreinte toute nouvelle : voyons quelle fut la part de
Virgile dans cette œuvre de transformation.

## § III.

*Les Bucoliques.* (*Bucolica*). Les grammairiens ont
donné aux dix petits poëmes qui composent *les Bucoliques*, le nom d'*Églogues*, ou extraits choisis ; mais leur
véritable titre est *Bucolica*. — Les βούκολοι, ou pâtres de
bœufs, étaient les plus anciens et les premiers des bergers ;
delà, le nom général de βουκολικά donné à des poëmes destinés à retracer des scènes de la vie pastorale. Les bergers

des temps primitifs n'étaient pas les mercenaires ou les
esclaves qui conduisaient au pâturage les troupeaux d'un
maître. Les populations antiques de l'Arcadie, les Pé-
lasges qui s'étaient établis dans toutes les parties de la
Grèce et de l'Italie, furent les premiers bergers et les
premiers poëtes bucoliques. Le culte de la nature adorée
et célébrée dans toutes ses manifestations, était alors la
seule religion et la seule source de poésie. Chants de
joie ou de deuil, chants en l'honneur du printemps qui
renouvelle la nature, chants de tristesse sur les longues
nuits d'hiver et la mort de toutes choses : voilà les premières expansions de l'âme humaine chez des peuples
dont la vie était intimement unie à celle de la terre. —
Un érudit, un Alexandrin, Théocrite, essaya de reproduire
dans une galerie de petits tableaux (εἰδύλλια) les petits
faits et les sentiments qui composaient la vie des bergers de Sicile de son temps. Il est le créateur de la
poésie (1) pastorale artificielle, aussi éloignée de la poésie
des pâtres anciens, que de la vérité contemporaine.
Ce fut le modèle qu'imita Virgile. Dans un genre faux
ou impossible, il ne réussit pas à créer des personnages
réels, ni un intérêt tiré du sujet même. Ses bergers n'ont
jamais existé ; jamais bergers n'ont eu les idées et les
sentiments que leur prête le poëte ; jamais ils n'ont
chanté les sujets imaginés par lui. Les combats de
chant, ces improvisations dialoguées, d'un tour sarcas-
tique, étaient, comme nous l'avons vu, chères aux anciens habitants du Latium. C'est le seul trait du caractère
national reproduit par le poëte, et singulièrement atténué.

(1) M. Egger dans un mémoire sur la Poésie pastorale avant Théocrite, la fait remonter bien plus haut, mais Théocrite n'en reste pas
moins le créateur du genre, distinction capitale.

(Églogues IIIe, Ve, VIIe, VIIIe.) Le cadre même de ces petits poëmes dramatiques est plutôt indiqué que reproduit. Des allégories souvent obscures, des allusions à des événements politiques ou à des détails sans importance de la vie de quelque courtisan (Églogues Ire, IVe, IXe); un luxe d'érudition pédantesque, importée d'Alexandrie, des subtilités de raisonnement; voilà les défauts les plus saillants de cette première œuvre du poëte. Il doit les uns à son modèle ; son goût, si délicat plus tard, ne lui avait pas encore fait rejeter les autres. Mais si l'inspiration générale est médiocre, et l'invention presque nulle, dans l'exécution on sent déjà le vrai poëte. Bien qu'il n'ait pas à son service la langue harmonieuse et le dialecte flexible de Théocrite, son style a déjà l'aisance, la noblesse et la grâce dont les *Géorgiques* seront le plus parfait modèle :

> Molle atque facetum,
> Virgilio annuerunt gaudentes rure Camænæ,

dit Horace, et il est permis de croire qu'en s'exprimant ainsi, il avait en vue les *Bucoliques* aussi bien que les *Géorgiques*. Mais ne bornons point l'originalité du poëte à d'heureux procédés de style et de versification. Virgile est déjà tout entier dans les *Bucoliques*. Telle description en quelques vers est un chef-d'œuvre de vérité et de grâce ; tel fragment a déjà la majesté de l'épopée, mais surtout on sent déjà vibrer ce profond sentiment de la nature qui fut sa plus constante inspiration ; enfin la passion a trouvé son véritable langage. La deuxième Bucolique (Corydon), la huitième (Damon et Alphesibœus), la dixième (Gallus), sont brûlantes. Choix des détails, simplicité et force de l'expression, et par-dessus tout, mouvement rapide et naturel de l'âme, intime et hardie association de la nature entière

aux troubles d'un cœur malade; tout ce que nous retrouverons dans les *Géorgiques* et dans l'*Énéide*, est déjà là.
Malgré le factice du genre et la tyrannie du modèle,
l'originalité éclate par la vie. L'annonce mystérieuse
d'une ère nouvelle saluée par le poëte dans la quatrième
Bucolique (*Pollion*), la remarquable élévation du langage,
frappèrent les écrivains chrétiens du quatrième siècle : ils
y virent une prédiction de la naissance de Jésus-Christ,
et Virgile fut considéré comme une sorte de révélateur
païen. Ce petit poëme est de l'année 714. Virgile y célèbre la naissance du petit-fils d'Auguste, ce jeune Marcellus dont il déplora plus tard la mort prématurée (1).
L'ordre dans lequel sont rangées les *Bucoliques* n'est pas
l'ordre chronologique. On peut les ranger ainsi : an 713,
deuxième, troisième, cinquième, première, neuvième, huitième Églogues, — an 714, sixième et quatrième, —
an 715, septième et dixième. Ce n'est pas tout à fait
l'ordre adopté par Otto Ribbeck.

## § IV.

### LES GÉORGIQUES.

Les *Georgiques* (Georgica), poëme didactique en quatre livres sur les travaux des champs. Ce fut, dit-on, sur
la prière de Mécène et d'Auguste que Virgile composa les
*Géorgiques*. Les guerres civiles, l'instabilité de la propriété, la démoralisation qui suit toutes les grandes catastrophes, avaient éloigné de l'agriculture, cette forte

---

(1) Suivant quelques commentateurs, le poëte salue la naissance de
l'enfant que Scribonia, femme d'Auguste, allait mettre au monde. Ce fut
la fameuse Julie.

éducatrice des anciens Romains, les peuples de l'Italie.
Le poëme de Virgile ne fit pas renaître le goût de ces occupations d'un autre âge : la race laborieuse, sobre et
vaillante des petits propriétaires avait disparu ; quelques
familles aristocratiques possédaient toutes les terres de
l'Italie, les faisaient cultiver par des esclaves ou les mettaient en pâturages. C'est de la Sicile et de l'Egypte que
Rome tirait ses approvisionnements de blé. Les vers de
Virgile n'eurent donc aucune influence sur les contemporains. Ils les charmèrent, voilà tout. Dans un poëme
de ce genre, le premier mérite était l'exactitude du savoir. Virgile possédait sur l'agriculture les connaissances
les plus étendues et les plus sûres. Dans l'âge suivant,
Pline et Columelle invoquent son autorité. Lui-même
avait étudié et imita Hésiode, Théophraste, Aristote,
Nicander, Aratus (*Prognostica*), Xénophon (*OEconomica*),
Caton et Varron (*de Re rustica*), Ératosthènes et Parthénius. Il a emprunté à Aratus toute la partie du premier
livre relative aux phénomènes célestes ; Thucydide et
Lucrèce lui ont fourni plus d'un trait pour sa description
de la peste des animaux ; un poëte alexandrin resté inconnu lui a donné le modèle de l'épisode d'Aristée ; de
plus une foule de détails techniques sont tirés de Caton,
de Varron et de Xénophon. C'est cependant l'œuvre la
plus originale et la plus forte du poëte. Bien que dans
chaque livre il traite un sujet spécial (dans le premier,
culture du blé ; dans le deuxième, culture des arbres ;
dans le troisième, élève du bétail ; dans le quatrième,
éducation des abeilles), le poëme a son unité, non cette
unité artificielle et vaine des compositions de ce genre,
mais celle qui naît d'une idée générale féconde. La nature apparaît à Virgile dans sa vaste harmonie et dans sa

variété infinie : une âme immense la meut et la soutient,
et tous les êtres, à quelque degré qu'ils soient placés,
sont des manifestations de la substance universelle.
La tige du froment née d'un grain de blé, le jeune
rejeton du chêne, sorti d'un gland, occupent les derniers
degrés dans l'immense échelle des êtres. L'animal vient
ensuite, organisme plus savant, mû par une intelligence
et pourvu de sensibilité. Enfin, à un degré supérieur encore, d'après les idées anciennes, l'abeille qui participe
presque à la raison. — Le poëte semble avoir exposé lui-
même l'idée de son livre dans ces vers :

> His quidam signis atque hæc exempla secuti
> Esse apibus partem divinæ mentis et haustus
> Ætherios dixere ; deum namque ire per omnes
> Terrasque tractusque maris cœlumque profundum;
> Hinc pecudes, armenta, viros, genus omne ferarum
> Quemque sibi tenues nascentem arcessere vitas;
> Scilicet huc reddi deinde ac resoluta referri
> Omnia ; nec morti esse locum, sed viva volare
> Sideris in numerum, atque alto succedere cœlo (1).

Ainsi s'expliquent l'intérêt et la vie qui circulent dans
le poëme. L'âme de la nature anime jusqu'aux brins
d'herbes parasites qui se mêlent aux riches épis ; un sentiment profond de cette universelle réunion des êtres dans
un foyer commun soutient et inspire Virgile. Les champs,
les bois, les animaux, sont comme les associés inférieurs
de l'homme ; il les groupe autour de lui. A mesure qu'il
les connaît mieux, il apprend à les aimer, à les respecter
en se servant d'eux, en les pliant à ses besoins. Souvent le poëte, par une illusion charmante, transforme en
êtres sensibles les plantes et les arbres ; il leur prête des
préférences, des aversions, des désirs : « le laurier faible

_____

(1) *Georg.* IV, 219, sqq.

encore se tient à l'abri sous la grande ombre de sa mère. »
— « L'arbre greffé admire son nouveau feuillage et des
fruits qui ne viennent pas de lui. » — « Le chêne immo-
bile voit passer les générations des hommes et demeure
debout et vainqueur. » — « Au printemps, la terre se
gonfle ; elle attend la semence féconde. Alors le père
tout-puissant, l'éther, descend en pluies fécondes dans le
sein de son épouse réjouie, et mêlé à son corps immense,
immense lui-même, il nourrit tous les germes. » — C'est
en présence de cette infinie variété de phénomènes d'un
intérêt éternel, que le poëte, comme enivré de sa contemplation, s'écrie :

> Felix qui potuit rerum cognoscere causas !

Vivre parmi ces merveilles, les comprendre et en jouir,
lui semble la plus grande des félicités.

> O fortunatos nimium sua si bona norint
> Agricolas !
> Flumina amem sylvasque inglorius....

Voilà où réside le charme infini des *Géorgiques :* c'est une
œuvre de science et une œuvre de sentiment. Le poëte
connaît, comprend et aime ce qu'il chante. Il y croit
surtout , et comment n'y croirait-il pas ? Ne voit-il pas
éclater sous ses yeux le mouvement et la vie universels ?

Là, est la vive et impérissable originalité de l'œuvre ;
elle réside dans l'union intime de l'homme avec la nature
extérieure, union que la loi du travail impose, mais que
l'amour rend légère et douce. Point de vue tout nouveau.
L'auteur du *de Re rustica,* Caton, exploite sans pitié et la
terre, et les germes qui sortent de son sein fécond, et les
animaux qu'il courbe sur les sillons fumants, et les esclaves
qu'il traite plus durement encore : c'est un calculateur.

Sa vie est une lutte contre la terre nourricière ; il faut lui arracher un à un les trésors qu'elle renferme. Point de pitié pour elle, encore moins d'amour : il semble qu'elle ne rappelle au rude laboureur que cette pesante loi du travail sous laquelle il succombe. Virgile salue dans la terre l'inépuisable bienfaitrice de l'homme, celle qui le nourrit et le rend meilleur. Elle est la richesse, la force, la sérénité ; d'elle émane un charme mystérieux, l'apaisement des soucis et des poursuites insensées. Il convie à cette union fortifiante les hommes de violences et de rapines que les guerres civiles ont laissés sanglants et oisifs. Appel inutile ! Seul alors le poëte comprenait et sentait les pures et saines voluptés de la vie des champs. Les pauvres gens fuyaient à la ville pour être nourris par César, les gens riches allaient à la campagne pour échapper à la ville.

§ V.

L'ÉNÉIDE.

Virgile n'a pas mis la dernière main à son œuvre, mais il ne l'eût point modifiée dans la composition générale et les grandes parties. Nous avons donc réellement dans l'*Énéide* l'épopée telle qu'il l'imagina et l'exécuta. Longtemps attendue par les contemporains, saluée d'avance comme supérieure à l'*Iliade*, admirée, imitée, commentée dans les siècles suivants et dans toute la durée du moyen âge, préconisée par les faiseurs de traités et les critiques de tous les temps comme le modèle achevé et le type du poëme épique, l'*Énéide* a été reléguée depuis le commencement de ce siècle à un rang

bien inférieur. La fameuse théorie de Wolff sur les épopées populaires, fruit d'une inspiration collective et libre, a singulièrement exalté les poëmes homériques et rabaissé l'œuvre de Virgile. C'est une production artificielle, a-t-on dit, une composition d'érudit, admirablement versifiée, mais il faut aller chercher ailleurs le grand souffle épique. On est un peu revenu aujourd'hui de ces appréciations excessives, qui séduisent l'imagination, mais ne supportent pas un examen sévère. Il n'y a pas une œuvre poétique quelconque où l'art n'apparaisse ; dans quelle mesure et par quels moyens l'art a-t-il atteint la beauté et la vérité ? voilà la vraie question.

Lorsque Virgile composa l'*Enéide,* Rome n'avait pas d'épopée ; on ne peut en effet donner ce nom aux récits historiques en vers de *Nœvius* ou d'*Ennius,* mais de nombreuses tentatives en ce genre venaient de se produire et se produisaient encore chaque jour. Un secret instinct avertissait les uns que toute épopée vraiment digne de ce nom, devait avant tout être nationale. Cicéron chantait Marius et son propre consulat ; Varron d'Atace célébrait la guerre de César contre les Séquanes (*de Bello sequanico*). Hostius racontait en vers la guerre d'Istrie (*Bellum histricum*). Alpinus prenait pour sujet de ses chants les exploits de Pompée. Parmi les amis de Virgile, Valgius, Rufus, Rabirius, et enfin Varius, chantaient les grands événements dont le monde était encore ébranlé, la mort de César, la bataille d'Actium. D'autres au contraire, se reportant aux traditions de l'âge héroïque, refaisaient d'après les cycliques telle ou telle partie des épopées anciennes, les *Chants Cypriaques,* une *Dioméddéenne,* des *Argonautiques,* une *Ethiopide,* un *Retour de*

2.

*Ménélas et d'Hélène.* Mais ni les uns ni les autres ne découvrirent un sujet d'un intérêt vraiment national, vaste dans ses proportions, touchant à la fois à l'âge héroïque, cet inépuisable foyer de grande poésie, et à l'âge contemporain. — Virgile trouva ce sujet dans l'Enéide.

Enée joue un rôle important dans Homère. Fils de Vénus, allié à Priam, présenté déjà dans l'*Iliade* et dans l'hymne homérique à Aphrodite (1) comme appelé à de mystérieuses et glorieuses destinées, il était de plus, suivant les traditions populaires de l'Italie, considéré comme l'ancêtre des fondateurs de Rome. Epargné par les Grecs après la prise de Troie, il avait successivement abordé en Thrace, en Arcadie, en Sicile et s'était enfin fixé en Italie. Denys d'Halicarnasse, Tite-Live, les anciens poëtes Nævius et Ennius adoptèrent cette croyance générale. Jules César déclarait hautement dans l'Eloge funèbre de sa tante Julia, que sa famille remontait aux Dieux par Iule, Enée et Vénus. Virgile n'a donc été que l'interprète du sentiment de tous, en choisissant pour sujet de son poëme le récit des aventures d'Enée, son arrivée en Italie, les guerres qu'il eut à soutenir, la victoire qu'il remporta. —De plus, ce sujet éminemment national était admirablement propre à la composition d'une épopée. De ce côté donc on ne peut refuser au poëte le mérite de l'invention, et la convenance parfaite du choix.

Mais, dira-t-on, dans l'exécution, il se montra beaucoup moins original ; on retrouve à chaque page la trace d'emprunts manifestes ; Homère, Apollonius de Rhodes, les Tragiques, sont imités, traduits même sans scrupule.

(1) *Iliad.* XX, 307. *Hym. ad Aph.* 197.

Disons de plus que nous avons perdu un grand nombre
des sources auxquelles puisa Virgile, Arctinos, Les-
chès, Panyasis, Antimaque, et d'autres poëtes cycliques,
plusieurs poëtes alexandrins, des tragédies dont nous ne
connaissons que les titres, et enfin Nævius, Ennius, et
tous ses devanciers latins. Mais qu'importent toutes ces
imitations de détail dans une œuvre aussi vaste, si la
conception première est originale, si l'inspiration est forte
et vraiment nationale? — Or, on ne peut le nier. Ce n'est
ni dans Homère, ni dans les Cycliques que Virgile a
trouvé cette grande idée de Rome, que les destins susci-
tent pour être la reine du monde, idée qui est l'unité et
la vie de son poëme. Il faut aller plus loin. Homère avait
représenté dans ses deux poëmes, d'une part l'enthousiasme guerrier, les grandes batailles livrées loin de la
patrie par les héros aventureux, de l'autre, les tribula-
tions et les épreuves infinies du retour. Les poëtes cycliques, soit par imitation, soit en obéissant à un instinct naturel, avaient aussi suivi dans leurs compositions cette
double division, les uns s'attachant à tel épisode de la
guerre de Troie, les autres ramenant dans ses foyers tel
héros. Virgile a réuni dans l'*Énéide* ce double courant
épique. Les six premiers livres procèdent d'une évidente
inspiration de l'*Odyssée*, les six derniers se rapprochent
de l'*Iliade*. Mais l'œuvre conserve dans son ensemble
une unité de ton et de couleur qu'aucune imitation de
détail n'a pu altérer. La grande image de Rome domine et absorbe tout. Le poëte n'a pu se représenter sa
patrie dominatrice des nations, sans incarner pour ainsi
dire son génie et sa gloire en un homme. Cet homme fut
Auguste, le pacificateur du monde, l'héritier de César,
le descendant d'Iule et des Dieux. C'est par ce côté que

l'épopée virgilienne, rameau détaché de la vieille souche
épique, fut réellement nationale, contemporaine et vivante. Le peuple lui-même accepta cette identification
de la patrie souveraine des peuples avec Auguste, et
l'*Énéide* si impatiemment désirée de tous, érudits, beaux
esprits, peuple illettré, fut par tous accueillie comme le
grand, l'impérissable monument de la grandeur romaine. Quant aux imitations, quelques esprits chagrins et envieux les signalèrent, il est vrai ; mais qu'importait aux contemporains ? L'originalité majestueuse de
l'ensemble emportait tout. Et d'ailleurs Virgile ne pré-
tendit jamais dissimuler ses emprunts : l'imitation était
comme une loi de la littérature latine, et Sénèque le rhéteur a parfaitement raison quand il dit : « Non surri-
piendi causa, sed *palam* imitandi, hoc animo ut vellet
agnosci. »

Il faut cependant le reconnaître, une lecture suivie
de l'*Énéide* laisse souvent froid et indifférent. L'idée de
Rome, la perspective des destinées du peuple-roi, qui
agissait si puissamment sur l'imagination des contemporains, se réduit souvent pour les modernes à une pure
abstraction. Le patriotisme virgilien ne satisfait pas l'esprit d'un moderne ; nous avons un idéal plus haut, et la
cité reine du monde par la conquête, n'est pas à nos yeux
la cité universelle. La conception générale qui a présidé
à l'œuvre, si élevée qu'elle soit, ne suffit donc pas à vivi-
fier toutes les parties du poëme : il faudrait que les personnages eussent une existence propre ; que par leurs
actes, leurs passions, leurs souffrances, ils apparussent
véritables contemporains et frères des héros d'Homère, et
de plus marqués de ce caractère idéal qui, à travers les
différences des lieux et des temps, fait partout reconnaître

l'homme à l'homme. Or l'âme de Virgile était plutôt tendre qu'héroïque. Son imagination ne put jamais reproduire la vive couleur de ces âges violents où la force était le seul droit reconnu, où la guerre et le pillage étaient les seules occupations des héros, de ces hommes que Jupiter, dit Homère « *avait formés pour vivre de l'adolescence à la vieillesse au sein des mêlées sanglantes, jusqu'à ce que chacun y pérît.* » Ages de fer et d'airain, sans justice et sans pitié, mais d'une poésie incomparable, comme tout ce qui est sincère et fort. Homère en avait retracé une peinture énergique et sobre, et avait à peine adouci çà et là quelques traits du tableau. Virgile n'était point fait pour ces scènes de carnage. Cet horrible droit de la guerre et de la force, il le détestait. Le souvenir des désolations de l'Italie fermait à son imagination tout retour vers des horreurs analogues, même dans les fantastiques régions du passé. De là, la pâle et froide figure d'Enée. Il est jeté dans un monde qui n'est pas fait pour lui. C'est malgré lui, et pour obéir aux destins, qu'il vient prendre possession de ce sol de l'Italie ; c'est malgré lui qu'il veut arracher à Turnus qu'elle aime, Lavinie qui lui est indifférente. C'est malgré lui qu'il combat ses ennemis, qu'il les renverse ; il voudrait leur tendre la main, les relever, cesser cette guerre horrible. Il semble un instrument inerte dans les mains du Destin. Mélancolique et résigné, il se laisse aimer par Didon, et la quitte à la première injonction des Dieux. De nobles et tristes paroles :

« Sunt lacrimæ rerum, et mentem mortalia tangunt ! »

Un sentiment profond de piété, de la gravité, toutes les qualités sérieuses du Romain, chef d'un vaste empire ; mais pas

d'élan, pas d'énergie, rien de violent et d'implacable dans
la haine, rien enfin de ce qui caractérise un aventurier
vaincu, qui cherche fortune, et que de longues souffrances
ont fait sans pitié et sans justice. La majesté froide d'Auguste est descendue sur les traits du héros troyen ; et Virgile
a de plus versé dans son âme sa propre sensibilité et cette
vague mélancolie qui était en lui. En outre, Énée est isolé
dans le poëme comme Auguste sur le trône du monde.
Le vaillant Gyas, le vaillant Cloanthe, le fidèle Achate,
ne sont pas des êtres vivants. Où est la variété, où est le
mouvement de l'*Iliade*, cette vaste arène où chaque
héros paraît à son tour et frappe ses grands coups ? Le
seul personnage intéressant de l'épopée virgilienne, c'est
Turnus, évident ressouvenir de l'Achille homérique,
dans lequel un commentateur moderne a cru retrouver
le triumvir Antoine !

Telle est la principale imperfection de l'*Énéide*. La vérité historique qui touche de si près à la vérité poétique,
y fait défaut. Vainement on y chercherait ce que nous
appelons aujourd'hui *couleur locale ;* même dans les descriptions si savantes de l'Italie ancienne, c'est Rome, toujours Rome qui est au fond du tableau. C'est ce qui conserve à la littérature latine, si faible par l'invention, une
originalité remarquable. Plaute et les tragiques de la république habillaient à la romaine leurs personnages
grecs ; Virgile est resté fidèle à la tradition littéraire de
ses devanciers, dont il s'éloigne sous tant d'autres rapports. C'est ainsi que Racine a conçu et exécuté ses tragédies, si vraies au point de vue humain et général, si contraires à l'histoire et si peu antiques.

Les dieux de l'*Énéide* n'ont pas une personnalité plus
forte que ses héros. Le génie romain, dépourvu d'inven-

tion, n'a pas su créer de mythes poétiques. Virgile a dû
emprunter aux Grecs le caractère, le rôle et les passions
qu'il prête à ses divinités. Son Jupiter, sa Junon, sa Vénus
sont tout homériques, avec plus de majesté, comme il
sied à des Romains. Quant aux divinités indigènes, tout
son génie n'a pu leur donner la vie qui leur man-
quait.

Mais s'il n'a pu reproduire les grands côtés de l'épopée primitive, il a créé le modèle de l'épopée moderne,
moins naïve et moins forte, mais plus profonde et plus
humaine. Il n'y a rien dans Homère qui approche du
IVᵉ et du VIᵉ livre de l'*Énéide*. Ces admirables analyses
de la passion, cette éloquence et cette flamme, tant de
grâce, de force et de vérité, voilà l'impérissable triomphe
de l'originalité de Virgile. Le VIᵉ livre tout entier est
d'une magnificence incomparable. Légendes populaires,
conceptions philosophiques sublimes, tableaux éclatants
des merveilles que réserve l'avenir aux descendants
d'Énée : toutes les splendeurs sont réunies dans cette
peinture hardie des mystères du monde des enfers. C'est
par ce côté nouveau que Virgile frappa surtout les imaginations du moyen âge si préoccupées des choses de
l'autre vie. Dante le prit pour guide dans son voyage à
travers les mondes surnaturels.

On trouve à la suite des œuvres de Virgile plusieurs
petits poëmes qui lui furent attribués de bonne heure,
et qui, s'ils ne sont pas de lui, appartiennent cependant à ce qu'on est convenu d'appeler le siècle d'Auguste. Ces poëmes sont *Culex* en 413 vers hexamètres,
*Ciris* en 541, *Copa* en 38 vers élégiaques, *More-
tum* en 123 vers hexamètres ; enfin différentes petites
pièces, épigrammes pour la plupart, rangées sous le

nom général de *Catalecta*. Il y a dans le *Culex* une quarantaine de vers qui semblent comme un premier prélude du fameux épisode : *O fortunatos nimium !...*

§ VI.

LE STYLE.

Pour bien apprécier l'originalité et la suprême beauté du style de Virgile, il faut lire Lucrèce qui écrivit à peine une génération avant lui. Dans Virgile tous les archaïsmes, toutes les aspérités, toutes les consonances barbares, tous les défauts d'une versification souvent abrupte ont disparu. Rien de comparable à la souplesse, à l'harmonie facile de cette nouvelle poésie. Elle se développe doucement par un mouvement aisé et gracieux ; l'expression est élégante sans affectation, les ornements exquis et sobres. La langue rompue par une laborieuse discipline, a le tour naturel et la suavité de l'idiome grec. Les commentateurs nous ont appris avec quelle lenteur Virgile écrivait, avec quelle sévérité il revoyait et corrigeait sans cesse ses vers. Ce fut là le signe distinctif de la nouvelle école. Les anciens méprisaient la rature, dit Horace ; les écrivains du siècle d'Auguste poursuivent obstinément une perfection de langage qui leur a été rarement refusée. Dans la composition de la phrase règnent une égale distribution d'ombre et de lumière, une mesure et une proportion exquises, de la noblesse sans emphase, de la simplicité sans bassesse : *cura, diligentia, æqualitas*, disait Quintilien, exactitude, élégance scrupuleuse, unité de couleur et mélange savant de nuances. Mais cette préoccupation minutieuse de la forme

ne nuit en rien à l'expansion du sentiment, au mouvement animé du style. Les nobles idées, les impressions
rapides ou profondes de la passion se traduisent en un
beau et naturel langage ; le lecteur suit sans effort l'impulsion donnée à son esprit ; l'art est achevé, il ne paraît
pas.

Il n'y a pas dans toute l'antiquité d'écrivain qui ait
exercé sur l'imagination des hommes une influence aussi
profonde et aussi durable que Virgile. L'*Énéide*, dès son
apparition, fut proclamée le chef-d'œuvre de la poésie. Les
grammairiens et les rhéteurs en font la matière de leur
enseignement. Expressions, tours de phrases, sentences
morales, thèmes de déclamation, c'est l'*Énéide* qui devient l'arsenal universel. On en fait des centons, des
floriléges ; les Grecs eux-mêmes traduisent l'épopée romaine. Le christianisme veut transformer en croyant le
grand poëte. Les nobles et mystérieuses aspirations de cette
âme élevée, qui semble flotter entre l'Olympe et le ciel
chrétien, sont considérées comme des révélations prophé-
tiques. Virgile reçoit un véritable culte : c'est un magicien, un devin. Ses vers deviennent autant d'oracles
(*sortes Virgilianæ*). La ruine de l'empire romain, loin
d'arrêter le développement de la légende pieuse, lui
donne une énergie nouvelle. Tout le moyen âge se pro-
sterne avec adoration devant cet enchanteur, qui est à la
fois le prophète et le savant universel. La Renaissance ne
lui enlève ce caractère surnaturel que pour en faire la
première et la plus haute autorité. C'est sur le modèle de
l'*Énéide* que se font les traités de l'épopée et les épopées. Jamais gloire ne fut plus éclatante et plus pure, jamais la postérité ne confondit aussi intimement dans son
admiration et son amour l'homme et son œuvre. Aussi

possédons-nous dans une pureté parfaite le texte de ses poëmes, conservé avec un pieux respect, reproduit à l'infini. Le plus ancien manuscrit, celui de Médicis, remonte au IV<sup>e</sup> siècle, et un des premiers monuments de l'imprimerie est l'édition *princeps* de Virgile. — Quant aux commentateurs de ces œuvres si admirées, ils furent innombrables. Dès le milieu du premier siècle, on cite *Valérius Probus;* puis le stoïcien *Annœus Cornutus,* puis *Æmilius Asper, Apronianus, Arruntius Celsus, Hyginus,* cité déjà par Aulu-Gelle, *Velius Longus,* cité par Servius et par Macrobe; *Terentius Scaurus,* grammairien célèbre du temps d'Adrien. Nous possédons une vie de Virgile par *Donatus,* qu'il ne faut pas confondre avec *Ælius Donatus,* commentateur de Térence. Le commentaire de *Servius Maurus Honoratus* nous est parvenu dans son intégrité; c'était, d'après Macrobe, un grammairien et un rhéteur fort estimé de la fin du quatrième siècle. Ce commentaire est probablement un résumé des travaux antérieurs; il offre des renseignements curieux sur l'histoire, l'archéologie et la mythologie. Celui qui porte le nom de *Junius Philargyrius* est beaucoup moins important; et d'ailleurs sa conservation laisse fort à désirer. Les Scholies de Venise, découvertes sur un palimpseste, par Angelo Maï, ne sont qu'une compilation des anciens commentateurs.

## EXTRAITS DE VIRGILE.

I

### Gallus.

Daigne sourire, Aréthuse, à mes derniers efforts. Je veux adresser quelques vers à mon cher Gallus, mais des vers que Lycoris elle-même puisse lire : comment refuser des vers à Gallus? Puisses-tu, à ce prix, couler sous les flots de Sicile, sans que Doris mêle son onde amère à la tienne! Commence et chantons les amours inquiètes de Gallus, tandis que les chèvres camuses broutent les tendres arbrisseaux. Nos chants ne sont pas perdus : l'écho des bois nous répond. — Quelles forêts, quels bocages fouliez-vous, jeunes Naïades, alors que Gallus se consumait d'amour pour une indigne maîtresse? Car ni les sommets du Parnasse, ni ceux du Pinde, ni l'aonienne Aganippe ne vous ont retenues. Les lauriers mêmes ont pleuré Gallus, les bruyères mêmes l'ont pleuré ; en le voyant couché au pied d'un roc solitaire, les pins mêmes du Ménale et les rochers glacés du Lycée ont pleuré. Ses brebis sont autour de lui (elles sont sensibles à nos maux ; et toi, divin poëte, ne rougis pas de conduire un troupeau : lui aussi, le bel Adonis, a fait paître des brebis sur le bord des rivières). Le pâtre vint aussi, et avec lui les bouviers à la démarche lente ; Ménalcas arriva, tout humide encore de la glandée d'hiver ; et tous lui demandèrent : « D'où te vient cet amour? » Apollon accourut et lui dit : « Quelle est donc ta « folie ? Lycoris, l'objet de ta tendresse, a suivi un nouvel « amant à travers les neiges et le tumulte des camps. » Silvain se présenta aussi, la tête ornée de ses attributs champêtres, agitant dans sa main des férules en fleur et de grands lis. Pan, le dieu de l'Arcadie, parut à son tour, et nous l'avons vu nous-mêmes, le visage coloré de vermillon et du jus sanglant de

l'hièble. « Ne mettras-tu pas un terme à tes pleurs ? dit-il. L'A-
« mour se rit de semblables douleurs. Le cruel Amour ne se
« rassasie point de larmes, non plus que les prairies de l'eau
« des ruisseaux, les abeilles de cytise, les chèvres de feuil-
« lage. »

Mais Gallus, désolé, répondit : « Ah ! du moins, Arcadiens,
« vous chanterez mes malheurs à vos montagnes : car vous
« seuls, Arcadiens, savez chanter. Oh ! que mollement reposera
« ma cendre, si votre flûte, un jour, célèbre mes amours. Plût
« aux dieux que j'eusse été un d'entre vous, ou le gardien de
« votre troupeau, ou le vigneron qui cueille la grappe mûrie !
« Oui, soit que Phyllis, soit qu'Amyntas ou tout autre eût été
« cher à mon cœur, qu'importe d'ailleurs qu'Amyntas ait le
« teint basané ? Noires aussi sont les violettes, et noirs les va-
« ciets, il s'étendrait à mes côtés parmi les saules couronnés
« de pampres flexibles ; Phyllis me tresserait des guirlandes,
« Amyntas me dirait des chansons.

« Ici, Lycoris, sont de fraîches fontaines, de molles prairies,
« de verts bosquets : ici je finirais mes jours avec toi. Mais un
« fol amour me retient sous les drapeaux de l'impitoyable
« Mars, au milieu des traits, en butte aux coups de l'ennemi.
« Loin de ta patrie (puissé-je douter d'un si noir forfait !) tu
« vois, seule et sans moi, cruelle, les neiges des Alpes et les
« frimas du Rhin. Ah ! puisse le froid t'épargner ! puissent les
« âpres glaçons ne pas déchirer tes pieds délicats !

« J'irai, et je chanterai sur le chalumeau du pasteur sicilien
« les vers que j'ai composés à l'imitation du poëte de Chalcis.
« C'en est fait, j'aime mieux souffrir au sein des forêts, au mi-
« lieu des repaires des bêtes sauvages, et graver mes amours
« sur l'écorce des jeunes arbres : les arbres croîtront, avec eux
« vous croîtrez, mes amours.

« Cependant je parcourrai le Ménale en compagnie des
« Nymphes, ou bien je chasserai le sanglier fougueux : les frimas
« les plus durs ne sauront m'empêcher d'envelopper avec ma
« meute les bois du Parthénius. Je crois déjà courir à travers
« les rochers et les bocages retentissants ; je me plais à lancer
« avec l'arc du Parthe les flèches de Cydon : comme si c'était là
« un remède à mon délire, comme si le dieu qui me poursuit

« se laissait attendrir par les souffrances des hommes ! Mais voilà
« que ni les Hamadryades, ni les chansons elles-mêmes n'ont
« plus d'attraits pour moi ; vous aussi, forêts, éloignez-vous. Tous
« nos efforts ne sauraient changer l'Amour : en vain nous
« irions, au milieu des frimas, boire les eaux de l'Hèbre et
« affronter l'hiver humide et les neiges de la Thrace ; en vain,
« dans la saison où l'écorce mourante se dessèche sur l'ormeau,
« nous mènerions paître les troupeaux d'Éthiopie sous les feux
« du tropique. L'Amour triomphe de tout ; nous aussi cédons
« à l'Amour. »

C'est assez, Muses, pour votre nourrisson, d'avoir chanté ces
vers, tandis qu'assis, il tresse en corbeille la flexible guimauve :
c'est vous qui rendrez ces vers précieux pour Gallus, Gallus,
pour qui ma tendresse croît de jour en jour, comme au retour
du printemps, pousse l'aune verdoyant.

Levons-nous, car l'ombre du soir est d'ordinaire funeste aux
chanteurs ; l'ombre du genévrier est nuisible, l'ombre nuit
même aux moissons. Allez, mes chèvres, vous voilà rassasiées :
Vesper paraît, allez au bercail.

(Bucoliques, X.)

## II

### Prodiges qui suivirent la mort de César.

Qui oserait accuser le soleil d'imposture? Lui-même nous
avertit souvent que des troubles civils nous menacent à notre
insu, que des complots et des guerres couvent sourdement.

Lui-même eut pitié de Rome, après la mort de César, quand
il voila d'un sombre nuage son front lumineux, et que la race
impie des hommes se crut menacée d'une nuit éternelle. Que
dis-je ? La terre aussi, et la plaine liquide, et les chiens de
mauvais augure, et les oiseaux sinistres annonçaient en même
temps nos malheurs. Que de fois nous avons vu l'Etna, brisant
ses fournaises, inonder de ses flots bouillonnants les campagnes
des Cyclopes, et lancer des tourbillons de flamme et des roches
fondues ! La Germanie entendit un cliquetis d'armes dans toute

l'étendue du ciel ; des tremblements inaccoutumés agitèrent
les Alpes. Une voix aussi, une voix lamentable, troubla en plus
d'un endroit le silence des bois sacrés ; de pâles et hideux fantômes apparurent à la tombée de la nuit ; et les animaux par-
lèrent, ô prodige ! Les fleuves s'arrêtent, la terre s'entr'ouvre,
et dans les temples on voit des pleurs mouiller l'ivoire ému, et
l'airain se couvrir de sueur. L'Éridan, le roi des fleuves, déborde, entraînant les forêts dans son cours impétueux, et emporte à travers les champs et les troupeaux et les étables.
Alors aussi des fibres menaçantes ne cessèrent d'apparaître
dans les entrailles sinistres des victimes, le sang ne cessa de
couler dans les puits, et les villes aux murailles élevées reten-
tirent dans la nuit du hurlement des loups. Jamais la foudre
ne tomba plus souvent par un ciel serein, jamais ne brillèrent
plus de comètes effrayantes. Aussi Philippes nous a-t-il vus combattre de nouveau Romains contre Romains ; et les dieux ont
souffert que l'Émathie et les vastes plaines de l'Hémus s'engrais-
sassent deux fois de notre sang. Sans doute, un jour viendra
que, dans ces contrées, le laboureur, en remuant la terre
avec le soc recourbé de la charrue, trouvera des dards rongés
d'une rouille épaisse, ou bien heurtera avec ses lourdes herses
des casques sonores, et contemplera d'un œil étonné de gigan-
tesques ossements dans les sépulcres entr'ouverts.

Dieux de nos pères, divinités nationales, Romulus, et toi,
auguste Vesta, qui veilles sur le Tibre et sur le mont Palatin,
n'empêchez pas du moins ce jeune héros de relever les ruines
de l'empire ! Assez et trop longtemps notre sang a expié le parjure de la Troie de Laomédon. Depuis longtemps, César, le ciel
nous envie le bonheur de te posséder, et te voit à regret t'inquiéter de triomphes décernés par les hommes. Ici-bas, en
effet, le juste et l'injuste sont confondus ; les guerres se multi-
plient dans l'univers, le crime revêt mille formes diverses ; la
charrue est frustrée des honneurs qui lui sont dus ; les campagnes languissent loin du laboureur entraîné dans les camps,
et la faux recourbée est convertie en un glaive homicide. D'un
côté l'Euphrate, de l'autre la Germanie soufflent le feu de la
guerre ; les villes voisines prennent les armes au mépris des
traités qui les lient. Mars exerce ses fureurs impies dans tout

l'univers. De même, quand ils se sont une fois élancés hors des barrières, les quadriges dévorent l'espace : le cocher a beau tendre les rênes, il est emporté par ses coursiers, et le char n'écoute plus la voix qui le guide.

(*Géorgiques*, livre I.)

## III

### Bonheur de la vie des champs.

Heureux, trop heureux l'homme des champs, s'il connaît son bonheur ! Loin de la discorde et des combats, la terre, justement libérale, lui prodigue d'elle-même une nourriture abondante. Sans doute, il n'a pas une demeure élevée, où des portes magnifiques livrent passage, le matin, aux flots pressés de clients qui encombrent les appartements. Il ne se passionne pas pour de riches lambris, incrustés d'écaille, pour des tapis brochés d'or, pour des vases de Corinthe ; il ne teint pas la blanche laine dans le suc d'Assyrie, et n'altère pas par un mélange de cannelle la limpidité de l'huile d'olive. Mais un repos assuré, une vie sans mécomptes et riche en trésors de toute sorte, du loisir au sein des vastes campagnes, des grottes, des lacs d'eau vive, de fraîches vallées, les mugissements des bœufs, et le doux sommeil sous l'ombrage : voilà les biens dont il jouit. C'est aux champs qu'on trouve les bocages et les repaires des bêtes fauves ; que la jeunesse est laborieuse et sobre ; que le culte des dieux et le respect de la vieillesse sont en honneur. C'est là que la Justice, en quittant la terre, à laissé la trace de ses derniers pas.

Mon premier souhait, à moi, est que les Muses, objet de ma prédilection, que je sers et que j'aime avec passion, acceptent mon hommage et m'expliquent le cours des astres à travers le ciel, la cause des éclipses diverses du soleil et de la lune ; pourquoi la terre tremble ; quelle puissance enfle la mer profonde et la pousse hors de ses limites pour la refouler ensuite sur elle-même ; pourquoi les soleils d'hiver se hâtent si fort de se plonger dans l'Océan, ou quel obstacle retarde, en été, l'arrivée des nuits? Mais si le sang, se glaçant dans mon cœur, m'empêche de pénétrer ces mystères de la nature, que du moins les campagnes et les ruisseaux coulant dans les vallées fassent mes délices! Puissé-je aimer, poëte sans gloire, les fleuves et les forêts! Ah! où sont les champs arrosés par le Sperchius, et le Taygète foulé en cadence par les vierges de Sparte! Qui me transportera dans les frais vallons de l'Hémus, et couvrira ma tête de l'ombrage épais des bois?

Heureux celui qui a pu remonter aux principes des choses et mettre sous ses pieds les vaines terreurs, l'inexorable destin et le bruit de l'avide Achéron! Heureux aussi celui qui connaît les divinités champêtres, et Pan, et le vieux Sylvain, et les Nymphes sœurs entre elles! Rien ne l'émeut, ni les faisceaux que donne le peuple, ni la pourpre des rois, ni la discorde armant des frères perfides, ni le Dace descendant de l'Ister conjuré, ni les affaires de Rome et la chute prochaine des empires. Il ne voit autour de lui ni pauvres à plaindre, ni riches à envier. Content de cueillir les fruits que les arbres et les champs ont produits d'eux-mêmes et sans contrainte, il ne connaît ni la rigueur des lois, ni les cris insensés du Forum, ni les archives du peuple.

D'autres fatiguent avec la rame des mers pleines de périls imprévus, s'élancent au combat, ou s'insinuent à la cour et dans le palais des rois. Celui-ci conspire la ruine de sa patrie et de ses malheureux pénates pour boire dans une coupe de saphir et dormir sur la pourpre de Tyr; celui-là ensevelit ses richesses et couve l'or qu'il a enfoui. Tel demeure en extase devant la tribune aux harangues; tel autre se laisse enivrer et séduire par les applaudissements que le peuple et les patriciens ont fait éclater à deux reprises au théâtre. D'autres se plaisent à tremper leurs mains dans le sang de leurs frères, échangent contre une terre d'exil les doux foyers de leurs aïeux, et vont chercher sous d'autres cieux une nouvelle patrie. Le laboureur retourne la terre avec le soc recourbé de la charrue : ce travail amène ceux de toute l'année; c'est par là qu'il nourrit sa patrie, et sa jeune postérité, et ses troupeaux de bœufs, et ses jeunes taureaux qui l'ont bien mérité. Point de repos pour lui avant que l'année l'ait comblé de fruits, qu'elle ait peuplé ses bergeries, multiplié les épis de Cérès, couvert ses sillons d'une riche récolte, et fait ployer ses greniers. Quand l'hiver est venu, l'olive de Sicyone se broie sous le pressoir, les porcs rentrent rassasiés de glands, les forêts donnent leurs arbousiers, l'automne détache des arbres mille fruits divers; et sur le sommet des coteaux la vendange amollie achève de mûrir aux rayons ardents du soleil. Cependant le laboureur voit ses fils bien-aimés se suspendre à son cou pour l'embrasser; sa chaste maison suit les lois de la pudeur; ses génisses laissent pendre leurs mamelles gonflées de lait, et ses gras chevreaux luttent à l'envi, cornes contre cornes. Sur le gazon verdoyant lui aussi célèbre des jours de fête; et, couché sur l'herbe, tandis qu'au milieu brûle le feu de l'autel, et que ses compagnons couronnent leurs coupes de feuillage, il invoque le dieu des pressoirs en faisant des libations; puis il invite ses bergers à lancer un rapide javelot sur l'orme qui leur sert de but, ou à dépouiller leurs membres vigoureux pour s'exercer à une lutte rustique.

Telle était la vie que menèrent jadis les vieux Sabins; ainsi vécurent Rémus et son frère. Oui, c'est ainsi qu'a grandi la belliqueuse Étrurie, que Rome est devenue la merveille du monde, et a renfermé sept collines dans sa vaste enceinte. Même avant le règne du roi du Dicté, avant que la race impie des hommes se nourrît de la chair des taureaux, Saturne, au temps de l'âge d'or, menait cette vie sur la terre. On n'avait pas encore entendu non plus retentir le son des clairons, ni pétiller les glaives sur les dures enclumes.

*(Géorgiques, livre II.)*

## IV

### Éloge de l'Italie.

Mais ni la terre des Mèdes si riche en forêts, ni les rives enchantées du Gange, ni l'Hermus, qui roule de l'or dans son limon, ni la Bactriane, ni l'Inde, ni la Panchaïe tout entière,

3.

dont les sables féconds produisent l'encens, ne sauraient le disputer en merveilles à l'Italie. Des taureaux, soufflant le feu par
leurs naseaux, n'ont pas retourné le sol de l'Italie pour y semer
les dents d'une hydre monstrueuse ; une moisson de guerriers
n'y a pas surgi toute hérissée de casques et de piques. Mais
des moissons chargées de grains et le massique, liqueur chère
à Bacchus, abondent en ces contrées que couvrent des oliviers
et de gras troupeaux de bœufs. C'est là que naissent les coursiers belliqueux qui s'élancent fièrement dans la plaine, et les
blancs moutons, qui, baignés dans ton onde sacrée, ô Clitumne,
ainsi que le taureau, la plus noble des victimes, ont précédé
plus d'une fois jusqu'aux temples des dieux les triomphateurs
romains.

   Là, règne un printemps éternel, et l'été brille dans des mois
qui ne sont pas les siens ; deux fois les brebis sont mères ; deux
fois les arbres se couvrent de fruits. Mais on n'y voit pas les ti-
gres farouches et la cruelle race des lions ; l'herbe des champs
n'y cache pas des poisons trompeurs ; des serpents couverts
d'écailles n'y traînent pas sur le sol leurs anneaux immenses
et ne ramassent pas leurs corps en une énorme spirale. Ajoutez
à ces avantages tant de villes fameuses, tant de constructions
magnifiques, tant de forteresses entassées par la main des
hommes sur des rochers escarpés, et ces rivières qui coulent
au pied d'antiques remparts. Parlerai-je des deux mers qui baignent l'Italie au nord et au midi ? de ses lacs immenses, du La-
rius, le plus grand de tous, et de toi, Bénacus, qui enfles tes vagues et frémis comme la mer ?

   Nommerai-je les ports et les digues ajoutés au Lucrin, et la
mer indignée mugissant contre ces barrières, aux lieux où l'eau
du port Jules retentit du bruit des flots refoulés au loin, et où
la vague tyrrhénienne pénètre jusque dans le lac Averne ?

   Cette même contrée a montré dans son sein des veines d'argent
et des mines d'airain, ses rivières ont roulé l'or en abondance.
Elle a engendré une race d'hommes belliqueuse, les Marses et
la jeunesse sabine, et le Ligure accoutumé à la peine, et les
Volsques aux longues lances ; elle a produit les Décius, les Marius et les illustres Camille, et les Scipions endurcis à la guerre,
et toi, César, le plus grand des héros, qui, après avoir triomphé

sur les extrêmes confins de l'Asie, repousses maintenant de nos
frontières l'Indien efféminé. Salut, mère féconde des moissons,
terre de Saturne, mère féconde des guerriers ! C'est pour toi
qu'osant puiser à des sources nouvelles, je célèbre un art honoré et cultivé par nos aïeux, et que je fais entendre aux villes
romaines comme un écho du poëte d'Ascra.

(*Géorgiques*, livre II.)

## V

### Junon et les Troyens.

Sur les bords lointains qui regardent l'Italie et les bouches
du Tibre, existait une antique cité, colonie des Tyriens, Carthage, puissante par ses richesses et passionnée pour la guerre.
Junon la chérissait, dit-on, plus que toute autre contrée et la
préférait même à Samos ; c'est là qu'elle avait ses armes et son
char. Lui donner l'empire du monde, si toutefois les destins le
permettent, c'est à quoi tendent dès lors tous les efforts et les
vœux de la déesse. Mais elle avait appris qu'une race, issue du
sang troyen, renverserait un jour les remparts de la nouvelle
Tyr, et qu'elle enfanterait, pour la ruine de la Libye, un peuple au loin triomphant, et redoutable à la guerre : ainsi le voulaient les Parques. A cette crainte, au souvenir de la guerre
qu'elle avait autrefois soutenue devant Troie pour ses Grecs
chéris, la fille de Saturne joignait des motifs de haine et de
cruels ressentiments qui n'étaient pas encore sortis de sa mémoire. Elle garde profondément gravé dans son cœur le jugement de Pâris, et l'injure faite à sa beauté méprisée, l'horreur
d'une race odieuse, l'enlèvement de Ganymède et les honneurs
qu'il avait usurpés. Aigrie par tant d'outrages, elle poursuivait
sur le vaste Océan et repoussait loin du Latium les Troyens
échappés au fer des Grecs et de l'impitoyable Achille ; jouets
du destin, ils erraient de mer en mer depuis plusieurs années.
Tant devait être laborieux l'enfantement de la puissance romaine !

A peine les Troyens, perdant de vue la Sicile, voguaient joyeu-

sement en pleine mer, et fendaient de leurs proues d'airain
l'onde écumante, quand Junon, le cœur éternellement ulcéré,
se dit à elle-même : « Me faut-il donc renoncer à mon entreprise et m'avouer vaincue ? Quoi ! je ne pourrai éloigner de
l'Italie le roi des Troyens ? Les destins me le défendent ! Pallas
a bien pu brûler la flotte des Grecs et les engloutir dans les
flots pour châtier le crime et les fureurs du seul Ajax, fils d'Oï-
lée ; elle-même, lançant du sein des mers le feu rapide de Jupiter, dispersa leurs vaisseaux, déchaîna les vents, saisit dans
un tourbillon le coupable dont le cœur transpercé vomissait
des flammes, et le cloua sur un roc aigu : et moi, reine auguste des dieux, moi, la sœur et l'épouse de Jupiter, je lutte
contre un seul peuple depuis tant d'années ! Qui donc voudra
désormais adorer la puissance de Junon, fléchir les genoux devant ses autels et les charger d'offrandes ? »

La déesse, roulant de telles pensées dans son cœur irrité, se
rend à Éolie, la patrie des orages, dans ces lieux tout pleins de
furieux autans. Là, dans une vaste caverne, le roi Éole maîtrise et retient prisonniers dans les fers les vents indociles et les
bruyantes tempêtes. Eux, indignés, se pressent aux portes en
frémissant et remplissent la montagne de leurs mugissements.
Assis au sommet du rocher, Éole, son sceptre dans la main,
adoucit leur humeur, et modère leur courroux. Sans lui, les
vents emporteraient assurément dans leur course rapide les
mers et les terres et la voûte éthérée, et les balayeraient à
travers l'espace. Mais, redoutant ce danger, le maître des dieux
les a renfermés dans des cavernes ténébreuses, et a entassé sur
leurs têtes une masse de montagnes élevées ; de plus il leur a
donné un roi, qui, fidèle au pacte convenu, sait au gré de Jupiter serrer ou lâcher les rênes.

C'est à lui que Junon s'adressa alors d'un ton suppliant :
« Éole, c'est à toi que le père des dieux et le roi des hommes a
donné le pouvoir d'apaiser et de soulever les flots : une nation
que je hais navigue sur la mer Tyrrhénienne, portant en Italie
Ilion et ses pénates vaincus : déchaîne la rage des vents, sub-
merge et engloutis leurs navires, ou bien disperse çà et là les
Troyens, et couvre la mer de leurs corps épars. J'ai quatorze
nymphes d'une beauté remarquable : Déïopée, la plus belle de

toutes, unie à ton sort par un hymen durable, t'appartiendra
pour toujours : je veux que, pour prix d'un tel service, elle
passe avec toi toutes ses années, et te rende père d'une belle
postérité. »

Éole répondit : « A vous, reine, le soin d'examiner ce que vous
souhaitez ; à moi, le devoir d'exécuter vos ordres. Je vous dois
toute ma puissance, et mon sceptre, et la faveur de Jupiter ;
c'est vous qui me faites asseoir à la table des dieux, et disposer
en maître des orages et des tempêtes. »

Il dit, et du revers de sa lance il frappa le flanc du mont ca-
verneux ; les vents s'élancent en bataillon serré par l'issue qui
leur est ouverte, et balayent la terre de leur souffle impétueux. L'Eurus, le Notus et l'Africus fertile en orages s'abattent
à la fois sur la mer qu'ils bouleversent jusque dans ses plus
profonds abîmes, et poussent vers le rivage les flots amoncelés.
La tempête est accompagnée du cri des hommes et du sifflement
des câbles. Tout à coup les nuages dérobent le ciel et le jour
aux regards des Troyens ; une nuit sombre s'étend sur la mer ;
le ciel tonne, l'air brille de feux redoublés, et tout présente
aux matelots l'image menaçante de la mort.

(Énéide, liv. I.)

## VI

### Mort de Priam.

Au milieu du palais, sous la voûte découverte du ciel, était
un grand autel, et' tout auprès, un antique laurier penchait sur
l'autel et couvrait les Pénates de son ombre. Là, Hécube et ses
filles, assises en vain autour du saint asile, comme des colombes
qui ont fui devant la noire tempête, se serraient les unes contre
les autres, et embrassaient les images des dieux. Quand la reine
voit Priam revêtu d'armes faites pour la jeunesse : « O malheureux
époux, lui dit-elle, quelle funeste pensée vous a mis ces armes
à la main ? Où courez-vous ? Ce n'est point un pareil secours, ni
des défenseurs tels que vous, que les circonstances réclament ;
non, mon cher Hector lui-même ne pourrait aujourd'hui nous

sauver. Venez enfin prendre place à nos côtés : cet autel nous
protégera tous, ou vous mourrez avec nous. » Elle dit et reçut
près d'elle le vieillard, et le plaça dans l'enceinte sacrée.

Cependant un des fils de Priam, Politès, échappé aux coups
meurtriers de Pyrrhus, s'enfuit à travers les traits et les ennemis sous les longs portiques, et, blessé, parcourt les appartements solitaires. Pyrrhus, ardent, le poursuit l'épée haute, et
déjà il le saisit et le presse de sa lance. Enfin Politès, arrivé
en présence et sous les yeux de ses parents, tomba et exhala sa
vie dans des flots de sang. Alors Priam, quoique sous le coup
d'une mort inévitable, ne se posséda plus, et ne contint ni sa
voix ni sa colère : « Pour prix de ton crime, s'écrie-t-il, pour
prix de ton audace, puissent les dieux (si toutefois le ciel com-
patissant venge de tels forfaits) te récompenser comme tu le
mérites, et te payer le salaire qui t'est dû, toi qui m'as fait assister à la mort de mon fils, et as souillé de la vue d'un cadavre
les regards d'un père ! Ah ! cet Achille, dont tu prétends faus-
sement que tu es issu, ne traita point avec cette cruauté Priam,
son ennemi ; mais il respecta les droits et la sainteté du suppliant, il rendit à la tombe le corps inanimé d'Hector, et me ren-
voya dans mes États. » Ayant ainsi parlé, le vieillard lança d'une
main débile un trait impuissant, qui fut aussitôt repoussé par
l'airain sonore, et resta suspendu sans effet à la surface bom-
bée du bouclier. Alors Pyrrhus : « Eh bien donc ! tu vas repor-
ter ceci au fils de Pélée et me servir de messager ; n'oublie pas
de lui raconter mes honteux exploits et de lui dire que Néoptolème dégénère. En attendant, meurs. » En disant ces mots, il
traîna jusqu'au pied des autels Priam tremblant, et dont les
pieds glissaient dans le sang de son fils ; de la main gauche, il
lui saisit les cheveux, et de la droite, il leva son glaive étince-
lant, et le lui plongea dans le flanc jusqu'à la garde. Ainsi finit
Priam, ainsi périt, par l'ordre du destin, à la vue de Troie em-
brasée et des ruines de Pergame, ce puissant dominateur de
l'Asie, maître de tant de peuples et de tant de contrées. Sur le
rivage gît un grand tronc, une tête séparée des épaules, et un
cadavre méconnaissable.

                                            (*Énéide*, liv. II.)

## VII

### Andromaque en Épire.

Le hasard voulut que, dans un bois voisin de la ville, sur les bords d'un faux Simoïs, Andromaque offrît alors aux cendres d'Hector un sacrifice solennel et des libations funèbres. Elle invoquait les mânes près d'un tombeau vide, fait d'un vert gazon, qu'elle avait consacré à son ancien époux avec deux autels, source éternelle de larmes. Quand elle m'aperçut et qu'elle vit autour de moi des armes troyennes, éperdue, effrayée de cette apparition extraordinaire, elle demeura interdite à ma vue; son sang se glaça dans ses veines, elle tombe évanouie; et c'est avec peine qu'après un long silence elle prononce enfin ces paroles : « Est-ce bien vous que je vois? Êtes-vous celui que ces traits m'annoncent? Fils d'une déesse, vivez-vous? ou, si vos yeux sont fermés à la lumière, où est Hector? »

Elle dit, et verse un torrent de larmes, et remplit de ses cris tous les lieux d'alentour.

Ému du transport qui l'agite, je réponds à peine, et, dans mon trouble, je lui adresse quelques mots entrecoupés : « Oui, je vis, et ma vie se passe au milieu des plus cruels malheurs. N'en doutez point : ce que vous voyez est réel. Hélas! quelle humble condition est la vôtre, après la perte d'un si noble époux? Quel sort digne de vous est devenu votre partage? Se peut-il que l'Andromaque d'Hector partage la couche de Pyrrhus? »

Elle baissa les yeux, et répondit à voix basse : « O heureuse entre toutes, la fille de Priam, condamnée à mourir près du tombeau d'un ennemi, au pied des remparts élevés de Troie ! Elle n'a point eu a subir les chances du sort, et n'est point entrée, captive, au lit d'un vainqueur et d'un maître. Nous, après l'embrasement de notre patrie, emportée à travers des mers lointaines, nous avons essuyé l'insolence et l'orgueil du jeune rejeton d'Achille, et nous avons enfanté dans la servitude. Bientôt Pyrrhus, épris d'Hermione, la petite-fille de Léda, et formant à Lacédémone un nouvel hymen, me mit aux bras d'Hélénus, comme moi son esclave. Mais Oreste, se voyant ravir sa fiancée pour laquelle il brûlait d'un vif amour, Oreste, en proie aux furies vengeresses de ses crimes, surprend son rival à l'improviste, et l'égorge au pied des autels d'A- chille. La mort de Néoptolème fit tomber une partie de ce royaume entre les mains d'Hélénus, qui donna le nom de Chaonie à tout le pays, en souvenir du Troyen Chaon, et bâtit sur les hauteurs une Pergame, citadelle du nouvel Ilion. Mais vous, comment les vents et les destins vous ont-ils conduit en ces lieux ? Quel dieu vous a fait aborder malgré vous sur ces ri- vages ? Et le jeune Ascagne ? Vous reste-t-il ? Respire-t-il en- core ? Quand il naquit, Troie déjà........ Regrette-t-il, tout enfant qu'il est, la perte de sa mère ? Dites-moi si l'exemple de son père Énée et de son oncle Hector l'excite à montrer l'an- tique vertu et le mâle courage de ses ancêtres.

(*Énéide*, livre III.)

# VIII

## Didon.

C'était la nuit sur toute la terre : les êtres fatigués goûtaient la paix du sommeil ; au fond des forêts, sur les flots cruels, par- tout le repos. Les étoiles roulaient au milieu du ciel ; dans les plaines immenses le silence. Troupeaux, oiseaux au brillant plumage, et ceux qui se tiennent dans les eaux limpides des lacs, et ceux qui se cachent dans les buissons des champs, tous, cédant au sommeil dans la nuit silencieuse, goûtaient dans leurs cœurs l'apaisement et l'oubli des peines. Telle n'est point Di- don : âme tourmentée, elle ne peut s'abandonner au repos ; ni ses yeux ni son cœur ne reçoivent la nuit : la douleur s'avive, l'amour plus violent se réveille ; elle flotte au tourbillon des plus violents transports.

Dans cet état, mille pensées assaillent son cœur. Que faire maintenant ? Irai-je m'exposer aux railleries de mes préten- dants d'autrefois ? Irai-je suppliante mendier pour époux ces rois nomades que j'ai tant de fois repoussés ? Non. Mais alors je suivrai donc la flotte des fugitifs d'Ilion, je subirai le caprice des Troyens? Ah! à quoi m'aura servi de leur prodiguer mes secours? Comme la reconnaissance du bienfait habite bien dans ces cœurs fidèles! Mais supposons que je le veuille, le voudront-ils? Me recevra-t-il, l'orgueilleux, sur ses vaisseaux, moi qu'il déteste? Ah! malheureuse! malheureuse, tu ne sais pas, tu ne comprends pas encore jusqu'où va la perfidie de ces fils de Laomédon! Et, d'ailleurs, irai-je seule me mettre à la suite de ces matelots ivres de joie? ou bien me ferai-je accompagner des Tyriens, de mon peuple tout entier? Je viens à peine de les arracher à Sidon leur patrie, faudra-t-il les jeter de nouveau sur la mer, leur dire : Mettez les voiles au vent? Meurs plutôt, tu l'as mérité. Éteins ta douleur dans ton sang. C'est toi, toi ma sœur, qui, vaincue par mes larmes, as fait peser sur mon âme malade ce fardeau de douleurs, c'est toi qui m'as livrée à l'ennemi. Pourquoi ne m'as-tu pas laissée, sans amour et sans crainte, vivre solitaire et sauvage? Je n'aurais pas connu de telles tortures; j'aurais gardé à la cendre de Sichée la foi que j'avais jurée.

(*Énéide*, liv. IV.)

## IX

### Mort de Didon.

Déjà l'aurore, quittant la couche dorée de Tithon, éclairait de nouveau la terre, quand la reine, du haut du palais, vit le jour blanchir à l'horizon, et la flotte voguer à pleines voiles. Quand elle reconnut que le rivage était désert et le port sans rameurs, elle meurtrit trois et quatre fois son beau sein, et arracha ses blonds cheveux : « Grand Jupiter! il partira! s'écria-t-elle; un étranger se sera joué d'une reine telle que moi? Et l'on ne courra point aux armes? Carthage entière ne se mettra pas à sa poursuite, et mes vaisseaux ne sortiront pas du port en toute hâte? Allez, volez, la flamme à la main, déployez les voiles, fatiguez les rames !..... Que dis-je? Où suis-je? Quel délire trouble mon esprit? Malheureuse Didon! Tu pleures maintenant sur sa perfidie : ah! tu devais pleurer, quand tu lui donnas la couronne !..... Voilà donc ses promesses et sa foi ! Voilà celui qui a, dit-on, emporté avec lui ses pénates domestiques et a chargé sur ses épaules son père accablé de vieillesse !..... Et je n'ai pu déchirer son corps en lambeaux et en semer les débris dans les flots ? Je n'ai pu massacrer ses compagnons, égorger Ascagne lui-même, pour en faire à son père un horrible festin ?... Mais l'issue de la lutte était incertaine.... Qu'importe ? Qu'avais-je à craindre, résolue à mourir ? J'aurais mis le feu à sa flotte, embrasé ses vaisseaux, anéanti le fils et le père avec toute leur race, et je me serais précipitée moi-même au milieu des flammes. Soleil, dont le flambeau éclaire toutes les choses de ce monde ; toi, Junon, confidente et témoin de mes chagrins ; Hécate, que les mortels invoquent la nuit en hurlant dans les carrefours ; Furies vengeresses, et vous, dieux d'Élise mourante, entendez ma voix, voyez les maux immérités que j'endure, et exaucez mes prières. S'il faut que le monstre touche le port et aborde au rivage ; si telle est la volonté de Jupiter, et tel le terme fatal de ses voyages : que, du moins, assailli par les armes d'un peuple belliqueux, chassé de ses États, arraché aux embrassements d'Iule, il implore un secours étranger et voie l'affreux trépas des siens ; qu'il subisse les lois d'une alliance honteuse, sans jouir ni du trône, ni de la douce clarté des cieux ; mais qu'il meure avant le temps, et gise sans sépulture au milieu de l'arène. Voilà mon vœu, voilà le dernier cri que j'exhale avec la vie. Vous, Tyriens, poursuivez de votre haine et sa race et tous ses descendants, et donnez à mon ombre cette satisfaction : point d'amitié, point d'alliance entre les deux peuples. Que de mes cendres sorte un vengeur qui poursuive par le fer et par la flamme les fils de Dardanus, maintenant, plus tard, et toujours, tant qu'il sera de force à lutter. Rivages contre rivages, flots contre flots, soldats contre soldats, puissent les deux peuples combattre, eux et leurs descendants ! »

Elle dit, et mille pensées agitent son âme ; car elle cherche à se débarrasser au plus tôt d'une vie odieuse. Alors elle adresse quelques mots à Barcé, nourrice de Sichée (car elle avait laissé dans son antique patrie les cendres de sa propre nourrice) : « Chère nourrice, appelle ici ma sœur Anna ; dis-lui de se purifier en toute hâte dans une eau vive, d'amener avec elle les

victimes et les offrandes expiatoires prescrites par la prêtresse ;
qu'alors seulement elle vienne ; toi-même, ceins ton front des
bandelettes sacrées. Le sacrifice dont j'ai commencé les apprêts
en l'honneur de Jupiter du Styx, je veux l'accomplir : je veux
mettre un terme à mes soucis, et livrer aux flammes du bûcher
l'image du Troyen. » Elle dit ; le zèle hâte les pas de la vieille
nourrice.

Mais Didon frémissante, exaspérée par la pensée de son horrible projet, les yeux hagards et sanglants, les joues tremblantes
et semées de taches livides, Didon, pâle de sa mort prochaine,
s'élance dans l'intérieur du palais, gravit furieuse les degrés
du bûcher, et tire l'épée du Troyen, présent qui ne fut point
destiné à cet usage. Là, quand elle aperçut les tissus phrygiens,
et cette couche si connue, elle s'abandonna un instant à ses
larmes et à ses pensées ; puis, se jetant sur le lit, elle prononça
ces dernières paroles : « Dépouilles chères à mon cœur, tant
que le permirent les destins et les dieux, recevez mon âme, et
délivrez-moi de mes tourments. J'ai vécu, et j'ai fourni la carrière que la fortune m'avait tracée ; et maintenant mon ombre
descendra glorieuse aux enfers. J'ai fondé une ville superbe ; j'ai
vu s'élever mes remparts, j'ai vengé mon époux et puni un
frère inhumain : heureuse, hélas ! trop heureuse, si les vaisseaux troyens n'avaient jamais touché nos rivages !... » Elle dit,
et, collant sa bouche sur le lit funéraire : « Quoi ! mourir sans
vengeance ! Oui, mourons, dit-elle, même à ce prix, il m'est
doux de descendre chez les ombres. Que du milieu des mers le
cruel Troyen dévore des yeux le feu de ce bûcher, et emporte
avec lui les présages de ma mort. »

Elle avait dit ; et, tandis qu'elle parlait encore, ses compagnes
la voient s'affaisser sous le coup mortel ; elles voient l'épée
écumante de sang, et ses mains défaillantes. Un cri s'élève sous
les voûtes du palais : le bruit de cette mort se répand et jette
le trouble dans la ville ; ce ne sont partout que des lamentations,
gémissements, hurlements des femmes ; l'air retentit de clameurs lugubres ; on dirait qu'envahie par l'ennemi, Carthage
ou l'antique Sidon s'écroule, et que la flamme dévorante em-
brase en courant les demeures des hommes et les temples des
dieux.                        (*Énéide*, livre IV.)

## X

### Le champ des Pleurs.

Aussitôt il entend des voix plaintives et de longs vagisse-
ments : ce sont des enfants dont les âmes pleurent à l'entrée
de ces lieux : un destin cruel leur interdit les douceurs de la
vie, et les arracha au sein maternel pour les plonger prématu-
rément dans la tombe. Près d'eux sont ceux qui ont péri victimes d'injustes accusations. Ces places ont été d'ailleurs assi-
gnées par des juges que le sort a choisis. Minos préside et agite
l'urne fatale : c'est lui qui cite les ombres à son tribunal, et
s'enquiert de leur vie et de leurs crimes. Près de là habitent,
accablés de tristesse, les mortels qui, sans avoir rien à se reprocher, se sont donné la mort de leur propre main, et qui, dé-
testant la lumière, ont secoué le fardeau de la vie. Qu'ils
voudraient souffrir encore, à la clarté des cieux, et la pauvreté
et les durs travaux ! Les destins s'y opposent : un odieux marais
les enchaîne de ses tristes ondes, et le Styx les emprisonne en
coulant neuf fois autour d'eux.

Non loin s'étend de tous côtés le champ des Pleurs : c'est
ainsi qu'on l'appelle. Là, ceux que le funeste poison de l'amour
a consumés errent à l'écart dans des sentiers mystérieux, à
l'ombre d'une forêt de myrtes : leurs soucis ne les quittent
point, même après le trépas. Le héros aperçoit en ces lieux
Phèdre, Procris, et la triste Ériphyle montrant les coups que
lui porta un fils barbare, Evadné et Pasiphaé. Laodamie les accompagne ainsi que Cœnée, jeune garçon autrefois, femme
maintenant, et rendue encore une fois par le destin à sa forme
première.

Au milieu d'elles, la reine de Carthage, dont la blessure sai-
gne encore, errait dans cette vaste forêt. Dès que le héros troyen
fut près d'elle et l'eut reconnue dans l'obscurité, comme on
voit ou comme on croit voir la lune nouvelle briller entre les
nuages, il versa des larmes et lui adressa la parole avec un tendre
intérêt : « Infortunée Didon, il était donc vrai que vous ne viviez

plus, et que dans votre désespoir vous aviez tranché le fil de vos jours! votre trépas, hélas! c'est moi qui l'ai causé. J'en jure par les astres, par les dieux du ciel, par tout ce qu'il y a de sacré aux enfers, c'est malgré moi, ô reine, que j'ai quitté vos rivages. Je n'ai fait qu'obéir aux ordres impérieux des dieux, qui me forcent aujourd'hui à descendre dans le royaume sombre, dans ces lieux incultes et couverts d'une nuit profonde; et j'étais loin de m'attendre que mon départ dût vous causer tant de douleur. Arrêtez, et ne vous dérobez point à mes regards. Pourquoi me fuir? c'est la dernière fois que le destin me permet de vous parler. »

Par de tels discours, entremêlés de larmes, Énée cherchait à calmer cette ombre courroucée, qui lui lançait de farouches regards. Mais Didon, détournant la tête, tenait ses yeux baissés vers la terre : elle ne témoigne aucune émotion aux paroles du héros : on dirait le rocher le plus dur, un marbre du Marpesse. Enfin elle s'échappe et s'enfonce avec colère dans un épais bocage, où Sichée, son premier époux, partage son amour et répond à sa tendresse. Cependant Énée, sensible à son infortune, la suit longtemps du regard en pleurant et en plaignant son malheur. *(Énéide, livre VI.)*

## XI

### Purification des âmes.

Cependant Énée voit dans un vallon écarté un bois solitaire, et des halliers touffus que fait retentir le vent : les eaux du Léthé baignent ce séjour tranquille. Autour de ce fleuve voltigeaient des nations et des peuples innombrables : telles dans la prairie, par un beau jour d'été, les abeilles se posent sur différentes fleurs, se répandent autour des lis éclatants de blancheur et remplissent de leur bourdonnement toute la plaine. Énée tressaille à ce spectacle inattendu; il s'informe des causes de ce mystère qu'il ne comprend pas : quel est ce fleuve dans le lointain? quelle est cette multitude qui en couvre les rives?

« Les âmes, lui répond Anchise, auxquelles le destin doit d'autres corps, viennent boire aux ondes du Léthé la quiétude et le long oubli. Depuis longtemps je désire te les montrer et te les faire passer sous les yeux ; je veux compter cette longue suite de tes descendants afin que tu te réjouisses davantage avec moi d'avoir trouvé l'Italie. » — « O mon père, est-il donc vrai que des âmes remontent d'ici sur la terre, et rentrent de nouveau dans les lourdes entraves du corps ? d'où leur vient ce désir insensé de la lumière ? » — « Je vais te le dire, mon fils, reprend Anchise, et je ne tiendrai pas ta curiosité en suspens ; » et alors il lui explique en détail toutes ces merveilles.

« Apprends d'abord qu'un souffle divin pénètre et vivifie le ciel, la terre, la plaine liquide, le globe lumineux de la lune, et l'astre de Titan ; cette âme, répandue dans les veines du monde, en meut la masse entière et se mêle avec ce grand corps. C'est par elle que respire et la race des hommes et celle des bêtes, et la gent ailée, et les monstres que la mer nourrit dans ses flots étincelants. Il y a dans ces parcelles de la grande âme un feu vivifiant et comme une émanation céleste, tant que des corps défectueux n'en retardent pas l'essor, tant que des ressorts terrestres et des membres périssables n'en émoussent pas l'activité. De cette union avec le corps naissent les craintes et les désirs, les douleurs et les joies : enfermées dans les ténèbres de leur obscure prison, elles ne voient plus le ciel. Que dis-je ! lorsqu'au jour suprême la vie a quitté le corps, les malheureuses ne sont pourtant pas complétement débarrassées du vice et des souillures corporelles, et le mal, qui s'est longtemps développé dans leur sein, laisse nécessairement en elles de puissantes racines. Elles subissent donc des châtiments, et expient dans les supplices leurs anciennes fautes. Les unes, suspendues en l'air, sont exposées au souffle des vents légers ; les autres lavent au fond d'un vaste gouffre le crime qui les a souillées, ou s'épurent dans les flammes. Chacun de nous souffre en ses mânes le supplice qui lui convient ; ensuite, on nous envoie dans le vaste Élysée, dont nous habitons en petit nombre les riantes campagnes. Enfin, lorsque les temps sont accomplis, et que le cours des âges a effacé les taches invétérées, et rendu à sa pureté primitive ce soufffe divin, cette étincelle du feu céleste ; un dieu, après mille

ans révolus, appelle en foule toutes ces âmes sur les bords du
Léthé, afin qu'oubliant le passé, elles désirent revoir la voûte
des cieux, et rentrer dans de nouveaux corps. »

(Énéide, livre VI.)

## XII

### Le jeune Marcellus.

En ce moment, Énée interrompit Anchise : car il voyait marcher aux côtés de Marcellus un jeune homme d'une beauté
remarquable et couvert d'armes étincelantes, mais le front
voilé par la tristesse, et les yeux baissés vers la terre : « Quel
est, dit-il à son père, celui qui accompagne Marcellus ? Est-ce
son fils, ou quelqu'un de ses illustres descendants ? Comme
le peuple l'environne avec un murmure flatteur ! Quelle
ressemblance entre les deux héros ! Mais l'affreuse mort se-
coue déjà sur lui ses sombres ailes. » — « O mon fils, répond Anchise les larmes aux yeux, ne cherche point à connaître la douleur cruelle de tes neveux. Celui que tu vois, les
destins le montreront seulement à la terre, et le lui raviront
aussitôt. Rome vous eût paru trop puissante, grands dieux, si
elle eût conservé ce don de votre main. De quels gémissements
retentira ce champ fameux, voisin de la puissante cité de
Mars ! Et toi, dieu du Tibre, quelles funérailles tu verras,
quand tes flots baigneront sa tombe encore récente ! Jamais
enfant issu de la nation troyenne ne portera si haut l'espoir
des Latins, ses aïeux. Jamais la terre de Romulus ne s'enor-
gueillira d'un plus digne nourrisson. O piété ! ô antique vertu !
O bras invincible à la guerre ! personne n'eût impunément
bravé ce guerrier, soit qu'il marchât de pied ferme à l'ennemi,
soit qu'il enfonçât l'éperon dans les flancs de son coursier
écumant. Hélas ! malheureux enfant ! si tu peux par quelque
moyen rompre les entraves du destin, tu seras Marcellus. Jetez
des lis à pleines mains : je veux joncher le sol des fleurs les
plus belles, et combler de ces offrandes l'âme de mon petit-
fils ; que je lui rende au moins ce stérile hommage ! »

(Énéide, livre VI.)<br>(Traduction Pessonneaux, édit. Charpentier.)

# CHAPITRE III

On aime à se représenter Virgile dans les hauteurs sereines, entre le ciel et la terre, ombre à la fois légère et
majestueuse, pure surtout, et ayant quelque chose de
virginal. Tel le voyait Dante, quand il le prenait pour
guide à travers les mondes surnaturels. Eût-il trouvé dans
toute l'antiquité une âme plus élevée, plus naturellement
religieuse, pour ainsi dire, et plus voisine de la lumière
du ciel chrétien ? Les Pères de l'Église eux-mêmes ont
subi ce charme, eux et tout le moyen âge. C'est qu'en effet
Virgile a quelque chose d'éthéré et de mystérieux. De sa
vie nous ne savons rien que des détails touchants et poétiques : la spoliation du champ paternel, la lecture des
vers divins sur le jeune Marcellus, et ce voyage au doux
pays de la Troade, et cette mort en touchant le rivage.
Tout le reste, c'est-à-dire le côté matériel et vulgaire,
nous échappe. Les sots biographes postérieurs ont eu
beau faire, ils n'ont pu le créer ; dans leurs plates inventions le mystérieux, le divin apparaît toujours : il domine
cette vie, il est comme le caractère même de cette
figure.

Tout autre est Horace. Il ne s'est pas fié aux biographes du soin de le faire connaître ; il s'est chargé lui-
même de son portrait, et il l'a fait et refait avec complai-

sance et sincérité. Poëte lyrique, il devrait, ce semble, se plaire sur les hautes cimes, et de son aile légère s'élever au-dessus de la fange humide (*udam spernit humum fugiente penna*); mais il est mieux sur terre que parmi les astres; il nous dit bien qu'il va frapper les étoiles de son front sublime (*sublimi feriam sidera vertice*), mais il n'est pas dupe, il ne veut pas que nous soyons dupes de cette ambitieuse métaphore. Il monte rarement vers les hauteurs et difficilement, il en descend vite et avec plaisir. Rien de mystérieux et de voilé dans sa vie. Il nous apprend sans fatuité comme sans mauvaise honte qu'il est petit, gros, replet même, qu'il a mal aux yeux et les soigne avec du collyre, que son estomac n'est pas excellent, qu'il a parfois la pituite. Il nous dit à quelle heure il se lève, ce qu'il fait tout le long du jour. — Écoutons-le : « En quelque lieu que me mène ma fantaisie, j'y puis aller seul. Je m'arrête à demander le prix des légumes, du froment. J'erre jusqu'à la nuit close dans la foule du cirque et du forum, m'amusant de leurs charlatans, écoutant leurs devins ; je reviens ensuite à la maison trouver mon plat de légumes, de pois chiches et de petits gâteaux. Trois esclaves font le service. Un buffet de marbre blanc porte deux coupes et un cyathus ; auprès est un hérisson de peu de valeur, un vase à libations avec sa patère, le tout en terre de Campanie. Enfin, je m'en vais dormir, sans affaire dans la tête qui m'oblige à me lever le lendemain de bonne heure, à me rendre avec le jour auprès de Marsyas, dont le geste témoigne qu'il ne peut souffrir la figure du plus jeune des Novicius. Je reste au lit jusqu'à la quatrième heure (dix heures du matin). Ensuite je me promène, ou bien encore, après avoir occupé mon esprit de quelque lecture, m'être amusé à écrire, je me fais

frotter d'huile, mais non comme le sale Natta, aux dépens
de la lampe. Quand la fatigue et l'ardeur du soleil m'a-
vertissent qu'il est temps d'aller au bain, je quitte le
champ de Mars et ses jeux, puis je mange ce qu'il faut
seulement pour ne pas rester jusqu'au soir l'estomac vide,
et jouis à la maison comme je l'entends de mon loisir.
Voilà comment vivent les hommes exempts des misères
de l'ambition, qui n'en portent point les lourdes chaînes ;
ainsi je me console de ma médiocrité, plus heureux par
elle que si j'avais eu, comme d'autres, un aïeul, un père,
un oncle questeurs. »

Va-t-il à la campagne, il nous décrit les lieux qu'il habite, son genre de vie, les heures où il dort, boit, mange,
travaille, ce qu'il pense, ce qu'il sent, ce qu'il aime, ce
qu'il hait. Il nous entretient de ses maîtresses, de ses
amis, des amis de ses amis. Tout lui est matière à confidence. Jamais poésie ne fut plus personnelle que la
sienne ; Montaigne lui-même n'a pas un moi plus expansif. Avec cela, aucune fatuité et beaucoup d'esprit ;
on l'écoute avec plaisir, et on le croit, car volontiers il dit
du mal des autres et de lui-même.

Les événements qui composent sa vie sont peu de
chose, mais ils font bien connaître l'homme et le poëte.
Il n'a jamais été marié, il n'a jamais exercé la moindre
charge publique, il n'a jamais plaidé au forum. Il est
en effet, comme il le répète si souvent, exempt d'ambition. Une fois, une seule fois, il s'est jeté en aveugle au
milieu des orages de la guerre civile. Il avait alors quelque vingt ans. Brutus, tout chaud encore du meurtre de
César, était venu à Athènes et avait enflammé les jeunes
Romains qui y étudiaient la philosophie, en faisant sonner
les grands mots de patrie et de liberté. Horace, simple

fils d'un affranchi, collecteur pour les ventes à l'enchère, vivait familièrement parmi ces jeunes gens des plus grandes familles de Rome, grâce à la libéralité éclairée d'un père excellent qui consacra tout son bien à l'éducation de son fils. Ardent et enthousiaste, il suivit Brutus, fut nommé par lui tribun commandant une légion, et se battit à Philippes. Mais cet héroïsme ne se soutint guères. Il fut des premiers à jeter son bouclier, il fut le seul qui s'en vantât plus tard. — « Pendant que Brutus se plongeait son épée dans le corps, dit M. de Lamartine, Horace jeta la sienne, ainsi que son bouclier, pour fuir plus légèrement. » Notre grand poëte est sévère pour ce pauvre Horace, presque autant que pour La Fontaine. Il voit de trop haut les choses et les hommes, le niveau de la réalité ne saurait être le sien. Sans accepter ses jugements dans toute leur rigueur, souhaitons qu'il y ait toujours parmi nous de ces âmes incapables de comprendre et de justifier ce qui est le contraire de l'héroïsme (1).

Après Philippes (710, il avait vingt et un ans, étant né en 689), il revint en Italie, « humble et déplumé », nous dit-il (*decisis humilem pennis*) ; ses biens avaient sans doute été confisqués. Il se fit scribe du questeur, et tint les registres du trésor public, sans amour, on le conçoit, pour cette besogne. C'est alors que l'*audacieuse pauvreté le poussa à faire des vers*. Quels vers ? De passion ? d'enthousiasme, comme il sied à cet âge ? Non, des vers satiriques de différents mètres (épodes et premières satires). Quelques traits acérés allaient jusqu'à Mécène,

---

(1) L'abbé Galiani, qui avait tant d'esprit, ne le prenait pas de si haut avec Horace. « La bataille de Philippes le guérit de la maladie qu'on appelle bravoure, et il redevint pour toujours poëte, et, comme de raison, poltron. »

le favori du vainqueur. Virgile et Varius vont le trouver et lui offrent de le présenter à Mécène, c'est-à-dire de le débarrasser enfin de ce rôle de républicain et d'opposant auquel il est impropre. Il accepte. Il a lui-même raconté l'entrevue (1) qui n'aboutit qu'au bout de près d'une année. Le voilà reçu dans l'amitié de Mécène, et par lui comblé de biens et de faveurs, approché d'Auguste, et faisant déjà des jaloux. — On n'a pas épargné au poëte les gros mots sur cette brusque et si complète conversion. L'ode à Pompéius Grosphus (*Carm.*, II, vii), qui semble avoir été écrite vers cette époque (715), et dans laquelle il a le malheur de plaisanter sur ces noms lugubres de Brutus et de Philippes, et ces braves qui « touchent du menton le sol fangeux », et ce bouclier jeté, a servi de point de départ à bien des accusations. Sans accepter entièrement l'ingénieuse et indulgente explication de M. Patin, je dirais volontiers avec lui que le poëte ne pouvait guère agir autrement, non parce que bien d'autres faisaient de même, mais parce que entre tous Horace était préparé à cette évolution. Elle était conforme à sa nature intime, à tous ses goûts : il était essentiellement monarchique de cœur. Ce n'est donc pas sa conversion qui est difficile à expliquer, c'est son court accès de républicanisme. « Il faut mesurer chacun à sa mesure, » dit-il quelque part ; sa mesure à lui, c'était un tempérament ingénieux entre tous les extrêmes. Le gouvernement d'Auguste, dont il ne vit que la plus belle partie, lui convenait sous tous les rapports. Il aimait la paix, les loisirs que faisait le prince aux ci-devant citoyens, les formes adroites dont il masquait son autorité, les déli-

_____

(1) *Sat.*, I, ii, 25.

cates attentions qu'il déployait envers les gens de lettres. Il se rendit sans combat à tous ces agréments, et sans renoncer à aucune conviction, car il n'en avait pas. — Ceci bien établi, il faut ajouter que son attitude sous le règne d'Auguste fut de tout point celle d'un galant homme ; qu'il ne montra jamais l'âme d'un valet, qu'il sut conserver une honnête indépendance individuelle. L'empereur voulut en faire son secrétaire, il refusa : il semble même avoir plus d'une fois fait comprendre à César et à Mécène qu'il voulait bien les aimer, célébrer leurs bienfaits, mais non se faire leur amuseur en titre. Mécène, retenu à la ville où il s'ennuie, veut forcer Horace à quitter la campagne où il se trouve bien. — Le poëte refuse et se dégage de la manière la plus polie et la plus ferme à la fois. En acceptant les présents de son bienfaiteur, il n'a pas entendu vendre sa liberté ; que si Mécène insiste, réclame un droit, Horace rendra tout pour rester indépendant. — Ceci n'altéra en rien leur amitié. Il avait juré en poëte qu'il ne survivrait pas à Mécène ; sa mort, qui arriva vingt jours après celle de son bienfaiteur, lui donna raison. Quand il mourut, il jouissait encore de cette médiorité dorée qu'il a tant célébrée : il n'avait pas voulu de l'opulence, ni des honneurs, ni du fracas d'une grande existence. Il resta toute sa vie simple et modéré. C'est le plus bel éloge qu'on puisse faire de lui. Si l'adversité l'avait abattu, ce qui n'est pas certain, la prospérité ne le gâta point.

### Les Odes.

Tel fut l'homme : voyons le poëte. — Il a laissé des vers lyriques, des satires, des épîtres.

4.

Ses vers lyriques se composent de quatre livres d'odes, un livre d'épodes, et le Chant séculaire.

Il parle lui-même et en termes magnifiques de cette partie de son œuvre. — « Je l'ai achevé, ce monument plus durable que l'airain, plus haut que les royales pyramides, pour la ruine duquel ne pourront rien, ni la pluie qui pénètre et qui ronge, ni l'aquilon déchaîné, ni la suite sans nombre des années, ni la fuite du temps. Non, je ne mourrai pas tout entier; une grande part de mon être échappera à la déesse des funérailles. Toujours je grandirai dans l'estime de la postérité, rajeuni par ses louanges... « On dira que... me levant au-dessus de mon humble fortune, le premier, je fis passer les chants de la muse d'Éolie dans la poésie italienne. Conçois un juste orgueil, ô ma Melpomène, et viens toi-même ceindre mon front du laurier de Delphes. »

Et ailleurs : « Je suis le premier qui ai fait vibrer les cordes de la lyre latine. » Il oublie Catulle, dont il ne prononce le nom qu'une fois et avec un dédain mal déguisé, Catulle qui lui dispute sérieusement l'honneur d'avoir été le premier poëte lyrique en date et en génie.

Les odes d'Horace sont la partie la plus éclatante de son œuvre et la moins originale. Le temps, qui nous a envié presque tous les poëtes lyriques de la Grèce, a cependant laissé de leurs vers subsister assez de fragments pour mettre à nu les procédés artificiels de la poésie d'Horace. Il n'est peut-être pas une seule de ses odes qui ne soit une traduction ou une imitation partielle. J'ai déjà eu plus d'une fois l'occasion d'indiquer ce caractère général de la littérature romaine. Les Romains étaient fort peu sensibles à ce que nous appelons aujourd'hui l'invention, l'originalité. Ils ne se piquaient guère d'invention que dans la rhétorique. Dans la littérature proprement dite, et particulièrement en poésie, ils mettaient leur gloire à lutter contre un texte grec. Les plus forts d'entre eux marquaient leur œuvre de l'empreinte du génie national, qui a toujours je ne sais quoi de plus énergique et de plus sobre. Horace n'échappa point à cette loi générale, et d'ailleurs où aurait-il pris l'inspiration libre et féconde? C'est un galant homme, mais sans enthousiasme. Il ne chantera point la liberté ; il l'a réduite de bonne heure à l'indépendance individuelle, et il ne voudrait point d'un nouveau Philippes. Cette partie de l'œuvre d'Alcée, un de ses modèles, il la laisse prudemment dans l'ombre. Chantera-t-il la patrie ? — Oui, il ne peut s'en dispenser, mais la patrie incarnée en Auguste, ses amis, sa famille. La gloire guerrière du prince, il s'épuise en vain à la célébrer en Pindare : la matière est ingrate, et l'élan lui manque. Il s'y essaye cependant, et fait au nouveau César un cortége de toutes les splendeurs du passé ; mais ces grands noms qu'il évoque font pâlir celui d'Auguste, et les exploits de l'empereur languissent auprès de ceux des Scipions et des Fabricius. Sera-t-il plus heureux, lorsqu'il chantera les gloires pacifiques du nouveau règne, ces lois admirables et impuissantes contre les désordres des mœurs, la prodigalité et tous les vices qui minaient le colosse romain? On sent bien qu'il manque d'autorité pour entreprendre une telle tâche, et qu'il se moque lui-même de ses sermons rhythmiques. Il reste les dieux, la religion, les temples rebâtis ou multipliés par Auguste, les vieilles cérémonies remises en honneur. Le poëte aborde aussi ce sujet, et consciencieusement s'efforce de chanter en croyant les belles choses dont il se moque à

table avec ses amis et Auguste lui-même. Il reste
froid et ne fait admirer que l'habileté de son langage et
la riche harmonie de ses vers. Le souffle l'abandonne
dès les premières strophes; et il lui arrive parfois de
terminer par une plaisanterie une ode religieuse ou
morale. Quoi de plus faible que le chant séculaire?
Sous la pompe des images, on sent le vide et la sécheresse. Le poëte est érudit, ingénieux, moral, mais il ne
croit à rien de ce qu'il chante.

Il y a cependant dans les odes d'Horace des pièces
charmantes et vraies. Si le vol d'aigle de Pindare lui
est interdit, il peut mouvoir avec grâce ses ailes dans
une région moyenne, plus près de la terre que du soleil.
Sceptique et indifférent aux grandes choses, il est sensible aux joies et aux tristesses de la vie intime. Il était
tendrement attaché à ses amis Mécène, Virgile, Varius,
Varus; il eut des maîtresses, il fut aimé, trahi, repris
et quitté. Il aimait les champs et les loisirs et les agréables
conversations après boire. C'est dans les odes où il
s'est chanté lui-même, qu'il faut chercher la vibration de
la fibre poétique. Elle y est. Mais n'attendez point des
effusions puissantes et désordonnées, cris d'une âme profondément atteinte et qui ne se maîtrise plus. L'homme
est ému, l'artiste reste impasssible : les troubles intérieurs n'arrivent jusqu'à lui que pour mettre en mouvement ses facultés : dès qu'il écrit, le souci de la forme
contient tout tumulte ; il faut que joie ou douleur, tous les
sentiments se plient aux règles sévères de la beauté. C'est
ainsi, ce n'est pas autrement que se produisent les œuvres
parfaites. Plus impétueux s'élancent Eschyle, Pindare,
Shakespeare, Dante, mais dans ces torrents d'or il y a
des scories. Virgile, Horace, Racine, plus maîtres d'eux-

mêmes, sont faibles parfois, jamais mauvais. Au moment
où Horace composait avec un art si achevé ses petits
poëmes lyriques, l'idiome latin était parvenu à toute la
souplesse, à toute l'harmonie dont il est susceptible. La
langue poétique était, je ne dis pas fixée, jamais elle ne
le sera dans aucun pays où il naîtra des poëtes, mais
elle possédait un riche trésor de tours et d'expressions
distincts de la prose. Elle ne les avait acquis que par un
travail pénible et une lutte de tous les instants avec les
modèles grecs. De richesses intimes et tout à fait personnelles elle n'en possédait guère, et elles étaient
frustes, sorte de diamants non taillés : tels les vers d'Ennius, de Lucilius et même de Lucrèce. Horace ne trouva
en son propre génie que des perfectionnements artificiels, des richesses conquises par l'étude. Il ne fut pas
une source nouvelle, jaillissant des sept collines ; ce qu'il
ajouta au trésor commun, il le dut à d'habiles et souvent
audacieux emprunts. Il traça lui-même les règles de cette
imitation du grec, fondée sur l'analogie (*græco fonte ca-
dant*, *parce detorta*). Ses néologismes, car il en a et
beaucoup, ont un air national, et sont pourtant étrangers.
Aussi composait-il lentement, péniblement, toujours
arrêté par quelque scrupule, ou ambitieux de condenser
en peu de mots expressifs une idée ou un sentiment.
Mais, bien mieux que nous, il dira ce que c'est que la
grande inspiration auprès de son travail difficile.
« Une aile puissante soutient dans les airs le cygne thébain, quand il s'élance vers la région des nuages. Mais
moi, comme l'abeille de Matine, qui se fatigue à recueillir
les sucs embaumés du thym, je ne compose pas sans
peine sous les ombrages, près des eaux du frais Tibur,
mes vers laborieux. »

### Les Satires.

Combien il est plus aisé et plus naturel dans les Satires
et les Épîtres ! Ce sont à vrai dire des conversations (*ser-
mones*), soit avec le public, soit avec un particulier ; et
il était plus facile à Horace de prendre ce ton que la fière
allure de la poésie lyrique. Les satires furent composées de l'an 713 à l'an 726, entre la vingt-quatrième et la
trente-septième année d'Horace ; l'une d'elles cependant
(la 7ᵉ du Iᵉʳ livre) remonte jusqu'au temps où il servait
dans l'armée de Brutus. Elles correspondent donc pour
la date à la jeunesse et à la première maturité du poëte,
et l'on serait en droit de chercher dans une œuvre de ce
genre la verve et la flamme de la jeunesse. Quoi que
nous en ayons en effet, ce mot de satire éveille aussitôt
en nous le souvenir de Juvénal : Juvénal est pour nous
comme le modèle suprême, l'idéal même de la satire, et
c'est d'après lui que nous sommes enclins à juger tous
ceux qui ont osé marcher dans la même voie. Horace ne
ressemble en rien à ce roi de l'hyperbole. Ce n'est pas
assez de dire qu'il n'a point en lui

> Ces haines vigoureuses
> Que doit donner le vice aux âmes vertueuses,

il faut ajouter que tout ce qui est excessif lui demeure naturellement étranger. « Le sage, dit-il quelque part, méri-
terait le nom de fou, le juste celui d'injuste, s'il recherchait
la vertu au delà de ce qui suffit. » Il faut en tout de la
mesure, dans les plaisirs, dans les chagrins, dans la sagesse, dans la folie, et, si vous écrivez, dans l'expression.
Une âme ainsi faite, si raisonnable, si maîtresse d'elle-
même, n'aura point de ces indignations tonnantes à la

Juvénal. Horace, sceptique et doucement railleur, ne se
met point en colère ; le ridicule, dit-il quelque part, fait
mieux que la violence. Il voit, observe, prend ses notes,
décoche ses traits malins sur celui-ci, sur celui-là ; ne
s'oublie pas lui-même et se fait agréablement son procès.
Ses plus grandes hardiesses ne vont pas au delà d'une
raillerie spirituelle, délicate, comme il convient à
un homme trop sensé pour se mettre en colère à propos des vices des autres. Ces emportemnets de langage d'ailleurs ne sont pas d'un homme bien élevé, et qui
sait vivre. Or, la société familière de Mécène et d'Auguste se distingue surtout par l'urbanité, qui n'est autre
chose que la mesure parfaite et le respect des conve-
nances. Dans un tel milieu un déclamateur virulent eût
été ridicule et souverainement incommode. Cette aimable
société d'épicuriens a pour devise notre vers charmant :

> Les sots sont ici-bas pour nos menus plaisirs.

La satire d'Horace prendra donc la forme d'une conversation enjouée et piquante, et ses plus grandes hardiesses
n'iront guère au delà de ce que se permettent en causant
familièrement des hommes d'un esprit aiguisé. Quelques
crudités par-ci par-là, comme il en échappe en petit comité ; nul ne s'en scandalisait à Rome ; on en voyait, on
en entendait bien d'autres au théâtre.

Voilà pour le ton général de l'œuvre. L'esprit naturelle-
lement modéré d'Horace et le cercle littéraire dans lequel il vivait ne permettaient pas qu'il fût autre, plus
haut et plus passionné. Quant au fond, il porte plus
marquée encore l'empreinte des circonstances exté-
rieures. La position prise par le poëte dans la société

romaine le condamnait nécessairement à une extrême
réserve. N'était-il pas l'ami et le confident d'Auguste et de
Mécène? N'avait-il pas chanté, ne chantait-il pas tous les
jours dans ses odes les bienfaits du nouveau règne, la religion remise en honneur, la paix assurée au monde, les
vieilles mœurs restaurées, la chasteté des mariages, la virile éducation donnée à la jeunesse? Si tout était bien sous
le principat d'Auguste, quelle pouvait être la matière des
satires? Nous touchons ici le point délicat, le *desidera-
tum* de cette œuvre trop vantée. On a voulu y voir un tableau complet et exact de la société romaine d'alors. Rien
de moins fondé. Horace n'était pas de taille à tracer ce
tableau, qui eût demandé un pinceau bien autrement
énergique que le sien. Était-il dupe de l'hypocrisie
officielle? Voyait-il sous les couleurs brillantes dont
Auguste masquait son administration, les vices sans
nombre de l'œuvre nouvelle? Croyait-il sincèrement à ce
replâtrage de la vieille Rome républicaine par un maître
absolu? Il avait, j'imagine, trop d'esprit pour prendre au
pied de la lettre ces menteuses restaurations du passé.
Mais il n'avait ni le courage de les dévoiler, ce qui eût été
à proprement parler l'œuvre d'un vrai poëte satirique, ni
l'idée de s'en scandaliser. Que la chose publique aille
comme il plaira aux dieux et à l'empereur que cela regarde; pour nous, jouissons de la vie et moquons-nous
des sots. Les sots, voilà en effet les victimes d'Horace.
Il y en a bien des espèces : les bavards importuns, les
beaux esprits, les difficiles, les inconséquents, ici un
mauvais poëte, là un chanteur, un stoïcien renfrogné,
un gourmand. Il esquisse d'une main légère ces divers
personnages, et en dessine d'assez agréables caricatures.
Mais est-ce au nom de la morale outragée qu'il ac-

cable ces malheureux de ses traits acérés ? Nullement.
Encore une fois ce point de vue élevé lui est absolument
étranger. Voici l'idée qu'Horace s'est faite de l'humanité ; on y retrouvera un évident ressouvenir de ses
études de philosophie morale à Athènes. Tous les
hommes sont à un degré quelconque atteints de folie ;
folie ou passion, c'est tout un, le mot *stultus* a les deux
sens. Tous sont poussés par la passion à des actes
mauvais et surtout absurdes. Prenons un exemple, la satire II<sup>e</sup> du premier livre. Le poëte démontre, car c'est une
thèse qu'il soutient, que l'adultère est une folie, un fort
mauvais calcul, si l'on veut. Il ne peut avoir pour excuse
que la passion ; or, n'y a-t-il qu'une femme mariée qui
puisse satisfaire les emportements de la passion ? Elle
n'est pas plus belle que toute autre, et, de plus, un commerce avec elle expose aux plus cruels dangers, à la
perte de l'honneur, de la fortune, souvent même de la
vie. Donc, libertins, respectez les femmes mariées et
contentez-vous des affranchies et des courtisanes. 
Voilà la morale d'Horace, c'est celle que lui enseignait
son père : il lui montrait un débauché connu, déshonoré,
et lui disait : Veux-tu être comme lui ? Les dernières
conséquences de cette théorie sont faciles à déduire : d'un
côté, identité du vice et de la folie ; de l'autre, identité de
la vertu et de la prudence. Il est dans la nature de l'homme
de céder à l'attrait du plaisir : seulement l'insensé com-
promettra sa fortune, son honneur, sa vie ; le sage saura
jouir , sans se compromettre en rien. L'avare et le
prodigue, le gourmand et l'ambitieux, sont aussi des insensés. Ils veulent être heureux, et ils ont raison ; mais
les moyens qu'ils emploient sont mauvais. Voilà le
fond moral des satires d'Horace ; elles peuvent toutes,

sauf celles qui sont un récit (comme le voyage de
Brindes, le souper ridicule, la présentation à Mécène,
l'éloge de la campagne), se réduire à ce principe. Par là
elles sont à la portée du plus grand nombre, et elles
plairont toujours aux esprits modérés. Le poëte d'ailleurs s'applique souvent à lui-même les critiques qu'il
adresse aux autres : il le fait avec un agrément et une
sincérité parfaite, c'est un charme de plus. Au lieu
d'un auteur, on trouve un homme.

### Les Épîtres.

Les Épîtres sont des dernières années de la vie d'Horace. Je les appellerais volontiers son testament moral
et littéraire. Arrivé à l'âge où l'on est devenu tout ce
qu'on doit être, il se montre tel que l'ont fait les années,
l'expérience des hommes et des choses et le travail de la
pensée. Il y a deux parties bien distinctes dans cette
œuvre : l'une qui comprend les théories morales, ou, si
l'on aime mieux, la philosophie d'Horace, c'est le pre-
lmier ivre ; l'autre, qui renferme ses théories littéraires,
c'est le second livre. On sait que l'*Épître aux Pisons*,
vulgairement appelée *Art poétique*, en fait partie.

Voyons d'abord le moraliste.

Comme tous les Romains éclairés de son temps, Horace connaissait parfaitement les principaux systèmes
philosophiques de la Grèce, et il avait extrait de chacun
d'eux, en les combinant, en les corrigeant, un ensemble
de règles pour la conduite de la vie. Écoutons-le.

— « Je dis adieu pour toujours et aux vers et aux
autres frivolités. Qu'est-ce que le vrai, l'honnête ? voilà
ce qui m'inquiète, ce que je cherche, ce qui m'occupe

tout entier. J'amasse désormais pour les besoins de l'avenir. Ne me demande pas sous quels drapeaux je marche, à quelle maison je m'attache ; je n'ai point de maître à qui je me sois donné, à qui j'aie juré obéissance ; hôte passager, je m'arrête où me jette la tempête. Tantôt j'embrasse la vie active, je me hasarde sur la mer orageuse du monde ; je suis le partisan sévère, le sectateur rigide de la vertu véritable. Tantôt je me laisse doucement retomber dans la morale d'Aristippe, et je me soumets les choses du dehors au lieu de me soumettre à elles. » Il ne nomme point Épicure, mais c'est bien son vrai maître. Le stoïcisme n'était pas fait pour lui. Il se moque, lorsqu'il dit qu'il songe à se hasarder sur la mer orageuse du monde, et à embrasser la vie active du citoyen. Le stoïcisme ordonnait en effet à ses disciples de se mêler à la vie publique ; mais Horace en fut-il jamais tenté, et songea-t-il jamais à conseiller à d'autres ce que lui-même regardait avec raison comme impossible ? Qu'on lise les épîtres 17e et 18e du premier livre, adressées l'une à Scéva, l'autre à Lollius, on aura le vrai code de la morale politique du jour. — « Gouverner, commander, « offrir à ses concitoyens le spectacle d'ennemis cap- « tifs, voilà ce qui touche au trône de Jupiter, qui « aspire aux honneurs du ciel. Mais plaire aux premiers « de la terre, ce n'est pas non plus un honneur si « médiocre. » — Nous voilà bien prévenus, les grandeurs de la vie publique sont réservées aux dieux, c'est-à-dire à Auguste et à sa famille : pour les autres, la gloire de bien faire leur cour. — C'est un art difficile, une Corinthe où tous n'abordent pas. Il faut être discret, réservé, regarder sans voir, écouter sans en-

tendre, ne pas importuner surtout par des phrases de
mendiant. — « J'ai une sœur sans dot, une mère dans
« la pauvreté, un bien dont on ne peut se défaire, et
« qui ne suffit point à nourrir son maître. Parler ainsi,
« c'est crier : donnez-moi à manger. » — Ne soyez
point non plus vil flatteur et bouffon, ni rude et renfrogné pour vous donner l'air d'un indépendant, d'un
Caton, ni complaisant outré et fastidieux, ni contradic-
teur opiniâtre. « La vertu est un sage milieu entre
deux excès opposés. » Il faut sacrifier ses goûts à
ceux du maître, aller à la chasse de bon cœur s'il le
désire, bien qu'on ait envie de rester chez soi à faire
des vers. Surtout ayons grand soin de ne jamais recommander les gens dont nous ne sommes pas sûrs. Leurs
fautes retomberaient sur nous. Soyons gai avec le
maître quand il est gai, triste quand il est triste, grand
buveur, quand il aime à boire. Que si toutes ces sujé-
tions te semblent trop dures, étudie les philosophes et
apprends d'eux la résignation, ou, ce qui vaut mieux
encore, la modération dans les désirs, qui assure
à l'homme ce bien inestimable, la liberté. A défaut
du citoyen, nous avons l'homme. La morale devient
personnelle, bornée exclusivement au moi. Que nous
sommes loin du *Traité des devoirs* de Cicéron ! La suppression de la vie publique, en enlevant au Romain son
plus haut intérêt, le condamne à se concentrer en lui-
même. Il cherchera encore le souverain bien, mais il
ne le trouvera plus dans l'action et le dévouement. Il a
entendu les clairons qui sonnaient la retraite ; il quitte
le forum, rentre chez lui. Qu'y fera-t-il ? Il combattra
l'oisiveté qui lui est imposée, par l'étude, les voyages,
le jeu, les festins, les amours faciles. Ses amis ne sont

plus des amis politiques, mais des compagnons de plaisirs. Quelques-uns, âmes plus fortes, ne pouvant se consoler de n'être plus citoyens, restent dédaigneusement à l'écart, sacrifiant en secret à la vieille divinité, la république : hommes chagrins, austères, trouble-fêtes, qui ont toujours à la bouche les noms des Caton, des Brutus et des Cassius. Ce sont les stoïciens. Horace se moquera de ces gens attardés. D'autres se jettent en désespérés dans toutes les fureurs du luxe et de la volupté ; ils consument dans un seul festin une fortune royale, ils engraissent leurs murènes de sang humain, comme Apicius, comme Védius Pollion : ce sont les Épicuriens poussant jusqu'aux dernières monstruosités le précepte du maître. Les sages demandent à la vie tous les biens qu'elle offre à ceux qui savent les découvrir et en jouir. — Point de regrets inutiles pour ce qui n'est plus et ne saurait revenir ; point d'ambitions démesurées ; le jour qui nous éclaire peut être le dernier, jouissons-en. Aimons, rions, buvons, chantons ; vivent les douces causeries, et le sommeil et la précieuse oisiveté ! Se porter bien, avoir de bons amis, des livres, un domaine aux champs, une maison à la ville, que faut-il de plus pour être heureux ? Et le bonheur n'est-il pas la fin de l'homme ? — Voilà la philosophie d'Horace : elle est peu héroïque, comme dit fort bien M. Patin ; mais elle n'en est que plus raisonnable, et plus à la portée du commun des hommes. — Je serais étonné cependant qu'elle pût satisfaire des âmes jeunes. C'est un *vin vieux*, dit Voltaire, soit, mais il ajoute *qui rajeunit les sens...* Je croirais plutôt qu'il les engourdit. Mais c'était comprendre excellemment son époque que de présenter la vie sous cet aspect.

Théories littéraires.

Tout se tient dans Horace. L'homme et le poëte
ne font qu'un. De même que tous les héros des anciens
âges pâlissent devant Auguste, ainsi les poëtes modernes
effacent la gloire de leurs devanciers. Cette guerre
contre les poëtes de la république, il la commença de
bonne heure, à peine rallié au nouveau règne, et il la
poussa jusqu'à son dernier jour. C'est qu'il ne s'agissait
plus seulement d'Auguste, de Mécène, du principat : il
y allait de l'honneur de l'école moderne ; Horace combattait pour son propre foyer. — Il faut bien le reconnaître, c'est la partie la plus faible de son œuvre. On
ne comprend pas qu'un homme de tant d'esprit se soit
obstiné à une plaidoirie si malheureuse. Ici évidemment ce sage, toujours maître de lui-même, a été
égaré par la passion. L'amour-propre est le plus dangereux des guides.

Au temps où la nouvelle école représentée par Horace, Virgile, Varius, tous courtisans ou amis d'Auguste, mettait au jour des œuvres qui portaient si vive
l'empreinte de leur temps, il y eut surprise, indignation,
et retour passionné vers les poëtes de la république.
L'opposition politique devenue impossible se transforma en opposition littéraire. On ne pouvait attaquer
Auguste, on attaqua Virgile et Horace. On se plut à
opposer à leurs vers laborieux, la franche et vive allure
d'Ennius, de Lucilius ; à leur délicate plaisanterie, la
verve puissante de Plaute : on affecta surtout une admiration passionnée pour les poëtes tragiques de la
république, Pacuvius, Attius ; on remonta même jusqu'au cinquième siècle, et on remit au jour les Saturnins

abrupts de ce fougueux Névius, l'opiniâtre adversaire des grands. Certains archéologues plus fanatiques encore s'éprirent tout à coup des lois des Douze Tables, du chant des Saliens, des livres des Pontifes, des vieux oracles des devins. Enfin on évoqua toute la vieille Rome littéraire pour la dresser comme un rempart contre les novateurs de l'empire. Le doux Virgile ne fut point troublé de ces clameurs : comme notre Racine il se borna à laisser tomber de sa plume une épigramme rapide et cruelle, qui perçait de part en part deux des plus ardents détracteurs, Bavius et Mévius. Horace était plus irascible. Il harcela d'abord ces ennemis littéraires, les Pentilius, les Démétrius, les Fannius, et bien d'autres ; mais cela ne lui suffit pas : battus, ils se retranchaient derrière Ennius, Lucilius, toute l'antiquité. Horace fit leur procès aux anciens. Il s'indigne qu'on réclame pour eux autre chose que de l'indulgence. Ceux qui admirèrent les plaisanteries et le nombre de Plaute furent des sots. Quant aux antiquaires qui vantent les lois de Numa et les chants des Saliens, ils ne les comprennent pas plus que moi. Ils crient à l'impudence quand je me permets de critiquer la marche des pièces d'Atta. Quoi! s'écrient-ils, des pièces que jouaient le grave Æsopus, le docte Roscius ! (traduisez, des pièces républicaines, pleines d'allusions à la liberté menacée et perdue.) Sous cette admiration obstinée il y a autre chose, il y a la malveillance et l'envie contre les poëtes modernes. — Mais enfin que pense-t-il des anciens ? Il pense que leurs vers sont durs, lâches et souvent languissants ; qu'ils écrivaient sans soin, à la hâte, plus désireux de faire beaucoup que de faire bien ; que Lucilius est un fleuve

bourbeux, qu'Ennius est ridicule avec ses prétentions
à être le continuateur d'Homère. Toutes ces critiques,
on le voit, se réduisent à ceci. Les anciens sont grossiers
dans leur langage et dans la facture de leurs vers ;
qui le niait ? Mais on parlait ainsi de leur temps.
Avaient-ils du moins, ces barbares, l'inspiration forte,
l'élan, la verve, la foi ? S'ils dédaignaient la rature, n'é-
tait-ce pas que leurs vers jaillissaient impétueux de
leur âme de feu ? Il y a du fumier dans Ennius ; soit,
mais il y a aussi des perles ; et Virgile en faisait son
profit. Horace lui-même, lorsqu'il était plus jeune et
plus équitable, retrouvait dans la phrase brisée d'Ennius
les membres dispersés du poëte ».

Une nouvelle poétique se forme, Horace en donne les
règles. La première, c'est l'étude incessante des modèles
de la Grèce : «Feuilletez-les nuit et jour. » La seconde,
c'est le soin scrupuleux de la forme, de la minutieuse exactitude. Le poëte sera avant tout un être raisonnable ; il étu-
diera Socrate et ses disciples pour apprendre à bien penser.
Il mettra chaque chose en sa vraie place, observera la distinction des genres, polira et repolira sans cesse son ouvrage. Précepte judicieux que notre Boileau dévelop-
pera complaisamment, et dont on ne s'avise que le jour
où le vide des idées et la froideur de l'inspiration cherchent à se dissimuler sous la perfection de la forme. A
quoi sert de le dissimuler, en effet ? Les nouveaux poëtes
sont infiniment supérieurs à leurs devanciers sous tous les
rapports, un seul excepté : l'élévation de la pensée et le
sérieux de l'inspiration. La liberté soutenait et animait les
premiers ; ils étaient citoyens avant d'être auteurs. Dans
Catulle lui-même, on sent vibrer la fibre nationale.
Horace et ses amis rappellent trop les poëtes d'Alexandrie,

qu'ils imitèrent avec tant de complaisance. Je ne les appellerai point des courtisans, si l'on veut, mais à coup sûr
ce ne sont point des républicains; ils ont l'âme monarchique. Ils aiment la paix, ils célèbrent Auguste qui en
est l'auteur : c'est un dieu pour eux : *Deus nobis hæc otia
fecit*. Ces loisirs, ils les consacrent à la lente et patiente
composition de leurs œuvres, leur vie s'y consume.
Nul Romain n'avait encore été homme de lettres à
ce point et si absolument. Ce soin passionné d'écrire
et de bien écrire est un nouveau signe du temps. Les
grands sujets d'intérêt général et populaire ne se présentent plus à des esprits absorbés dans les recherches de
l'élégance et du poli : aussi ces grands artistes sont-ils à
peu près inconnus au peuple ; ils le dédaignent d'ailleurs ;
ils écrivent pour un petit nombre de gens délicats. Les
réunions littéraires commencent à se former à Rome ;
Horace se fait prier pour lire ses vers devant ce petit aréo-
page, mais de plus en plus la mode en prévaudra ; de plus
en plus les auteurs se tiendront en dehors du courant populaire, et formeront dans l'État une caste à part. Ce
fut une des conséquences de l'établissement de la monarchie, et une des plus fâcheuses. Horace lui-même n'y
échappa point. Voici le petit nombre de personnes pour
lesquelles il écrit et à qui il veut plaire :

« Que Sestius et Varius, que Mécène et Virgile, que
Valgius, que l'excellent Octavius, que Fuscus accordent à
ce que j'écris leur estime ; que j'aie aussi l'approbation
des deux Viscus : voilà ce que je souhaite. Je puis, sans
vouloir te flatter, te nommer avec eux, Pollion, toi aussi,
Messala, ainsi que ton frère ; vous Bibulus, Servius, sincère
Furnius, d'autres encore, hommes doctes et mes amis,
que je m'abstiens de nommer, à qui je voudrais plaire,

5.

dont je regretterais fort le suffrage s'il trompait mes
espérances. »

## EXTRAITS D'HORACE.

### I

### A Postumus.

Elles s'enfuient, hélas ! Postumus, mon cher Postumus, elles
nous échappent nos rapides années ; point de prières pour retarder d'un instant les rides, la vieillesse déjà proche, l'indomptable mort : non, quand chacun de tes jours tu cherche-
rais, ô mon ami, à fléchir, par une triple hécatombe, Pluton,
ce Dieu sans larmes, ce gardien du monstrueux Géryon, et de
Tityus, à jamais emprisonné dans les replis des tristes eaux,
qu'il nous faut passer tous, mortels nourris des dons de la terre,
que nous ayons été des rois, ou d'indigents cultivateurs.

En vain nous tiendrons-nous éloignés des sanglants démêlés
de Mars, des flots murmurants qui se brisent sur les rochers de
l'Adriatique ; en vain nous garderons-nous en automne du
souffle malfaisant de l'Auster : il nous faut tôt ou tard aller voir
ces rivages, où se traînent les noires eaux du Cocyte, et la race
détestée de Danaüs, et le fils d'Éole, Sisyphe, condamné à un
éternel travail.

Il te faudra quitter la terre, et la maison, et ton épouse
aimée ; et, de ces arbres que tu cultives, nul que l'odieux cyprès
ne suivra son maître d'un jour.

Plus digne que toi de la richesse, ton héritier engloutira ce
cécube que gardent cent fidèles clefs ; il rougira son pavé de
marbre des flots dédaigneusement prodigués d'un vin qui ferait
envie à la table des pontifes.                (*Odes*, II, 14.)

## II

### A Jules Antoine.

Entrer en lutte avec Pindare, ô Jules, c'est vouloir se hasarder sur des ailes de cire, comme le fils de Dédale, et donner son nom à une autre mer.

Le fleuve qui descend des montagnes, et qu'ont enflé les pluies, se répand hors de ses rives ; ainsi bouillonne et coule à flots immenses le profond et impétueux Pindare.

Il mérite le laurier d'Apollon, soit que dans ses audacieux dithyrambes il roule des mots nouveaux, et s'emporte en des vers libres de toute loi ; soit qu'il chante les dieux, les rois enfants des dieux, par qui périrent d'une juste mort les insolents Centaures, par qui tomba la flamme de la redoutable Chimère ; soit qu'il dise les vainqueurs que la palme d'Élide renvoie égaux aux dieux, qu'il célèbre l'athlète, le coursier lui-même, et les honore d'un prix au-dessus de cent statues ; soit enfin qu'il pleure avec l'épouse désolée le jeune époux qu'elle a perdu, et que sa force, son courage, ses mœurs dignes de l'âge d'or, il les élève jusqu'aux astres, il les dérobe aux ténèbres de Pluton.

Une aile puissante, Antoine, soutient dans les airs le cygne thébain, quand il s'élance vers la région des nuages. Mais moi, comme l'abeille de Matine, qui se fatigue à recueillir les sucs embaumés du thym, je ne compose pas sans peine, sous les ombrages, près des eaux du frais Tibur, mes vers laborieux.

C'est à toi de chanter avant nous, sur un ton plus fort, ô poëte, le vainqueur qui bientôt, le front orné d'un juste laurier, traînera vers les saints degrés du Capitole les fiers Sicambres ; ce prince, le plus grand, le meilleur que les destins, les dieux propices aient accordé à la terre, dont on ne verra jamais l'égal, bien que le monde semble retourner au métal des premiers âges. C'est à toi de chanter cette allégresse, ces jeux, cette paix du barreau qui dans l'heureuse Rome vont célébrer le retour enfin obtenu d'Auguste.

Ma voix alors, si elle mérite d'être entendue, osera se joindre à la tienne, et chanter : « O beau, ô fortuné jour qui nous ramène César ! !

Mais déjà il s'avance, et nous crions, et la ville entière répète : Triomphe, triomphe ! Chacun dans sa reconnaissance offre aux dieux son encens.

Dix taureaux, autant de génisses, voilà ce que tu leur dois. Moi, c'est une jeune victime, à peine séparée de sa mère, qui croît dans les paturâges pour acquitter mes vœux. Ses cornes naissantes se courbent comme le croissant de la lune à son troisième lever, et la tache blanche de son font brille de l'éclat de la neige sur son poil fauve.                    (*Odes*, IV, 2.)

## III

### En l'honneur d'Auguste.

La foudre nous atteste que Jupiter règne aux cieux : comment douter ici-bas de la divinité présente d'Auguste, quand il ajoute à l'empire les Bretons et les redoutables Perses.

Quoi ! le soldat de Crassus avait pu vivre dans des liens honteux avec une épouse barbare ! Quoi ! devenu le gendre de son ennemi, ô sénat, ô mœurs antiques ! le Marse et l'Apulien avaient pu vieillir dans les armées d'un roi mède, oubliant et les anciles, et la patrie, et la toge, et les feux éternels de Vesta, quand le Capitole, quand Rome était encore debout !

Voilà ce que craignait la prévoyance de Régulus, quand il s'opposait à des conditions honteuses, à un exemple funeste pour l'avenir, quand il voulait qu'on laissât périr sans pitié dans les fers notre lâche jeunesse.

« J'ai vu, disait-il, suspendus aux temples de Carthage, nos drapeaux, et ces armes que nos soldats ont rendues sans combattre ; j'ai vu, les mains liées derrière le dos, des citoyens, des hommes libres ; les portes de la ville ouvertes comme en pleine paix ; les champs paisiblement cultivés, ces champs ravagés naguère par nos armes. Vos soldats, je le crois, rachetés à prix d'or, vous reviendront plus courageux. C'est ajouter le dommage à l'infamie. La laine, une fois teinte, ne reprend point sa couleur première, et la vertu véritable, quand on l'a perdue, ne rentre point dans un cœur avili. Si le cerf combat, dégagé du filet, celui-là sera brave, qui s'est livré à de perfides ennemis ; il terrassera les Carthaginois dans un second combat, celui qui a senti sur ses bras désarmés le poids de leur fer, et qui a craint la mort. Oui, pour sauver leur vie, ils ont mêlé la paix à la guerre ; ô opprobre de Rome ! ô gloire de Carthage élevée sur les ruines honteuses de l'Italie. »

On dit qu'il repoussa les baisers de sa chaste épouse, les caresses de ses petits enfants, parce qu'il n'était plus citoyen ; qu'il tint attachés à la terre ses mâles, ses farouches regards, jusqu'à ce que ce conseil inouï eût fortifié l'esprit incertain des sénateurs, et qu'au milieu de ses amis en larmes, il reprit le chemin de son illustre exil.

Il savait cependant ce que lui préparaient des bourreaux barbares. Mais lorsqu'il se faisait un passage à travers ses proches empressés de le retenir et la foule du peuple qui s'opposait à son départ, on eût dit qu'après avoir terminé les longues affaires de ses clients, il s'en allait respirer dans les champs de Vénafre ou de la lacédémonienne Tarente. (*Odes*, III, 5.)

## IV

### A Q. Dellius.

Songe à conserver, au milieu des disgrâces, l'égalité de ton âme, et, dans la prospérité, ne la préserve point avec moins de soin d'une insolente joie, puisque enfin tu dois mourir, ô Dellius, soit que ta vie se soit écoulée tout entière dans la tristesse, soit que, les jours de fête, couché à l'écart sur un vert gazon, tu aies réjoui ton cœur par un falerne de bonne date et caché au fond du cellier.

En ce lieu où un pin élevé, un blanc peuplier aiment à mêler leurs ombres hospitalières, où lutte contre les détours de sa rive une onde pressée de fuir, fais apporter le vin, les parfums, les fleurs trop peu durables, hélas ! du rosier, tandis que te permettent encore cette joie, ta fortune, ton âge, la noire trame des infernales sœurs.

Un jour, ces biens, ces pâturages dont tu recules les limites, ton palais, ta maison des champs que baignent les jaunes ondes du Tibre, un jour, il te faudra y renoncer. L'amas croissant de tes richesses deviendra la proie d'un héritier.

Que tu sois le riche descendant de l'antique Inachus, ou bien un misérable de la plus basse origine, qu'importe pour ce peu d'instants que tu dois passer à la lumière du jour, victime réclamée par l'impitoyable Pluton?

Nous allons tous, troupeau docile, au même lieu. Les noms de tous s'agitent dans l'urne d'où doit sortir un peu plus tôt, un peu plus tard, l'arrêt qui nous fera partir, pour un exil éternel, sur la fatale barque. (*Odes*, II, 3.)


## V

### A son livre.

Tu sembles, mon livre, regarder du côté de Vertumne et de Janus, impatient sans doute de te produire, poli par la pierre ponce sur les rayons des Sosies. Tu as pris en haine et les clefs et les sceaux, ces gardiens chers à la pudeur; tu gémis d'être vu de si peu; tu aspires à la publicité, toi, nourri dans d'autres sentiments. Eh bien! cours où il te tarde d'être. Une fois échappé, plus de retour possible. « Qu'ai-je fait, malheureux, qu'ai-je souhaité? » diras-tu, si tu reçois quelque affront : et tu sais, comme te referme l'amateur rassasié, dont l'intérêt languit. Que si je puis, bien qu'ému de ta faute, voir clair dans ta destinée, tu seras cher aux Romains, tant que les grâces de l'âge ne t'auront pas abandonné; mais quand, entre les mains de la foule, tu commenceras à te flétrir, il te faudra nourrir en silence les mites fixées dans tes replis, ou bien tu te réfugieras à Utique, ou bien encore on t'enverra garrotté à Ilerda. Alors rira celui dont tu n'as pas écouté les conseils, semblable à cet homme qui, de colère, poussa lui-même dans le précipice son âne indocile. A quoi bon, en effet, se mettre en peine de sauver qui veut périr? Autre danger : un temps peut venir où, négligé de Rome, relégué dans ses faubourgs, ta vieillesse bégayante soit réduite à enseigner aux petits enfants les éléments du langage. Quand le soleil attiédi rassemblera autour de toi plus d'auditeurs, dis-leur que, fils d'affranchi, enfant de petite condition, j'étendis pourtant, hors de mon nid étroit, une aile assez large, et ajoute ainsi à mon mérite ce que tu retireras à ma naissance. Dis que dans la guerre, dans la paix, j'ai su plaire aux premiers de l'État; que j'étais d'ailleurs très-petit de corps, blanc avant l'âge, aimant le soleil, prompt à me mettre en colère, et me laissant toutefois facilement apaiser. Si, par hasard, on te demande mon âge, ajoute que je comptais déjà quatre fois onze décembres, l'année où Lollius obtint Lépide pour collègue.                    (*Épitres*, I, 20.)

# VI

### A Celsus Albinovanus.

Muse, va, je te prie, trouver Albinovanus, le compagnon et le secrétaire de Néron; souhaite-lui, pour moi, plaisir et prospérité. S'il te demande ce que je fais, dis-lui qu'après d'ambitieuses promesses, je n'en suis ni meilleur ni plus heureux. Non que la grêle ait désolé mes vignes, que le soleil ait brûlé mes oliviers, que mes troupeaux meurent dans des pâturages éloignés; mais parce que, plus malade d'esprit que de corps, je ne veux rien écouter, rien apprendre de ce qui me soulagerait; que je m'irrite contre le remède; que je repousse de fidèles amis, lorsqu'ils veulent me tirer d'une langueur funeste; que je recherche ce qui m'a nui; que je fuis ce que je crois me pouvoir être utile; que je suis inconstant comme les vents, à Rome regrettant Tibur, à Tibur n'aimant que Rome.

Après cela, demande-lui comment il se porte; comment il gouverne sa fortune, comment il se gouverne lui-même; s'il plaît au jeune prince et à sa jeune cour. S'il te répond que tout va bien, félicite-le, d'abord, puis glisse-lui à l'oreille ce sage conseil : « Celsus, pour être supporté, supporte bien ta fortune. »                    (*Épitres*, I, 8.)

# VII

## A Mécène.

Je ne devais rester que cinq jours à la campagne : promesse menteuse ! Tout Sextilis se passe, et l'on m'attend encore.

Veux-tu, Mécène, que je vive, que je conserve ma santé, traite-moi avec la même indulgence que si j'étais malade, lorsque je crains de le devenir. Déjà mûrissent les premières figues, déjà les ardeurs de l'été ramènent sous nos yeux les convois funèbres, avec leurs lugubres licteurs ; point de père, point de tendre mère qui ne tremble pour les jours d'un fils ; les assiduités des courtisans et des plaideurs leur causent des fièvres mortelles, et font ouvrir bien des testaments. Bientôt les neiges de l'hiver blanchiront le mont Albain, alors le poëte que tu aimes descendra vers le rivage de la mer : il se ménagera, s'enfermera en compagnie de ses livres, et si tu lui fais grâce jusque-là, ô le plus tendre des amis, tu le verras de retour avec les zéphyrs et la première hirondelle.

Tu m'as fait riche, Mécène, mais non pas comme le Calabrais qui offre des fruits à son hôte... « Mangez-en, je vous en prie. — C'est assez. — Prenez-en au moins autant que vous voudrez. — Vous êtes bien bon. — Vos enfants seront charmés de ce petit présent. — Il m'oblige autant que si j'en emportais ma charge. — Vous êtes le maître ; mais nos pourceaux profiteront aujourd'hui de ce que vous laissez. »

L'homme sottement prodigue donne ce qu'il n'aime pas, ce qu'il méprise, et voilà la semence d'où naissent et naîtront toujours les ingrats. L'homme généreux et sage est toujours prêt à répandre ses dons sur ceux qui les méritent, et cependant il sait faire la différence de l'argent véritable et des lupins. Je me montrerai digne, Mécène, d'un tel bienfaiteur. Mais si tu veux que je ne m'éloigne jamais de toi, alors, rends-moi la vigueur de la jeunesse, les cheveux noirs qui rétrécissaient mon front, ces grâces de la parole et du sourire, ces plaintes que je faisais entendre dans nos festins sur la fuite de Cynare.

Un petit renard s'était glissé, par un trou très-étroit, dans un tonneau rempli de blé : il s'y était engraissé, et faisait de vains efforts pour s'en retirer. Une belette qui n'était pas loin lui dit : « Veux-tu te sauver de là ? maigre tu y es entré, maigre tu dois sortir. »

Si l'on me reconnaît dans cette image, je renonce à tous les dons de la fortune. Je ne suis pas de ceux qui louent le sommeil du pauvre au sortir d'un bon repas, et je ne changerais pas contre les trésors de l'Arabie mon loisir et ma liberté.

Souvent tu m'as trouvé discret dans mes vœux ; tu m'as entendu te donner les noms de roi et de père, que je ne t'épargne point en ton absence. Veux-tu essayer si je puis, sans regret, renoncer à tes présents?

Il avait raison Télémaque, le fils du patient Ulysse, lorsqu'il disait à Ménélas : « Notre Ithaque n'est point un pays propre à nourrir des coursiers ; il ne s'y trouve ni plaines ni gras pâturages. Fils d'Atrée, garde des biens qui te conviennent mieux qu'à moi. » Aux petits convient la médiocrité. Je ne veux plus de la magnifique Rome. Je n'aime que le loisir de Tibur et la mollesse de Tarente.

Philippe, ce citoyen actif et courageux, ce célèbre orateur, revenait du barreau vers la huitième heure du jour, et trouvait qu'il y a loin du forum au quartier des Carènes ; car il était déjà âgé. Chemin faisant, il aperçut, dit-on, à l'ombre dans la boutique déjà déserte d'un barbier, un homme qu'on venait de raser et qui fort paisiblement se faisait les ongles. « Démétrius, dit-il (c'était un esclave fort entendu), va vite, et t'informe quel est cet homme, son pays, sa fortune, sa naissance, son patron. » L'esclave part et revient. « C'est un certain Vulteius Ménas, crieur public de son métier, peu riche d'ailleurs, mais sans reproche et bien famé. Il travaille et se repose à propos, amasse et sait jouir, vit content avec ses égaux, dans son petit domicile, et fréquente, ses affaires finies, les spectacles et le champ de Mars. — Je serais bien aise d'apprendre tout cela de lui-même. Dis-lui que je l'attends à souper. » Ménas ne peut le croire ; il est tout interdit ; enfin il remercie. « Il me refuserait ? — Il vous refuse très-décidément, c'est dédain ou timidité. » Le lendemain, de bonne heure, Philippe le trouve sur la place, vendant au petit peuple quelques menues marchandises. Il l'aborde, le salue, et l'autre de s'excuser sur son travail et l'assujettissement de sa profession, s'il n'a pas été le matin rendre visite à Philippe, s'il ne l'a pas aperçu le premier. « Je vous pardonne à condition que nous souperons ce soir ensemble. — Volontiers. — Je vous attends donc passé la neuvième heure ; continuez, et faites vos affaires. » Le soir, au souper de son hôte, Vulteius dit sans choix ce qu'il peut dire, ce qu'il faut taire, jusqu'à ce qu'enfin on l'envoie dormir. Philippe, voyant que notre homme mordait à l'hameçon, qu'il était le matin assidu à son audience, et le soir à sa table ; l'invite à venir avec lui passer les fêtes latines à sa maison de campagne. On le met en voiture, et le voilà s'extasiant sur le climat et le sol de la Sabine. Philippe le voit et s'en amuse ; car il ne cherchait qu'à se distraire et à rire ; il lui donne sept mille sesterces, promet de lui en prêter autant, et enfin lui persuade d'acheter un petit fonds de terre. Vulteius achète. Pour abréger, de citadin il devient campagnard, ne parle plus que de sillons et de vigne, façonne ses ormeaux, se consume en soins de toute espèce, vieillit tous les jours par le désir d'amasser. Cependant les voleurs enlèvent ses brebis, la maladie emporte ses chèvres, la moisson trompe ses espérances, ses bœufs meurent sur le sillon. Rebuté de tant de pertes, il se lève une bonne nuit, prend un cheval, et descend le matin à la maison de Philippe. Celui-ci, le voyant tout défait, tout en désordre : « Comme vous voilà, lui dit-il ; vous vous traitez mal, Vulteius, vous êtes trop dur à vous-même. — Dites, mon cher patron, que je suis bien malheureux, et vous aurez raison. Au nom de votre génie tutélaire, par votre droite, par vos pénates, je vous en conjure, rendez-moi à ma première vie. »

Si le bien que vous cherchiez vous fait regretter celui que vous avez quitté, revenez-y au plus vite. Il faut que chacun s'en tienne à sa mesure.                    (*Épîtres*, I, 7.)

# CHAPITRE IV

La plupart de ces personnages, cités par Horace (1), étaient poëtes ou du moins faisaient des vers. Tout le monde en fait, dit Horace, docte ou ignorant. Rien n'est plus facile en effet. C'était alors une mode, à peu près comme chez nous vers le milieu du xviie siècle : poésies légères, rimées avec soin, lues devant quelques amis indulgents, et toujours applaudies. Je ne rechercherai pas curieusement dans les auteurs anciens le nom de ces poëtes mondains et les titres de leurs œuvres perdues pour la plupart ; ce qui importe, c'est de bien en marquer le caractère ; celles qui ont survécu nous y aideront.

Horace et Virgile, Virgile surtout, ne remplissent pas leurs vers de leur seule personnalité : Virgile cherche la vieille Rome, Horace essaye de la peindre dans plus d'une ode. Leurs contemporains de quelques années plus jeunes et plus profondément pénétrés de l'esprit nouveau, indifférence à la vie publique et égoïsme, ne voient plus qu'eux-mêmes. Tels sont Gallus, Tibulle, Properce, Ovide, ce dernier avec un caractère plus particulier.

(1) Voir page 81.

De là la préférence accordée en poésie à un genre tout nouveau, où Catulle seul s'était encore essayé, l'élégie. — L'élégie, qui avait été en Grèce tour à tour héroïque et morale avec Callinos, Tyrtée, Solon et Théognis, fut presque exclusivement voluptueuse chez les Alexandrins. Le vrai modèle des Romains, ce ne fut ni Callimaque, ni Philétas, mais Euphorion, le plus rapproché d'eux par les années, le plus célèbre peintre des tourments et des joies de l'amour. L'amour, voilà la passion qui a hérité de toutes les autres ; voilà la principale occupation de la génération nouvelle à qui le prince a fait des loisirs.

### Cornélius Gallus.

C'est l'amour que chantait ce Cornélius Gallus, ami de Virgile, qui lui a dédié une de ses plus belles bucoliques (la 10e). Gallus, chevalier romain, né en 685, comme Virgile, à Fréjus, fut nommé, par Auguste, préfet d'Égypte, tomba en disgrâce, fut accusé de haute trahison, et prévint l'exil par une mort volontaire. Remarquons en passant que sous le nouveau régime il y a des condamnés, et pas de procès. Nous ne savons quel était le crime de Gallus ; nous ne saurons pas non plus quel était celui d'Ovide. Gallus se tua à quarante ans. Il laissait quatre livres d'élégies, dans lesquelles il chantait sa passion pour Lycoris. Cette Lycoris était, diton, une joueuse de mime célèbre, appelée Cythérea, et qui avait été la maîtresse du triumvir Antoine. Ces élégies ont péri. Sous le nom de Gallus nous en possédons six, qui sont évidemment d'un autre poëte et d'une époque

bien postérieure : on les attribue à un certain Maximia-
nus. On sait seulement que Gallus avait pris pour modèle
l'Alexandrin Euphorion de Chalcis, le père de toute
cette littérature érotique.

### Tibulle (Albius Tibullus).

Nous possédons les Élégies de Tibulle (1), et c'est un
bonheur pour nous, elles sont charmantes. Quelques
mots d'abord sur ce poëte. Il appartenait à l'ordre
équestre, s'appelait *Albius Tibullus*, et était originaire
de Pédum, (aujourd'hui Zagarola), ville située entre Tibur
et Préneste. Lui aussi, comme Virgile et sans doute
Horace, fut victime des guerres civiles : son patrimoine
lui fut enlevé en partie du moins, et passa entre les
mains des vétérans. Cependant il put sauver du naufrage
quelques débris, ou son puissant protecteur Corvinus
lui fit restituer ses biens, puisque Horace lui écrivait :
« Les dieux t'ont donné la richesse et l'art d'en jouir. » —
Il fit partie de la cohorte qui suivit Messala en Gaule et
en Asie. Étant tombé malade à Corcyre, il ne put
achever le voyage et revint en Italie où il mourut
vers 735.

Il était l'ami d'Horace qui lui adressa une ode et une

(1) Les œuvres et la personne de Tibulle donnent lieu à plus d'un doute.
La date de sa naissance n'est pas fixée. Parmi les quatre livres d'Élégies
publiées sous son nom, il y en a deux, le 3e et le 4e, qui sont rejetés
comme apocryphes par un certain nombre de commentateurs. M. de
Golbéry, le dernier éditeur français (Collection Lemaire, tome CVII) nous
semble trop facile à admettre l'authencité de ces deux livres. Peut-être
les érudits allemands s'étaient-ils montrés trop difficiles. J'avoue cependant que ces deux livres me semblent bien peu dignes des deux premiers. Quant au panégyrique de Messala, en vers hexamètres, je
l'accepterais comme authentique, en le reportant aux premières années

épître (1). L'épître n'est qu'un billet, d'une grâce charmante. Horace y appelle Tibulle « juge bienveillant de
ses satires ». Il me semble difficile d'admettre après
cela que Tibulle n'est né qu'en 710, c'est-à-dire vingt et
un ans un après Horace. Quelle apparence qu'Horace érige
en juge de ses écrits un enfant de 17 ans ? Car cette
épître remonte à l'an 727. Pour moi je croirais volontiers que Tibulle est né vers 695, et qu'il avait alors
environ trente-deux ans. Il mourut sept ou huit ans après,
vers quarante ans. Mais laissons ces questions de chronologie. Voyons l'œuvre du poëte.

Tibulle n'a vécu que pour l'amour. Il a d'abord été
dupe de l'hypocrisie générale de son temps, de ces faux
semblants de vie publique qui suffisaient aux contemporains d'Auguste ; et lui aussi il a songé à entrer dans
la carrière des honneurs. Il s'attacha donc à Messala
Corvinus, fit avec lui une campagne en Gaule et s'em-
barqua avec lui pour l'Asie. Mais ni les temps, ni
l'humeur de Tibulle n'en firent un vrai citoyen. Il veut
célébrer son patron, chose assez facile après tout. Il suffit
d'évoquer les vieux souvenirs de Rome républicaine et
de peindre son héros en pensant à Scipion ou à Camille. Mais de tels éloges n'étaient sans doute plus à
la mode, c'étaient des vieilleries sans grâce. Aussi Tibulle
compare-t-il Messala à Ulysse, à Nestor, aux héros de
l'épopée homérique ; il fait une érudite analyse de l'Odyssée, et immole à son patron les rois de Pylos et d'Ithaque.
Nous voguons en pleine mythologie; le faux déborde.

de Tibulle. Le nom et la condition des maîtresses de Tibulle ont aussi
été l'objet de dissertations savantes, qui ont leur intérêt. Je ne puis les
exposer ici.

(1) *Carm.*, I, 33. *Epist.*, I, IV.

Aussi bien l'esprit du poëte est ailleurs. Il se soucie aussi peu de la gloire de Messala que de la sienne propre. Il est amoureux et chante ses amours. Il n'a plus que du mépris pour les vaines agitations des mortels, comme s'il y avait autre chose au monde qu'aimer et être aimé ! Qu'est-ce que la fortune, mère des succès et des alarmes ? C'est dans une douce médiocrité qu'est le bonheur. Vivre dans son petit domaine, voir grandir et jaunir ses moissons, entendre dans son lit le rugissement des vents et serrer sa maîtresse sur son cœur : voilà la vraie félicité. Que Messala aille faire la guerre, qu'il rapporte les dépouilles des ennemis et les attache à sa maison : pour Tibulle il est dans les fers d'une belle fille, et fait le siége de sa maison. Il en est le portier. Quelle folie que d'aller braver la mort sur les champs de bataille ! Elle est toujours là près de nous, on ne l'entend pas venir, et la voilà ! Qu'elle vienne donc, quand il plaira aux dieux. Il mourra dans les bras de sa maîtresse, elle le pleurera ; mais, tant que l'âge sourit, il faut aimer, il faut se livrer aux douces luttes. C'est là que Tibulle est bon général et bon soldat.

Celle qu'il aime porte différents noms, c'est d'abord Délia, puis Næra, puis Némésis, peut-être Sulpicia, et Glycéra. Qu'est-ce que ces femmes ou cette femme ? Il paraît que sous Délia se cachait Plania, descendante d'une des plus nobles familles de Rome, comme Sulpicia. Mais qui pourrait se flatter de retrouver la chronique scandaleuse d'une telle société ? Ce qui importe ici, c'est de découvrir un côté des mœurs du temps. Il y avait alors trois classes de femmes à Rome : les filles de parents libres à quelque classe qu'ils appartinssent, les affranchies, les courtisanes. Le costume les distinguait,

c'était à peu près tout. Tibulle aima des matrones, des
courtisanes et des affranchies, peut-être pis encore.
Mais, de quelque rang qu'elles fussent, il semble bien
facile de les confondre. Délia était de noble famille.
Elle trompait à la fois son mari et ses amants. Que d'infidélités lui reproche Tibulle, et que d'audace ! Mais
ce que déplore surtout le poëte, c'est l'avidité de ses
maîtresses. « Hélas ! hélas ! s'écrie-t-il, je vois que
les femmes n'aiment plus que l'argent ! » — «A quoi servent les élégies, et les vers inspirés par Apollon? Elle
tend la main et demande un autre salaire. » Que fera
donc le malheureux poëte? « Plutôt que de rester
plaintif étendu sur ce seuil insensible qui le repousse,
il commettra un meurtre, il ira dépouiller les temples,
surtout celui de Vénus. » On voit que son désespoir
ne lui ôte point l'esprit. De tous les élégiaques latins,
Tibulle est le plus touchant, le plus vrai, et il ne l'est pas
encore assez. Une strophe de Sapho a plus de flamme
que ses deux livres d'élégies. Ame faible, même en
amour, Tibulle est languissant, mélancolique sans élévation. Il avait de prompts désespoirs qu'il aimait à faire
connaître ; toujours près de mourir et revenant vite à
la vie. Ces esprits passionnés, faibles et légers, font
mieux comprendre la vigueur originale d'Horace. Lui
aussi a connu les Délia, les Néæra, et tant d'autres ;
lui aussi a été trompé, a maudit les dieux et sa maîtresse,
mais pendant une heure ou deux. Quoi de plus noble
et de plus élevé dans sa tristesse que le début de cette
ode? « C'était la nuit, dans le ciel serein brillait la lune
« parmi les étoiles moindres : c'est alors que, prête à
« offenser par un parjure la majesté des grands dieux,
« tu répétais après moi les paroles du serment. Et tu

« me serrais dans tes bras plus étroitement que le lierre ne
« s'attache au chêne puissant. » Quoi de plus dégagé
que les derniers mots : « Ah ! tu pleureras aussi la
fuite de tes amours, et moi à mon tour j'en rirai ! »
C'était un conseil de ce genre qu'Horace donnait à Tibulle, victime de la perfidie de Glycère : « Albius, cesse
donc de gémir, et d'invoquer toujours le souvenir de la
cruelle Glycère ; cesse de te répandre en élégies plaintives, parce qu'un amant plus jeune sourit plus au goût
de l'infidèle. » Et il se citait en exemple, lui qui eût
pu aimer et être aimé en meilleur lieu et qui restait dans
les fers de l'affranchie Myrtale.

Tibulle a donc l'âme plus sensible, si l'on veut, qu'Horace ; ou plutôt il n'a pas ce ressort énergique de son
ami. Il ne voit rien au monde que les Délie, les Némésis,
les Néæra et se montra digne de vivre sous le principat.
Ses élégies, envisagées sous ce point de vue, sont curieuses à étudier, et laissent dans l'esprit une vraie tristesse. Voilà donc, se dit-on, ce qu'étaient devenus les
fils de ceux qui combattaient Mithridate, Sertorius, Jugurtha ! Voilà les inspirations de la poésie nouvelle !

### PROPERCE.

#### (Sextus Aurelius Propertius.)

Le nom de Tibulle appelle celui de Properce. Les deux
poëtes étaient du même âge, ils sont morts à peu près
en même temps ; ils ont chanté les mêmes sujets. Properce ne fut même pas tenté d'aborder la vie publique ;
il ne s'attacha point à un patron illustre, il ne songea

T. II.    6

point à servir dans les armées ; et de bonne heure « Apollon lui interdit de faire entendre sa voix au forum. » C'était un épicurien peu délicat. Son père avait été victime des proscriptions qui suivirent la guerre de Pérouse ; Properce n'en célébra pas moins les exploits et les vertus d'Auguste. Il faisait partie du groupe de lettrés qui étaient bien vus de Mécène et de l'empereur. Je croirais volontiers cependant que Virgile, Horace et Tibulle goûtaient peu son caractère, sa conversation et son esprit. Properce est d'une vanité exubérante : il félicite l'Ombrie de lui avoir donné le jour ; « qu'elle s'enfle, qu'elle s'enorgueillisse à jamais de sa gloire : elle est la patrie du Callimaque romain. » Et, ailleurs : « Je suis le premier prêtre qui de la source pure ai transporté dans les cérémonies italiques les danses sacrées de la Grèce. » Il oubliait volontiers que Catulle avait eu cet honneur avant lui, que Gallus et Tibulle le valaient bien, et que la modestie est l'apanage du vrai mérite. Mais c'était un Ombrien, que Rome et la société polie avaient bien pu décrasser, mais qui conservait encore je ne sais quoi de l'âpre saveur du terroir. Aussi nul de ses contemporains ne chanta ses louanges ; on trouva sans doute qu'il s'acquittait trop bien de ce soin. Voilà, si je ne me trompe, sa physionomie dans le cercle des poëtes du temps. Il paraît moins effacé que Tibulle, moins intéressant. Tibulle était beau, délicat et comme paré d'une douce mélancolie ; Properce a plus de relief et d'énergie, mais souvent la grâce lui manque et la mollesse.

Et d'abord, s'il n'a composé que des élégies, plusieurs d'entre elles ont une tendance héroïque. Je ne parle pas seulement de celles où il célèbre la gloire d'Auguste et celle de Mécène. Il a essayé de tracer un tableau

assez ferme des lieux où devait s'élever un jour Rome.
Je n'hésite pas à croire qu'il a eu connaissance de l'É-
néide ; on sait que c'est lui qui annonça l'œuvre dans ce
distique fameux : — « Retirez-vous, poëtes romains, retirez-vous, poëtes grecs : il va naître je ne sais quoi de
plus grand que l'Iliade. » — On retrouve donc en lui
quelque chose qui ressemble à une inspiration patriotique. Bien qu'il déclare sans cesse que sa faible muse ne
saurait aborder ces grands sujets, il s'y essaye cependant,
et monte à une certaine hauteur. Il retombe vite, parce
que Callimaque et Philétas, ses modèles chéris, le rappellent à eux, c'est-à-dire sur terre. Mais c'est là une partie
de son originalité : l'ombrien se ressouvient du vieil Ennius, et y fait penser : — « Il a, en effet, comme il le dit
lui-même, approché sa lèvre faible des sources puissantes où le grand Ennius, altéré, avait bu. » Et, ailleurs : « Qu'Ennius couronne ses vers de la rude feuille
du laurier, pour moi, ô Bacchus, présente-moi la modeste feuille du lierre. » Je signale d'autant plus volontiers ce côté de son œuvre, que nous sommes au seuil
même du néant politique.

Restent les élégies amoureuses. La maîtresse de
Properce, c'est Cynthia. Suivant quelques commentateurs, son vrai nom était Hostia, elle était petite-fille du
poëte Hostius. Suivant toute probabilité, c'était une
affranchie et des plus légères. Properce ne cesse de gémir sur les nombreuses infidélités de Cynthia ; mais il préfère encore ces petits désagréments aux ennuis et aux
dangers d'un commerce avec une matrone ; en cela, on le
sait, il était de l'avis d'Horace et pouvait passer pour un
homme de mœurs réglées. Mais peut-être était-ce là une
concession faite à Auguste, prince moral, qui tenait beau-

coup à ce que les apparences fussent sauvées. Il n'é-
tait pas riche, on le doit supposer, ou Cynthia aimait fort
l'argent; car il se voit à chaque instant évincé par un
rival plus opulent. Aussi regrette-t-il naïvement les anciennes mœurs, simples et frugales. Combien les premiers
humains savaient mieux aimer au sein des forêts! Cynthia
guettait à leur retour des provinces les préteurs enrichis,
et n'en faisait qu'une bouchée. Properce en était bien
quelque peu affligé, mais cela ne l'empêchait pas de
donner à sa maîtresse des conseils assez étranges. « Si
tu as de l'esprit, ne laisse pas échapper cette bonne
aubaine, enlève à ce sot animal toute sa toison. » Ici
encore se retrouve l'Ombrien, peu délicat et parfois gros-
sier. Tibulle n'eût jamais parlé de ce ton. Deux détails encore, et je finis sur ce sujet. Properce se lamente souvent sur la corruption des femmes de son
temps, et il en cherche les causes : c'est l'amour du luxe
d'une part, et, de l'autre, les peintures légères que l'on
met sous les yeux des jeunes filles. Les appartements
en sont remplis. Quelles étaient ces peintures? On en
a découvert de bien monstrueuses à Herculanum. Y
en avait-il de semblables à Rome ? Properce ajoute à ces
causes de démoralisation précoce les fameux bains de Baïes,
déjà signalés par Cicéron comme une école de corruption.
Il nous semble que Cynthia eût trouvé Baies partout. Je
signale en passant une autre élégie, la 7e du IIe livre.
Cynthia et Properce se réjouissent ensemble de la suppression de la loi Julia, *de Maritandis ordinibus.* Auguste
avait voulu imposer le mariage aux célibataires; des
protestations s'élevèrent de tous côtés; il fallut rapporter
la loi. La joie de Properce est entière. Il ne sera pas
forcé de se marier! Lui, père de famille ! et pourquoi

cela ? Est-il chargé de procréer des soldats à l'empereur pour orner son triomphe ? L'amour de Cynthia lui suffit. — Il faut lire cette élégie malheureureusement incomplète. L'ironie et le mépris des devoirs du citoyen et de l'homme y percent à chaque vers. Voilà un commentaire éloquent des réformes morales opérées par Auguste !

Tel est l'homme, tel est l'esprit de l'œuvre. Quant à la forme, elle est évidemment fort inférieure à celle de Tibulle. Properce est un pur disciple des Alexandrins, comme il s'en vante. C'est un érudit. De là une froideur réelle dans un genre où la passion seule doit parler. A propos des trahisons de Cynthia, il raconte l'histoire de la chaste Pénélope ; s'il veut peindre son désespoir, il rappelle que Hémon, ayant perdu Antigone, se donna la mort; qu'Achille, privé de Briséis, laissa massacrer les Grecs. Il accuse Romulus d'avoir donné un fort mauvais exemple en enlevant les Sabines : on sent que tous ces souvenirs mythologiques sont pour lui non une broderie, mais le tableau même. Là encore nous retrouvons le provincial, qui étale avec complaisance toute sa richesse. La mesure et la distinction sont absentes. L'auteur veut paraître, et on oublie l'homme. Cependant l'expression est plus forte que chez Tibulle, et souvent aussi moins naturelle. La versification est régulière, mais non sans quelque hardiesse.

## OVIDE (PUBLIUS OVIDIUS NASO.)

### L'homme.

Ovide, le plus jeune des poëtes de la nouvelle école, en est le roi. Nul ne la représente plus exactement. Jamais homme ne fut plus de son temps que celui-là. Il

6.

est le type de ces esprits faciles et aimables qui s'ouvrent
à toutes les influences du moment, et rendent immédiatement ce qu'ils ont reçu, à peu près comme ils l'ont
reçu. On se figure volontiers le poëte isolé et cherchant
les hautes cimes, voisin du ciel et loin des hommes. Si
on eût transporté Ovide sur ces hauteurs, il s'y fût consumé d'ennui. A l'air vif des sommets il préférait la
tiède atmosphère des salons, aux splendeurs du soleil levant, les douces lueurs des lampes éclairant les festins et
les conversations mondaines. Voilà ce qu'il faut bien
se dire avant de le juger. La sévérité ici serait injuste
et toucherait au ridicule. Il faut mesurer les gens à leur
mesure, et ne pas demander aux oiseaux gracieux de nos
volières l'œil de feu et l'aile puissante de l'aigle.

S'il n'avait été exilé, l'histoire de sa vie pourrait s'é-
crire en deux mots : il fut amoureux et fit des vers. Si nous
en savons un peu plus, c'est à lui que nous le devons. Il était
d'un naturel expansif, et tout lui était matière à poésie. Il
nous apprend donc (1) qu'il est né à Sulmone, ville des
Péligniens, l'année où « moururent d'une même mort les
deux consuls » (Hirtius et Pansa, en 711), que sa famille
était riche et appartenait à l'ordre équestre. De bonne
heure amené à Rome, il y suivit les leçons des grammairiens et des rhéteurs à la mode, et, pour complaire à son
père, se prépara à aborder la vie publique. Il fut, en effet,
*triumvir*, *centumvir* et *décemvir*, noms anciens, fonctions nouvelles ; mais son respect filial et son courage ne
purent aller plus loin. Le Sénat allait s'ouvrir pour le
recevoir, mais il fuyait l'ambition et ses soucis. « Les
filles d'Aonie le sollicitaient à rechercher les loisirs et la

(1) *Tristium* lib. IV. Eleg. X.

sécurité, biens préférables à tous les autres. » Le voilà donc qui abandonne le forum, les tribunaux, les juris-consultes, et recherche la société des poëtes. « Autant j'en voyais, dit-il, autant je croyais voir de dieux. » Il ne fit qu'apercevoir Virgile, connut quelque peu Horace, fut lié avec Properce ; Tibulle mourut trop tôt pour qu'il pût devenir son ami. A peine âgé de vingt ans, il est déjà connu et recherché. En vain son père lui représente « que les Muses n'ont jamais enrichi leurs adorateurs, qu'Homère est mort sans laisser aucune fortune », Ovide ne put l'écouter. Il ne pouvait écrire en prose, les vers naissaient sous sa plume, se pliant d'eux-mêmes à la me-sure : « tout ce qu'il essayait de dire se transformait en vers. » Il disait vrai. Il n'y a pas d'exemple d'une pa-reille facilité, elle devint une véritable tyrannie, et dès lors il fut impropre à toute autre chose qu'au métier de poëte. Sénèque, le Rhéteur qui le connut dans le temps où il sui-vait les leçons d'Arellius Fuscus et de Porcius Latro, nous apprend que déjà alors son langage n'était autre chose que vers brisés (1). « Il déclama une controverse avec beau-coup d'esprit, seulement il n'y avait aucun ordre dans ce qu'il disait, il courait çà et là ; toute argumentation lui déplaisait. »

Il vécut vingt-cinq ans de cette vie mondaine qui lui était si chère, goûté, recherché, lisant ses vers dans des réunions où il était applaudi, savourant les plaisirs qu'offrait alors la société romaine, dont il était le plus brillant et le plus spirituel représentant, lorsqu'il fut tout à coup relégué par Auguste à Tomes, chez les Gètes, aux extrémités de l'empire. Quelle fut la cause de ce

---

(1) Voir la controverse d'Ovide. Senec. Rhet. *Cont.*, lib. II, **X**.

châtiment ? il est fâcheux pour Auguste qu'on la cherche
encore. Le poëte protesta jusqu'à la mort contre la rigueur
de la peine et ne se reconnut jamais coupable que d'imprudence, il ajoute même d'imprudence involontaire.
« Mes yeux, dit-il, ont vu involontairement un crime :
voilà pourquoi je suis puni ; ma faute, c'est d'avoir eu
des yeux. » Et ailleurs : « Pourquoi ai-je vu quelque chose ? Pourquoi mes yeux ont-ils été coupables ?
Pourquoi, sans le vouloir, ai-je eu connaissance d'un
crime ! » Qu'a-t-il donc vu ? Il fut probablement témoin
et peut-être complice des désordres de Julie, petite-
fille d'Auguste qui, cette même année, fut convaincue
d'adultère et exilée. Il reconnait d'ailleurs qu'Auguste
punit lui-même une offense personnelle comme il en avait
le droit (*ultus es offensas, ut decet, ipse tuas*). Peut-
être à ces scandales de la maison impériale se mêlèrent
des intrigues d'ambition. Livie et son fils Tibère étaient
capables de tout : ils avaient déjà fait exiler Agrippa Postumus, petit fils de l'empereur, et le firent bientôt égorger.
Ovide eût été enveloppé dans un coup d'État de famille.
Quoi qu'il en soit, pour mieux dissimuler les motifs réels
du châtiment, Auguste fit retirer des bibliothèques publiques les œuvres du poëte, qu'elles eussent déshonorées
apparemment, hypocrisie dont nul ne fut dupe. Que n'y
avait-il pas dans ces bibliothèques ? Qu'on voie ce qu'en
disait Ovide (1).

On pense bien qu'il ne supporta pas fort courageusement
une telle disgrâce. Un homme comme lui ne pouvait vivre
qu'à Rome. Il fatigua de ses plaintes et de ses supplications Auguste et ses amis : l'empereur mourut sans par-

____

(1) *Trist.*, II. 409.

donner. L'avénement de Tibère enleva à Ovide toute espérance; il se borna dès lors à demander un lieu d'exil moins rigoureux, et il ne put l'obtenir. Après huit ans de souffrances et de vaine attente, il mourut à Tomes, âgé de 59 ans (770). Les barbares, parmi lesquels il vivait, étaient devenus ses amis et ses admirateurs. Il avait appris la langue du pays et écrivait en langue gétique des vers qui ravissaient les indigènes.

### L'ŒUVRE.

Bien que tous les poëmes d'Ovide portent l'empreinte évidente d'un même esprit, je les diviserai en deux classes : les uns que j'appellerai poëmes légers, badins, ce sont les *Élégies amoureuses*, l'*Art d'aimer*, les *Remèdes contre l'amour*, les *Cosmétiques du visage*, les *Héroïdes ;* les autres, ayant évidemment des prétentions au sérieux, sont les *Métamorphoses*, les *Fastes*, les *Tristes*, les *Pontiques*. Quant à *Ibis* et aux *Halieutiques*, ce ne sont que des fragments sans importance ; et de la tragédie de Médée nous ne possédons qu'un vers.

Les élégies amoureuses, publiées d'abord en cinq livres, puis en trois, sont le début du poëte. Il avait 27 ou 28 ans. Comme ses prédécesseurs, Catulle, Gallus, Tibulle et Properce, il chanta les menus événements de sa passion pour Corinne, c'est le nom qu'il donna à sa sa maîtresse. Était-ce une affranchie, une courtisane ? Un reste de pudeur publique interdisait aux poëtes de prendre des matrones pour héroïnes de leurs vers : il est bien difficile cependant de ne pas voir dans la Corinne de l'élégie iv$^e$ du I$^{er}$ livre une femme mariée,

placée entre son amant et son mari. Ailleurs, Corinne
sera une affranchie, pis que cela même, mais qu'importe
au poëte ? Ses élégies ne jaillissent point de son cœur ;
c'est un jeu d'imagination et d'esprit. Il met à la suite
l'une de l'autre les petites scènes d'intérieur galant dont
il a été le témoin ou le héros, peu soucieux de l'unité de
ton et de couleur. Si la passion profonde et vibrante
lui fait défaut, l'imagination saura bien y suppléer. Elle
éclate déjà dans cette première œuvre avec une richesse
merveilleuse. La situation la plus simple fournit au
poëte des développements ingénieux qui ne tarissent pas.
Le dernier mot du vers éveille une idée ; il la saisit,
l'expose, la reprend, la présente sous une nouvelle
forme, la met en lumière par un rapprochement mythologique, par une comparaison, puis passe à une autre,
et y applique les mêmes procédés. Ovide est déjà tout
entier dans cette première œuvre, c'est un peintre d'esprit qui ne sait pas composer un tableau, mais qui en
réunira cinq ou six dans le même cadre. L'ensemble est
choquant d'invraisemblance. Regardez de plus près ;
chaque esquisse, prise à part, est délicieuse. Ajoutez
à cela la fluidité d'un style que rien n'arrête, qui sait
tout dire, qui ose beaucoup sans en avoir l'air ; l'extrême
liberté des images, sans grossièreté crue, l'art de ne
supprimer aucun détail et de les voiler suffisamment.
La poésie érotique mondaine est créée. Le ton du badi-
nage graveleux est trouvé. Ovide est le gentil Bernard
et le Parny du siècle d'Auguste vieillissant. Il ne
chante pas l'amour, mais le plaisir : il ignore la passion,
mais il a la grâce, la légèreté, l'esprit. C'est l'idéal de la
littérature de boudoir, qui ne peut naître qu'à de certaines
époques. Il dresse lui-même quelque part un catalogue

des ouvrages qu'il faut mettre dans les mains d'une femme qu'on veut préparer à l'amour, et il n'a garde d'oublier ses élégies et son poëme sur l'*Art d'aimer*.

Qu'on me permette de dire que celui-ci est un chef-d'œuvre, le genre une fois admis. Ovide est ici dans son élément ; il traite un sujet fait pour lui, il a trouvé sa vraie voie. Aussi je ne sais s'il y a dans toute la littérature latine beaucoup d'œuvres aussi originales que celle-là. De modèles, je ne lui en connais point, il n'a que faire des Grecs en pareille matière. Les éléments de son poëme il les a sous les yeux ; la science qu'il enseigne, il l'a pratiquée depuis vingt ans et y est passé maître. Enfin son style léger, brillant, spirituel est le seul qui convienne. Tout se réunit pour produire une œuvre accomplie, mais quelle œuvre ! Ce n'est pas au fond autre chose que le code de la séduction et de la galanterie à Rome, au milieu du huitième siècle. Peu d'ouvrages plus instructifs que celui-là et moins édifiants. Nous voilà d'emblée introduits au cœur même de la corruption romaine, non par un déclamateur passionné, comme Juvénal, mais par un poëte à bonnes fortunes qui, au lieu d'écrire ses mémoires galants, résume en préceptes légers l'expérience de sa vie amoureuse. J'ai dit que jamais homme ne fut plus de son temps que celui-là. Écoutez-le : «Que d'autres soient charmés de l'antiquité ; « pour moi je me réjouis d'être né de nos jours : voilà « bien le siècle qui convenait à mon caractère. Non « parce qu'on arrache aujourd'hui à la terre l'or qu'elle « recèle, parce qu'on rapporte de tous les rivages les « coquillages précieux, parce qu'on fouille les monts « pour en arracher le marbre, ou que la mer se retire « devant nos maisons de plaisance. Non. Mais aujour-

« d'hui fleurit la politesse, il ne reste plus rien de l'an-
« cienne rusticité que l'on a laissée à nos vieux aïeux. »
Voltaire disait aussi :

> Regrettera qui veut le bon vieux temps :
> Ce temps profane est tout fait pour mes mœurs.
> Ah ! le bon temps que ce siècle de fer !

Cette politesse moderne a bien son mauvais côté cependant. «Nous vivons vraiment dans l'âge d'or, s'écrie-t-il,
« ailleurs : c'est l'or qu'on honore avant tout, c'est
« l'or qui fait aimer. » Il faut à un amant pauvre du
mérite pour plaire. Ovide lui enseignera l'art de suppléer
à la fortune par l'esprit, et de se faire aimer presque
*gratis*. On comprend que je ne puis analyser ce
poëme : un trait ou deux suffiront pour en marquer le
caractère. Ovide n'enseignera point l'art de se faire
aimer des matrones : « loin d'ici, légères bandelettes, parure de la pudeur, loin d'ici la longue stole qui couvre
les pieds de la matrone : je ne chante que les amours
permises, les galanteries autorisées (par les lois), il n'y
aura dans mes vers rien de criminel. » Après cet
hommage rendu en passant aux lois d'Auguste, simple
formalité, il entre dans son sujet. « On trouvera à Rome,
dit-il, autant de belles femmes que dans tout le reste du
monde ; il y en a autant que d'étoiles au ciel, de poissons
dans la mer. On voit bien que Vénus habite la ville
de son fils Énée. Sortez de chez vous et faites votre
choix. — Allez sous les portiques, dans les théâtres,
au cirque, dans les temples, surtout ceux de Vénus et,
d'Isis, assistez aux sacrifices en l'honneur d'Adonis, mais
c'est aux spectacles surtout que le choix est plus
facile : là elles viennent moins pour voir que pour être

vues. Vous les rencontrerez aussi à Baies, dans les festins et les réunions. Vous vous assoirez près d'elles au théâtre, au cirque, vous mettrez un petit banc sous leurs pieds, vous parierez pour le cheval qu'elles préfèrent. Voilà les mœurs de la Rome impériale ; voilà ce qui charmait Ovide et ses contemporains ; voilà ce qu'il a chanté. Je m'arrête au moment où la connaissance est faite entre les deux amants, connaissance bientôt suivie de la conquête de l'un des deux, on ne sait lequel, par l'autre. Ovide, enchanté de cette première partie de son œuvre, s'écrie : « Que dans sa joie l'amant couronne mes vers d'une verte palme ; que je sois préféré au vieillard d'Ascrée, au vieillard de Méonie (Homère et Hésiode). » On est tenté de crier à la profanation. Mais ces grands noms n'effrayent point Ovide : il se regarde naïvement comme le successeur de ces hommes divins ; il en diffère seulement par le choix des sujets. Ici nous touchons un des côtés les plus curieux de l'œuvre du poëte, et il me semble qu'il n'a pas été assez remarqué jusqu'ici. Il n'y a point de poëme didactique, et l'*Art d'aimer* en est un, qui soit une simple exposition de préceptes : épisodes, digressions, tableaux, récits, tout ce qui peut jeter de la variété dans l'œuvre en fait naturellement partie. Ovide en cela a imité ses devanciers ; on peut même dire que chez lui les ornements l'emportent sur le fonds. Mais où va-t-il les prendre ? Il semblerait tout d'abord qu'il dût les emprunter à la chronique scandaleuse de son temps. Il n'en est rien ; c'est l'antiquité héroïque et mythologique qu'il met à contribution. Il sait quel était le genre de beauté de toutes les héroïnes des âges primitifs, ce que leurs époux et leurs amants admiraient en elles ; il a pénétré dans

l'alcôve d'Hector et d'Andromaque ; il sait ce qui se passait
sous la tente d'Achille, quand Briséis le recevait couvert
du sang des Troyens. Il raille ce vieil Homère qui a fait respecter Briséis par Agamemnon ; il déclare que cela n'est pas,
et que pour lui il n'eût pas été si sot. Il raille Ménélas et félicite l'heureux Pâris. S'il abandonne les antiques légendes
de la Grèce, c'est pour se rabattre sur celles du Latium.
L'enlèvement des Sabines pendant les jeux le charme ;
il convie les Romains de son temps à imiter les compagnons de Romulus. Figurez-vous la Bible mise en madri-
gaux folâtres par un Hébreu, voilà ce que deviennent
sous les mains d'Ovide les traditions religieuses et héroïques de la Grèce et de Rome. Le contraste entre les
mœurs du jour et celles des anciens âges donnait plus de
piquant à son œuvre, il faisait preuve d'esprit et d'érudition à la fois. Le moyen pour lui de résister à cette double
tentation !

Supposez maintenant une série de petits poëmes
dans lesquels ces brillants hors-d'œuvre, au lieu d'être
l'accessoire, soient le sujet même, et vous aurez les *Héroïdes :* il ne se peut rien imaginer de plus faux et de
plus spirituel que ces poëmes. Il se glorifie d'en être
l'inventeur, et il eut bientôt des imitateurs. En effet, sur
les 21 *héroïdes* qui portent son nom, il y en a plus de
la moitié qui ne sont pas de lui, mais d'un certain Sabinus, son disciple. Ces héroïdes sont des lettres en
vers élégiaques écrites à leur amant ou à leur époux
par les héroïnes célèbres de l'antiquité : Pénélope à
Ulysse, Phyllis à Démophon, Œnone à Pâris, Canacé
à Macareus, Hypsipyle à Jason, Ariane à Thésée, Phèdre

(1) *Héroïdes*, an. 739.

à Hippolyte, Didon à Énée, Sapho à Phaon. Sabinus avait imaginé de faire les réponses des héros. C'est un ouvrage de la première jeunesse d'Ovide. Il sortait des écoles de déclamation ; il déclama en vers, puisqu'il ne le pouvait en prose, et sur des questions d'amour, puisqu'il n'en pouvait traiter d'autres. Les héroïdes ne sont pas autre chose en effet que des *Suasoriæ*. Nous savons par Sénèque qu'Ovide préférait de beaucoup les *Suasoriæ* aux *Controversiæ*, parce que toute argumentation lui déplaisait. Il fit parler des femmes, au lieu de faire parler Sylla, Cicéron, Annibal. Il leur donna beaucoup d'esprit, il en avait de reste, et se préoccupa fort peu de la vérité historique ou héroïque. Il n'emprunte aux anciens âges que les noms et la situation des personnages ; il se charge de leur fournir les sentiments et les idées qu'avaient les Corinnes de son temps. O nobles et pures figures des siècles primitifs, vous doutiez-vous jamais qu'on dût un jour vous farder ainsi !

Les *Remèdes d'amour* (1), en un livre, parurent deux ans après l'*Art d'aimer*. C'est ce qu'on pourrait appeler, en style judiciaire, une récidive. Ovide cherche d'abord de bonne foi et sérieusement les moyens de se guérir d'une passion qui fait le tourment de la vie. Les philtres et les incantations magiques étaient alors fort à la mode. Il n'y croit pas et les condamne. Que reste-t-il donc ? Il reste le travail, l'action. Est-ce bien Ovide qui parle ? N'en doutez pas, aux grands maux les grands remèdes. Il envoie notre amant malade au forum, il le condamne à l'étude des lois, aux plaidoiries ; il va même jusqu'à

(1) *Remedia amoris*, 754.

lui ordonner d'aller faire la guerre contre les Parthes !
C'est l'oisiveté qui a causé tous les maux. Pourquoi
Égisthe a-t-il été adultère ? Parce qu'il est resté oisif à
Argos, au lieu de suivre les Grecs au siége de Troie.
« Il a fait ce qu'il a pu ; il a aimé pour ne pas rester à
rien faire. » A défaut des travaux du forum et de la
guerre, faites-vous chasseur, faites-vous laboureur. Voilà
de bien durs préceptes, avoue-t-il, mais c'est le seul
moyen de se guérir. Est-ce vraiment le seul ? Ovide,
qui a tant d'esprit, n'en saurait-il trouver d'autre ? N'en
doutez pas. Le naturel revient au galop. Le meilleur et
le plus sûr moyen de combattre l'amour, c'est d'aimer,
d'aimer ailleurs, s'entend. Voilà l'homœopathie appli-
quée aux blessures du cœur, et Ovide redevenu chantre
de la volupté, seul rôle qui lui convienne.

Au moment où Ovide fut condamné à l'exil, il se préparait à publier un grand poëme qu'il croyait sérieux.
Ce sont les quinze livres des *Métamorphoses*. Il voulut,
dit-il, les jeter au feu, comme Virgile son *Énéide*, mais
il les épargna. Il demande grâce pour les fautes de
l'ouvrage que ses malheurs ne lui ont pas permis de
corriger. On ne se représente guère Ovide corrigeant
ses vers ; et il ne faut pas prendre trop au sérieux ses
doléances. Il m'est difficile, je l'avoue, de partager l'admiration des critiques pour cette vaste composition. Il
leur a semblé qu'ils avaient enfin mis la main sur un
Ovide sérieux, épique, digne émule d'Homère et de Virgile. N'auraient-ils pas dû se demander d'abord si le poëte
des *Élégies* et de l'*Art d'aimer* pouvait être à la hauteur
d'une telle œuvre ? Il en était absolument incapable.
Pourquoi ne pas le reconnaître ? *Non omnia possumus
omnes.* Il ne faut pas que l'hexamètre heroïque nous

fasse illusion. Si l'extérieur de l'œuvre a une apparence de gravité, le fond reste ce qu'il est, un exercice
d'esprit, un recueil d'anecdotes joliment racontées.
Est-ce un poëme épique ? Non, car l'unité de sujet
manque absolument. J'en dirai autant de l'unité d'action,
à moins que l'on ne prétende que les transformations
infligées à chacun des personnages mis en scène constituent l'unité du sujet. C'en est l'uniformité et le vice
radical. Quel est le ressort du poëme ? Procède-t-il d'une
inspiration héroïque ou religieuse ? En aucune façon.
De quelque côté que l'on se tourne, on ne peut rien
découvrir qui donne l'idée d'une œuvre fortement conçue. On est réduit à admirer l'art avec lequel le poëte
a su lier les uns aux autres des épisodes détachés pour
en former un semblant de tout. Mais ces soudures sont
puériles et inadmissibles : elles ne font que mieux res-
sortir le caractère profondément artificiel et faux de
l'œuvre. Ovide se propose de raconter les métamorphoses subies par des personnages de l'antiquité, depuis le
Chaos jusqu'à Jules César. La première transformation est celle de Lycaon changé en loup par Jupiter ; la
dernière est celle du père adoptif d'Auguste, changé en
astre. Il y a quinze livres. Chacun d'eux raconte trois ou
quatre métamorphoses, et chaque récit se termine
naturellement par une métamorphose. Tantôt c'est l'a-
nalogie de la transformation qui amène le récit suivant,
tantôt c'est la différence. Parfois l'action se passe sous
nos yeux, le plus souvent un des personnages mis en
scène la raconte. Idée bizarre, sujet étrange et souvent
absurde. Ovide n'a pas même eu le mérite de l'invention. Il avait parmi ses devanciers jusqu'à six modèles,
appartenant tous, cela va sans dire, à l'école d'Alexan-

drie : Corinna, qui avait écrit des livres de *Transforma-*
*tions* (Ἑτεροίων βίβλους) ; Callisthènes, qui avait écrit des
*Métamorphoses* (Μεταμορφώσεις) ; Antigone de Caryste,
qui avait composé des *Mutations* (Ἀλλοιώσεις) ; Nicandre,
auteur d'un poëme du même genre intitulé : (Ἑτεροιούμενα),
et enfin Parthénius, le maître de Virgile, qui avait écrit
des *Métamorphoses* (Μεταμορφώσεις). Le genre fut bientôt
à la mode : il y eut des divisions et des subdivisions de
métamorphoses. Tel poëte chanta les hommes changés
en quadrupèdes ; tel autre les hommes changés en arbres ; celui-ci les hommes changés en oiseaux. Un certain Boëus avait démontré dans un poëme de ce genre
que tous les oiseaux avaient été jadis des hommes.
Voilà les prédécesseurs et les modèles d'Ovide. Qu'il ait
été supérieur à chacun d'eux, je le crois aisément.
Mais que penser du choix d'un tel sujet ? Qu'y a-t-il en
effet au fond de ces métamorphoses d'hommes en bêtes
ou en objets inanimés ? Un sens symbolique profond
ou naïf, une allégorie morale ou plus fréquemment encore une conception naturaliste. Que la signification
primitive de ces mythes se soit perdue ou du moins
altérée par suite des progrès de l'anthropomorphisme
hellénique, cela est incontestable, et au point de vue de
l'art nous ne devons point le regretter ; mais qu'à cette
transformation nécessaire soit venue s'ajouter encore
cette suprême parodie des vieilles croyances religieuses,
que la nature tout entière, cet immense théâtre des
phénomènes et de l'activité humaine, ne soit plus
qu'une sorte de panorama fantastique, où l'homme n'apparaît que pour se transformer en bête, en arbre, en
oiseau, il faut avouer qu'il n'est guère possible de pousser plus loin l'inintelligence des grandes choses et la

passion du joli quand même. Le joli, l'ingénieux, si
l'on veut, voilà en effet le caractère de l'œuvre. C'est une
galerie de tableaux rangés par analogie de sujets. Le
dénoûment est toujours le même, mais les descriptions
varient. Ovide se plaît à montrer un homme devenant
par dégrès loup, une femme devenant araignée ou laurier. Il y a là une sorte d'anatomie spirituelle qui l'amuse.
Au fond il ne cherche pas autre chose. Vainement vous
attendriez-vous à trouver dans ces vers quelques-uns de
ces frémissements d'horreur religieuse, que Virgile a
connus : le sceptique et spirituel poëte ne songe qu'à
divertir. Il donne un spectacle avec de riches décors, il
parle aux yeux, il les éblouit. Que si parfois il met
l'homme en scène, avec ses passions et ses douleurs,
c'est le déclamateur de l'école de Porcius Latro, qui
parle : de beaux discours, comme ceux d'Ajax et d'U-
lysse, de belles dissertations pythagoriciennes contre
l'usage de manger la viande des animaux, quelques élégies par ci, par là, et l'œuvre est terminée, la parodie
est complète.

Le poëme des *Fastes* est un peu plus sérieux, ce qui
n'est pas beaucoup dire. Il devait avoir douze livres cor-
respondant aux douze mois de l'année. Quelques critiques ont supposé que les six derniers livres s'étaient perdus, mais à tort; ils ne furent jamais écrits. Ovide avait
composé la première partie de son ouvrage au moment
où il fut envoyé en exil, et il déclare formellement que
sa triste destinée l'interrompit. On le comprendra sans
peine pour peu qu'on se rende compte de la nature du
poëme. C'est un travail d'érudition, d'archéologie. A

(1) *Fastorum libri sex,* an. 762.

Rome, Ovide trouvait tous les documents nécessaires pour 
mener à bonne fin son entreprise. A Tomes, ils lui firent 
défaut ; il se trouva réduit à ses propres ressources ; et, 
malgré tout son esprit, il ne pouvait improviser la science.

Comment fut-il amené à un travail de ce genre ? On 
sait quelle était pour la vie civile et religieuse des Romains l'importance du calendrier. Pendant plusieurs 
siècles, l'aristocratie s'en était réservé exclusivement la 
connaissance, et s'en faisait un de ses plus puissants 
moyens de gouvernement. La réforme opérée par Jules 
César fut poursuivie et achevée par Auguste en 755. Des 
travaux considérables avaient déjà paru à cette époque 
sur les antiquités nationales et religieuses de l'Italie. 
Clodius Tuscus, L. Cincius, Cornélius Labeo, et enfin 
le savant Varron, avaient publié sur ce sujet des livres de 
vaste érudition. L'étude des Fastes de Rome touchait à 
toute l'histoire romaine ; plus que chez aucun autre peuple, la religion était intimement unie chez les Romains 
aux moindres événements de la politique. Les anciens 
annalistes en fournissaient des preuves à chaque page. 
Avec Varron, la critique commença à essayer de relier 
les usages de la vie civile et les cérémonies de la vie religieuse aux traditions antiques du Latium et de l'Italie. 
Voilà le sujet qu'Ovide songea à traiter à son tour. 
Son érudition est évidemment de seconde main, mais elle 
est précieuse pour nous qui avons perdu les originaux 
consultés par lui. Est-il besoin de dire que le poète se 
proposa surtout d'égayer l'aridité du sujet par l'élégance 
et la variété des ornements ? Ici donc se retrouve toujours 
le même esprit. Les légendes héroïques ou religieuses, 
empreintes dans Virgile d'un caractère auguste et mystérieux, sont par Ovide habillées à la moderne. L'énergie

et la foi lui manquent. Qu'on lise, pour s'en convaincre, dans le premier livre, tout ce qu'il dit des Carmentales, d'Évandre, d'Hercule et de Cacus, et qu'on rapproche ces cent vingt vers de ceux de Virgile. On ne comprend guère qu'il ait employé dans un tel sujet le mètre élégiaque, et lui-même s'en excuse à plusieurs reprises (1). La meilleure raison qu'il donne de cette préférence, c'est que l'hexamètre était trop pesant pour lui.

Pendant ses huit années d'exil à Tomes, il écrivit neuf livres d'*Élégies*, les *Tristes* et *les Lettres du Pont*. Les *Tristes* sont une espèce de mélodie plaintive que le poëte se chante à lui-même : il ne les adresse à personne en particulier, mais il les envoie à Rome. Sa femme, ses amis, les liront ; peut-être les mettra-t-on sous les yeux d'Auguste ; et le tableau des souffrances du pauvre exilé fera naître un peu de pitié dans le cœur du prince. Les *Épîtres du Pont* sont adressées à des amis : ce sont des prières, des remercîments, des effusions de tristesse et de désespoir. Il y a peu de lectures plus affligeantes que celle de ces neuf livres d'élégies. Mais il s'en faut que la misérable destinée du poëte cause seule la tristesse qu'on ressent. Il y a toujours en nous une affliction réelle, quand nous sommes témoins d'un malheur immérité ; à cette affliction se mêle un autre sentiment, quand la victime de l'injustice s'abaisse devant celui qui en est l'auteur. Nous plaignons le malheur, nous regrettons qu'il ne soit pas plus courageux. Nous nous sentons comme atteints en notre dignité d'homme ; il nous semble que, frappés comme Ovide, nous aurions eu du moins la force de nous taire, que nous aurions su opposer à

(1) Lib. II, initio. *Ibid.*, 125 et VI, 21.

la force brutale du despotisme, cette suprême et certaine
vengeance, le mépris. Mais ce que nous appelons aujourd'hui l'honneur était peu connu des anciens. Ils ne
rougissaient pas d'avouer ce qu'ils éprouvaient, dût
l'orgueil en souffrir, et d'implorer grâce. Cependant
Ovide est allé plus loin qu'aucun autre dans cet oubli de
la dignité personnelle. Cicéron était bien faible, bien
abattu pendant son exil ; mais il ne lui vint jamais à l'idée
de s'humilier devant Clodius. Il était à peu près certain
d'être victime de la cruauté d'Antoine, s'il ne rétractait
les Philippiques et n'implorait son pardon : cependant
nul parmi ses amis n'eût osé lui donner ce lâche conseil.
C'est que Cicéron avait l'âme d'un citoyen. Ovide a
l'âme d'un courtisan. Je n'ai pas encore montré le
Romain en lui ; peu de mots suffiront pour cela. Il est
romain, quand il chante l'art d'aimer ; il est romain,
quand il clôt la série des métamorphoses par celle de
Jules César en astre ; il est romain, quand il compose les
*Fastes*, commentaire poétique du calendrier réformé par
César et par Auguste ; il est romain, enfin, quand il célèbre l'un après l'autre les portiques, les théâtres, les
cirques, les temples de Rome, construits ou embellis par
Auguste et les siens. Voilà son patriotisme : c'est justement celui du courtisan, qui absorbe la patrie dans le
maître qu'elle s'est donné ou qu'elle subit. Mais peu de
poëtes, race légère, ont porté si loin l'adulation. Tous
les membres de la famille impériale sont pour lui autant
de dieux. Exilé, misérable, mourant, il n'ose se révolter
contre l'iniquité de son châtiment ; il est juste, puisque
César l'a ordonné. Il se borne à demander quelques adou-
cissements à sa peine. Le croira-t-on ? il implore un rapprochement de Rome, pour être plus près des exploits et

des vertus de César, et pouvoir les célébrer plus dignement ; car, à cette grande distance, l'inspiration s'af-
faiblit, il risque de ne pas se tenir à la hauteur du sujet :
voilà sa dernière et constante préoccupation. Je me
trompe, il faut y ajouter cette secrète inquiétude qui le
tourmente au sujet de ses vers. Il craint qu'ils ne se
ressentent de la barbarie des lieux qu'il habite. Peut-on
bien écrire loin de Rome, ce centre de la politesse et du
beau langage ? Tels sont les derniers soucis qui assiégè-
rent cette pauvre âme : plaire à l'empereur et faire de
beaux vers. Tout Ovide est là.

Il ne sut pas même s'indigner et haïr. Calomnié, insulté
dans son exil par un domestique de l'empereur, faiseur
de vers, qui se permet même d'outrager la femme du
poëte, Ovide écrivit, sous le titre d'*Ibis*, 644 vers en réponse au misérable. L'occasion était belle d'allonger au
dos de l'esclave les coups qu'on eût voulu pouvoir donner
au maître. Comment rester froid et spirituel devant
une si lâche agression? Ovide y a cependant réussi. Il
ne nomme pas ce persécuteur d'une femme et d'un exilé ;
et il va emprunter à ses chers alexandrins les injures
qu'il lui adresse. Callimaque avait composé sous le nom
d'*Ibis* un poëme contre Apollonius, l'auteur des *Argo-*
*nautiques;* Ovide s'en empare et le traduit. Il se venge
par imitation ! De vraie colère, il n'y en a trace dans ces
644 vers. Il ose évoquer le souvenir d'Archiloque et de
Lycambé sa victime ; mais de telles fureurs sont bien
loin de son cœur. Ici encore il n'a que de l'esprit et beaucoup de mythologie à son service. Il dévoue Ibis à la colère de tous les dieux du ciel, de la terre, de la mer et des
enfers. Vengeance d'érudit, inoffensive et puérile, comme
le cœur même du poëte!

Parlerai-je des autres poëtes, contemporains d'Ovide ?
Il y en eut beaucoup, et de toute sorte. On sait assez que
les Romains étaient peu sensibles au mérite de l'originalité. Traduire ou imiter agréablement un poëme grec,
suffisait à leur ambition. Les modèles ne manquaient pas.
Les Alexandrins seuls en offraient un nombre considérable, et que leur médiocrité facile mettait à la portée des
imitateurs. Ajoutez à cela la nécessité d'employer à quelque
occupation les loisirs que le nouveau gouvernement faisait aux citoyens, les commodités qu'offre la versification
latine, la certitude d'être applaudi par les petites sociétés
littéraires qui composaient alors le public. C'est là ce
qui fit éclore une foule de productions, sans mérite réel
pour la plupart, mais dont les titres et des fragments ont
survécu, parce que les poëtes contemporains en ont fait
mention, et les ont louées pour être loués à leur tour.
De ces poëtes des lectures publiques, on pourrait dire ce
que saint Augustin dit de ceux qui n'ont recherché qu'à
faire du bruit dans le monde : *receperunt mercedem
suam, vani vanam,* et passer. Je me bornerai à rappeler
les noms et les ouvrages de quelques-uns d'entre eux.

*Varius,* ami de Virgile et d'Horace, était, suivant le
témoignage de ce dernier, un poëte épique, comparable
à Homère. Disons que c'était surtout un poëte de cour.
Il avait chanté la *Mort de César,* la *Gloire d'Auguste,*
les *Exploits d'Agrippa.* Le louer, c'était louer les maîtres
du jour. Tel était encore *Valgius Rufus,* que Tibulle
place aussi à côté d'Homère. La poésie officielle est
dans une cour la plus belle de toutes les poésies. *Pedo
Albinovanus,* qui célébra le voyage de Drusus Germanicus dans l'Océan septentrional, est singulièrement vanté
par Ovide. Il écrivit aussi une *Thébaïde. Titius Septi-*

*mius*, qui faisait partie du cortége de celui qui fut Tibère, est assuré de l'immortalité par Horace ; il faisait à la fois des vers lyriques et des tragédies. Voilà ceux que célébrèrent à l'envi leurs contemporains : on en voit la raison.

Ce ne sont pas les seuls. Après la poésie officielle, vient la poésie artificielle. Les *Géorgiques*, qui le croirait ! eurent une déplorable influence sur la littérature de cette époque. Le poëme didactique est chose si commode ! Des descriptions, des préceptes, quelques digressions par-ci, par-là, des récits mythologiques, et l'œuvre est complète. Elle n'exige à vrai dire ni invention, ni chaleur, ni mouvement. L'exactitude, l'élégance, la grâce, suffisent, qualités rares, mais sur lesquelles, à la rigueur, on peut se faire illusion, pour peu qu'on ait quelque présomption. C'est le genre qui inaugure et signale la décadence. Il faut n'avoir rien dans le cœur et dans l'imagination pour se faire pédagogue en vers. Stérilité et dogmatisme : voilà les marques du néant poétique. Où ne va-t-on pas prendre alors des sujets de poëme ? Un certain *Emilius Macer* chante les oiseaux (*Ornithogonia*) et les poisons (*Theriaca*) ; mais sa science de fraîche date, il l'emprunte à l'Alexandrin *Nicander*. Plus tard, un autre Macer chantera les plantes (*De virtutibus herbarum*). Un autre met en vers les préceptes de la rhétorique relatifs à l'élocution. Les plus distingués de ces versificateurs choisissent des sujets un peu moins éloignés des mœurs et des habitudes romaines ; *Gratius Faliscus* chante la chasse (*Cynegeticon*). Il décrit les filets, les chiens, les chevaux, les armes que doit préférer un habile chasseur. Il imite Xénophon. Un autre chante la pêche (*Halieuticon*.) Est-ce Ovide dans son exil ? on l'a supposé.

Mais la voie dans laquelle on se précipite à l'envi, c'est celle de l'astronomie, ou de l'astrologie, que les Romains ne distinguaient pas l'une de l'autre. Le grand initiateur fut Aratus l'Alexandrin. C'est lui que Cicéron imita. Après Cicéron, Germanicus reproduisit sous le titre de *Phenomena Aratea*, de *Diosemeia, Prognostica*, les leçons du premier maître. Le plus illustre de ces versificateurs astronomes est Manilius.

On ne sait rien de précis sur le lieu et la date de sa naissance : mais, suivant l'opinion la plus commune, il appartient aux dernières années du règne d'Auguste et à l'époque de la saine et pure latinité. D'ailleurs tous les poëtes que nous venons de citer sont remarquables par la correction du langage et le mérite de la versification. Il ne leur manque que des idées et de la verve. Manilius a parfois l'une et l'autre (1). D'où cela vient-il ? Ce n'est pas un servile imitateur des Grecs. Il a pensé par lui-même. La plupart de ses contemporains et de ses successeurs n'avaient d'autre but que de versifier d'élégantes descriptions des signes célestes, et d'y joindre les légendes mythologiques les plus remarquables par leur éclat ou leur bizarrerie. Manilius ne s'interdira pas non plus ces ornements ; mais une idée générale préside à l'ordonnance de son poëme et lui donne une couleur particulière. Manilius n'est pas un astronome seulement, c'est avant tout un moraliste. Supposez à cet esprit, plus de force, à cette âme une conviction plus ardente, et vous aurez dans le poëme des *Astronomiques* le pendant du fameux *de Natura rerum* de Lucrèce. Manilius est stoïcien par sa physique. Son Dieu n'est autre

(1) Manilii *Astronomicon* libri quinque.

chose que l'âme du monde; le monde lui-même est dieu. Conception pleine de grandeur et éminemment favorable à la poésie, pourvu que l'esprit qui l'a reçue soit en même temps une imagination forte et féconde. Voilà le cadre de l'œuvre, malheureusement il est à peine dessiné dans Manilius. On voit bien que son esprit se tournait d'un autre côté, que d'autres préoccupations obsédaient sa pensée. Il s'est demandé, après tant d'autres, quelle était la cause suprême des événements dont le monde est le théâtre, dont l'homme est tour à tour le héros ou la victime. Il n'en a découvert d'autre explication que la fatalité. C'est cette puissance aveugle qui règle tout ici-bas, l'heure de notre naissance et celle de notre mort, les faits heureux ou malheureux dont se composera le tissu de notre vie. Mais lui ne recule pas même devant les dernières et les plus douloureuses conséquences de ce principe. C'est à la fatalité qu'il attribue les vices et les vertus de l'homme, ses belles actions et ses crimes. C'est par là que ce poëme étrange mérite quelque attention. Il porte bien l'empreinte de son temps. Les Virgile, les Horace, les Ovide ne voyaient que les splendeurs de la cour impériale, et se plaisaient à présenter à Auguste, comme le tribut de la reconnaissance du monde pacifié, les remercîments et les adulations sans fin. Il semble que Manilius, esprit plus sombre, poëte caché dans l'obscurité et la solitude, loin de la cour et des pompes du principat, ait surtout été frappé des misères infligées à l'humanité et des vains efforts que fait l'homme pour s'y soustraire. Il rappelle quelque part (1) les meurtres hideux dont ce triste temps fut témoin : les fils assassinés par les pères,

(1) Lib. IV, 82.

les pères par les fils, les frères armés contre les frères.
Et il s'écrie : « Ces crimes ne sont point l'œuvre des
« hommes ; un mouvement étranger les y pousse de
« force. » Il en dit autant des vertus. Elles ne sont point
le propre de l'homme ; elles lui viennent du dehors aussi
bien que la configuration de ses traits, ses dispositions naturelles pour tel ou tel art, etc. Il n'y a pas loin
de cette conception désolée à l'idée fondamentale des
*Pensées* de Pascal. La théorie impitoyable du péché ori-
ginel et de la grâce n'a-t-elle pas quelque-uns des caractères du fatalisme antique ? Mais Pascal enferme sa solution dans sa théorie. Il se plaît à exposer toutes les
misères sans nombre qui affligent l'homme, ce roi déchu,
parce qu'il sait comment il le relèvera ensuite. C'est là
ce que l'on chercherait vainement chez Manilius. La fatalité : voilà pour lui toute l'explication. Il ne se met pas
en peine de concilier l'influence qu'il attribue aux astres
sur notre destinée, avec celle qu'exerce le destin. Il les
admet l'une et l'autre. On dirait qu'il cherche à appe-
santir le poids des chaînes que nous portons. Qui ne
s'attendrait à trouver dans une œuvre ainsi conçue les
âpres accents du désespoir, des cris de révolte, ou de terribles arguments tirés du fond d'une âme désolée en
faveur de ce tyran des choses humaines, la fatalité ? Il
n'en est rien. Manilius a porté le fardeau d'un tel système sans protester et sans se plaindre. L'âme de Lucrèce,
qui a supprimé les dieux, est profondément triste ; Manilius est calme, indifférent ; peu lui importe l'organisation
du monde. Il ne la voudrait point autre qu'elle est. Aussi
bien il a les yeux sans cesse fixés sur les signes célestes,
par qui sont réglées nos destinées. Il expose, il explique
les causes et les effets. Que d'autres s'indignent ou se

lamentent, pour lui, il n'est que rapporteur. Cette indifférence est encore, si je ne me trompe, un signe du
temps. Il faut être bien avant dans la mort pour ne pas
sentir qu'on va cesser de vivre.

Faut-il pousser plus loin cette stérile énumération de
versificateurs inconnus, d'œuvres incomplètes ou perdues
pour nous ? Wernsdorff a dépensé beaucoup de science et
de sagacité pour recueillir, distribuer, cataloguer les productions misérables des petits poëtes latins. Quand
on a feuilleté ces sept gros volumes, on se demande avec
tristesse ce qu'on a trouvé. Toutes ces œuvres, il faut
bien le reconnaître, sont mortes et vides. Le choix des
sujets seul suffit pour montrer l'incroyable stérilité dès
esprits sous le régime impérial. Qu'est-ce qu'un Romain qui a perdu l'aiguillon de la vie publique ? Un sec
et froid contrefacteur de la mauvaise poésie des Alexandrins. Chanter les oiseaux, les plantes, les astres, la
pêche, quels sujets pour des poëtes ! Ce qui étonne, c'est
qu'ils aient pu se résigner si absolument à la suppression de
la liberté et de ses féconds orages. Comment ne se glisse-
t-elle pas dans leurs vers, ne fût-ce que furtivement et
embellie par les regrets ? Se peut-il qu'ils soient devenus à ce point faiseurs de vers, indifférents à tout ce
qui avait passionné leurs pères ? Je ne trouve dans
toutes ces œuvres d'érudits qu'un seul écho des souvenirs de la Rome républicaine. Ce n'est pas l'impré-
cation artificielle de Valérius Caton contre les soldats à
qui on avait donné son domaine ; c'est le cri d'indignation qui s'échappe des lèvres de Cornélius Sévérus, à la
pensée des indignes traitements infligés à Cicéron mort.
D'où est tiré ce fragment, quelque peu déclamatoire, mais
passionné ? Est-ce d'un poëme historico-épique, intitulé :

*la Guerre de Sicile?* On l'a supposé. On a supposé aussi que ce Cornélius Sévérus était l'auteur d'un poëme *sur l'Etna,* œuvre sèche, pédante, niaise, d'un écolier qui vient de suivre un cours de physique et se croit bien savant parce qu'il est un peu moins ignorant que la veille. Quoi qu'il en soit, voici les vers de Cornélius Sévérus ; ils nous ont été conservés par Sénèque le Rhéteur.

« On vit encore vivantes les têtes de ces hommes magnanimes, attachées à la tribune où ils avaient régné ; mais elles pâlissent toutes devant l'image de Cicéron, comme s'il était seul. On se rappelle alors les grandes actions du consul, les serments des conjurés, le complot criminel par lui découvert, l'attentat des patriciens qu'il étouffa, Céthégus puni et Catilina renversé par lui de ses espérances sacriléges. Que lui ont servi la faveur du peuple, ces concours d'hommes, ces années comblées d'honneurs ? Un seul jour a éteint la gloire de toute sa vie, et, frappée du même coup, l'éloquence latine se tait. Il était jadis le soutien et le salut des accusés, la noble tête de la patrie ; il était le défenseur du Sénat, du Forum, des lois, de la religion, il était la voix publique de la paix : la voilà muette à jamais, éteinte par le fer cruel. Ce visage défiguré, ces cheveux blancs, souillés de sang, ces mains saintes, ouvrières de si grands travaux, c'est un citoyen, qui les a foulés sous ses pieds orgueilleux, oubliant et les retours de la fortune et les dieux. Non, jamais les siècles n'emporteront dans leur course le crime d'Antoine. »

Cornélius Sévérus est, je crois, le seul poëte du règne d'Auguste, qui ait osé prononcer le nom de Cicéron.

Je terminerai cette énumération incomplète, je le sais,

quoique trop longue, par Phèdre. D'après l'opinion des critiques les plus autorisés, Phèdre, bien que postérieur aux écrivains précédents, appartient encore à cette période littéraire, qu'on est convenu d'appeler le siècle d'Auguste. On sait comment elle se termine et ce qu'il faut penser de ces contemporains de Virgile et d'Horace. Admirons, je le veux bien, la pureté de leur langage ; mais reconnaissons en même temps l'extrême stérilité de leur esprit et la sécheresse de leur imagination. — Oserai-je avouer que Phèdre, écrivain si remarquable d'ailleurs, ne me semble pas mériter l'admiration dont il est aujourd'hui l'objet? Les anciens semblent en avoir jugé ainsi. Le premier, le seul auteur qui mentionne le nom de Phèdre (Phedrus ou Pheder) est le fabuliste Avienus, qui vivait plus de cent cinquante ans après son modèle. Le vers de Martial, sur lequel on prétendrait fonder la notoriété de Phèdre, ne lui semble point applicable. Où trouver dans cet auteur d'apologues secs rien qui ressemble aux *joci improbi*, à la malignité dont parle Martial? Quintilien ne le nomme pas, Sénèque ignore son existence. Lui, son contemporain, il déclare même que l'apologue n'existe pas à Rome (*intentatum nostris opus*). Je n'irai pas, comme certains érudits du dix-septième et du dix-neuvième siècle, jusqu'à contester l'authenticité du recueil des fables de Phèdre. Après la publication textuelle du manuscrit faite en 1830 par M. Berger de Xivrey, le scepticisme n'est plus possible. Ce manuscrit, découvert et publié sans avoir été communiqué à personne par Pierre Pithou en 1596, remonte au dixième siècle. Transmis aux descendants de Pithou qui en ignoraient l'existence et l'importance, ce n'est qu'en 1830 que le dernier propriétaire, le marquis

Lepelletier de Rosanbo, voulut bien autoriser M. Berger
de Xivrey à en prendre copie. Jusqu'alors on n'avait que
le texte publié par Pierre Pithou, et qui, il faut le reconnaître, est bien supérieur en correction et en clarté au
manuscrit original (1).

Non-seulement Phèdre est resté longtemps inconnu,
mais il a été pillé, défiguré avant d'être publié. Son
œuvre peu goûtée apparemment et peu lue a été remaniée, délayée par des plagiaires des derniers temps de
l'empire et du moyen âge, notamment par l'archevêque
Perotto. C'est ce qui rendait encore plus insoluble la
question d'authenticité. Regardons-la aujourd'hui comme
tranchée, grâce à la découverte et à la publication textuelle du manuscrit original. Aussi bien elle l'était déjà
par le caractère même de l'œuvre et surtout par le style.

Quelques mots sur le personnage. Les conjectures
les plus ingénieuses des commentateurs n'ont pas
réussi à nous donner une histoire de Phèdre. C'est
dans les prologues ou les épilogues de ses cinq livres de
fables (quatre suivant le manuscrit Pithou) qu'il faut
glaner à grand peine de vagues renseignements. Il était
Thrace ou Macédonien, né dans la région qui s'étend aux
pieds du mont Pierus, et fier de sa patrie qui fut le berceau des anciens aèdes Linus et Orphée. On pense que
dès l'âge le plus tendre il fut amené à Rome comme prisonnier de guerre, puis, qu'il fut affranchi par Auguste. Il
vit les règnes de Tibère, celui de Caligula et une partie
de celui de Claude. Le dernier livre de ses fables est dé-

(1) Je renvoie pour tous les détails bibliographiques au savant travail
de Schwabe, reproduit dans la collection Lemaire. A vrai dire, la question la plus curieuse à examiner à propos de Phèdre est la question bi-
bliographique. — Il faut joindre à Schwabe la préface de l'édition de
Berger de Xivrey.

dié à Particulon, affranchi de l'empereur ; le quatrième à Eutychus, affranchi de Caligula. Il commença à publier ses fables sous Tibère ; et il tomba, on ne sait pourquoi, dans la haine de Séjan et par suite du prince lui-même. Condamné à la perte de ses biens sans doute, il vécut tristement jusqu'à un âge assez avancé. On suppose que des allusions sanglantes aux mœurs de Tibère, aux desseins cachés de Séjan, furent les causes de sa disgrâce. On sait en effet combien était soupçonneuse et ombrageuse la tyrannie de Tibère dans les dernières années de sa vie, et quel terrible usage il faisait de la loi de Majesté. Mais si nous ne pouvons douter de la condamnation de Phèdre, nous sommes réduits à des conjectures sur le crime qui lui fut reproché. Tel est l'homme. Sa vie, on le voit, nous fournit bien peu de lumières sur son œuvre. Voyons l'œuvre elle-même.

Quelle part faut-il faire à l'invention originale dans Phèdre? Il avoue lui-même qu'il n'a fait que mettre en vers la matière créée par Ésope. Mais il dit ailleurs, en réponse à des détracteurs qui lui reprochaient de n'être qu'un plagiaire, qu'un bon nombre de ses apologues lui appartient en propre. On ne peut en douter. Plusieurs fables en effet semblent n'être autre chose que des récits empruntés à la vie commune des Romains de son temps. Le poëte en dégage une leçon morale quelconque, le plus souvent vulgaire et peu éloignée de ces réflexions banales que fait le passant témoin d'un accident ou d'un crime. Ce qui lui appartient en propre, c'est l'idée d'écrire en latin des apologues à la façon d'Ésope.

Il est donc le créateur du genre à Rome, car les apologues semés par Horace dans ses Épîtres et dans ses satires ne sont que d'agréables hors-d'œuvre. Mais il ne

réussit pas à lui donner le droit de cité. Pourquoi ?
L'apologue n'est pas fait pour plaire à des siècles de haute
corruption et de culture intellectuelle raffinée. C'est la
forme ingénieuse, et presque enfantine que revêt la sagesse balbutiante des âges primitifs. Envelopper une
leçon dans un récit, éveiller la curiosité pour parler à la
raison, insinuer un conseil en flattant l'imagination, telle
fut l'œuvre de ces anciens sages, qu'on retrouve au berceau de toutes les civilisations antiques. Ils sont les auxiliaires des poëtes inspirés et des grands législateurs.
Ils mettent à la portée de tous les enseignements divins
des Muses et les prescriptions austères de la loi. Ce sont
des vulgarisateurs, des commentateurs. Mêlés à la foule,
le plus souvent pauvres, esclaves, infirmes ou contrefaits,
victimes de la dureté d'un maître, l'intelligence et l'esprit les affranchissent et les relèvent. Observateurs pa-
tients et sagaces, ils prévoient et prédisent les conséquences d'un fait ; on les croit volontiers divins, tant
l'expérience et la réflexion sont alors choses nouvelles
et admirables ! Mais transportez un Ésope, un Pilpay,
un Lockman dans un monde déjà vieux, fatigué et blasé,
parmi des hommes qu'il serait impossible d'amuser avec
des contes enfantins, et qui savent à quoi s'en tenir sur
ce qu'il est utile de faire ou de ne pas faire, qui
prêtera l'oreille à cette sagesse usée, déplacée, vieillie ?
Les fables de Phèdre ont ce grave défaut : elles sont
vieilles. C'est un bon vin, mais à qui les ans ont enlevé
toute sa saveur et tout son feu. Cette morale élémentaire,
sans élévation et sans vigueur, elle a fait son temps. On
est alors épicurien ou stoïcien. Voilà des doctrines bien
autrement fortes et complètes que le recueil des apologues
d'Ésope. On lit Phèdre, on sourit, on passe. C'est un

homme qui n'a pas su être de son temps : les sentences
sèches et nues de P. Syrus plaisaient davantage. Mais
l'œuvre de Phèdre était pleine d'allusions. Séjan était
comparé au soleil et à une hydre, Tibère au soliveau que
Jupiter donne pour roi aux grenouilles. Je le veux bien.
Qu'est-ce que cela? Voilà les seuls traits que les commentateurs les plus ingénieux aient pu recueillir pour expliquer les malheurs présumés de Phèdre. Ce côté satirique de l'œuvre nous échappe tout à fait. S'il eût été plus
nettement accusé, soyez assuré que Phèdre eût été
connu, glorifié ou maudit par ses contemporains et la
postérité immédiate. Mais le moyen de faire de lui un
peintre énergique et obstiné des turpitudes impériales?
Tout en lui répugne à un tel rôle. Il est froid, compassé,
discret, mesuré. Son style, d'une limpidité merveilleuse,
ne laisse pas une ombre à sa pensée. Celle-ci, nette,
commune, médiocre, s'expose nue à tous les regards. Le
poëte se travaille pour économiser les mots ; ce n'est pas
un homme qui écrit, c'est un oracle qui parle. Il a le
ton didactique et dogmatique. Il met en scène des animaux, des arbres, des hommes ; mais nul ne vit chez
lui ; il ne s'imagine pas un seul instant qu'il doive peindre ses personnages, les animer sous nos yeux, les montrer agissants. Chacun d'eux est une abstraction, non
un être. On dirait les propositions d'un syllogisme qui
s'alignent dans l'ordre voulu pour opérer la démonstration annoncée. Qu'il y a loin de lui à notre La Fontaine !
Chez le bonhomme, chaque fable est un drame, qui a
ses personnages, son exposition, son nœud, son dénoûment. Chaque personnage a son caractère. Le lieu de la
scène est décrit. Après cela vient la morale, comme elle
peut, un peu bien au hasard. On ne voit que trop qu'elle

est bien l'accessoire. Chez Phèdre, elle est tout. Les
personnages et le récit sont imaginés pour la maxime qui
est en tête ou à la fin. Celle-ci est d'ordinaire assez
plate et vulgaire. Le lecteur attend toujours quelque
chose, et arrive, à la fin, toujours déçu. C'est alors qu'il
s'avise des rares qualités de style qu'il n'avait pas re-
marquées d'abord. Il reconnaît qu'il est impossible d'être
plus bref, plus clair, plus élégant, et il ajoute aussi, plus
froid.

# CHAPITRE V

## § I.

Les écrivains postérieurs au siècle d'Auguste, historiens, rhéteurs, érudits s'obstinent à parler toujours de l'éloquence et des orateurs, comme si tout cela existait encore. Il n'en restait plus que l'ombre. La vie publique ayant cessé, c'est dans l'étroite enceinte du sénat que l'éloquence est claquemurée. Les orateurs prennent le mot d'ordre de César. Sous Auguste, ils s'ingénient à devancer ses désirs; sous Tibère, ils commencent à se regarder avec une sombre défiance; sous Caligula et les autres, les plus ardents et les plus vils se font délateurs. Ils ont des colères et des violences qui seraient burlesques, si elles n'étaient odieuses; ils prononcent des réquisitoires contre Cremutius Cordus, Thraseas, Soranus. L'empereur semble en dehors de ces débats; mais, l'accusé une fois condamné, César enrichit l'accusateur. Tacite et Pline nous ont conservé les noms de quelques-uns de ces misérables. Ils s'appelaient Eprius Marcellus, Regulus (quelle dérision !), Capito Cossutianus. Quant aux autres orateurs que les critiques se sont donné la peine de juger, nous sommes réduits à nous demander quelle pouvait être la matière de leur éloquence. C'étaient sans doute des rapporteurs officiels, clairs, exacts, et précis. Il ne semble pas en effet que leur éloquence ait eu de grandes batailles à livrer. Les contradictions étaient rares, très-mesurées, et aussi peu propres à faire jaillir la passion que la vérité. Restait le barreau. C'était toujours une des grandes routes qui condui- saient aux honneurs. Mais, sous l'ancienne république, les procès avaient toujours un caractère politique, donc plus élevé ; les avocats qui s'en chargeaient plaidaient la cause de leur parti aussi bien que celle de leur client. De là ces grands mouvements d'éloquence, cette passion débordante. Sous la monarchie, il n'y eut plus que des avocats. La cause fut sans doute plaidée plus à fond, mais elle n'intéressa personne. De tout cela rien ne nous est parvenu, rien que l'obstination des Romains à cultiver avec amour un art devenu à peu près inutile. Ils y restèrent fidèles jusqu'au dernier jour. Par une cruelle ironie du sort, nous ne possédons des monuments de cette éloquence que des panégyriques, celui de Pline et ceux qu'on appelle *Anciens Panégyriques*.

On touche ici une des conséquences les plus immé- diates de l'établissement de la monarchie. Quel vide que celui de la suppression de l'éloquence ! Là, était la séve du génie romain ; là, son originalité. Ce peuple n'est ni savant ni poëte : il avait le tempérament oratoire ; il aimait la prose, et il avait fait de sa langue l'organe même de l'éloquence. Quand la source en fut tarie, quel néant ! l'âme même de Rome sembla languir. Elle ne s'éteignit pas cependant : les esprits médiocres et sans portée continuèrent à plaider ou à parler au sénat ; les esprits puissants et tourmentés du génie national se jetèrent dans l'histoire et dans la philosophie. Tels

furent Tite-Live, Sénèque, Tacite. — Voilà certainement les trois esprits les plus élevés et les plus forts de
la Rome impériale. Ils suffiraient au besoin pour prouver que le vrai génie de leur race n'est pas le génie de
la poésie, qui fut toujours plus ou moins artificielle,
mais celui de la prose, qui se renouvela, se transforma
et maintint en dépit de tout sa vive originalité.

## § II.

Lorsque parut Tite-Live, les Romains ne possédaient
pas encore une histoire nationale, vraiment digne de ce
nom. César et Salluste s'étaient bornés à des épisodes ;
les écrivains antérieurs étaient plus complets, mais ils
s'arrêtaient au septième siècle, c'est-à-dire à l'époque
la plus intéressante. Parmi les contemporains de Tite-
Live il ne s'en rencontra pas un seul qui songeât à embrasser dans son magnifique développement l'œuvre de
la grandeur romaine. Je vais les énumérer rapidement ;
puis j'introduirai celui qui seul fut à la hauteur d'une
si belle tâche.

*Cornélius Nepos*. — Il y a peu d'écrivains dont la vie
et les ouvrages nous soient moins connus. Ami de Cicéron, d'Atticus et de Catulle qui lui dédia ses vers, il vécut
probablement à Rome, mais il était originaire de la haute
Italie. Catulle l'appelle *Italus*, Pline, *Padi accola*, Ausone,
*Gallus*. S'il est né à Vérone, comme on le suppose, ces diverses appellations peuvent lui convenir : Vérone appartenait à cette partie de l'Italie appelée aussi *Gallia togata*.

Il ne joua aucun rôle dans la république, à l'exemple
de son ami Atticus. On sait seulement qu'il lui survécut,
et mourut sous Auguste. Quant à ses ouvrages, les

anciens en possédaient un certain nombre que nous
n'avons plus ; et le seul qui nous soit parvenu était inconnu des anciens. Aussi la sagacité des critiques s'est
laborieusement exercée sur ces problèmes ; et, bien
qu'aucune opinion n'ait encore rallié tous les suffrages,
voici cependant celle qui paraît la plus vraisemblable.
Cornélius Népos avait composé : 1° des *Chroniques*, en
trois livres (*Chronica*), qui étaient comme un résumé
d'histoire universelle ; *omne ævum tribus explicare
chartis*, dit Catulle ; — 2° des livres d'exemples (*Libri
exemplorum*), c'est-à-dire une sorte de morale en action ;
— 3° des livres sur les hommes illustres (*Libri virorum
illustrium*) ; — 4° un ouvrage sur les historiens (*De his-
toricis*) ; — 5° des lettres adressées à Cicéron. Suivant
Pline, il s'était aussi exercé dans la poésie. Des critiques
modernes supposent qu'il avait écrit des ouvrages de
géographie et d'archéologie. Or de tous ces livres il ne
nous reste rien. Ce n'est qu'au milieu du seizième siècle
(1568) que Lambin, averti par Gifanius, revendiqua
pour Cornélius Népos l'ouvrage intitulé *Vitæ excellen-
tium imperatorum*, dédié à Atticus, et renfermant vingt
biographies de personnages athéniens, spartiates, thébains, syracusains, macédoniens, plus un catalogue des
rois de Perse et de Grèce, la vie d'Hamilcar et celle d'Annibal, celles de M. Portius Caton et d'Atticus. Ce recueil
avait passé jusqu'alors pour l'œuvre d'un certain Æmilius
Probus, qui vivait sous Théodose, à la fin du quatrième
siècle. Le manuscrit portait une dédicace en mauvais
vers, adressée à Théodose, et dans laquelle ce Probus
se déclarait l'auteur du livre :

> Si rogat auctorem, paulatim detege nostrum
> Tunc domino nomen : me sciat esse Probum.

Mais le vers suivant éveilla quelques soupçons :

Corpore in hoc manus est genitoris avique meaque (1).

On supposa non sans raison que ce Probus et les siens étaient, de leur métier éditeurs ou copistes. La latinité d'ailleurs était trop pure pour appartenir à une telle époque. Æmilius Probus fut donc dépossédé et Cornélius Népos rétabli dans la propriété de l'œuvre. Mais avons-nous réellement dans ce petit volume l'ouvrage authentique de Cornélius Népos? Il est permis d'en douter. Si le style est en général élégant et correct, certains tours bizarres, des irrégularités graves, des erreurs historiques parfois grossières, et, par-dessus tout, je ne sais quoi de puéril et de niais, font supposer que Probus et d'autres peut-être n'ont pas été étrangers à la composition et à la rédaction de ce recueil. Les livres de Cornélius Népos, historien moraliste, se prêtaient parfaitement à ces modifications. Des abréviateurs ineptes auront fait un choix dans ses biographies, empruntant à tel ouvrage un personnage, à tel autre un autre, sans se préoccuper de l'unité de caractère qui était la base de chacune de ces compositions. Quant aux interpolations qui se glissèrent dans le texte, elles doivent être peu nombreuses, car le style a conservé une couleur uniforme, et la diction est généralement pure. Mais il est fort probable qu'à défaut d'additions, Cornélius Népos a subi des retranchements considérables. Un ami de Cicéron et d'Atticus, un homme qui a vécu dans un temps si fécond en enseignements, et dont ses contemporains

_____

(1) Alii *mei*, pour éviter une faute de quantité à l'auteur. C'est trop de bonté.

vantaient l'intelligence, aurait donné à ses livres une plus forte empreinte. La vie de Caton et celle d'Atticus ont évidemment été moins mutilées ; on y retrouve l'écrivain d'une grande époque. La vie de Cicéron qu'il avait composée n'a pas été conservée par ces abréviateurs ; peut-être ont-ils jugé qu'elle eût déplu à Théodose.

On a attribué à Cornélius Népos le recueil intitulé : *De viris illustribus*, qui appartient à Aurélius Victor, et une histoire de la prise de Troie (*Historia excidii Trojæ*), espèce d'extrait de l'ouvrage grec de Darès le Phrygien, qui fut la source où puisa tout le moyen âge. Quant aux lettres de Cornélia, mère des Gracques, qui se trouvent à la suite des œuvres de Cornélius Népos, il est permis de douter qu'elles soient authentiques.

Il est difficile de porter un jugement sur un auteur dont les œuvres ne nous sont parvenues qu'incomplètes et modifiées ; cependant Cornélius Népos paraît avoir conçu l'histoire à la façon de Plutarque. Il dit formellement en effet dans sa vie d'Annibal qu'il comparera les hommes de guerre de Rome à ceux des autres pays, afin que l'on puisse juger ceux qu'il convient de placer au premier rang. C'est ce que fait aussi Plutarque, qui invoque souvent son témoignage. Ce point de vue est étroit et puéril ; ces parallèles souvent forcés faussent l'histoire en la réduisant à des antithèses, le plus souvent sans fondement sérieux. Il est regrettable que de tels auteurs soient la maigre pâture offerte aux enfants qui commencent le latin. Ils n'y prennent que des idées fausses ou niaises. Plus stérile et plus puéril encore est Valère Maxime, le grand pourvoyeur de versions. C'est à dégoûter de la *belle* antiquité.

De Cornélius Népos à Tite Live nous ne possédons guère

que des indications et de rares fragments d'auteurs. On ne saurait trop regretter la perte de la plupart de ces documents. De ces écrivains, en effet, les uns comme *Asinius Pollion* et *Auguste*, avaient pris la part la plus importante aux événements qu'ils racontaient ; les autres, comme *Tiron*, *Bibulus* et *Volumnius* avaient vécu dans l'intimité des grands hommes dont ils avaient écrit la biographie. La vie de Brutus par les deux derniers, celle de Cicéron par son affranchi, éclaireraient sans doute pour nous d'une lumière inattendue cette époque si inté-ressante qui est le passage de la forme républicaine à la forme monarchique. *Asinius Pollion* avait été mêlé à toutes les péripéties des guerres civiles, tantôt avec Antoine, tantôt avec Octave, ne demeurant neutre que jusqu'à la victoire, tout prêt, comme il le disait lui-même, à être la proie du vainqueur. Fort admiré de ses contem-porains, comme orateur, comme poëte et comme histo-rien, chéri des poëtes dont il fut le protecteur, fondateur de la première bibliothèque publique qui ait existé à Rome, ce personnage remarquable, qui sut si habilement juger les hommes et pressentir les événements, avait composé en seize livres une histoire de Rome, qui com-mençait à la guerre civile entre César et Pompée, et se terminait à l'établissement de la domination d'Auguste. Courtisan habile et peu généreux, il traitait Cicéron, ce remords incessant d'Auguste, avec la plus extrême injus-tice. C'est la seule impression que les contemporains aient léguée à la postérité. Après la mort de Salluste, *Asinius Pollion* avait attaché à sa personne le savant grec Atéius dont la collaboration, si utile à l'historien de Catilina, ne le fut pas moins à son nouveau maître.

Les œuvres de l'empereur Auguste sont plus regretta-

bles encore que celles de Pollion. Il avait en effet écrit
une histoire de sa propre vie en treize livres, depuis ses
premières années jusqu'à la guerre contre les Cantabres
(26 ans av. J.-C. âge d'Auguste, 37 ans). Un autre
ouvrage de lui, qui serait pour la connaissance de
cette époque d'une importance encore plus grande, est
désigné par Suétone sous le titre de *Breviarium* ou
*Rationarium totius imperii*. C'était une sorte de tableau sommaire de l'État général de l'empire. Dans ce
livre, dit Tacite, « *opes publicæ continebantur, quan-*
« *tum civium sociorumque in armis, quot classes, regna,*
« *provinciæ, tributa aut vectigalia, et necessitates ac lar-*
« *gitiones.* » C'était une statistique universelle rédigée par
un grand administrateur. Quant à un autre livre, qui renfermait un résumé de tout ce qu'il avait fait, et qu'il avait
ordonné de faire graver sur des tables d'airain placées
devant son mausolée, c'est ce que l'on a appelé depuis
le Monument d'Ancyre (*Monumentum Ancyranum*). Le
voyageur érudit Busbecq en découvrit au seizième siècle
des fragments en Galatie, à Ancyre. D'autres continuèrent
ces recherches, Cosson, Paul Lucas, Tournefort, André
Schott, Chishul. Enfin en 1861, à la suite d'une exploration archéologique en Galatie, en Bithynie, faite par
MM. G. Perrot, Guillaume et Delbet (1), ce monument,
connu sous le nom de Testament politique d'Auguste, a
été complété et publié. L'empereur l'avait écrit à l'âge de
soixante-seize ans. C'est un résumé officiel plutôt que sincère des actes de sa vie. Il y rappelle les honneurs dont
il a été comblé, les pouvoirs qui lui ont été confiés, ses

---

(1) *Exploration archéologique de la Galatie*. Paris, Didot, 1863. M. Gas-
ton Boissier a donné une analyse du Monument d'Ancyre (*Revue des Deux
Mondes*, avril 1863).

victoires sur les citoyens et sur les peuples étrangers, ses largesses au peuple, qui montèrent à des sommes incroyables, les jeux, les fêtes qu'il donna, la restauration et la construction des temples, les réformes qu'il crut avoir opérées dans les mœurs. « J'ai fait, dit-il, des lois nou- « velles, j'ai remis en honneur les exemples de nos aïeux, « qui disparaissaient de nos mains, et j'ai laissé moi-même « des exemples dignes d'être suivis par nos descendants. » Ses successeurs n'en profitèrent point. De toute son œuvre il ne resta debout que le pouvoir absolu, qui de sa nature se déprave sans cesse et déprave.

Un autre contemporain de Tite-Live semble avoir conçu l'histoire d'une manière plus philosophique. C'est Trogue Pompée (*Trogus Pompeius*), gaulois d'origine, attaché au parti de Pompée et qui reçut de lui le droit de cité. C'est à peu près tout ce que nous savons sur cet auteur. Son ouvrage même a péri ; et l'on doit le regretter d'autant plus que cet étranger a eu le premier l'idée d'une histoire universelle. Mais ce n'est pas Rome qu'il avait choisie comme le centre où devaient aboutir les autres peuples ; c'était la Macédoine, telle que l'avaient faite les conquêtes d'Alexandre. Le titre de cette vaste composition était : *Historiæ Philippicæ et totius mundi origines et terræ situs.* Elle comprenait quarante-quatre livres. Dans une introduction rapide, il traçait l'histoire des Asiatiques et des Grecs, dès les temps les plus reculés ; il passait ensuite à la Macédoine et aux royaumes d'Asie sortis de la conquête d'Alexandre. L'ethnographie et l'histoire naturelle tenaient une place importante dans ce grand ouvrage. L'auteur avait consulté les historiens grecs, Ctésias, Théopompe, et résumé dans un ensemble, habilement composé, la science et l'érudition de ses devan-

ciers. Pline l'appelait *auctor severissimus;* son style avait
la simplicité et la précision qui conviennent au genre historique. Trogue Pompée ne craignait pas de blâmer les
longues harangues de Tite-Live et de Salluste. Cet écrivain si original est devenu la victime de l'abréviateur
Justin. **M.** *Junianus Justinus* (suivant d'autres *Justinus Frontinus*), qui vivait vers le milieu du deuxième
siècle de notre ère, réduisit en extraits l'œuvre de Trogue
Pompée. Il retrancha tout ce qui n'était pas agréable à
connaître, ou nécessaire comme exemple (*omissis his,
quæ nec cognoscendi voluptate jucunda, nec exemplo
erant necessaria*), c'est-à-dire qu'il supprima à peu près
toute la partie géographique, négligea la chronologie,
remplaça un livre plein de science et de philosophie, par
un résumé dépourvu de toute valeur. Il fut cher aux
écrivains ecclésiastiques, Jérôme, Augustin, Orose, qui
le citent avec respect comme une grande autorité. Il
n'a survécu de Trogue Pompée que des phrases repro-
duites et souvent écourtées par Justin. La latinité est
correcte, simple, mais on sent çà et là la main de l'abréviateur.

Les historiens de la littérature latine mentionnent
parmi les écrivains du siècle d'Auguste un certain nombre
d'auteurs, dont les ouvrages ont péri. Je me borne à
donner ici leurs noms. *L. Fenestella* écrivit des annales,
dont rien n'a survécu. On lui attribua longtemps un
traité en deux livres, *De sacerdotiis et magistratibus
Romanorum*, qui est d'un florentin Frocchi qui vivait
vers 1450. *C. Julius Hyginus*, le commentateur de Virgile, affranchi d'Auguste, grand érudit, grand archéologue, qui avait écrit comme Cornélius Népos *De vita
rebusque virorum illustrium*, un livre d'exemples

(*Exempla*), des traités sur les *Dieux, les Pénates les familles Troyennes*, etc. — *Julius Marathus*, autre affranchi d'Auguste, qui écrivit l'histoire de ce prince ; *Verrius Flaccus*, qui fut chargé de l'éducation des petits-fils d'Auguste, composa sous le titre de *Rerum memoria dignarum libri* un ouvrage historique assez étendu. *Q. Vitellius Eulogius*, affranchi de Vitellius, avait écrit une généalogie de la famille de son maître. Le plus remarquable de ces écrivains était sans doute *Titus Labienus*, que l'on appelait aussi *Rabienus* (le rageur). Sénèque le Rhéteur parle avec admiration de ses histoires, dont on ignore le titre. Il les lisait en public, mais en supprimant des passages considérables, qui ,disait-il, « ne « seront lus qu'après ma mort ». L'indépendance et la hardiesse de Labienus étaient excessives. Tibère fit rendre un sénatus-consulte qui ordonnait la destruction de ses ouvrages par le feu. Labienus se fit porter aussitôt dans le tombeau de sa famille, et le fit fermer sur lui. Une ère nouvelle commence. Le gouvernement absolu va rendre l'histoire impossible. Le siècle d'Auguste est fini.

### III.

Tite-Live (Titus-Livius) vécut soixante-seize ans, de 695 à 771. Il put, tout jeune homme, connaître Cicéron ; la plus grande partie de sa vie se passa sous le principat d'Auguste ; il assista aux premières années de celui de Tibère, mais il avait quitté Rome dès son avénement et s'était retiré dans sa ville natale, à Padoue. C'était un honnête homme, que sa première éducation avait préparé au rôle de citoyen, que son éloquence eût sans doute élevé aux premières dignités d'un État libre, et qui ne voulut rien être par la grâce du prince. La vie publique lui échappa juste au moment où il pouvait y entrer. Il voulut cependant être et rester romain. Il y réussit, d'abord en acceptant les charges qu'impose la qualité d'époux et de père (il se maria deux fois, et éleva six enfants) ; ensuite, en consacrant toute sa vie et les rares facultés qui étaient en lui, à la composition de l'histoire de son pays. Auguste, ne pouvant en faire un courtisan, voulut paraître son ami. On rapporte qu'il lui avait donné le surnom de *Pompéien*, et qu'il essayait de le plaisanter sur sa fidélité à la cause du droit et de la légalité. On dit même qu'il le chargea de l'éducation de son petit-fils, qui fut plus tard l'empereur Claude. Il y a dans la vie de ce prince plus d'un acte inspiré par de généreux sentiments : il est permis de croire que l'influence du maître, bien qu'étouffée depuis par les vices du despotisme, n'y fut pas étrangère. Tite-Live en effet est avant tout une âme droite, sincère, prompte à l'enthousiasme. Le long commerce qu'il entretint avec les grands hommes de Rome républicaine le maintint dans une région pure à une certaine hauteur, loin des bassesses qu'il avait sous les yeux. Rien d'étonnant qu'il ait souvent embelli, idéalisé les hommes et les choses du passé. Il n'était pas de ceux qui immolaient aux pieds d'Auguste toutes les gloires de la patrie. Combien il est regrettable que les débris seuls du vaste monument élevé par Tite-Live soient parvenus jusqu'à nous !

Il avait lui-même désigné son ouvrage sous le nom d'*Annales*, sans doute par un pieux souvenir des premiers écrivains nationaux qui avaient adopté et comme consacré cette forme. Cet ouvrage embrassait une

période de 744 années, depuis la fondation de Rome jusqu'à la mort de Drusus, frère de Tibère. Il était divisé
en cent quarante-deux livres. Les copistes le distribuè-
rent de bonne heure en décades, et c'est probablement
une des causes qui contribuèrent le plus à la perte d'une
partie considérable de l'ouvrage. En effet, sur ces cent
quarante-deux livres nous n'en possédons que trente-cinq
dans leur intégrité : savoir, les dix premiers, qui renferment l'histoire de Rome jusqu'à l'année 460 ; les vingt-
cinq livres de vingt et un à quarante-cinq, qui vont
de l'année 536, commencement de la seconde guerre
punique, jusqu'à l'année 586, date de la soumission de
la Macédoine. Des autres livres il ne reste que des
fragments ou des sommaires composés probablement par
Florus. On sait qu'un savant Allemand, Freinshemius, a
essayé de combler les lacunes si considérables du texte.
Il paraît qu'au seizième siècle il existait encore un
manuscrit complet de Tite-Live, mais toutes les recherches faites n'ont abouti qu'à la découverte de quelques
fragments. C'est Sénèque le Rhéteur qui nous a conservé
le récit de la mort de Cicéron. Les hommes se sont
associés aux ravages du temps. Caligula, qui trouvait
Tite-Live verbeux et plein de négligences, détruisit plus
d'un exemplaire du grand écrivain ; le pape Grégoire
le Grand en fit brûler un très-grand nombre, parce
qu'il s'y trouvait une foule de superstitions païennes
(*Quod multœ in iis superstitiones ethnicœ traditœ sint*).
Ainsi l'ensemble et les proportions de ce grand ouvrage nous échappent. De plus nous ne possédons rien ou
presque rien de toute cette partie si importante qui renfermait l'histoire des guerres civiles, la fin de la république, la première moitié du règne d'Auguste, c'est-à-dire

ce qu'il y avait évidemment de plus original et de plus
dramatique dans l'ouvrage. Dans la première partie en
effet l'auteur, rapportant des événements accomplis depuis
plus de deux cents ans, n'était qu'un simple narrateur;
dans la seconde il parlait en témoin oculaire. Il était
impossible qu'il n'eût pas pris parti dans la grande mêlée
où périt la liberté ; autrement que signifierait ce surnom
de Pompéien ? Voilà quelles étaient les dimensions de
l'ouvrage. Quand il apparut, il frappa de respect les
contemporains et les étrangers eux-mêmes. On rapporte
que des Gaulois et des Espagnols vinrent du fond de leurs
provinces pour voir Tite-Live et repartirent aussitôt après
l'avoir vu : ils avaient cherché dans Rome autre chose
que Rome elle-même, son historien. Tite-Live est,
en effet, le premier et le seul qui ait conçu et exécuté
le vaste projet d'une histoire nationale complète. Avant
lui, des extraits, après lui, des résumés. Il se met à
l'œuvre après la bataille d'Actium, à ce moment solennel
où, le monde étant pacifié, la grande unité de l'empire
apparaît dans toute sa majesté. Les splendeurs du triple
triomphe d'Auguste, cette procession de peuples et de rois
vaincus, les fêtes, les jeux, les supplications et les sacrifices
dans tous les temples, la souveraineté de Rome rendue
pour ainsi dire visible, les antiques prédictions des oracles
si manifestement accomplies ; toute cette gloire et toute
cette puissance qui avaient éveillé dans Virgile l'idée de son
épopée et inspiré à Horace quelques-uns de ses plus beaux
vers, frappèrent l'imagination de Tite-Live ; et il voulut
lui aussi élever son monument à sa patrie, la dominatrice
du monde. Seulement les poëtes ne voyaient qu'Auguste
et rapportaient tout à Auguste; Tite-Live ne vit que
Rome et ne sacrifia qu'à cette divinité. Tel est l'es-

prit, disons mieux, telle est l'inspiration de l'ouvrage. Voyons quels sont les principes de critique.

On pourrait croire que le patriotisme a aveuglé l'historien et faussé l'œuvre. Il est certain que Tite-Live n'échappe pas toujours à ce reproche; mais ses erreurs sont pour ainsi dire involontaires, je dirais presque inconscientes (1), et d'ailleurs ne portent que sur des détails. Il est toujours appuyé sur des autorités, mais il ne les contrôle pas toujours avec assez de rigueur, et souvent se détermine par des raisons qui sont étrangères au véritable esprit historique. M. Taine, dans son bel essai sur Tite-Live, a parfaitement mis en lumière ce point intéressant; peut-être a-t-il un peu trop accordé à l'orateur au détriment de l'historien.

On sait quels étaient les matériaux réunis. L'histoire de Rome jusqu'à la prise de la ville par les Gaulois, racontée par une foule d'annalistes, par les poëtes Nævius et Ennius, ne supporte pas l'examen d'une critique sévère. Tite-Live lui-même reconnaît que bien des fables sont mêlées à un petit nombre de vérités; cependant il accepte les traditions, il raconte les légendes. Il n'y a pas d'autre histoire des commencements de Rome que celle-là; ce n'est pas à lui de la créer; il est un rapporteur éloquent de ce qui a été dit et écrit, non un chercheur de la vérité. Il ne choisit pas toujours entre les divers récits d'un événement le plus probable et le plus authentique, mais celui qui frappe le plus l'imagination, prête aux plus beaux développements et satisfait la vanité nationale. C'est ainsi qu'il avait raconté, si l'on en croit les sommaires attribués à Florus, l'histoire de Régulus, mise en vers plus tard par le plagiaire Silius

(1) Consulter à ce sujet Lachmann, *De fontibus historiarum Titi Livii.*

Italicus. Il emprunte à Polybe la plus grande partie de son histoire des guerres puniques, et se borne à dire de son modèle qu'il est *haudquaquam spernendus auctor*. Quand il s'écarte de ce guide si sûr, c'est pour donner la préférence à tel écrivain national, dépourvu d'autorité, mais plus admiratif. Il réunit souvent des documents de provenance différente, et d'autorité fort inégale, et en compose un ensemble qu'une judicieuse critique ne saurait accepter. « *Nihil haustum ex vano velim* (1) », dit-il : et cependant les sources auxquelles il puise sont rarement contrôlées avec soin. De là des erreurs nombreuses dans la description des lieux, dans celle des batailles et des opérations militaires, et même dans la peinture des institutions politiques. On pourrait en donner d'après Lachmann une foule de preuves. Il vaut mieux en expliquer l'origine et la cause.

Tite-Live n'est pas un politique ; il n'a jamais été ni chef d'armée, ni homme d'État, ni administrateur. Il ne s'est point préparé à sa tâche d'historien par une participation directe au gouvernement des affaires. Il sort de l'école, non de la vie pratique. L'éducation politique lui fait défaut ; mais il a beaucoup lu, et il a été de bonne heure exercé par les rhéteurs et les philosophes à revêtir d'un beau langage, à décorer d'une certaine philosophie tous les sujets. Voilà la méthode qu'il applique à l'histoire. Par là il est le véritable héritier de Cicéron, qui ne l'eût pas écrite autrement. Les détails techniques, les recherches sur tel point spécial de politique, de tactique, d'administration, il s'en soucie médiocrement : rien dans son éducation antérieure ne lui a donné le goût du savoir

_____

(1) XXII, 7.

nécessaire à l'historien. Il y supplée par l'imagination ; non qu'il substitue aux faits ses inventions personnelles : c'est une âme droite et élevée ; mais il se fait, comme il le dit lui-même, « un esprit antique », c'est-à-dire qu'il voit les siècles primitifs de Rome comme on les voyait de son temps, et les raconte comme lui seul pouvait les raconter. Il a l'enthousiasme du patriotisme : Rome est réellement pour lui, comme pour Virgile, « la plus belle des choses » (*rerum pulcherrima Roma*). De là une partialité naïve : c'est l'entraînement de la passion qui le rend injuste contre Carthage et Annibal, contre presque tous les ennemis de Rome, y compris ces pauvres Grecs, adversaires bien peu dangereux cependant, et auxiliaires littéraires bien précieux. Mais ce patriotisme est souvent aveugle. S'il échauffe l'imagination de l'écrivain, il lui borne son horizon ; l'histoire n'est plus une science, elle devient une province de l'art oratoire. Tite-Live admire ; il loue, mais souvent sans comprendre et à tort. Rien de plus remarquable que cette habile, patiente et opiniâtre politique du sénat, si bien analysée par Montesquieu, ce plan lentement développé de conquête universelle : Tite-Live mesure aux règles de la morale les combinaisons d'une politique froide et profonde. Il croit avec Denys d'Halicarnasse que la domination du monde a été accordée à Rome en récompense de ses vertus. Institutions, discipline, calculs, intérêts, ces ressorts et ces mobiles puissants, tout cela est à peine indiqué : nous avons en échange une galerie de portraits, des peintures de caractères, un panorama de vertus, l'histoire dramatisée. Il se demande ce qui serait arrivé si Alexandre fût venu en Italie. Il imagine une lutte terrible du conquérant macédonien contre Rome.

Alexandre eût été vaincu, dit-il ; n'était-il pas ivrogne,
orgueilleux, colère, débauché ? Les Romains étaient des
modèles de tempérance et d'égalité d'âme (1). Quand il
n'est pas injuste envers les peuples étrangers, il est mé-
prisant. «C'est un fardeau assez lourd, dit-il, de raconter
« les exploits de Rome, sans m'embarrasser des guerres
« que se font entre eux les autres peuples. » Tout ce
qui touche Rome, au contraire, l'émeut et le passionne.
Auguste essayait de rendre la vie aux institutions et aux
croyances religieuses que le temps et le scepticisme
avaient minées : Tite-Live raconte avec un soin minutieux tous les prodiges, tous les oracles anciens. Ses contemporains n'y croient plus, et il le sait bien ; mais les
grands hommes d'autrefois y ont cru, ils ont consacré par
des cérémonies publiques ces signes de l'intervention
céleste ; l'historien est obligé par un pieux scrupule à les
consigner dans son ouvrage (2). C'est ainsi qu'il reproduit
la physionomie vivante des temps anciens, tels que se les
représentaient ses contemporains, c'est-à-dire sous
des couleurs fausses, mais éclatantes. Il a le sentiment
profond de la dignité de son œuvre ; il la croit aussi sincèrement utile. L'histoire de sa patrie lui semble le meilleur et le plus éloquent cours de morale. On y trouvera,
dit-il, des exemples de toute sorte à imiter ou a fuir. Pour
lui, ce long ouvrage a été une consolation des misères
présentes ; dans la société des nobles âmes de l'antiquité,
il a pu oublier ce qui se passait à côté de lui. Ce grand
travail a été la nourriture de son cœur tourmenté.

C'est cet esprit qui vivifie toutes les parties de l'œuvre. Qu'on lise une narration, un discours, un portrait,

(1) IX, 16, et sqq.
(2) XLIII, 13.

on sent l'homme dans l'historien, le citoyen ému, tour
à tour plein d'orgueil ou de tristesse. Tite-Live a revécu
pour ainsi dire les sept siècles qu'il raconte. Chacun des
événements a produit sur lui son impression ; il le rapporte non tel qu'il s'est passé réellement, mais d'après
l'émotion qu'il a ressentie lui-même. Il a revu ce forum
où retentissaient les véhémentes revendications des
tribuns ; il refait leurs discours, mais tels qu'il les pro-
noncerait lui-même si la vie publique l'appelait à ses
orages. Récits, discours, tout porte l'empreinte de la
personnalité même de l'auteur. Comme il connaît les
conséquences des événements qu'il rapporte, conséquences ignorées des acteurs, il se sert de sa science pour
donner une couleur plus éclatante à ses narrations et
à ses discours. Par là il introduit dans l'histoire un élément de plus, que j'appellerais le pathétique d'intuition,
et dont l'effet est tout-puissant. Qu'était-ce d'ailleurs que
ces prodiges, ces réponses d'augures ou d'aruspices
qu'il a consignés avec tant de soin dans son livre, sinon
un élément dramatique merveilleux, qui donne aux
hommes et aux événements je ne sais quoi de plus imposant?

Tite-Live a exercé une influence considérable sur la
plupart des historiens des temps modernes, comme Virgile
sur les faiseurs d'épopée. La critique de nos jours
n'admet plus un tel modèle. Le style, l'éloquence, la mise
en scène ne sont plus les premières qualités d'un historien. Après les travaux des Niebhur, des Michelet et des
Mommsen, l'œuvre de Tite-Live apparaît comme une
succession de scènes dramatiques admirablement traitées.
C'est ainsi que les contemporains d'Auguste comprenaient
l'histoire. Les dix premiers livres n'ont donc guère plus

d'autorité que n'en auraient les *Annales* d'Ennius, si nous les possédions. Le récit des guerres puniques est fait d'après Polybe. Mais nous avons perdu les cent livres qui étaient évidemment la partie la plus sérieuse et la plus originale de l'histoire. Il reste du moins le style. Quintilien compare Tite-Live à Hérodote, avec lequel il n'a pas la moindre analogie. L'historien latin n'a pas ce naturel exquis et ce pittoresque naïf; mais sa diction est plus imposante, plus variée, plus animée. Il a moins de transparence que Cicéron; mais souvent plus de relief. *Mira facundia, lactea ubertas*, disait Quintilien, *mira jucunditas in narrando :* voilà bien les qualités générales du style de Tite-Live, mais il serait injuste de ne pas y ajouter l'énergie. C'est une des formes de l'éloquence. Il y a bien peu de discours de Tite-Live, dans lesquels la passion ne crée des expressions rapides, pleines de sens et de portée. Quant à l'accusation de *patavinité* dirigée contre lui par Asinius Pollion, on se demande encore aujourd'hui ce qu'elle signifie. Suivant les uns, elle faisait allusion à la partialité de Tite-Live pour les Padouans, ou bien à son pompéianisme; suivant d'autres, ce serait un défaut de style, des taches de provincialisme. Avouons humblement que la patavinité de Tite-Live nous échappe, ou ayons le courage de déclarer avec M. Daunou qu'Asinius Pollion n'a dit qu'une sottise : on sait d'ailleurs, ajoute-t-il, qu'il en a débité beaucoup d'autres.

# EXTRAITS DE TITE-LIVE

---

## I

### Préface.

Aurai-je lieu de m'applaudir de ce que j'ai voulu faire, si j'entreprends d'écrire l'histoire du peuple romain depuis son origine ? Je l'ignore ; et si je le savais, je n'oserais le dire, surtout quand je considère combien les faits sont loin de nous, combien ils sont connus, grâce à cette foule d'écrivains sans cesse renaissants, qui se flattent, ou de les présenter avec plus de certitude, ou d'effacer, par la supériorité de leur style, l'âpre simplicité de nos premiers historiens.

Quoi qu'il en soit, j'aurai du moins le plaisir d'avoir aidé, pour ma part, à perpétuer la mémoire des grandes choses accomplies par le premier peuple de la terre ; et si, parmi tant d'écrivains, mon nom se trouve perdu, l'éclat et la grandeur de ceux qui m'auront éclipsé serviront à me consoler.

C'est d'ailleurs un ouvrage immense que celui qui, embrassant une période de plus de sept cents années, et prenant pour point de départ les plus faibles commencements de Rome, la suit dans ses progrès jusqu'à cette dernière époque où elle commence à plier sous le faix de sa propre grandeur. Je crains encore que les origines de Rome et les temps les plus voisins de sa naissance n'offrent que peu d'attraits à la plupart des lecteurs, impatients d'arriver à ces derniers temps, où cette puissance, dès longtemps souveraine, tourne ses forces contre elle-même. Pour moi, je tirerai de ce travail un grand avantage ; celui de distraire un instant du spectacle des maux dont notre époque a été si longtemps le témoin, mon esprit occupé tout

entier de l'étude de cette vieille histoire, et délivré de ces
craintes qui, sans détourner un écrivain de la vérité, ne laissent
pas d'être pour lui une source d'inquiétudes.

Les faits qui ont précédé ou accompagné la fondation de
Rome se présentent embellis par les fictions de la poésie plutôt
qu'appuyés sur le témoignage irrécusable de l'histoire : je ne
veux pas plus les affirmer que les contester. On pardonne à
l'antiquité cette intervention des dieux dans les choses humaines, qui imprime à la naissance des villes un caractère plus
auguste. Or, s'il est permis à un peuple de rendre son origine
plus sacrée, en la rapportant aux dieux, certes c'est au peuple
romain ; et quand il veut faire du dieu Mars le père du fondateur
de Rome et le sien, sa gloire dans les armes est assez grande
pour que l'univers le souffre, comme il a souffert sa domination. Au reste, qu'on rejette ou qu'on accueille cette tradition,
cela n'est pas à mes yeux d'une grande importance. Mais ce qui
importe, et doit occuper surtout l'attention de chacun, c'est de
connaître la vie et les mœurs des premiers Romains, de savoir
quels sont les hommes, quels sont les arts qui, dans la paix
comme dans la guerre, ont fondé notre puissance et l'ont agran-
die ; de suivre enfin, par la pensée, l'affaiblissement insensible
de la discipline et ce premier relâchement dans les mœurs qui,
bientôt entraînées sur une pente tous les jours plus rapide,
précipitèrent leur chute, jusqu'à ces derniers temps, où le
remède est devenu aussi insupportable que le mal. Le principal
et le plus salutaire avantage de l'histoire, c'est d'exposer à vos
regards, dans un cadre lumineux, des enseignements de toute
nature qui semblent vous dire : voici ce que tu dois faire dans
ton intérêt, dans celui de la république ; ce que tu dois éviter,
car il y a honte à le concevoir, honte à l'accomplir.

Au reste, ou je m'abuse sur mon ouvrage, ou jamais république ne fut plus grande, plus sainte, plus féconde en bons exemples ; aucune n'est restée plus longtemps fermée au luxe et à
la soif des richesses, plus longtemps fidèle au culte de la tempérance et de la pauvreté, tant elle savait mesurer ses désirs à
sa fortune. Ce n'est que de nos jours que les richesses ont engendré l'avarice, le débordement des plaisirs, et je ne sais
quelle fureur de se perdre et d'abîmer l'État avec soi dans le

luxe et la débauche. Mais ces plaintes ne blesseront que trop, peut-être, quand elles seront nécessaires ; ne commençons donc pas par là ce grand ouvrage. Il conviendrait mieux, si l'historien avait le privilége du poëte, de commencer sous les auspices des dieux et des déesses, afin d'obtenir d'eux, à force de vœux et de prières, l'heureux succès d'une si vaste entreprise.

## II

### Combat des Horaces et des Curiaces.

Le traité conclu, les trois frères, de chaque côté, prennent leurs armes, suivant les conventions. La voix de leurs concitoyens les anime. Les dieux de la patrie, la patrie elle-même, tout ce qu'il y a de citoyens dans la ville et dans l'armée ont les yeux fixés tantôt sur leurs armes, tantôt sur leurs bras. Enflammés déjà par leur propre courage, et enivrés du bruit de tant de voix qui les exhortaient, ils s'avancent entre les deux armées.

Celles-ci étaient rangées devant leur camp, à l'abri du péril, mais non pas de la crainte. Car il s'agissait de l'empire, remis au courage et à la fortune d'un si petit nombre de combattants. Tous ces esprits tendus et en suspens attendent avec anxiété le commencement d'un spectacle si peu agréable à voir. Le signal est donné. Les six champions s'élancent comme une armée en bataille, les glaives en avant, portant dans leur cœur le courage de deux grandes nations. Tous, indifférents à leur propre danger, n'ont devant les yeux que le triomphe ou la servitude, et cet avenir de leur patrie, dont la fortune sera ce qu'ils l'auront faite. Au premier choc de ces guerriers, au premier cliquetis de leurs armes, dès qu'on vit étinceler les épées, une horreur profonde saisit les spectateurs. De part et d'autre l'incertitude glace la voix et suspend le souffle. Tout à coup les combattants se mêlent ; déjà ce n'est plus le mouvement des corps, ce n'est plus l'agitation des armes, ni les coups incertains, mais les blessures, mais le sang qui épouvantent les regards.

Des trois Romains, deux tombent morts l'un sur l'autre ; les
trois Albains sont blessés. A la chute des deux Horaces, l'armée
albaine pousse des cris de joie ; les Romains, déjà sans espoir,
mais non sans inquiétude, fixent des regards consternés sur
le dernier Horace déjà enveloppé par les trois Curiaces. Par
un heureux hasard, il était sans blessures. Trop faible contre
ses trois ennemis réunis, mais d'autant plus redoutable pour
chacun d'eux en particulier, pour diviser leur attaque il prend
la fuite ; persuadé qu'ils le suivront selon le degré d'ardeur
que leur permettront leurs blessures. Déjà il s'était éloigné
quelque peu du lieu du combat, lorsque, tournant la tête,
il voit en effet ses adversaires le poursuivre à des distances
très-inégales, et un seul le serrer d'assez près. Il se retourne
brusquement et fond sur lui avec furie. L'armée albaine
appelle les Curiaces au secours de leur frère ; mais, déjà vainqueur, Horace vole à un second combat. Alors un cri, tel
qu'en arrache une joie inespérée, part du milieu de l'armée
romaine ; le guerrier s'anime à ce cri, il précipite le combat,
et, sans donner au troisième Curiace le temps d'approcher de
lui, il achève le second. Ils restaient deux seulement, égaux par
les chances du combat, mais non par la confiance ni par les
forces. L'un, sans blessure et fier d'une double victoire, marche
avec assurance à un troisième combat ; l'autre, épuisé par sa
blessure, épuisé par sa course, se traînant à peine, et vaincu
d'avance par la mort de ses frères, tend la gorge au glaive du
vainqueur. Ce ne fut pas même un combat. Transporté de joie,
le Romain s'écrie : « Je viens d'en immoler deux aux mânes de
mes frères ; celui-ci c'est à la cause de cette guerre, c'est afin
que Rome commande aux Albains que je le sacrifie. » Curiace
soutenait à peine ses armes. Horace lui plonge son épée dans
la gorge, le renverse et le dépouille. Les Romains accueillent
le vainqueur et l'entourent en triomphe, d'autant plus joyeux
qu'ils avaient été plus près de craindre. Chacun des deux peuples s'occupe ensuite d'ensevelir ses morts, mais avec des sentiments bien différents. L'un conquérait l'empire, l'autre passait sous la domination étrangère. On voit encore les tombeaux
de ces guerriers à la place où chacun d'eux est tombé ; les deux
Romains ensemble, et plus près d'Albe ; les trois Albains du

côté de Rome, à quelque distance les uns des autres, suivant qu'ils avaient combattu.

## III

### Brutus après la mort de Lucrèce.

Tandis qu'ils s'abandonnent à la douleur, Brutus retire de la blessure le fer tout dégouttant de sang, et, le tenant levé : « Je jure, dit-il, et vous prends à témoin, ô dieux ! par ce sang, si pur avant l'outrage qu'il a reçu de l'odieux fils des rois, je jure de poursuivre par le fer et par le feu, par tous les moyens qui seront en mon pouvoir, l'orgueilleux Tarquin, sa femme crimi- nelle et toute sa race, et de ne plus souffrir de rois à Rome, ni eux ni aucun autre. » Il passe ensuite le fer à Collatin, puis à Lucrétius et à Valérius, étonnés de ce prodigieux change- ment chez un homme qu'ils regardaient comme un insensé. Ils répètent le serment qu'il leur a prescrit, et, passant tout à coup de la douleur à tous les sentiments de la vengeance, ils suivent Brutus, qui déjà les appelait à la destruction de la royauté. Ils transportent sur la place publique le corps de Lucrèce, et ce spectacle extraordinaire excite, comme ils s'y attendaient, une horreur universelle. Le peuple maudit l'exécrable violence de Sextus ; il est ému par la douleur du père, par Brutus, lequel, condamnant ces larmes et ces plaintes inutiles, propose le seul avis digne d'être entendu par des hommes, par des Romains, celui de prendre les armes contre des princes qui les traitent en ennemis. Les plus braves se présentent spontanément tout armés ; le reste suit bientôt leur exemple. On en laisse la moi- tié à Collatie pour la défense de la ville, et pour empêcher que la nouvelle de ce mouvement ne parvienne aux oreilles du roi ; l'autre moitié marche vers Rome sur les pas de Brutus. A leur arrivée, et partout où cette multitude en armes s'avance, on s'effraye, on s'agite ; mais, lorsqu'on les voit guidés par les pre- miers citoyens de l'État, on se rassure sur leurs projets, quels qu'ils soient. L'atrocité du crime ne produisit pas moins d'effet

à Rome qu'à Collatie. De toutes les parties de la ville, on
accourt au Forum, et la voix du héraut rassemble le peuple
autour du tribun des Célères.

Brutus était alors revêtu de cette dignité. Il harangue le peuple, et sa parole est loin de se ressentir de cette simplicité d'esprit qu'il avait affectée jusqu'à ce jour. Il raconte la passion
brutale de Sextius Tarquin, et la violence infâme qu'il a exercée
sur Lucrèce ; la mort déplorable de cette femme, et la douleur
de Tricipitinus, qui perdait sa fille, et s'affligeait de cette perte
moins encore que de l'indigne cause qui l'avait provoquée. Il
peint le despotisme orgueilleux de Tarquin, les travaux et les
misères du peuple, de ce peuple plongé dans des fosses, dans
des cloaques immondes qu'il lui faut épuiser ; il montre ces
Romains, vainqueurs de toutes les nations voisines, transformés
en ouvriers et en maçons. Il rappelle les horreurs de l'assassi-
nat de Servius, et cette fille impie faisant passer son char sur le
corps de son père ; puis il invoque les dieux vengeurs des parricides. De pareils forfaits et d'autres plus atroces sans doute,
qu'il n'est pas facile à l'historien de retracer avec la même force
que ceux qui en ont été témoins, enflamment la multitude.
Entraînée par l'orateur, elle prononce la déchéance du roi, et
condamne à l'exil Tarquin, sa femme et ses enfants.

## IV

### Discours de Canuléius.

« Déjà, Romains, j'ai souvent eu l'occasion de remarquer à
quel point vous méprisaient les patriciens, et combien ils vous
jugeaient indignes de vivre avec eux dans la même ville, entre les
mêmes murailles. Mais je n'en ai jamais été plus frappé qu'aujourd'hui, en voyant avec quelle fureur ils s'élèvent contre nos
propositions. Et cependant, à quoi tendent-elles qu'à leur rappeler que nous sommes leurs concitoyens, et que, si nous n'avons
pas les mêmes richesses, nous habitons du moins la même patrie ? Par la première, nous demandons la liberté du mariage,
laquelle s'accorde aux peuples voisins et aux étrangers : nous-

mêmes nous avons accordé le droit de cité, bien plus considérable que le mariage, à des ennemis vaincus. L'autre proposition
n'a rien de nouveau ; nous ne faisons que redemander et réclamer un droit qui appartient au peuple, le droit de confier les
honneurs à ceux à qui il lui plaît. Y a-t-il de quoi bouleverser
le ciel et la terre? de quoi se jeter sur moi, comme ils l'ont
presque fait tout à l'heure dans le sénat? de quoi annoncer qu'ils
emploieront la force, qu'ils violeront une magistrature sainte
et sacrée? Eh quoi! si l'on donne au peuple romain la liberté
des suffrages, afin qu'il puisse confier à qui il voudra la
dignité consulaire ; et si l'on n'ôte pas l'espoir de parvenir à cet
honneur suprême à un plébéien qui en sera digne, cette ville ne
pourra subsister! C'en est fait de l'empire! et parler d'un consul
plébéien, c'est presque dire qu'un esclave, qu'un affranchi
pourra le devenir!

« Ne sentez-vous pas dans quelle humiliation vous vivez? Ils
vous empêcheraient, s'ils le pouvaient, de partager avec eux la
lumière. Ils s'indignent que vous respiriez, que vous parliez, que
vous ayez figure humaine. Ils vont même, que les dieux me pardonnent, jusqu'à appeler sacrilége la nomination d'un consul plébéien. Je vous en atteste ! Si les fastes de la république, si les registres des pontifes ne nous sont pas ouverts, ignorons-nous pour
cela ce que pas un étranger n'ignore? Les consuls n'ont-ils pas
remplacé les rois ? n'ont-ils pas obtenu les mêmes droits, la même
majesté? Croyez-vous que nous n'ayons jamais entendu dire que
Numa Pompilius, qui n'était ni patricien ni même citoyen romain, fut appelé du fond de la Sabine, par l'ordre du peuple,
sur la proposition du sénat, pour régner sur Rome? Que, plus
tard, L. Tarquinius, qui n'appartenait ni à cette ville ni même à
l'Italie, et qui était fils de Démarate de Corinthe, transplanté
de Tarquinies, fut fait roi du vivant des fils d'Ancus? Qu'après
lui Servius Tullius, fils d'une captive de Corniculum, S. Tullius,
né d'un père inconnu et d'une mère esclave, parvint au trône
sans autre titre que son intelligence et ses vertus? Parlerai-je
de T. Tatius le Sabin, que Romulus lui-même, fondateur de
notre ville, admit à partager son trône? Ainsi, c'est en n'ex-
cluant aucune classe où brillait le mérite, que l'empire romain
s'est agrandi. Rougissez donc d'avoir un consul plébéien, quand

vos ancêtres n'ont pas dédaigné d'avoir des étrangers pour rois ; et quand, après même l'expulsion des rois, notre ville n'a pas été fermée au mérite étranger. En effet, n'est-ce pas après l'expulsion des rois que la famille Claudia a été reçue non-seulement parmi les citoyens, mais encore au rang des patriciens ? Ainsi, d'un étranger on pourra faire un patricien, puis un consul ; et un citoyen de Rome, s'il est né dans le peuple, devra renoncer à l'espoir d'arriver au consulat ! Cependant croyons-nous qu'il ne puisse sortir des rangs populaires un homme de courage et de cœur, habile dans la paix et dans la guerre, qui ressemble à Numa, à L. Tarquinius, à Servius Tullius ? ou, si cet homme existe, pourquoi ne pas permettre qu'il porte la main au gouvernail de l'État ? Voulons-nous que nos consuls ressemblent aux décemvirs, les plus odieux des mortels, qui tous alors étaient patriciens, plutôt qu'aux meilleurs des rois, qui furent des hommes nouveaux ?

« Mais, dira-t-on, jamais depuis l'expulsion des rois un plébéien n'a obtenu le consulat. Que s'ensuit-il ? Est-il défendu d'innover ? et ce qui ne s'est jamais fait (bien des choses sont encore à faire chez un peuple nouveau) doit-il, malgré l'utilité, ne se faire jamais ? Nous n'avions, sous le règne de Romulus, ni pontifes ni augures : ils furent institués par Numa Pompilius. Il n'y avait à Rome ni cens ni distribution par centuries et par classes : Serv. Tullius les établit. Il n'y avait jamais eu de consuls : les rois une fois chassés, on en créa. On ne connaissait ni le nom ni l'autorité de dictateur : nos pères y pourvurent. Il n'y avait ni tribuns du peuple, ni édiles ni questeurs : on institua ces fonctions. Dans l'espace de dix ans, nous avons créé les décemvirs pour rédiger nos lois, et nous les avons abolis. Qui doute que dans la ville éternelle, qui est destinée à s'agrandir sans fin, on ne doive établir de nouveaux pouvoirs, de nouveaux sacerdoces, de nouveaux droits des nations et des hommes ? Cette prohibition des mariages entre patriciens et plébéiens, ne sont-ce pas ces misérables décemvirs qui l'ont eux-mêmes imaginée dans ces derniers temps, pour faire affront au peuple ? Y a-t-il une injure plus grave, plus cruelle, que de juger indigne du mariage une partie des citoyens, comme s'ils étaient entachés de quelque souillure ? n'est-ce pas souffrir dans l'enceinte même de la ville une sorte d'exil et de déportation? Ils se défendent d'unions et d'alliances avec nous; ils craignent que leur sang ne se mêle avec le nôtre. Eh bien! si ce mélange souille votre noblesse que la plupart, originaires d'Albe ou de Sabine, vous ne devez ni au sang ni à la naissance, mais au choix des rois d'abord, et ensuite à celui du peuple qui vous a élevés au rang de patriciens; il fallait en conserver la pureté par des mesures privées; il fallait ne pas choisir vos femmes dans la classe du peuple, et ne pas souffrir que vos filles, que vos sœurs choisissent leurs époux en dehors des patriciens. Jamais plébéien n'eût fait violence à une jeune patricienne : de pareils caprices ne siéent qu'aux patriciens; et jamais personne ne vous eût contraints à des unions auxquelles vous n'auriez pas consenti. Mais les prohiber par une loi, mais défendre les mariages entre patriciens et plébéiens, c'est un outrage pour le peuple : ce serait aussi bien d'interdire les mariages entre les riches et les pauvres. Jusqu'ici on a toujours laissé au libre arbitre des particuliers le choix de la maison où une femme devait entrer par mariage, de celle où un homme devait prendre une épouse, et vous, vous l'enchaînez dans les liens d'une loi orgueilleuse, pour diviser les citoyens, et faire deux États d'un seul. Pourquoi ne décrétez-vous pas également qu'un plébéien ne pourra demeurer dans le voisinage d'un patricien, ni marcher dans le même chemin, ni s'asseoir à la même table, ni se montrer sur le même forum? N'est-ce pas la même chose que de défendre l'alliance d'un patricien avec une plébéienne, d'un plébéien avec une patricienne? Qu'y aurait-il de changé au droit, puisque les enfants suivent l'état de leur père?

« Tout ce que nous demandons par là, c'est que vous nous admettiez au nombre des hommes et des citoyens; et, à moins que notre abaissement et notre ignominie ne soient pour vous un plaisir, vous n'avez pas de raison pour vous y opposer.

« Mais enfin, est-ce à vous ou au peuple romain qu'appartient l'autorité suprême? A-t-on chassé les rois pour fonder votre domination, ou pour établir l'égalité de tous? Il doit être permis au peuple de porter, quand il lui plaît, une loi. Sitôt que nous lui avons soumis une proposition, viendrez-vous toujours, pour le punir, ordonner des levées? Au moment où moi, tribun, j'appellerai les tribus au suffrage, toi, consul, tu forceras la jeunesse à prêter serment, tu la traîneras dans les camps, tu menaceras le peuple, tu menaceras le tribun!

« En effet, n'avons-nous pas déjà éprouvé deux fois ce que peuvent ces menaces contre l'union du peuple? Mais c'est sans doute par indulgence, que vous vous êtes abstenus d'en venir aux mains! Non! s'il n'y a pas eu de prise d'armes, n'est-ce pas que le parti le plus fort a été aussi le plus modéré? Et aujourd'hui encore, il n'y aura pas de lutte, Romains, ils tenteront toujours votre courage, et ne mettront jamais vos forces à l'épreuve. Ainsi, consuls, que cette guerre soit feinte ou sérieuse, le peuple est prêt à vous y suivre, si, en permettant les mariages, vous rétablissez ainsi dans Rome l'unité; s'il lui est permis de s'unir, de se joindre, de se mêler à vous par des liens de famille; si l'espoir, si l'accès aux honneurs cessent d'être interdits au mérite et au courage; si nous sommes admis à prendre rang dans la république; si, comme le veut une liberté égale, il nous est accordé d'obéir et de commander tour à tour par les magistratures annuelles. Si ces conditions vous répugnent, parlez, parlez de guerre tant qu'il vous plaira; personne ne donnera son nom, personne ne prendra les armes, personne ne voudra combattre pour des maîtres superbes qui ne veulent nous admettre ni à partager avec eux les honneurs, ni à entrer dans leurs familles. »

## V

### Prise de Rome par les Gaulois.

Les douleurs privées se turent devant la terreur générale, quand on annonça l'arrivée de l'ennemi; et bientôt l'on entendit les hurlements, les chants discordants des Barbares qui erraient par troupes autour des remparts. Pendant tout le temps qui s'écoula depuis lors, les esprits demeurèrent en suspens; d'abord, à leur arrivée, on craignit de les voir d'un moment à l'autre se précipiter sur la ville, car si tel n'eût pas été leur dessein, ils se seraient arrêtés sur les bords de l'Allia; puis au

coucher du soleil; comme il ne restait que peu de jours, on
pensa que l'attaque aurait lieu avant la nuit; et, ensuite, que le
projet était remis à la nuit même pour répandre plus de terreur.
Enfin, à l'approche du jour, tous les cœurs étaient glacés d'effroi; et cette crainte sans intervalle fut suivie de l'affreuse
réalité, quand les enseignes menaçantes des Barbares se pré-
sentèrent aux portes.

Cependant il s'en fallut de beaucoup que cette nuit et le jour
suivant Rome se montrât la même que sur l'Allia, où ses troupes avaient fui si lâchement. En effet, comme on ne pouvait
pas se flatter avec un si petit nombre de soldats de défendre la
ville, on prit le parti de faire monter dans la citadelle et au
Capitole, outre les femmes et les enfants, la jeunesse en état de
porter les armes et l'élite du sénat; et, après y avoir réuni tout
ce qu'on pourrait amasser d'armes et de vivres, de défendre de
ce poste fortifié, les dieux, les hommes et le nom romain. Le
flamine et les prêtresses de Vesta emportèrent loin du meurtre,
loin de l'incendie, les objets du culte public, qu'on ne devait
point abandonner tant qu'il resterait un Romain pour en accomplir les rites. Si la citadelle, si le Capitole, séjour des dieux,
si le sénat, cette tête des conseils de la république, si la jeunesse en état de porter les armes venaient à échapper à cette
catastrophe imminente, on pourrait se consoler de la perte des
vieillards qu'on laissait dans la ville abandonnés à la mort.
Et pour que la multitude se soumît avec moins de regret, les
vieux triomphateurs, les vieux consulaires déclarèrent leur intention de mourir avec les autres, ne voulant point que leurs
corps, incapables de porter les armes et de servir la patrie,
aggravassent le dénûment de ses défenseurs.

Ainsi se consolaient entre eux les vieillards destinés à la mort.
Ensuite ils adressent des encouragements à la jeunesse, qu'ils
accompagnent jusqu'au Capitole et à la citadelle, en recom-
mandant à son courage et à sa vigueur la fortune, quelle qu'elle
dût être, d'une cité victorieuse pendant trois cent soixante ans
dans toutes ses guerres. Mais au moment où ces jeunes gens,
qui emportaient avec eux tout l'espoir et toutes les ressources
de Rome, se séparèrent de ceux qui avaient résolu de ne point
survivre à sa ruine, la douleur de cette séparation, déjà par

elle-même si triste, fut encore accrue par les pleurs et l'anxiété
des femmes, qui, courant incertaines tantôt vers les uns, tantôt
vers les autres, demandaient à leurs maris et à leurs fils à quel
destin ils les abandonnaient. Ce fut le dernier trait à ce tableau
des misères humaines. Cependant une grande partie d'entre
elles suivirent dans la citadelle ceux qui leur étaient chers,
sans que personne les empêchât ou les rappelât, car cette précaution, qui aurait eu pour les assiégés l'avantage de diminuer
le nombre des bouches inutiles, semblait trop inhumaine. Le
reste de la multitude, composé surtout de plébéiens, qu'une colline si étroite ne pouvait contenir, et qu'il était impossible de
nourrir avec d'aussi faibles provisions, sortant en masse de la
ville, gagna le Janicule ; de là, les uns se répandirent dans les
campagnes, les autres se sauvèrent vers les villes voisines sans
chefs, sans accord, ne suivant chacun que son espérance et sa
pensée personnelle, alors qu'il n'y avait plus ni pensée ni espérance commune. Cependant le flamine de Quirinus et les vierges de Vesta, oubliant tout intérêt privé, ne pouvant emporter
tous les objets du culte public, examinaient ceux qu'elles emporteraient, ceux qu'elles laisseraient et à quel endroit elles en
confieraient le dépôt : le mieux leur paraît de les enfermer
dans de petits tonneaux qu'elles enfouissent dans une chapelle
voisine de la demeure du flamine de Quirinus, lieu où même
aujourd'hui on ne peut cracher sans profanation : pour le reste
elles se partagent le fardeau, et prennent la route qui, par le
pont de bois, conduit au Janicule. Comme elles en gravissaient
la pente, elles furent aperçues par L. Albinus, plébéien qui sortait de Rome avec la foule des bouches inutiles, conduisant sur
un chariot sa femme et ses enfants. Cet homme, faisant même
alors la différence des choses divines et des choses humaines,
trouva irréligieux que les pontifes de Rome portassent à pied
les objets du culte public, tandis qu'on le voyait lui et les siens
dans un chariot. Il fit descendre sa femme et ses enfants, monter à leur place les vierges et les choses saintes, et les conduisit jusqu'à Céré, où elles avaient dessein de se rendre.

Cependant à Rome, toutes les précautions une fois prises, autant que possible pour la défense de la citadelle, les vieillards
rentrés dans leurs maisons attendaient, résignés à la mort, l'ar-

rivée de l'ennemi ; et ceux qui avaient rempli des magistratures curules, voulant mourir dans les insignes de leur fortune
passée, de leurs honneurs et de leur courage, revêtirent la robe
solennelle que portaient les chefs des cérémonies religieuses
ou les triomphateurs, et se placèrent au milieu de leurs maisons, sur leurs siéges d'ivoire. Quelques-uns mêmes rapportent
que, par une formule que leur dicta le grand pontife L. Fabius,
ils se dévouèrent pour la patrie et pour les Romains enfants de
Quirinus. Pour les Gaulois, comme l'intervalle d'une nuit avait
calmé chez eux l'irritation du combat, que nulle part on ne
leur avait disputé la victoire, et qu'alors ils ne prenaient point
Rome d'assaut et par force, ils y entrèrent le lendemain sans colère, sans emportement, par la porte Colline laissée ouverte, et
arrivèrent au Forum, promenant leurs regards sur les temples
des dieux et la citadelle qui, seule, présentait quelque appareil
de guerre. Puis, ayant laissé près de la forteresse un déta-
chement nombreux pour veiller à ce qu'on ne fît point de sortie pendant leur dispersion, ils se répandent pour piller dans
les rues où ils ne rencontrent personne : les uns se précipitent
en foule dans les premières maisons, les autres courent vers les
plus éloignées, les croyant encore intactes et remplies de butin.
Mais bientôt, effrayés de cette solitude, craignant que l'ennemi
ne leur tendît quelque piége pendant qu'ils erraient çà et là,
ils revenaient par troupes au Forum et dans les lieux environ-
nants.

Là, trouvant les maisons des plébéiens fermées avec soin, et
les cours intérieures des maisons patriciennes tout ouvertes, ils
hésitaient encore plus à mettre le pied dans celles-ci qu'à entrer
de force dans les autres. Ils éprouvaient une sorte de respect
religieux à l'aspect de ces nobles vieillards qui, assis sous le
vestibule de leur maison, semblaient à leur costume et à leur
attitude, où il y avait je ne sais quoi d'auguste qu'on ne trouve
point chez des hommes, ainsi que par la gravité empreinte sur
leur front et dans tous leurs traits, représenter la majesté des
dieux. Les Barbares demeuraient debout à les contempler comme
des statues ; mais l'un d'eux s'étant, dit-on, avisé de passer doucement la main sur la barbe de M. Papirius qui la portait fort
longue, celui-ci frappa de son bâton d'ivoire la tête du Gaulois,

dont il excita le courroux : ce fut par lui que commença le
carnage, et presque aussitôt tous les autres furent égorgés sur
leurs chaises curules. Les sénateurs massacrés, on n'épargna
plus rien de ce qui respirait ; on pilla les maisons, et, après les
avoir dévastées, on les incendia.

## VI

### Manlius condamne son fils à mort.

Au nombre des préfets de la cavalerie envoyés pour faire des
reconnaissances dans tous les sens, se trouva T. Manlius, fils du
consul, qui, avec sa troupe, dépassa le camp des ennemis, de
telle sorte qu'il était à peine à une portée de trait du premier
poste. C'étaient des cavaliers tusculans qui le composaient ; ils
étaient commandés par Géminus Métius, distingué chez les siens
par sa naissance et par sa valeur. Cet officier n'eut pas plutôt
aperçu les cavaliers romains et reconnu parmi eux et à leur
tête le fils du consul (car ils se connaissaient tous, surtout entre
personnages de marque) qu'il leur cria : « Est-ce donc avec
un seul escadron que vous autres, Romains, venez faire la
guerre aux Latins et à leurs alliés ? Que vont faire pendant ce
temps-là vos consuls et vos deux armées consulaires ? » Ils viendront au moment convenable, dit Maulius ; et, avec eux, viendra
aussi Jupiter, témoin des traités que vous avez violés, lui qui a
bien plus de force et de puissance. Si au lac Régille nous avons
combattu de manière à vous en rassasier, ici nous tâcherons
de vous faire passer l'envie d'avoir affaire à nous. » A ces mots,
Géminus, se portant à cheval un peu en avant des siens : « Eh
bien, veux-tu, lui crie-t-il, en attendant le jour où vos armées
déploieront de si grands efforts, veux-tu te mesurer avec moi,
afin que par le résultat d'une lutte entre nous on puisse voir
dès ce moment combien le cavalier latin l'emporte sur le romain ? » L'âme fière du jeune homme fut vivement émue : soit
colère, soit honte de refuser le combat, soit force invincible de
la destinée, il oublie l'autorité de son père et l'édit des consuls,

il se précipite en aveugle à un combat où il importait si peu qu'il fût vainqueur ou vaincu.

Les autres cavaliers se rangent comme pour assister à un spectacle, et, dans l'espace resté libre, les deux champions poussent leurs chevaux l'un contre l'autre, et s'attaquent la lance à la main. La lance de Manlius glisse sur le casque de son adversaire, celle de Métius effleure le cou du cheval de Manlius. Alors ils font faire demi-tour à leurs chevaux; Manlius, le premier, se dresse pour frapper un second coup, et plante sa javeline entre les oreilles du cheval de son ennemi : l'animal, se sentant blessé, se cabre en secouant violemment la tête et renverse son cavalier ; au moment où celui-ci, s'appuyant sur sa lance et son bouclier, se relève de sa lourde chute, Manlius lui enfonce son fer dans la gorge, lui traverse les côtes, et le cloue à terre. Il recueille alors les dépouilles de son ennemi, revient au milieu des siens, et, avec sa troupe toute triomphante de joie, il rentre dans le camp, et de là se dirige vers la tente de son père, sans penser à ce qu'il a fait et à ce qui peut en résulter, sans réfléchir s'il a mérité des éloges ou le supplice. « C'est afin, dit-il, de bien persuader à tous que je suis sorti de ton sang, ô mon père, que je t'apporte ces dépouilles d'un cavalier qui m'a défié et que j'ai tué. »

A peine le consul eut-il entendu son fils que, détournant de lui ses regards, il fit sonner la trompette pour convoquer l'armée. Dès que l'assemblée fut assez nombreuse, « puisque, lui-dit-il, sans respect pour l'autorité consulaire et la majesté paternelle, tu as, contre notre défense et hors des rangs, combattu un ennemi; puisque, autant qu'il a été en toi, tu as enfreint la discipline militaire qui, jusqu'à ce jour, a été la sauvegarde de Rome, et que tu m'as réduit à la nécessité de perdre le souvenir ou de la république, ou de moi-même et des miens; portons la peine de notre crime, plutôt que de faire expier, par les plus grands dommages, nos fautes à la république. C'est un exemple à donner bien triste pour nous, mais qui sera salutaire pour la jeunesse à venir. Il est vrai que ma tendresse naturelle pour mes enfants, et aussi cette première preuve de ta valeur, qu'a égarée une vaine image de gloire, me touchent en ta faveur; mais comme ta mort va sanctionner les ordres

consulaires ou ton impunité les abroger à jamais, tu ne refu-
seras pas, je le pense, pour peu que tu aies de mon sang dans
les veines, de rétablir par ton supplice la discipline militaire
renversée par ta faute. — Allons, licteur, attache-le au poteau. »
Cet ordre affreux jeta la consternation dans toute l'armée ;
chacun crut voir la hache levée sur sa tête, et ce fut par
crainte bien plus que par retenue que tous restèrent immobiles. Aussi, lorsqu'après quelques instants d'un énorme silence, la vue de cette tête qui tombait et de ce sang qui jaillissait
fit sortir cette foule de sa stupeur, elle donna un libre cours à
ses plaintes et à ses cris de douleur, n'épargnant ni les regrets
amers ni les imprécations. Le cadavre du jeune homme fut
couvert des dépouilles de l'ennemi qu'il avait tué, et, avec tout
l'appareil qu'on put mettre à une solennité militaire, il fut
brûlé sur un bûcher construit hors des retranchements. La
sentence portée par Manlius ne dut pas être un objet d'horreur
pour son siècle seulement ; elle doit encore laisser un douloureux souvenir à la postérité.

## VII

### Portrait d'Annibal.

Envoyé en Espagne, Annibal, dès son arrivée, attira sur lui
les regards de toute l'armée. Les vieux soldats crurent revoir
Amilcar dans sa jeunesse : c'était dans le visage la même expression d'énergie, le même feu dans le regard, la même physionomie, les mêmes traits. Bientôt il n'eut aucun besoin du souvenir de son père pour se concilier la faveur. Jamais esprit ne
fut plus propre à deux choses bien opposées, obéir et commander ; aussi eût-il été difficile de décider qui le chérissait
davantage du général ou de l'armée. Asdrubal ne cherchait
point d'autres chefs, quand il s'agissait d'un coup de vigueur
et d'intrépidité ; et sous nul autre les soldats ne montraient
plus de confiance ou de courage. D'une audace incroyable pour
affronter le danger, il gardait dans le péril une merveilleuse
prudence. Nul travail ne fatiguait son corps, n'abattait son

esprit. Il supportait également le froid et le chaud. Pour le
boire et le manger, il consultait les besoins de la nature, et
jamais le plaisir. Ses veilles, son sommeil n'étaient pas réglés
par le jour et la nuit. Le temps qui lui restait après les
affaires, il le donnait au repos, qu'il ne cherchait du reste ni
dans la mollesse de la couche, ni dans le silence. Souvent on le
vit couvert d'une casaque de soldat, étendu sur la terre, entre
les sentinelles et les corps de garde. Son vêtement ne se distinguait en rien de celui de ses égaux ; il n'y avait que ses armes
et ses chevaux qui se faisaient remarquer. Le meilleur à la fois
des cavaliers et des fantassins, il allait le premier au combat et
se retirait le dernier. Tant de grandes qualités étaient accom-
pagnées de vices non moins grands : une cruauté féroce, une
perfidie plus que punique, nulle franchise, nulle pudeur,
nulle crainte des dieux, nul respect pour la foi du serment,
nulle religion. Avec ce mélange de vertu et des vices, il servit
trois ans sous Asdrubal, sans rien négliger de ce que devait
faire ou voir un homme destiné à être un grand capitaine.

## VIII

### Discours de Vibius Virius.

Tous étaient d'avis d'envoyer des ambassadeurs aux généraux
romains, lorsque Vibius Virius, dont les conseils avaient décidé
la révolte contre Rome, interpellé à son tour, soutient d'abord :
« Que ceux qui parlent d'ambassade, de paix, de soumission, ont
oublié ce qu'ils eussent fait eux-mêmes s'ils avaient eu les Romains en leur pouvoir, et ce qu'ils doivent en attendre. Eh
quoi ! ajoute-t-il, croyez-vous qu'en nous rendant aujourd'hui,
nous serions traités comme dans le temps où, pour obtenir leur
secours contre les Samnites, nous leur avons livré nos personnes
et nos biens ? Avez-vous déjà oublié à quelle époque et dans
quelles circonstances nous avons renoncé à l'alliance des Romains ? Comment, dans notre révolte, au lieu de renvoyer leur
garnison, nous l'avons fait périr au milieu des tourments et des
outrages ? Combien de fois et avec quel acharnement nous nous

sommes jetés sur eux pendant le siége, nous avons attaqué
leur camp, et appelé Annibal pour les écraser? Comment, enfin,
nous l'avons tout récemment pressé de quitter ce pays pour
aller assiéger Rome? Rappelez-vous aussi avec quelle animo-
sité ils ont eux-mêmes agi contre nous; et, par là, jugez de
ce que vous devez en attendre.

« Lorsqu'ils avaient en Italie un ennemi étranger, et que cet
ennemi était Annibal; lorsque la guerre avait mis tout en feu
dans leur empire, oubliant tous leurs ennemis, oubliant Annibal lui-même, c'est au siége de Capoue qu'ils ont envoyé
les deux consuls et les deux armées consulaires. Depuis près
de deux ans, ils nous tiennent investis et enfermés dans nos
murs, où ils nous épuisent par la faim, exposés, comme nous,
aux plus grands périls et supportant des fatigues extrêmes, souvent massacrés autour de leurs retranchements et de leurs
fossés, et dernièrement presque forcés dans leurs lignes. Mais
c'est peu encore; car rien de plus ordinaire que d'affronter
les fatigues et les dangers au siége d'une ville ennemie; voici
une marque de ressentiment et de haine implacable. Annibal,
avec des troupes nombreuses d'infanterie et de cavalerie, est
venu attaquer leur camp et l'a pris en partie; un danger si
pressant ne leur a point fait interrompre le siége. Il a passé
le Vulturne et livré aux flammes tout le territoire de Calès;
cet horrible désastre de leurs alliés ne les a point fait marcher à leur secours. Il a tourné ses armes contre Rome elle-
même; ils ont méprisé cet orage menaçant. Il a franchi l'A-
nio et campé à trois milles de la ville; il s'est approché de
ses murailles et de ses portes; il leur a fait voir qu'ils allaient
perdre Rome s'ils n'abandonnaient Capoue, ils ne se sont pas
retirés. Les bêtes féroces, même dans les plus violents accès
de leur rage, si elles voient marcher vers leurs tanières
et leurs petits, quittent tout pour courir les défendre. Il n'en
est pas ainsi des Romains : ni Rome menacée, ni leurs femmes
ni leurs enfants, dont les cris plaintifs retentissaient presque jusqu'ici, ni leurs autels, ni leurs foyers, ni les temples de leurs dieux, ni les tombeaux de leurs ancêtres profanés et détruits, rien n'a pu les arracher de Capoue, tant ils
sont avides de vengeance, tant ils ont soif de notre sang! Et

peut-être n'est-ce pas à tort : nous eussions fait comme eux
si la fortune nous eût été favorable.

« Mais puisque les dieux immortels en ont ordonné autrement,
et que je ne dois même pas refuser la mort, je puis au moins,
tandis que je suis encore libre et maître de moi, éviter, par
une mort aussi douce qu'honorable, les tourments et les outrages que l'ennemi me destine. Je ne verrai point Ap. Claudius et Q. Fulvius tout fiers de leur insolente victoire; je ne
me verrai pas chargé de fers, traîné dans les rues de Rome,
servir d'ornement à leur triomphe pour être ensuite jeté dans
un cachot, ou attaché à un poteau, être déchiré à coups de
verges et tendre ma tête à la hache romaine ; je ne verrai point
la ruine et l'embrasement de ma patrie, ni le déshonneur et
l'opprobre de nos épouses, de nos filles et de notre jeune noblesse. Albe, le berceau de Rome, fut par les Romains détruite
de fond en comble, pour qu'il ne restât aucune trace, aucun
souvenir de leur origine : puis-je croire, après cet exemple,
qu'ils épargneront Capoue, qui leur est plus odieuse que Carthage ? Ceux donc d'entre vous qui veulent céder à la destinée
avant d'être témoins de tant d'horribles maux, trouveront aujourd'hui chez moi un festin préparé pour eux.

« Lorsque nous serons rassasiés de vin et de nourriture, une
coupe, qui m'aura été présentée d'abord, sera portée à la
ronde. Ce breuvage arrachera nos corps aux supplices, notre
âme à l'infamie, nos yeux, nos oreilles à la nécessité de voir
et d'entendre toutes les horreurs, toutes les indignités qu'on
réserve aux vaincus. Il se trouvera des gens tout prêts pour
jeter dans un vaste bûcher, allumé dans la cour de ma maison, nos corps inanimés. C'est la seule voie qui nous reste de
mourir avec honneur et en hommes libres. Nos ennemis eux-
mêmes admireront notre courage, et Annibal saura quels
alliés il a abandonnés et trahis. »

## IX

### Liberté rendue aux Grecs.

L'époque fixée pour les jeux Isthmiques approchait ; cette
solennité attirait ordinairement une grande foule, tant à cause

de la passion naturelle des Grecs pour ces luttes où tous les
genres de talent, de force et d'agilité venaient se produire,
que, grâce à la situation avantageuse de Corinthe, qui, baignée par deux mers différentes, pouvait être abordée de tous
les points de la Grèce. En cette occasion, la curiosité générale
était plus vivement excitée par l'attente du sort qu'on réser-
vait à la Grèce et à chaque peuple en particulier ; c'était là
non-seulement la préoccupation de tous les esprits, mais le sujet de tous les entretiens. Les Romains assistèrent au spectacle. Suivant l'usage, le héraut s'avança avec le musicien au
milieu de l'arène, où il annonce ordinairement l'ouverture des
jeux par un chant solennel ; il fit imposer silence à l'assemblée
par le son de la trompette, et s'écria : « Le sénat romain et le
général T. Quinctius, vainqueur du roi Philippe et des Lacé-
démoniens, rendent la jouissance de leur liberté, de leurs fran-
chises et de leurs lois, aux Corinthiens, aux Phocidiens, aux
Locriens, à l'île d'Eubée, aux Magnètes, aux Thessaliens, aux
Perrhèbes et aux Achéens Phthiotes. » Cette énumération
comprenait tous les peuples qui avaient été sous la domination
de Philippe. Quand le héraut eut terminé, l'assemblée faillit
succomber sous l'excès de sa joie. On n'était pas sûr d'avoir
bien entendu ; on se regardait l'un l'autre avec un air d'éton-
nement, comme si l'on était dans les vaines illusions d'un
songe ; chacun osait à peine, pour ce qui le concernait, croire
ses propres oreilles et interrogeait ses voisins. On rappela le
héraut, qui avait proclamé la liberté de la Grèce, on voulait
entendre une seconde fois, on voulait surtout le voir : il renouvela sa proclamation. Alors la multitude, ne pouvant plus douter de son bonheur, fit éclater sa joie par des cris et des
applaudissements tant de fois répétés, qu'il était aisé de comprendre que le plus cher de tous les biens, pour elle, était la
liberté. Les jeux furent ensuite célébrés à la hâte ; les esprits
et les yeux étaient ailleurs qu'au spectacle. Tant il est vrai
qu'un seul sentiment préoccupait tous les cœurs et les rendait
étrangers aux autres plaisirs.

Le spectacle fini, chacun courut auprès du général romain ;
l'empressement de cette foule qui se précipitait vers un seul
homme, pour toucher sa main, et pour lui jeter des couronnes

de fleurs et de rubans, pensa mettre sa vie en danger. Heureusement il avait environ trente-trois ans ; la vigueur de l'âge,
jointe à l'ivresse d'une gloire si éclatante, lui donna la force de
résister à la foule. L'enthousiasme ne se borna point aux dé-
monstrations du moment ; il se manifesta plusieurs jours de
suite par les sentiments et les expressions de reconnaissance de
tous les Grecs. « Il y avait donc sur la terre, disaient-ils, une
nation qui combattait à ses dépens, à ses risques et périls pour
la liberté des autres ; qui, non contente de rendre ce service à
des voisins plus ou moins éloignés, ou à des peuples situés sur
le même continent qu'elle, traversait les mers pour faire disparaître du monde entier toute domination tyrannique, et
pour établir en tous lieux l'empire absolu du droit, de la justice et des lois. Un seul mot de la bouche d'un héraut avait
rendu la liberté à toutes les villes de la Grèce et de l'Asie. Pour
concevoir cette pensée, il fallait un grand cœur ; pour la faire
réussir, un courage et un bonheur plus grands encore. »

## X

### Caton l'Ancien.

Ce célèbre personnage avait une grande force d'âme, une
grande énergie de caractère, et, dans quelque condition que
le sort l'eût fait naître, il disait être lui-même l'artisan de sa
fortune. Doué de tous les talents qui honorent le simple citoyen
ou qui font l'habile politique, il possédait tout à la fois la
science des affaires civiles et l'économie rurale. Les uns se sont
élevés au faîte des honneurs par leurs connaissances en droit,
les autres par leur éloquence, d'autres enfin par l'éclat de leur
gloire militaire. Caton avait un génie souple et flexible ; il
excellait dans tous les genres au point qu'on l'eût dit exclusivement né pour celui dont il s'occupait. A la guerre, il payait
courageusement de sa personne, et il se signala par plusieurs
actions brillantes ; parvenu au commandement suprême, ce
fut un général consommé. En temps de paix, il se montra très-
habile jurisconsulte et très-fameux orateur, non pas de ceux

dont le talent brille d'un vif éclat, pendant leur vie, et qui ne
laissent après eux aucun monument de leur éloquence. Car sa
science lui a survécu, elle respire encore dans des écrits de
tous les genres. Nous avons un grand nombre de plaidoyers
qu'il prononça soit pour lui-même, soit pour d'autres, soit contre ses adversaires; car il savait terrasser ses ennemis, non
seulement en les accusant, mais en se défendant lui-même. S'il
fut en butte à trop de rivalités jalouses, il poursuivit aussi
vigoureusement ses rivaux, et il serait difficile de décider si la
lutte qu'il soutint contre la noblesse fut plus fatigante pour
elle que pour lui. On peut, il est vrai, lui reprocher la rudesse
de son caractère, l'aigreur de son langage et une franchise
poussée jusqu'à l'excès; mais il résista victorieusement aux
passions, et, dans sa rigide probité il méprisa toujours l'intrigue et les richesses. Économe, infatigable, intrépide, il
avait une âme et un corps de fer. La vieillesse même, qui use
tout, ne put le briser; à l'âge de quatre-vingt-six ans il fut
appelé en justice, composa et prononça lui-même son plaidoyer;
à quatre-vingt-dix, il cita Serv. Galba devant le peuple.

# XI

## Mort d'Annibal.

T. Quinctius Flamininus se rendit en ambassade à la cour de
Prusias, qui était devenu suspect aux Romains pour avoir accueilli
Annibal depuis la défaite d'Antiochus, et entrepris la guerre contre Eumène. Là sans doute l'ambassadeur reprocha entre autres
griefs à Prusias d'avoir donné asile à l'ennemi le plus acharné du
peuple romain, à un homme qui avait soulevé sa patrie contre
Rome et qui, après l'avoir ruinée, avait fait prendre les armes
au roi Antiochus. Peut-être aussi que Prusias lui-même, voulant faire sa cour aux Romains et à leur représentant, résolut
de mettre à mort un hôte si dangereux ou de le livrer aux ennemis. Du moins, aussitôt après l'entrevue du prince et de
Flamininus, des soldats eurent ordre d'aller investir la maison
d'Annibal. Ce général avait toujours pensé qu'il finirait ainsi,

quand il songeait à la haine implacable que lui portaient les Romains, et au peu de sureté qu'offre la parole des rois.

D'ailleurs il avait éprouvé déjà l'inconstance de Prusias, et il avait appris avec horreur l'arrivée de Flamininus, qu'il croyait devoir lui être fatale. Au milieu des périls dont il était ainsi entouré, il avait voulu se ménager toujours un moyen de fuir, et il avait pratiqué sept issues dans sa maison ; quelques-unes étaient secrètes, afin qu'on ne pût y mettre des gardes. Mais la tyrannie soupçonneuse des rois perce tous les mystères qu'il lui importe de connaître. Les soldats enveloppèrent et cernèrent si étroitement toute la maison, qu'il était impossible de s'en évader. A la nouvelle que les satellites du roi étaient parvenus dans le vestibule, Annibal essaya de fuir par une porte dérobée, qu'il croyait avoir cachée à tous les yeux. Mais, voyant qu'elle était aussi gardée, et que toute la maison était entourée de gens armés, il se fit donner le poison qu'il tenait depuis longtemps en réserve pour s'en servir au besoin. « Délivrons, dit-il, le peuple romain de ses longues inquiétudes, puisqu'il n'a pas la patience d'attendre la mort d'un vieillard. Flamininus n'aura guère à s'applaudir et à s'honorer de la victoire qu'il remporte sur un ennemi trahi et désarmé. Ce jour seul suffira pour prouver combien les mœurs des Romains ont changé. Leurs pères, menacés par Pyrrhus, qui avait les armes à la main, qui était à la tête d'une armée en Italie, lui ont fait dire de se mettre en garde contre le poison ; eux, ils ont envoyé un consulaire en ambassade pour conseiller à Prusias d'assassiner traîtreusement son hôte. » Puis, après avoir maudit la personne et le trône de Prusias, et appelé sur sa tête le courroux des dieux vengeurs de l'hospitalité trahie, il but le poison.

Telle fut la fin d'Annibal.

# LIVRE QUATRIÈME

## CHAPITRE PREMIER

Ce qu'on appelle la décadence. — La famille des Sénèque. — Sénèque
le Rhéteur. — Sénèque le Philosophe. — Le poëte Lucain. — Perse.
— Pétrone.

### § I.

On donne généralement le nom d'écrivains de la décadence à ceux qui vécurent après le règne d'Auguste. On
établit, il est vrai, une certaine différence entre eux et
ceux qui les suivirent. Les premiers ne sont que des
demi-barbares, les autres ne méritent guère qu'on s'y
arrête. Tous appartiennent à la décadence, c'est-à-dire
à cette période fort étendue qui commence au règne de
Tibère et finit à celui d'Augustule ; et la valeur de chacun d'eux est en raison directe de sa proximité ou de son
éloignement de l'un des deux termes. Ce n'est pas là
une critique sérieuse. Acceptons, je le veux bien, ce mot
de décadence, mais essayons d'en bien déterminer le
sens et la portée.

Il est incontestable que des écrivains comme Perse,
Sénèque, Juvénal, Tacite, sont inférieurs à Horace, à
Cicéron, à Tite-Live, sous le rapport de la composition
et de la langue. Vous chercheriez en vain chez eux cette
proportion exacte dans toutes les parties de l'œuvre,

cette unité, cette mesure, cette exquise propriété des
termes d'où résulte la clarté lumineuse; j'ajoute même
qu'ils n'ont ni la simplicité ni la grâce de leurs devanciers. Mais quoi? si ces qualités sont moindres chez
eux, ils en possèdent d'autres. La première, celle qui les
renferme toutes, c'est l'originalité.

En quoi consiste-t-elle? Ils sont les hommes de leur
temps. Époque misérable et désastreuse, je le veux bien,
mais il n'en est pas des productions de l'esprit comme
des fruits de la terre que la sécheresse ou les pluies dé-
truisent dans leur germe : les âmes fortes réagissent
contre les misères qui les entourent, souvent elles s'en
inspirent; elles en tracent des peintures ineffaçables, ou,
d'un vol puissant s'élevant au-dessus des calamités et des
turpitudes, se créent à elles-mêmes un asile sublime.
Otez à Tacite et à Juvénal les Césars et leur tourbe,
vous supprimez Tacite et Juvénal. Sans les règnes de
Caligula, de Claude, de Néron, le stoïcisme romain, ce
dernier rayon de la vertu antique, n'eût point existé tel
que nous le connaissons  Eh bien! pour peindre une
société dont rien dans le passé ne pouvait donner une
idée, il fallait une éloquence et une poésie nouvelles. Les
belles et sereines descriptions de Tite-Live, les harangues majestueuses écoutées avec recueillement, les narrations savamment conduites, le développement des faits
accomplis pour la gloire de Rome, dans la pleine lumière
de la liberté, sous les yeux de tous : tout cela est interdit
à l'historien des Césars. D'autres couleurs, un autre
style, une autre langue même, sont nécessaires. Tacite
a créé l'instrument qu'il lui fallait. C'est un génie
original. J'en dirai autant de Juvénal. Ne lui demandez
pas la grâce, l'urbanité, la mesure d'Horace. Horace

ne connaît ni Séjan, ni Messaline, ni Domitien : les saturnales des Césars veulent un autre style. Les écrivains qui l'ont trouvé, ce style, et qui l'ont marqué à jamais de leur forte empreinte, je ne puis voir en eux des hommes de décadence.

Il faut réserver cette désignation pour les auteurs fort nombreux alors qui furent des imitateurs. Ceux-là n'ont pas d'idées qui leur soient propres, ils n'ont pas de style ; ce sont des empreintes effacées. Les poëtes s'essayent péniblement à refaire l'*Énéides*, ou les *Bucoliques* : ils copient les personnages de Virgile, les épisodes, les descriptions, et jusqu'aux épithètes. On sentait déjà dans le modèle le factice, la convention ; chez ses imitateurs, on ne sent plus que cela. Voilà la véritable décadence ; la décadence incurable ; car elle est avant tout stérilité. Gardons-nous donc de confondre dans une même catégorie des écrivains qui ont su rester originaux, et de froids plagiaires. Je ne fais qu'indiquer ici cette distinction que je crois capitale : les études qui suivront la rendront plus sensible.

## § II.

Sénèque (*Lucius Annæus Seneca*) est né en Espagne, à Cordoue, colonie patricienne riche et florissante, l'an 3 de l'ère chrétienne. Il appartenait à une famille équestre. Sa mère, Elbia ou Elvia, était d'origine espagnole, mais romaine par le cœur et l'énergie. Son père vint à Rome sous le principat d'Auguste, s'y fixa, y fut très-considéré et acquit une assez grande fortune. Il était rhéteur. Avant Cicéron et du temps même de Cicéron, les jeunes Romains allaient chercher en Grèce les leçons

d'un art indispensable pour quiconque se consacrait à la
vie publique. Il y avait alors fort peu de rhéteurs latins,
et leur enseignement pâlissait auprès de celui des héritiers d'Aristote, de Démétrius de Phalère et de tant de
maîtres illustres. Quand Auguste eut pacifié l'éloquence,
c'est-à-dire l'eut renfermée dans l'étroite enceinte du
barreau, il n'y eut plus d'orateurs proprement dits, il y
eut des plaideurs de causes (*causidici*). Sénèque le père
fut un des professeurs les plus habiles d'un art qui
mourait pour ainsi dire d'inanition. « Ce sont les grands
sujets qui nourrissent l'éloquence, » dit Tacite : or dans
ce complet apaisement de la vie publique, l'art de bien
dire dut se renfermer dans les limites des débats judiciai-
res. Cependant si l'on ne trouve dans l'histoire du temps
aucun vestige sérieux de l'ancienne éloquence politique,
il en subsistait encore comme une ombre dans les écoles
des rhéteurs. Leur enseignement comprenait deux exercices bien distincts : les *controverses*, ou plaidoyers d'une
cause fictive, imaginée le plus souvent pour mettre en
opposition deux textes de lois contradictoires. Deux
élèves, deux avocats stagiaires, étaient mis aux prises, et
se préparaient, en plaidant des causes impossibles, à n'apporter dans des causes réelles que paradoxes ou jeux
d'esprit. Voilà ce qu'était devenu le genre judiciaire.
Quant au genre délibératif, les jeunes gens s'y exerçaient
au moyen des *suasoriæ*. On appelait ainsi des discours,
ou plutôt des consultations oratoires sur des sujets donnés
par le maître. Quelques-uns de ces sujets étaient de pures
fantaisies historiques, comme la délibération d'Alexandre
pour savoir s'il s'embarquera sur l'Océan, s'il entrera
dans Babylone. D'autres avaient un caractère moins
vague et exigeaient autre chose que de l'esprit, par

exemple, la délibération des Spartiates aux Thermopyles en présence de l'immense armée des Perses. D'autres enfin étaient empruntés à des événements récents encore, et qui pouvaient raviver ou entretenir bien des souvenirs et bien des haines : tel le discours que se faisait à lui-même Cicéron pour s'encourager à braver Antoine en face plutôt que de s'humilier et de lui demander la vie. Il y a de belles phrases, éloquentes, généreuses dans les amplifications que Sénèque le père nous a conservées sur ce sujet. Mais on sent bien que c'est là un héroïsme de parade, j'allais dire de commande. L'imagination en fait presque tous les frais. La génération qui grandit sous Auguste sait bien qu'elle ne sera jamais mise en demeure de braver un triumvir, et de mourir pour la défense de la liberté et des lois. Où sont les orages du Forum, les Clodius, les Cicéron, les Antoine ? Le prince a donné à la patrie *des loisirs :* rien ne semble changé dans la constitution de l'État ; plus imposante même apparaît la majesté de ce grand corps. Il ne manque que le mouvement.

On donnait à ces exercices divers le nom de *déclamations.* Cicéron nous apprend qu'en Grèce et à Rome il *déclamait des causes (causas declamitabam)*, mais c'était pour le grand orateur une préparation à l'éloquence active, aux luttes du Forum ou du Sénat. Sous les empereurs, la déclamation ne préparait guère qu'à la déclamation : elle avait été un moyen, elle devint un but. Bientôt ce fut comme le ton général de toute la littérature. Ce qui la distingue en effet, c'est une disproportion choquante entre le fond du sujet et le style : la déclamation n'est pas autre chose. On sort du réel et de la vérité pour se guinder au-dessus, et on tombe à côté ou au-dessous. Quand la vie publique existait encore, l'expérience de chaque jour, les événements eux-mêmes avaient bientôt corrigé et redressé ce que ces exercices avaient de conventionnel et de faux ; mais, ce salutaire enseignement venant à manquer, le vide et le factice subsistèrent seuls.

Telle fut la première école de Sénèque. Par là s'expliquent un grand nombre de ses défauts comme écrivain ; je suis même convaincu que l'habitude de la déclamation n'a pas été sans influence sur la conduite de sa vie. Cette disproportion choquante entre ce que l'on a à dire et la manière dont on le dit, se traduit toujours quelque peu dans les actes. Quand on est si riche en belles paroles, on s'habitue plus aisément à une certaine pauvreté dans les actions, et l'esprit supplée trop souvent aux défaillances de la conscience.

Sénèque le père fut le précepteur de ses fils, et tous trois se distinguèrent dans l'éloquence. L'aîné Annæus Novatus, appelé plus tard *Gallion*, parce que l'adoption l'avait fait entrer dans une famille de ce nom, suivit la carrière des honneurs, et fut proconsul à Corinthe où il eut à juger saint Paul. Le dernier des frères de Sénèque fut *Lucius Annæus Mela*, qui fut le père de Lucain, *grande adjumentum claritudinis*, dit Tacite. Seul des trois, il eut pour l'éloquence un culte désintéressé : il ne lui demanda ni les honneurs ni la réputation. Cette sage réserve lui valut la préférence de son père. « Tu avais, dit-il à son fils, l'esprit plus vaste que tes frères, et ouvert à tout ce qui est bien. Ce qui prouve son excellence, c'est que ses qualités ne l'ont point corrompu, et que tu n'as jamais eu la tentation d'en mal user. Tes frères, emportés par des pensées ambitieuses, se préparent au Forum et aux honneurs ; carrière où l'on doit redouter même ce que l'on espère. J'ai peut-être souhaité qu'ils y fissent leur chemin ; j'ai peut-être approuvé le choix d'une carrière dangereuse, pourvu toutefois qu'on s'y conduisît avec honnêteté ; mais aujourd'hui que tes deux frères sont lancés en pleine mer, souffre que je te retienne au port. »

Voilà le milieu dans lequel Sénèque fut élevé ; mœurs pures, vie studieuse et honnête, bons exemples et sages conseils. Il en subit longtemps la salutaire influence. Mais une imagination très-vive, la soif du nouveau, de l'imprévu, le livrèrent bientôt à tous les hasards de la vie, sans qu'il fût suffisamment préparé par une forte gymnastique morale. A dix-sept ans, l'activité de son esprit le porte de tous les côtés à la fois. Disciple de son père dans l'école, bientôt avocat, déjà célèbre, brusquement il abandonne cette carrière, déserte les rhéteurs et passe aux philosophes. Il se passionne pour la mâle discipline de Sotion, d'Attale, de Démétrius ; le voilà qui renonce à tous les plaisirs, à tous les agréments de la vie. Son vêtement est pauvre, il couche sur la dure, il s'abstient de manger de la viande : c'est un ascète. Son corps naturellement chétif dépérit ; son père s'inquiète, lui montre Tibère qui surveille d'un œil inquiet ces prédicateurs d'une morale nouvelle et qui va les chasser de Rome. Sénèque consent à modérer ses austérités, mais il lui en resta toujours quelque chose : « A partir de ce jour, dit-il, je renonçai pour toujours aux huîtres, aux champignons, aux parfums, je cessai de boire du vin. » Cette première réforme, on le voit, laissa en lui des traces profondes. Il faut donc renoncer à faire de Sénèque un épicurien viveur, qui

vante les charmes de la pauvreté au sein du luxe et de la
mollesse. Je passe plus rapidement sur les autres événements de sa vie. Nous le voyons tour à tour avocat
illustre, honoré de la questure, puis abandonnant la
vie publique et suivant un de ses oncles en Égypte. Là,
il se plonge dans les études archéologiques, il compose
un ouvrage sur l'Inde, un autre sur les mœurs et la
religion des Égyptiens, un troisième sur les tremblements
de terre. Il mêle à ces travaux la distraction des vers ;
il semble avoir oublié Rome, le barreau, les dignités
publiques. Puis il retourne à tout cela ; il plaide de
nouveau et devant Caligula, dont il excite la jalousie, et
qui songe à le faire périr ; sa mauvaise mine le sauva.
« Il va mourir de phthisie, dit une courtisane à l'empereur, à quoi bon le tuer ? » Claude succède à Caligula, et Sénèque est condamné à l'exil. Il est accusé de
complicité dans les désordres de Julie, fille de Germanicus, et c'est Messaline qui l'accuse. Le crime et
l'accusateur semblent bien singuliers; et il m'est bien
difficile d'y ajouter foi. Je hasarderai une conjecture. Ce
fut la coutume des Césars, imités en cela par les sul-
tans, d'éloigner ou de faire périr à leur avénement les parents ou les personnages illustres qui pouvaient être
un danger. Tibère tue Agrippa Posthumus et trois
sénateurs auxquels Auguste avait songé à laisser l'empire. Claude fait périr Vinicius, mari d'une fille de Germanicus, nom cher aux Romains. Caligula fait égorger
son beau-père Silanus, puis le jeune Tibère. Néron fera
mourir Britannicus, puis Rubellius Plautus, dernier
descendant d'Auguste. Sénèque fut probablement enveloppé dans la disgrâce de Vinicius et de sa femme; et
l'on transforma en intrigue d'amour une intrigue poli-

tique qui n'existait peut-être pas. Ce qui donne à cette hypothèse quelque fondement, c'est le rappel immédiat de Sénèque, dès qu'Agrippine, autre fille de Germanicus, devient la femme de Claude. Il est certain d'ailleurs que cet exil ne nuisit en rien à la considération de Sénèque. Il osait dire à sa mère : « On n'est pas malheureux dans un exil, où l'on est suivi de l'estime de tous les citoyens vertueux. » Joignons à son témoignage celui de l'inflexible Tacite. « Cependant Agrippine, afin de ne « pas se signaler uniquement par le mal, obtint pour Sé- « nèque le rappel de l'exil et la dignité de préteur, per- « suadée que cet acte serait généralement applaudi, à « cause de l'éclat de ses talents, et bien aise aussi que « l'enfance de Domitius grandit sous un tel maître, dont « les conseils pouvaient d'ailleurs leur être utiles à tous « deux pour arriver à la domination. Car on croyait Sé- « nèque dévoué à Agrippine par le souvenir du bienfait, « ennemi de Claude par le ressentiment de l'injure. »

Je ne suivrai pas Sénèque dans tous les détails de sa vie à la cour de Claude et de Néron. Qu'il ait été animé des meilleures intentions, qu'il ait conçu les plus belles espérances de son élève, on ne peut le contester. Mais les difficultés qu'il devait rencontrer étaient au-dessus de ses forces et de son énergie morale. Agrippine comptait trouver en Sénèque un instrument docile ; elle se trompa. Sénèque l'aida à préparer le règne de Néron ; mais il n'alla pas au delà. Il combattit même son influence, quand elle voulut en user pour se venger de tous ceux qui lui faisaient ombrage, et quand elle réclama impérieusement la première place dans le gouvernement. Il faut bien se rendre compte de la situation déplorable faite à Sénèque. Il voulait arracher Néron à la

direction funeste de sa mère, et en faire un empereur
accompli : mais il était l'obligé d'Agrippine, et comme
tel condamné à certains ménagements. De là je ne sais
quoi d'équivoque et de louche dans sa conduite. Pendant
cinq années, il triompha d'Agrippine ; il triompha même
du naturel féroce et lâche de son élève ; il fit de Néron le
modèle des empereurs, un Auguste adolescent. Il composait pour lui et lui faisait débiter au Sénat des discours
admirables, qui promettaient à Rome le retour de l'âge
d'or ; il lui soufflait des mots heureux que l'on avait soin
de faire courir (Je voudrais ne pas savoir écrire !) ; bref,
il lui créait, pour ainsi dire, des antécédents de vertu,
pensant par là enchaîner cette âme faible et violente. .
Mais de tous les côtés on ruinait son œuvre : Agrippine
détournait son fils de la philosophie : « Elle ne vaut rien
pour un empereur, » lui disait-elle ; elle lui voulait des
vices afin de le tenir par là ; puis venait la tourbe des
affranchis et des jeunes amis de César, qui ne pouvaient
subsister si César restait honnête. Il échappa insensiblement à Sénèque. Celui-ci voulut ressaisir son influence,
disputer à d'indignes concurrents l'âme du prince. De là
des concessions toujours nouvelles, toujours impuissantes ; de là enfin une sorte de complicité dans les actes
monstrueux du règne de Néron. Il est absolument
étranger à l'empoisonnement de Britannicus ; mais, le
crime accompli, il devait se retirer, et ne plus rentrer
chez César par la porte d'où sortait Locuste. Il ne s'est
pas opposé au meurtre d'Agrippine, devenue son ennemie, d'Agrippine qui rêvait l'inceste, et dont il ne pouvait
considérer la mort comme un malheur public ; mais on
ne peut douter qu'il n'ait écrit lui-même la lettre justi-
ficative du meurtre que le prince adressa au Sénat. Il

croyait sans doute que Néron, débarrassé enfin de cette funeste conseillère, reviendrait aux sentiments honnêtes. L'illusion fut de courte durée. « Il se précipita, dit Tacite, dans toutes les débauches, dès qu'il ne fut plus retenu par le respect quelconque qu'il gardait encore à sa mère. » Il passe de Poppée à Sporus, à Pythagoras; il se donne en spectacle aux Romains, répudie et fait exécuter Octavie, incendie Rome, se débarrasse de Burrhus par le poison. Alors Sénèque, associé à l'ignoble Tigellinus, veut quitter la cour, rendre à César tous les biens qu'il en a reçus. Il était trop tard. Néron cherche à l'empoisonner d'abord, puis l'implique dans la conjuration de Pison et lui ordonne de mourir. On peut voir le récit de ses derniers instants dans Tacite (1). Deux traits à relever : Sénèque dit à ses amis : « Je « vous laisse ce que j'ai de plus beau, l'image de ma vie : « conservez-en le souvenir, et vous emporterez la répu- « tation d'hommes de bien et d'amis fidèles. » Et celui- ci : « Les conjurés avaient résolu, si leur entreprise « réussissait, de se débarrasser de Pison, et de donner « l'empire à Sénèque, comme à un homme sans reproche « et que l'éclat de ses vertus appelait au premier rang. »

Tel fut l'homme. Il aimait la vertu, je dirai même qu'il avait pour elle une sorte de passion ; il en était « enivré », comme Rousseau, mais cela ne suffit pas. L'enthou- siasme est un état violent qui transporte l'âme à des hauteurs sublimes, où elle ne peut se maintenir : la pra- tique des devoirs de la vie réelle exige au contraire une succession d'efforts persévérants, et surtout le calme d'un esprit maître de lui-même. Chez Sénèque, l'éner-

(1) *Annal.* XV, 61, sqq.

gie de la volonté ne fut pas en rapport avec la puissance
de l'imagination. Il ne semble pas non plus avoir eu une
notion très-nette de la réalité : de là les illusions étranges
qu'il conserva si longtemps et l'attitude compromettante
qu'il se laissa imposer. Il a parfois l'air d'un complice ;
il est plutôt dupe en attendant qu'il devienne victime.
Cette indécision, ces aspirations généreuses suivies de
chutes lourdes, cette élévation admirable dans la théorie,
avec je ne sais quoi de vague et d'incertain sur tous les
points fondamentaux, beaucoup d'esprit et peu de clair-
voyance, tout cela nous le retrouverons dans ses écrits.

## § III.

Nous n'en possédons guère que la moitié. En voici la
liste ; on verra que cet esprit curieux s'était porté dans
toutes les directions.

Sur la colère (*De ira libri tres*), ouvrage dédié à son
frère Novatus, et écrit sous Caligula. Il est probablement
incomplet, car Lactance en cite des définitions qui ne se
trouvent pas dans le texte que nous possédons.

*De consolatione ad Helviam matrem.* — Consolation
à sa mère Helvia. Ouvrage composé pendant son exil en
Corse. Juste Lipse y joint *neuf* épigrammes sur son exil.

Consolation à Polybe. *De consolatione ad Poly-
bium.* — Polybe était un affranchi de Claude qui avait
perdu son frère. Sénèque exilé l'accable de flatteries
misérables. Quelques critiques se refusent à admettre
l'authenticité de cet ouvrage, et je me rangerais volontiers à leur avis.

Consolation à Marcia. *De consolatione ad Marciam.* —
Marcia, fille de Crémutius Cordus, venait de perdre son fils.

Sur la Providence. *De providentia.* — Incomplet vers la fin.

Sur la paix de l'âme. *De animi tranquillitate.* — Ouvrage dédié au préfet des gardes de Néron, Annæus Serenus.

Sur la constance du sage. *De constantia sapientis.* — Au même.

De la clémence. *De clementia libri tres ad Neronem.* — Des trois livres qui formaient cet ouvrage, il ne reste plus que le premier et une partie du second. Calvin écrivit un commentaire sur ce traité.

De la brièveté de la vie. *De brevitate vitæ.* — Ouvrage dédié à Paulinus, et composé peu de temps après la mort de Caligula.

De la vie heureuse. *De vita beata.* — Dédié à son frère Gallion. Saint Ambroise a traité le même sujet en chrétien, et Descartes en a écrit un commentaire.

Sur le loisir du sage. *De otio sapientis.* — Ce n'est guère qu'un fragment.

Sur les bienfaits. *De beneficiis libri septem.* — Ouvrage considérable, dédié à Ébutius Liberalis. Appartient à la dernière époque de la vie de Sénèque.

Lettres à Lucilius. *Epistolæ ad Lucilium.* — Sont au nombre de cent vingt-quatre.

Questions naturelles. *Naturalium quæstionum libri septem.* — Ouvrage de physique et de morale à la fois.

L'apocoloquintose. Ἀποκολοκύντωσις *sive Ludus in Claudium.* — Pamphlet bouffon où Sénèque raconte ce qui se passa dans l'Olympe après la mort de Claude, et la métamorphose de cet empereur en citrouille.

Les ouvrages perdus sont des vers et des poëmes, des harangues et des plaidoyers, des traités de morale sur

11.

différents sujets ; un livre sur la *superstition*, souvent
mentionné par saint Augustin ; des exhortations ; des
écrits sur l'Inde, l'Égypte, les tremblements de terre, la
forme du monde. On lui en attribua dans la suite
beaucoup d'autres encore, lorsque l'on s'avisa d'en vouloir faire un chrétien : telles sont les fameuses lettres à
saint Paul dont nous parlerons plus loin. Quant aux
poëmes, disons dès à présent que nous regardons Sénèque
comme l'auteur des tragédies qui portent ce nom, sauf,
bien entendu, celle d'*Octavie*.

Une analyse de chacun des ouvrages de Sénèque est
impossible, ou demanderait des développements qui ne
peuvent trouver place ici. Je me bornerai donc à exposer
les idées qu'ils renferment, les problèmes dont il donne
la solution, voilà pour le fond ; puis la composition et le
style de ses écrits.

§ IV.

Sénèque est pour nous le représentant le plus complet
de la grande doctrine stoïcienne, mais il n'en est pas le
plus exact. Ce n'est pas un simple interprète. Sur plus
d'un point il s'émancipe et substitue à l'autorité des maîtres de la Grèce sa propre réflexion. En cela il est bien un
Romain, et c'est avec raison qu'il dit : « Je ne me suis fait
l'esclave de personne, je ne porte le nom de personne. »
(*Non me cuiquam mancipavi, nullius nomen fero.*) Mais
s'il a conservé sa propre originalité, il n'a pu produire
une œuvre d'une assez forte unité pour qu'elle mérite le
nom de système. J'indiquerai autant que possible les
points sur lesquels il innove, et le caractère de ses inno-
vations.

PHILOSOPHIE RELIGIEUSE.

On sait ce qu'était devenue la religion ancienne ; longtemps avant Sénèque, la vie s'en était retirée. Il n'y avait
pas à Rome un esprit éclairé qui acceptât les fables du
polythéisme ou les pratiques de superstition empruntées
aux cultes de l'Orient. Sénèque méprise profondément
toutes ces puérilités. « Je ne suis pas assez sot, dit-il,
pour croire à de telles fadaises. » Il est fort regrettable
que nous ayons perdu son ouvrage *sur la superstition*,
dont Lactance et saint Augustin ont tiré tant d'arguments
contre le polythéisme ; mais il suffit d'indiquer ce point
en passant. La théologie des poëtes lui paraît absurde et
irrévérencieuse. Quant aux pratiques superstitieuses, il
les condamne en deux mots : elles substituent à l'amour
la crainte ; au lieu d'être un culte, elles sont un outrage.
(*Amandos timet, quos colit violat.*) Mais la religion est
une institution de l'État, institution nécessaire, et que
maintenaient avec énergie des hommes comme Cicéron
et Varron. Sénèque s'occupe peu du polythéisme officiel,
et cela se conçoit : de son temps la religion comme tout le
reste était dans la main d'un seul, et elle avait perdu
beaucoup de son importance comme instrument politique. Cependant il approuve que le sage se soumette aux
prescriptions de la cité, non qu'il les regarde comme
agréables aux dieux, mais parce qu'elles sont ordonnées
par la loi. « Quant à la tourbe des dieux qu'a accumulés
une longue superstition, si nous les adorons, nous n'ou-
blierons point qu'un tel culte n'a d'autre fondement que
la coutume. » Reste la théologie naturelle, c'est-à-dire
la religion du philosophe : en quoi consiste-t-elle ?

Sénèque emploie indifféremment, en parlant de la

puissance divine, le singulier et le pluriel, Dieu et les
dieux : c'est par un reste de respect pour la croyance
populaire. Car pour lui, il n'y a qu'un seul Dieu. Mais ce
Dieu se présente pour ainsi dire à l'esprit sous une foule
d'aspects différents : de là les noms divers qu'il a reçus
et cette espèce de fractionnement de la puissance divine
en une foule d'êtres divers. « Tous les noms qui renferment une indication de sa puissance lui conviennent :
autant il prodigue de bienfaits, autant d'appellations il
peut recevoir. » Ainsi se justifient ces noms de Jupiter, de
Liber, d'Hercule, de Mercure, etc. Mais il ne s'arrête
pas là, il consent encore à ce qu'on donne à Dieu des
noms plus larges. « Voulez-vous l'appeler *nature?* Vous
ne vous tromperiez point ; car c'est de lui que tout est né,
lui dont le souffle nous fait vivre. Voulez-vous l'appeler
*monde?* Vous en avez le droit. Car il est le grand tout
que vous voyez ; il est tout entier dans ses parties, il se
soutient par sa propre force. » On peut encore l'appeler
*destin.* « Car le destin n'est pas autre chose que la série
des causes qui s'enchaînent, et il est la première de toutes
les causes, celle dont dépendent toutes les autres. »
« Qu'est-ce que Dieu ? dit-il ailleurs. L'âme de l'univers. Il
échappe aux yeux, c'est la pensée seule qui peut l'atteindre. »

Toutes ces définitions sont plus ou moins empruntées
au stoïcisme scientifique. Mais Sénèque, par une inconséquence qui n'est pas rare chez lui, va bien au delà. Ce
dieu, destin, nature, monde, est pour ainsi dire séparé
de l'univers ; il le domine, il le gouverne, il le conserve,
il a souci de l'homme, parfois même de tel ou tel homme
en particulier. (*Interdum curiosi singulorum.*) Il a
prodigué au genre humain d'innombrables bienfaits, et
l'ingratitude ne peut en borner le cours. Du reste Dieu

est forcé par sa nature d'être bienfaisant : la bienfaisance
est comme la condition de son être.

Quel culte réclament les dieux? « Le premier culte à
leur rendre, c'est de croire à leur existence, puis de reconnaître leur majesté, leur bonté, sans laquelle il n'y a
pas de majesté, de savoir que ce sont eux qui président
au monde, qui gouvernent l'univers par leur puissance,
qui sont les protecteurs du genre humain. » « Ils ne peuvent ni faire ni recevoir une injustice. » Donc ne cherchez pas à vous les rendre favorables par des prières, des
offrandes, des sacrifices. « Celui-là rend un culte à Dieu
qui le connaît. » (*Deum coluit qui novit.*)

Il serait difficile de tirer de toutes ces définitions une
théodicée logique. Sénèque ne l'a jamais essayé. Il a des
aspirations très-hautes, et comme le sentiment du divin
en lui; mais jamais sur ce point ses idées n'ont eu cette
précision rigoureuse qu'exige la science. Je veux citer un
des plus beaux passages que lui ait inspirés cette sorte
d'enthousiasme religieux.

« En vain élèverez-vous les mains vers le ciel ; en
vain obtiendrez-vous du gardien des autels qu'il vous
approche de l'oreille du simulacre, pour être mieux
entendu : ce Dieu que vous implorez est près de vous ;
il est avec vous, il est en vous. Oui, Lucilius, un esprit
saint réside dans nos âmes ; il observe nos vices, il surveille nos vertus, et il nous traite comme nous le traitons.
Point d'homme de bien qui n'ait au dedans de lui un
Dieu. Sans son assistance, quel mortel s'élèverait au-
dessus de la fortune ? De lui nous viennent les résolutions
grandes et fortes. Dans le sein de tout homme vertueux,
j'ignore quel Dieu, mais il habite un Dieu. S'il s'offre à
vos regards une forêt peuplée d'arbres antiques dont les

cimes montent jusqu'aux nues, et dont les rameaux
pressés vous cachent l'aspect du ciel ; cette hauteur démesurée, ce silence profond, ces masses d'ombre qui de
loin forment continuité, tant de signes ne vous annon-
cent-ils pas la présence d'un Dieu? Sur un antre formé
dans le roc, s'il s'élève une haute montagne, cette immense cavité, creusée par la nature, et non par la main
des hommes, ne frappera-t-elle pas votre âme d'une
terreur religieuse ? On vénère les sources des grandes rivières, l'éruption soudaine d'un fleuve souterrain fait
dresser des autels ; les fontaines des eaux thermales ont
un culte, et l'opacité, la profondeur de certains lacs les
a rendus sacrés : et si vous rencontrez un homme intrépide dans le péril, inaccessible aux désirs, heureux dans
l'adversité, tranquille au sein des orages, qui voit les autres hommes sous ses pieds, et les dieux sur sa ligne,
votre âme ne serait-elle pas pénétrée de vénération ?
Ne direz-vous pas qu'il se trouve en lui quelque chose de
trop grand, de trop élevé, pour ressembler à ce corps chétif
qui lui sert d'enveloppe? Ici le souffle divin se manifeste. »

Si nous ajoutons à cette belle page quelques mots
échappés au philosophe ici ou là, nous saurons quel est
son Dieu. C'est l'homme, non l'homme vulgaire, mais
celui qu'il appelle le sage. Celui-là en effet est non-seulement placé sur la même ligne que les dieux, mais il
leur est supérieur. En quoi ? Le voici : « Le sage ne
diffère de Dieu que par la durée. » (*Bonus tempore tan-
tum a Deo differt.*) Mais, dira-t-on, Dieu est exempt de
toute crainte. Le sage aussi, et il a cet avantage sur Dieu,
que Dieu est affranchi de la crainte par le bienfait de sa
nature, le sage, par lui-même. Que de fois il revient sur
cette pensée ! « Supportez courageusement ; c'est par là

que vous surpassez Dieu. Dieu est placé hors de l'atteinte des maux, vous, au-dessus d'eux. » Je ne doute pas que ce ne soit là le point par lequel la philosophie religieuse de Sénèque se noue pour ainsi dire à sa philosophie morale. La métaphysique chez lui tient fort peu de place ; il raille ceux qui s'occupent de ces chimères. A-t-on le loisir de poursuivre la solution de ces questions oiseuses ? Les malheureux nous appellent (*ad miseros advocatus es*). C'est de l'homme qu'il faut s'occuper ; c'est lui qu'il faut affermir, consoler, encourager. Que de misères pesaient alors sur lui ! que de dangers l'environnaient ! Il fallait tremper fortement les âmes, les armer contre toutes les terreurs ; et puisque les dieux semblaient morts ou indifférents aux choses humaines, puisqu'ils toléraient les épouvantables désordres qui s'étalaient alors, et que de ce côté l'innocence et la vertu ne pouvaient espérer un appui, il fallait élever l'homme lui-même à une telle hauteur, qu'il pût braver ou mépriser toutes les misères, tous les périls, tous les ennemis, tous les Césars, tous les bourreaux. Voilà l'âme du stoïcisme romain sous les empereurs. Les cieux sont vides, les dieux sont partis, ou ils sont favorables aux scélérats; l'homme de cœur se fera Dieu. Il rêvera une vertu parfaite, une âme inaccessible à toute passion, sévère, grave, inébranlable. C'est l'idéal qui hante alors toutes les imaginations. Rappelez-vous le vers célèbre de Lucain :

Victrix causa Diis placuit, sed victa Catoni.

Que veut-il dire, sinon que Caton est supérieur aux dieux ? Conception démesurée, étrange, rêve d'un orgueil colossal ! Soit; mais quelle force pour une âme noble, qui est soutenue par une telle vénération d'elle-même !

Cet être parfait n'existe pas, il est vrai. « C'est un phénix qui ne naît que tous les cinq cents ans. » Mais le but que tout homme doit se proposer, c'est de s'approcher de plus en plus de cet idéal. Si l'on ne peut être le sage arrivé à la perfection (*perfectus*), on peut être le sage en marche pour y arriver (*proficiens*). Bien des obstacles sur la route. Au premier rang Sénèque, fidèle à la doctrine stoïcienne, place les passions. Les péripatéticiens se bornaient à les régler, les stoïciens les supprimaient. (*Nostri expellunt, Peripatetici temperant.*) L'âme jouissait alors de cet heureux état qu'ils appelaient insensibilité, sérénité, ἀπάθεια, ἀταραξία. Les passions sont donc un mal? Oui, car la vertu aussi bien que la raison (choses identiques pour les stoïciens), c'est la ligne droite; les passions au contraire sont l'écart; la joie et la douleur élèvent ou abaissent l'âme à l'excès, la font sortir de cette tension (τόνος) qui est l'invariable état de la raison. Le sage ne doit donc ressentir ni la joie, ni le désir, ni la crainte. Il remplace ces mouvements excessifs, désordonnés, par la sérénité (*pax alta et ex alto veniens*), la volonté, la circonspection (βούλησις, εὐλάβεια). Cependant, comment bannir entièrement ces mouvements involontaires qui surprennent l'âme? Sénèque ne nie point ces impressions fatales : comment se défendre d'un mouvement d'effroi, si l'on est transporté au sommet d'une tour et suspendu au-dessus d'un abîme? Comment empêcher les larmes de couler quand la mort ravit à nos côtés un être cher? « Dans ces assauts subits, la partie raisonnable de nous-mêmes ressentira un léger mouvement. Elle

éprouvera comme une ombre, un soupçon de passions ;
mais elle en restera exempte. » En vain les péripatéticiens
prétendent que les passions ont leur raison d'être, qu'elles
sont naturelles et doivent aider à la vertu. (*A natura ad
virtutem datas.*) Sénèque ne veut point de ces dangereux auxiliaires ; c'est déjà bien assez qu'elles troublent
parfois la raison d'un choc imprévu. Mais, lui dit-on, ces
mouvements (ὁρμαί) nous déterminent souvent au bien.
Ainsi la colère peut produire la valeur, la crainte peut
former la prudence, etc. ; il suffit de contenir et de diriger
l'impulsion première. Une âme sans passions, dit Diderot,
est un roi sans sujets. Sénèque les repousse comme des
maladies : une fois admises, elles envahiraient tout
l'être ; leur élan est celui d'un cheval emporté, d'un
corps entraîné sur une pente rapide : dès lors plus de
repos pour le sage. Il bannit même la pitié. C'est un sentiment douloureux qui trouble l'âme. Mais, lui dit-on, ce
sentiment nous pousse à soulager le malheureux. Le
sage n'a pas besoin d'y être poussé par une impression
pénible : il sait ce qu'il doit à ses semblables ; il viendra
à leur aide, mais il n'éprouvera point la pitié. (*Succurret,
non miserebitur.*)

Ainsi armé, le sage descend dans l'arène. Il ne s'attache à aucun des prétendus biens où les hommes font
consister leur félicité, il ne redoute aucun des maux qui
les effrayent. Il n'y a d'autre bien et d'autre mal que le
bien moral et le mal moral. Nul ne peut nuire à celui qui
ne se nuit pas à lui-même. On redoute l'exil, la pauvreté,
la mort : il faut prouver à ces poltrons que ces objets de
leur épouvante ne sont que de vains fantômes. Qu'importe le lieu assigné pour demeure à l'homme de bien ?
Ne peut-il partout être vertueux ? La paix de son âme

dépend-elle du climat? Qu'est-ce que la pauvreté? le
manque de choses superflues, absolument inutiles; il
faut si peu de chose pour vivre. Qu'est-ce enfin que la
mort? une nécessité de la nature. Qu'importe l'heure à
laquelle il faudra payer la dette? Quoi! une femme qui
accouche, un gladiateur dans l'arène, braveront la mort,
et le sage s'en effrayerait! Je n'insiste pas sur les arguments répétés à satiété par Sénèque et qui ne lui appartiennent pas en propre. Mais il est un point sur lequel
il importe de fixer l'attention. Pourquoi Sénèque ne
cesse-t-il de présenter à nos yeux ce triple épouvantail,
l'exil, la pauvreté, la mort? Pourquoi ce luxe de démons-
trations éloquentes, passionnées, fiévreuses souvent?
Montaigne en a été frappé et le lui a reproché. « A voir
« les efforts que Sénèque se donne pour se préparer
« contre la mort, à le voir suer d'ahan pour se roidir
« et pour s'assurer et se débattre si longtemps en cette
« perche, j'eusse ébranlé sa réputation, s'il ne l'eût en
« mourant très-vaillamment maintenue. » Rappelons-
nous le temps où écrit Sénèque. Nul n'était sûr du lendemain : le caprice de César, la haine d'un affranchi, la
rancune d'une femme pouvaient être chaque jour un arrêt d'exil, de confiscation, de mort. Un danger incessant
menaçait tout homme qui était, avait été ou pouvait être
quelque chose. Il fallait donc s'attendre à tout, se préparer à tout. On voyait des riches qui s'exerçaient de
temps en temps à vivre misérablement; ils quittaient
leurs palais, allaient s'installer dans des galetas, cou-
chaient sur un grabat, se nourrissaient des plus vils aliments, se préparaient enfin à ne plus posséder cette
opulence qui pouvait chaque jour leur être ravie. Quelle
éloquence dans ces mots de Sénèque! « Ah! que ne peu-

« vent-ils consulter les riches, ceux qui désirent la ri-
« chesse ! » N'avait-il pas essayé lui-même de se dépouiller de ces biens que lui avait imposés Néron, sentant
bien qu'ils seraient plus tard une des causes de sa perte ?
Quant à la mort, il suffit de rappeler les continuelles et
sommaires exécutions qui se faisaient chaque jour. Il
fallait donc être toujours prêt, se fortifier, s'encourager
les uns les autres. On rappelait les beaux exemples
de courage, les trépas héroïques ; et ce n'était point
pour exercer son esprit, comme dit Sénèque, *Non in
hoc exempla nunc congero ut ingenium exerceam*,
mais pour fortifier l'âme. Quand on avait peu à peu accoutumé sa pensée à cet objet, on éprouvait un véritable
mépris pour les tyrans et les bourreaux et les instruments de torture. Sénèque se plaît à les braver, il les
met au défi de rien imaginer qui puisse déconcerter
son cœur. Derrière tout cela, représentez-vous toujours
Néron délibérant avec Tigellinus ou Locuste sur le sort
des premiers citoyens de Rome, le centurion à la porte,
attendant la sentence, et le Romain chez lui écrivant son
testament.

Il fallait s'aguerrir contre ce péril toujours suspendu.
Mais les stoïciens de ce temps avaient en mains la déli-
vrance : ils étaient tous décidés à ne pas attendre l'ordre
de mourir. Le suicide, voilà leur dernière arme et la
plus sûre de toutes. On est effrayé de la facilité avec laquelle les meilleurs et les plus purs s'empressaient de
quitter la vie. Sénèque combat parfois, mais faiblement
ce qu'il appelle « la fantaisie de mourir » (*libido mo-
riendi*). « Le sage, dit-il, ne doit point fuir de la vie,
mais en sortir. » Soit, mais dans quelles circonstances ?
On se donnait souvent la mort pour échapper aux ennuis

et aux incommodités de la vieillesse. Il faut les supporter,
dit Sénèque, tant que l'âme n'en sera point diminuée
ou l'intelligence menacée. Mais si les supplices, si l'ignominie nous menacent, nous redevenons libres d'y échapper par la mort, car nous avons le droit de nous soustraire à tout ce qui trouble notre repos. Il va même
jusqu'à accorder ce droit le jour « *où la fortune com-
mencera à être suspecte.* » C'est qu'en effet là réside
pour lui la véritable liberté. « Méditer la mort, c'est mé-
« diter le liberté ; celui qui sait mourir, ne sait plus être
« esclave. » Et ailleurs, « le sage vit autant qu'il le doit,
« non autant qu'il le peut. » (*Sapiens vivit quantum de-
bet, non quantum potest.*) Et enfin : « Ce que la vie a de
meilleur, c'est qu'elle ne force personne à la subir. » Doctrine désolée, qui revient à chaque page, comme un pressentiment ! Ne condamnons pas trop rigoureusement ceux
qui l'embrassaient avec cette ardeur sombre : c'était le
seul refuge que leur eût laissé la misère des temps.
Dans cette universelle dégradation de tout et de tous,
cette certitude d'échapper à l'infamie, au supplice,
gardait les âmes de toute souillure. Quand on est toujours
prêt à quitter la vie, on ne fait aucune bassesse pour la
conserver.

Ce serait donc une erreur et une injustice que de traiter de déclamations vaines les incessantes exhortations
de Sénèque. C'était la question à l'ordre du jour. La
théorie pure tient peu de place dans Sénèque. C'est un
moraliste pratique. Les *Lettres à Lucilius* ont au plus
haut point ce caractère. Il serait peut-être excessif de
faire de lui un directeur de conscience. Le suicide tient
trop de place dans son code de morale ; il est toujours
prêt à recourir à cette extrémité, il enseigne plutôt le

mépris que l'usage de la vie. Dans une de ses premières
lettres à Lucilius, il le presse de renoncer aux dignités,
aux emplois, à toutes les préoccupations étrangères à la
sagesse, ou tout simplement de renoncer à la vie elle-
même. « *Censeo aut ex vita ista exeundum, aut e vita
exeundum.* »

## MORALE SOCIALE.

Sa morale a un caractère plus élevé, quand il envisage
l'homme non plus isolé, mais dans ses rapports avec les
autres hommes.

C'est un des principaux titres de gloire du stoïcisme
que d'avoir établi les grands principes sur lesquels repose
encore de nos jours l'édifice des institutions sociales. La
plupart des jurisconsultes illustres appartiennent à la
secte de Zénon ; et sous les plus détestables empereurs
le noble travail de l'introduction du droit naturel dans la
législation s'est poursuivi et n'a jamais été interrompu.
Je ne puis que renvoyer sur cette question aux nombreuses histoires du droit romain qui ont été écrites soit
en Allemagne, soit en France, et aux monographies qui
jettent encore plus de lumière sur ce point. Sénèque, en
sa qualité de stoïcien, et grâce à l'élévation naturelle de
son âme, a été un des plus éloquents propagateurs de ces
belles idées. Bien avant que ces vérités eussent reçu la
sanction de la loi, il en avait été l'apôtre convaincu,
l'interprète passionné. Je ne puis ici, à mon grand regret, marquer d'une ligne sûre la limite qui le sépare de
l'âge qui précède et de celui qui suit, seule manière de
bien apprécier l'importance de ses opinions personnelles.

On sait que la division était comme la loi du monde

antique. Des barrières infranchissables séparaient les
peuples : étranger ou ennemi, même chose, même nom.
Dans la cité même, division en familles, et enfin division
en hommes libres et en esclaves. Le principe de tout
droit est la force. C'est sur la force que repose le droit
de conquête, de spoliation, d'asservissement ; c'est sur la
force que repose la domination que l'homme comme
époux et comme père s'attribue sur la femme et sur
l'enfant ; c'est sur la force que repose la possession de
l'homme par l'homme.

Le stoïcisme ébranla la base même des institutions politiques et sociales. Il conçut et proclama l'unité du genre
humain, fondée sur l'égalité de nature. L'ensemble des
êtres créés lui apparut sous la forme d'une cité universelle, dans laquelle étaient compris tous les êtres doués de
raison. Partout où éclatait cet attribut supérieur, commun à l'homme et à Dieu, les stoïciens reconnaissaient
un membre de leur république, quelles que fussent son
origine et sa condition. Le beau vers de Térence, traduit
probablement de Ménandre :

Homo sum, humani nihil a me alienum puto,

est comme la formule anticipée de la doctrine des stoïciens romains.

Les conséquences pratiques de cette doctrine étaient :
la ruine de la cité étroite, conquérante, jalouse ; l'ad-
mission de tous aux mêmes droits, aux mêmes avantages ;
la suppression de tous les priviléges, nés de la force ou
de l'orgueil ; et enfin la suppression de l'esclavage : c'é-
tait une révolution radicale. On sait combien il fallut de
temps et d'épreuves à l'humanité pour qu'elle fût accomplie. Voyons quelle est sur ces divers points du

problème la solution ou plutôt l'opinion de Sénèque.

La cité romaine était entamée : l'étranger y affluait et y obtenait les droits réservés jadis au seul Romain de naissance (1). Cependant les empereurs, le sénat et un certain nombre d'esprits remarquables, comme Tacite, Pline et bien d'autres, s'indignaient encore de cette espèce d'avilissement de la majesté romaine, et souhaitaient le maintien de l'ancienne constitution étroite et jalouse.

On ne trouvera pas trace dans Sénèque du vieux patriotisme romain. Tacite se réjouit de voir deux peuples ennemis se déchirer et s'écrie : « Ah ! puisse durer chez les peuples étrangers, sinon l'amour de Rome, au moins la haine d'eux-mêmes ! » Sénèque ne connaît pas de tels sentiments. Pour lui Rome n'a pas d'ennemis : elle peut être appelée la patrie de tous, « *quæ velut patria communis dici potest* ». Or, si l'étranger, celui qu'on appelait jadis l'ennemi, n'est pas exclu de la cité, que deviennent dans la cité elle-même les exclusions injurieuses déguisées sous la division en castes? « Qu'est-ce qu'un chevalier romain? un affranchi? un esclave? Ce ne sont que des noms, des inventions de l'orgueil ou de l'injustice. » Il faut apprécier chaque homme non d'après son habit ou sa condition, mais d'après son âme. Et de même qu'ils sont tous unis par l'attribut commun de la raison, ainsi ils sont nés pour l'association, c'est-à-dire pour être utiles les uns aux autres. *Homo sociale animal in commune genitus.* Il y a même entre eux une étroite solidarité, sans laquelle ils ne pourraient subsister. (Voir *De*

(1) Sous César il y eut    450,000 nouveaux citoyens romains.
  Sous Auguste      4,140,000
  Sous Claude       6,944,000

*benef.*, IV, 18.) Enfin c'est l'amour, la charité si l'on
veut, qui est la loi même de leur nature. Il faut citer ce
beau passage.

« Est-ce assez de s'abstenir de verser le sang humain ?
« Le grand effort de vertu de ne point nuire à des êtres
« auxquels nous sommes obligés d'être utiles ! La belle
« gloire pour un homme de n'être point féroce envers un
« homme ! Recommandons-leur donc de tendre la main
« à celui qui fait naufrage, de montrer la route à celui qui
« s'est égaré, de partager son pain avec celui qui a faim.
« Mais à quoi bon entrer dans le détail de ce qu'il faut
« faire ou éviter, quand je puis rédiger en deux mots la
« formule des devoirs de l'homme ? Cet univers que
« vous voyez, qui comprend le ciel et la terre, n'est qu'un
« tout, un vaste corps dont nous sommes les membres.
« La nature, en nous formant des mêmes principes et pour
« la même fin, nous a rendus frères ; c'est elle qui nous a
« inspiré une bienveillance mutuelle, et qui nous a
« rendus sociables. C'est elle qui a établi la justice et
« l'équité ; c'est en vertu de ses lois qu'il est plus mal-
« heureux de faire du mal que d'en recevoir. C'est elle
« qui nous a donné deux bras pour aider nos semblables.
« Ayons toujours dans le cœur et dans la bouche ce vers
« de Térence : *Je suis homme, et rien de ce qui touche*
« *l'homme ne m'est indifférent.* Nous avons une nais-
« sance commune, notre société ressemble aux pierres
« des voûtes dont l'obstacle mutuel fait le support (1). »

Voilà la grande cité, la cité universelle, éternelle, qui
renferme à la fois les dieux et les hommes, qui n'est
pas bornée par telle ou telle limite. — Il y en a une autre

_____

(1) Epist. 95.

cependant, celle où nous naissons. Quels devoirs impose-t-elle à ses enfants? En d'autres termes, quelle est la morale politique de Sénèque? — Ici nous nous retrouvons en face de la triste réalité. Les stoïciens disaient : « Le sage s'occupera des affaires publiques, à moins d'en être empêché. » C'est un des côtés par lesquels cette virile doctrine avait plu aux Romains de la république. Les épicuriens disaient au contraire : le sage ne s'occupera point des affaires publiques, à moins d'y être forcé. Maxime lâche et basse que Cicéron flétrit à tout instant. Sénèque démontre que les deux doctrines, grâce à la restriction qui les accompagne, conduisent au même terme. Lequel? La retraite, l'éloignement, le loisir, ce que l'on appelait *otium*, c'est-à-dire le contraire de l'action. Il énumère avec complaisance tous les empêchements qui doivent retenir le sage dans la solitude : la corruption des hommes, les caprices de la multitude, le triomphe assuré des méchants et bien d'autres encore. Cependant il sent bien qu'il y a là un devoir à remplir, et que les obstacles ne peuvent que le rendre plus impérieux pour un grand cœur. Que le sage essaye donc de servir l'État; qu'il se heurte à toutes les difficultés avant de renoncer à cette tâche ingrate. «Il n'est plus permis de servir dans les armées? — Eh bien! qu'il se tourne vers les emplois publics. — Il est forcé de rester simple particulier?— Qu'il soit orateur. — On lui impose silence?—Qu'il soit l'avocat muet de ses concitoyens. — L'entrée du Forum est un péril? —Eh bien, que chez lui, au spectacle, dans les festins il se montre concitoyen dévoué, ami fidèle, convive tempérant. S'il ne peut plus remplir les devoirs du citoyen, qu'il remplisse ceux de l'homme. » (*Officia si civis amiserit, hominis exerceat.*)

Belle parole, mais qu'elle est triste! C'est sans doute
vers la fin de sa vie que Sénèque prêchait à ses amis
l'éloignement de la vie politique : il savait mieux que
tout autre les amertumes et les périls qu'elle offrait
alors. Il essayait de trouver enfin cet *otium* que lui refusait
impitoyablement Néron ; et sa position à la cour ne lui
permettait pas de tenir au sénat, aux tribunaux ou dans
les camps la fière attitude des Crémutius Cordus, des
Barea Soranus, des Rubellius, des Thraseas, des Cor-
bulon. Il n'avait pas en lui l'énergie de l'homme politique attaché invinciblement à son opinion, aimant et
voulant servir la patrie, ne rougissant point d'avouer
qu'il a de l'ambition, c'est-à-dire, qu'il désire participer
activement à la haute direction des affaires de son pays,
et enfin passionné pour la liberté.

Pour Sénèque, la patrie, c'est le monde entier ; l'exil,
le plus cruel des supplices pour un vrai Romain, ce
n'est qu'un vain mot ; les honneurs et les dignités, des
piéges ; la liberté, chose indifférente. Quel que soit le
gouvernement, on peut être libre, se faire libre soi-
même : c'est là un bien inestimable. En résumé, il vaut
mieux traiter ses propres infirmités que celles des autres.
(*Satius est sua mala quam aliena tractare.*) Caton fut
un insensé de se jeter au milieu des tempêtes de la
chose publique. Voilà un de ces mots qui éclairent toute
une époque. Quel chemin parcouru depuis moins d'un
siècle ! Rome, cette vieille terre du patriotisme, de l'action, du dévouement, Sénèque en veut faire la patrie
du genre humain, et il convie à la retraite, à l'indifférence, à l'abstention les descendants de ces grands citoyens qui avaient donné les derniers combats de la
liberté ! On ne le voit que trop : il n'a pas l'âme répu-

blicaine. C'est lui qui le premier a rédigé, dans son traité *de la Clémence*, le programme du despotisme modéré. Il montre à Néron qu'il peut tout, que la vie et les biens de ses sujets lui appartiennent, et il lui conseille de les épargner, non parce que ce serait violer en eux le droit, mais parce que ce sera pratiquer cette belle vertu royale, la clémence. Plus tard, il laisse là Néron qui ne l'écoute plus, et, se tournant vers ses amis, il leur dit : Rentrez dans l'intérieur de vos maisons, ne songez plus aux affaires publiques. La grande affaire, c'est de se tenir prêt à quitter cette vie, de n'avoir pas d'attaches trop puissantes, de n'aimer point ce qui passe, de ne point redouter les maux qui peuvent chaque jour fondre sur nous. Vertu lâche et monacale ! s'écrie avec indignation Diderot. — Soit ; mais elle était encore une force ; elle préservait de toute souillure ceux qui l'embrassaient ; et, puisqu'il ne pouvait plus y avoir de citoyens, il était bon qu'il y eût encore des hommes.

## § V.

### LES TRAGÉDIES DE SÉNÈQUE.

Je ne dirai qu'un mot des tragédies de Sénèque. On ne peut douter en effet qu'il n'en soit l'auteur ; Sénèque le Tragique et Sénèque le Philosophe ne sont évidemment qu'un seul et même personnage. Quel serait en effet cet autre Sénèque ? Et comment expliquer l'étrange ressemblance du style entre le poëte et le prosateur, si ce sont deux auteurs différents ? Ces tragédies sont au nombre de dix, voici leurs titres : *Médée, Hippolyte, OEdipe, les Troyennes, Agamemnon, Hercule furieux, Thyeste, la Thébaïde, Hercule sur le mont OEta, Octavie.* Toutes, sauf la der-

nière, sont empruntées aux légendes dramatiques de la
Grèce. *Octavie,* sorte de déclamation sur la mort déplorable de cette jeune femme, épouse de Néron, n'est pas
l'œuvre de Sénèque, et il est difficile de déterminer le
nom de l'auteur et l'époque où elle fut écrite.

A quel moment de la vie de Sénèque faut-il rapporter
la composition de ses tragédies? Il dit lui-même à sa
mère Helvia que, pour adoucir l'ennui de son exil en
Corse, il se livrait au charme d'études plus légères
(*levioribus studiis me oblecto*); de plus il fut accusé dans
les dernières années de sa vie de composer plus souvent
des vers depuis que Néron s'était engoué de poésie,
comme s'il eût songé à éclipser le génie de son royal
élève. Je croirais donc volontiers que Sénèque a fait des
tragédies et pendant son exil et peu de temps avant sa
mort. Mais qu'est-ce que ces tragédies?

J'ai déjà indiqué la profonde décadence dans laquelle
était tombé le théâtre même sous le principat d'Auguste:
il semble, d'après Horace lui-même, que le peuple ne
peut plus supporter la représentation d'une tragédie;
les spectacles qu'il réclame doivent charmer ses yeux:

> Migravit ab aure voluptas
> Omnis ad incertos oculos et gaudia vana.

Or le théâtre ne peut subsister longtemps quand il n'y a
plus de public. Il est fort problable qu'à partir des règnes
de Claude et de ses successeurs les représentations de
tragédies furent excessivement rares, peut-être même
cessèrent tout à fait. Cependant les poëtes ne laissèrent
pas d'en composer, on ne peut en douter; les titres de
quelques-unes nous ont été conservés, et le *Dialogue des
orateurs* indique clairement que cet art ne cessa pas

d'être cultivé. Seulement, au lieu d'être représentées, ces tragédies étaient lues; et le public se composait des amis ou des connaissances de l'auteur réunis par lui dans une salle louée pour la circonstance. Les tragédies de Sénèque furent écrites pour un auditoire de ce genre. Il ne faut donc pas leur demander cette qualité fondamentale du poëme dramatique, l'action, puisqu'elles sont faites pour la lecture et non pour la représentation. Le dialogue y est presque nul; le dialogue est l'action elle-même. L'œuvre tout entière se compose d'un fort petit nombre de scènes. Elle n'a ni gradation, ni intérêt, ni péripéties. Le héros expose ses ressentiments ou ses misères, puis son dessein. Le chœur développe en vers lyriques un lieu commun de philosophie morale qui se rattache plus ou moins heureusement à la situation. Un second personnage exhorte ou dissuade le premier, puis vient le dénoûment qui se passe souvent sur la scène, si horrible qu'il soit, mais que l'on supporte aisément, quand on ne le voit pas. Les qualités que recherchaient les lecteurs de tragédies étaient l'éclat du style et la vigueur des pensées : de longues tirades, qui étaient de véritables déclamations, des fragments d'épopées tenant lieu de récits, des morceaux lyriques, hors de toute proportion avec l'ensemble ; aucun souci de la vraisemblance : voilà les caractères généraux de ces œuvres étranges. Quant aux sujets choisis par Sénèque, les titres seuls indiquent un goût prononcé pour les choses horribles. Mais l'horreur n'est que dans les mots; tout le monde reste froid et indifférent. L'auteur joue avec ces épouvantables légendes; elles lui sont une occasion de montrer son esprit. De plus, les malheureux qu'il met en scène sont tous profondément pénétrés de la maxime stoïcienne,

que « nul ne peut nuire à celui qui ne se nuit pas à
lui-même. » Ils restent donc parfaitement calmes et indifférents à toutes les tortures qu'on leur inflige. Comme
le sage de Sénèque, ils sont exempts de passions. Les
bourreaux font rage, crient, menacent, frappent; les
victimes sourient. Elles ont une intrépidité d'âme et une
hauteur de dédain qui ne se démentent pas un seul
instant. Sénèque seul pouvait présenter sous cet aspect
les persécuteurs et les persécutés. Ses tragédies sont
encore une prédication ; le mépris de la mort et de ceux
qui l'infligent en est l'âme. Aussi quelle triomphante
ironie dans les réponses de ceux que le bourreau croit
effrayer par l'appareil des supplices! Que d'insolence
pour ces rois tyrans! et que l'on voit bien Claude et
Néron derrière Atrée ou Thyeste !

Voilà cependant le modèle sur lequel se forma la tragédie moderne. Les hommes de la Renaissance furent
ravis de la lecture de Sénèque : il leur sembla le premier des poëtes dramatiques, et pendant longtemps on
mit toute sa gloire à l'imiter. La méprise était étrange,
mais on la comprend quand on se rappelle l'espèce de
culte que l'on vouait alors à l'antiquité retrouvée. Et
d'ailleurs, ces tragédies de salon renferment de très-
grandes beautés de détail. Si la peinture des caractères
est défectueuse, souvent toute une situation est résumée
dans un de ces mots profonds, si fréquents chez Sénèque. On se rappelle, dans Corneille, la belle réponse
de Médée :

> Contre tant d'ennemis que vous reste-t-il ?
>
> Moi.

Elle est traduite de Sénèque. Le mot de Thyeste à

Atrée : « Je reconnais mon frère, » est aussi de Sénèque.

## § VI.

### LETTRES DE SÉNÈQUE ET DE SAINT PAUL.

Je ne dirai qu'un mot des lettres de Sénèque à saint Paul et de saint Paul à Sénèque. Au nombre de quatorze, elles sont un spécimen assez curieux des plates fraudes pieuses auxquelles les chrétiens du troisième et du quatrième siècle ont eu trop souvent recours. Tertullien avait dit de Sénèque, *sæpe noster*, c'est-à-dire se rencontrant souvent avec les chrétiens : c'est peut-être sur ce maigre fondement que s'établit la correspondance supposée entre l'apôtre et le philosophe. Comme ils étaient morts tous deux à Rome à deux années de distance ; comme, de plus, Gallion, frère de Sénèque, avait été juge de saint Paul à Corinthe, lorsque celui-ci fut déféré à son tribunal par les Juifs, il n'en fallut pas davantage pour imaginer le christianisme de Sénèque. Saint Jérôme, dans son catalogue des saints, saint Augustin, dans sa lettre 153e, nous montrent que cette bizarre opinion avait déjà cours de leur temps, et que les lettres supposées étaient acceptées comme authentiques ; mais ils ne semblent pas partager la croyance populaire, bien qu'ils la laissent debout. Pendant tout le moyen âge, Sénèque fut considéré comme un des Pères de l'Église. A la Renaissance, des critiques et des érudits, comme Vivès, Juste Lipse, Érasme, Baronius, Tillemont, firent justice de cette grossière supercherie. Au commencement de ce siècle, M. de Maistre, le plus faux et le plus insolent des esprits violents, voulut ressusciter la vieille légende ; mais on sait assez le succès des théories

de M. de Maistre. Depuis on s'est borné à soutenir que, si
les fameuses lettres sont apocryphes, il y a néanmoins
dans Sénèque une foule d'idées, de sentiments, d'expressions où l'on doit reconnaître l'influence du christianisme.
C'est la thèse soutenue par M. de Champagny et surtout
par M. Fleury, qui a écrit deux volumes sur la matière.
Même dans ces limites, la thèse est inadmissible. J'ai
esquissé les dogmes principaux de la philosophie de Sénèque ; j'ai montré combien elle se préoccupait d'armer
l'homme pour la lutte, d'aviver en lui le sentiment de
l'orgueil, de le rendre invulnérable ou de le pousser libre
dans la mort volontaire ; rien de plus opposé à la morale
chrétienne qui prêche l'humilité. Même désaccord sur
un autre point essentiel, la vertu. « *Non est res benefi-
ciaria,* » dit Sénèque, c'est-à-dire, ce n'est pas une
grâce d'en haut qui nous la donnera, mais bien l'effort
de notre propre volonté. Quant aux préceptes de charité,
de douceur, répandus dans les œuvres de Sénèque, il
serait fort étrange de vouloir en dépouiller la philosophie
antique qui depuis Socrate avait fait ses preuves sur ce
point. J'ajoute même que saint Paul se résigne plus aisément à l'esclavage que Sénèque : celui-ci proclame l'é-
galité de tous les hommes et invite les maîtres à la douceur. L'Apôtre recommande l'obéissance aux maîtres
selon la chair, et accepte le fait de l'inégalité. Mais ç'est
trop insister sur une question que n'ont pu obscurcir la
passion et la mauvaise foi.

§ VII.

STYLE DE SÉNÈQUE.

Quintilien a consacré à Sénèque une grande page assez

diffuse, où les réticences abondent, où la sévérité semble mal à son aise. Il paraît en effet que Quintilien passait pour un détracteur de Sénèque : de là, un certain embarras pour le juger magistralement. Cependant la part de l'éloge est bien maigre auprès de celle qui est faite au blâme. En résumé, Sénèque doit se résigner à ne plaire qu'aux jeunes gens ; les esprits sérieux et cultivés ne peuvent lui accorder leur approbation. Quintilien essaye de restaurer les traditions littéraires classiques de la fin de la république, c'est un cicéronien passionné, Sénèque devait lui déplaire. Avec Sénèque, en effet, se manifeste un esprit nouveau, qui crée une forme nouvelle. Jusqu'alors tous les écrivains romains avaient scrupuleusement observé la division des genres, les lois qui régissent chaque genre : ils avaient été orateurs, rhéteurs, historiens, philosophes, et s'étaient renfermés exactement dans le sujet choisi par eux ; de plus, ils s'étaient appliqués à donner à leurs écrits le style propre au genre qu'ils traitaient ; ils s'étaient astreints aux lois d'une composition savante et méthodique. Ils développaient lentement, à loisir, leurs idées, sans impatience, et sans s'écarter un seul instant du but proposé. Rien de tel chez Sénèque. Quelque sujet qu'il traite, il est à la fois philosophe, orateur, homme du monde. De là, la faiblesse de composition qu'on remarque dans la plupart de ses ouvrages. La forme didactique, l'appareil scientifique, il n'en veut pas, il n'en peut pas supporter la rigueur monotone. Peu de définitions, et souvent peu exactes, peu d'ordre ; de subites digressions sous forme oratoire, c'est l'avocat qui prend la place du philosophe ; des anecdotes finement racontées, c'est l'homme du monde qui intervient ; des analyses extrêmement délicates et subtiles au lieu d'une étude plus large et plus générale; une incroyable profusion d'idées nouvelles, piquantes, ingénieuses, qui charment, éblouissent, mais fatiguent l'esprit sans l'attacher solidement : telle est en général sa composition. Quant au style, c'est assurément un des plus brillants qui existent en aucune langue. Il est injuste de dire avec Quintilien : « qu'il abonde en vices agréables. » Ce serait ériger la platitude en génie. Nul auteur n'a eu plus d'idées, et ne leur a donné une forme plus vive. A chaque page, à chaque phrase, se détache quelqu'une de ces expressions créées, qui jaillissent spontanément d'un sentiment profond, d'une idée vraie : il a des alliances de mots d'un bonheur merveilleux, et des antithèses d'une énergie et d'un éclat qui dépassent tout. Il tourne et retourne son idée, lui cherchant le vêtement le meilleur et le plus beau. Là est l'écueil de son style : il ne choisit pas toujours entre les diverses formes qui se présentent; il les jette l'une après l'autre dans le tissu de l'œuvre. De là, un certain embarras : la phrase a l'allure vive, rapide ; on craint de ne pouvoir suivre cette pensée qui vole si légère, mais elle revient deux fois, trois fois, plus souvent encore, toujours la même sous un autre costume. Il y a illusion ; on sent la stérilité où l'on croyait trouver l'abondance, plusieurs vêtements, un seul corps. Il y a tel paragraphe de Sénèque qui paraît à première lecture rapide et piquant ; il tiendrait en deux lignes, si l'on supprimait le superflu. Mais que d'idées profondes! quelles fouilles poursuivies dans les moindres replis de l'âme ! Quelle élévation ! Avec un penchant réel à la déclamation, il n'y a rien en lui de vulgaire ; les longues périodes sonores et vides, si faciles à arrondir, il les répudie avec dégoût. On sent l'homme du monde qui ne pérore jamais, mais

ouvre à peine la bouche, et lance un trait rapide, spirituel. Quoi qu'en dise Quintilien, on ne voit pas qu'il ait
fait école : c'est qu'il n'est pas facile d'imiter tant de
qualités d'un ordre supérieur. L'éloquence cicéronienne
qui s'étale avec complaisance, sûre d'elle-même, sans
être gênée par aucune entrave, elle n'était plus possible :
les improvisations rapides, la forme antithétique qui
donne plus de relief à la pensée, l'éclat de l'expression,
l'originalité du tour, voilà ce que Sénèque introduit dans
la langue. Nous avons vu que bien des idées nouvelles
lui doivent naissance : c'est un des plus grands noms de
la littérature romaine. Je ne sais même s'il y eut jamais
un esprit plus ouvert et plus richement doué.

Je ne sais si j'ai réussi à mettre en lumière dans Sénèque l'homme et l'écrivain, ce mélange continuel d'élévation et de défaillance, de pensées sublimes et d'actions
médiocres, cette aspiration incessante vers des régions
plus pures, et cette rechute dans les misères de la cour
impériale, je ne sais quoi de nouveau, de plus profond
dans les sentiments et dans le style, avec une certaine
indécision, comme si les forces ne répondaient pas à
l'effort. La situation équivoque et trop prolongée de
Sénèque, à la cour de Néron, explique ces inégalités dans
sa vie et dans ses écrits. J'en dirai autant à propos de son
jeune parent, le poëte Lucain.

## EXTRAITS DE SÉNÈQUE.

I

### De l'inutilité des voyages.

Votre long voyage, la vue de tant de lieux divers, n'a pu dissiper la tristesse, ni ranimer la langueur de votre âme, et vous en êtes surpris comme d'une chose étrange, comme d'un de ces malheurs qui n'arrivent qu'à vous. Ce n'est pas de climat, c'est d'âme qu'il faut changer. En vain auriez-vous traversé la vaste mer, en vain les villes et les rivages comme dit Virgile, auraient fui loin de vos yeux. Partout où vous aborderiez, vos vices vous suivraient. Un homme faisait les mêmes plaintes que vous. Socrate lui dit : Est-il surprenant que les voyages ne vous guérissent pas? c'est toujours vous que vous transportez. La même cause qui vous a mis en route, s'attache à tous vos pas. Qu'importe la nouveauté des objets, le spectacle des villes et des campagnes? Tous ces voyages se réduisent à de vains déplacements : pourquoi la fuite ne vous guérit-elle pas? c'est que vous fuyez avec vous. Délivrez votre âme de son fardeau, ou jamais aucun pays n'aura pour vous de charmes. Votre situation est celle que décrit Virgile, quand la prêtresse inspirée, hors d'elle-même, *se débat et s'efforce de chasser de son cœur le Dieu puissant qui l'obsède;* vous courez çà et là pour rejeter le poids qui vous gêne; mais l'agitation même le rend plus incommode. Ainsi, dans un navire les fardeaux immobiles sont moins pesants; ballottés inégalement, ils submergent plus vite la partie du vaisseau qui les supporte. Tous vos efforts se tournent contre vous-même : le mouvement est nuisible à votre état; ce sont des secousses données à un malade. Mais, après la guérison, tout changement de lieu deviendra pour vous agréable. Les extrémités du globe, les contrées les plus sauvages vous offriront

dans un naufrage aux racines et aux rochers; flottants entre la crainte de la mort et les tourments de la vie, ils ne veulent pas vivre, et ne savent pas mourir. Rendez-vous donc la vie agréable, en cessant de vous en inquiéter. La possession ne peut plaire, si l'on n'est résigné à la perte : et la perte la moins terrible est celle qui ne peut être suivie de regrets.

Animez donc, endurcissez votre courage contre des coups dont les grands de la terre ne sont pas exempts : un enfant et un eunuque disposent de la vie de Pompée ; le Parthe, insolent et cruel, de celle de Crassus, Caïus César livre la tête de Lépidus au glaive du tribun Décimus ; la sienne tombe sous le fer de Chéréa. La fortune a beau élever un homme, elle lui laisse toujours à craindre autant de maux qu'elle le met à portée d'en faire. Défiez-vous du calme. Un instant voit bouleverser la mer : un jour voit échouer les barques dans la même plage où on les voyait se jouer.

Songez qu'un voleur, qu'un ennemi, peut trancher vos jours: et, sans parler des hommes puissants, il n'y a pas jusqu'au moindre esclave qui n'ait sur vous droit de vie et de mort : oui, Lucilius, quiconque méprise sa vie est maître de la vôtre. Repassez dans votre mémoire les exemples des malheureux égorgés dans leurs maisons à force ouverte ou par surprise; et vous verrez autant de victimes immolées à la colère des esclaves qu'à celle des rois. Que vous importe donc la puissance de notre ennemi? Le pouvoir qui le rend si redoutable, il n'y a personne qui ne l'ait : mais, si vous tombez entre les mains des ennemis, le vainqueur vous fera conduire..... où?..... vous y allez déjà. Pourquoi vous être abusé si longtemps, pourquoi ne voir que d'aujourd'hui le glaive suspendu sur votre tête ? Je le répète, vous allez à la mort ; et vous y allez du jour même de votre naissance. Telles sont à peu près les idées dont il faut se nourrir, pour atteindre paisiblement cette dernière heure dont la crainte empoisonne toutes les autres.

(Epît. 4.)

## IV

### De la véritable Amitié.

Je sens, Lucilius, que je me réforme, ou plutôt que je me transforme ; non que j'ose me flatter de n'avoir plus de changements à faire : combien il me reste encore à redresser, à détruire, à élever ! Du moins c'est une marque d'amendement de reconnaître en soi des défauts. Que de malades on félicite de sentir leur mal ! Je voudrais partager avec vous le bonheur de ce changement subit : j'en aurais plus de confiance en l'amitié qui nous unit ; cette amitié véritable que l'espérance, ni la crainte, ni l'intérêt ne peuvent déraciner ; cette amitié avec laquelle on meurt, et pour laquelle on consent à mourir. Combien d'hommes ont manqué d'amitié plutôt que d'amis ! Mais quand deux cœurs sont entraînés à s'unir par l'amour du bien, l'amitié ne saurait leur manquer et pourquoi ? C'est qu'ils savent qu'entre eux tout est commun, à commencer par l'adversité.

Vous ne pouvez concevoir combien chaque jour ajoute à mes progrès. Envoyez-moi donc, dites-vous, le remède qui vous a si bien réussi.

Mon ami, je brûle de le verser tout entier dans votre âme : je n'aime à apprendre que pour enseigner, et la plus belle découverte cesserait de me plaire, si elle n'était que pour moi. Non, je ne voudrais pas de la sagesse même, à condition de la tenir enfermée en moi-même. La possession n'est agréable qu'autant qu'on la partage. Je vous enverrai donc les livres mêmes ; et, pour vous éviter l'embarras des recherches, quelques indications vous conduiront tout d'un coup aux passages que j'approuve et que j'admire : mais les conversations, le commerce de votre ami, vous en apprendront plus que les livres. Transportez-vous sur le lieu même de l'action. Vous le savez, on s'en rapporte plus aux yeux qu'aux oreilles ; la route des préceptes est plus longue, celle des exemples est plus courte et plus sûre. Cléanthe n'eût pas imité si parfaitement Zénon, s'il n'eût fait que l'entendre. Il fut témoin de ses actions, il pénétra

dans sa retraite, il compara la conduite du maître avec la doctrine. Platon, Aristote et cette foule de sages qui devaient suivre
tant de routes diverses, profitèrent plus des mœurs que des
discours de Socrate. Les vertus de Métrodore, d'Hermachus,
de Polienus, furent moins dues à l'école d'Épicure qu'à son
commerce familier. Mais ce n'est pas seulement pour vos progrès,
mais pour mon intérêt, que je vous presse de venir : nous serons utiles l'un à l'autre.                    (Épît. 6.)


# V

### Qu'il faut s'éloigner de la foule.


Vous me demandez ce que vous devez le plus éviter. Le monde.
Vous ne pouvez encore vous y exposer ; moi, du moins, j'avoue
ma faiblesse, je n'en rapporte jamais les mœurs que j'y ai por-
tées. J'avais établi un ordre, il est changé ; chassé un vice, il
est de retour. Il y a des convalescents tellement affaiblis par
le mal, qu'ils ne peuvent prendre l'air sans accident. Nous
sommes de même, nous, dont les âmes se remettent à peine
d'une longue maladie.

Le grand nombre est nuisible à notre état : sans le savoir,
on en rapporte le goût, l'empreinte, le vernis de quelques
vices ; et plus la foule est nombreuse, plus le péril est grand.

Mais rien de si préjudiciable aux bonnes mœurs que les fré-
quentations des spectacles. Alors le vice, à l'aide du plaisir, se
glisse plus aisément. Me comprenez-vous bien ? Croyez-vous
que je n'en revienne que plus avare, plus ambitieux, plus débauché ? Mon ami, je me trouve plus inhumain, pour avoir été
parmi les hommes. Le hasard m'a conduit au spectacle de midi :
je m'attendais à des jeux, à des plaisanteries, à des amusements
capables de délasser de la vue du sang humain. Tout le contraire. Les combats précédents étaient humains auprès de ceux-
là : les jeux ne sont que bagatelles, on veut l'homicide pur.
Plus d'armes défensives, nulle partie du corps à l'abri du danger, nuls coups portés à faux. Aussi préfère-t-on ce spectacle
aux combats ordinaires ou de faveur. Quel plaisir en effet !

Point de casque, point de bouclier. A quoi bon ces armures, cet art de l'escrime? A rien, qu'à retarder la mort. Le matin, les hommes sont exposés aux lions et aux ours; à midi, aux spectateurs. Ils viennent de terrasser un monstre, ils vont l'être par un homme; vainqueurs dans un combat, ils vont périr dans un autre : le sort de tous les combattants est la mort; l'instrument est le fer et le feu. Voilà comment on remplit les intermèdes de l'arène.

Un homme a-t-il volé? qu'on le pende. A-t-il tué son semblable? qu'on le tue. Mais toi, malheureux spectateur, qu'as-tu fait pour subir un tel spectacle? «Tue, brûle, frappe, pour- « quoi fondre si lâchement sur le fer? Pourquoi tuer avec tant « de circonspection? Pourquoi mourir de si mauvaise grâce?» On les pousse au combat à coups de fouet : on les fait courir le sein nu au-devant des blessures. Le spectacle est fini? dans l'intervalle on égorge des hommes, pour ne pas rester oisif. Peuple féroce, ne sais-tu pas que les mauvais exemples retombent sur celui qui les donne? Rends grâces aux dieux : tu enseignes la cruauté à un prince qui ne peut heureusement l'apprendre.            (Epît. 7.)


# VI

### Sur les avantages de la vieillesse. — De la mort. — Du suicide.


Je ne puis faire un pas sans trouver des preuves de ma vieillesse. J'étais à ma campagne, je me plaignais des frais qu'elle me coûte en réparation. Mon fermier me répondit que ce n'était pas faute de soins; qu'il faisait l'impossible, mais que l'édifice était vieux. Il s'est élevé entre mes mains : que sera-ce de moi, si des pierres de mon âge sont déjà usées? Piqué au vif, je saisis la première occasion de querelles. Voilà des platanes bien mal tenus! point de feuilles! Pourquoi ces branches noueuses et tortues? ces troncs ridés et difformes? en coûterait-il beaucoup de les déchausser, de les arroser? Mon homme jure qu'il ne néglige rien; qu'il ne prend point de repos : mais que les arbres ne sont plus jeunes. Entre nous, c'est moi qui les ai plantés, moi qui ai vu leur premier feuillage. Je me tourne vers la porte : quel est donc ce vieillard qu'on a posté ici, et qu'on ne tardera pas d'y exposer? Où a-t-on trouvé ce squelette? Le beau plaisir de m'apporter ici les morts du voisinage. Les morts, Monsieur! me répondit-on : vous ne reconnaissez pas votre Félicion, à qui vous donniez tant de petits jouets, le fils de votre fermier Philositus, votre favori? En vérité, il perd l'esprit! Le pauvre enfant! mon favori! après tout il n'y a rien d'impossible ; car les dents lui tombent. J'ai cette obligation à ma campagne, partout elle m'a retracé ma vieillesse.

Eh bien! chérissons la vieillesse ; jetons - nous dans ses bras : elle a des douceurs pour qui sait en user. Les fruits sont plus recherchés, quand ils se passent : et l'enfance plus belle quand elle se termine : les buveurs trouvent plus de charmes aux derniers coups de vin, à ceux qui les achèvent, qui consomment leur ivresse : ce que le plaisir a de plus piquant, il le garde pour la fin. Oui, la vieillesse a des charmes, lorsqu'elle ne va pas jusqu'à la caducité. Je crois même qu'au bord de la tombe, il y a des plaisirs à goûter ou du moins (ce qui tient lieu de plaisir), on n'en a plus besoin. Quel bonheur d'avoir lassé les passions, de les voir au loin derrière soi ! Mais la mort est devant les yeux. — Et n'est-elle pas faite pour la jeunesse, comme pour la vieillesse? La mort suit-elle, comme les censeurs, l'ordre des âges? Ajoutez qu'on n'est jamais assez vieux pour n'avoir pas droit de se promettre un jour : or un jour, c'est un dégré de la vie.                    (Epît. 12.)


# VII

### Un suicide stoïcien.

Tullius Marcellinus, que vous avez très-bien connu, et qui eut une jeunesse tranquille et une vieillesse prématurée, se sentant attaqué d'une maladie qui, sans être incurable, menaçait d'être longue, incommode, assujettissante, a mis sa mort en

délibération. Il a assemblé un grand nombre de ses amis. Les
uns, par timidité, lui conseillaient ce qu'ils se seraient conseillé eux-mêmes ; les autres, par flatterie, soutenaient le parti
qu'ils soupçonnaient lui devoir être le plus agréable. Notre ami
le stoïcien, homme d'un mérite rare, ou plutôt pour le louer
comme il mérite, héros intrépide et magnanime, l'exhorta,
selon moi, de la façon la plus convenable. — « Mon cher
« Marcellinus, lui dit-il, ne vous tourmentez point comme si vous
« délibériez d'une affaire bien importante. Ce n'est pas une
« chose si essentielle que de vivre. Tous vos esclaves vivent,
« ainsi que tous les animaux. Mais le point vraiment important,
« c'est de mourir avec honneur, avec prudence, avec courage.
« Songez combien, il y a de temps que vous faites les mêmes
« choses. Boire, manger, s'amuser : voilà le cercle qu'on par-
« court tous les jours. Ce n'est pas seulement la prudence, le
« courage et le malheur qui doivent décider à mourir, le dé-
« goût seul peut faire prendre ce parti. » — Marcellinus
n'avait pas besoin d'être conseillé, mais secondé. Ses esclaves
refusaient de lui obéir. Notre stoïcien commença par les guérir
de leurs craintes, en leur faisant comprendre qu'ils seraient bien
plus exposés, s'il demeurait incertain que la mort de leur maître eût été volontaire ; il ajouta qu'il était d'aussi mauvais
exemple d'empêcher leur maître de se tuer que de l'assassiner
eux-mêmes. Ensuite il conseilla à Marcellinus de n'être point
inhumain à leur égard ; il lui dit que, de même qu'à la fin d'un
repas, on partage les restes aux esclaves qui ont servi à table,
il devait aussi, en terminant sa carrière, faire quelques présents
à ceux qui l'avaient servi pendant tout le temps qu'il avait
vécu.

Marcellinus était facile et généreux dans le temps même que
c'était à ses dépens, il distribua donc quelques sommes modiques
à ses esclaves en larmes, qu'il prit la peine de consoler. Il n'eut
point recours au fer, il ne répandit point de sang. Il passa
trois jours sans manger et fit apporter dans sa chambre à
coucher une espèce de tente sous laquelle on plaça une cuve,
où il resta longtemps couché ; l'eau chaude qu'on y versait
continuellement lui causa insensiblement une faiblesse, accompagnée, à ce qu'il disait, d'une espèce de volupté, que procure

communément une douce défaillance, et qui n'est pas incon-
nue de ceux auxquels il arrive quelquefois de perdre connaissance.

Aussi sa mort n'a rien eu de pénible ni de fâcheux. Quoiqu'il se soit tué lui-même, il est mort de la manière la plus
douce ; il s'est pour ainsi dire furtivement esquivé de la vie.

(Epît. 77.)

## § VIII.

### LUCAIN.

M. Annæus Lucanus, fils d'Annæus Méla, le seul des
fils de Sénèque le Rhéteur, qui se tint en dehors de la vie
publique et ne songea qu'à faire fortune, naquit en Espagne, à Corduba, l'an 792 de Rome (39 ap. J.-C.). Bien
qu'il fût élevé à Rome dès la plus tendre enfance, il y eut
toujours en lui ce fonds de jactance et d'exubérance sonore propre aux gens de son pays. Ces défauts originels,
qui sont aussi bien du cœur que de l'esprit, auraient pu
disparaître ou s'atténuer, si le jeune homme eût rencon-
tré un milieu sobre et sévère, s'il n'eût eu sous les yeux
que des exemples droits et purs. Mais il fut pour ainsi
dire élevé avec Néron, qui n'avait que deux ans de plus
que lui ; il vécut à la cour, choyé, caressé, gâté dès son
enfance par l'adulation qui, du futur César, rejaillissait
jusque sur le compagnon de ses études. Il eut, outre son
oncle Sénèque, les mêmes maîtres que tous les jeunes
gens distingués d'alors, le sot et vantard grammairien
Réminius Palémon, Virginius Flavus, l'éloquent et honnête rhéteur, et enfin l'austère Cornutus. Que de contrastes, que d'influences contraires dans cette éducation !
Lucain à la fois l'ami de Néron et de Perse, le disciple
de Sénèque et de Cornutus ! Ce n'est pas tout, lui qui

voyait les mœurs de la cour impériale, Agrippine,
Pallas, Acté, toutes les turpitudes déclarées ou se cachant à peine, il était admis dans la pure et chaste société des Thraséas, des Musonius Rufus, des Helvidius
Priscus ; il assistait à ces entretiens nobles, à ces retours
mélancoliques vers les beaux temps de Rome libre ; puis,
l'âme échauffée par de grands souvenirs et de généreuses
leçons, il retournait respirer l'atmosphère empoisonnée
de la cour. A peine âgé de dix-huit ans, le voilà qui écrit
des tragédies, des fragments d'épopée, des *cantica* pour
les pantomimes ; ce qui ne l'empêche pas de plaider en
latin et en grec avec le plus grand succès. Favori de
César, dont il célèbre les vertus dans un concours poétique, à peine a-t-il déposé la prétexte qu'il est nommé
questeur du prince, puis augure. Il semble appelé aux
plus brillantes destinées, lorsqu'un caprice de Néron
renverse l'édifice de cette fortune. Néron, jaloux des succès littéraires de Lucain, quitte la salle où le poëte lit
ses vers, et fait manquer le succès. Lucain, blessé dans
son amour-propre, ose disputer le prix de poésie à l'empereur ; des juges osent se prononcer en sa faveur. Néron
lui interdit la scène et les tribunaux, et le condamne à
l'obscurité. On sait le reste, Lucain, exaspéré, se répandit
en invectives et en insultes grossières contre César ; puis
il entra dans la conspiration de Pison. Il s'y comporta
avec une jactance et une témérité sans égales, ne cessant de déclamer contre les tyrans et de glorifier le ty-
rannicide, jusqu'au jour où, la conspiration étant découverte, il tomba aux pieds de Néron, s'abaissa aux plus
viles prières, et, pour obtenir la vie sauve, alla jusqu'à
dénoncer sa propre mère, espérant toucher par là un prince
parricide. Il n'obtint rien que le choix du genre de mort,

et il mourut en déclamant ses propres vers. Il n'avait que vingt-six ans.

Tel est le personnage. Voyons l'œuvre. Elle est inachevée. Le dixième livre, qui est le dernier, est incomplet ; et il est bien difficile de suppléer ce qui manque. Jusqu'où Lucain avait-il poussé le récit des événements qui font le sujet de son poëme, on ne sait ; et à vrai dire, c'est là le principal défaut de l'œuvre. Elle manque d'unité : le but ne se dessine point dès les premiers vers. Mais je reviendrai sur ce point.

Je voudrais laisser de côté toutes les critiques purement littéraires qui ont été faites de la *Pharsale* : c'est d'un intérêt bien médiocre pour nous que d'examiner jusqu'à quel point cet ouvrage est conforme aux lois de l'épopée, si c'est une épopée, s'il est permis de choisir un sujet purement historique, de supprimer le merveilleux, etc., etc. Voyons, non ce que Lucain eût dû faire pour se conformer aux règles de la poétique, mais ce qu'il a voulu faire.

Il s'est proposé d'écrire en vers le récit des événements qui donnèrent à César la première place dans Rome : son poëme a pour titre la *Pharsale,* mais il embrasse l'histoire de tous les faits importants qui précédèrent et suivirent cette bataille mémorable. Après avoir présenté les deux adversaires, il montre César franchissant le Rubicon et donnant le premier le signal de la guerre civile. Dans le tumulte qui suit cette première violation des lois, Brutus et Caton restent seuls inébranlables, et se rangent sans hésiter du côté des lois. La guerre éclate ; le poëte en suit les diverses péripéties en Italie, à Brindes, à Dyrrachium, à Marseille, en Espagne, en Afrique, et enfin en Epire, où se livre le combat suprême. Pompée vaincu

va demander un asile au roi d'Égypte qui l'égorge lâchement. César arrive à Alexandrie : une révolte éclate contre lui...... Ici s'arrête le poëme. Ainsi que je le disais,
on ne voit point où l'auteur se fût arrêté : il semblait que la
mort de Pompée fût la fin naturelle de l'ouvrage. Mais peut-
être Lucain l'aurait-il mené jusqu'à la mort de Caton à
Utique, c'est-à-dire jusqu'à la défaite du parti républicain.

Cette sèche et incomplète analyse suffit cependant à
indiquer le caractère général de la *Pharsale*. Quoi qu'on
en ait dit, ce n'est pas une tentative inouïe et téméraire
que d'avoir choisi pour sujet d'un poëme des événements
et des personnages presque contemporains. Sans parler
de Nævius et d'Ennius qui dans les *Puniques* et les *Annales* avaient donné l'exemple, nous voyons que parmi les
contemporains de Cicéron et de Virgile plusieurs poëtes
avaient fait choix de tel ou tel événement considérable
de l'histoire de Rome pour le célébrer en vers. Cette
question préjudicielle écartée, voyons quelle est l'exécution de l'œuvre.

C'est surtout dans les trois ou quatre dernières années de
sa vie que Lucain se renferma dans la composition de la
*Pharsale*. On le comprend sans peine : les tribunaux, le
théâtre, les concours littéraires et jusqu'à un certain
point les lectures publiques devant un nombreux auditoire lui étaient interdits. Il revint alors à son grand ouvrage, et il y jeta à flots ardents les sentiments nouveaux ou
ravivés qui bouillonnaient dans son âme. Dans le premier
livre il avait inséré un éloge de Néron qu'il ne pouvait effacer, car tout le monde le connaissait, mais le reste de
l'œuvre eut un accent si différent qu'on ne s'explique pas
une telle disparate, si l'on ne songe à cette rupture
éclatante qui survint entre César et le poëte. Elle eut évi-

demment pour résultat de rejeter violemment Lucain
du côté de ses amis les Stoïciens, et de ranimer en lui cet
enthousiasme patriotique que la corruption de la cour eût
bientôt étouffé. Si nous nous plaçons à ce point de
vue, l'œuvre s'éclaire d'une lumière nouvelle, nous en
comprenons l'inspiration violente, et nous secouons
enfin cette équivoque pénible d'un poëte de cour célébrant Brutus et Caton.

Lucain, on se le rappelle, obtint de grands succès dans
les écoles des rhéteurs et des déclamateurs et au barreau. Il connut et admira le cénacle où se réunissaient
les derniers citoyens de Rome, Thraséas, Helvidius Priscus, Arulénus Rusticus. Enfin, il fut par son oncle et
surtout par Cornutus et ses amis élevé et maintenu dans
l'admiration de la doctrine stoïcienne. De cette triple inspiration découle son œuvre.

Quintilien a dit avec beaucoup de raison que Lucain
devait être rangé plutôt parmi les orateurs que parmi les
poëtes ; non que les facultés poétiques lui manquent, mais
elles sont évidemment inférieures chez lui aux qualités
oratoires. Il a peu d'invention, mais il se représente vivement les faits ; et il se préoccupe moins de les exposer
dans une belle et calme narration, que de les plaider,
pour ainsi dire. Il a toujours en effet un adversaire et un
client : du premier il critique et condanne tout ; du second
il admire et célèbre tout. De là un manque absolu d'impartialité : des efforts presque toujours malheureux pour
élever Pompée sur un piédestal qui n'est pas fait pour lui ;
et des réquisitoires souvent injustes contre César : mais en
revanche, que d'admirables portraits, que de belles scènes !
Qu'on ne s'y trompe pas en effet, la couleur oratoire était
plus que la couleur poétique, l'âme même de cette grande

époque : les détails fictifs ne pouvaient trouver place dans
l'œuvre qui prétendait la faire revivre : il fallait en tout
accepter, sans y ajouter rien, mais s'en pénétrer si profondément qu'on ressuscitât pour ainsi dire ces personnages avec leurs passions, leurs intérêts, leurs crimes et
leurs vertus également démésurés. Sur ce point donc,
je crois que le poëte était heureusement servi par sa nature, ou, si on l'aime mieux, que son sujet était dans un
rapport exact avec ses facultés.

L'esprit du poëme est indiqué nettement dans les deux
premiers vers : Lucain chante la guerre civile qui se dé-
noua à Pharsale, et, ajoute-t-il, le *triomphe du crime*
(*jusque datum sceleri*). C'est donc bien un poëme républicain, qu'on me permette ce mot, que je vais expliquer.
Virgile raconte les origines héroïques de Rome, et absorbe pour ainsi dire toute sa gloire dans le dernier descendant d'Énée, César Auguste. Son poëme est à la fois
national et monarchique. Malgré un bel éloge de Caton
jeté en passant, on sent que le poëte est du parti de César dont il célèbre l'héritier comme une divinité tutélaire. C'est à un point de vue absolument opposé que se
place Lucain. Son héros, c'est Pompée, non qu'il absorbe
en celui-ci Rome tout entière ; il dit formellement : « La
république n'est pas du parti de Pompée, c'est Pompée
qui est du parti de la république. » (*Non Magni partes,
sed Magnum in partibus esse.*) Mais enfin Pompée fut
le représentant de la légalité audacieusement violée par
César, Pompée avait pour lui l'autorité du sénat, l'appui
de tous les gens de bien. Ainsi il s'imposait nécessairement au poëte, et, par contre, César était à ses yeux le
perturbateur de la paix publique, le contempteur de la
justice et du droit. C'est ainsi évidemment que les Thra-

séas et les Helvidius Priscus appréciaient ces événements : plus d'une fois Lucain les avait entendus gémir
sur la grande catastrophe qui livra l'empire à César,
prépara le principat d'Auguste et les règnes honteux et
sanglants d'un Tibère, d'un Caligula, d'un Claude et
d'un Néron. Cette histoire douloureuse qu'ils refaisaient
souvent, il la vit se dérouler devant lui, toute brillante
des sombres couleurs dont la revêtait l'austère douleur
de ces grands citoyens ; et c'est sous leur inspiration
qu'il retrouva l'énergie de la Rome républicaine dans un
temps où la Rome monarchique blessait les regards et la
conscience de tout honnête homme.

A ces deux éléments du poëme, l'élément oratoire et
l'élément républicain, il faut joindre le stoïcisme. L'inspiration de cette noble doctrine est plus sensible encore
dans l'œuvre que celle de l'éloquence et du patriotisme.
Les événements tout récents ne comportaient guère ce
qu'on appelle le merveilleux, c'est-à-dire l'intervention
de divinités passionnées dans les affaires des hommes ;
mais la doctrine stoïcienne rejetait absolument ces fables
des poëtes, comme indignes de la majesté souveraine.
De plus, elle n'admettait pas que l'homme eût besoin
d'une suggestion étrangère, fût-elle divine, pour se conduire dans la vie ; il ne doit qu'à lui-même sa vertu,
seul il est responsable des moindres infractions à la loi morale. Ainsi pas de dieux mêlés à l'action de la *Pharsale*.
Rien qu'un vers insolent et superbe à l'adresse de ces
dieux qu'adore le vulgaire et à qui il se plaît à attribuer
les grands événements qui frappent ses yeux :

> Victrix causa Diis placuit, sed victa Catoni.

Les choses humaines sont régies par des lois natu-

relles ; il n'est pas de phénomène qui n'ait son explication scientifique ou historique. Un poëte vulgaire n'eût
pas manqué de faire reparaître ici l'éternelle ennemie
des Troyens et des Romains, l'implacable Junon ; le ressentiment de la déesse eût occasionné cette redoutable
guerre civile qui pouvait être la ruine de Rome. Lucain
explique par des causes naturelles cette lutte suprême :
l'antagonisme de deux hommes qui veulent être tous
deux à la tête de l'État ; mais surtout, ce qu'il appelle les
*semences publiques de la guerre* : cette corruption générale, ce mépris des anciennes lois, des anciennes
mœurs, de l'ancienne liberté, le goût du luxe, le désir
de dominer, tous les vices enfin qui devaient être les plus
cruels ennemis de la république et les auxiliaires de la
monarchie. Les dieux disparaissant, les hommes sont plus
grands ; ils occupent toute la scène et la remplissent.
Mais celui qui attire et retient les regards, celui en qui
l'âme de la Rome antique vécut, c'est Caton. Qu'on lise
les paroles qu'il prononce après la mort de Pompée :
comme il assigne bien sa place à ce faux grand homme,
le plaçant bien au-dessous des citoyens d'autrefois, mais
le déclarant utile dans le triste siècle où il a vécu. C'est
en Caton que la doctrine stoïcienne porte d'elle-même
le plus beau témoignage. Il y a en elle certains côtés éminemment favorables à la haute poésie et à la haute éloquence : rien de plus élevé et de moins aride que cette
belle idée de l'unité du genre humain, de l'égalité des
hommes fondée sur l'identité de nature, fondement sur
lequel reposait cette cité universelle que nous avons trou-
vée déjà dans Sénèque. Elle est aussi dans la *Pharsale*
(*Inque vicem gens omnis amet*), que toutes les nations
s'aiment entre elles. On se rappelle aussi la triste parole

de Sénèque à Caton, lui reprochant de s'être mêlé à ces fous furieux qui se disputent cette chose méprisable, l'empire du monde. Quelle plus haute idée Lucain se fait de la vertu ! L'exemple de Thraséas, qu'il a sous les yeux, lui apprend que l'homme de bien ne peut ni ne doit rester indifférent aux épreuves de la patrie. Aussi lorsque Brutus vient consulter Caton sur le parti qu'il faut prendre, Caton répond : la guerre civile, je l'avoue, ô Brutus, est le pire de tous les crimes, mais partout où les destins m'entraîneront, sereine suivra ma vertu..... Non, je ne m'arracherai pas de toi, ô Rome ; je t'embrasserai mourante ; je m'attacherai, ô liberté, à ton doux nom, et jusqu'à ton ombre vaine. « Tous ces nobles sentiments, toutes ces grandes pensées, ce n'est pas un dieu qui les a mis en Caton, il n'a pas besoin de consulter l'oracle pour savoir ce qu'il doit faire ; c'est en lui-même qu'il trouve la règle de sa conduite. Ainsi le poëte stoïcien aboutit à la même conclusion que le philosophe : l'idéal est déplacé, c'est dans l'homme qu'il est descendu.

Lucain a eu ses admirateurs passionnés, surtout chez les Français, qui ont le tempérament oratoire. Montaigne en faisait grand cas, et Corneille en était ravi. C'est qu'il est toujours porté au grand, qu'il a de l'éclat et du feu. Ce ne sont pas des qualités si vulgaires qu'on puisse les dédaigner. On parle de déclamation, d'emphase, de mauvais goût ; il serait absurde de nier tout cela ; mais Lucain est mort à vingt-six ans, et ses défauts sont surtout des défauts de jeunesse. Son style est forcé, mais c'est un style, et n'en a pas qui veut. Sa versification vise trop à l'effet, mais l'effet produit est souvent admirable. Il n'a pas de mesure, il ignore l'art délicat des nuances ; mais les esprits violents l'ont toujours ignoré. Le plus sérieux reproche que l'on puisse lui adresser, c'est la monotonie. Il est toujours tendu, je dirai même raide. Les figures de femmes qui traversent son poëme n'ont pas jeté la moindre douceur sur l'œuvre ; la note ne change point ; ces femmes deviennent aussitôt d'impassibles stoïciennes : telles les voyait Lucain dans la maison de Thraséas, silencieuses, tristes, énergiques et comme portant d'avance le deuil d'un père ou d'un époux. Il a écrit en vers l'histoire d'un temps misérable, et il l'a écrite dans un temps plus misérable encore. Mais il ne connaît point l'attendrissement qui est une défaillance ; il donne à tous les personnages cette inflexible rigidité du devoir, et l'attitude du mépris pour la force qui triomphe du droit. L'homme n'a pas cette froide impassibilité ; il peut avoir ce qu'on appelle *des principes* sans être une théorie. Il fallait penser au vers de Virgile :

Sunt lacrymæ rerum et mentem mortalia tangunt.

Mais la pitié n'existait pas pour les stoïciens. Ils ne savaient plaindre ni les autres ni eux-mêmes.

---

## EXTRAITS DE LUCAIN

---

### I

#### César passe le Rubicon.

Déjà César, dans sa course, avait franchi les Alpes glacées, méditant les grands tumultes et la guerre prochaine. Il touche les bords du Rubicon limpide. Voici qu'une grande ombre se dresse devant lui : c'est l'image de la patrie désolée. Elle brille au milieu d'une nuit sombre, sa face est pleine de tristesse : sur sa tête blanche et couronnée de tours, elle a répandu sa chevelure en lambeaux : debout et les bras levés : « Où courez-vous ? » dit-elle d'une voix coupée par les gémissements : « Soldats, où « portez-vous vos enseignes ? Si vous avez des droits, si vous êtes « citoyens, arrêtez-vous : ici commence le crime. » Aussitôt la terreur glace le chef ; ses cheveux se hérissent ; défaillant, il ne peut avancer et s'arrête sur le rivage. Il dit bientôt : « O « toi, dieu du tonnerre, qui de la roche Tarpéienne contemples « les murailles de la grande ville ; pénates phrygiens de la race « d'Iule, mystérieux asile de Romulus ravi dans les cieux ; Ju- « piter Latialis, qui habites Albe la haute ; foyers de Vesta ; et « toi aussi, Rome, que j'invoque comme une des grandes déesses, « favorise mes projets. Je ne viens pas te poursuivre, armé d'un « fer impie ; c'est moi le vainqueur de la terre et des mers ; « c'est moi partout ton soldat qui te suis encore si tu le permets : « celui-là, celui-là seul sera coupable qui m'aura fait ton en- « nemi. » Il dit, précipite l'heure des combats, et porte à la hâte l'étendard au travers du fleuve bouillonnant. Ainsi, dans les plaines désertes de l'ardente Libye, le lion, voyant de près l'ennemi, s'arrête un instant, incertain, pour rassembler toute sa colère. Mais bientôt il s'est excité en se battant les flancs, il a dressé sa crinière, et sa vaste gueule a retenti d'un rugisse- ment terrible. Alors, s'il a senti le javelot lancé par le Maure rapide, si le dard a pénétré sa large poitrine, sans crainte du danger, il se fait jour en se jetant sur le fer.

## II

### Marius et les proscriptions.

« Les destins, dit-il, ne nous préparaient pas d'autres orages, « quand, après la défaite des Cimbres et les triomphes de Nu- « midie, Marius cachait sa tête proscrite dans un bourbier de « Minturnes. La vase s'ouvrit, ô Fortune ! pour cacher ton dé- « pôt sous le sol liquide du marécage. Enfin, la chaîne de fer

« chargea ce vieillard qui pourrit longtemps dans un cachot.
« Celui qui devait mourir consul et puissant, au milieu de Rome
« en cendres, subissait d'avance la peine de ses crimes. Plusieurs
« fois la mort recula devant lui, et vainement un ennemi fut
« maître de répandre ce sang odieux. Prêt à frapper, le meur-
« trier pâlit, et laissa tomber le glaive de sa main défaillante ;
« dans les ténèbres du cachot, il avait vu se dresser une lu-
« mière immense ; il avait vu les Furies qui punissent le crime,
« et tout l'avenir de Marius. Une voix formidable lui criait : Il
« ne t'est pas permis de frapper cette tête ; cet homme doit au
« destin des morts sans nombre avant la sienne. Dépose une
« vaine fureur. Si tu veux une vengeance aux mânes de ta race
« détruite, Cimbre, conserve ce vieillard. Ce n'est pas la faveur
« des dieux, c'est leur courroux qui protége ce soldat farouche,
« lequel suffit au destin qui veut perdre Rome. Jeté par une
« mer orageuse sur une plage, errant parmi des cabanes dé-
« sertes, il se traîne sur l'empire désolé de ce Jugurtha, dont il
« a triomphé, et foule aux pieds les cendres puniques. Marius
« et Carthage se consolent de leurs ruines et, couchés sur le
« même sable, ils pardonnent aux dieux. Au premier retour de
« la fortune, Marius appelle à son aide les colères africaines ;
« les cachots vomissent les esclaves affranchis, sauvages cohortes
« dont Marius brise les chaînes. Nul ne peut porter l'étendard
« du chef s'il n'a déjà fait l'apprentissage du crime, s'il n'entre
« dans le camp avec des forfaits. O destins ! quel jour, quel jour
« fut celui où Marius força nos murailles ! Comme la mort
« cruelle accourut à grands pas !

« La noblesse tombe avec le peuple ; le glaive se promène
« au loin ; aucune poitrine ne peut détourner le fer. Le sang
« inonde les temples, et le pied glisse sur leurs marches hu-
« mides, rougies par tant de massacres. L'âge ne sauve per-
« sonne : sans pitié pour le vieillard dont les ans s'achèvent, le
« fer hâte sa dernière heure, et tranche, au seuil de la vie, la
« trame naissante de l'enfant. Et par quels crimes ces pauvres
« petits ont-ils mérité le trépas ? ils peuvent mourir : c'est assez.
« Fureur délirante et sans frein. C'est perdre du temps que de
« chercher un coupable. On égorge pour entasser les cadavres.
« Le vainqueur sanglant arrache des têtes à des troncs incon-

» « nus; il rougirait de marcher la main vide. Le seul espoir de
» « salut est de pouvoir imprimer des lèvres tremblantes sur sa
» « main souillée. Peuple avili! Quoique mille bourreaux s'em-
» « pressent de frapper à un signal inusité, des hommes refuse-
» « raient de longs siècles pour prix de ces bassesses, et c'est
» « ainsi que tu payes un déshonneur de quelques jours et le droit
» « de vivre....... Quand Sylla revient, comment pleurer tant de
» « funérailles? Toi, Bébius, dont une foule d'assassins dispersent
› « les entrailles, et se disputent les membres fumants! Et toi,
» « prophète de nos malheurs, Antoine, dont la tête blanche pend
» « à la main du soldat qui la pose dégouttante sur la table du
» « festin. Fimbria déchire les deux Crassus. Le sang des tribuns
» « souille les rostres profanés. Toi aussi, pontife Scévola, dont
» « l'aïeul abandonnait aux flammes sa main hardie, il t'égorge
» « devant le sanctuaire de la déesse, et le foyer toujours brûlant.
» « Ton sang jaillit sur le feu sacré; mais tes veines épuisées par
» « l'âge n'en rendent pas assez pour l'éteindre.

## III

### Caton, Brutus et la guerre civile.

Ainsi parle Brutus, et du sein de Caton, comme d'un sanctuaire, sortent ces paroles sacrées :

« Oui, Brutus, je l'avoue, la guerre civile est le plus grand
» « des maux. Mais ma vertu marche sans crainte où le destin
» « l'entraîne. Ce sera le crime des dieux, si moi-même ils me font
» « coupable... Et qui pourrait, sans avoir quelque crainte, voir
» « s'écrouler les astres et l'univers? Quand les hauteurs du ciel
» « se précipitent, quand la terre s'affaisse, quand les mondes se
» « heurtent et se confondent, qui se tiendrait les bras croisés?
» « Des nations inconnues s'engageront dans la querelle latine :
» « des rois nés sous d'autres étoiles et que l'Océan sépare de
» « nous, viendront suivre nos aigles; et moi seul je vivrais en
» « paix! Dieux! loin de moi ce délire. Quoi! la chute de Rome
» « ébranlerait le Dace et le Gète sans m'alarmer? Un père,
» « à qui la mort vient de ravir ses fils, entraîné par sa dou-
» « leur, suit jusqu'au sépulcre le long cortége des funérailles. Il

« aime à élever de sa propre main le bûcher, à tenir les tor-
« ches funéraires qui vont y mettre le feu. Ainsi, Rome, on ne
« pourra t'arracher à moi avant que j'aie embrassé ton cadavre,
« avant que je t'aie conduite à la tombe, liberté sainte, désor-
« mais ombre vaine! Eh bien! que les dieux cruels prennent
« toutes les victimes qu'ils demandent à Rome : je ne veux pas
« leur dérober une goutte de sang. Divinités du ciel et de
« l'Érèbe, ah! que n'acceptez-vous l'offrande de cette tête, en
« expiation de tous les crimes! Dévoué à la mort, Décius fut
« écrasé par les bataillons ennemis; que les deux armées me
« prennent pour but de leurs traits, que les barbares tribus du
« Rhin épuisent sur moi leurs flèches: seul, découvert à tous les
« coups au milieu du champ de la bataille, je recevrai toutes les
« blessures de la guerre, heureux que mon sang soit la rançon
« des peuples, que mon trépas suffise pour acquitter le crime
« des mœurs romaines. Et pourquoi périraient ces esclaves
« volontaires, qui veulent subir une royauté coupable? C'est
« moi seul qu'il faut frapper, moi, l'inutile défenseur des lois
« et des droits méconnus : voici, voici ma tête, qui donnera la
« paix et le repos aux nations de l'Hespérie. Après moi, qui
« voudra régner, n'aura pas besoin de guerre. Allons, suivons
« les drapeaux de Rome, et la voix de Pompée. Si la Fortune le
« favorise, rien n'annonce encore qu'il se promette l'asservis-
« sement du monde. Qu'il triomphe donc avec Caton pour sol-
« dat : il ne pourra pas croire qu'il a vaincu pour lui. »


# IV

### La forêt de Marseille.

Il était une forêt sacrée, vieillie sans outrage, enfermant un
air ténébreux et de froides ombres, sous la voûte de ses rameaux impénétrables aux feux du soleil. Ce n'est pas le séjour
des Pans champêtres, ni des Sylvains, ni des Nymphes, qui
règnent dans les bois: on y vénère les dieux par un culte barbare; les victimes couvrent leurs terribles autels, et l'expiation a marqué tous les arbres d'une couche de sang humain.
S'il faut croire la pieuse crédulité des ancêtres, l'oiseau craint

de se poser sur ses branches, la bête fauve n'ose se coucher dans ses antres, jamais la foudre, tombant des sombres nuages, n'a fondu sur cette forêt. Quoique le souffle de l'air n'alimente pas leur feuillage, les arbres ont en eux leur vie mystérieuse. Partout découle une onde noire. Les mornes effigies des dieux sont des ébauches sans art, des troncs informes et grossiers : la mousse, qui couvre ces idoles livides et pourries, inspire seule l'épouvante. On craint moins la divinité sous des formes connues et consacrées : tant l'ignorance augmente l'effroi que les dieux nous inspirent ! Souvent telle était la fable du vulgaire, la terre ébranlée gémit dans ses cavernes profondes ; les ifs se courbent et se relèvent soudain ; la forêt, sans brûler, s'illumine des flammes de l'incendie, et les dragons embrassent les vieux chênes de leurs tortueux replis. Mais les peuples n'approchent pas de ces autels, ils les ont abandonnés aux dieux. Et quand Phébus est au milieu de sa course, et quand les ombres de la nuit occupent le ciel, le prêtre lui-même pâlit auprès du sanctuaire, et craint de surprendre le maître de ces demeures.

César ordonne que cette forêt tombe sous la hache : car, voisine de ses travaux, et respectée dans la guerre précédente, elle domine de sa crête touffue les monts dépouillés d'alentour. Cependant les mains tremblent aux plus braves ; consternés par la formidable majesté du lieu, ils craignent qu'en frappant ces troncs sacrés, le fer ne retourne sur leurs têtes. César voit ses cohortes enchaînées par la terreur ; et le premier, saisissant une hache, la balance sans trembler et l'enfonce dans un chêne qui touchait aux nues. Le fer plonge dans l'arbre profané. « Maintenant, dit-il, n'hésitez plus, abattez cette forêt : je prends « sur moi le crime. » Et toute l'armée obéit à ses ordres, non pas qu'elle soit délivrée de ses craintes ; mais elle a pesé la colère des dieux et la colère de César. Les ormes tombent ; l'yeuse s'ébranle sur son tronc noueux ; l'arbre de Dodone, et l'aune qu'on lance sur les flots, et le cyprès qui n'annonce pas une tombe plébéienne, perdent pour la première fois leur verte chevelure, et, dépouillés de leur feuillage, laissent pénétrer le jour... Toute la forêt chancelle ; mais sa masse épaisse la soutient dans sa chute.

A la vue de ce sacrilége, les peuples de la Gaule gémissent :

la ville assiégée s'en réjouit. En effet, qui pourrait croire qu'on
outrage impunément les dieux ? mais la fortune sauve une foule
de criminels, et la colère des immortels ne peut plus frapper
que les malheureux.

## V

### César à ses soldats révoltés.

César parut sur un tertre de gazon, debout, le visage intrépide, et sans crainte il fut digne d'inspirer la crainte. La colère
lui dicta ces mots :

« Tout à l'heure, soldats, vous me cherchiez ; vos regards et
« vos bras menaçaient mon absence : me voici ; frappez le sein
« nu qui s'offre à vos coups. C'est là qu'il faut laisser vos épées
« avant la fuite, si vous voulez en finir avec la guerre. Vous
« trahirez la bassesse de votre cœur, si cette révolte n'ose rien
« de hardi, si vous n'avez conspiré que la désertion, las des
« triomphes de votre chef invincible. Partez ; laissez-moi la
« guerre seul avec mes destinées. Ces armes trouveront des
« mains capables de les porter. Quand je vous aurai chassés,
« la fortune saura me rendre autant de braves que vous aurez
« laissé de traits inutiles. Quoi ! lorsque les nations de l'Hespérie
« vont accompagner sur tant de vaisseaux la fuite de Pompée,
« à moi, la victoire ne me donnerait personne pour recueillir
« le fruit d'une guerre qui s'achève, pour vous ravir le prix de
« vos labeurs, et sans blessures suivre les lauriers de mon char;
« tandis que vous, vieillards, tourbe épuisée et sans gloire,
« redevenue plèbe romaine, vous contemplerez nos triomphes?

« Croyez-vous que la marche de César puisse ressentir quel-
« que dommage de votre fuite ? Si tous les fleuves menaçaient
« l'Océan de ne plus mêler à ses vagues le tribut de leurs
« sources, ils pourraient se retirer sans avoir plus abaissé ses
« ondes qu'ils ne les grossissent aujourd'hui ! Croyez vous avoir
« pesé de quelque poids dans ma fortune ? Non : les dieux n'ont
« jamais humilié leur Providence jusqu'à s'occuper de votre
« mort ou de votre vie. Le mouvement des chefs vous emporte.
« La race humaine est sur terre pour quelques hommes. Sol-

« dats, sous mes drapeaux vous avez été la terreur du Nord et
« de l'Hespérie ; mais, avec Pompée, que seriez-vous ? Des
« fuyards. Labienus était un brave dans le camp de César ;
« maintenant voyez-le, vil transfuge, errer sur la terre et les
« mers, à la suite du chef qu'il m'a préféré.

« Et vous croirai-je moins parjures, si vous ne combattez ni
« pour moi ni contre moi ? Quiconque laisse mes drapeaux,
« même sans livrer ses armes au parti de Pompée, consent à
« n'être jamais un des miens. Ah ! je le vois : les dieux protégent
« ma cause ; ils ne veulent pas m'exposer à de si rudes com-
« bats avant d'avoir renouvelé mon armée. — Ah ! de quel far-
« deau tu soulages mes épaules déjà chancelantes sous le poids,
« ô fortune ! je puis donc désarmer ces mains qui ont tout à
« prétendre, et auxquelles ne suffît pas cet univers. Désormais
« je ferai la guerre pour moi ! Sortez de mon camp ! Remettez
« mes drapeaux à des braves, lâches Quirites ! ces quelques mi-
« sérables qui ont soufflé le feu de la révolte, ce n'est pas César,
« c'est le supplice qui les retient ici. Traîtres, tombez à ge-
« noux, et tendez la tête, la hache va la trancher. Et vous, dé-
« sormais toute la force de mon camp, jeunes milices, témoins
« du châtiment, apprenez à frapper, apprenez à mourir. »

## VI

### Éloge funèbre de Pompée par Caton.

« Il nous est mort, dit-il, un citoyen qui sans doute n'eut pas
« la rigidité de nos pères, pour comprendre la mesure de ses
« droits, mais qui néanmoins fut un utile exemple dans cet
« âge où s'est perdu tout respect de la droiture. Il fut puissant,
« sans que la liberté pérît, et seul, quand le peuple l'eut accepté
« pour maître, il voulut rester citoyen : ce fut le chef du Sénat,
« mais du Sénat souverain. Il ne s'arrogea rien par le droit de
« la guerre : ce qu'il voulait qu'on lui donnât, il voulait qu'on
« le lui pût refuser. Il fut trop riche ; mais il mit plus d'argent
« dans le Trésor public qu'il n'en garda pour lui. Il saisit le
« glaive ; mais il sut le déposer. Il préféra les armes à la toge ;
« mais il aima la paix sous les armes. Chef des armées, il mit

« autant d'empressement à quitter le pouvoir qu'à le prendre.
« Sa maison fut chaste, fermée au luxe, et jamais la fortune du
« maître ne la put corrompre. Son nom célèbre et révéré des
« nations fit beaucoup pour la gloire de Rome. Jadis la vraie
« liberté fut étouffée par les triomphes de Marius et de Sylla :
« Pompée mourant, nous en perdons même l'image. Désormais
« on ne rougira plus de régner : désormais plus une trace de
« la République ! plus une apparence du Sénat ! Heureux toi
« qui trouvas la mort après la défaite, toi qui n'eus pas à cher-
« cher le glaive que vint t'offrir le crime de Pharos ! Peut-être
« aurais-tu pu vivre sujet de ton beau-père. Savoir mourir,
« c'est pour l'homme de cœur le premier des biens : y être
« forcé, c'est le second. O fortune ! si le sort nous impose un
« maître, fais pour moi de Juba un autre Ptolémée. Qu'il me
« garde pour l'ennemi ; j'y consens ; pourvu qu'il me garde en
« me tranchant la tête. »


# VII

## Caton et l'oracle d'Hammon.

A la porte du temple se pressaient les peuples que l'Orient
avait envoyés interroger sur de nouveaux destins le Jupiter au
front de bélier. Ils ont fait place au chef des Latins. Ses compagnons le prient d'éprouver ce Dieu si célèbre dans toute la
Libye, et de juger s'il mérite sa vieille renommée. Labienus
est celui qui le presse le plus de savoir, par l'organe des dieux,
les mystères de l'avenir : — « Le sort, dit-il, et notre bonne for-
« tune nous fait rencontrer sur notre route l'oracle et les conseils
« du plus grand parmi les immortels ; avec un tel guide nous
« pouvons traverser les syrtes et connaître l'issue fatale de la
« guerre. Quelle âme croirai-je plus digne de s'entretenir avec
« les dieux, et de recevoir leur sincère confidence, que ton âme
« sainte, ô Caton ? Certes ta vie se régla toujours sur les su-
« prêmes lois, et tu es bien l'image des dieux. Voici qu'il est en
« ton pouvoir de communiquer avec Jupiter. Consulte-le sur
« les destins de l'odieux César ; qu'il te révèle le sort futur, qu'il
« te dise s'il sera permis aux peuples de jouir de leurs lois et

« de leur liberté, ou si nous perdons tous les fruits de la guerre
« civile. Remplis ta poitrine des divins accents. Amant de l'au-
« stère vertu, demande-lui du moins quelle est cette vertu :
« qu'il te donne la règle de l'honnête... »

Caton, plein du dieu qu'il porte dans les profondeurs de son
âme, laisse tomber de sa bouche ces paroles dignes de l'oracle :
— « Que veux-tu, Labienus, que je demande ? si j'aime mieux
« succomber libre sous les armes, que de voir un tyran ? si la
« vie n'est rien ? Et fût-elle longue, qu'importe sa durée ? si
« parfois la violence fait tort à l'homme de bien ? si la fortune
« perd ses menaces aux prises avec la vertu ? s'il suffit de vou-
« loir ce qui est louable ? si l'honnête n'emprunte jamais rien
« de sa gloire au succès ? Nous savons tout cela : Hammon
« ne pourrait pas nous donner des convictions plus profondes
« Tous nous tenons aux immortels; et lors même que ce temple
« se tait, nous ne faisons rien sans le vouloir de la divinité.
« Elle n'a pas besoin de paroles : en nous donnant l'être, elle
« nous dit tout ce qu'il est permis de savoir. A-t-elle été choisir
« de stériles déserts pour n'instruire que le petit nombre, pour
« enfouir la vérité sous ces plaines de sables? Est-il une autre
« demeure pour elle, que la terre, la mer, l'air, le ciel et la vertu?
« Que cherchons-nous les dieux ailleurs? Jupiter est tout ce
« que tu vois, tout ce que tu touches. Laisse les sortiléges aux
« cœurs irrésolus, toujours inquiets sur les hasards de l'avenir.
« Pour moi, ce ne sont pas des oracles, c'est de la mort que
« j'attends la certitude. Lâche ou brave, il faut mourir; il suffit
« que Jupiter nous ait dit cela. » — Ainsi parle Caton, et, sans
faire outrage à la foi de l'oracle, il s'éloigne du sanctuaire laissant aux nations leur Hammon, sans l'éprouver.

Dans sa main il porte ses javelots: à pied, il marche en tête
de ses légions haletantes, et leur montre à supporter la chaleur, sans le commander. On ne le voit pas mollement reposé
sur les épaules de ses braves, ou siégeant sur un char : c'est de
tous le plus sobre de sommeil ; c'est lui qui le dernier étanche
sa soif. Qu'après une longue fatigue, on rencontre enfin une
source, dont le soldat épuisé court boire les ondes pures ; il
attend pendant que les goujats s'abreuvent. Oui, si la plus
haute gloire ne doit être acquise qu'aux vrais hommes de bien,

si l'on doit considérer la vertu toute nue, sans tenir compte du succès, tout ce que nous vantons dans nos ancêtres ne fut qu'un don de la Fortune. A qui jamais les faveurs de Mars, à qui le sang des peuples méritèrent-ils un si grand nom? Pour moi, j'aimerais mieux conduire cette marche triomphale à travers les syrtes et les déserts de la Libye, que gravir trois fois le Capitole sur le char de Pompée, que de serrer le cou de Jugurtha. Le voici, Rome, le vrai père de la patrie, le plus digne de tes autels, celui par lequel tu n'auras jamais honte de jurer, et que, si jamais tu relèves une tête libre, tu compteras alors parmi les dieux !

## § IX.

### PERSE.

Je veux, après Sénèque et Lucain, donner sa place à un poëte qui mourut avant eux, mais qui était beaucoup plus jeune que le premier et de quelques années à peine plus âgé que le second. C'est Perse. Stoïcien, comme eux, il représente pour nous le côté le plus intéressant de cette grande doctrine, dont Sénèque et Lucain furent les interprètes parfois téméraires, souvent peu dignes ; sa vie est en rapport exact avec les principes qu'il a adoptés ; pas une contradiction, pas une défaillance, pas un acte équivoque. Sa poésie aussi est toute stoïcienne, non-seulement par la pureté et l'élévation, mais aussi par l'effort pénible, la tension douloureuse.

Perse (*Aulus Persius Flaccus*) est né l'an 787 (34 ap. J.-C.), et il est mort à vingt-huit ans, l'an 815 (62 ap. J.-C.). Il appartenait à une famille équestre distinguée, vraisemblablement originaire d'Étrurie et de Volaterra ; c'était dans les provinces et surtout dans ce pays grave et religieux que les vieilles mœurs avaient encore des re-

présentants. Élevé avec le plus grand soin par sa mère
Fulvia Sisennia, il vint à Rome à l'âge de douze ans pour
y achever ses études. Là, il eut pour maîtres le grammairien Palémon et le rhéteur Virginius Flavus, une des
futures victimes de Néron. Parmi ses condisciples, il
compta le poëte Lucain. Mais l'enseignement qui saisit
cette âme pure et profonde, ce fut celui de la famille
d'abord, et, en dernier lieu, celui du stoïcien Cornutus.
Sa famille comptait parmi ses membres Thraséas et
Helvidius Priscus, c'est-à-dire ce qu'il y avait alors de
plus honnête et de plus courageux dans tout l'empire.
Les femmes participaient à cet héroïsme; la fameuse
Arria leur en avait donné l'exemple sous Tibère ; la seconde Arria allait le suivre, et la jeune Fannia, fille de
Thraséas, femme d'Helvidius Priscus, grandissait dans
les mêmes sentiments. Voilà le milieu dans lequel se
forma cette âme naturellement portée aux choses d'en
haut. Jeune, beau, riche, il ne songea pas un seul instant à imiter la triste jeunesse d'alors, qui portait dans
les dissipations de tout genre l'ardeur qu'elle eût mieux
aimé consacrer au service de la patrie : il avait une pudeur virginale, dit son biographe; et il était comme
nourri d'héroïsme. Thraséas, son parent, l'aimait tendrement, et souvent même se faisait accompagner par lui
dans ses voyages. Mais il ne semble pas qu'il ait essayé
de pousser le jeune homme vers la vie publique. Thraséas
ne sentait que trop que cette délicate nature n'eût pu
se plier aux dures nécessités des temps. Enfin, dès l'âge
de seize ans, il fit choix d'un maître dont il ne se sépara
plus : ce fut l'austère Cornutus, qui devint comme son
père et le directeur de son âme. Les vers que lui adresse
le poëte sont les plus touchants, les seuls touchants qu'il

ait écrits : l'âme toujours tendue s'est comme oubliée
dans une effusion de tendresse.

Telle est cette douce figure de Perse : elle attire, par
un charme mélancolique. Ce beau jeune homme qui vécut si pur, si loin des vilenies de ce temps misérable,
dans la société des derniers grands citoyens de Rome,
entouré de ces nobles femmes prêtes à accompagner
au supplice leurs époux, et toujours suivi de ce grave
stoïcien qui brava Néron en face et mourut dans l'exil,
exerce sur l'imagination une séduction véritable. Joignez
à cela une santé délicate, un corps languissant que soutient une âme énergique, et cette mort prématurée, qui
survient avant que son génie ait pu donner tous ses fruits ;
c'en est bien assez pour expliquer la vive sympathie dont
il a été l'objet, et l'admiration pieuse en quelque sorte
dont on a entouré sa mémoire. Mais il s'en faut que
l'œuvre mérite les mêmes éloges.

Nous ne possédons de Perse que six satires de médiocre étendue : elles ne parurent qu'à sa mort, après avoir
été retouchées par son maître Cornutus, et ce fut Césius
Bassus, ami de Perse, poëte lyrique estimé alors, qui
s'en fit l'éditeur. L'ouvrage n'était pas terminé, ou du
moins Perse n'y avait pas mis la dernière main. Les cor-
rections de Cornutus durent porter sur quelques passages
trop hardis et qui renfermaient une censure des prétentions poétiques et politiques de Néron encore fort jeune
alors. Quoi qu'il en soit, les contemporains admirèrent
beaucoup les satires, si l'on en croit le pseudo-Suétone
qui a écrit la biographie de Perse ; cependant le nom du
poëte n'est cité qu'une fois par Quintilien et par Martial.

Le principal, l'irrémédiable défaut des satires de Perse,
c'est l'obscurité. On passerait volontiers condamnation sur

certains détails peu clairs, pourvu que l'ensemble se
dessinât nettement devant les yeux : mais l'obscurité s'é-
tend à la composition elle-même. Il n'est pas facile de
distinguer le véritable sujet de telle ou telle satire ; l'ordre des idées échappe ; souvent même on ne sait si l'auteur garde la parole ou la cède à un interlocuteur : bref,
il faut payer chèrement les beautés rares mais réelles
qui éclatent dans l'œuvre. A quoi tient cette obscurité ? Il se peut que les éditeurs Cornutus et Césius Bassus
aient cherché à voiler l'expression de quelques passages
trop hardis : mais, comme l'a fort judicieusement remarqué Bayle, Perse est toujours obscur, même quand il
expose des maximes morales d'une incontestable évidence
et qui ne pouvaient être dangereuses à leur auteur.
L'obscurité est donc chez lui comme un vice naturel.
Ce vice est le produit de la solitude et de la doctrine.
Perse ne se mêla point aux hommes : renfermé dans le
petit cercle de parents et d'amis qui suffisaient à son
âme, il n'a pas vu cette forte lumière qui se dégage du
spectacle des hommes et des choses, et renvoie pour ainsi
dire au poëte ses propres idées et ses sentiments, revêtus
d'une couleur plus chaude. Que sait-il des passions et
des misères morales ce jeune homme qui essaye d'en
tracer un tableau ? Ce que lui en ont appris les manuels
des stoïciens, les conversations chastes et réservées de
ses parents, c'est-à-dire, la face purement extérieure.
Il sait ce qui est bien, ce qui est mal, en quoi consistent
la véritable liberté, le véritable bonheur, la véritable
piété ; mais le poëte n'est pas un théoricien, et le satirique gagnera plus à la vue des turpitudes humaines qu'à la
contemplation des principes de la sagesse. Il lui manque
donc l'expérience : il n'a pas éprouvé les troubles des

passions, il n'en a pas été le témoin. De là, du vague dans ses peintures, une grande indécision. Joignez à cela la doctrine elle-même dans laquelle il s'est comme barricadé, rude et saine doctrine, que nul n'admire plus que moi, mais qui ne peut se plier aux douces exigences de la poésie. Le stoïcien est un homme dont l'âme est toujours tendue, dont la raison est toujours droite, rigide, inflexible, qui vit dans un effort incessant : au dedans de lui-même il sent l'ennemi qui guette sa proie, ce sont les passions, il prétend les anéantir. Au dehors, il sent toutes les misères, tous les périls attachés à la condition humaine ; il se roidit contre eux d'avance, d'avance les brave, et reste libre. Cette vie de lutte continuelle contre le dehors et le dedans, c'est la mort de l'imagination. Le poëte satirique est un homme indigné qui épanche sa colère : le stoïcien est inaccessible à la colère ; il a un froid dédain pour les misères de ses semblables, mais rien ne trouble la sérénité de son âme.

Voilà ce qui donne à l'œuvre de Perse cette couleur indécise, ce je ne sais quoi de roide et de heurté. Ne cherchez point ici la verve impétueuse de Lucilius. Perse n'a pas cette flamme qui brûle le cœur ; de plus, il tourne et retourne sans cesse sa pensée, cherchant à retrancher la moindre superfluité, à condenser l'expression jusqu'aux dernières limites de la concision, qu'il dépasse souvent. Œuvre laborieuse, où l'on sent bien l'homme qui se ronge les ongles jusqu'à la chair, comme il le dit lui-même, pour conserver cette sobriété rigide, cette attitude grave du sage qui frappe sans s'émouvoir.

La première satire de Perse a pour sujet, *les prétentions des gens de lettres de son temps*. C'est une critique fort obscure pour nous qui n'avons pas les originaux sous

les yeux, de certains poëtes contemporains, et probablement de Néron lui-même. On ne voit pas bien quelles
sont les théories littéraires de l'auteur. Il semble railler
les amateurs d'archaïsmes et continuer la guerre d'Horace contre les admirateurs de la vieille littérature nationale. Peu d'originalité et de relief. La deuxième satire
est bien supérieure. Elle a pour sujet *la prière*. C'est une
invective énergique contre ces dévots qui demandent aux
dieux des biens fragiles, dangereux, ou qui se flattent de
les corrompre par leurs présents. Ce sujet était presque
un lieu commun. Sénèque l'a traité avec son éloquence
éclatante, et Juvénal en a tiré l'admirable satire dixième.
Perse s'est borné à soixante-quatorze vers, dont les derniers sont d'une belle venue et d'un souffle élevé. Je les cite.

« O cœurs penchés vers la terre, oh ! que vous êtes
vides des pensées d'en haut ! Quelle idée que celle de porter nos préjugés dans les temples, et de juger de ce qu'il
plaît aux dieux d'après les convoitises abjectes de notre
chair ! La chair ! oui, c'est elle qui, pour son usage, fait
dissoudre la cannelle dans le suc corrompu de l'olive, et
bouillir les toisons de la Calabre dans la pourpre profa-
née. C'est pour elle que l'on détache la perle du co-
quillage, et que du sein vierge de la terre on extrait le
métal pour le condenser en lingots brûlants. Oui, c'est
la grande coupable : au moins ses corruptions sont pour
elle une jouissance. Mais les dieux !... prêtres, dites-le-
moi, que font-ils de votre or ? Ce que fait Vénus de la
poupée que lui offre une petite fille. Ne pourrions-nous
pas plutôt donner aux dieux une offrande que le descendant chassieux du grand Messala ne leur présentera jamais
sur ses plats d'or : je veux dire une âme affermie dans
les sentiments de la justice et du droit, un cœur qui ne

cache en ses replis, aucune pensée mauvaise, un caractère auquel l'honneur a donné sa généreuse trempe? Oh
puissé-je apporter au temple pareille offrande, et avec
cela le plus simple gateau suffira à la divinité. »

La troisième traite *de la paresse.*

La quatrième est dirigée contre la vanité présomptueuse
de ceux qui prétendent diriger les affaires publiques.
C'est un ressouvenir du premier Alcibiade de Platon : on
suppose que le poëte avait en vue le jeune Néron. Cette
satire renferme des détails d'une crudité dégoûtante.

La cinquième traite de la *véritable liberté.* C'est de
beaucoup la plus parfaite, mais, à vrai dire, ce n'est pas
une satire. C'est un épanchement tendre du disciple de
Cornutus dans le sein de son maître. Dans la dernière
partie seulement le poëte met en scène ceux qu'il représente comme les esclaves de quelque passion qui les ty-
rannise, la cupidité, l'amour, l'ambition.

La sixième a pour sujet l'avarice ou plutôt contre
l'emploi qu'on fait de son argent.

Si l'on lisait les satires de Perse pour se faire une idée
exacte des mœurs des Romains au temps de Néron, on serait déçu. Rien ne ressemble moins à Juvénal que Perse.
Le premier voit, sent et rend ce qu'il a vu et senti. En
grand poëte qu'il est, il fuit l'abstraction, et peint des
types vivants. Rarement il mêle à ses tableaux une
théorie morale ; mais ses tableaux sont un enseignement.
J'ai dit pourquoi Perse ne voyait point ainsi : il avait rarement les yeux braqués sur le monde extérieur. Au fond,
les vices et les ridicules qu'il censure, il ne les considère
que d'une façon abstraite, et comme une déviation à
cette fameuse ligne droite des stoïciens, à la raison pure.
De nuances, de distinctions, de gradations, il n'en faut

pas chercher en lui ; pour les stoïciens toutes les fautes sont égales. De là, le manque de souplesse, de mesure et partant de vérité. Je ne vois dans ces satires qu'un seul type vivant : c'est une esquisse rapidement jetée, mais le personnage a été vu et senti. Peut-être s'attendait-on parfois dans les conversations du soir qui réunissaient la famille de Thraséas, à le voir entrer tout à coup, le glaive à la main, ou porteur d'une sentence de mort. Ce personnage, c'est l'épais centurion, le collaborateur de César, qui au corps de garde s'essaye à railler lourdement les nobles sénateurs stoïciens, en attendant qu'il reçoive l'ordre de les égorger, ou leur signifie l'ordre de se tuer eux-mêmes. Le voici.

« Ici quelqu'un m'arrête : « c'est un vieux bouc de « centurion. » En fait de philosophie, dit-il, j'ai ce qu'il me faut. Je ne tiens pas à devenir un Arcésilas, un de ces Solons moroses, toujours la tête basse, l'œil fixé à terre, toujours grognant entre leurs dents et rageant en silence, ces gens qui, la lèvre en avant, ont toujours l'air d'y peser leurs mots, ruminant sans cesse quelque radotage de vieux malade : « Que de rien ne naît rien, que rien ne retourne au néant. » Et c'est là ce qui te rend blême, c'est là ce qui te coupe l'appétit ? A ces mots hilarité universelle, et là-dessus nos militaires, des gaillards bien nourris, ma foi ! partent tous d'un éclat de rire convulsif qui leur plisse le nez (1). »

## VIII

### Perse.

C'est à toi seul aujourd'hui, Cornutus, ô mon ami, que, docile à la voix de la muse, je veux dévoiler tout mon cœur.

(1) *Sat.*, III, traduct. Despois. Et aussi *Sat.*, V, derniers vers.

Il m'est doux de te montrer quelle place tu tiens dans mon âme. Frappe ici, toi dont le doigt sait reconnaître le vase fêlé qui sonne faux, toi qu'on n'abuse point avec des paroles fardées.

Si j'osais demander cent voix, ce serait afin de tirer du plus profond de mon âme des accents capables de te convaincre que tu l'occupes tout entière, ce serait pour te révéler ce sentiment qui se cache dans les fibres les plus secrètes et que la parole humaine ne saurait exprimer. — Le jour où je quittai la pourpre qui protège l'enfance, où, effrayé de ma liberté, je suspendis ma bulle d'or en offrande à mes Lares court-vêtus, le jour où je n'eus plus autour de moi que des compagnons commodes, où la toge blanche, s'arrondissant sur ma poitrine, m'eut donné le droit de hasarder impunément mes regards dans le quartier de Suburre ; à cette heure où deux routes, s'ouvrant et s'embranchant devant nous, font hésiter notre inexpérience ; c'est alors que je me soumis à ta direction. Grâce à toi, la philosophie, cette fille de Socrate, ouvrit ses bras à ma jeunesse ; alors, sans se faire sentir, la règle vint redresser mes mœurs déjà faussées. La raison s'empara de mon cœur qui travaillait à être vaincu par elle ; ton art façonna mon âme, ton pouce lui donna sa forme. Avec toi, il m'en souvient, je passais mes journées entières ; avec toi, je prenais mes repas à la tombée de la nuit. Le travail, le repos, tout nous était commun : un souper modeste nous délassait des pensées sérieuses. N'en doute pas, nos deux existences, unies par une harmonie constante, subissent l'influence de la même constellation. Est-ce aux deux bras égaux de la Balance que la Parque, amie de la vérité, a suspendu notre destinée commune ? L'heure favorable aux sympathies fidèles a-t-elle attaché nos âmes au double signe des Gémeaux ? Est-ce la bonté de Jupiter qui écarte de nous l'influence funeste de Saturne ? Je l'ignore ; mais le même astre, quel qu'il soit, règle ma vie pour la tienne.

## § X.

### PÉTRONE.

Sénèque, Lucain, Perse, sont comme une protestation contre les turpitudes de la cour de Néron, protestation

éloquente souvent et amère, souvent aussi déclamatoire
et excessive, comme il arrive d'ordinaire, quand on n'a
pas été mêlé aux événements ou qu'on y a été compromis.
Que dire d'un autre écrivain, qui mourut la même année que Lucain, sur l'ordre de Néron, comme lui, et qui
a laissé un ouvrage dont on n'est pas encore parvenu à
bien déterminer le caractère et le but ? Cet écrivain est
Pétrone. On croit généralement que l'auteur du livre intitulé *Satyricon*, est le même que le personnage à qui
Tacite a consacré deux chapitres du seizième livre de ses
Annales : les voici.

« Pétrone (Publius ou Caius Petronius Arbiter) consacrait le jour au sommeil, la nuit aux devoirs et aux
agréments de la vie. Si d'autres vont à la renommée par
le travail, il y alla par la mollesse. Et il n'avait pas la réputation d'un homme abîmé dans la débauche comme la
plupart des dissipateurs, mais celle d'un voluptueux
qui se connaît en plaisirs. L'insouciance même et l'abandon qui paraissaient dans ses actions et dans ses paroles,
leur donnait un air de simplicité, d'où elles tiraient une
grâce nouvelle. On le vit cependant proconsul en Bithynie
et ensuite consul, faire preuve de vigueur et de capacité.
Puis retourné aux vices ou à l'imitation calculée des vices,
il fut admis à la cour parmi les favoris de prédilection.
Là, il était l'arbitre du bon goût ; rien d'agréable, rien de
délicat pour un prince embarrassé du choix que ce qui
lui était recommandé par le suffrage de Pétrone. Tigellin
fut jaloux de cette faveur : il crut avoir un rival plus
habile que lui dans la science des voluptés. Il s'adresse
donc à la cruauté du prince contre laquelle ne tenaient
jamais les autres passions, et signale Pétrone comme ami
de Scévinus : un délateur avait été acheté parmi ses escla-

ves, la plus grande partie des autres jetés dans les fers, et la défense interdite à l'accusé.

« L'empereur se trouvait alors en Campanie, et Pétrone l'avait suivi jusques à Cumes où il eut l'ordre de rester. Il ne soutint pas l'idée de languir entre la crainte et l'espérance, et toutefois il ne voulut pas rejeter brusquement la vie. Il s'ouvrit les veines, puis les referma, puis les ouvrit de nouveau, parlant à ses amis et les écoutant à leur tour : mais dans ses propos rien de sérieux, nulle ostentation de courage ; et de leur côté point de réflexions sur l'immortalité de l'âme et les maximes des philosophes. Il ne voulait entendre que des vers badins et des poésies légères. Il récompensa quelques esclaves, en fit châtier d'autres ; il sortit même, il se livra au sommeil, afin que sa mort, quoique forcée, parût naturelle. Il ne chercha point, comme la plupart de ceux qui périssaient, à flatter par son codicille ou Néron, ou Tigellin, ou quelque autre des puissants du jour. Mais sous les noms de jeunes impudiques et de femmes perdues, il traça le récit des débauches du prince, avec leurs plus monstrueuses recherches, et lui envoya cet écrit cacheté ; puis il brisa son anneau, de peur qu'il ne servît plus tard à faire des victimes. »

Tel est le personnage : c'est lui, selon toute vraisemblance, qui est l'auteur d'un ouvrage dont aucun modèle n'existait avant lui. Jusqu'au milieu du dix-septième siècle, on n'en possédait que des fragments plus ou moins importants, lorsqu'on en découvrit en 1662 un morceau considérable qui forme l'épisode qu'on appelle le *festin de Trimalcion*. Le livre est un roman, j'ajoute, un roman obscène et satirique. Je croirais sans peine que la première idée du *Satiricon* fut inspirée à Pétrone par les romans grecs, connus sous le nom de *Fables Milésiennes* (Μιλησινὰ, Μιλήσιοι λόγοι) et dont un certain Aristides de Milet fut l'inventeur. Ces récits, d'une rare licence à ce qu'il paraît, obtinrent grande faveur à Rome dans les derniers temps de la république. Crassus, dans son expédition contre les Parthes, emportait avec lui ces singulières productions, et les principaux officiers de son armée faisaient comme lui. Il se trouva même un érudit romain pour les traduire, c'est Sisenna. Mais Pétrone ne fut pas un traducteur, ni même un imitateur ; l'œuvre est toute romaine : elle a un nerf et une amertume qui n'ont rien d'attique ni d'héllénique. Les Grecs ont peut-être autant d'esprit, mais ils n'ont pas cette vigueur de pinceau.

L'analyse du *Satiricon* est impossible : on ne peut même donner une idée des aventures qui y sont rapportées, ni des héros qui y figurent. Il y a là un mélange de cette crudité romaine que rien ne rebute, et de cette élégante corruption grecque qui jette des fleurs sur la boue. C'est à Naples et à Crotone, que se passent les principales scènes du roman : mais il n'est pas difficile de retrouver la Rome impériale dans la peinture que fait l'auteur de ces villes de province. Un côté des mœurs romaines semble l'avoir surtout frappé, la poursuite des héritages : c'était là en effet une des plaies les plus graves de la société d'alors. Le mariage était non-seulement méprisé, mais regardé comme la pire des spéculations. Un père de famille ayant dans ses enfants des héritiers naturels, nul ne faisait attention à lui ; un vieux célibataire au contraire était choyé et caressé de tous ; chaque jour il faisait et refaisait son testament, attirait les petits soins, les prévenances, les cadeaux, et souvent en mourant dupait ceux qui avaient cru s'assurer son héritage.

Les trois aventuriers dont Pétrone raconte les prouesses
s'associent pour exploiter les captateurs de testaments :
un vieux poëte ruiné joue le rôle de vieillard sans enfants, fort riche, mais gêné pour le moment; il n'a sauvé
d'un naufrage terrible que deux esclaves, ses compères.
Il attend chaque jour l'envoi de sommes considérables.
Aussitôt les offres de service pleuvent sur lui : on prodigue au misérable les plus viles complaisances. Voici le
portrait que trace l'auteur des mœurs Crotoniates. « Si
« vous êtes commerçants, si vos spéculations n'ont
« d'autre base que la probité, renoncez à votre dessein,
« cherchez fortune ailleurs. Mais si vos moyens sont d'un
« ordre plus relevé, plus distingué, si vous avez le cœur
« de bien mentir, allez, vous vous enrichirez ici. Dans
« notre ville on ne fait nul cas des dons du génie; l'élo-
« quence y est dédaignée, la sobriété, la pureté des
« mœurs n'y ont aucun succès, les gens du pays sont
« divisés en deux classes : des dupes et des fripons. Ici
« on n'élève point d'enfants; l'homme qui a des héritiers
« naturels, on ne l'invite ni à dîner ni au spectacle :
« tous les plaisirs lui sont refusés, il est réduit à cacher
« son ignominie. Mais quand on ne s'est jamais marié,
« quand on n'a pas de proches parents, on parvient aux
« plus brillants honneurs. Un célibataire, c'est un héros,
« le seul brave, le seul honnête homme. Vous allez voir
« une ville qui ressemble à une grande plaine en temps
« de peste : il n'y a que des cadavres et sur les cadavres
« des corbeaux. Mes amis, voilà ce que je cherche, dit
« Eumolpe, voilà justement la société qui me convient. »

L'épisode du festin de Trimalcion, qui forme près de la
moitié de l'ouvrage, est une des plus remarquables productions de la littérature romaine. Quel est ce Trimal-

cion ? A certains traits (1) il est impossible de méconnaître cet empereur grotesque que Sénèque avait déjà bafoué dans l'*Apocoloquintose*, Claude. Mais la physionomie du personnage a un bien autre relief : vous retrouvez en lui la jactance et la bassesse du parvenu, un étalage de mauvais goût, quelque chose comme Turcaret en goguette, fier du luxe dont il éblouit ses hôtes, et plein de mépris pour eux, ayant toujours à la bouche sa propre histoire, c'est-à-dire le génie qui lui a valu cette opulence ; car Trimalcion ne rougit pas de sa basse extraction, elle le remplit d'orgueil : ne lui a-t-il pas fallu déployer des facultés extraordinaires pour parvenir à la splendeur de sa fortune présente ? Quelles facultés ? L'auteur nous le dit à la fin. Trimalcion a débuté dans la vie par les plus vils et les plus déshonorants métiers. L'argent que lui a rapporté cette industrie, il l'a appliqué au négoce ; il a équipé des vaisseaux, il s'est enrichi par le trafic ; puis les successions sont venues, car il n'a pas d'enfants. Il est à cette heure tellement riche qu'il ne sait pas lui-même le chiffre de sa fortune ; il y a telle propriété qu'il possède depuis six mois, et que son intendant n'a pas encore eu le temps d'inscrire sur ses livres ; parmi le peuple de ses esclaves, il n'y en a pas la dixième partie qui le connaisse. Tel qu'il est, il n'est pas fier, il reçoit à sa table le premier venu, nos coureurs d'aventures par exemple. Seulement il leur dit : « Goûtez bien ce vin qui a cent années, hier, on n'en but pas d'aussi bon à ma table, et pourtant j'avais meilleure compagnie » (*honestiores cœnabant*). Le festin d'un luxe insensé et profondément ridicule est égayé par une foule d'inter-

(1) Claude porta un édit pour permettre à sa table les *flatus ventris*. — Trimalcion va plus loin encore.

mèdes. Trimalcion veut même qu'il y ait de la philologie entre chaque service. Il a soin de faire admirer l'ordonnance du repas, l'art de ses cuisiniers, et surtout les coupes où l'on verse les vins délicats. A ce propos, il fait montre d'érudition. Il raconte qu'Annibal après la prise de Troie fit jeter au feu toutes les statues d'airain, d'or et d'argent, et que de leur fusion résulta le fameux bronze de Corinthe. Seul il en est propriétaire. Le travail de ces coupes est merveilleux : l'une d'elles représente Cassandre égorgeant ses enfants ; l'autre Dédale enfermant Niobé dans le cheval de Troie. Un esclave déclame des vers de l'*Iliade*. Il les explique aux convives : « Diomède « et Ganymède étaient frères ; Hélène était leur sœur ; « Agamemnon l'enleva, et mit à sa place la biche de « Diane. » Homère raconte les combats des Troyens et des peuples du Latium. Agamemnon fut vainqueur et consentit qu'Achille épousât Iphigénie, ce qui mit, comme vous l'allez voir, Ajax en fureur. » Puis au milieu de toutes ces folies de l'orgueil et de la débauche, la pensée de la mort qui intervient : tandis que les coupes circulent, au milieu de l'ivresse, un esclave pose sur la table un squelette d'argent. Malheureux ! « malheureux que nous « sommes, s'écrie Trimalcion, tout l'homme n'est que « néant ! ainsi nous serons tous, quand l'Orcus nous em- « portera. Vivons donc, tant que nous pouvons jouir ! » Il a du reste déjà commandé son tombeau, construit sur des dimensions colossales avec des inscriptions dignes de lui. Mais, en mourant, il affranchira tous les esclaves. « Les esclaves aussi sont des hommes : ils ont bu le même lait que nous, et si une mauvaise destinée pèse sur eux, cependant, de mon vivant ils boiront l'eau de la liberté. Du reste par mon testament je les affranchis tous. » (*Æque unum lactem biberunt, etiamsi illos malus fatus op-presserit.)*

J'en aurai fini avec Pétrone lorsque j'aurai mentionné les deux seuls passages que relèvent d'ordinaire les critiques dans son livre : l'un est relatif aux rhéteurs, l'autre aux poëtes. Dans le premier, Pétrone semble reprocher aux déclamateurs la ruine de l'éloquence. En exerçant les jeunes gens sur des sujets fictifs, ils ne les préparent en rien aux luttes sérieuses du barreau ; de plus, ils ont introduit le goût de cette éloquence orientale, excessive, chargée de couleurs fausses, qui est aujourd'hui à la mode. Rien de plus juste ; mais le rhéteur Agamemnon répond avec une certaine raison que l'enseignement a été vicié par le goût du jour, que les parents exigent qu'on apprenne à leurs enfants , non ce qui est bien, mais ce qui réussit dans le moment : de plus ils veulent que les études ne durent pas longtemps, que le jeune homme soit de bonne heure mis en état de gagner sa vie, de réussir dans le monde. Tout cela est encore vrai ; donc la conclusion de Pétrone serait que le mal est irrémédiable : pour moi, j'en suis persuadé, comme je crois aussi qu'il en prenait fort bien son parti Épicurien, sceptique, homme d'esprit, il voyait, jugeait, mais quant à s'indigner ou à gémir, il en était bien incapable. *Ergo vivamus, dum licet esse bene.* La devise de Trimalcion est la sienne : il y joindrait volontiers celle-ci, non moins célèbre :

Et sinamus mundum ire quomodo vadit.

(Et laissons aller le monde comme il va.)

L'autre passage semble une allusion directe à la *Pharsale*. Le poëte Eumolpe refait le début de l'œuvre de

Lucain. Ce qu'il reproche à celui-ci, c'est de n'avoir pas distingué l'histoire de la poésie. Il fallait relever le récit des faits par l'adjonction du merveilleux. Par cette critique, Pétrone se rattache à l'École virgilienne ; c'est tout ce qu'il a conservé des anciennes traditions, car c'est bien un homme de son temps.

Il l'est surtout par sa langue qui est belle, pure et forte, plus précise que celle de Sénèque, avec moins d'éclat, mais plus de souplesse peut-être.

# CHAPITRE II

Juvénal. — Martial. — Stace. — Silius Italicus. — Valerius Flaccus.

## § I.

Les règnes détestables de Claude et de Néron virent naître un certain nombre d'écrivains doués de talents remarquables, mais sur qui pesèrent cruellement les misères de cette triste époque. Juvénal, Martial, Stace, Silius Italicus, Valerius Flaccus n'étaient pas des poëtes méprisables, bien qu'il faille mettre les deux premiers bien au-dessus des autres; les deux Pline, Quintilien viennent immédiatement après les plus grands; quant à Tacite, il faut lui faire une place à part. Il est en dehors et au-dessus de ses contemporains; peut-être même au-dessus de Salluste et de Tite-Live. Étudions d'abord les poëtes, et, parmi eux, ceux qui nous présenteront un tableau fidèle de cette société romaine devenue la proie du principat et des vices qu'il amenait à sa suite. A ce point de vue, Stace n'est pas dépourvu d'intérêt, mais qu'il est pâle et insuffisant auprès de Juvénal et de Martial !

Suivant une biographie fort courte et parfois obscure attribuée à Suétone, Juvénal (*Decimus Junius Juvenalis*) est né l'an de Rome 795 (après J.-C. 42). Dodwell reporta sa naissance à l'an 791. De sa famille on ne sait rien : suivant Suétone son père ou celui qui l'éleva (*incertum filius an alumnus*) était un riche affranchi. Il naquit à Aquinum, ville des Volsques. Il vécut plus de quatre-vingts ans, et assista aux règnes de Caligula, Claude, Néron, Galba, Othon, Vitellius, Vespasien, Titus, Domitien, Nerva, Trajan, et mourut sous Adrien. Le pouvoir absolu donnait ses fruits ; et quelques princes honnêtes inter- calés parmi des monstres, faisaient mieux sentir encore la dureté de ces temps, où tout dépendait du caprice d'un seul. Juvénal étudia l'éloquence, mais par goût, et sans ambition ; il ne se destinait ni à l'enseignement ni à la vie publique. (*Animi magis causa quam quod scholæ se aut foro præpararet.*) Jusqu'à l'âge de qua- rante ans, il se livra à la déclamation. J'ai dit ce qu'il fallait entendre par là. De tels exercices prolongés jusqu'à un âge si avancé indiquent une passion véritable : aussi le poëte porta-t-il dans ses vers les habitudes et la couleur oratoires. Presque tous ses contemporains reçurent la même éducation et s'adonnèrent à cette rhétorique vide et ampoulée, puis la portèrent dans des sujets où elle était froide et déplacée : Juvénal (et c'est là une part de son génie) écrivit des satires. La satire est le genre démons- tratif en vers. De là, l'étroite convenance du sujet et du style. Il ne cessa de déclamer que pour commencer d'écrire, et, quand il écrivit, il déclama encore. Suivant toute probabilité, c'est sous Domitien qu'il composa ses premières satires, mais il se garda bien de les lire en pu- blic. Elles ne parurent que sous Adrien. L'une d'elles, la septième, renfermait un trait piquant à l'adresse d'un his- trion, le pantomime Pâris, une des victimes de Domitien : des courtisans charitables y virent une allusion à un acteur chéri d'Adrien, et le prince envoya le poëte en Égypte à l'âge de quatre-vingts ans, avec le titre de préfet d'une cohorte ; il y mourut bientôt. Que dire des commentateurs, qui ne virent là qu'une aimable plaisanterie, du prince ? Il est vrai qu'il eût pu le faire périr à Rome même.

Tel est l'homme. Il s'est tenu en dehors des événements de son temps, non par indifférence, mais par prudence, je dirais même par dégoût, et il a été néanmoins victime d'une de ces cruelles fantaisies impériales auxquelles son obscurité eût dû le soustraire. Quant au poëte, il a été en effet, comme le dit Boileau, « élevé dans les cris de l'école. » A-t-il *poussé jusqu'à l'excès sa mordante hyperbole ?* Qu'on lise Tacite, Suétone, Martial. Voyons l'œuvre.

Les satires de Juvénal sont au nombre de seize (1), et les grammairiens anciens les distribuaient en cinq livres, division abandonnée depuis. La seizième sur *les avantages de l'état militaire* est d'une authenticité douteuse : elle est cependant fort ancienne, car Servius et Priscien en citent quelques expressions, et l'attribuent à Juvénal.

Je vais indiquer brièvement le sujet de chacune de ces satires.

Dans la première, qui est une véritable préface, Juvénal expose les motifs qui le poussent à écrire des satires. Il ne peut contenir sa bile devant les infamies qu'il a sous les yeux ; il faut qu'elle s'épanche. S'il n'a pas de génie, l'indignation lui dictera des vers. « Non, dit-il, non, les « siècles à venir n'ajouteront rien à nos dépravations : en « fait de passions et de vices, je défie nos descendants de « trouver du nouveau. Tout vice est à son comble et ne

(1) Otto Ribbeck sur des preuves insuffisantes n'en admet que dix d'authentiques.

« peut que baisser (1). Allons, toutes voiles dehors, lan-
« çons-nous ! »

La deuxième, défectueuse dans sa composition, est une
peinture des hypocrites « qui font les Curius et dont la vie
est une éternelle bacchanale. » Le poëte y ajoute un tableau
des vices des grands, vices qui s'étalaient au grand jour.

La troisième, représente au vif la Rome de Domitien,
envahie par les aventuriers grecs, n'offrant aucune sécurité à l'honnête homme pauvre.

La quatrième a pour titre le turbot. C'est le récit de la
délibération du Sénat sur la manière dont il fallait faire
cuire un magnifique turbot offert à Domitien.

La cinquième est consacrée aux parasites, vieille industrie qui se modifiait suivant les mœurs du jour et la
bassesse de ceux qui l'exerçaient.

La sixième, qui n'a pas moins de 661 vers, a pour sujet
les femmes.

La septième énumère toutes les misères des gens de
lettres.

La huitième a pour sujet la noblesse.

La neuvième est une peinture des débauches romaines.

La dixième est intitulée : *les vœux des hommes*. Le
poëte montre combien ils sont insensés le plus souvent.

La onzième a pour sujet le luxe des festins.

La douzième pourrait avoir pour titre : « l'amitié dé-
sintéressée. » Le poëte célèbre le retour de son ami Catulus et offre aux dieux un sacrifice.

La treizième a pour sujet : le *remords*.

La quatorzième traite de l'*exemple*, de son importance
dans l'éducation des enfants.

_____

(1) J'emprunte la fidèle et vigoureuse traduction de M. Despois. (*Les
Satiriques latins*, lib. Hachette.)

La quinzième est une peinture des superstitions, surtout de celles de l'Égypte.

Enfin, la seizième expose les avantages de l'état militaire. Elle est incomplète, assez froide, et l'authenticité n'en est pas certaine.

Il serait intéressant de connaître la date de la composition de chacune de ces satires ; mais on est réduit sur ce sujet à des conjectures. Suivant toute vraisemblance, c'est dans un âge avancé que le poëte écrivit les quatre dernières, peut-être même la huitième sur *la noblesse*. Il y a en effet moins d'âpreté, une sorte de tristesse plus douce, qui convient mieux à un vieillard. Les autres durent être composées sous Domitien ou peu de temps après. Le ton en est plus amer, il y a plus d'emportement, la déclamation, proprement dite, s'y fait plus sentir. Quoi qu'il en soit, l'histoire de la société romaine sous les empereurs est là. Juvénal a compris et rendu son siècle ; il l'a vu et jugé en homme vertueux, indigné, en bon citoyen. Son témoignage est accablant pour ses contemporains. Encore une fois, je ne puis accepter pour lui le reproche d'exagération : la forme seule est excessive parfois chez lui ; mais Dion-Cassius et Suétone sont les garants de sa véracité... On leur adresserait le même reproche, s'ils n'étaient plats. Demandons-lui donc ce qu'il a vu ; nous examinerons ensuite comment il l'a vu ; quelle est la matière de son livre ; quelle en est la forme ?

§ II.

POINT DE VUE OU SE PLACE JUVÉNAL.

Ce qui constitue l'originalité du poëte satirique, c'est

le point de vue auquel il se place pour railler et flétrir
les vices qu'il a sous les yeux. S'il vit dans le monde, s'il
se pique d'être ce qu'on appelle un honnête homme, de
savoir vivre, de garder dans sa mise, son langage, ses
mœurs, ce décorum qui distingue les gens bien élevés, de
fuir tout excès choquant, sans s'interdire pourtant les
voluptés permises, il sera, comme Horace, une sorte de
moraliste mondain, qui raille les infractions au code des
bonnes manières. Esprit, grâce, vivacité sans emportement : voilà le ton du poëte, qui fuit les grands mots,
semble converser avec son lecteur, lui fait doucement
son procès, se le fait à lui-même à l'occasion. Comme il
ne sent point

> Ces haines vigoureuses
> Que doit donner le vice aux âmes vertueuses,

il ne s'indigne jamais, n'éclate jamais. Tout autre est Juvénal. Il voit les Romains de son temps comme les aurait
pu voir un Curius, un Dentatus. Il les juge et les flétrit au
nom des lois antiques abolies depuis quatre cents ans. Il
prend volontiers le ton que J.-J. Rousseau prête à Fabricius dans sa fameuse prosopopée. Les mœurs romaines,
au temps de la première guère punique, voilà son idéal.
Par là, il se rattache à Lucilius : celui-ci a représenté
les vices de la civilisation pénétrant à Rome, le vieil
esprit de la république s'armant contre eux, disputant
vaillamment le terrain. Juvénal les représente vainqueurs, triomphants, ayant libre carrière, ne songeant
même plus dans l'enivrement de la victoire au vieil ennemi qui a succombé. Il réveille ce fantôme des antiques
vertus, et le dresse menaçant devant la corruption régnante. Dans ces orgies grandioses où les descendants des

Scipions et des Métellus se plongeaient, les statues des
ancêtres sur leur piédestal de marbre contemplaient
l'abaissement de leur postérité. Juvénal prête sa voix à
ces témoins muets de tant de turpitudes. Ce n'est plus un
contemporain qui parle, c'est un homme d'autrefois qui
ne peut supporter ce qu'il a sous les yeux. Quelle force
le poëte ne trouve-t-il point dans un tel point de vue!
Mais quelle prise peut-il avoir sur les âmes? Est-il juste
d'exiger des sujets de Domitien les vertus des concitoyens
de Camille? Le moraliste ne tiendra-t-il aucun compte
de toutes les révolutions survenues? La république romaine pouvait-elle s'immobiliser et durer telle qu'elle
était au temps de Caton le Censeur? Les changements
introduits peu à peu n'étaient-ils pas nécessaires, fa-
tals, et quelques-uns d'entre eux ne sont-ils pas une
amélioration? Ne faut-il pas distinguer entre un luxe
modéré, utile, et les effroyables prodigalités de quelques
fous? Un vêtement chaud, moelleux, élégant même, est-il
le signe d'une réelle dépravation?... Toutes ces questions et bien d'autres, le philosophe, l'historien les pè-
sent, les examinent avec soin, non le poëte. Tel n'est
point son rôle, telle n'est pas sa vocation. Ce n'est pas
un débat contradictoire qu'il ouvre, c'est un réquisitoire
qu'il prononce. Il est l'accusateur public. Rien ne trouve
grâce devant ses yeux; il repoussera même les circonstances atténuantes. Suivons-le dans son œuvre.

## LA FAMILLE. — LA FEMME.

Ce qu'était la famille romaine dans les premiers siècles
de la république, chacun le sait. Pureté, dignité, majesté:
voilà son caractère. Que de vertus exigées et obtenues

sans peine de la matrone, assise à son foyer, filant la
laine et élevant pour la républiqne l'enfant en qui elle voit
déjà un citoyen romain et qu'elle vénère dès le berceau !
Quelle gravité dans l'union des deux époux ! Le mariage,
indissoluble pendant près de cinq cents ans malgré le
droit au divorce, maintient les fortes et pures traditions,
recrute l'État d'hommes libres élevés uniquement pour
l'État, et s'impose comme une obligation sacrée à tout
citoyen. La femme est dans la main du mari ; la loi ne
lui confère aucun droit ; c'est une esclave ; mais de
quelle vénération elle est entourée ! Elle a sa part dans
la majesté du peuple-roi : elle est la divinité du foyer ;
elle ne quitte l'austère maison que pour accomplir les
rites religieux auxquels est attaché le salut de l'empire.
Rien d'impur ne blesse ses regards, n'approche d'elle,
ne sort d'elle.

Voyez ce qu'elle est devenue au temps où Juvénal
écrit. Il ne recherchera point comment la femme a été
peu à peu émancipée par les lois, comment le divorce
s'est introduit dans les mœurs, comment le mariage n'est
plus qu'un contrat ou une fantaisie de quelques jours,
comment le célibat est devenu à la mode, comment les
mœurs inouïes des hommes ont avili les femmes, non ;
c'est l'historien qui marquera les étapes de cette dépravation : Juvénal peindra ce qu'il a sous les yeux. Ce
n'est plus dans l'intérieur de la maison qu'il faut chercher la Romaine : elle se promène sous les portiques, aux
rendez-vous de la galanterie ; elle est au théâtre, où elle
s'éprend des mimes, des chanteurs, des joueurs de lyre ;
elle est au cirque, où elle applaudit le gladiateur ; elle
s'attache à lui, pour lui quitte mari, enfants, patrie, avec
lui s'embarque pour l'Égypte. D'autres se font gladia-

trices : « les voilà qui se frottent d'huile comme les
« athlètes. Qui ne les a vues tirer au mur, creuser le
« but à coups d'épée, le heurter du bouclier, observer
« enfin toutes les règles de l'escrime. » Heureux le
mari, quand elle n'éprouve pas la fantaisie de se donner
elle-même en spectacle dans l'arène, casque en tête,
épée au poing ! La suivrons-nous aux mystères de la
bonne déesse ? Ces saintes cérémonies sont devenues des
orgies monstrueuses. Dans les temples, elle invoque les
dieux, elle offre des victimes, consulte les aruspices,
pour savoir si la harpe de Pollion remportera le prix
aux jeux Capitolins. Chez elle, elle ne sait que faire, défaire et refaire son visage, échafauder sa chevelure.
Malheur à l'esclave maladroite qui aura disposé irrégu-
lièrement une boucle rebelle ! « Parmi ces dames, il
« y en a qui ont des bourreaux à l'année : frappez ! dit-
« elle, et, pendant ce temps, elle se pommade le visage,
« elle écoute les propos de ses amies, elle examine une
« étoffe richement brodée d'or. Frappez encore ! Et elle
« parcourt un long journal. Frappez toujours ! Mais les
« bourreaux n'en peuvent plus. Sors ! crie-t-elle à la vic-
« time d'une voix tonnante. Justice est faite. » Ajoutez
à ces occupations les pratiques de dévotion, les pèleri-
nages imposés par les prêtres de Bellone, les immer-
sions dans le Tibre glacé ; puis, les conférences avec les
vieilles femmes de Judée, ou les aruspices d'Arménie, ou
les sorciers chaldéens, et les fabricants de poisons expé-
ditifs. Voilà la vie de la dame romaine, voilà du moins
ce qu'on en peut dire à un lecteur français. Le reste, il ne
le devinera point ; il faut le lire dans Juvénal. Demandons-
lui d'où vient cette prodigieuse dépravation. Il répond ce
qu'aurait répondu le vieux Caton : « Jadis la médiocrité

« des fortunes maintenait la chasteté de nos Romaines.
« Le vice n'osait entrer dans ces pauvres demeures ; ce
« qui l'en repoussait, c'était le travail, les longues
« veilles; c'étaient ces mains de femmes, mains labo-
« rieuses, durcies à filer les laines d'Étrurie; c'était An-
« nibal aux portes de Rome, et les citoyens debout
« sur la porte Colline. Nous souffrons aujourd'hui des
« maux d'une longue paix ; plus terrible que les armes,
« le vice s'est abattu sur Rome et venge l'univers vaincu.
« Toutes les horreurs, toutes les monstruosités de la dé-
« bauche nous sont devenues familières du jour où périt
« la pauvreté romaine. Ainsi sur nos sept monts se sont
« installées Sybaris, Rhodes, Milet, et cette folle Tarente,
« au front couronné de fleurs, aux lèvres humides de vin.
« C'est l'argent, l'argent immonde, qui le premier importa
« chez nous les mœurs étrangères; c'est l'enivrante
« richesse, le luxe avec ses honteux raffinements qui a
« brisé notre vieille énergie. »

Sa pensée revient sans cesse à ces temps de l'heureuse simplicité, non qu'il poursuive l'effet du contraste,
mais parce que son esprit violent ne voit et ne veut que
les extrêmes (1).

LE ROMAIN.

Voyons maintenant le Romain. Ici, encore, il faudra
singulièrement adoucir les traits du tableau : il y a telle
satire dont on ne peut même dire le titre. — Ce qui maintenait les anciennes mœurs, c'était la vie publique. Le
Romain soldat, agriculteur, jurisconsulte, toujours aux
armées ou dans les champs, au forum, au sénat, aux

(1) Voir un très-beau tableau des mœurs antiques (*Sat.*, XI, 83-120).

tribunaux, était absorbé par ses devoirs de citoyen ; ce que nous appelons aujourd'hui la vie privée était encore l'accomplissement d'un devoir public. — Quel vide le jour où la chose de tous devint la chose d'un seul, le jour où, « le fouet à la main, César fit trotter devant lui « le docile troupeau des citoyens de Rome (1) ! » L'oisiveté imposée à ces hommes dont la vie était si pleine ! ils se jetèrent en désespérés dans tous les vices. Juvénal a bien entrevu la cause réelle de la dégradation dont il était témoin, mais il était défendu, même sous les bons empereurs, de parler de la liberté. Il sait bien cependant qu'elle était la gardienne des anciennes mœurs. « Depuis « longtemps, depuis que nous n'avons plus de suf- « frages à vendre, ce peuple ne s'inquiète plus de rien ; « et lui qui jadis distribuait les commandements mili- « taires, les faisceaux, les légions, tout enfin, mainte- « nant il n'a plus de prétentions si hautes. Son ambition « s'est réduite à ces deux choses : du pain, des jeux au « cirque. » C'est Juvénal qui a trouvé la formule de l'Empire : *Panem et circenses.*

Tel est le peuple, ce qu'il appelle « la tourbe des enfants de Rémus » (*Turba Remi*). Que sont devenues les hautes classes de la société ? C'est sur elles que pèse plus lourdement le joug. C'est parmi les héritiers des grands noms que César choisit ses victimes (2). Condamnés à l'oisiveté, ne sachant s'ils ne seront point égorgés demain, les descendants des nobles familles cherchent dans le tumulte d'une vie d'orgies à oublier ce qu'ils ont perdu et ce qu'ils peuvent perdre à tout moment. Les uns se font les cour-

(1) *Sat.*, X.
(2) « C'est un phénomène de vieillir quand on porte un grand nom. » (*Sat.*, IV.)

tisans de Domitien, et il les convoque pour délibérer sur le sort d'un turbot. Ils font antichambre, tandis que le poisson est introduit. Enfin ils entrent à leur tour : « sur « leur face réside cette pâleur naturelle à ceux que « Domitien honore de sa redoutable amitié. Car, com- « ment s'y prendre pour ne pas irriter un tyran om- « brageux avec lequel on risquait sa tête à parler du «beau temps, de la pluie ou des brouillards du prin- « temps. » Celui-ci se sent menacé : il se déshonore pour sauver sa vie ; il descend dans l'arène. Mais le Néron chauve a déjà destiné sa tête au glaive. Cet autre échap- pera : pour n'être point victime, il s'est fait bourreau, mais avec douceur. Il devine les sentences de mort qui couvent dans l'âme du maître, « et d'un mot glissé à « l'oreille, il fait couper la gorge aux gens. » Mais toutes ces bassesses, toutes ces infâmes complaisances sont sou- vent perdues. Le maître préfère à ces porteurs de grands noms les affranchis, les étrangers venus à Rome pieds nus, qui ont exercé les plus vils métiers, et sont prêts à tout. Il trouve en eux plus de docilité, moins de scrupules, plus d'empressement à servir ses défiances et sa haine contre ces patriciens qui flattent la créature de César et la méprisent.

Juvénal n'a peut-être pas compris ce penchant du despote à s'entourer de vils ministres, qui reçoivent de lui tout leur éclat, à qui on peut tout demander, et qui ne refuseront aucun office. Il s'indigne de voir ces basses figures rangées autour de César ; il réclame cet honneur pour les vrais Romains, les fils des Scipions et des Métellus ; il peint en termes énergiques et désolés l'abais-

_____

(1) *Sat.*, IV.

sement des grandes familles ; tel patricien réduit à se
faire entrepreneur de vidanges ; tel autre tenant un
établissement de bain, un Corvinus faisant paître les
brebis d'autrui ! Il montre les nobles, « les fils des
Troyens » disputant au peuple en tunique, à la porte
d'un insolent parvenu, la sportule qui nourrira leur
famille ; des préteurs, des tribuns, voyant passer devant
eux un misérable affranchi ; un vieux citoyen romain,
forcé de céder sa place au théâtre au fils d'un prostitueur
né dans un mauvais lieu. Tout cela le révolte, et avec
raison, mais c'était la conséquence naturelle de la révolution accomplie dans la vie politique des Romains. Le
poëte s'indigne du pouvoir que donne l'argent ; il s'étonne
qu'on n'ait pas encore élévé de temple au dieu Écu ; il
attribue à ce culte de la richesse tous les vices qu'il a
sous les yeux : c'est confondre l'effet avec la cause.
L'argent ne devient une puissance énorme que dans les
sociétés où il n'y a plus rien pour lui faire contre-poids.
Donnez aux âmes une nourriture plus noble et elles
dédaigneront celle-là.

Quant aux occupations des Romains de ce temps, je
n'en dirai que peu de chose. La vie privée ne gagne point
ceux qui ont perdu la vie politique. La famille, c'était
l'État en petit ; plus d'État, plus de famille. Le mariage
ruiné par l'extrême facilité du divorce est une fantaisie
ou une spéculation. Les époux se livrent chacun de leur
côté aux vices qu'ils préfèrent. Liberté réciproque absolue, indifférence complète. Plus de foyer domestique.
Que devient l'enfant? Qu'on lise dans Tacite (Dialogue
des orateurs, §§ 28 et 29) l'éloquent parallèle entre l'éducation d'autrefois et celle de son temps. Je le résume-
rai en deux mots. Jadis on voyait dans l'enfant un

citoyen : on ne voit plus en lui qu'un embarras. C'est à
Juvénal qu'il faut demander ce que devient ce pauvre
être abandonné par ses protecteurs naturels au plus vil
des esclaves de la maison. La Satire XIV° *sur l'Exemple*,
nous montre la dépravation transmise par les pères aux
enfants. « Si ce vieillard s'abandonne aux funestes en-
« traînements du jeu, son fils qui porte encore au cou
« la bulle d'or joue déjà comme lui : voilà sa petite main
« qui s'arme aussi d'un cornet. Et cet autre jeune
« garçon, sa famille peut-elle espérer de lui des senti-
« ments plus élevés que ceux de son père, quand on le
« voit déjà savant dans l'art de préparer les truffes et ca-
« pable de faire nager des champignons et des becfigues
« sur une sauce de sa façon ! Cette science lui vient de
« son père, un vieux polisson, un goinfre à cheveux blancs.
« Le pauvre enfant n'a que sept années, toutes ses dents
« ne sont pas encore repoussées ; mais quand tu l'en-
« tourerais des maîtres les plus graves et les plus barbus,
« toujours il lui faudra une table somptueuse ; sa cuisine
« doit soutenir l'honneur de sa maison. »

Et la jeune fille, que lui enseignera sa mère ? « Peux-tu
« espérer de la fille de Larga qu'elle soit une honnête
« femme, elle qui, pour te nommer tous les amants de
« sa mère, n'en pourrait expédier la liste sans reprendre
« haleine jusqu'à trente fois ? Vierge encore, elle était
« déjà la confidente de sa mère, maintenant c'est sous
« sa dictée qu'elle écrit ses billets doux ; et elle les fait
« porter à ses amants par les mêmes drôles dont s'est
« servie sa mère. »

Voilà les exemples que l'enfant a sous les yeux, l'éducation qu'il reçoit : ainsi le vice pénètre dans son âme
appuyé d'une imposante autorité. Il n'a qu'à ouvrir les yeux

pour recueillir des leçons empoisonnées. Que si le père de famille songe à lui inculquer quelques maximes, il ne lui recommandera qu'une seule chose : gagne de l'argent. Que tous les moyens te soient bons pour cela. « Aie « toujours à la bouche cette pensée du poëte, pensée « vraiment digne des Dieux et de Jupiter même : com- « ment vous vous êtes enrichi, c'est ce dont nul ne « s'inquiète; l'essentiel, c'est de s'enrichir. Voilà ce que « nos vieilles nourrices enseignent aux petits garçons, « qui se traînent encore à quatre pattes, voilà ce que « savent toutes les petites filles avant d'apprendre leurs « lettres. » Quels fruits sortiront d'une telle éducation? On le devine sans peine. Il dépassera son maître, ce jeune écolier si bien formé : on le verra, la main sur l'autel de Cérès, vendre de faux témoignages. S'il épouse une femme riche, il l'étranglera pendant son sommeil pour en hériter; enfin il trouvera un jour qu'il est bien fâcheux d'attendre l'héritage paternel, et il se débarrassera de son père trop obstiné à vivre. Ah ! tu te récrieras en vain, en vain tu soutiendras que tu ne lui as pas enseigné cette morale. Si, cette perversité lui vient de toi. « Celui qui « par ses leçons met au cœur de son fils l'amour des « grandes fortunes; celui dont les sinistres conseils ont « fait de lui un homme avide, en lui laissant toute liberté « de s'enrichir par la fraude, celui-là, en lui lâchant la « bride, l'a engagé dans la carrière : une fois lancé, tes « cris ne l'arrêteront point, il va, passe la borne, et ne « t'écoute plus. Nul ne croit que ce soit assez de s'en te- « nir aux fautes qu'on lui permet : on s'accorde toujours « plus de licence. Quand tu dis à ce jeune homme que « donner à un ami est une sottise, que c'en est une aussi « de soulager la pauvreté d'un de ses proches, de le tirer

« de la misère, du même coup tu lui apprends le vol, l'es-
« croquerie; tu lui enseignes à acquérir au prix de tous
« les crimes ces richesses dont l'amour te dévore (1). »
Ah ! c'était un tout autre langage que tenaient à leurs enfants ces héroïques vieillards qui, brisés par l'âge, après
avoir traversé les batailles des guerres puniques, ou
bravé le farouche Pyrrhus et l'épée de ses Molosses, re-
cevaient de la république en récompense de tant blessures un ou deux arpents de terre ! Le poëte se reporte
toujours par la pensée à cet âge d'héroïques vertus, si
différent du siècle où il vit. Il se plaît à les opposer l'un
à l'autre : l'antithèse est terrible, écrasante pour les contemporains. Il n'exige pas de ceux qui ne sont plus citoyens, « qui ne sauraient tenir le langage d'une âme
« libre, et sacrifier leur vie à la vérité » qu'ils soient
semblables aux vieux Romains de la république. Non :
qu'ils aient leurs vices, qu'ils en soient la proie, mais
qu'ils respectent au moins cette chose sacrée, l'enfance.
« On ne saurait trop respecter l'enfance. Prêt à commet-
« tre quelque honteuse action, songe à l'innocence de
« ton fils, et qu'au moment de faillir, la vue de ton en-
« fant vienne te préserver. »

## LA VILLE.

Voilà la famille romaine : c'était autrefois Rome tout entière, car l'étranger n'y pénétrait point, si ce n'est comme
esclave. Les temps sont changés : la moitié de la popu-
lation est étrangère. En vain quelques empereurs ont
essayé d'arrêter les flots de cette invasion; l'impulsion

(1) *Sat.*, XIV.

donnée par César se poursuit. Depuis longtemps les barrières vermoulues de la cité jalouse sont tombées, et tous les vaincus, pêle-mêle se précipitent dans son enceinte. Nous ne sommes pas loin du temps où l'édit de Caracalla étendra à tous les peuples le titre de citoyen romain. Puis ce seront des empereurs sortis de tout pays qui viendront prendre à Rome le diadème des Césars; les uns venus du fond de la Germanie, les autres de l'Espagne, ceux-ci apportant avec eux les mœurs de de l'Orient, ce cortége de despotes asiatiques, ces costumes étranges, ces pratiques et ces superstitions extraordinaires. Un immense défilé de tous les peuples se prépare; et tous se dirigent vers Rome, que chacun d'eux occupera à son heure. En attendant, c'est le Grec qui pullule dans la ville des Césars, non le Grec de l'Attique ou du Péloponèse, mais celui de la Syrie, de l'Égypte, des îles de l'Asie Mineure, le Grec façonné depuis longtemps à la servitude, sans traditions nationales, sans foyer, aventurier spirituel et hardi, qui vit des vices d'autrui et, comme le vautour qui sent le cadavre, afflue aux lieux où fermente la corruption.

Juvénal les a vus à l'œuvre, ces subtils agents de corruption, il a compris leur rôle, et senti leur force, il en est effrayé. Il nous montre un de ses amis, Umbritius, vieux citoyen romain, qui émigre de Rome, laisse sa patrie en proie à cette lie grecque, se reconnaît incapable de disputer la place à ces parasites qui ont fait main basse sur tout. Le moyen qu'un rustique enfant de Romulus le dispute à ces Grecs si fins, si vils, si souples! Se fera-t-il comme eux coureur de dîners? Il n'a pas l'esprit assez vif, assez amusant; il ne sait pas comme eux flatter impudemment; il lui reste un fonds d'honnêteté et de

pudeur qui le gêne, l'empêche de plaire et de réussir.
« Le Grec au contraire, le voilà au cœur des grandes
« maisons, bientôt il en sera le maître. Esprit prompt,
« aplomb imperturbable, parole facile, plus rapide que
« celle de l'orateur Isée, ils ont tout pour eux. En voici
« un : quelle profession lui supposes-tu? Toutes celles
« que tu peux désirer, c'est un homme universel. Gram-
« mairien, rhéteur, géomètre, peintre, baigneur, augure,
« saltimbanque, médecin, sorcier, un Grec, quand il a
« faim, sait tous les métiers. Tu lui dirais : Monte au
« ciel! il y monterait (1). »

Avec de telles gens point de concurrence possible pour
le Romain. En vain il aura respiré dès son enfance l'air
du mont Aventin, et se sera nourri des fruits de la Sabine, le patron préfère aux clients indigènes, lourds et
mal appris, cet étranger aux aimables manières, au langage mielleux, qui offre ses services pour tout faire, et
qui sait flatter comme personne. Les voilà donc reçus
dans les riches maisons. Ils en chassent bientôt le vieux
client, qui était un ami des anciens jours. « Pour cela, il
« suffit de laisser tomber dans l'oreille crédule du maître
« une goutte, une seule, du venin particulier à leur nature,
« à leur pays : aussitôt il me fait déguerpir. » Le Grec
reste maître de la place, il corrompt la mère de famille,
la fille jeune et chaste, le jeune époux adolescent. Par
là, il se rend maître des secrets de la maison et se fait
craindre. Belle et énergique peinture qui fait songer à
Tartufe. Voilà les successeurs des Romains, les nouveaux
clients qui réduisent les anciens à la misère, les forcent
d'émigrer en province ou de soutenir sans espoir une

_____

(1) *Sat.*, III.

lutte inégale : ainsi doit disparaître peu à peu le vieil élément romain. Quel métier faire, quand partout à l'entrée de toutes les industries on rencontre le Grec? Celui de parasite est hideux, dangereux même, et ne rapporte plus rien ; celui de ministre des débauches des grands est plus avantageux, mais il y a telles ignominies dont tout le monde n'est pas capable. Il reste celui de poëte, de rhéteur, de grammairien.

## LES GENS DE LETTRES.

Les poëtes, ils n'ont d'espoir que dans la munificence de César. Quel César? on ne sait, peut-être Adrien. Un grand nombre, et des plus en renom, vont ouvrir des bains à Gabies, des boulangeries à Rome, ou se font crieurs publics. Il y avait autrefois des Mécènes, et Martial semble croire que, s'il y en avait encore, il naîtrait des Virgile.

*Sint Mecenates, non deerunt, Flacce, Marones.*

Mais c'est une race disparue. Les riches aujourd'hui font un autre usage de leur argent. Ils prêteront au poëte qui veut faire une lecture publique quelque vieille salle délabrée, et même quelques affranchis pour applaudir, mais c'est le lecteur qui devra faire les frais des banquettes, de l'estrade, des fauteuils loués pour la circonstance. Quant au prétendu Mécène, sa bourse, fermée au poëte, s'ouvre pour la courtisane Quintilla ; ou bien il fait l'emplette d'un lion apprivoisé qu'il faut gorger de viande. « Peut-être après tout cette grosse « bête est-elle moins dispendieuse à nourrir qu'un poëte : « un poëte, ça doit manger plus qu'un lion (1)! »

(1) *Sat.*, VII.

Voyez Stace, le poëte chéri, à la mode ; quelle joie
dans la ville quand il annonce une lecture de sa Thébaïde ! On le couvre d'applaudissements : « Oui, mais
« il crève de faim, s'il ne réussit à vendre au comédien
« Paris son Agavé encore vierge de toute publicité. »

Qu'on s'étonne après cela de la stérilité des muses
latines ! Il faut avoir bien dîné pour faire de beaux vers.
Mais que tirer de son cerveau, quand on a faim, quand
on a froid, quand on se demande où dînerai-je ? où
pourrai-je me procurer une couverture ? — Et les
avocats ? « Leur faconde ronfle comme un soufflet de
« forge, on voit le mensonge écumer sur leurs lèvres. Et
« que leur en revient-il ? La fortune de cent avocats
« vaut juste celle du cocher Lacerna de la faction
« rouge. » A quels misérables expédients ils ont recours !
Les chalands vont de préférence aux avocats de grande
naissance qui ont des statues d'aïeux dans leur atrium
ou qui mènent grand train. Aussitôt de pauvres diables,
pour jeter de la poudre aux yeux et attirer la pratique,
étalent un luxe emprunté, louent des esclaves, des bi-
joux, de l'argenterie, une robe de pourpre, et à la fin
font banqueroute. C'est un préjugé tout puissant. « On
« n'est guère éloquent avec un habit râpé. Est-ce qu'un
« pauvre hère comme Basilus oserait se permettre de
« jeter aux genoux des juges une mère éplorée ? Il plai-
« derait à ravir qu'on le trouverait insupportable. »

Plus misérable encore est le rhéteur qui forme les
avocats. C'est peu d'avoir à subir les éternels refrains
de ses élèves, les vieilles déclamations qu'ils chantent
sur le même ton : on refuse de le payer. Eh ! qu'ai-je
« appris ? C'est cela ! on s'en prend au professeur !
« Est-ce ma faute, si cet âne n'a rien qui lui batte sous la

« mamelle gauche ? » — Ah ! l'on ne marchande pas avec les musiciens ou les chanteurs, Chrysogonus et Pollion, ni avec le maître d'hôtel qui dresse un festin, ni avec le cuisinier qui le prépare. « Mais ce qui coûte « le moins à un père, c'est l'éducation de son fils. » — Quel respect inspirent à leurs élèves des maîtres ainsi traités, réduits à citer en justice, pour obtenir payement, les parents récalcitrants ? On en a vu que leurs écoliers battaient ! — « Dieu ! faites qu'aux ombres de nos « ancêtres la terre soit douce et légère ; que sur leurs « urnes s'épanouisse le safran parfumé : qu'elles se cou- « ronnent d'un éternel printemps : car ils voulaient que « pour l'enfant le maître qui l'instruit fût aussi révéré « qu'un père. »

## § III.

### LE STYLE.

Telle est la matière du livre. Encore une fois, il faut croire à la véracité de Juvénal ; il n'a rien inventé. Il aurait pu dire comme Labruyère : «Je rends à mon siècle ce qu'il m'a prêté. » Ce qui lui appartient en propre et constitue son génie, c'est la forme qu'il a donnée à son œuvre. Presque tous les critiques la jugent excessive, et ne voient en ce poëte qu'un déclamateur. Il faudrait pourtant s'entendre sur ce mot, qui n'avait pas autrefois le sens qu'il a aujourd'hui. Il n'y a pas un écrivain romain qui ne se soit livré à l'exercice de la déclamation : Cicéron déclama jusqu'à son dernier jour. Mais Cicéron était un orateur, et Juvénal écrit en vers ? Eh quoi ! ignore-t-on les rapports étroits qu'il y a entre l'élo- quence et la poésie ? Qu'est-ce que les Philippiques de

Cicéron, la deuxième notamment, celle que préférait à tout Juvénal, sinon une déclamation virulente contre Antoine? Juvénal a fait en vers ce que Cicéron avait fait en prose. Par là il a donné à la satire une nouvelle forme, la forme oratoire, déclamatoire si l'on veut, les mots importent peu : ce qui importe, c'est d'examiner si cette forme nouvelle, créée par lui, est en rapport avec le sujet à traiter. Il est difficile de ne pas l'avouer.

En présence des monstruosités de ce temps, qui comprendrait une satire légère, spirituelle, moqueuse? le *ridiculum* d'Horace est charmant, mais il ne serait pas e mise ici, il faut autre chose. Juvénal l'a compris, ou plutôt, son propre tempérament lui a révélé la forme que réclamait l'œuvre. C'est un génie original, le premier des satiriques de tous les temps, de tous les pays. Plus d'une fois on sent l'art et même l'artifice dans son style, mais le ton général est si vrai, la couleur si exacte, que les affectations de détail sont emportées dans le mouvement puissant qui pousse le style. Là, en effet, est le secret de sa vraie force : sa diction n'a rien de maigre et de haché : elle est large, abondante : il vogue à pleines voiles (*totos pande sinus*). Ne demandez pas à des écrivains de cette trempe l'exquise mesure, la gradation des nuances; ces qualités sont incompatibles avec celles qu'ils possèdent. Le souci des détails, la recherche du fini ralentiraient l'élan impétueux de la verve. Il y a dans ce style des taches nombreuses, bien des scories mêlées à l'or pur, mais il empoigne le lecteur, et le maîtrise. Parfois la pensée est pauvre, vulgaire, la philosophie du moraliste tourne au lieu commun (1), mais

(1) Voir Sat. X, les passages sur Alexandre, Annibal, Cicéron.

l'expression reste forte ; les contrastes dramatiques, les antithèses éloquentes relèvent l'idée et lui donnent un relief saisissant. Sa qualité dominante, c'est le don de peindre. Il est vrai qu'aucun scrupule de pudeur ne l'arrête : mais ce n'est pas à la crudité des termes, à la précision impudente des détails qu'il doit sa force. Elle est dans la vigueur de la composition, dans le souffle qui anime toutes les parties, et qui n'est autre chose qu'une indignation généreuse. Je ne connais guère dans aucune langue de tableau plus vigoureusement dessiné que celui de la chute de Séjan (Sat. X). Quelle sobriété et quel éclat dans les vers consacrés à Messaline et à Hippia (Sat. VI) ! Et que l'on ne croie pas que le poëte ne saurait prendre un autre ton que celui de l'invective. Voyez (Sat. XI) l'image des anciennes mœurs romaines : quelle vérité, et quelle éloquence triste ! De telles peintures reposent agréablement, et font estimer le poëte. Rarement il moralise, mais quand il le fait, c'est dans un style élevé, grave (1). Il n'emprunte à aucune école sa philosophie ; on voit même qu'il a peu d'estime pour les représentants du stoïcisme qu'il accuse d'hypocrisie : mais sa parole n'en a que plus d'autorité. C'est le langage d'un honnête homme, convaincu, qui n'a point de théorie à exposer.

## § IV.

### MARTIAL.

On pourrait à l'aide de Martial compléter la peinture

---

(1) Voir les vingt derniers vers de la Sat. X, et une grande partie de la Sat. XIII.

des mœurs romaines esquissée dans ses grands traits
par Juvénal. Mais si on lit Martial, on est embarrassé
pour en parler. Qu'il se contente donc d'une petite place
auprès de son illustre contemporain et fort au-dessous.

Martial (M. Valerius Martialis) est né en Espagne, à
Bilbilis, vers l'an 43 après Jésus-Christ, sous le règne de
Claude, et il est mort en Espagne âgé environ de soixante
ans, sous le règne de Trajan. Il vint à Rome vers l'âge
de vingt ans, pour y faire son droit, comme nous dirions
aujourd'hui ; mais la jurisprudence n'était pas son fait,
pas plus que l'éloquence : il se mit à faire des vers, des
*petits vers*, comme on disait au dix-huitième siècle. Il
en fit pendant trente-cinq ans, puis il retourna dans sa
patrie où il en fit encore, y épousa une femme d'une
certaine fortune, mais s'y ennuya profondément et y mourut peu de temps après. Pourquoi abandonna-t-il Rome,
âgé de cinquante-cinq ans, pour aller s'enterrer à Bilbilis ?
Parce que Domitien venait de périr, Domitien le protecteur, le héros, le dieu de Martial, Domitien qui l'avait
fait tribun, lui avait accordé le *droit de trois enfants*
(jus trium liberorum). Le poëte s'était rabattu sur Nerva,
puis sur Trajan : pour toucher le cœur de ces princes,
il avait insulté la mémoire de son dieu Domitien ; mais
ils avaient été sourds à ses éloges, ils avaient méprisé
ses palinodies injurieuses, et Martial, n'ayant plus ni
pensions ni gratifications, était allé mourir en Espagne.
On le voit, c'est un assez triste personnage. Il est difficile
de comprendre comment l'auteur anonyme du Martial
de la collection Lemaire a pu trouver tout naturel le
rôle d'un poëte adulateur de Domitien. Mais il n'a loué
dans ce prince que ce qui était digne d'éloges, les spectacles qu'il donna, les embellissements de Rome, les lois

en faveur des jeunes enfants que des infâmes mutilaient ou prostituaient ? Si c'est là tout ce que Martial a vu de Domitien, il avait la vue courte : Suétone a vu bien d'autres choses, et Juvénal en a rappelé quelques-unes. Mais on ne peut pas même lui laisser cette misérable excuse. Qu'on lise l'Épigramme 71 du livre IX, on verra que Martial est très-heureux de vivre sous un si bon prince : « aucune cruauté, aucune violence armée : on peut jouir d'une paix et d'une joie assurées. » Enfin l'avénement de Nerva et de Trajan fut salué avec des cris de joie, des actions de grâces aux dieux par tout ce qu'il y avait encore d'honnête à Rome ; tout le monde y gagna, Martial seul y perdit. Il a bien d'autres traits dans sa vie qu'on pourrait relever, et qui ne sont pas à son honneur : ce rapprochement suffit.

C'est un poëte de cour, prêt à chanter ce que l'on voudra, et qui l'on voudra. Il lui manque le sens moral, il est tour à tour insolent et bas ; il se croit des envieux, et s'enfle d'orgueil ; tournez la page, il mendie une toge, et s'aplatit. Il célèbre les vertus et les grâces de sa femme ; un peu plus loin il écrit telle épigramme qui les déshonore tous deux. De l'esprit, une certaine intelligence du faible des gens. Il tourne à Pline, dont il connaît la vanité et l'austérité, un compliment fort habile, le comparant à la fois à Cicéron et à Caton. Pline lui paye son voyage pour retourner en Espagne, et lui rédige une petite oraison funèbre très-convenable. Qui sait? se dit-il, les vers de Martial dureront peut-être, et me voilà immortel. En tous cas je dois lui savoir gré de l'intention. — Il écrit à presque tous les hommes illustres de ce temps-là : il ose s'adresser à Juvénal ; il encense Quintilien ; il se pâme d'admiration devant le génie puissant du pauvre

Silius Italicus ; mais il n'ose aborder Tacite. En somme, ic
un composé d'esprit et de bassesse, d'arrogance et de a
platitude. Il a vécu à Rome pendant trente-cinq ans dans a
la mauvaise société, moitié parasite, moitié frondeur, et h
de ce qu'il a fait, vu et entendu, il a tiré quinze cents
épigrammes. C'est beaucoup.

L'épigramme était fort à la mode depuis Catulle, le b.
créateur du genre. Ce petit poëme est plus ou moins à la
portée de tout le monde : il n'exige qu'une fort médiocre
culture intellectuelle, et quelque peu de piquant dans
l'esprit. Les gens du monde tournaient des épigrammes
plus ou moins malicieuses qui couraient dans les salons
sous le couvert de l'anonyme : on en gravait sur les
murs, on en répandait au théâtre contre l'empereur,
parfois même on en mettait jusque sur le socle de sa
statue. Dans tous les temps les Romains ont eu un goût
particulier pour l'épigramme, et ils y réussissent assez
bien. S'ils n'ont pas la grâce des Grecs, ils l'emportent
par le mordant. Martial est le représentant le plus complet du genre.

Nous avons en tout de lui quinze livres d'épigrammes :
le premier et les deux derniers ont seuls un titre particulier. *Sur les Spectacles, Cadeaux, Envois* (de *Spectaculis, Xenia, Apophoreta*). Le poëte célèbre les moindres détails des jeux donnés par l'empereur, sa magnificence, sa justice, sa bonté, et toutes les vertus qu'il
n'eut jamais. Il le loue d'avoir mis sur la scène une
représentation exacte de la fable de Pasiphaé (XV) et
du supplice de Lauréolus cloué sur une croix! Les
deux livres *Xénia* et *Apophoreta* sont des devises à
joindre à de petits cadeaux. L'auteur y fait preuve de
connaissances gastronomiques assez étendues. C'est une

poésie dans le genre des petits vers de Benserade ou autres faiseurs de devises pour les bonbons de la reine. Laissons cela, et voyons le reste.

C'est une peinture de la société dans laquelle vivait Martial. Quelle société? Celle que vous retrouverez dans tous les temps, la société des gens qui s'accommodent toujours du gouvernement, quel qu'il soit, de l'état social, quel qu'il soit, et qui songent à passer la vie le plus agréablement possible. L'attrait du plaisir est le seul lien qui unisse entre eux les membres de cette association; on n'y est point exclusif, la haute noblesse y coudoie la bourgeoisie, et celle-ci ne repousse point le peuple. Les uns apportent leur argent, d'autres leur esprit, d'autres leur personne, dans le sens le plus étendu du mot. Les gens de mœurs austères en sont seuls exclus; ou plutôt s'en excluent eux-mêmes. A Rome, cette association tacite de gens qui se convenaient était fort étendue. Elle renfermait des sénateurs, des chevaliers, des affranchis, des histrions, des musiciens, des matrones, des courtisanes, des parasites. Il se formait bientôt une chronique scandaleuse; chaque jour fournissait son histoire dont le héros ou l'héroïne variait, mais le fonds était presque toujours le même. Voilà le milieu dans lequel a vécu Martial, voilà les originaux qu'il a eus sous les yeux. C'est là qu'il a puisé la matière de son œuvre. Les cancans obscènes y tiennent une grande place : c'était la monnaie courante de la conversation. On a prétendu qu'il avait peu réussi dans ce genre, et l'on a voulu lui en faire un titre d'honneur, comme s'il était digne de plus nobles sujets! Je croirais plutôt que c'est la partie la mieux réussie de son livre, et j'en conclus que c'était celle qui l'attirait le plus. Qu'un ami l'invite à laisser là ces bagatelles, à

tenter quelque grand ouvrage, il s'esquive, et répond
par une demande d'argent dissimulée sous une pasqui-
nade. « Soyez pour moi un Mécène, et je serai un Virgile (1). » C'est une pensée qui lui est chère. Il s'imagine
qu'il suffit de renter un écrivain pour qu'il ait du génie.
Tel qu'il est, il s'estime infiniment. On lit ses livres jusqu'à Vienne ; tout le monde s'en repaît, « vieillard,
« jeune homme, enfant, jeune femme chaste, sous l'œil
« de son sévère mari (2) ». Si cela est vrai, quel jour sur
les mœurs du temps ! Tel qu'il est, on conserve encore un
peu d'indulgence pour lui : il a écrit deux ou trois fort
jolies pièces sur la campagne ; il y a là un sentiment vrai,
celui du citadin que le bruit, la boue, la fumée, la cuisine et toutes les immondices de Rome, viennent à
écœurer, et qui se représente les frais ombrages baignés
d'air pur, les bons paysans, les belles filles de la campagne honnêtes et douces, et la basse-cour et la paix (3).

Il alla retrouver en Espagne ces biens trop méprisés,
mais il était trop tard, il ne pouvait plus vivre hors de
Rome : les palais blasés, brûlés par des mets épicés, des
boissons de feu, ne peuvent supporter autre chose. Il
ne fit que languir, peu estimé de ses compatriotes, et
mourut bientôt.

Il a dit lui-même de ses épigrammes : « Il y en a de
bonnes, il y en a de médiocres, les mauvaises sont en
plus grand nombre. » On ne peut que souscrire à ce
jugement. En général ce qui lui manque, c'est la grâce.
Les épigrammes satiriques, surtout celles qu'on ne
peut citer, ont un relief remarquable ; les autres, plus

(1) Lib. I, 108.
(2) Lib. VII, 88.
(3) Voir notamment, lib. III, 58 ; lib. X, 30.

innocentes, manquent de naïveté. On sent le travail, l'effort pénible pour trouver le trait de la fin ; parfois il est longuement préparé, amené, et arrive enfin tout froid ; on l'avait deviné dès le premier vers. En général, la facilité n'est pas la qualité dominante du poëte : peut-être était-il heureusement doué dans sa jeunesse, mais quel talent résisterait à un pareil exercice continué sans interruption pendant quarante années ? Cette recherche incessante de l'effet tue toute imagination, toute verve : le procédé remplace l'inspiration. Je reconnais cependant volontiers que la langue, bien que tourmentée, reste pure ; la diction est laborieuse, mais généralement correcte. Les tours sont vifs, variés, l'expression assez nette.

§ V.

### STACE.

Stace (P. Papinius Statius) fut contemporain de Martial, et c'est peut-être le seul personnage important dont celui-ci ne parle pas. On a supposé avec quelque raison que Martial en était jaloux : tous deux en effet étaient courtisans ; tous deux aspiraient à l'honneur d'être des poëtes officiels, tous deux y réussirent en partie. Martial fut nommé par Domitien tribun, il obtint le *Jus trium liberorum* et une maison de campagne. Stace de son côté fut plusieurs fois vainqueur dans les concours de poésie établis par Domitien, reçut de lui un domaine, et de plus eut l'honneur d'être invité à la table du prince avec des sénateurs et des chevaliers romains ; enfin il possédait au plus haut degré le don de l'improvisation, et l'empereur lui commanda plus d'une fois de petites pièces de circonstance : il n'est pas téméraire de supposer que Martial en ressentit quelque dépit. Nous voilà bien loin d'Horace et de Virgile. Les mœurs de cour règnent ; ce n'est plus l'émulation qui stimule les poëtes, ils se font concurrence.

Le père de Stace qui fut, dit-on, le précepteur de Domitien, reçut du prince de grandes marques d'honneur, et donna à son fils l'éducation la plus propre à en faire un poëte de cour. Stace parcourut cette carrière avec succès; mais il rêva en même temps une gloire plus haute, celle de l'épopée. C'était une âme douce, affectueuse, un esprit studieux, un travailleur infatigable. Marié fort jeune et par amour à la veuve d'un musicien, il ne se consola point de n'avoir pas d'enfants, en adopta un et le perdit presque aussitôt. D'une santé délicate, que l'application continuelle ruina de bonne heure, il quitta Rome à l'âge de trente-six ans pour retourner à Naples, respirer l'air natal : il était trop tard, il y mourut peu de temps après son arrivée.

Si l'on en croit le témoignage de Juvénal (Sat. VII), Stace était pauvre. On courait en foule aux lectures qu'il faisait de sa *Thébaïde;* mais on ne vit pas d'applaudissements, et le poëte était réduit à vendre à l'histrion Pâris sa tragédie d'*Agavé* encore inédite. De ces traits réunis se dégage une figure assez intéressante : cette mort prématurée qui suit de si près un voyage au pays natal, cette sensibilité un peu maladive, la sympathie très-vive qu'il inspira à Dante, tout cela fait naître dans l'esprit l'idée d'un rapprochement avec Virgile, Virgile qu'il appelait un dieu, dont il baisait humblement la trace... Mais ce n'est là qu'une illusion de l'imagination.

Nous possédons de Stace trois ouvrages : 1° un recueil de pièces détachées, presque toutes en vers hexamètres, et intitulées *Silves* (*Sylvarum libri quinque*); 2° la *Thé-*

baïde (*Thebais*), poëme épique en douze livres; 3° l'*Achil-léide* (*Achilleis*), autre poëme épique incomplet (nous n'en avons que deux livres).

Les *Silves* sont le meilleur ouvrage de Stace. Il n'est pas difficile d'en trouver la raison. C'étaient de petits cadres, qu'il était capable de remplir : de telles pièces n'exigeaient guère que des détails ingénieux, de rapides peintures; son génie pouvait aller jusque-là; la conception puissante d'une œuvre de longue haleine lui était interdite. Enfin la nécessité de produire vite ces petits poëmes commandés servait heureusement l'auteur. Quand il avait le temps de chercher, il cherchait trop, trouvait rarement bien, s'épuisait et usait son œuvre en la limant. Est-ce un aveu que cet hémistiche où il caractérise sa Thébaïde : *Et longa cruciata lima?* Les Silves le forçaient à une simplicité relative. Il s'excuse de s'être adonné à de telles bagatelles : Virgile a fait le *Moucheron*, Homère la *Batrachomyomachie*. D'ailleurs aucun de ces poëmes ne lui a coûté plus de deux jours de travail; plusieurs ont été faits en un seul jour; un d'eux a été improvisé pendant le souper. Il y a dans les lettres qui servent de préface à chaque livre des *Silves* un mélange de modestie et de fatuité qui fait sourire.

Stace ne s'est pas demandé une seule fois s'il était digne d'un vrai poëte de subir des commandes avec la date de la livraison. Et quelles commandes! Des vers sur la statue équestre de Domitien, sur un mariage, sur une maison de campagne, sur une salle de bains, sur un Ganymède, sur un perroquet, sur un lion apprivoisé qui appartenait à l'empereur, sur une coupe de cheveux d'un affranchi, etc. Les détails gracieux ne font pas défaut dans ces petites compositions; mais la plupart sont manquées : le poëte s'est

guindé trop haut ; la simplicité, le naturel lui manquent absolument. Il prodigue les images grandioses, épiques : on
voit qu'il rumine toujours sa *Thébaïde*. Il a la mémoire far-
cie de personnages, d'événements, de peintures démesurées, et il en intercale dans ces petits tableaux de genre.
Je retrouve la note vraie, l'accent ému dans les pièces où
il a bien voulu se laisser aller quelque peu à sa sensibilité.
La *Consolation à Flavius Ursus*, les *Larmes de Claudius
Etruscus* (1) sont des morceaux réussis. Il y a une épître
à sa femme Claudia, pour la décider à le suivre en Campanie, à quitter Rome où elle se plaisait, qui est heureusement tournée. Ce n'est pas que les rapprochements mythologiques n'y tiennent encore trop de place ; mais le
sentiment est vrai, touchant (2). J'en dirai autant des vers
dans lesquels il déplore la mort de son père et celle de
l'enfant qu'il avait adopté (3).

La plus curieuse de toutes ces pièces est le remercîment adressé à l'empereur Auguste Germanicus Domitien, qui avait invité le poëte à dîner (4). Il cherche dans
ses auteurs les descriptions de festins célèbres, pour les
immoler au banquet impérial, le festin de Didon dans
l'*Énéide*, celui des Phéaciens dans l'*Odyssée*. Mais que ces
images sont faibles ! « Il faut parler dignement : eh bien !
« j'étais dans les astres en compagnie de Jupiter. Ah !
« jusqu'ici stérile était ma vie ! c'est de ce jour que com-
« mence mon existence ! » — Il y a soixante-sept vers sur
ce ton-là.

C'est sur sa *Thébaïde* que Stace fondait l'espoir de sa

(1) Lib. II, 6 ; lib. III, 3.
(2) Lib. III, 5.
(3) Lib. V, 8 et 5.
(4) Lib. IV, 2.

renommée. Il y travailla pendant douze ans, avec cette obstination consciencieuse qui voudrait être du génie. Il en lisait en public des passages qu'on admirait beaucoup, trop même, car il semble que le poëte n'ait guère songé qu'à coudre s'il se pouvait, des épisodes plus ou moins éclatants de couleur. Puis, rentré chez lui, il retravaillait avec sa femme (détail touchant) et, probablement sur les indications du public, l'œuvre si longtemps préparée, couvée, polie avec tendresse. Enfin elle est terminée ; le poëte lui dit adieu, et lui recommande de ne chercher point à lutter avec la divine *Énéide :* « Suis-la, mais de loin, et baise humblement ses traces. » Bien des critiques ont été moins modestes pour Stace que Stace lui-même. Scaliger déclare, avec cette impertinence qui le caractérise, que Stace doit être placé avant Homère, et ne le cède qu'au seul Virgile. Turnèbe, Casaubon, Juste Lipse l'appellent *excellent poëte*, le dernier n'admet pas qu'on puisse lui reprocher de l'enflure. (« *Papinius sublimis et celsus poeta, non hercle tumidus.* » ) D'autres plus mesurés se bornent à le saluer de l'épithète de *doctus, doctissimus*, poëte docte, poëte érudit, en quoi ils ont raison.

Ce n'est pas en effet par l'originalité que brille la *Thébaïde*. Stace a emprunté le sujet, et sans doute la composition générale, au poëte grec Antimaque de Colophon, que Quintilien juge avec une certaine sévérité. Nous savons de plus qu'il existait chez les Grecs un nombre considérable de poëmes sur les deux siéges de Thèbes. Stace avait donc à sa disposition des matériaux poétiques abondants et variés, ce qui, loin d'être un avantage, est un embarras. Il en a tiré une œuvre pénible, fausse de ton et de couleur, à la fois érudite et déclamatoire. Le sujet

avait un grave inconvénient, non comme le prétend
La Harpe, que deux scélérats maudits par leur père ne
puissent inspirer aucun intérêt; mais il se rattachait à
ces antiques légendes de la Grèce héroïque que les Grecs
eux-mêmes ne comprenaient plus, et que les Romains
n'avaient jamais comprises. La fatalité qui pesait sur
les Labdacides, les crimes qui en furent la conséquence,
et qui se succédèrent de génération en génération jusqu'à l'extinction complète de la race, Eschyle, s'il ne les
a pas racontés, les a sentis : il a éprouvé cette mystérieuse horreur qui se dégage d'un tel sujet, et il en a
pénétré cette admirable et puissante tragédie qu'on appelle *les Sept devant Thèbes*. L'*OEdipe roi* et l'*OEdipe à
Colone* de Sophocle n'ont pas, il s'en faut bien, ce caractère de sombre grandeur et d'effroi religieux. Stace ne
doit rien aux deux tragiques grecs ; il a sans doute pris
ailleurs ses modèles, et sur des épopées artificielles composé laborieusement une épopée plus artificielle encore.
Ce qui manque en effet par-dessus tout dans ce poëme,
c'est l'inspiration. L'inspiration crée la composition de
l'œuvre, sans effort pour ainsi dire et naturellement.
Quand l'esprit s'est fortement pénétré du sujet, l'a conçu
d'une façon toute personnelle, et comme créé, les diverses parties s'ordonnent, un souffle puissant les anime et
les relie les unes aux autres ; elles sont comme la conséquence naturelle de l'idée première qui s'épanche et
rayonne. Telle est l'œuvre d'Eschyle, telle ne pouvait
être celle de Stace. Dans ces douze livres il n'y a pas
une idée, il n'y a que des détails. Tout ce que sait le
poëte, il l'enchâsse dans son œuvre. Chacun des héros
du siége de Thèbes paraît à son tour, accomplit des exploits prodigieux et meurt. Enfin à l'avant-dernier li-

vre, il met aux prises les deux frères. De dénoûment il
n'y en a pas, car on ne peut regarder l'arrivée de Thésée
à Thèbes comme la conclusion de cette sanglante histoire; c'est un épisode cousu à tous ceux qui constituent
le poëme, et auquel à la rigueur on pourrait en coudre
d'autres. Voilà le défaut capital de la *Thébaïde*, celui qui
la relègue parmi ces œuvres languissantes, froides, fac-
tices; il n'y a pas de conception forte, il n'y a pas d'unité,
j'ajouterai même il n'y a pas d'action.

Restent les détails. Stace n'a rien innové dans cette
partie de l'épopée qu'on est convenu d'appeler le merveilleux. Ses dieux sont taillés sur le modèle de ceux de
Virgile : il y a des séances dans l'Olympe, ou plutôt dans
les cieux, Jupiter préside, Junon essaye un peu d'opposition en faveur de ses chers Argiens, comme dans Virgile ; Mercure est là pour accomplir les ordres du roi des
dieux ; il y a des furies pour enflammer le cœur des deux
frères, comme dans *Énéide;* il y a un Tartare et tout l'attirail de la vieille mythologie catachthonienne. D'invention
personnelle on en chercherait vainement. La plus bizarre
imitation que se soit permise le poëte est, sans contredit,
celle du XXIe livre de l'*Iliade,*où Homère représente Achille
allant chercher jusque dans les flots du Scamandre les
Troyens qu'il veut égorger à Patrocle; le fleuve irrité, se
soulevant, pressant de ses ondes furieuses le flanc et les
épaules du héros, scène merveilleuse, d'une grandeur
incomparable, qui reproduit la double conception des
divinités antiques, comme éléments et comme personnes.
Stace a transporté dans son poëme (livre IXe) cet épisode
splendide. Mais quelle pauvreté dans cette copie ! Cette
stérilité d'invention, ce besoin d'imiter sans cesse réduit
le poëte à l'impuissance quand il s'agit de peindre des

17.

caractères. Quelle variété et quel éclat, quelle vérité dans l'*Iliade !* Ces figures de héros sont devenues des types ; chacun d'eux revit dans les Tragiques, dans Pindare, tel que l'a représenté Homère ; il a en lui la vie. Rien de tel chez Stace. Tous sont jetés dans le même moule ; tous accomplissent à peu près les mêmes prouesses, tiennent le même langage, sont animés des mêmes sentiments. Seul, peut-être, Amphiaraus le devin, se détache de ce groupe uniforme, mais le mérite en est plutôt à la légende qu'au poëte. Quant aux événements qui remplissent le poëme, aucun d'eux n'est déterminé par le caractère connu des personnages. L'*Iliade* tout entière naît du caractère d'Achille ; la *Thébaïde* sort du caprice de Jupiter : il veut frapper les Thébains et les Argiens ; en conséquence une Furie pousse Étéocle à refuser le trône à son frère ; Polynice se retire à Argos, y épouse la fille du roi, et engage dans sa querelle les chefs qui avec lui vont assiéger Thèbes. Une fois le poëme ainsi lancé, nous avons des combats, des jeux funèbres, un livre épisodique, racontant l'histoire d'Hipsipyle et des Lemniennes, bref, tous les incidents connus d'une épopée d'imitation. Quant au style, je ne puis admettre avec Casaubon qu'il soit sans emphase ; il me semble plutôt que c'est là sa couleur dominante. Je ne connais pas un seul passage qui offre cette simplicité, ce naturel dans les pensées et dans l'expression, qui sont le secret des grands poëtes. L'auteur se travaille visiblement pour frapper l'esprit du lecteur ; il croit lui présenter de grandes images, de nobles pensées, mais si l'on écarte la pompe du langage, le fonds apparaît pauvre et nu. Le poëte ne dit pas : « Je chante « une guerre fratricide », mais : « la flamme des Muses « tombée sur mon âme me pousse à dérouler la guerre

« fratricide, un trône qui devait être occupé à tour de
« rôle, disputé avec une haine impie, et les crimes de
« Thèbes. » Ce défaut qui est capital est le signe de la
déclamation; il n'y a jamais de proportion exacte entre
la forme et le fond; au contraire, plus celui-ci est chétif,
plus celle-là cherche à éblouir. Rien de plus pompeux
que le discours adressé par Jupiter aux dieux réunis pour
l'entendre (1). Secouez toutes ces magnificences, vous
serez étonné de la nullité qu'elles essayent de dissimuler.
Jupiter est las d'employer la foudre. « Les Cyclopes sont
« fatigués de la forger; c'est pour cela qu'il avait autorisé
« Phaéton à brûler les humains coupables. Il veut punir
« en personne. » Le discours de Pluton, lorsque la terre
s'ouvre pour donner passage à Amphiaraüs, n'est pas
moins étrange (2). L'épisode de l'enfant Archémore tué
par un serpent est d'une diction plus sobre et ne manque
pas d'une certaine grâce. On l'a déjà remarqué, si Stace
eût mieux compris son génie, c'est dans des sujets simples, familiers, touchants qu'il se fût exercé. Sa vie si
pure, son cœur si affectueux et si sensible, tout semblait l'y porter; mais c'est là une des misères de ces
époques de décadence : on veut du pompeux, de l'extraordinaire à quelque prix que ce soit. La réalité, la vérité, la
nature semblent choses basses, étrangères à l'art. Celui-
ci est placé sur des sommets éclatants, vers lesquels se
dirigent, haletants et poussifs, des poëtes qui s'équipent
pour l'ascension; le divorce entre l'art et la nature devient de plus en plus profond; et, par une conséquence
bien légitime, les œuvres deviennent de plus en plus
fausses. Voilà la tyrannie qu'exercent des époques comme

(1) Lib. I, 195 et sqq.
(2) Lib. VIII, 33, sqq.

celle que nous étudions, tyrannie que ne peuvent secouer
des esprits souvent très-heureusement doués, mais que le
goût du jour, l'éducation littéraire, le désir de plaire aux
contemporains précipitent dans l'ornière commune, souvent loin de leur véritable voie.

Le dernier ouvrage de Stace fut l'*Achilléide*. Si l'on
en juge d'après le contenu des deux premiers livres,
l'*Achilléide* eût été un poëme de longue haleine : le
poëte n'avait pas encore amené son héros à Troie.
Il y a en général plus de simplicité dans le style; la
lecture en est plus facile et plus intéressante. Je l'ai
déjà dit, Stace eût mieux réussi dans la peinture des
scènes de la vie intérieure : les deux premiers livres
de l'*Achilléide* ne sont pas autre chose.

Si l'on en croit Stace, ces deux poëmes n'étaient qu'un
essai de ses forces. Il rêvait une épopée plus haute,
toute nationale; mais il voulait s'y préparer en traitant
de moindres sujets. Cette épopée, c'étaient les exploits
incomparables de Domitien. Qui osera regretter que la
mort n'ait pas permis au poëte d'exécuter ce noble
projet?

§ VI.

SILIUS ITALICUS.

Stace n'était pas le seul qui rêvât de s'asseoir sur le
Parnasse au-dessous de Virgile ; plusieurs de ses contemporains ambitionnaient la même gloire, et prirent à
peu près le même chemin pour y parvenir. Je tâcherai,
en parlant de Silius Italicus et de Valerius Flaccus, d'é-
viter les redites : il suffit d'avoir montré à propos de la
*Thébaïde* les procédés de cette triste école.

C. Silius Italicus a une physionomie toute particulière. S'il est mauvais poëte, il ne peut en accuser la
pauvreté, cette cruelle ennemie du génie, qui a étouffé
dans leur germe tant d'œuvres sublimes. Il est riche, fort
riche ; il possède de nombreuses maisons de campagne,
en Campanie, près de Naples ; c'est un personnage considérable et considéré, qui a été honoré trois fois du consulat, qui a vu un de ses fils obtenir la même dignité, qui
a gouverné en qualité de proconsul cette belle province
de l'Asie, si convoitée par les magistrats sortant de charge.
Il a traversé les règnes de Néron qui le nomma consul
l'année même de sa mort, de Galba, d'Othon, de
Vitellius, de Vespasien, de Titus, de Domitien, sous qui
il obtint son troisième consulat, et il est mort sous Trajan. Sa mort fut volontaire : malade d'un abcès jugé incurable, il refusa toute nourriture, et quitta volontairement
la vie à l'âge de soixante-quinze ans.

Par quels moyens réussit-il à se faire accepter de
tous les empereurs ? Ce fut un habile politique ; il poussa
même un peu loin cette habileté sous Néron, en se
faisant délateur, ce qui nuisit quelque peu à sa réputation. Mais il effaça la honte de ce premier métier par une
honorable retraite ; c'est Pline, son aîné, qui parle
ainsi (1). Il aimait les belles-lettres, particulièrement
l'éloquence et la poésie. Il avait un véritable culte pour
Cicéron et pour Virgile, pour Virgile surtout ; il faisait
une collection des bustes de ce grand poëte, achetait le
lieu où s'élevait son tombeau, et célébrait le jour de sa
naissance avec plus de pompe que le sien propre. Cette
passion lui inspira l'idée d'écrire un poëme épique : il

(1) Epist., lib. III, 7.

se mit à l'œuvre étant déjà vieux, et lut plusieurs fois en public des fragments de son travail. Les applaudissements ne lui manquèrent pas : il était riche et personnage consulaire. Ses confrères en poésie chantèrent ses louanges. Martial le met tout simplement sur la même ligne que Virgile. Mais brusquement tout ce bruit s'éteint ; le silence et l'oubli se font autour de ce nom, l'œuvre elle-même disparaît. Ce n'est qu'au quinzième siècle qu'elle est exhumée de la poussière d'une bibliothèque par un de ces hardis promoteurs de la Renaissance, le Pogge ; et aujourd'hui même les critiques les plus bienveillants (1) ont de la peine à se réjouir convenablement de cette trouvaille. C'est qu'en effet l'œuvre est médiocre. Pline, qui a l'esprit fort délicat, dit de Silius : « il faisait des vers avec plus d'application que de génie. » (*Carmina scribebat majore cura quam ingenio.*)

Le poëme de Silius Italicus a pour titre *Punica,* et il se compose de dix-sept livres. Le poëte s'est arrêté quand la matière lui a manqué : c'est elle qui le menait et non lui qui la traitait à sa guise. Le sujet est le récit en vers de la seconde guerre punique, qui commence, comme on sait, à la prise de Sagonte par Annibal, et finit à la bataille de Zama. On ne comprend pas pourquoi le poëte n'a pas raconté la troisième guerre punique : cela lui aurait permis d'aller jusqu'à vingt-quatre livres, comme Homère, et la prise de Carthage avait de quoi tenter un peintre de génie. Mais bornons-nous à examiner non ce qu'il aurait pu faire, mais ce qu'il a fait.

(1) Même Ruperti, si ingénieux, n'a pu que plaider les circonstances atténuantes.

A quel genre rattacher ce poëme? Les érudits ont été fort embarrassés. Est-ce une épopée? On pourrait le croire, car le merveilleux y tient une certaine place. Est-ce une composition historique versifiée? Cette opinion est assez vraisemblable, car les événements, les personnages, la description des lieux, tout est réel. On considère même Silius Italicus comme une autorité, et son témoignage sert à contrôler ou à compléter celui des historiens. Il faut bien le reconnaître, les *Puniques* n'appartiennent à aucun genre connu jusqu'alors excepté pourtant au genre ennuyeux. On a allégué, pour défendre Silius Italicus, l'exemple de Nævius, et d'Ennius, qui célébrèrent en vers ces mêmes guerres puniques; mais il nous est impossible de juger la composition de leur œuvre, qui a péri presque en entier, et il est hors de doute que le merveilleux n'y tenait pas la place qu'il occupe dans Silius. Rien de plus étrange que ce récit historique, exact, scrupuleux, minutieux même, brusquement interrompu par l'intervention bizarre d'une divinité. Nous suivons sur la carte cette admirable campagne d'Annibal, parti d'Afrique, débarqué en Espagne, traversant le midi de la Gaule, franchissant les Alpes, battant l'une après l'autre quatre armées romaines, puis forcé de s'arracher à cette Italie devenue sa proie pour courir à la défense de Carthage, vaincu enfin dans un dernier combat, et fuyant pour aller dans le reste du monde susciter des ennemis à Rome. Grande et noble histoire, dramatique surtout, si cette figure imposante d'Annibal domine tous les événements, s'il nous apparaît tirant de son propre génie toutes ses ressources, créant une armée, une discipline, une tactique, accomplissant enfin ce serment prononcé sur les autels dès l'âge de neuf ans d'être

jusqu'à sa mort l'implacable ennemi de Rome. Placez
derrière un tel homme des Dieux qui le poussent, le re-
tiennent, lui donnent la victoire, la lui enlèvent, et Annibal disparaît pour ne laisser au premier plan que des
machines poétiques usées que le bon sens repousse, qui
glacent l'imagination. Là, est l'incurable faiblesse de
l'œuvre. Le fabuleux et le réel ne s'y fondent point;
loin de là, ils se gênent et s'excluent. Le merveilleux de
l'*Énéide* nous semble parfois quelque peu factice; ici
c'est bien autre chose! Qu'on en juge par quelques-unes
des inventions de Silius en ce genre, je dis *inventions;*
le vrai mot serait *imitations*, car Silius n'inventait rien.
C'est Junon, l'éternelle ennemie des Troyens, et par
conséquent de Rome, qui suscite Annibal; Vénus, de son
côté, supplie Jupiter de défendre les descendants d'Énée.
Le dieu y consent et il prédit les destinées glorieuses de
l'empire romain qui aura le bonheur d'être gouverné un
jour par Domitien. Cette prédiction semble insuffisante
au poëte, et il introduit Protée, qui la reprend et la développe tout au long, en pillant sans pudeur le sixième
livre de l'*Énéide* et le quatrième des *Géorgiques*. Ce
sujet exerçant un charme particulier sur l'imagination du
poëte, il met en scène la Sybille de Cumes, qui refait
d'après Virgile la peinture des enfers. Voilà quelques-uns
des lambeaux de pourpre que Silius coud à ses narrations
historiques, quand il lui prend fantaisie de donner plus
d'éclat à son œuvre. L'*Énéide* tout entière se retrouve
là en lambeaux informes. La sœur de Didon, Anna, s'y
rencontre avec le prétendant malheureux Iarbas. Des
jeux funèbres sont célébrés sur le modèle du cinquième
livre de l'*Énéide*. Le malheureux Annibal est condamné
par le poëte à poursuivre pendant la bataille de Zama un

faux Scipion, ou plutôt un fantôme fait à l'image du Romain par Junon. C'est un songe qui l'empêche d'aller assiéger Rome après la bataille de Cannes. Silius a même osé voler à Virgile la plus forte conception épique de l'*Énéide*. Énée s'obstine à défendre Troie déjà envahie par les Grecs ; tout à coup Vénus lui apparaît, et, lui arrachant le bandeau qui couvre sa faible vue de mortel, lui montre les divinités ennemies de Troie qui accomplissent l'œuvre de vengeance et de destruction. Junon dessille aussi les yeux d'Annibal et lui découvre sur chaque colline de Rome les dieux prêts à la défendre. On pourrait multiplier ces rapprochements, mais à quoi bon ? Silius pille de préférence à tout autre son cher Virgile ; ce qui ne l'empêche pas d'emprunter à Homère l'idée d'un festin, où un aède, Teuthras, charme les oreilles d'Annibal, en lui racontant les exploits des anciens héros. Il va même jusqu'à prendre dans Prodicus ou dans Xénophon la vieille allégorie d'Hercule placé entre le vice et la vertu ; seulement son Hercule à lui s'appelle Scipion. On pourrait être tenté de croire que là s'arrêtent ses déprédations, il n'en est rien. Sa victime de prédilection, c'est Tite-Live. On connaît cette admirable partie de l'œuvre de l'éloquent historien, le début solennel qui l'annonce, l'ampleur et la majesté du récit si habilement coupé par ces portraits, véritables chefs-d'œuvre, ces discours qui sont le vivant commentaire des faits, et ces épisodes dramatiques qui donnent à la couleur générale je ne sais quoi de plus éclatant. Vous retrouverez tout cela dans Silius Italicus ; il suit pas à pas l'historien en Afrique d'abord, puis en Espagne, en Gaule, en Italie, il se conforme à l'ordre suivi par son modèle, choisit pour les raconter les mêmes épisodes. De hardis commentateurs,

frappés de cette servile déférence, ont recherché sous
les vers de Silius la prose de Tite-Live dans les épisodes
qui ne nous ont pas été conservés (première guerre punique, Régulus), et ils ont cru en découvrir des fragments,
comme d'autres ont cru retrouver parfois dans Tite-Live
des tronçons des *Grandes Annales*. C'est qu'en effet
Silius ne se borne pas à emprunter à l'historien la matière et la composition, il essaye de lui prendre son style!
chose incroyable, vraie cependant. Qu'on lise et que
l'on compare par exemple dans les deux auteurs l'épisode
célèbre de *Pacuvius et Pérolla* : on sera confondu de ce
procédé d'imitation qui consiste à enchaîner dans les
entraves du rhythme la libre et puissante prose de Tite-
Live. Tels sont les procédés de Silius Italicus. Un de ses
éditeurs, Ruperti, après avoir longuement essayé de le
faire valoir, a très-ingénieusement avoué que la lecture de
ce poëte pouvait être très-utile aux jeunes gens : en quoi?
En leur montrant, au moyen des rapprochements sans
nombre qu'elle amène, que Silius n'avait pas d'invention, qu'il empruntait tout à autrui, et que son style est
bien inférieur à celui de Virgile et de Tite-Live. C'est le
réduire à n'être qu'un repoussoir. Peut-être en effet
n'est-il pas autre chose.

Deux choses cependant plaident en faveur de Silius
Italicus : le choix d'un sujet national et la pureté de la
diction. S'il n'a pu concevoir le plan d'une épopée, en
disposer toutes les parties d'après une idée générale,
conserver la variété sans sacrifier l'unité, du moins il
n'est pas allé demander aux légendes fabuleuses de la
Grèce une matière usée. Enfin, lecteur et admirateur passionné de Cicéron et de Virgile, il a puisé dans le commerce de ces grands écrivains des qualités qui deve-

naient de plus en plus rares, le respect de la langue, la propriété des termes et une simplicité relative. Ce n'eût pas été lui faire pleine justice que de garder le silence à ce sujet.

## § VII.

### VALÉRIUS FLACCUS.

On ne sait trop quel personnage était C. Valérius Flaccus Balbus Setinus, auteur d'un poëme épique incomplet, intitulé *Argonautica*. Quelle était sa famille? où est-il né? Les érudits sont réduits sur tous ces points à des conjectures plus ou moins ingénieuses. On trouve dans Martial un certain nombre d'épigrammes fort élogieuses adressées à un Flaccus; mais ce Flaccus était riche, il avait une belle maison de campagne à Baïes, des objets d'art, de beaux esclaves; c'était un homme qu'il pouvait être utile de flatter, tandis que notre poëte semble n'avoir rien possédé de tout cela. Martial n'eût pas manqué de vanter l'excellence d'un poëte opulent, comme il se fût certainement abstenu de louer un poëte pauvre. Une ligne de Quintilien, voilà, à vrai dire, le seul témoignage que l'antiquité nous ait laissé sur Valérius Flaccus : « Nous venons de faire une grande perte dans la personne de Valérius Flaccus. » (*Multum in Valerio Flacco nuper amisimus.*) On peut en conclure que le poëte était fort jeune encore quand il mourut, et que sa perte excita les regrets des connaisseurs. Quant aux critiques du seizième siècle, ils lui ont été généralement très-favorables, sauf Scaliger qui, dans l'*Hypercritique*, traite le pauvre Valérius avec une extrême sévérité, le trouvant surtout dur et sans grâce. Presque tous les autres érudits le placent immédiatement après Virgile, et lui immolent

parmi ses prédécesseurs et ses contemporains celui qu'ils ?
honorent d'une particulière aversion, surtout Lucain et
Stace.

L'expédition des Argonautes à la recherche de la Toison
d'or est un des sujets les plus chers aux poëtes de l'antiquité grecque et latine, j'entends aux poëtes de seconde
main. Que d'épisodes brillants à raconter, quelle variété!
C'était l'*Iliade* et l'*Odyssée* réunies dans le même sujet :
des combats, des voyages, des légendes de toute nature,
des prodiges extraordinaires. D'abord le récit de la dispa-
rition d'Hylas, qui était, aux temps de Juvénal, devenu un
intolérable lieu commun (*cui non dictus Hylas puer?*);
puis le fameux combat du ceste dans le pays des Bé-
bryces ; l'histoire des femmes de Lemnos, meurtrières de
leurs époux, et qui accueillent si bien les Argonautes ;
l'amour de Médée pour Jason, les charmes, les philtres,
les sortiléges de tous genres qui assurent au héros la victoire, et enfin le retour en Grèce avec Médée. Ajoutez à
cela la description des lieux où abordent les navigateurs,
les légendes qui leur attribuent la fondation de plusieurs
colonies, et enfin le nombre considérable des héros qui
étaient montés sur le navire Argo, et qui devaient plus
tard s'illustrer par tant d'exploits. Peu de matière plus
riche que celle-là, mais en même temps je ne sais quoi
de vague ; un élément nouveau introduit dans la légende, la magie ; ce personnage étrange de Médée, qui
importe en Grèce les charmes, les philtres, tout l'attirail
d'une science nouvelle : tout cela marquait d'une empreinte relativement moderne l'histoire de l'expédition.
L'*Iliade* n'en fait aucune mention : c'est plus tard que naît
cette légende imaginée évidemment pour expliquer sous la
forme anthropomorphique l'introduction en Grèce de cer-

taines pratiques de la religion plus sombre de la Thrace.

Valérius Flaccus n'a point essayé de décomposer les éléments de la légende ; il l'a reproduite fidèlement dans toutes ses parties. Il avait sous les yeux un modèle grec, qu'il a suivi le plus souvent avec la plus scrupuleuse exactitude, Apollonius de Rhodes, poëte alexandrin, auteur d'un poëme en quatre livres sur le même sujet. Seulement il avait conçu son ouvrage sur de plus vastes proportions, car il devait contenir au moins dix livres, si ce n'est douze. Il s'arrête après le huitième. Quel est le caractère de l'œuvre ? C'est une imitation originale. Valérius appartient à cette classe d'écrivains consciencieux, non sans talent, qui n'ont pas l'imagination créatrice, n'inventent rien, mais, sur un sujet déjà traité, trouvent de fort heureuses variations. Ce qui le distingue profondément du modèle grec, c'est la gravité. Apollonius en est complétement dépourvu : il est spirituel, ingénieux, gracieux. Il se complaît dans les petits détails où il excelle ; jamais une image forte, une conception élevée. Cet amour si tragique de Médée pour Jason, amour né dans le crime, qui vit par le crime et que dénouera un dernier crime, le plus affreux de tous, le meurtre des enfants par leur mère, ne lui inspire que des peintures jolies, fades, analogues à ce que nous lisons dans Dorat ou Bernis. Valérius Flaccus a senti le côté dramatique de cette passion. Il a conservé les vieilles machines de Vénus et Junon s'unissant pour troubler l'âme de Médée ; mais la passion qui naît dans ce cœur indomptable, il en a du premier coup senti et rendu le caractère. C'est « un amour mêlé de haines » (*permixtumque odiis inspirat amorem*), amour que le remords empoisonne dès sa naissance, et qui ressemble à ces terribles maladies de l'âme qui enlèvent la liberté sans ôter la raison, qui précipitent dans l'abîme, mais après en avoir fait mesurer toute la profondeur. Là est l'originalité de Valérius Flaccus, et voilà ce qui justifie les regrets de Quintilien. Il suit son modèle grec, mais où l'autre s'attarde à cueillir des fleurs, il glisse; où l'autre passe rapidement, il s'arrête et donne aux personnages et aux faits un relief plus énergique. Les commentateurs ont blâmé les vers qui suivent, que pour moi je trouve d'une grande beauté, et qui appartiennent en propre au poëte. Il s'agit de Médée, qui ressent les premières atteintes de sa fatale passion. « Elle se penche, elle regarde par la porte ouverte si son père devenu plus doux ne rappelle point les Argonautes, elle cherche encore le visage de l'étranger. Tantôt languissante, désolée, elle s'enferme seule dans sa chambre, ou bien se précipite dans le sein de sa sœur chérie, comme dans un asile, essaye de parler et se tait... Souvent elle s'attache plus caressante à ses parents, elle couvre de baisers les mains de son père. Ainsi une chienne qui vit dans la chambre, que l'on caresse à la table du maître, dès qu'elle se sent atteinte d'un mal inconnu, de la rage qui couve en elle, malade, se met à parcourir en gémissant avant de prendre la fuite, toutes les parties de la maison. »

## EXTRAITS DE JUVÉNAL.

## I

### Le turbot.

Calliope, mets-toi là et causons. Je ne te dirai point : « Chantons, muse...... » c'est de l'histoire. Contez-nous cela, vierges du mont Piérius. *Vierges!*..... Sachez-moi gré de ce mot-là !

Au temps où le dernier des Flaviens déchirait le monde expirant, où Rome avait pour maître le Néron chauve (1), dans les parages de la mer Adriatique voisins des temples de Vénus qui domine Ancône, la ville dorienne, un turbot monstrueux vint se prendre dans le filet d'un pêcheur et le remplit tout entier. On eût dit un de ces turbots géants, qu'enferme sous ses glaces le Palus-Méotide, qu'aux premières chaleurs, la débâcle charrie tout alourdis et engraissés par l'inaction d'un long hiver, et qu'elle va livrer aux eaux dormantes du Pont-Euxin. Aussitôt le propriétaire de la barque et du filet prend son parti. Une si belle pièce ! ce sera pour le souverain pontife (2). Où serait l'homme assez hardi pour vendre ou pour acheter un poisson pareil, quand, jusqu'aux rivages mêmes, tout regorge d'espions? Les inspecteurs de la marine ne manqueraient pas de saisir le pêcheur tout nu et son turbot, et d'affirmer sans la moindre hésitation que c'est un poisson échappé des viviers impériaux, longtemps nourri aux frais de l'empereur, un poisson réfractaire, qui s'est évadé de chez son maître et qui doit lui être restitué. Consultez les jurisconsultes Palfurius et Armillatus ; ils vous diront que tout ce qu'il y a de beau, de rare dans la mer, n'importe dans quel parage, tout cela appartient

(1) Sobriquet de Domitien.
(2) Un des titres que portaient les empereurs.

au domaine impérial. Ce poisson donc, on l'offrira à l'empereur, pour qu'il ne soit pas perdu. Déjà l'automne aux mortelles influences faisait place à l'hiver, déjà les malades espéraient voir leur fièvre tierce se changer en fièvre quarte, déjà sifflait la bise hideuse, et le froid eût permis de garder ce poisson, tout frais pêché, mais le pêcheur se hâte, comme si le vent d'été lui commandait de se presser.

Il a déjà dépassé les lacs placés au bas de le montagne, où, dans un temple de Vesta plus modeste que celui de Rome, Albe, toute détruite qu'elle est, conserve le feu venu de Troie. Un moment la foule émerveillée arrête le pêcheur à l'entrée du palais. Enfin on s'écarte, les portes s'ouvrent sans difficulté devant le poisson ; les sénateurs attendent : ce qui se mange doit passer avant eux ! Le pêcheur s'avance devant le Roi des rois : « Daigne agréer, dit-il, une offrande qui n'est point faite pour la cuisine d'un sujet. Fête aujourd'hui ton génie ; prépare ton estomac à savourer cette chair succulente. Réservé au siècle qui t'a vu naître, ce turbot devait être mangé par toi, il s'est fait prendre tout exprès. » Trouvez-moi une flagornerie plus grossière ! Et pourtant la crête en dressait d'orgueil à Domitien. Non, il n'est louange si plate qu'on ne puisse faire accepter à ces puissances, que nous avons élevées au niveau de la divinité !

Mais, où trouver un plat assez large ? ceci mérite une délibération ; on appelle au conseil ces sénateurs qu'il déteste, sur la face desquels réside cette pâleur naturelle à ceux que Domitien honore de sa redoutable intimité. Au cri de l'huissier Liburnien : « Accourez, il est assis, » le premier sénateur qui se hâte en ajustant son costume, c'est Pégasus, nommé récemment fermier de Rome stupéfaite (car, qu'était-ce que Rome alors ? une propriété avec un préfet pour fermier). Or de tous les préfets le plus intègre, le plus scrupuleux à observer la loi, ce fut certainement ce Pégasus, bien qu'il crût qu'en ces temps maudits la justice devait se désarmer de son inflexible sévérité. Puis vient Crispus, un aimable vieillard ; mœurs, caractère, éloquence, tout avait chez lui même douceur. Nul n'aurait été un conseiller plus utile au maître des nations, au dominateur de la terre et des mers, si sous un tel monstre, fléau du monde, il eût été permis de blâmer la cruauté et de donner un avis honnête ! Mais comment s'y prendre pour ne pas irriter une tyran ombrageux, avec lequel on risquait sa tête à parler du beau temps, de la pluie, ou des brouillards du printemps? Aussi jamais Crispus n'essaya-t-il de se roidir contre le torrent. Hélas! ce n'était pas un citoyen, un de ces hommes qui osent dire librement ce que leur dicte leur conscience et risquer leur vie pour la vérité. Aussi Crispus a-t-il réussi à vivre quatre-vingts hivers, quatre-vingts étés. Près de lui accourait un sénateur du même âge, et que la même prudence fit vivre tranquille aussi dans cette cour, c'était Acilius, qu'accompagnait un jeune homme, victime innocente, réservée à un sort cruel et déjà marquée pour la mort dans la pensée du maître. Mais il y a longtemps qu'à Rome, c'est un phénomène de vieillir, quand on porte un grand nom. Aussi aimerais-je mieux, pour ma part, être le dernier des enfants de la terre. L'infortuné! ce fut en vain qu'il s'abaissa à descendre dans l'arène d'Albe, et là, tout nu, en chasseur, vint y percer de près des ours de Numidie. Qui serait aujourd'hui la dupe de ces finesses de nos patriciens? Qui s'aviserait d'admirer ta dissimulation, ô vieux Brutus? C'était chose facile que de tromper nos rois barbus.

Voici Rubrius: malgré son obscure naissance, il n'a pas la mine plus rassurée. On lui en voulait pour une vieille offense de celles dont on ne se plaint pas. C'était pourtant un coquin aussi effronté qu'un infâme écrivant des satires morales.

Ce ventre qui vient, c'est Montanus: son abdomen l'a mis en retard; Crispinus le suit, tout suant, et, dès le matin, plus farci de parfums qu'il n'en faut pour embaumer deux morts; après lui, un scélérat, plus complet encore, Pompéius qui, d'un mot glissé dans l'oreille du maître, a fait couper la gorge à tant de gens; puis, Fuscus, dont les vautours de Dacie devaient un jour dévorer les entrailles. C'était dans sa villa de marbre que ce général avait fait ses études militaires. Enfin, avec le cauteleux Veienton s'avance Catullus, le délateur aux meurtrières paroles; aveugle, il brûle d'amour pour une jeune fille qu'il n'a jamais vue. Catullus! c'est la bassesse à l'état de prodige, même pour notre temps; un être fait pour s'installer sur le pont, et pour y mendier en lançant des baisers aux voitures qui descendent la côte d'Aricie. Personne ne s'extasia davantage

devant le turbot. Il ne tarissait pas d'éloges, tout en tournant
ses yeux éteints vers la gauche (le poisson était à sa droite).
C'est avec la même sûreté de coup d'œil qu'au cirque il vantait
la bravoure, les coups du gladiateur Cilicien, et les machines
d'où l'on enlevait des enfants à la hauteur du vélarium.
Veienton restera-t-il en arrière? Non ; comme un prêtre de
Bellone, que la déesse a frappé de son dard et qui prophétise :
« César, dit-il, quel présage ! tu peux compter sur un grand,
un éclatant triomphe. Tu vas faire prisonnier quelque roi,
peut-être Arviragus va-t-il tomber du char royal des Bretons.
La bête vient de loin ; vois-tu ces pointes qui se dressent sur
son dos? » Un peu plus, Veienton eût déterminé l'âge du turbot
et son lieu de naissance.

Eh bien, qu'opinez-vous? Faut-il le couper en morceaux?
« Oh ! ce serait le déshonorer, dit Montanus. Qu'on fasse un plat
assez profond et assez large pour le recevoir tout entier entre
ses minces parois : c'est une œuvre qui demande une main
habile et prompte, un second Prométhée ! Allons ! de l'argile,
préparez la roue. Mais, à partir de ce jour, César, crée dans ta
garde une compagnie de potiers. »

L'avis était digne de son auteur : il prévalut. C'est que Montanus connaissait à fond les traditions de la débauche impériale ; il savait les nuits de Néron, et comment on y renouvelait son appétit, à l'heure avancée où le falerne brûlait le
poumon des convives. Ça été de mon temps, l'homme le plus fort
dans l'art de manger. Ces huîtres viennent-elles du promontoire
de Circé, des rochers du lac Lucrin, ou des parages de Rutupia? Voilà ce qu'il eût distingué au premier coup de dent. En
regardant un oursin de mer, il vous disait à première vue sur
quelle côte on l'avait pris.

La séance est levée. On congédie tous ces graves personnages,
que le chef de l'État avait convoqués sur les hauteurs d'Albe,
et qui étaient accourus tout ahuris, comme si l'empereur avait
une communication à leur faire au sujet des Celtes et des farouches Sicambres, comme si quelque dépêche effarée était
arrivée à tire-d'aile des extrémités du monde. Et plût au ciel
qu'il eût perdu à des niaiseries pareilles ces heures sanglantes
pendant lesquelles il ravit à Rome tant de nobles et glorieuses

existences sans qu'un citoyen se levât pour le punir et les venger !

Il tomba pourtant. Un jour il en vint à inquiéter la canaille de Rome : ce fut là ce qui le perdit, lui dont les mains fumaient encore du sang des Lamia !                    (Sat. IV.)


## II

### Noblesse.

Qu'importent les titres ? A quoi te sert, ô Ponticus, de vanter l'antiquité de ta race, d'étaler en peinture le visage de tes aïeux, les Émilius debout sur leur char triomphal, les statues mutilées des Curius, un Corvinus qui a perdu ses bras, un Galba auquel manquent le nez et les oreilles ? Pourquoi sur la liste si longue de tes ancêtres signaler avec orgueil le nom enfumé d'un dictateur et de plusieurs maîtres de la cavalerie, si tu vis mal à la face des Lépidus ? A quoi bon ces portraits de tant d'hommes de guerre, si devant ces vainqueurs de Numance la nuit chez toi se passe à jouer, si tu vas te coucher au lever du jour, à l'heure où ces capitaines mettaient en mouvement leurs enseignes et leurs soldats ? De quel droit Fabius ose-t-il rappeler les Allobroges vaincus, l'autel glorieux de sa famille, et citer Hercule comme l'auteur de sa race, si son cœur, avide et vain, a moins de vigueur qu'une brebis d'Euganée, si ses vieux ancêtres le voient se faire épiler à la pierre-ponce les parties les plus secrètes de son corps; si lui enfin, l'acheteur de poison, il installe, au milieu de ses ancêtres, qu'il faut plaindre, sa sinistre image qu'il faudra briser ? Vainement ces vieilles figures de cire encombrent son atrium ; la vraie, l'unique noblesse, c'est la vertu.

Sois par tes mœurs un Paul-Émile, un Cossus, un Drusus. Crois-moi, cela vaut mieux que des portraits d'ancêtres; fusses-tu consul, cela passe avant les faisceaux. La noblesse du cœur, voilà avant tout ce que j'ai le droit d'exiger de toi. Par tes actes, par tes paroles, as-tu mérité la renommée d'un homme intègre, invinciblement attaché à ce qui est juste ? Alors tu es

noble, je te reconnais. Salut, vainqueur des Gétules! Salut, Silanus! Quel que soit le sang qui coule dans tes veines, la patrie
triomphante se glorifie d'avoir en toi un rare et excellent citoyen. Oui, c'est un plaisir alors de te saluer des cris que pousse
le peuple d'Égypte, quand il a retrouvé son Osiris. Mais, comment appeler noble le citoyen dégénéré, qui, pour toute gloire,
n'a que celle de son nom? Voici un nain qui s'appelle Atlas, un
nègre, qu'on a nommé le Cygne, une petite fille contrefaite, qu'on
appelle Europe, de vieux chiens infirmes, galeux, pelés, qui ne
savent plus que lécher la gueule d'une lampe vide, et qui
gardent leur nom de Léopard, de Tigre, de Lion, ou de tout
autre animal terrible et capable de faire trembler les gens.
Prends garde de n'avoir point plus de droit à porter le nom de
Créticus ou de Camérinus.

A qui en ai-je à ce moment? A toi Rubellius Blandus. Ta race
remonte aux Drusus, et tu t'en glorifies. Mais qu'as-tu donc fait
toi-même, pour être noble, pour être né d'une femme issue
du sang d'Iule, au lieu d'avoir pour mère la pauvre ouvrière
qui fait de la toile au pied du rempart exposé à tous les vents?
« Vous autres, dis-tu, vous êtes de pauvres hères, des gueux, la
basse classe. Nul de vous ne saurait dire de quel pays sort son
père; moi, je descends de Cécrops! Grand bien te fasse!
Puisses-tu longtemps savourer la joie d'être descendu de si haut!
Pourtant, c'est dans cette basse classe que tu trouveras d'ordinaire le Romain dont la parole protége devant la justice le
noble ignorant; c'est de cette canaille que sort le jurisconsulte,
qui sait résoudre les énigmes de la loi, en démêler les difficultés; c'est de là que partent nos jeunes et vaillants soldats, pour
aller sur l'Euphrate et chez les Bataves rejoindre les aigles qui
veillent sur les nations domptées. Toi, tu es le descendant de
Cécrops, voilà tout. Tu me fais l'effet d'un Hermès dans sa gaîne.
Ton seul avantage, c'est qu'un Hermès est de marbre, toi, tu
es une statue qui vit.

Dis-moi, fils des Troyens: parmi les animaux muets, quels
sont ceux dont on vante la noblesse? Ceux qui sont braves. Nous
apprécions le cheval rapide, qui souvent dans la lice a sans
efforts passé tous ses rivaux, celui dont la victoire a ébranlé le
cirque du fracas des acclamations. Voilà une noble bête; peu

importe le pâturage d'où il vient, si sa fuite agile a devancé les autres chars et soulevé la première la poussière de l'arène. Mais le fils de la jument Corytha et de l'étalon Hirpinus n'est qu'une rosse qu'on va vendre au marché, si la victoire rarement s'est assise sur son timon ; sans tenir compte de ses aïeux, sans respect pour ces illustres ombres, on le vend à vil prix ; il change de maître, on ne le juge plus bon qu'à aller lourdement, le cou pelé, traîner le tombereau, ou tourner la meule de Népos le meunier. Donc, si tu prétends qu'on t'admire pour ce qui vient de toi, non des autres, commence par nous fournir quelque titre à ajouter aux titres accordés jadis et maintenus à ces ancêtres, à qui tu dois tout.          (Sat. VIII.)


## III

### Rome.

Tout affligé que je peux être du départ de mon vieil ami Umbritius, j'approuve sa résolution. Il va s'installer dans la ville solitaire de Cumes et donner dans sa personne un citoyen de plus à la Sibylle. Cumes est comme la porte de Baia : la côte y est charmante, c'est une délicieuse retraite. Pour moi, au quartier de Suburre, je préférerais le rocher de Procida. Est-il, en effet, désert hideux, dont le séjour ne soit préférable à celui de Rome, à l'ennui de craindre perpétuellement les incendies, les éboulements des maisons, les mille dangers de cette cruelle ville, et les lectures des poëtes au mois d'août ?

Umbritius entasse tout son ménage sur une seule charrette. Il part et nous nous arrêtons aux vieilles arcades humides de la porte Capène, à l'endroit où Numa avait de nuit avec la nymphe Égérie ses graves entretiens. Maintenant le bois qui entoure la fontaine sacrée, et la chapelle même, sont loués à des mendiants juifs, dont tout le mobilier consiste dans un panier et un peu de foin. Chaque arbre est taxé ; c'est une place qui paye une redevance au peuple romain. On a chassé les Muses, et la forêt mendie ! Nous descendons dans le vallon d'Égérie, où l'on a construit des grottes qui ne ressemblent guère aux

grottes naturelles. Oh ! combien près de l'étang sacré la divinité
ferait mieux sentir sa présence, si le simple gazon enfermait
encore les eaux de sa verte bordure, et si, violant la nature, le
marbre n'en avait fait un bassin !

C'est alors qu'Umbritius me dit :

Puisqu'à Rome il n'y a point place pour un métier honnête,
que le travail n'y trouve point son salaire, et que mon pauvre
avoir, moindre aujourd'hui que hier, demain aura encore di-
minué ; j'ai pris le parti de me retirer à Cumes, et, comme Dédale, d'y reposer mes ailes fatiguées, tandis que l'âge n'a pas
encore plié ma taille et commence à peine à blanchir mes cheveux, qu'il reste à Lachésis des jours à me filer, et que je
suis ferme sur mes jambes, sans qu'aucun bâton vienne se placer sous ma main.

« Adieu, ma patrie !... qu'Arturius et que Catulus vivent à
Rome ; qu'ils y vivent, les intrigants qui savent changer les
choses du blanc au noir ; pour eux tout est facile : soumission-
ner des constructions, prendre l'entreprise des cours d'eau, des
ports, des boues de Rome, des pompes funèbres, ou bien se
faire maquignons d'hommes et les vendre à la criée. Jadis, on
les a vus jouer du cor, dans les arènes de nos petites villes, et
souffler dans leurs cuivres ; partout c'étaient des visages de connaissance. Maintenant, les voilà devenus des personnages ; ils
donnent au peuple des fêtes, et quand la foule a renversé le
pouce, pour plaire au public ils disposent de la vie d'un
homme ! Sortis de là, ils vont affermer les vidanges. Et pourquoi pas ? Ne sont-ils pas de ces gens que la fortune s'amuse à
tirer de la boue pour les mettre au pinacle, quand elle se sent
en humeur de rire ?

Moi, que faire à Rome ? je ne sais pas mentir ? Paraît-il un mauvais livre ? je n'ai pas le courage de le vanter ni d'en demander
un exemplaire. Je n'entends rien à l'astrologie : comment faire
espérer à un fils la mort prochaine de son père ? non, c'est plus
fort que moi, je ne le peux point. Jamais je n'ai inspecté le
ventre d'une grenouille. Quant à porter à une femme mariée
les billets ou les cadeaux de son amant, que d'autres s'en
chargent ; jamais je n'aiderai personne à voler la femme d'autrui ! Aussi n'ai-je point de patron qui m'admette dans son cor-

tége : je ne suis pour eux qu'un manchot, un être sans bras, un propre à rien ! Pour amis maintenant, on n'a que des complices : le seul moyen de se faire bien venir de nos grands, c'est de charger sa conscience de quelque secret redoutable et qui exige une discrétion absolue. Quand on t'a fait une confidence qui n'a rien de déshonorant, on ne croit rien te devoir, on ne songera jamais à t'obliger. Pour être le bien-aimé de Verrès, il faut être toujours en mesure d'accuser Verrès. Mais, quand on t'offrirait tout l'or que les sables du Tage roulent dans la mer, oh ! repousse des présents qu'il faudrait abandonner un jour, repousse un fatal secret qui t'ôterait le sommeil et ferait de toi un objet de terreur pour ton puissant ami.

Quels sont aujourd'hui les gens les plus choyés de nos richards, et ceux que je fuis, moi, avec un soin particulier ? Je vais vous le dire ! arrière le respect humain ! Romains, une chose me révolte : c'est que Rome soit devenue ville grecque. Encore, quel est le contingent de la Grèce dans cette boue de Rome ? Ce n'est pas d'hier que l'Oronte, le fleuve syrien, se dégorge dans le Tibre, et qu'il nous apporte la langue, les mœurs de ce pays, ses joueurs de flûte, ses lyres aux cordes obliques, ses tambours, ses courtisanes qui stationnent près du Cirque. Courez après elles, vous qui trouvez des charmes à ces filles orientales aux mitres bariolées ! Ton paysan romain, ô Romulus, a pris le manteau court des coureurs de dîners. A son cou, huilé, comme celui des athlètes, il suspend des colliers, prix de ses victoires ! Ces Grecs, les voilà qui partent de tous les points de la Grèce, de la haute Sicyone, d'Amydone, d'Andros, de Samos, de Tralle, d'Alabande, et tous marchent droit aux Esquilies, et vers le mont des Osiers (1). Les voilà au cœur des grandes maisons, bientôt ils en seront les maîtres. Esprit prompt, aplomb imperturbable, parole facile, plus rapide que celle de l'orateur Isée, ils ont tout pour eux. En voici un, quelle profession lui supposes-tu ? Toutes celles que tu peux désirer ; c'est un homme universel, grammairien, rhéteur, géomètre, peintre, baigneur, augure, saltimbanque, médecin, sorcier, — un Grec, quand il a faim, sait tous les métiers. Tu lui dirais, monte au ciel ! Il y

(1) Le mont Viminal.

monterait. Au fait, est-ce qu'il sortait du pays des Maures, des Sarmates, ou des Thraces, ce Dédale qui se posa des ailes ? Non, il était né au beau milieu d'Athènes.

« Et je ne fuirais pas la pourpre de ces gens-là ? Il mettrait aux actes son cachet avant moi, il aurait à table la place d'honneur, ce drôle jeté ici par le vent qui nous apporte les figues et les pruneaux ? Ce n'est donc plus rien que d'avoir dans son enfance respiré l'air du mont Aventin, de s'être nourri des fruits de la Sabine ?                                                    (Sat. III.)

## IV

### Les vœux des hommes.

Il est des hommes qu'une puissance trop enviée plonge au fond de l'abîme. Ce qui les empêche de surnager, c'est cet amas même de titres et d'honneurs qui les surchargent. Leurs statues arrachées du piédestal suivent la corde qui les entraîne. Puis la cognée brise les roues du char qui portait leurs images, elle casse les jambes des chevaux de bronze, fort innocents de leur grandeur. Déjà les soufflets haletants ont fait siffler le feu dans la fournaise ; déjà dans l'âtre fond cette tête devant laquelle se prosternait le peuple romain, déjà l'on entend craquer la statue qui fut le grand Séjan ; et, de cette face, la seconde de l'univers entier, on fait des pots, des chaudrons, des poêles, des plats. Allons, des lauriers partout ! Cours immoler au Capitole un bœuf magnifique, un bœuf blanchi à la craie : voilà Séjan qui passe, son cadavre est traîné au croc ; on peut le voir : la joie est universelle.

« Quelle bouche ! quelle tête il avait ! Jamais non, tu peux m'en croire, je n'ai pu souffrir cet homme. Mais de quoi l'accusait-on ? Qui l'a dénoncé ? par quelles preuves, par quels témoins a-t-on démontré son crime ? — « Oh ! il n'en a pas fallu tant : une dépêche, une longue et interminable lettre est arrivée..... de Caprée (1).

— « C'est bien, c'est bien : assez ! » — « Et que fait-elle cette

(1) Séjour habituel de l'empereur Tibère.

tourbe des enfants de Rémus ? — Comme toujours, elle salue
le succès et déteste les proscrits. Oh ! si Nursia (1), la déesse
de Toscane, avait favorisé son nourrisson, si Séjan avait réussi
à surprendre le vieil empereur, ce même peuple, à cette heure
même, proclamerait Séjan et le nommerait Auguste. Depuis
longtemps, — c'est depuis que nous n'avons plus de suffrages
à vendre, — ce peuple ne s'inquiète plus de rien, et lui qui
jadis, distribuait les commandements militaires, les faisceaux,
les légions, tout enfin, maintenant il n'a plus de prétentions si
hautes, son ambition s'est réduite à ces deux choses : du pain,
des jeux au cirque !

    — « On dit qu'il y aura bien des exécutions.

    — « N'en doute pas : dans la fournaise il y a de la place : je
viens de rencontrer mon ami Brutidius, près de l'autel de Mars :
il était un peu pâle....... Mais si Ajax Ajax (2), vaincu allait se
fâcher et trouver que nous ne l'avons pas assez vengé ! Vite,
hâtons-nous ! Aux Gémonies ! le cadavre doit y être encore ;
c'était l'ennemi de l'empereur ; courons lui donner notre coup
de pied ! Mais surtout que nos esclaves nous voient faire et
puissent témoigner en faveur de leurs maîtres : on n'aurait
qu'à dire que ce n'est pas vrai, et à nous traîner en justice la
corde au cou ! »

Voilà ce qui se dit, ce qui se chuchote dans la foule au sujet
de Séjan.

Eh bien ! veux-tu encore, comme Séjan, avoir du monde à
ton lever, posséder des trésors immenses, distribuer à tes
créatures les magistratures curules, les commandements militaires, te donner l'air de protéger le prince, qui vit perché sur
son rocher étroit de Caprée, avec sa bande de sorciers chaldéens ? Tu voudrais au moins, comme lui, avoir autour de toi
des cohortes, la lance au poing, des cavaliers, tout un camp
dans ta demeure. Pourquoi pas ? On ne veut tuer personne, soit,
mais on veut pouvoir le faire. Pourtant est-il grandeur, est-il
prospérité qui vaille tous les maux qu'elle traîne à sa suite ?
Plutôt que de porter les insignes de cet homme dont tu vois

  (1) Séjan était né en Toscane.
  (2) L'empereur.

passer le cadavre, n'aimerais-tu pas mieux être un simple édile,
à Fidène, à Gabie, dans la pauvre et solitaire Ulubres, et, couvert d'une tunique rapiécée, y régler les poids et mesures, faire
briser les vases qui n'ont pas la capacité voulue ? Donc, tu dois
le confesser, Séjan s'est trompé sur le but que devaient se proposer ses désirs : car, en aspirant à cet excès d'honneur, en de-
mandant une trop haute fortune, il n'a fait qu'élever les divers
étages d'une tour gigantesque, afin que, de ce faîte, l'effrayant
abîme s'ouvrît plus profond devant lui, et qu'il y pût tomber
de plus haut.                                    (Sat. X.)

## V

### La conscience.

Un Spartiate vint un jour au temple d'Apollon pour savoir
s'il pouvait s'approprier un dépôt et couvrir ce vol d'un faux
serment; il voulait connaître la pensée du Dieu, et ce qu'Apollon
lui conseillerait. La prêtresse lui répondit qu'il serait puni
rien que pour avoir hésité. L'homme rendit le dépôt, mais par
peur, non par conscience. Son châtiment vint justifier l'oracle
et en attester le caractère sacré : le malheureux périt avec tous
ses enfants, avec sa famille, et ses parents les plus éloignés.
Ainsi les Dieux punissent la seule intention de mal faire.
Car l'homme qui, dans le silence de son âme, médite un crime,
est déjà criminel. Mais quand il l'a consommé, oh ! c'est alors
qu'une éternelle inquiétude l'agite, le poursuit, même à
l'heure des festins : sa gorge, sèche comme dans la fièvre, laisse
s'accumuler dans sa bouche les aliments qu'il n'avale qu'avec
peine. Le vin lui répugne, il le rejette, même celui d'Albe,
dont la vieillesse a tant de prix. Offre-lui un vin plus exquis
encore, son front se ride de dégoût, comme s'il buvait du
Falerne ayant gardé son âpreté. La nuit, si ses angoisses lui
laissent enfin un moment de sommeil, si, après s'être longtemps retourné dans son lit, il finit par se reposer, aussitôt
dans ses rêves lui apparaissent le temple, l'autel du Dieu qu'a
profané son parjure. Mais une chose surtout vient répandre

dans tout son être comme une sueur glaciale : armée d'une sorte d'épouvante religieuse, et sous des proportions surhumaines, ton image le poursuit et lui arrache l'aveu de son crime. Voilà les gens qu'on voit toujours trembler et pâlir au moindre éclair, anéantis de terreur au bruit du tonnerre, au premier grondement du ciel. Pour eux, ce n'est pas le hasard qui dirige la foudre, elle n'est pas un effet de la fureur des vents; quand elle tombe sur la terre, c'est qu'elle en veut au crime; la foudre est un juge qui vient punir. Cet orage les a-t-il épargnés, ils n'en craignent pas moins la prochaine tempête. Le ciel a beau s'éclaircir; pour leur terreur, ce n'est qu'un sursis. Q'un point de côté, que la fièvre les livre à l'insomnie; cette maladie leur vient d'en haut, c'est une divinité implacable qui les frappe : ils se figurent que les Dieux les visent et les lapident du haut du ciel. Que faire alors ? Promettre d'immoler un agneau bêlant à la chapelle voisine, d'offrir à ses Dieux lares une crête de coq ? Ils ne l'osent même pas : quelle espérance est permise au scélérat malade ? Quelle victime offrir ? Toutes méritent plus que lui de vivre.

Presque toujours l'âme des méchants est flottante et incertaine. A l'instant du crime, leur cœur est ferme encore; le crime une fois commis, c'est alors qu'ils commencent à sentir ce qui est bien, ce qui est mal. Pourtant ils ont beau condamner le mal, ils y retombent : leur nature s'y fixe et ne peut plus changer. Qui s'est jamais de soi-même arrêté dans ce fatal chemin ? Une fois chassée du front de l'homme, la pudeur n'y revient plus. Où est celui qui s'en est tenu à sa première infamie? Va, le misérable qui t'a trompé tombera tôt ou tard dans les filets de la justice ; tôt ou tard, tu le sauras enchaîné dans l'ombre d'un cachot, ou déporté sur quelque rocher de la mer Egée, dans une de ces îles où l'on relégua jadis tant d'illustres exilés. Le châtiment frappera ce nom que tu détestes, et te donnera la joie amère de la vengeance. Satisfait enfin, tu conviendras qu'aucun des Dieux n'est sourd et ne ressemble à l'aveugle Tirésias.                           (Sat. XIII.)

## VI

### L'exemple.

Abstiens-toi de toute action coupable : pour t'en préserver, un motif doit suffire à ton cœur, c'est la crainte de voir tes enfants imiter tes fautes. Le vice, la dépravation trouve toujours de trop dociles imitateurs : chez toute nation, en tout climat, les Catilinas pullulent ; ce qui ne se voit nulle part, ce sont les Brutus et les Catons. Donc, éloigne du seuil où ton enfant s'élève tout ce qui peut blesser son oreille ou ses yeux. Loin d'ici les femmes galantes ! loin d'ici les chansons nocturnes des parasites ! On ne saurait trop respecter l'enfance. Prêt à commettre quelque honteuse action, songe à l'innocence de ton fils, et qu'au moment de faillir la vue de ton enfant vienne te préserver ; car s'il mérite un jour la colère du censeur, si, te ressemblant déjà de taille et de visage, il se montre encore ton fils par ses mœurs ; s'il s'abandonne sur tes traces à des égarements plus graves que les tiens, tu t'indigneras contre lui sans doute, tu lui prodigueras d'amers reproches, tu songeras à le déshériter. Comment oseras-tu prendre avec lui le front irrité d'un père et le droit de le blâmer, quand à ton âge tu fais pis que lui, toi dont le cerveau malade réclame depuis longtemps une application de ventouses, vieux fou que tu es ?

Quand tu dois recevoir quelque visite, chez toi tout est en l'air : « Allons, balayez ces dalles, frottez ces colonnes, faites-les reluire ; décrochez-moi cette araignée desséchée avec sa toile ; toi, lave l'argenterie, toi, récure les coupes ciselées. » Tel est le tapage dont tu fais retentir ta demeure, furieux et la verge à la main. Tu frémis à l'idée qu'un chien n'ait laissé dans ton atrium quelque ordure, dont les yeux de ton hôte pourraient s'offenser, ou que ton portique ne soit crotté ; et pourtant avec un demi-boisseau de sciure de bois un petit esclave va te nettoyer tout cela. Mais ce qui t'inquiète beaucoup moins, c'est qu'aux yeux de ton fils, nulle tache, nul vice ne vienne souiller la pureté du foyer domestique. Tu as donné un citoyen à la patrie, au peuple, c'est bien, si tu le rends capable de servir la patrie, s'il sait être utile aux autres ou dans les champs, ou à la guerre, ou dans les arts de la paix. Quelles mœurs, quelles habitudes lui as-tu enseignées ? La chose est importante : la cigogne, en apportant à ses petits la couleuvre ou le lézard qu'elle a trouvé dans les solitudes, leur apprend à chercher à leur tour la même proie, quand les ailes leur seront venues. Le vautour, revolant vers sa couvée, lui rapporte des lambeaux arrachés aux cadavres des chevaux, des chiens, ou des criminels suspendus au gibet ; telle aussi sera la pâture du jeune vautour, lorsqu'il arrivera à se nourrir lui-même et qu'il aura son arbre et son nid. Mais pour le noble oiseau qui obéit à Jupiter, c'est le lièvre ou le chamois qu'il poursuit dans les gorges des montagnes et qu'il revient déposer dans son aire : ses aiglons, plus tard, quand ils pourront étendre leur aile, sauront, pour assouvir leur faim, poursuivre la même proie ; au sortir de leur œuf, c'est la première qu'ils ont goûtée.

(Sat. XIV.)

## VII

### Les anciennes mœurs et les mœurs nouvelles.

Sans doute, et pour n'avoir à craindre ni les maladies, ni les infirmités, ni la mort des tiens, ni les soucis, pour vivre heureux et longtemps, il ne te faut qu'une étendue de champs égale à celle que labourait jadis le peuple de Rome ; c'était du temps du roi Tatius. Un peu plus tard, quand nos soldats, brisés par l'âge, avaient traversé les batailles des guerres puniques ou bravé le farouche Pyrrhus et l'épée de ses Molosses, la république récompensait tant de blessures en leur donnant au plus deux arpents de terre. Ce loyer de leur sang et de leurs peines ne leur sembla jamais au-dessous de leurs services : nul n'accusait la patrie d'être ingrate et de manquer à ses engagements. Ce petit champ nourrissait le père, la famille nombreuse qui s'entassait dans la cabane ; sous ce toit où reposait la femme près d'accoucher, jouaient quatre enfants, dont trois étaient ses fils, l'autre, l'enfant de la servante ; puis, quand le

soir, leurs aînés revenaient de la vigne ou du champ, on servait alors le grand repas du jour, c'était la soupe qui fumait
dans de vastes chaudrons. Aujourd'hui ce champ serait trop
peu pour un jardin. De là viennent presque tous les crimes;
parmi les vices de l'âme humaine, le vice empoisonneur, le
vice assassin, c'est avant tout cette rage féroce de s'enrichir.
Qui veut être riche, veut l'être tôt : quel respect des lois, quelle
pudeur peut arrêter la passion de l'or qui court à son but ?

« O mes enfants, contentez vous de ces cabanes et de ces
collines, disaient autrefois à leurs fils, les vieillards, chez les
Marses, les Herniques et les Vestins. Demandez à votre charrue le pain qui suffit à nos tables. Voilà la vie qui plaît aux
Dieux des champs ; leur bonté, en nous faisant présent du blé,
apprit à l'homme à dédaigner le gland, son ancienne nourriture. On n'est point tenté de faire le mal, quand on croit pouvoir
sans honte se contenter en hiver de grosses guêtres et d'habits de peaux, avec la laine en dedans, pour se garantir de la
bise. Ce qui conduit au crime avec toutes ses horreurs, c'est la
pourpre,— une espèce d'étoffe qu'on va chercher bien loin, et
que, nous autres, nous ne connaissons pas. »

Telles étaient les leçons que les anciens adressaient à leurs
enfants. Maintenant, dès l'entrée de l'hiver, au milieu de la
nuit, un père à grands cris fait lever son fils paisiblement
endormi. « Allons, prends tes registres ; écris, mon garçon,
réveille-toi ; prépare des plaidoyers, étudie notre vieille législation ; ou bien rédige un placet pour obtenir le bâton de cein-
turion. Mais pour te recommander à ton général Lélius, aie
soin de lui faire remarquer que ta chevelure ignore l'usage
du peigne et qu'une barbe épaisse couvre tes lèvres ; un poil
touffu, tes aisselles. Puis va renverser les tentes des Maures, les
châteaux des Brigantes, afin que ta soixantième année te fasse
porte-aigle avec de bons appointements. Mais si, au contraire,
tu as peu de goût pour les fatigues prolongées des camps, si le
son des clairons et des trompettes effraye tes oreilles et te donne
la colique, eh bien ! achète des marchandises pour les revendre
moitié plus cher, transporte au delà du Tibre toutes les denrées
possibles, sans te rebuter de leur odeur. Mets-toi bien dans
l'esprit qu'il ne faut faire aucune différence entre les cuirs et

les parfums : qu'importe la marchandise? l'argent qu'on en tire
sent toujours bon. Aie toujours à la bouche cette pensée du
poëte, pensée vraiment digne des Dieux et de Jupiter même :
« Comment vous vous êtes enrichi, c'est ce dont nul ne s'in-
« quiète, l'essentiel, s'est de s'enrichir (1). » Voilà ce que nos
vieilles nourrices enseignent aux petits garçons, qui se traînent
encore à quatre pattes ; voilà ce que savent toutes les petites
filles, avant d'apprendre leurs lettres.

(Sat. XIV, trad. Eugène Despois.)

(1) Vers ironique d'Ennius que notre avare prend au sérieux.

# CHAPITRE III

Quintilien. — Pline l'Ancien. — Pline le Jeune.

## § I.

On ne sait rien de bien précis sur la vie de Quintilien. Suivant l'opinion la plus généralement accréditée, Marcus Fabius Quintilianus est d'origine espagnole ; il est né à Calagurris (Calahorra) vers l'an de Rome 796 (42 après J.-C.), et il mourut fort âgé sous le règne d'Hadrien. Il fut amené à Rome par Galba, lorsque celui-ci se décida enfin à accepter l'empire. A Rome, il occupa une place brillante au barreau, ce que semble attester le vers de Martial. « *Gloria Romanæ, Quintiliane, togæ.* » Mais il se distingua surtout comme rhéteur, ce qu'indique cet autre vers de Martial. « *Quintiliane, vagæ moderator summe juventæ.* » Juvénal ne voit guère en lui autre chose. Son enseignement eut le plus grand succès ; l'empereur Domitien lui assigna sur le fisc un traitement de cent mille sesterces, et de plus le choisit pour précepteur des deux fils de sa nièce. Quelques écrivains prétendent même qu'il fut élevé au consulat, mais le vers de Juvénal sur lequel ils se fondent peut signifier simplement qu'on lui accorda les ornements consulaires ; c'était une distinction purement honorifique, de vanité pour ainsi dire, comme savent en imaginer les princes qui veulent varier et économiser leurs faveurs. Si l'on s'en rapporte à ce même passage de Juvénal, Quintilien était riche ; mais, d'un autre côté, ce fut Pline qui dota sa fille. Peut-être la mort de Domitien supprima-t-elle le traitement de Quintilien ; peut-être n'était-il riche que relativement aux autres rhéteurs que Juvénal nous représente comme mourant de faim. Quoi qu'il en soit, Quintilien, après avoir enseigné l'éloquence pendant vingt années, prit sa retraite. Il était à peine âgé de quarante-six ans. Il aurait pu consacrer les loisirs de son âge mûr à composer un ouvrage parfait de tout point ; mais il nous apprend qu'il ne donna que deux ans à son livre de l'*Institution Oratoire*, le seul de ses écrits qui nous soit parvenu. Sa vie, comme on voit, nous apprend peu de chose sur son caractère ; son livre est aussi fort sobre de renseignements. Il perdit presque coup sur coup une femme et deux enfants ; mais il puisa des consolations dans le travail. C'est lui qui nous l'apprend. Il nous apprend aussi que Domitien avait toute son affection et toute son admiration. Ce prince était aux yeux de Quintilien un grand capitaine, un administrateur de génie et surtout un excellent poëte. Seulement la direction des affaires du monde lui laissa trop peu de loisir pour cultiver les Muses. Il est utile de rappeler toujours ces basses adulations ; elles sont un signe du temps, et elles font connaître un homme. Ajoutons encore que, dans sa préface, Quintilien traite avec le plus grand mépris les philosophes, ces hommes sombres et tristes, qui affectaient l'austérité sans doute pour faire de l'opposition à César. Or César venait de les bannir ; rien donc de plus opportun et de plus courageux que ces invectives du rhéteur salarié. Bien que Quintilien eût été honoré des ornements consulaires, il ne fut pas

un homme public; il n'exerça aucune fonction, ne servit
point dans les armées; ce fut un rhéteur, rien qu'un
rhéteur. Son livre est le résumé complet de sa vie, de
ses idées; tout cela est absorbé dans l'étude de la rhétorique. Ce point est important à signaler. Jusqu'ici pas
de citoyen romain qui se soit enfermé dans un horizon
aussi borné. Voyons quel est le caractère de l'*Institution
oratoire*.

J'ai eu plus d'une fois l'occasion de montrer quelle
était l'importance, je dirai même la nécessité de l'éloquence à Rome. Il était absolument impossible d'exercer
une influence quelconque sur la direction des affaires publiques, si l'on ne possédait l'art de la parole. On ressemblait à un homme sans armes jeté au milieu d'hommes
armés. Mais sous les empereurs il n'en fut plus ainsi.
Plus d'émeutes au forum, plus de grands procès, plus de
délibérations imposantes au sénat, plus d'élections libres. Cependant l'éloquence demeura le premier des arts
pour les Romains, qui méprisaient à peu près tous les
autres comme puérils ou serviles. Quintilien est le maître
qui convient à ce temps misérable; son enseignement est
parfaitement proportionné aux besoins de ses contemporains. Il enseigne un art qui meurt d'inanition pour ainsi
dire, et il partage toutes les illusions de ceux à qui il
l'enseigne. Vous chercheriez en vain dans Quintilien un
souvenir, un regret de la liberté perdue, de l'immense
carrière ouverte autrefois à l'éloquence; de tout cela il
n'a aucun souci. Il est de son temps, un des heureux de
son temps, et c'est pour les hommes de son temps qu'il
écrit. Ce n'est donc pas un orateur qu'il veut former,
bien qu'il semble en avoir la prétention, c'est un avocat,
c'est un plaideur de causes (*causidicus*). Il a beau vouloir

s'en défendre, il faut lui infliger son véritable caractère.
Il est bon même d'ajouter que les seules causes possibles
alors sont des procès civils, ce qui réduit encore l'importance de l'avocat; car, sous la république, il y avait
peu de causes civiles; toutes étaient plus ou moins des
causes publiques. Il y eut cependant quelques procès dignes de ce nom sous les empereurs, ceux de Thraséas,
d'Helvidius Priscus, d'Arulénus Rusticus, de Sénecion :
ces grands citoyens furent déférés à César par des délateurs d'une éloquence incontestable; Tacite nous a conservé leurs noms. Quintilien put assister à la plupart de
ces procès; il put constater lui-même l'abus déplorable
que les accusateurs faisaient des plus beaux dons de la
nature et de l'art. Mais il s'est tu sur les crimes de lèse-
majesté, sur les victimes et sur les bourreaux. Tacite et
Pline ont parlé. Il restait en eux une âme de citoyen,
Quintilien est un rhéteur.

Il l'est avec passion. Il ne fit rien autre chose toute sa
vie que parler et enseigner à parler. A-t-il eu une idée
bien nette de l'éloquence et de sa dignité? On va en juger.
Il examine ce que c'est que la rhétorique. Il voit en elle
un art, le premier de tous, il y voit même une vertu. Il
immole tous les autres arts à celui-là; et il va jusqu'à
prétendre que l'orateur est orné de toutes les qualités du
cœur et de l'esprit. En conséquence, il a le plus profond
mépris pour la philosophie, et il reproche amèrement à
Cicéron, son idole cependant, l'importance qu'il accorde
à la philosophie dans la formation de l'orateur. Il ne veut
pas admettre que ce soient des sages qui aient été les premiers législateurs des peuples. Selon lui ce sont des
hommes habiles dans l'art de la parole; comme s'il ne
fallait pas avoir des idées avant de les exprimer! Bref, à

ses yeux la rhétorique se suffit à elle-même. Quand on
sait parler, on n'a pas besoin de penser; ou si l'on aime
mieux, par cela seul qu'on sait parler, on a tout le reste
par surcroît. Cicéron disait : « Si je suis orateur, je le
« dois moins aux officines des rhéteurs qu'aux enseigne-
« ments des philosophes; » Aristote appliquait à l'étude
de la rhétorique cette puissante raison qui, partant de
principes généraux, aboutit par une déduction invincible
aux applications pratiques : tout autre est le point de vue
auquel se place Quintilien. Tout ce qui est général lui
échappe; il ne sait ce que c'est qu'un principe; jamais il
ne remonte aux éléments des choses.

Quel est donc le véritable caractère de son ouvrage?
C'est un recueil de recettes propres à former un homme
qui saura bien parler, je ne dis pas bien penser : Quintilien laisse de côté ce détail.

Une rapide analyse de l'ouvrage fera mieux comprendre le but qu'il se propose et les moyens qu'il emploie.

Il veut former l'orateur complet, sinon parfait. Il le
prend au berceau, il lui donne une nourrice de mœurs
honnêtes, et surtout parlant purement; il exige les mêmes
qualités du pédagogue qui succède à la nourrice, puis du
grammairien qui succède au pédagogue. La tâche du
grammairien est plus étendue. Il enseignera l'orthographe,
les premiers éléments des sciences, y compris la philosophie et l'astrologie (astronomie) à douze ans, puis il
exercera son élève à traiter de petits sujets, soit des fables
d'Ésope, soit ce qu'on appelle des *chries*. Enfin l'enfant
est confié au rhéteur. Celui-ci sera aussi de mœurs pures,
il se fera aimer, il imposera le respect. L'enseignement
sera d'abord comme divisé : il exercera les enfants sur
chacune des parties de l'oraison, narration, proposition,

réfutation, etc., il les habituera à soutenir des thèses ; par exemple, ils referont le plaidoyer de Cicéron en faveur de la science militaire opposée à la science du jurisconsulte ; ils étudieront dans les orateurs et les historiens des modèles qu'ils devront ensuite analyser et commenter. Puis on leur donnera des matières de déclamations, en ayant soin de les choisir vraisemblables, voisines de la réalité ; seulement on leur permettra un certain luxe d'ornements. Voilà l'enseignement préliminaire, pour ainsi dire. Le rhéteur pénètre ensuite dans le détail de la rhétorique proprement dite. Ici je ne le suivrai pas. Les livres qui traitent du genre démonstratif, délibératif, judiciaire, de l'invention, de la disposition, de l'élocution et même de l'action, n'offrent rien d'original. Ces préceptes étaient connus depuis longtemps, Quintilien ne fait pas difficulté de l'avouer ; mais ils n'avaient pas encore été exposés avec des développements aussi complets. Le dixième et le douzième livre sont plus originaux. Dans le premier, Quintilien passe en revue la plupart des écrivains grecs et latins dont il recommande la lecture à son orateur. Il juge chacun d'eux brièvement, sèchement, sauf Sénèque, qu'il a dans une aversion particulière. La plupart de ses jugements sont d'un esprit médiocre et sans portée. C'est toujours au point de vue de la rhétorique qu'il faut lire : tous les grands génies d'autrefois semblent n'avoir existé que pour grossir les provisions de l'avocat ; la forme seule en eux attire l'attention de Quintilien.

Le douzième livre est relatif aux mœurs de l'orateur. Il doit être, comme l'exigeait Caton, « un homme de bien qui sait parler. » Est-ce à dire qu'un scélérat éloquent ne mérite pas le nom d'orateur ? Quintilien est de cet avis, et il se trompe. La définition de Caton n'est pas une défini-

19.

tion scientifique ; ce n'est pour ainsi dire qu'une opinion :
il lui semble que ce nom d'orateur est si beau, si glorieux,
qu'on ne doit pas l'attribuer à des gens sans conscience,
fussent-ils doués de génie. Mais Quintilien va plus loin : il
nie qu'on puisse être orateur et malhonnête homme. Que
pensait-il donc d'Eschine, de Démade, d'Éprius Marcellus
et de Régulus ses contemporains? C'est toujours la même
faiblesse de conception, l'impossibilité de s'élever à une
idée générale. Ici, du moins, la restriction emporte avec
elle son excuse ; elle part d'un certain amour de la vertu.
Les chapitres qui traitent des causes qu'on doit accepter
ou refuser, sont aussi inspirés par de très-honnêtes sentiments. Le dernier est consacré à la retraite que doit
prendre l'orateur afin de ne pas se survivre à lui-même,
et des occupations de son loisir.

Tel est dans ses caractères généraux cet ouvrage qui
fut comme le testament de l'éloquence romaine. Il ravit
les contemporains, et fut salué avec enthousiasme par les
hommes de la Renaissance, lorsque le Pogge mit au jour
le manuscrit retrouvé au monastère de Saint-Gall. Il jouit
encore de nos jours d'une grande autorité : le dix-
huitième siècle, si irrévérencieux envers l'antiquité, a
traité Quintilien avec une indulgence et un respect peu
communs. Son livre en effet abonde en préceptes excel-
lents : l'auteur a du goût, de la mesure, et l'on sent qu'il
aime passionnément l'art qu'il enseigne. Il y a encore un
autre côté par où il se recommande à l'estime. Il fut le
ferme adversaire des vices à la mode, et il essaya de remonter jusqu'aux anciens modèles de l'âge classique. De
là, sa passion pour Cicéron que l'on affectait de mépriser
sur la foi de Sénèque. En une foule de passages, il signale
avec vivacité les déplorables enseignements que reçoivent

les jeunes gens des déclamateurs en renom ; il fait une
guerre opiniâtre à ces affectations de langage qui éner-
vaient, corrompaient le vieil idiome : il réclame en faveur
du naturel et de la simplicité, bien qu'il avoue que de son
temps Cicéron paraîtrait trop peu fleuri. Il conseille donc
aux jeunes gens de lire et d'étudier les anciens. « C'est
« à eux, dit-il, qu'il faut demander la pureté, l'élévation,
« et pour ainsi dire la virilité. » Aveu bien remarquable.
Comment n'a-t-il pas vu que ce qui faisait des hommes
autrefois, c'était la liberté ? Il y avait un beau livre à
écrire sur ce sujet. Quintilien l'a peut-être écrit. Un de
ses ouvrages perdus avait pour titre : *Des causes de la
corruption de l'éloquence.* Mais si ce point de vue l'avait
frappé, l'*Institution oratoire* aurait un tout autre caractère. Comment ne pas le regretter, quand on trouve
dans ce livre des pensées comme celle-ci ? « Si les anciens
« nous ont surpassés, ce n'est pas tant par le génie que
« par le but. » Quintilien, comme Tacite et tant d'autres,
avait-il renoncé *à ce but* que se proposaient les anciens,
c'est-à-dire, la liberté, la vie publique, et pensait-il que
ses contemporains ne méritaient pas d'autre enseignement
que celui d'une rhétorique froide, vide, sans portée ? Protester contre les raffinements du mauvais goût, de la déclamation, rappeler l'antique tradition, les purs modèles
de langage sain et viril, c'est encore une belle tâche ; mais
quelle œuvre inutile, quand on ne peut combattre ni même
signaler les causes de cette incurable décadence ?

## § II.

### PLINE L'ANCIEN.

Pline l'Ancien (C. Plinius Secundus) est né à Novoco-

mum ou à Vérone, car il appelle compatriote Catulle qui
est né dans cette dernière ville, la neuvième année du règne de Tibère (année 776, 22 après Jésus-Christ), et
il est mort à cinquante-six ans (832, 79 après
Jésus-Christ). Il périt dans la fameuse éruption du Vésuve, qui ensevelit les villes d'Herculanum, de Pompeï
et de Stabies. Il se dirigea vers le Vésuve pour explorer
de plus près le phénomène dont il était témoin, et sa
curiosité scientifique lui coûta la vie. C'était un honnête homme que les règnes affreux de Claude et de Néron
remplirent d'une profonde tristesse. Elle ne le quitta
plus, même lorsque son ami Vespasien parvint à l'Empire, et apporta quelque soulagement aux misères qui
avaient si longtemps pesé sur Rome. Il remplit exactement
tous ses devoirs de citoyen, fit d'abord la guerre en Germanie où il fut préfet d'une aile; puis de retour à Rome,
il se livra à l'étude de la jurisprudence et plaida. Néron,
vers la fin de son règne, le nomma son procurateur en
Espagne, et Pline garda ces fonctions, dont on n'a pas
encore bien défini le caractère, jusqu'au règne de Vespasien. Quelle position occupa-t-il sous ce prince,
dont il était l'ami, on ne sait. Il était, quand il mourut,
préfet de la flotte réunie au promontoire de Misène.

C'était un travailleur infatigable. Il faut lire dans les
lettres de Pline, son neveu (lib. III, 5), l'emploi qu'il faisait de son temps. Le sommeil le surprenait sur ses livres :
à table, au bain, partout, il lisait, ou se faisait lire, et
toutes ses lectures, il les résumait dans des analyses
minutieuses. Ces extraits montaient vers le milieu de sa vie
à plus de cent soixante volumes, et il écrivait au verso de
ses pages, en caractères très-fins. Un de ses amis, Lici-
nius, lui offrit jusqu'à quatre cent mille sesterces de cette

bibliothèque. Si Pline avait eu de l'imagination, des idées personnelles, s'il eût trouvé en son propre esprit des ressources suffisantes, il n'eût point consumé sa vie dans cet éternel travail de compilateur. Mais ce n'est qu'un compilateur. Il aborda une foule de sujets, et ne semble avoir eu de préférence pour aucun. Soldat en Germanie, il compose un traité sur *l'Emploi du javelot dans la cavalerie (de Jaculatione equestri)*. De retour à Rome, il perd Pomponius Secundus, son chef, et il écrit aussitôt une biographie de ce personnage. Dans les premières années du règne de Néron, il consacre ses loisirs à rédiger trois livres sur la profession d'avocat (*studiosorum libri tres*). Puis, revenant aux souvenirs de sa vie militaire, il raconte en vingt livres l'histoire des guerres de Germanie (*germanica bella*). Puis son activité se tourne d'un autre côté, et il écrit huit livres sur des questions de grammaire (*dubii sermonis libri octo*). Enfin, après la mort de Néron, il songea à donner une suite à l'histoire d'Aufidius Bassus, et il raconta en trente et un livres les événements qui s'étaient accomplis depuis le règne de Néron jusqu'à celui de Vespasien.

Aucun de ces ouvrages ne vous est parvenu, et nous ne pouvons juger Pline que d'après son grand travail qui parut un an avant sa mort, et qui a pour titre *Histoire naturelle en trente sept livres (Historiæ naturalis libri XXXVII)*. Dans le premier livre, qui est à la fois une dédicace à Titus et une table des matières, il marque le but qu'il s'est proposé : il veut présenter non un simple tableau des connaissances humaines, mais une véritable Encyclopédie. Il y a peu de sciences en effet qui n'apportent leur contingent à cette volumineuse compilation. La physique, la botanique, la zoologie, l'astronomie, la

médecine, l'agriculture, la minéralogie y sont traitées
fort longuement. Il y est question aussi de la peinture et
de la statuaire. La philosophie n'y est point représentée.
On n'attend pas de moi que j'examine successivement
chacune des parties de ce vaste ouvrage. Tous les critiques sont unanimes pour en reconnaître l'extrême importance. Ce n'est pas en effet des théories personnelles que
Pline expose sur telle ou telle science : il nous fait connaître tout ce qui avait été écrit avant lui sur chacune
d'elles. Il remplace pour nous une quantité considérable de documents perdus ; et, si défectueux sur bien des
points que soit son livre, il est resté et restera toujours
le point de départ de toute investigation sérieuse sur l'antiquité. C'est à peu près tout ce qu'on peut dire à son
éloge. Les savants qui ont étudié Pline sont sortis de
cette étude avec peu de considération pour l'auteur.
Les hommes spéciaux ont trouvé en lui tant d'erreurs
et si peu de critique, des ignorances si étranges, et une
déférence si malheureuse pour des écrivains sans autorité, qu'ils n'ont pas eu de peine à montrer la faiblesse de
cette érudition trop universelle pour ne pas être superfi-
cielle. C'est à peu près l'opinion de Cuvier, qui s'exprime
ainsi : « Pline n'a point été un observateur tel qu'Aristote, encore moins un homme de génie, capable, comme
ce grand philosophe, de saisir les lois et les rapports d'a-
près lesquels la nature a coordonné ses productions. Il
n'est en général qu'un compilateur, et même le plus souvent un compilateur, qui n'ayant point par lui-même
d'idée des choses sur lesquelles il rassemble les témoignages des autres, n'a pu apprécier la vérité de ces témoignages, ni même toujours comprendre ce qu'ils avaient voulu
dire. C'est en un mot un auteur sans critique, qui, après

avoir passsé beaucoup de temps à faire des extraits, les a
rangés sous certains chapitres, en y joignant des réflexions qui ne se rapportent point à la science proprement dite. »

Ce jugement nous dispense d'insister sur ce point ;
j'ajoute cependant que Pline souvent aime mieux se
tromper en suivant des autorités suspectes, que de dé-
crire tout simplement ce qu'il a vu de ses propres yeux.
Ainsi il donne de l'hippopotame la description la plus
fausse, puisqu'il va jusqu'à parler de la crinière de
l'animal, mais il l'emprunte à Hérodote et à Aristote.
Si, laissant de côté cette partie si importante de l'œuvre
de Pline, on examine en lui non le savant, mais le
citoyen et l'homme, on est frappé de l'amertume dont
est empreint son ouvrage.

Le règne de Néron semble avoir produit sur cet honnête homme une impression ineffaçable. C'est à partir
de ce moment qu'il s'est jeté dans ce travail absorbant
et misérable de la compilation, comme s'il voulait
s'abstraire du spectacle des choses humaines. Esprit faible
et sans portée philosophique, mais d'une rare énergie,
il a imputé aux dieux qui ne les empêchaient point les
horreurs dont il a été le témoin. « Quand Néron régnait,
dit-il, puisqu'il a plu aux dieux que Néron régnât. » « On
croit que les dieux s'occupent des choses humaines, dit-
il ailleurs, et qu'ils punissent les crimes ; cette croyance
peut être utile » (*ex usu vit est*). Mais elle lui semble
sans fondement sérieux. Car après tout la puissance des
dieux est bien bornée : ils ne peuvent ni rendre la vie,
ni assurer l'éternité d'un homme, ni faire que ce qui a
été n'ait pas été, ni empêcher que deux fois dix ne soient
vingt ; d'où il suit que ce que nous appelons dieu n'est

pas autre chose que la nature (livre 11, ch. 5). Voilà une véritable profession de foi d'athéisme. Demandons à Pline ce qu'il pense de l'homme. Il a fait de ce roi de la création une peinture d'une rare énergie et d'une amertume poignante. Il le compare aux autres animaux envers qui la nature a été si bonne mère, et il se plaît à énumérer toutes les misères qui l'accablent depuis le jour où il a été jeté nu sur la terre nue, inaugurant la vie par des larmes, jusqu'à ce qu'il devienne la proie des passions et des calamités dont il est lui-même l'auteur. Nul homme n'est heureux ; celui-là seul a été traité par la fortune en enfant gâté, dont on peut dire qu'il n'est point malheureux. Il n'a à vrai dire ici-bas qu'un bien, un seul, mais par là il est supérieur aux dieux, et ce bien c'est la mort. Voilà le grand, l'inappréciable bienfait dont l'homme est redevable à la nature. Il meurt, et il peut mourir quand il veut. Quant à ce qu'on appelle une autre vie, c'est une chimère ; l'âme n'est pas autre chose que le souffle vital : après la mort le corps et l'âme n'ont pas plus de sentiment qu'ils n'en avaient avant la naissance. »

Telle est la philosophie de Pline, c'est celle du désespoir. Ce regard désolé qu'il porte sur la destinée de l'homme, ce dégoût profond de la vie, cette soif du néant, voilà un singulier jour projeté sur ce temps misérable. Nous retrouverons cette sombre philosophie du découragement dans Tacite; elle est un des fruits naturels du siècle. Il faut y joindre les vertueuses indignations d'un honnête homme que les incroyables raffinements du luxe et de la débauche révoltent, et qui en a tracé des peintures d'une énergie remarquable. Chez lui, l'expression est rarement mesurée, elle part comme un

trait et dépasse le but ; mais elle a un singulier relief.
La diction est heurtée, sans harmonie, tranchante ; une
foule d'ellipses l'embarrassent ; rarement elle se déroule
avec calme et régularité. On sent l'effort souvent pénible,
l'affectation, l'âpreté, défauts qui sont plus sensibles à
un époque où la langue assouplie était un instrument
facile à manier ; mais il y a telles idées étranges, amères,
violentes, qui commandent pour ainsi dire un style
comme celui-là.

§ III.

PLINE LE JEUNE.

Pline (*C. Plinius Cecilius Secundus*) est une des
figures les plus intéressantes de cette période. Né sous
le règne de Néron (62 après J. C.), il mourut dans les
dernières années de celui de Trajan, vers l'an (112
après J. C.) : il vit donc dans sa jeunesse le principat
de Domitien, et jouit du bonheur accordé à l'empire par
Nerva et Trajan. Contemporain de Tacite, il put dire
comme lui : « Si nos ancêtres connurent quelquefois
l'extrême liberté, nous avons, nous, connu l'extrême
servitude. » Il assista au retour de ce qu'il croyait être
la liberté ; mais, comme il le dit lui-même, elle surprit
tout le monde à l'improviste, on n'y était pas préparé
(*reducta libertas rudes nos et imperitos deprehendit*).
J'examinerai successivement en lui la vie privée, la vie
publique, la vie littéraire, et je le ferai à l'aide des deux
seuls ouvrages qu'il ait laissés, ses lettres qui se composent de dix livres, et son *Panégyrique* de Trajan.

Sa vie privée est d'une remarquable pureté. Elevé

par son oncle, Pline l'Ancien, qui l'adopta et lui donna
son nom, il consacra à l'étude, aux devoirs de la vie de
famille, à de nobles amitiés les belles qualités de l'esprit
et du cœur dont il était doué. C'est une âme douce sensible, naturellement vertueuse. Marié fort jeune, il a
pour sa femme Calpurnia une tendresse délicate et profonde. Il l'associe à tous ses travaux ; elle assiste à ses
plaidoieries, se réjouit de ses succès ; Pline témoigne
à l'aïeul de Calpurnia les sentiments de la plus filiale
déférence. Il porte dans le commerce ordinaire de la vie
les mêmes besoins de bienveillance et de dévouement.
Il imagine les subterfuges les plus ingénieux pour obliger ses amis, pour leur faire accepter un bienfait. Il
dote la fille de son maître Quintilien, et s'en excuse
avec une grâce charmante. Envers ses esclaves et ses
affranchis, c'est un maître bon et généreux : il met en
pratique le précepte de l'égalité, tant célébré par les
philosophes d'alors, mais qui semble être resté pour la
plupart purement théorique. Sa bonté n'a cependant rien
de banal ; il sait haïr et même poursuivre ouvertement
les scélérats, si puissants, si dangereux qu'ils soient. Ami
du jeune Helvidius, plein de vénération pour sa veuve
Fannia, digne descendante d'Arria, il demande en plein
sénat le châtiment de son accusateur Certus, qui venait
d'être nommé consul désigné. Il a retracé en termes
énergiques l'histoire de Régulus le délateur et le capta-
teur de testaments.

La vie politique de Pline est réglée sur le modèle des
hommes de l'ancienne république. Rien de plus curieux
et souvent de plus triste que les illusions rétrospectives de
cet honnête homme. Il veut à toute force s'imaginer qu'il
est le contemporain, parfois même l'émule de Cicéron. Il

plaide sa première cause à dix-neuf ans ; puis va faire
une campagne en Syrie, revient à Rome, où il débute
dans la vie publique par la charge de questeur, questeur de l'empereur, il est vrai, mais il n'y en avait plus
d'autres. Puis il est élu tribun du peuple, et enfin à
l'âge de trente et un ans, il parvient à la préture. C'était
sous le règne de Domitien. Pline déjà célèbre, et par
conséquent suspect, ami d'Helvidius, d'Arulenus Rusticus, de Sénecion, du philosophe Artémidore, tous
gens de bien qui furent les dernières victimes de Domitien, ne peut dissimuler sa pitié pour ces nobles exilés,
son mépris pour les délateurs qui les ont livrés à César.
Heureusement Domitien est assassiné, et l'on trouve dans
ses cassettes une accusation contre Pline. Ici commence
l'épanouissement de cette aimable nature. Incapable de
passions violentes, Pline n'eût jamais dit comme son
ami Corellius : « Savez-vous pourquoi je me suis obstiné
à vivre si longtemps, malgré des maux insupportables ?
C'est pour survivre au moins un jour à ce brigand ? » Il
n'aurait jamais écrit non plus l'admirable préface de la
vie d'Agricola, où se détend l'âme comprimée de Tacite;
mais il salua des jours meilleurs avec une joie réelle, et
se poussa au grand jour, puisque Nerva et Trajan faisaient
appel aux honnêtes gens. Il prit au sérieux ce retour prétendu aux institutions de Rome républicaine : « Il est
vrai, dit-il, que tout l'empire se conduit à présent par la
volonté d'un seul homme, qui prend sur lui tous les
soins, tous les travaux dont il soulage les autres ; cependant par une combinaison heureuse, de cette source
toute-puissante il découle jusqu'à nous quelques ruisseaux, où nous pouvons puiser nous-mêmes. » Orateur
en renom, honnête homme, il se plaît à jouer le rôle de

Cicéron écrasant Verrès ; il fait condamner trois concus-
sionnaires. Il est vrai que c'est l'empereur qui rend la
sentence ou la mitige ; mais la justice a reçu une satisfaction quelconque, et Pline a rempli un devoir, et il a
reçu de tous des compliments pour sa fermeté et son
éloquence. Il est ravi de joie quand un décret inaugure
le scrutin secret dans les élections ; il va jusqu'à s'imaginer que pour cela elles sont libres. Il a des indignations
rétrospectives qui font sourire. Il rend compte du fameux
décret du sénat qui glorifie la vertu, le talent, le dévouement, le désintéressement de l'affranchi Pallas.
Rentré dans la carrière des honneurs, consul, puis propréteur en Bithynie et dans le Pont, il s'acquitte de ses
fonctions avec une modération et une activité au-dessus
de tout éloge. Il est le bienfaiteur de ces riches contrées
qui avaient tant souffert sous les règnes précédents.
Pline consulte l'empereur sur les moindres affaires : la
Bithynie est devenue pour lui le centre du monde. Trajan répond à toutes les questions délicates que lui pose
son propréteur ; rien de plus curieux que ce commerce
épistolaire de deux honnêtes gens qui veulent le bien, le
cherchent et le font ensemble. C'est en Bithynie que
Pline fut chargé de faire une enquête sur les chrétiens,
qu'une persécution menaçait. Son rapport à ce sujet est
le premier monument historique que nous possédions (1),
c'est de plus l'acte d'un honnête homme, d'un homme
éclairé, équitable, modéré. C'est sur ce fondement que
les fabricants de légendes édifiantes ont fait de lui un
chrétien, qui sous le nom de Secundus aurait peu de
temps après subi le martyre.

(1) On en conteste aujourd'hui l'authenticité.

On peut considérer le Panégyrique de Trajan comme une sorte de testament politique de Pline. Je vais donc indiquer le caractère de ce singulier ouvrage, qui devint bientôt le modèle de toutes ces compositions inspirées par l'adulation et la platitude d'âme et de style. Pline ayant été nommé consul, adressa à l'empereur un remercîment qui fut trouvé fort éloquent et fort ingénieux. Encouragé par le succès, il revit son travail, le développa, en fit un ouvrage considérable, si l'on songe au sujet. Il le lut pendant trois années de suite en public et aussi dans de petites réunions où l'on se disputait l'honneur d'être admis. Lisez le procès-verbal d'une de ces séances : « Désirant lire cet ouvrage à mes amis, je ne « les invitai point par les billets d'usage, je leur fis seule- « ment dire de venir si cela ne les gênait en rien, s'ils « avaient quelque loisir, et vous savez qu'à Rome on n'a « jamais ou presque jamais le loisir ou la fantaisie d'as- « sister à une lecture. Cependant ils sont venus deux jours « de suite et par le temps le plus affreux, et quand par « discrétion je voulus borner là ma lecture, ils exigèrent « de moi que je donnasse une troisième séance. Est-ce « à moi, est-ce aux lettres qu'ils ont rendu ces hon- « neurs? J'aime mieux croire que c'est aux lettres, dont « l'amour presque éteint se rallume aujourd'hui (1). »

Plus loin, cherchant d'autres causes à cet empresse- ment, il dit : « Ce n'est point que l'orateur soit plus élo- quent, mais son discours a été écrit avec plus de liberté et par conséquent avec plus de plaisir. » Il faut lire toute cette lettre pour avoir une idée des illusions où se com- plaisait la naïveté de cet orateur officiel si vertueux et si vain.

(1) Epist. III, 18.

Quant au Panégyrique en lui-même, c'est une œuvre de bonne foi. Pline parle en homme convaincu : il admire, il aime Trajan, il est heureux d'être l'interprète de la reconnaissance publique. Son cœur s'épanche en remercîments sincères. Il est dans l'enivrement d'un homme qui, après avoir échappé à une horrible tempête, toucherait enfin le rivage de la patrie. Les misères passées, il les rappelle pour jouir pleinement de la félicité qui a suivi. Une âme plus sérieuse ne se fût pas laissé ainsi ravir à une satisfaction sans mélange : elle eût compris que le règne d'un Trajan n'était qu'un accident, que, lui mort, un Domitien pouvait ramener les temps affreux qui finissaient à peine. Tacite l'a eue cette sombre perspective de l'avenir. Lui aussi a rendu grâces à Nerva et à Trajan, mais quelle tristesse dans sa joie ! « Les remèdes, dit-il, agissent plus lentement que les maux ; il est plus facile d'écraser les caractères que de les relever. » — Et de plus combien sont morts, que la cruauté du tyran a fait périr ! Et parmi ceux qui survivent, que de vieillards usés par une longue attente, et ce silence forcé qui semblait être le sommeil de la conscience humaine ! Pline n'a pas de ces regards mélancoliques jetés sur l'avenir. Son Panégyrique n'est guère qu'une longue antithèse : il rappelle les malheurs et les crimes du passé, pour les opposer aux vertus et aux félicités de l'état présent ; de l'avenir, rien. Esprit léger et sans portée, qui s'absorbe dans une félicité sans fondement, et ne se dit même pas que ce qui a été peut être encore !

L'énumération des bienfaits de Trajan envers le monde tient la plus grande place dans le Panégyrique. Que n'a-t-il pas fait ? Il a bien voulu se laisser adopter par Nerva, qui probablement était déjà dieu, quand il exécuta ce

beau dessein (*dubitatur an jam Deus fecisset*), décerna
l'apothéose à son père, non à la façon des Tibère, des Vespasien, mais appuyé sur le suffrage unanime de l'empire.
Empereur, il relève la discipline militaire et se couvre
de gloire dans une foule d'expéditions. Son administration
intérieure n'est pas moins remarquable. Il rétablit l'ordre
dans les finances et rend compte de ses dépenses personnelles. Il comble le peuple de ses libéralités, non à la
façon d'un Néron et d'un Domitien, pour détourner l'attention publique des désordres de sa vie, mais par amour de
ses sujets. Il donne aux Romains des jeux splendides, non
de viles représentations de pantomimes, mais des combats
de gladiateurs, des combats de bêtes, c'est-à-dire ce qu'il
y a de plus propre à exciter le courage guerrier. (*In ser-
vorum noxiorumque corporibus amor laudis.*) Mais quel
plus beau spectacle que celui de l'exil des délateurs ?
Ces misérables sont entassés sur des vaisseaux et livrés
aux hasards de la mer furieuse. Les gens de bien se réjouissent de leur supplice et remercient l'empereur. Lui, de
son côté, se dépouille volontairement de l'infâme secours
que la loi de lèse-majesté fournissait aux tyrans, loi monstrueuse « qui créait des crimes à ceux qui n'en avaient
pas. » — Il renonce aussi à ces successions que les condamnés léguaient à leurs bourreaux pour les attendrir
en faveur de leurs enfants. Aussi, grâce à lui, la vertu, la
sécurité renaissent. Les gens de bien osent se montrer au
grand jour ; la probité n'est plus un crime, l'indépendance est honorée par César. Autrefois, au contraire, les
princes aimaient mieux les vices que les vertus des citoyens
(*vitiis potiis civium quam virtutibus lœtabantur*). Aussi
cherchait-on pour leur plaire la réputation d'homme
sans foi, sans honneur, sans scrupule. C'est qu'en

effet (aveu bien remarquable) l'habitude d'une longue soumission nous a amenés à nous conformer tous aux mœurs d'un seul (*eoque obsequii continuatione perveni-mus ut prope omnes unius moribus vivamus*). Sous un prince comme Trajan, la vertu est pour ainsi dire à l'ordre du jour ; c'est le meilleur moyen de faire sa cour à César. Aussi tout refleurit : la famille se reconstitue ; on ne craint plus d'avoir des enfants : ils grandiront sous la direction de maîtres éprouvés. Trajan n'a-t-il pas rappelé de l'exil les philosophes et les rhéteurs que Domitien avait bannis ?

Mais il n'est pas utile de pousser plus loin cette analyse : l'esprit de l'œuvre est suffisamment indiqué. A quoi bon rappeler les incroyables illusions de Pline qui félicite l'empereur d'avoir refusé le consulat et le supplie de vouloir bien l'accepter ? Il ne peut contenir son admiration quand il voit l'empereur se rendre aux comices, comme un candidat ordinaire, prêter serment, et attendre le dépouillement du scrutin. Ces innocentes comédies du maître qui veut paraître l'égal des autres citoyens, il les célèbre avec ravissement, et les prend au sérieux. Les mots de liberté, d'égalité reviennent sans cesse sous sa plume. De son héros il admire tout, sa justice, sa douceur, son affabilité, son goût pour la chasse. Il n'oublie pas non plus l'impératrice, digne compagne de ce grand homme, ni la sœur de César, ni les amis de César. Mais il le félicite surtout de n'abandonner point à des affranchis la direction des affaires : « Car tu sais bien, dit-« il, que rien ne montre mieux la petitesse du prince « que la grandeur des affranchis. » (*Scis præcipuum esse indicium non magni principis magnos liber-tos.*) Aussi César faisant tout par lui-même crée des loisirs à Dieu qui n'a plus à s'occuper que du ciel (1)!

Tel est le citoyen. Voyons le littérateur.

Son activité intellectuelle se porta de tous les côtés à la fois. Comme Cicéron qui fut son modèle, il fit des vers, écrivit des plaidoyers, songea à composer une histoire. A quatorze ans il écrivit une tragédie grecque. Mais il ne semble pas avoir eu un goût bien prononcé pour la philosophie. Son esprit essentiellement littéraire et oratoire ne le portait point aux spéculations élevées et profondes. De tous ses maîtres celui qu'il eut en plus grande estime, c'est Quintilien, un rhéteur. D'une bienveillance un peu large, il accorde des éloges à tous ceux qui s'exercent dans un genre quelconque. Il aime les lettres avec passion et tous ceux qui s'y adonnent sont bien vus de lui. On pourrait avec sa correspondance tracer un tableau complet de ces fameuses lectures publiques si fort à la mode alors. Pline est le plus fidèle et le plus attentif des auditeurs ; il n'a jamais manqué une séance littéraire. Il a des indignations dont il rit presque lui-même contre ces négligents ou ces superbes qui craignent d'assister à une lecture trop longue, qui se font renseigner sur ce qu'il reste de pages à lire à l'orateur, et ne se décident à paraître que vers la péroraison. Il aime passionnément la gloire et voudrait que son nom ne pérît pas. Encore un trait qui lui est commun avec Cicéron. Il voit bien que la décadence est venue, il en comprend même les causes : « Les anciens, dit-il, ne passaient point leur temps à cueillir des fleurettes ; le tissu de leur style est viril. » Et ailleurs : « Les misères qui ont pesé sur nous ont amoindri et comme écrasé pour l'avenir notre génie. » Mais qu'im-

(1) § 80.

porte? il veut vivre dans la mémoire des hommes. Il est à l'affût de tout ce qui se publie ou se prépare ; un compliment de Martial le ravit. Si les vers de Martial échappent à l'oubli, le nom de Pline ne mourra pas. Il compte beaucoup sur Tacite qui compose ses Annales et ses Histoires. Bref, il a toutes les inquiétudes d'une petite vanité naïve qui fait sourire sans offusquer. — Son style a une grâce réelle, du moins dans ses Lettres. Il n'y faut chercher ni l'abandon de Cicéron, ni le nerf de l'expression fraîche et forte. Écrites et limées en vue de la publication, elles sont un exercice purement littéraire. L'esprit n'y manque pas, ni les détails piquants, ni les expressions heureuses; le naturel en est trop souvent absent. Elles donnent du personnage une bonne idée; on y sent l'âme d'un honnête homme à qui il n'a manqué que d'avoir un horizon plus vaste, un esprit moins préoccupé de ses petits intérêts de vanité.

## EXTRAITS DE PLINE.

### I

### Pline. — Emploi de sa journée.

Vous demandez comment je règle ma journée en été dans ma terre de Toscane? Je m'éveille quand je puis, ordinairement vers la première heure, quelquefois avant, rarement plus tard. Je tiens mes fenêtres fermées ; car le silence et les ténèbres laissent à l'esprit toute sa force : n'étant pas distrait

par les objets extérieurs, il demeure libre et maître de lui-
même. Je ne veux pas assujettir mon esprit à mes yeux ; j'assu-
jettis mes yeux à mon esprit ; car ils ne voient que ce qu'il
voit, tant qu'ils ne sont pas distraits par autre chose.

Si j'ai quelque ouvrage commencé, je m'en occupe ; je dis-
pose jusqu'aux paroles, comme si j'écrivais et corrigeais. Je
travaille tantôt plus, tantôt moins, selon que je me trouve plus
ou moins de facilité à composer et à retenir. J'appelle un secrétaire, je fais ouvrir les fenêtres, et je dicte ce que j'ai composé. Il me quitte ; je le rappelle encore une fois, et je le renvoie. A la quatrième ou cinquième heure (car mes moments
ne sont pas si régulièrement distribués) selon le temps qu'il
fait, je vais me promener ou dans une allée ou dans une galerie. Je continue de composer et de dicter. Ensuite je monte
en voiture ; et là, mon attention étant ranimée par le changement, je reprends l'ouvrage entrepris pendant que j'étais
couché ou que je me promenais. Ensuite je dors un peu, puis
je me promène : après, je lis à haute voix quelque harangue
grecque ou latine non pas tant pour me fortifier la voix que la
poitrine ; mais la voix elle-même en profite. Je me promène
encore une fois ; on me frotte d'huile ; je fais quelque exercice,
je me baigne. Pendant le repas, si je mange avec ma femme,
ou avec un petit nombre d'amis, on fait une lecture. Au sortir de table, vient quelque comédien, ou quelque joueur de
lyre. Après quoi, je me promène avec les hommes employés
dans ma maison, parmi lesquels il y en a de fort instruits. La
soirée se prolonge ainsi par une conversation variée, et le jour
quoique fort long s'est assez rapidement écoulé.

Quelquefois je dérange un peu cet ordre. Car si je suis resté
au lit, ou si je me suis promené longtemps après mon sommeil et ma lecture, je ne monte pas en voiture, mais à cheval ;
je vais plus vite et reviens plus tôt. Mes amis me viennent
voir des villas voisines, et m'occupent une partie de la journée : ils me délassent quelquefois par une utile diversion. Je
chasse de temps à autre, mais jamais sans mes tablettes, afin
que si je ne prends rien, je n'en rapporte pas moins quelque
chose. Je donne aussi quelques heures à mes fermiers, trop
peu à leurs avis ; mais leurs plaintes rustiques ne servent qu'à

me donner plus de goût pour les lettres et pour les occupations
de la ville. Adieu.

## II

### Les lectures publiques.

Il faut absolument que j'épanche dans votre cœur la petite
indignation qui vient de me saisir chez un de mes amis : que
je vous l'écrive au moins, puisque je ne puis vous conter l'affaire de vive voix. On lisait un ouvrage excellent. Deux ou
trois auditeurs, hommes de talent, si l'on s'en rapporte à eux
et à quelques-uns de leurs amis, écoutaient froidement : on
les eût dit sourds et muets. Pas un mouvement de lèvres, pas
un geste ; ils ne se levèrent pas même une fois, au moins par
fatigue d'être assis. Est-ce gravité ? est-ce sévérité de goût ? ou
n'est-ce point plutôt paresse et orgueil ? Quel travers ! et pour
dire encore mieux, quelle folie d'employer une journée tout
entière à offenser un homme, à s'en faire un ennemi, lorsqu'on n'est venu chez lui qu'en témoignage d'intime amitié !

Êtes-vous plus habile que lui, raison de plus pour n'être pas
jaloux ; on n'est jaloux que du talent qui nous efface. Que vous
ayez plus de mérite, que vous en ayez moins, que vous en
ayez autant, louez-en lui votre inférieur, ou votre maître, ou votre
égal : votre maître, parce que s'il ne mérite point d'éloges
vous n'en sauriez mériter vous-même ; votre inférieur ou votre égal, parce que votre gloire est intéressée à élever celui
qui marche au-dessus ou à côté de vous. Quant à moi, j'ai
toujours du respect et de l'admiration pour ceux qui tentent de
se distinguer dans les lettres. C'est une carrière qui offre tant
de difficultés, de peines, de dégoûts, et le succès semble y
dédaigner celui qui le dédaigne. Peut-être ne serez-vous pas de
mon sentiment ; et cependant personne plus que vous n'est
ami de la littérature, personne ne rend plus de justice aux
ouvrages d'autrui. C'est pour cela que je vous ai fait la confidence de ma colère, certain qu'aucun autre ne pourrait mieux
la partager. Adieu.

## III

### Mort de Pline l'Ancien. — Pline à Tacite.

Vous me demandez des détails sur la mort de mon oncle, afin d'en transmettre plus fidèlement le récit à la postérité : je vous en remercie, car je ne doute pas qu'une gloire impérissable ne s'attache à ses derniers moments, si vous en retracez l'histoire. Quoiqu'il ait péri dans un désastre qui a ravagé la plus heureuse contrée de l'univers ; quoiqu'il soit tombé avec des peuples et des villes entières, victime d'une catastrophe mémorable, qui doit éterniser sa mémoire ; quoiqu'il ait élevé lui-même tant de monuments durables de son génie, l'immortalité de vos ouvrages ajoutera beaucoup à celle de son nom. Heureux les hommes auxquels il a été donné de faire des choses dignes d'être écrites, ou d'en écrire qui soient dignes d'être lues ! Plus heureux encore ceux à qui les dieux ont départi ce double avantage ! Mon oncle tiendra son rang entre les derniers, et par vos écrits et par les siens. J'entreprendrai donc volontiers la tâche que vous m'imposez, ou, pour mieux dire, je la réclame.

Il était à Misène, où il commandait la flotte. Le neuvième jour avant les calendes de septembre, vers la septième heure, ma mère l'avertit qu'il paraissait un nuage d'une grandeur et d'une forme extraordinaire. Après sa station au soleil et son bain d'eau froide, il s'était jeté sur un lit, où il avait pris son repas ordinaire, et il se livrait à l'étude. Aussitôt il se lève, et monte en un lieu d'où il pouvait aisément observer ce prodige. La nuée s'élançait dans l'air, sans qu'on pût distinguer à une si grande distance de quelle montagne elle était sortie ; l'événement fit connaître ensuite que c'était du mont Vésuve. Sa forme approchait de celle d'un arbre, et particulièrement d'un pin ; car s'élevant vers le ciel comme sur un tronc immense, sa tête s'étendait en rameaux. J'imagine qu'un vent souterrain poussait d'abord cette vapeur avec impétuosité, mais que l'action du vent ne se faisant plus sentir à une certaine hauteur, ou le nuage s'affaissant sous son propre poids, il se répandait en surface. Il paraissait tantôt blanc, tantôt noirâtre, et tantôt de diverses couleurs, selon qu'il était plus chargé de cendre ou de terre.

Ce prodige surprit mon oncle, et, dans son zèle pour la science il voulut l'examiner de plus près. Il fait appareiller un bâtiment léger, et me laisse la liberté de le suivre. Je lui répondis que j'aimais mieux étudier; il m'avait, par hasard, donné lui-même quelque chose à écrire. Il sortait de chez lui, lorsqu'il reçoit un billet de Rectine, femme de Cesius Bassius. Effrayée de l'imminence du péril (car sa maison était située au pied du Vésuve et elle ne pouvait s'échapper que par la mer); elle le priait de lui porter secours. Alors il change de but, et poursuit par dévouement ce qu'il n'avait d'abord entrepris que par dessein de s'instruire. Il fait préparer des quadrirèmes, et y monte lui-même pour aller secourir Rectine et beaucoup d'autres personnes qui avaient fixé leur habitation dans ce site attrayant. Il se dirige à la hâte vers des lieux d'où tout le monde s'enfuit; il va droit au danger, l'esprit tellement libre de crainte, qu'il dictait la description des divers accidents et des scènes changeantes que le prodige offrait à ses yeux.

Déjà sur ses vaisseaux volait une cendre plus épaisse et plus chaude, à mesure qu'ils approchaient; déjà tombaient autour d'eux des pierres calcinées et des cailloux tout noirs, tout brûlés, tout brisés par la violence du feu. La mer abaissée tout à coup n'avait plus de profondeur, et le rivage était inaccessible par l'amas de pierres qui le couvraient. Mon oncle fut un moment incertain s'il retournerait. Mais il dit bientôt à son pilote qui l'engageait à revenir : « *La fortune favorise le courage; menez-*« *nous chez Pomponianus.* »Pomponianus était à Stabies, de l'autre côté d'un petit golfe, formé par la courbure insensible du rivage. Là, à la vue du péril qui était encore éloigné mais qui s'approchait incessamment, Pomponianus avait fait porter tous ses meubles sur des vaisseaux, et n'attendait, pour s'éloigner, qu'un vent moins contraire. Mon oncle, favorisé par ce même vent, aborde chez lui, l'embrasse, calme son agitation, le rassure, l'encourage, et, pour dissiper par sa sécurité la crainte de son ami, il se fait porter au bain. Après le bain, il se met à table, et mange avec gaieté, ou,ce qui ne suppose pas moins de force d'âme, avec toutes les apparences de la gaieté.

Cependant on voyait luire, de plusieurs endroits du mont
Vésuve, de larges flammes et un vaste embrasement, dont les
ténèbres augmentaient l'éclat. Pour rassurer ceux qui l'accom-
pagnaient, mon oncle leur disait que c'étaient des maisons de
campagne abandonnées au feu par les paysans effrayés. Ensuite,
il se coucha, et dormit réellement d'un profond sommeil, car
on entendait de la porte le bruit de sa respiration, que la
grosseur de son corps rendait forte et retentissante. Cependant
la cour par où l'on entrait dans son appartement commençait à
se remplir de cendres et de pierres, et pour peu qu'il y fût
resté plus longtemps, il ne lui eût plus été possible de sortir. On
l'éveille, il sort, et va rejoindre Pomponianus et les autres qui
avaient veillé. Ils tiennent conseil et délibèrent s'ils se ren-
fermeront dans la maison, ou s'ils erreront dans la campagne ;
car les maisons étaient tellement ébranlées par les violents
tremblements de terre qui se succédaient qu'elles semblaient arrachées de leurs fondements, poussées tour à tour dans tous les
sens, puis ramenées à leur place. D'un autre côté, on avait à
craindre hors de la ville, la chute des pierres, quoiqu'elles
fussent légères et desséchées par le feu. De ces périls, on choisit
le dernier. Dans l'esprit de mon oncle, la raison la plus forte
prévalut sur la plus faible ; dans l'esprit de ceux qui l'entou-
raient, une crainte l'emporta sur une autre. Ils attachent donc
des oreillers autour de leur tête : c'était une sorte de rempart
contre les pierres qui tombaient. Le jour recommençait
d'ailleurs ; mais autour d'eux régnait toujours la plus sombre
et la plus épaisse des nuits ; éclairée cependant par l'embrasement et des feux de toute espèce. On voulut s'approcher du rivage, pour examiner si la mer permettait quelque tentative:
mais on la trouva toujours orageuse et contraire. Là, mon oncle
se coucha sur un drap étendu, demanda de l'eau froide, et en
but deux fois. Bientôt des flammes et une odeur de soufre qui
en annonçait l'approche, mirent tout le monde en fuite, et forcèrent mon oncle à se lever. Il se leva, appuyé sur deux jeunes
esclaves, et au même instant il tombe mort. J'imagine que cette
épaisse fumée arrêta sa respiration et le suffoqua : il avait naturellement la poitrine faible, étroite, et souvent haletante.
Lorsque la lumière reparut (trois jours après le dernier qui

avait lui pour mon oncle), on retrouva son corps entier, sans
blessure; rien n'était changé dans l'état de son vêtement, et
son attitude était celle du sommeil plutôt que de la mort.

Pendant ce temps, ma mère et moi nous étions à Misène.....
Mais cela n'intéresse plus l'histoire, et vous n'avez voulu savoir
que ce qui concerne la mort de mon oncle. Je finis donc et je
n'ajoute qu'un mot; c'est que je ne vous ai rien dit, ou que je
n'aie vu, ou que je n'aie appris dans ces moments où la vérité
des événements n'a pu encore être altérée. C'est à vous de
choisir ce que vous jugerez le plus important. Il est bien différent d'écrire une lettre ou une histoire, d'écrire pour un ami,
ou pour la postérité. Adieu.

## IV

### Pline à Maxime. — Devoirs d'un gouverneur de province.

L'amitié que je vous ai vouée m'oblige, non pas à vous instruire, car vous n'avez pas besoin de maître, mais à vous aver-
tir de ne pas oublier ce que vous savez déjà, de le pratiquer ou
même de travailler à le savoir encore mieux. Songez que l'on
vous envoie dans l'Achaïe, c'est-à-dire dans la véritable, dans
la pure Grèce, où, selon l'opinion commune, la politesse, les
lettres, l'agriculture même, ont pris naissance : songez que
vous allez gouverner des cités libres, c'est-à-dire des hommes
vraiment dignes du nom d'hommes, des hommes libres par
excellence, dont les vertus, les actions, les alliances, les traités,
la religion ont eu pour principal objet la conservation du plus
beau droit que nous tenions de la nature. Respectez les dieux,
leurs fondateurs et les noms mêmes de ces dieux; respectez
l'ancienne gloire de cette nation, et cette vieillesse des villes,
aussi sacrée que celle des hommes est vénérable; rendez honneur à leur antiquité, à leurs exploits fameux, à leurs fables
même. N'entreprenez rien sur la dignité, sur la liberté, ni
même sur la vanité de personne. Rappelez-vous toujours que
nous avons puisé nos lois chez ce peuple; qu'il ne nous les a

pas imposées en vainqueur, mais qu'il les a cédées à nos prières. C'est à Athènes que vous allez entrer ; c'est à Lacédémone que vous devez commander. Il y aurait de l'inhumanité, de la cruauté, de la barbarie à leur ôter l'ombre et le nom de liberté qui leur restent.

Voyez comment en usent les médecins relativement à leur art. Il n'y a pas de différence entre l'homme libre et l'esclave ; cependant ils traitent l'un plus doucement et plus humainement que l'autre. Souvenez-vous de ce que fut autrefois chaque ville, mais non pour mépriser ce qu'elle est aujourd'hui.

Soyez sans fierté, sans orgueil, et ne redoutez pas le mépris. Peut-on mépriser celui qui est revêtu de toute l'autorité, de toute la puissance, s'il ne montre une âme sordide et basse, et s'il ne se méprise pas le premier ? Un magistrat éprouve mal son pouvoir en insultant aux autres. La terreur est un moyen peu sûr pour s'attirer la vénération, et l'on obtient ce qu'on veut beaucoup plus aisément par amour que par crainte. Car, pour peu que vous vous éloigniez, la crainte s'éloigne avec vous, mais l'amour reste ; et comme la première se change en haine, le second se tourne en respect. Vous devez donc sans cesse rappeler dans votre esprit le titre de votre charge ; car je ne puis trop le répéter : pesez ce que c'est que de gouverner des cités libres. — Qu'y a-t-il qui exige plus d'humanité que le gouvernement ? Qu'y a-t-il de plus précieux que la liberté ? Quelle honte serait-ce d'ailleurs de substituer le désordre à la règle, la servitude à la liberté !

Ajoutez que vous avez à vous mesurer avec vous-même. Vous avez à soutenir cette haute réputation que vous vous êtes acquise dans la charge de trésorier de Bithynie, l'estime et le choix du prince, l'honneur que vous ont fait les charges de tribun, de préteur, et, enfin, le poids de ce gouvernement même, qui est la récompense de tant de travaux. Qu'on ne puisse donc pas dire que vous avez été plus humain, plus intègre et plus habile dans une province éloignée qu'aux portes de Rome, parmi des peuples esclaves, que parmi des hommes libres, désigné par le sort, que choisi par nos concitoyens, inconnu et sans expérience, qu'éprouvé et honoré. D'ailleurs, n'oubliez pas ce que souvent vous avez lu, ce que vous avez souvent entendu dire, qu'il est plus honteux de perdre l'approbation acquise, que de n'en pas acquérir.

Je vous supplie de prendre tout ceci pour ce que je vous l'ai donné d'abord : ce ne sont pas des leçons, mais des conseils. Quoiqu'après tout, quand ce seraient des leçons, je ne craindrais pas qu'on me reprochât d'avoir porté l'amitié à l'excès. Car on ne doit pas appréhender qu'il y ait de l'excès dans ce qui doit être si grand. — Adieu.


## V

### Les lectures publiques.


L'année a été fertile en poëtes : le mois d'avril n'a presque pas eu de jour où il ne se soit fait quelque lecture. J'aime à voir que l'on cultive les lettres, et qu'elles excitent cette noble émulation, malgré le peu d'empressement de nos Romains, à venir entendre les productions nouvelles. La plupart, assis dans les places publiques, perdent à dire des bagatelles le temps qu'ils devraient consacrer à écouter : ils envoient demander de temps en temps si le lecteur est entré, si sa préface est expédiée, s'il est bien avancé dans sa lecture. Alors vous les voyez venir lentement, et comme à regret. Encore n'attendent-ils pas la fin pour s'en aller : l'un se dérobe adroitement; l'autre, moins honteux, sort sans façon et la tête levée. Il en était bien autrement du temps de nos pères! On raconte qu'un jour l'empereur Claude, se promenant dans son palais, entendit un grand bruit. Il en demanda la cause : on lui dit que Nonianus lisait publiquement un de ses ouvrages. Ce prince quitta tout, et par sa présence vint surprendre agréablement l'assemblée. Aujourd'hui, l'homme le moins occupé, bien averti, prié, supplié, dédaigne de venir; ou, s'il vient, ce n'est que pour se plaindre qu'il a perdu un jour, justement parce qu'il ne l'a pas perdu. Je vous l'avoue cette nonchalance et ce dédain de la part des auditeurs, rehaussent beaucoup dans mon idée le courage des écrivains qu'ils ne dégoûtent pas de l'étude.

Pour moi, j'ai assisté à presque toutes les lectures; et, à dire vrai, la plupart des auteurs étaient mes amis, car il n'y a peut-être pas un ami des lettres qui ne soit aussi le mien. Voilà ce qui m'a retenu ici plus longtemps que je ne voulais. Enfin, je suis libre, je puis revoir ma retraite et y composer quelques ouvrages, que je me garderai bien de lire en public : ceux dont j'ai écouté les lectures croiraient que je leur ai, non pas donné, mais seulement prêté mon attention. Car, dans ces sortes de services, comme dans tous les autres, le mérite cesse, dès qu'on en demande le prix. — Adieu.

## VI

### Sur Silius Italicus.

Le bruit vient de se répandre ici que Silius Italicus a fini ses jours, par une abstinence volontaire, dans sa terre près de Naples. La cause de sa mort est sa mauvaise santé : un abcès incurable, qui lui était survenu, l'a dégoûté de la vie, et l'a fait courir à la mort avec une constance inébranlable.

Jamais la moindre disgrâce ne troubla son bonheur, si ce n'est peut-être la perte de son second fils ; mais l'aîné, qui était aussi le meilleur des deux, il l'a laissé consulaire et jouissant de la plus honorable considération. Sa réputation avait reçu quelque atteinte du temps de Néron. Il fut soupçonné de s'être rendu volontairement délateur; mais il avait usé sagement et en honnête homme de la faveur de Vitellius. Il acquit beaucoup de gloire dans le gouvernement d'Asie et, par une honorable retraite, il avait effacé la tache de ses premières intrigues : il a su tenir son rang parmi les premiers citoyens de Rome, sans chercher la puissance et sans exciter l'envie. On le visitait, on lui rendait des hommages : quoiqu'il gardât souvent le lit, toujours entouré d'une cour qu'il ne devait pas à sa fortune, il passait les jours dans de savantes conversations. Quand il ne composait pas (et il composait avec plus d'art que de génie), il lisait quelquefois ses vers, pour sonder le goût du public. Enfin, il prit conseil de sa vieillesse, et quitta Rome pour se retirer dans la Campanie, d'où rien n'a pu l'arracher depuis, pas

même l'avénement du nouveau prince. Cette liberté fait honneur à l'empereur sous lequel on a pu se la permettre, et à
celui qui l'a osé prendre.

Il avait pour les objets d'art remarquables un goût particu-
culier, qu'il poussait même jusqu'à la manie. Il achetait en un
même pays plusieurs maisons; et la passion qu'il prenait pour
la dernière le dégoûtait des autres. Il se plaisait à rassembler
dans chacune grand nombre de livres, de statues, de bustes,
qu'il ne se contentait pas d'aimer, mais qu'il honorait d'un
culte religieux, le buste de Virgile surtout. Il célébrait la naissance de ce poëte avec plus de solennité que la sienne propre,
principalement à Naples, où il ne visitait son tombeau qu'avec
le même respect qu'il se fût approché d'un temple. Il a vécu
dans cette tranquillité soixante et quinze ans, avec un corps
délicat, plutôt qu'infirme. Comme il fut le dernier consul créé
par Néron, il mourut aussi le dernier de tous ceux que ce
prince avait honorés de cette dignité. Il est encore remarquable,
que lui, qui se trouvait consul, quand Néron fut tué, ait survécu à tous les autres qui avaient été élevés au consulat par cet
empereur.

Je ne puis me rappeler tout cela sans être frappé de la misère
humaine : car que peut-on imaginer de si court et de si borné,
qui ne le soit moins que la vie même la plus longue? Ne vous
semble-t-il pas qu'il n'y a qu'un jour que Néron régnait? Cependant, de tous ceux qui ont exercé le consulat sous lui, il
n'en reste pas un seul. Mais pourquoi s'en étonner? Lucius
Pison, le père de celui que Valérius Festus assassina si cruellement en Afrique, nous a souvent répété qu'il ne voyait plus
aucun de ceux dont il avait pris l'avis dans le sénat, étant consul. Les jours comptés à cette multitude infinie d'hommes,
répandue sur la terre, sont en si petit nombre, que je n'excuse
pas seulement. mais que je loue même ces larmes d'un prince
fameux : vous savez qu'après avoir attentivement regardé la
prodigieuse armée qu'il commandait, Xerxès ne put s'empêcher
de pleurer sur le sort de tant de milliers d'hommes qui devaient si tôt finir. Combien cette idée n'est-elle pas puissante
pour nous engager à faire un bon usage de ce peu de moments
qui nous échappent si vite! Si nous ne pouvons les employer

à des actions d'éclat que la fortune ne laisse pas toujours à notre portée, donnons-les au moins entièrement à l'étude. S'il n'est pas en notre pouvoir de vivre longtemps, laissons au moins des ouvrages qui ne permettent pas d'oublier jamais que nous avons vécu. Je sais bien que vous n'avez pas besoin d'être excité : mon amitié pourtant m'avertit de vous animer dans votre course, comme vous m'animez vous-même dans la mienne. La noble ardeur que celle de deux amis qui, par de mutuelles exhortations, allument de plus en plus en eux l'amour de l'immortalité ! Adieu.

## VII

### L'avocat Régulus.

Que me donnerez-vous, si je vous conte une histoire qui vaut son pesant d'or? Je vous en dirai même plus d'une ; car la dernière me rappelle les précédentes : et qu'importe par laquelle je commencerai ? Véronie, veuve de Pison (celui qui fut adopté de Galba), était à l'extrémité. Régulus la vint voir. Quelle impudence, d'abord à un homme qui avait toujours été l'ennemi déclaré du mari, et qui était en horreur à la femme ! Passe encore pour la visite : mais il ose s'asseoir tout près de son lit, lui demande le jour, l'heure de sa naissance. Elle lui dit l'un et l'autre. Aussitôt il compose son visage, et, l'œil fixe, remuant les lèvres, il compte sur ses doigts, sans rien compter ; tout cela, pour tenir en suspens l'esprit de la pauvre malade. *« Vous êtes*, dit-il, *dans votre année climatérique, mais vous guérirez. « Pour plus grande certitude, je vais consulter un sacrificateur dont « je n'ai pas encore trouvé la science en défaut. »*

Il part, il fait un sacrifice, revient, jure que les entrailles des victimes sont d'accord avec le témoignage des astres. Cette femme crédule, comme on l'est d'ordinaire dans le péril, fait un codicille, et assure un legs à Régulus. Peu après le mal redouble, et, dans les derniers soupirs, elle s'écrie : Le scélérat, le perfide, qui enchérit même sur le parjure !

Il avait, en effet, affirmé son imposture par les jours de son fils. Ce crime est familier à Régulus. Il expose sans scrupule à la colère des dieux, qu'il trompe tous les jours, la tête de son malheureux fils, et le donne pour garant de tant de faux serments.

Velléius Blésus, ce riche consulaire, voulait, pendant sa dernière maladie, changer quelque chose à son testament. Régulus, qui se promettait quelque avantage de ce changement, parce qu'il avait su, depuis quelque temps, s'insinuer dans l'esprit du malade, s'adresse aux médecins, les prie, les conjure de prolonger à quelque prix que ce soit la vie de son ami. Le testament est à peine scellé que Régulus change de personnage et de ton. Eh, combien de temps voulez-vous encore tourmenter un malheureux ? Pourquoi envier une douce mort à qui vous ne pouvez conserver la vie ? Blésus meurt ; et, comme s'il eût tout entendu, il ne laisse rien à Régulus.

C'est bien assez de deux contes : m'en demandez-vous un troisième selon le précepte de l'école ? il est tout prêt.

Aurélie, femme d'un rare mérite, allait sceller son testament : elle se pare de ses plus riches habits. Régulus, invité à la cérémonie, arrive ; et aussitôt, sans autre détour : *Je vous prie,* dit-il, *de me léguer ces vêtements.* Aurélie de croire qu'il plaisante ; lui de la presser fort sérieusement ; enfin, il fait si bien, qu'il la contraint d'ouvrir son testament, et de lui faire un legs des robes qu'elle portait. Il ne se contenta pas de la voir écrire, il voulut encore lire ce qu'elle avait écrit. Il est vrai qu'Aurélie n'est pas morte ; mais ce n'est pas la faute de Régulus : il avait lui, compté qu'elle n'échapperait pas. Un homme de ce caractère ne laisse pas de recueillir des successions et de recevoir des legs comme s'il le méritait. Cela doit-il surprendre, dans une ville où le crime et l'impudence sont en possession de disputer, ou même de ravir leurs récompenses à l'honneur et à la vertu ? Voyez Régulus : il était pauvre et misérable ; il est devenu si riche, à force de lâchetés et de crimes, qu'il m'a dit : Je sacrifiais un jour aux dieux, pour savoir si je parviendrais jamais à jouir de soixante millions de sesterces ; de doubles entrailles trouvées dans la victime m'en promirent cent vingt millions. — Il les aura, n'en doutez point, s'il continue à dicter ainsi des testaments, de toutes les manières de commettre un faux, la plus odieuse à mon avis. Adieu.

# VIII

## Rapport de Pline sur les Chrétiens.

Je me suis fait un devoir, seigneur, de vous consulter sur tous mes doutes; et qui peut mieux que vous me guider dans mes incertitudes ou éclairer mon ignorance? Je n'ai jamais assisté aux informations contre les chrétiens; aussi j'ignore à quoi et selon quelle mesure s'applique ou la peine ou l'information. Je n'ai pas su décider s'il faut tenir compte de l'âge, ou confondre dans le même châtiment l'enfant et l'homme fait; s'il faut pardonner au repentir, ou si celui qui a été une fois chrétien ne doit pas trouver de sauvegarde à cesser de l'être; si c'est le nom seul, fût-il pur de crime, ou les crimes attachés au nom, que l'on punit. Voici toutefois la règle que j'ai suivie, à l'égard de ceux que l'on a déférés à mon tribunal comme chrétiens. Je leur ai demandé s'ils étaient chrétiens. Ceux qui l'ont avoué, je leur ai fait la même demande une seconde et une troisième fois, et les ai menacés du supplice. Quand ils ont persisté, je les y ai envoyés; car, de quelque nature que fût l'aveu qu'ils faisaient, j'ai pensé qu'on devait punir au moins leur opiniâtreté et leur inflexible obstination. J'en ai réservé d'autres, entêtés de la même folie, pour les envoyer à Rome; car ils sont citoyens romains. Bientôt après, les accusations se multipliant, selon l'usage, par l'attention qu'on leur donnait, le délit se présenta sous un plus grand nombre de formes. On publia un écrit sans nom d'auteur, ou l'on dénonçait nombre de personnes qui nient être où avoir été attachées au christianisme. Elles ont, en ma présence, et dans les termes que je leur prescrivais, invoqué les dieux, et offert de l'encens et du vin à votre image, que j'avais fait apporter exprès avec les statues de nos divinités; elles ont même prononcé des imprécations contre le Christ; c'est à quoi, dit-on, l'on ne peut jamais forcer ceux qui sont véritablement chrétiens. J'ai donc cru qu'il les fallait absoudre. D'autres, déférés par un dénonciateur, ont d'abord reconnu qu'ils étaient chrétiens, et se sont retractés aussitôt, déclarant que véritablement ils l'avaient

été, mais qu'ils ont cessé de l'être, les uns depuis plus de trois
ans, les autres depuis un plus grand nombre d'années, quelques-uns depuis plus de vingt ans. Tous ont adoré votre image
et les statues des dieux. Tous ont chargé le Christ de malédic-
tions. Au reste, ils assuraient que leur faute ou leur erreur
n'avait jamais consisté qu'en ceci : ils s'assemblaient, à jour
marqué, avant le lever du soleil ; ils chantaient tour à tour des
vers à la louange du Christ, comme d'un dieu ; ils s'engageaient
par serment, non à quelque crime, mais à ne point commettre
de mal, de brigandage, d'adultère, à ne point manquer à leur promesse, à ne point nier un dépôt : après cela ils avaient coutume
de se séparer ; ils se rassemblaient de nouveau pour manger
des mets communs et innocents. Depuis mon édit, ajoutaient-
ils, par lequel, suivant vos ordres, j'avais défendu les associa-
tions, ils avaient renoncé à toutes ces pratiques. J'ai jugé nécessaire, pour découvrir la vérité, de soumettre à la torture deux
femmes esclaves qu'on disait initiées à leur culte : mais je n'ai
rien trouvé qu'une superstition ridicule et excessive. J'ai donc
suspendu l'information pour recourir à vos lumières : l'affaire
m'a paru digne de réflexion, surtout par le nombre des personnes que menace le même danger. Une multitude de gens de
tout âge, de tout ordre, de tout sexe sont et seront chaque jour
impliqués dans cette accusation. Ce mal contagieux n'a pas
seulement infecté les villes ; il a gagné les villages et les campagnes. Je crois pourtant que l'on y peut remédier, et qu'il peut
être arrêté ; ce qu'il y a de certain, c'est que les temples, qui
étaient presque déserts, sont fréquentés ; et que les sacrifices,
longtemps négligés, recommencent. On vend partout des victimes, qui trouvaient auparavant peu d'acheteurs. De là on peut
juger combien de gens peuvent être ramenés de leur égare-
ment, si l'on fait grâce au repentir.

(Trad. de Sacy, coll. Panckoucke.)

# CHAPITRE IV

L'histoire sous les empereurs. Velléius Paterculus, Valère Maxime. —
Quinte-Curce, Florus.

§ 1.

## L'HISTOIRE SOUS LES EMPEREURS.

Auguste comprenait que la littérature est une force, qu'elle pouvait le servir ou lui nuire : il en fit l'auxiliaire de son œuvre. Par l'estime qu'il témoigna aux écrivains, par les bienfaits qu'il leur prodigua, par cette noble familiarité qu'il sut employer envers eux, par cet art qu'il eut de paraître leur courtisan, et de les associer intimement au nouvel état de choses, il les conquit sans leur faire jamais sentir leur dépendance. Ses successeurs n'eurent ni cette intelligence ni ce respect de la dignité humaine. Ce ne furent ni le génie ni l'originalité qui manquèrent à des écrivains comme Lucain et Sénèque : ce fut un temps meilleur. Posséderions-nous Tacite, si Nerva et Trajan étaient venus cinquante ans plus tard ?

Un des caractères les plus hideux du despotisme, c'est la haine et la peur de tout ce qui est noble et grand, non-seulement dans le présent, mais même dans le passé. C'est bien de lui qu'on peut dire avec Tacite « omne decus alienum in diminutionem sui accipiens ». Dans de telles conditions l'histoire est impossible : elle sera puérile ou servile. Nous apprenons de Tacite que, sous Tibère, on ne pouvait parler de Brutus et de Cassius, sans accoler à leurs noms les épithètes de brigands et de parricides (*latrones et paricidas quæ nunc vocabula imponuntur*). Sur l'ordre du prince, le sénat décrète que les Annales de Cremutius Cordus, qui avait osé appeler Cassius le dernier des Romains, seraient brûlées par les édiles (1). L'historien fut forcé de se donner la mort. Ainsi avait déjà été traité Labiénus. Domitien devait aller plus loin encore. Il fit périr Hermogène de Tarse pour quelques allusions répandues dans ses histoires, et les libraires furent mis en croix (2).

C'est sous Tibère que vécut et écrivit *Caius*, ou *Marcus Velleius Paterculus*. Il était d'une famille campanienne. Il fut successivement tribun militaire en Thrace et en Macédoine, préfet de la cavalerie, questeur sous Tibère et enfin préteur. Juste Lipse suppose qu'il a été consul. L'an 783, la 17ᵉ année du règne de Tibère, il publia son abrégé d'histoire en deux livres, dédié au consul Vinicius. Comme il semble avoir été très-attaché à Séjan, et que, suivant Tacite et Dion Cassius, tous les amis de celui-ci furent enveloppés dans sa disgrâce, il est probable que Velléius fut tué dans ce massacre. Du reste aucun auteur ancien ne fait mention de cet historien. Priscien est le premier qui cite son nom ; il l'appelle *Marcus*.

L'ouvrage de Velléius a pour titre : *Historiæ Romanæ libri duo ad M. Vinicium consulem.* Le premier livre qui nous est parvenu, fort incomplet, est consacré à une révision rapide des peuples antérieurs aux Romains ; le

(1) Tacit., *Annal.*, IV, 34.
(2) Sueton., *Domit.*, c. x.

second va de la fondation de Rome à la mort de Livie, mère de Tibère. — On a aussi attribué à Velléius un livre intitulé de *Bello in Suevos*, mais sans fondement. — Velléius nous apprend qu'il se proposait d'écrire une histoire de Rome développée ; son ouvrage n'était donc à ses yeux qu'une sorte d'essai. Tel qu'il est, il ne manque pas d'intérêt. On y trouve des détails précieux sur les personnages considérables du temps. L'auteur, qui avait fait les guerres de Germanie, a connu Maroboduus et Arminius dont il a tracé d'assez nobles images. Si l'on en juge d'après les proportions et la composition de cette histoire, Velléius Paterculus avait fait du règne de Tibère le centre où tout devait aboutir. Il glisse fort rapidement sur tout ce qui précède l'établissement du principat, s'arrête avec complaisance sur certaines particularités plus curieuses qu'utiles du règne d'Auguste, et réserve une place considérable aux seize années du règne de son successeur. Il qualifie lui-même son livre de *artatum opus*, n'a aucun souci de la chronologie, et ne montre qu'une portée d'esprit médiocre. Il ne voit pas le lien de dépendance qui unit le présent au passé. Ce qui le frappe, c'est ce qu'il a sous les yeux, l'Empereur, Séjan, les grands personnages. Le prince est centre de tout, et la mesure unique de la morale et de la politique. Ce n'est plus un homme d'État, ni un érudit, ni un Romain enthousiaste qui écrit l'histoire de sa patrie, c'est un courtisan, un homme du monde, qui recueille les personnalités intéressantes et les petits détails. De composition, il n'y en a aucune : il suit librement l'ordre des temps, plus préoccupé des personnes que des faits et de leur signification. Il ne tarit pas d'éloges pour Séjan, cet homme *laboris et fidei capacissimus*, ce collaborateur indispensable aux grandes choses que faisait Tibère, « *ma-gna negotia magnis adjutoribus egent* » (1). Politique , science du gouvernement, des institutions, esprit phi-losophique, impartialité, il n'a aucune des qualités fondamentales de l'historien. On l'a accusé de basse adulation, et il n'en est pas exempt. Mais c'est le cour-tisan qui a fait le flatteur. En dehors du prince et de ses créatures, rien ne lui semblait grand ou digne d'at-tention.

La diction de Velléius est pure et correcte; son style, qui cherche à se modeler sur Salluste (2), manque de naturel. Il est souvent guindé et obscur. Un certain pi-quant dans le tour, de l'imprévu dans l'expression, des sentences rapides, des exclamations emphatiques, des contrastes heurtés, des antithèses forcées, tout ce qui peut étonner, arrêter le lecteur, et lui donner une haute idée des mérites de l'écrivain : nous retrouvons en Velléius les défauts de l'éducation des rhéteurs, que l'âge suivant accusera davantage encore.

Valère Maxime (*Valerius Maximus*) est aussi un con-temporain et un adulateur de Tibère. De sa vie on ne sait presque rien, si ce n'est qu'il servait en Asie sous Sextus Pompée, qui fut consul l'année même où mourut Auguste, qu'il a loué Tibère et insulté Séjan abattu. — Son ouvrage a pour titre : *Factorum dictorumque memorabilium libri novem ad Tiberium Cæsarem Au-gustum*. C'est un recueil d'anecdotes composé sans juge-ment et sans goût. Piété, courage, constance, amitié,

(1) Il ose comparer son élévation à celle des hommes nouveaux de la république, Coruncanius, Caton, Marius, Cicéron.
(2) Il emprunte aussi à Salluste son demi-fatalisme historique : *Fortuna in omni re dominatur.*

pudeur, désintéressement, et leurs contraires, sous ces titres généraux, Valère Maxime range de petites histoires divisées en deux classes; les Romains, les étrangers. Les curiosités de l'érudition lui fournissent aussi un certain nombre de chapitres composés de la même manière. Il a lu les historiens grecs et latins, et il en a extrait les particularités les plus frappantes. Un tel recueil ne manque pas d'intérêt et d'utilité pour nous, mais il marque une étrange stérilité chez l'auteur. Érasme a dit de lui « qu'il ressemblait à Cicéron comme un mu-« let ressemble à un homme » (*tam similis est Ciceroni quam mulus homini*). « On ne croirait jamais, ajoute-t-il, « qu'il soit italien, ou qu'il ait vécu dans ce temps. » Aussi plusieurs critiques ont-ils pensé que cet ouvrage n'était qu'un abrégé de celui de Valère Maxime, rédigé vers la fin du troisième siècle par un certain *Julius Paris*. C'est l'opinion de Vossius. Mais on a découvert depuis le manuscrit de l'abrégé de *Julius Paris* : il faut donc laisser à Valère Maxime la propriété de son œuvre. Julius Paris est cependant considéré comme l'auteur du traité *de Nominibus*, qui forme ordinairement l'appendice et comme le 10ᵉ livre de Valère Maxime. Le moyen âge goûtait fort le recueil *des Dits et faits mémorables* : il s'en fit de bonne heure des abrégés et des floriléges. Les titres donnés aux chapitres, sinon aux livres, sont l'œuvre de grammairiens postérieurs. Aulugelle cite Valère Maxime par livres et non par titres (1).

C'est un écrivain qu'il est difficile de louer. Son style est emphatique, sa brièveté hachée et obscure; affecté guindé, plein d'exclamations tragiques, il a le premier

(1) Voir l'édition avec introduction publiée à Berlin en 1854 par C. Kempfius.

introduit dans l'histoire les invocations des poëtes aux empereurs. Il ose dire à Tibère : *mea parvitas eo justius ad favorem tuum decurrerit quo cætera divinitas opinione colligitur, tua præsenti fide paterno avitoque sidere par videtur. Deos enim reliquos accepimus, Cæsares dedimus.* Cela suffit pour juger le personnage et le style.

Quinte-Curce *(Quintius Curtius Rufus)* est un problème. Quel est l'auteur de l'ouvrage intitulé : *De rebus gestis Alexandri Magni libri X?* Aucun écrivain de l'antiquité ne fait mention de ce Curtius Rufus ni de son livre. C'est à la fin du douzième siècle qu'il est nommé pour la première fois. Lui-même, dans un passage qui a fort exercé la sagacité des commentateurs, parle du prince qui *a fait rentrer les glaives dans le fourreau, qui est apparu comme un nouvel astre, dont la postérité doit assurer le bonheur du monde.* C'est le langage ordinaire des écrivains courtisans. Ces traits peuvent s'appliquer à la plupart des empereurs. Aussi a-t-on voulu voir dans Quinte-Curce un contemporain d'Auguste, de Vespasien, de Trajan, d'Alexandre Sévère, de Constantin, de Théodose : d'autres sont allés plus loin encore et ont supposé qu'un habile latiniste de la renaissance avait placé, sous ce nom de *Curtius Rufus,* un produit de sa plume : c'était l'opinion du maître de Gui Patin. Mais que faire du témoignage de Jean de Salisbury qui, quatre cents ans auparavant, citait cet ouvrage ? Et d'ailleurs le style de l'auteur porte l'empreinte d'une bonne époque. Funck incline à croire que Quinte-Curce n'est autre que ce Curtius Rufus dont parle Tacite, qui, fils d'un gladiateur, et rhéteur distingué, s'était élevé par son mérite aux premières charges de l'État sous Tibère et sous Claude. Cette hypothèse n'est pas plus invraisemblable que les autres. Resterait à expliquer le silence des auteurs anciens sur un personnage si considérable. La nullité presque absolue de l'ouvrage au point de vue historique en est peut-être la véritable cause. On possédait alors tous les historiens grecs d'Alexandre : qu'était-ce auprès de ces documents si nombreux que le roman de Quinte-Curce ? Il revient à la lumière vers le douzième siècle, et peut-être plus tôt. Rien de plus naturel : c'est le moment où la légende d'Alexandre va devenir la matière d'une foule d'épopées. L'histoire de Quinte-Curce semblait plus propre que toute autre à servir de point de départ aux clercs qui singeaient les trouvères épiques.

Cette histoire est en effet un véritable roman. Quinte-Curce a choisi dans les auteurs grecs les fables et les puérilités dont ils se sont plu à environner ce grand nom d'Alexandre. Il est d'une ignorance profonde en géographie, jusqu'à confondre le Taurus et le Caucase. Ses récits de batailles et d'opérations militaires sont impossibles. Mais, en revanche, il revêt des plus éclatantes couleurs tout le côté légendaire de cette noble histoire. Quinte-Curce est certainement un rhéteur. La gloire du conquérant, ses victoires, ses éclatantes qualités, sa mort prématurée, ont frappé son imagination. Il a voulu reproduire, non la vérité, ce qui eût demandé de longues recherches et beaucoup de savoir, mais les grands côtés de cette vie merveilleuse. Il dit lui-même : *Equidem plura transcribo quam credo : nam nec affirmare sustineo de quibus dubito, nec subducere, quæ accepi* (1), ce qui est l'abdication de toute critique. Le rhéteur se reconnaît encore plus sûrement dans les

_____

(1) IX, 1.

discours invraisemblables, mais composés et écrits avec
amour. C'est la partie la plus remarquable de l'œuvre.
Quinte-Curce est un exemple assez rare de ce que peut la
perfection des procédés littéraires, unie à une intelligence médiocre. Ce divorce entre le fond et la forme est
une des marques les plus certaines de la décadence.
L'esprit vide d'idées se passionne pour des chimères ou
de petits artifices. La réalité échappe ; l'imagination gros-
sit les objets ; le style suit ; l'histoire devient alors une
déclamation ou un roman : celle de Quinte-Curce est l'une
et l'autre.

*Florus* ne nous est guère mieux connu que Quinte-
Curce. On l'appelle tantôt *Julius*, tantôt *Lucius Annæus*.
Les uns croient reconnaître en lui le *J. Florus Secundus*,
dont parlent Quintilien et Sénèque le rhéteur : un autre
(Titze) le déclare contemporain de Tite-Live, et voit
en lui ce *Julius Florus* à qui Horace a adressé deux
Épîtres (I, 3 ; II, 2). Mais pour appuyer sa conjecture,
Titze a dû rejeter comme interpolée la fin de la préface
de l'auteur où il parle de Trajan. Enfin, c'est à Sénèque
lui-même qu'on a attribué l'abrégé de Florus. La fameuse
division de l'histoire du peuple romain en quatre âges
appartenait, suivant Lactance, au philosophe. Mais il ne
mérite pas qu'on lui impute un tel ouvrage. Que Florus,
soit un membre de la famille *Annæus ;* qu'il soit comme
celle-ci originaire d'Espagne, c'est ce qui semble de beaucoup le plus vraisemblable. Florus a en effet une certaine
affinité littéraire avec Sénèque et Lucain ; de plus il manifeste une véritable tendresse pour son pays natal (1).

Sous le titre de *Epitome de gestis Romanorum* (ou

_____

(1) II, 16, 17 ; III, 23.

*Rerum Romanarum libri IV)*, il a composé une série de
petits chapitres où il est question des hauts faits du peuple romain. Il a voulu, dit-il lui-même, embrasser dans un
petit tableau toute la physionomie du peuple romain.
D'autres font des cartes géographiques, lui a eu l'idée de
faire une carte historique. De chronologie, de géographie, de science, pas le moindre souci. Le but de Florus
c'est de dire en aussi peu de mots que possible ce qu'il
pourra imaginer de plus éloquent sur les exploits du
peuple romain. Il commence sa revue déclamatoire à la
fondation de Rome et la termine à l'année 725, où
Auguste ferme le temple de Janus. C'est un hymne perpétuel à la gloire de Rome, et dans le style que les rhéteurs
avaient mis à la mode. Je ne sais comment Juste Lipse
a pu dire que Florus écrivait *composite, diserte, elegan-
ter*. Morhoff réduit cette éloquence à ses vraies proportions : *ventosaet panegyrica loquacitas.* Des exclamations
puériles, un ton emphatique, les Dieux et la fortune
mêlés à tout pour créer un grandiose artificiel, des antithèses prodiguées à tort et à travers, aucune critique.
Tout ce qui peut frapper l'esprit est enregistré par Florus.
Il a des étonnements niais et ampoulés pour les moindres
choses. Il maudit Annibal avec une conscience qui ne
fait pas honneur à son jugement. Il fait éteindre l'incendie de Rome par le sang des Gaulois. César se rendant au
Sénat est une victime ornée de bandelettes pour le sacrifice. Il tombe, et l'historien ne trouve, pour résumer cette
vie extraordinaire, que ceci : « Ainsi celui qui avait rempli du sang des citoyens tout l'univers, remplit enfin de son propre sang le sénat! » Deux pages plus
loin, il appelle Brutus et Cassius des parricides; et, à la fin
du chapitre, il leur dresse des statues : ce sont *des hom-*

*mes très-sages.* Si Sénèque et Lucain n'avaient eu que des défauts et pas d'idées, ils eussent écrit à la façon de Florus. Ainsi la stérilité d'esprit, la déplorable habitude de transporter partout le ton et les colifichets de l'École infligent à l'histoire une des plus tristes transformations qu'elle ait subies : elle devient un prétexte à phra·es.

Valère Maxime, Quinte-Curce et Florus, la pédanterie ampoulée, le romanesque puéril, la déclamation sentencieuse, voilà ce qui succède à la noblesse de Tite-Live.

On trouve ordinairement, à la suite de l'Épitome de Florus, un autre abrégé qui porte le titre de *Liber memorialis*, et, pour nom d'auteur, celui de *Lucius Ampelius*. L'auteur vivait probablement sous le règne de Théodose. Il a réuni dans une série de petits chapitres les curiosités de toute nature, compilation dépourvue d'intérêt.

### § II.

#### TACITE ET SUÉTONE.

Parmi tous ces écrivains, il faut faire une place à part à Tacite. Lui aussi il a subi l'influence des temps misérables où il a vécu ; mais le ressort de son âme, loin d'en être émoussé, s'est tendu plus énergiquement. La compression est salutaire aux esprits puissants ; elle n'étouffe que les médiocres. Tacite disait en parlant d'Agricola : « Il a montré que même sous de mauvais princes il peut y avoir des grands hommes. » Il en est lui-même la preuve.

On sait peu de chose de sa vie. Il s'appelait *Caius Cornelius Tacitus* et appartenait à une famille de l'ordre équestre. Il naquit à Interamna vers 54 ap. J.-C. Comme presque tous ses contemporains, il étudia le droit et l'éloquence : c'était encore le seul moyen d'acquérir de la réputation et d'entrer dans la vie publique. Au barreau, sa parole se distinguait surtout par la gravité, (σεμνῶς, dit Pline). Il obtint la questure sous Vespasien, fut élevé au tribunat sous Titus et sous Domitien, il reçut la préture en même temps qu'une place dans le collége des *Quindecemviri sacrorum*. Ayant épousé la fille d'Agricola, il suivit probablement son beau-père en Bretagne et visita sans doute la Germanie. Nerva le fit consul en remplacement de Virginius Rufus dont Tacite prononça l'éloge funèbre. Il vit tout le règne de Trajan et peut-être les premières années de celui d'Hadrien. A partir de l'année 97, sa vie nous échappe. L'homme public disparaît de la scène, l'historien commence son œuvre. Tacite en effet n'a rien écrit sous Domitien. Peut-être avait-il publié quelques-uns de ses discours ou plaidoyers ; mais nous sommes réduits sur ce sujet à des conjectures.

Son premier ouvrage parut sous Trajan (97) : « Nunc « demum redit animus, » dit-il au début de son livre : c'est la vie de son beau-père, Julius Agricola (*Julii Agricolæ vita*), le chef-d'œuvre de la biographie chez les anciens. Tacite n'a point écrit un panégyrique ou un éloge funèbre : il a placé sous nos yeux le tableau sincère de la vie d'un homme de bien telle qu'elle pouvait, telle qu'elle devait être sous des princes comme Domitien. Agricola n'est ni un grand politique ni un grand guerrier. Il n'a pas assez de génie pour inquiéter l'empereur ; il sert son pays sans bassesse envers le prince, mais aussi sans affecter une indépendance abrupte qui l'eût perdu, et n'eût profité à personne. A ces traits reconnaissez l'historien

sincère, impartial, et surtout intelligent. Il était si facile
de transformer cette biographie en pamphlet. A ce jugement droit et sûr l'auteur joint une connaissance profonde de toutes les parties du sujet. La vie d'Agricola se
passa presque tout entière dans les camps, et particulièrement en Bretagne, province de création récente. Tacite
en a donné une description d'une exactitude et d'un
éclat remarquables : c'est le premier plan d'un grand
tableau. Quand il faut replacer Agricola parmi ses contemporains, montrer les écueils où la vertu et la fortune
du plus grand nombre se brisèrent, l'historien retrouve
en son âme profonde, qui pouvait bien se taire, mais non
oublier, l'exacte physionomie de ces temps malheureux ;
il ne dissimule rien, mais se refuse la banale consolation
d'une déclamation sans noblesse et sans à-propos.

L'année suivante (98) il publia la Germanie (*Germa-
nia, sive de situ, moribus et populis Germaniæ*), ouvrage d'une importance capitale pour l'histoire. Il est
divisé en trois parties : la première traite de la situation
de la Germanie, de la nature du sol, de l'origine des
habitants ; la deuxième, de leurs mœurs, de leurs lois,
de leurs religions ; la troisième, la plus intéressante
au point de vue ethnographique, est une revue des
différents peuples de la Germanie. Nous croyons que
Tacite a vu de ses propres yeux le pays et ses habitants. Il ne s'est pas borné à en tracer une description
exacte : en étudiant la vie et les mœurs de ces tribus
barbares, il avait les yeux sur Rome. Il avait quitté une
société où la corruption était la loi du monde (*corrum-
pere et corrumpi sæculum vocatur*). Il trouvait dans les
forêts de la Germanie des mœurs pures, le respect de la
femme, une fierté indomptable. On a voulu réduire ce

remarquable ouvrage aux mesquines proportions d'une satire. Il a une portée plus haute. L'historien, par une sorte de pressentiment qui n'est que l'intuition du génie, comprend que de ce côté-là sont les vrais, les plus redoutables ennemis de l'empire. Il raconte que soixante mille de ces barbares se sont égorgés entre eux sous les yeux mêmes des Romains, et il ajoute : « puissent, ah ! « puissent les nations, à défaut d'amour pour nous, per- « sévérer dans cette haine d'elles-mêmes ! car au point « où les destins ont amené l'empire, ce que la fortune « peut faire de mieux pour nous, c'est de maintenir la « discorde entre nos ennemis (1). » Le patriotisme dans Tacite éclaire l'esprit, et ne l'aveugle pas. Nous lui pardonnerons aussi d'avoir reculé devant les noms barbares de plusieurs divinités germaniques. Les choses de la religion avaient peu d'intérêt pour lui. Comme César, il prétend retrouver les dieux romains dans les dieux de la Germanie ; les *Alci* seront pour lui Castor et Pollux.

Ainsi dès ces deux premiers ouvrages, Tacite se fait une place à part parmi ses contemporains. Historien, il reste sur le terrain solide de la réalité. Il ne se propose pas d'être spirituel ou éloquent à propos des faits : il recherche avant tout et veut rendre la vérité. Pour lui, esprit sérieux et grave, l'histoire est une science d'abord ; pour les autres, elle n'était qu'une dépendance de l'éloquence. N'oublions jamais ce point de vue. Trop de critiques ne veulent voir dans Tacite qu'un écrivain de génie, un grand peintre, comme on dit. Il l'est assurément, mais il ne l'eût pas été, s'il n'avait étudié, et possédé à fond les faits qui sont la substance première. C'est parce qu'il

(1) Cap. XXXIII.

connaît bien et les personnages et les événements qu'il donne à ses récits et à ses peintures cet intérêt dramatique et ce relief puissant.

Les deux grandes compositions historiques de Tacite sont les *Histoires* et les *Annales* (*Historiarum libri, Annales*) (1). Il publia d'abord les *Histoires*, qui allaient de 69 à 97 (élévation de Galba à l'empire, mort de Domitien). Il n'en reste que quatre livres et une partie du cinquième, comprenant le récit des événements de 69 à 71. Si l'on en juge d'après les proportions de ce qui a survécu, c'était un ouvrage d'une étendue considérable, et qui embrassait toute l'histoire intérieure et extérieure de Rome, pendant trente années. Les *Annales* ont un caractère tout différent. C'est plutôt un tableau rapide des événements les plus importants, choisis et exposés il est vrai par un maître, mais sans un dessein préconçu d'unité. Elles allaient de l'an 14 à l'an 69. Il en reste les six premiers livres, mais le cinquième est incomplet. Le septième, le huitième, le neuvième et le dixième manquent; nous possédons les six suivants de 11 à 16. Nous avons perdu le règne de Caligula, la première partie de celui de Claude, la fin de celui de Néron. Tibère nous reste.

Tacite est isolé parmi ses contemporains, et l'on ne peut le rattacher directement à aucun de ses devanciers. Il est supérieur aux uns et aux autres par la profonde intelligence du sujet. Il a compris son temps, et il en a souffert. Tite-Live avait sous les yeux le spectacle de la majesté de l'empire se reposant de ses longues agitations dans la gloire. Il a déroulé aux yeux de ses contemporains les phases successives de l'élaboration de ce grand

_____

(1) D'après les manuscrits, le véritable titre serait *Ab excessu divi Augusti*.

ouvrage ; il a l'enthousiasme et la foi. Tacite a vu ce qu'il y avait de plus extrême dans la servitude, et il n'a jamais espéré un gouvernement meilleur que le principat. La fortune pourra envoyer aux Romains un Domitien ou un Trajan, peu importe ; ils auront toujours un maître. La victoire d'Actium a créé la monarchie : ce serait une étrange illusion que de croire au retour possible de la liberté. Les Romains se sont donnés à Auguste ; ce sont eux qui, par fatigue, dégoût, lâcheté de cœur et corruption, ont établi sur une base inébranlable le pouvoir d'un seul. Celui-ci est de sa nature corrompu et corrupteur. Tout s'enchaîne et se fortifie dans cette transformation d'une société épuisée : la bassesse du peuple encourage les folies et les cruautés de l'empereur ; le hasard des événements ne changera rien à l'âme du temps. Tel est le point de vue philosophique de Tacite. On a voulu faire de lui un républicain ; c'est à tort. En théorie, il préférerait un gouvernement à la fois monarchique, démocratique et aristocratique ; mais, ajoute-t-il, « cela est plus facile à louer qu'à établir. » Le seul gouvernement possible de son temps, il est convaincu que c'est le principat. — Seulement il ne put s'en consoler. De là, cette mélancolie souvent amère. Pour lui, l'avenir est vide, fermé à tout espoir. — Il sait bien qu'il ne doit pas écrire l'histoire à la façon des auteurs républicains ; que l'horizon est singulièrement rétréci, que la chose publique est devenue la chose d'un seul, que la destinée des peuples et des individus ne se décide plus au Forum ou au Sénat, mais dans le palais de César, parmi les affranchis, les courtisanes, les intrigues de cour ; mais il sait aussi qu'il est resté dans cette société corrompue des hommes de bien ; que la patience servile (*patientia ser-vilis*) des uns a fait briller d'un plus pur éclat la noble intrépidité des autres ; que, si la liberté est proscrite, elle a conservé des serviteurs fidèles jusqu'à la mort. Il blâmera l'imprudence de ces victimes volontaires du despotisme : « Thraséas, dit-il, sortit du sénat, et attira ainsi le danger sur sa tête, sans donner aux autres le signal de la liberté. » Mais son cœur est avec eux. Ces nobles témérités lui arrachent des regrets et de l'admiration.

Tel est l'esprit général de l'œuvre. Cette vue juste et désolée de son temps explique sa tendance au fatalisme. Il n'appartient à aucune école philosophique. Ses sympathies sont pour le stoïcisme qui a produit et soutenu les seuls grands hommes qu'ait vus l'empire, et qui commande le suicide pour éviter l'opprobre. — « Helvidius Priscus, dit-il, embrassa la doctrine philoso- « phique qui appelle uniquement bien ce qui est hon- « nête, mal ce qui est honteux, et qui ne compte la puis- « sance, la noblesse et tout ce qui est hors de l'âme, au « nombre ni des biens ni des maux. » Quant à l'espé- rance fortifiante d'une autre vie destinée à réparer les iniquités de celle-ci, Tacite ne la connut point. « Certains sages, dit-il, ont pensé que les âmes ne s'éteignent pas avec le corps ; » mais a-t-il embrassé cette opinion con- solante ? rien ne l'indique. Son œuvre aurait un tout autre caractère, s'il eût vécu dans l'attente d'une répa- ration divine : il eût saisi d'une étreinte moins puissante la réalité passagère.

C'est là son génie. Il voit tout, pénètre tout, montre tout. Rien ne lui échappe. Tite-Live nous a donné le chef-d'œuvre de la narration oratoire, Tacite crée la

narration psychologique. Il recueille les faits, les groupe
par masses choisies, enchaîne les rapports, si bien que
le personnage apparaît en pleine lumière, non pas lui
seulement, mais tout ce qui l'entoure, tout ce qui a con-
tribué à faire de lui ce qu'il est. Qui comprendrait Néron
et Claude sans Agrippine, Messaline, Poppée et les affranchis? Mais c'est peu de réunir et de grouper les personnages; ils ne deviendront vivants que s'ils se meuvent
sous nos yeux, conformément à leur caractère, et suivant
l'impulsion donnée une fois à leurs passions. C'est ici
que l'analyse psychologique devient une véritable intuition. Il décompose les âmes ; découvre et montre en
elles le premier principe du mal, le désir coupable qui
vient de naître, qui se développe, qui ne peut plus se
contenir et veut saisir son objet : ce sera pour Néron le
meurtre de Britannicus ou celui d'Agrippine ; pour
Poppée, la répudiation et la mort d'Octavie ; pour Tibère,
l'extension effrayante et fatale de la loi de lèse-majesté.
Les hypocrisies du crime sont dévoilées ; les arrière-
pensées, les sophismes sont devinés et étalés : les encouragements venus du dehors, suggestions empoisonnées
des affranchis, complicité du Sénat, indifférence du
peuple, tout cela fortifie et arme d'audace ces grands scélérats que le pouvoir absolu a perdus. Ajoutez, pour
compléter cette dramatique peinture de l'empire, les
protestations ou le silence désapprobateur de quelques
hommes de bien, isolés et sans influence ; la terreur devenue un lien ; des conjurés sans énergie qui parlent de
liberté et ne songent à tuer Néron que pour ne pas être
tués par lui ; les juges condamnant leurs propres complices ; les conspirateurs se dénonçant les uns les autres ;
des centurions égorgeant ceux avec lesquels ils devaient

frapper le tyran ; les épargnés célébrant par des actions
de grâces la clémence du prince : partout la lâcheté, la
peur, l'abjection ; César seul osant tout, parce qu'il peut
tout.

On l'a accusé de partialité ; Tertullien a osé l'appeler
*ille mendaciorum loquacissimus.* Rien de moins juste.
La bonne foi de Tacite est manifeste. Il a contrôlé avec
soin tous les témoignages, il a sous les yeux les actes officiels. Mais il est pessimiste, et il semble éprouver une
sorte de volupté amère dans la peinture de tant d'horreurs. Le Sénat célèbre le supplice de la pure et innocente Octavie par des offrandes publiques aux dieux.
Tacite signale ce fait, « afin, dit-il, que ceux qui connaî-
« tront, par mes récits ou par d'autres, l'histoire de ces
« temps déplorables, sachent d'avance que, autant le
« prince ordonna d'exils ou d'assassinats, autant de fois
« on rendit grâces aux dieux, et que ce qui annonçait
« jadis nos succès, signalait alors les malheurs publics.
« Je ne tairai pas cependant les sénatus-consultes que
« distinguerait quelque adulation neuve, ou une servi-
« lité poussée au dernier terme. » Que ce soit là son
défaut, si l'on veut ; mais il faut reconnaître qu'il était
réellement comme il le dit, *sine ira et studio, quorum
causas procul habeo.* Absorbé par la contemplation de la
Rome des Césars, il s'est peu soucié de ce qui sortait de
son cadre ; de là son indifférence et son ignorance relativement aux chrétiens, qu'il confond avec les juifs, et
qu'il déclare, sur la foi du préjugé populaire, dignes des
derniers supplices.

Cette concentration en soi-même, cette profondeur
d'observation et ces raffinements d'analyse, ont créé un
style nouveau, d'une hardiesse et d'un relief incompa-

rables. Sa diction n'a rien de périodique ; elle est dépourvue de rhythme ; il semble poursuivre une brièveté
idéale. Il est plein d'ellipses, de propositions absolues,
qui commandent ou expliquent toute une phrase : tel mot
jeté en passant arrête la pensée, et fait descendre à des
profondeurs inattendues. Des tours insolites, des antithèses saisissantes, des réticences dramatiques ; et, par
suite, de l'obscurité, une tension souvent pénible, mais
rien de puéril ou de misérable. C'est un style tourmenté,
qui semble craindre de ne pouvoir jamais rendre toute
la pensée et toute la passion. De là, des raffinements parfois excessifs, une couleur poétique, car la prose ne
saurait reproduire toutes les nuances de l'idée et les
orages du sentiment. Ces imperfections sont comme
fatales. Le style de Cicéron est clair, limpide, abondant :
tout est alors en pleine lumière à Rome. Tacite rencontre
à chaque pas la fausseté, l'hypocrisie, la peur, les bassesses tramées dans l'ombre, un monde mystérieux et
terrible. Il faut reproduire tout cela. La langue qui a
suffi à Cicéron doit être remaniée, aiguisée, parfois même
violentée. A ce prix seulement, elle sera en harmonie
avec le sujet.

Par ses qualités et ses défauts Tacite n'exerça aucune
influence sur la littérature de son temps. Ses écrits peu
lus furent rarement reproduits. L'empereur Tacite voulut
en assurer la conservation déjà incertaine en ordonnant
d'en multiplier les copies ; mais il mourut avant d'avoir
vu exécuter ses ordres. Le pape Léon X fit chercher avec
le plus grand soin les manuscrits du grand historien ;
c'est à son intelligente initiative que nous devons les cinq
premiers livres des *Annales* découverts en Westphalie
en 1515.

On trouve dans presque toutes les éditions de Tacite à la suite de ses œuvres le fameux Dialogue *Sur les causes de la corruption de l'éloquence* (*Dialogus de oratoribus, sive de causis corruptæ eloquentiæ*). Ce dialogue est-il de Tacite ? C'est un point sur lequel les avis sont fort partagés. Cependant la majorité s'est prononcée pour l'affirmative. Quintilien déclare, il est vrai, qu'il a composé un ouvrage sur ce sujet, mais Quintilien était-il capable d'écrire un tel livre? — On a voulu l'attribuer à Pline le jeune; mais l'âge de celui-ci s'y oppose. L'auteur déclare qu'il était fort jeune (*juvenis admodum*) quand il assista à la discussion dont il a reproduit les arguments. Tacite pouvait alors avoir environ vingt-deux ans, mais l'ouvrage fut écrit plus tard vers 97. De plus, Pline, dans une de ses lettres adressée à Tacite, fait allusion à un passage fort remarquable du dialogue, sur le silence des bois sacrés et des forêts où va rêver le poëte. La plus sérieuse objection soulevée est celle du style. On ne peut méconnaître en effet qu'il ne ressemble guère à celui des *Annales*. Mais Tacite traitait une question de critique littéraire : les sentences, la brièveté, l'énergie concentrée n'étaient pas encore le caractère de son style, et le sujet ne comportait pas ce genre d'écrire. Cependant on y découvre déjà les idées et le point de vue général qui domineront dans les compositions historiques de son âge mûr. Après une comparaison vive, élégante, ingénieuse entre la poésie et l'éloquence, Tacite aborde par l'arrivée d'un troisième interlocuteur, Messala, la vraie question, c'est-à-dire le parallèle entre les orateurs de son temps et ceux de la république. Là est l'originalité et la force de l'ouvrage. Les causes de la décadence de l'éloquence sont énumérées et classées avec une exactitude et une verve singulières. Elles se réduisent à une seule, la différence des temps. Il naît aujourd'hui d'aussi heureux génies qu'autrefois ; mais il n'y a plus de liberté, plus de vie publique, plus de grands intérêts en jeu. De là, l'abaissement des caractères, de là, la décadence des études. A quoi bon tant apprendre ou tant travailler pour plaider quelques misérables causes d'intérêt privé ? Que l'on rapproche de cette idée l'esprit qui inspire les *Annales* et la *Vie d'Agricola*, on reconnaîtra que Tacite n'a fait qu'appliquer à l'histoire la critique et la règle qu'il avait déjà appliquées à une question littéraire. Les chapitres qui renferment le parallèle entre l'éducation d'autrefois et celle de son temps sont admirables.

Suétone complète Tacite. Celui-ci pourrait paraître invraisemblable, si sa bonne foi n'était attestée par le premier.

*C. Suetonius Tranquillus* naquit sous Domitien vers l'an 70. Son père, tribun de la treizième légion, combattit sous Othon à Bébriac. Le fils fut l'ami de Pline qui le recommanda à Trajan. C'était un érudit très-honnête homme (*probissimus honestissimus, eruditissimus vir* et aussi *scholasticus homo*) (1). Quoique sans enfants, il obtint du prince le *jus trium liberorum*, et plus tard le tribunat militaire. Sous Hadrien, il fut secrétaire de l'empereur (*magister epistolarum*), mais il fut disgracié pour avoir manqué de respect à l'impératrice Sabina. On ne sait quand il mourut.

Suétone était un archéologue. Il avait composé sur les antiquités grecques et romaines un grand nombre de

(1) Plin., Ep. X, 94, 95, 96 ; III, 8.

traités dont Suidas nous a conservé les titres : *De græco-rum ludis — De Romanorum spectaculis — De signis quæ reperiuntur in libris — De ominosis verbis — De Roma ejusque institutis et moribus — Stemma seriesque illus-trium Romanorum*, etc. Il s'était aussi occupé de gram-maire et d'histoire littéraire. — Nous possédons sous le le titre : *De illustribus grammaticis*, un fragment impor-tant d'un ouvrage considérable sur les hommes illustres, dont le catalogue de saint Jérôme est probablement un abrégé. — Le livre : *De claris rhetoribus* est incomplet, mais précieux. — Enfin d'un autre ouvrage sur les poëtes, *De poetis*, incomplet aussi, nous avons les biographies de Térence, d'Horace, de Perse, de Lucain, de Juvénal, de Pline l'Ancien, mais les critiques ne sont pas d'accord sur l'authenticité de ces biographies, dont quelques-unes sont attribuées à Probus. Le plus important ouvrage de Suétone, ce sont les vies des XII Césars (*Vitæ duode-cim imperatorum*), de Jules César à Domitien. L'his-toire prend une forme nouvelle, celle de la biographie. Suétone n'a aucune élévation dans l'esprit, pas le moin-dre sens politique ; de plus il est indifférent. Mais c'est un érudit patient, obstiné, à qui rien n'échappe. Il a raconté la vie des Césars avec autant de calme et de bonne foi que celle des rhéteurs et des poëtes illustres. Cet archéo-logue, qui recueille et étale sans ordre et sans passion tous les éléments matériels pour ainsi dire de cette dra-matique histoire, ébranle sans s'en douter l'imagination aussi fortement qu'un Tacite. La naissance, l'éducation, l'extérieur, les habitudes intimes des empereurs, tout ce qui explique et fait comprendre les actes monstrueux et qui sembleraient impossibles, est là rassemblé, exposé froidement, et frappe d'autant plus. Suétone n'a qu'un souci, c'est la vérité scrupuleuse. Aucune composition, aucune gradation, rien qui ressemble à un panégyrique ou à un pamphlet, aucune intention morale, l'exactitude la plus libre : *pari libertate scripsit qua vixerunt*, dit avec raison saint Jérôme. Ouvrage précieux entre tous pour la postérité. Tacite a montré l'âme de la société impériale ; on est tenté de l'accuser d'exagération et de pessimisme ; Suétone fournit les preuves à l'appui.

C'est un bon écrivain, correct, d'une concision un peu forcée, mais qui ne manque pas de nerf. Juste Lipse et Ange Politien l'estimaient singulièrement. Les contemporains et l'âge suivant en firent le plus grand cas. Il est devenu le modèle sur lequel se sont réglés les écrivains de *l'histoire d'Auguste*. Après avoir été politique, oratoire et philosophique, l'histoire allait devenir anecdotique. A mesure que le pouvoir d'un seul devenait plus exclusif, l'horizon se bornait d'autant plus ; la vie publique n'existe plus ; c'est dans les recoins du palais des empereurs que ces chétifs écrivains croiront trouver toute l'histoire.

## EXTRAITS DE TACITE

---

### I

#### Avénement d'Auguste au principat.

Lorsque, après la défaite de Brutus et de Cassius, la cause publique fut désarmée, que Pompée eut succombé en Sicile, que l'abaissement de Lépide et la mort violente d'Antoine n'eurent laissé au parti même de César d'autre chef qu'Auguste, celui-ci abdiqua le nom de triumvir, s'annonçant comme simple consul, et content, disait-il, pour protéger le peuple de la puissance tribunitienne

Quand il eut gagné les soldats par ses largesses, la multitude par l'abondance des vivres, tous par la douceur du repos, on le vit s'élever insensiblement et attirer à lui l'autorité du sénat, des magistrats, des lois. Nul ne lui résistait : les plus fiers républicains avaient péri par la guerre ou la proscription : ce qui restait de nobles trouvaient dans leur empressement à servir honneur et opulence, et, comme ils avaient gagné au changement des affaires, ils aimaient mieux le présent et sa sécurité que le passé avec ses périls. Le nouvel ordre de choses ne déplaisait pas non plus aux provinces qui avaient en défiance le gouvernement du sénat et du peuple à cause des querelles des grands et de l'avarice des magistrats et qui attendaient peu de secours des lois, impuissantes contre la force, la brigue et l'argent. —

. . . . . . . . . . . . . . . . . . . .

. . . . . . . . . . . . . . . . . . .

Au dedans tout était calme; rien de changé dans le nom des magistratures; tout ce qu'il y avait de jeune était né depuis la bataille d'Actium; la plupart des vieillards au milieu des guerres civiles : combien restait-il de Romains qui eussent vu la République ?

La révolution était donc achevée; un nouvel esprit avait partout remplacé l'ancien; et chacun, renonçant à l'égalité, les yeux fixés sur le prince, attendait ses ordres. — Le présent n'inspira pas de craintes tant que la force de l'âge permit à Auguste de maintenir son autorité, sa maison, et la paix. Quand sa vieillesse, outre le poids des ans, fut encore affaissée par les maladies, et que sa fin prochaine éveilla de nouvelles espérances, quelques-uns formèrent pour la liberté des vœux impuissants; beaucoup redoutaient la guerre, d'autres la désiraient, le plus grand nombre épuisaient, sur les maîtres dont Rome était menacée, tous les traits de la censure: «Agrippa, d'une humeur farouche, irrité par l'ignominie, n'était ni d'un âge ni d'une expérience à porter le fardeau de l'empire. Tibère, mûri par les années, habile capitaine, avait en revanche puisé dans le sang des Clo-

dius, l'orgueil héréditaire de cette famille impérieuse, et quoi
qu'il fît pour cacher sa cruauté, plus d'un indice la trahissait.
Élevé, dès le berceau, parmi les maîtres du monde, chargé tout
jeune encore de triomphes et de consulats, les années même
de sa retraite ou plutôt de son exil à Rhodes n'avaient été
qu'un perpétuel exercice de vengeance, de dissimulation, de
débauches secrètes. Ajoutez sa mère, et tous les caprices d'un
sexe dominateur. Il faudra donc ramper sous une femme et
sous deux enfants, qui pèseront sur la république, en attendant
qu'ils la déchirent.                            (*Annal.*, I.)

## II

### Mort de Tibère.

Déjà le corps, déjà les forces défaillaient chez Tibère, mais
non la dissimulation. C'était la même inflexibilité d'âme, la
même attention sur ses paroles et ses regards avec un mélange
étudié de manières gracieuses, vains déguisements d'une vaine
décadence. Après avoir plusieurs fois changé de séjour, il s'arrêta enfin auprès du promontoire de Misène, dans une maison
qui avait eu jadis Lucullus pour maître. C'est là qu'on sut qu'il
approchait de ses derniers instants, et voici de quelle manière.
Auprès de lui était un habile médecin nommé Chariclès, qui
sans gouverner habituellement la santé du prince, lui donnait
cependant ses conseils. Chariclès, quittant l'empereur sous prétexte d'affaires particulières, et lui prenant la main pour la
baiser en signe de respect, lui toucha légèrement le pouls.
Il fut deviné; car Tibère, offensé peut-être, et n'en cachant
que mieux sa colère, fit recommencer le repas d'où l'on sortait,
et le prolongea plus que de coutume, comme pour honorer le
départ d'un ami. Le médecin assura toutefois à Macron que la
vie s'éteignait, et que Tibère ne passerait pas deux jours. Aussitôt tout est en mouvement, des conférences se tiennent à la
cour, on dépêche des courriers aux armées et aux généraux.

Le 17 avant les calendes d'avril, Tibère eut une faiblesse, et
l'on crut qu'il avait terminé ses destins. Déjà Caïus sortait, au
milieu des félicitations, pour prendre possession de l'empire,

22.

lorsque tout à coup on annonce que la vue et la parole sont re-
venues au prince et qu'il demande de la nourriture pour réparer
son épuisement. Ce fut une consternation générale : on se disperse à la hâte ; chacun prend l'air de la tristesse ou de l'ignorance. Caïus était muet et interdit, comme tombé d'une si haute
espérance, à l'attente des dernières rigueurs. Macron, seul intrépide, fait étouffer le vieillard sous un amas de couvertures, et
ordonne qu'on s'éloigne. Ainsi finit Tibère dans la soixante-dix-
huitième année de son âge.                    (*Annal.*, VI.)


### III

#### Mort de Messaline.

Dégoûtée de l'adultère, dont la facilité émoussait le plaisir,
déjà Messaline courait à des voluptés inconnues, lorsque de
son côté Silius, poussé par un délire fatal, ou cherchant dans le
péril même un remède contre le péril, la pressa de renoncer à
la dissimulation. « Ils n'en étaient pas venus à ce point, lui
disait-il, pour attendre que le prince mourût de vieillesse :
l'innocence pouvait se passer de complots ; mais le crime, et
le crime public, n'avait de ressource que dans l'audace. » Des
craintes communes leur assuraient des complices ; lui-même
sans femme, sans enfant, offrait d'adopter Britannicus en épou-
sant Messaline ; elle ne perdrait rien de son pouvoir, et elle
gagnerait de la sécurité, s'ils prévenaient Claude, aussi prompt
à s'irriter que facile à surprendre. Elle reçut froidement cette
proposition, non par attachement à son mari, mais dans la
crainte que Silius, parvenu au rang suprême, ne méprisât une
femme adultère, et, après avoir approuvé le forfait au temps
du danger, ne le payât bientôt du prix qu'il méritait. Toutefois
le nom d'épouse irrita ses désirs, à cause de la grandeur du
scandale, dernier plaisir pour ceux qui ont abusé de tous les
autres. Elle n'attendit que le départ de Claude, qui allait à
Ostie pour un sacrifice, et elle célébra son mariage avec toutes
les solennités ordinaires.

Sans doute il paraîtra fabuleux que, dans une ville qui sait
tout et ne tait rien, l'insouciance du péril ait pu aller à ce

point chez aucun mortel, et, à plus forte raison, qu'un consul désigné ait contracté avec la femme du prince à un jour marqué, devant les témoins appelés pour sceller un tel acte, l'union destinée à perpétuer les familles ; que cette femme ait entendu les paroles des auspices, reçu le voile nuptial, sacrifié aux Dieux, pris place à une table entourée de convives ; qu'ensuite soient venus les baisers, les embrassements, la nuit enfin, passée entre eux dans toutes les libertés de l'hymen. Cependant je ne donne rien à l'amour du merveilleux : les faits que je raconte, je les ai entendus de la bouche de nos vieillards ou lus dans les écrits du temps.

A cette scène, la maison du prince avait frémi d'horreur. On entendait surtout ceux qui, possédant le pouvoir, avaient le plus à craindre d'une révolution, exhaler leur colère, non plus en murmures secrets, mais hautement et à découvert. « Au moins, disaient-ils, quand un histrion (1) foulait insolemment la couche impériale, s'il outrageait le prince, il ne le détrônait pas. Mais un jeune patricien, distingué par la noblesse de ses traits, la force de son esprit, et qui bientôt sera consul, nourrit assurément de plus hautes espérances. Eh ! qui ne voit trop quel pas reste à faire après un tel mariage ? »

Toutefois ils sentaient quelques alarmes en songeant à la stupidité de Claude, esclave de sa femme, et aux meurtres sans nombre commandés par Messaline. D'un autre côté la faiblesse même du prince les rassurait : s'ils la subjuguaient une fois par le récit d'un crime si énorme, il était possible que Messaline fût condamnée et punie avant d'être jugée. Le point important était que sa défense ne fût point entendue, et que les oreilles de Claude fussent fermées même à ses aveux.

D'abord Calliste, dont j'ai parlé à l'occasion du meurtre de Caïus, Narcisse, instrument de celui d'Appius, et Pallas qui était alors au plus haut période de sa faveur, délibérèrent si, par de secrètes menaces, ils n'arracheraient pas Messaline à son amour pour Silius, en taisant d'ailleurs tout le reste. Ensuite, dans la crainte de se perdre eux-mêmes, Pallas et Calliste abandonnèrent l'entreprise, Pallas par lâcheté, Calliste par prudence : il

(1) Le pantomime Mnester.

avait appris à l'ancienne cour que l'adresse réussit mieux que
la vigueur, à qui veut maintenir son crédit. Narcisse per-
sista. Seulement il eut la précaution de ne pas dire un mot
qui fît pressentir à Messaline l'accusation ni l'accusateur,
et il épia les occasions. Comme le prince tardait à revenir d'Ostie, il s'assure de deux courtisanes qui servaient habituellement
à ses plaisirs; et, joignant aux largesses et aux promesses l'espérance d'un plus grand pouvoir quand il n'y aurait plus d'é-
pouse, il les détermine à se charger de la délation.

Calpurnie (c'était le nom d'une de ces femmes), admise à
l'audience secrète du prince, tombe à ses genoux, et s'écrie
que Messaline est mariée à Silius. Puis elle s'adresse à Cléopâ-
tre qui, debout près de là, n'attendait que cette question, et lui
demande si elle en était instruite. Sur sa réponse qu'elle le sait,
Calpurnie conjure l'Empereur d'appeler Narcisse. Celui-ci,
implorant l'oubli du passé et le pardon du silence qu'il garde
sur les Titius, les Vectius, les Plautius, déclare « qu'il ne vient
pas même en ce moment dénoncer des adultères, ni engager le
prince à redemander sa maison, ses esclaves, tous les ornements de sa grandeur; ah! plutôt, que le ravisseur jouît des
biens, mais qu'il rendît l'épouse, et qu'il déchirât l'acte de son
mariage. Sais-tu, César, que tu es répudié? Le peuple, le sénat,
l'armée, ont vu les noces de Silius, et, si tu ne te hâtes, le mari
de Messaline est maître de Rome. »

Alors Claude appelle les principaux de ses amis; et d'abord
il interroge le préfet des vivres, Turranius, ensuite Lucius Géta,
commandant du prétoire.

Enhardis par leur déposition, tous ceux qui environnaient
le prince lui crient à l'envi qu'il faut aller au camp, s'assurer des cohortes prétoriennes, pourvoir à sa sûreté avant de
songer à la vengeance. C'est un fait assez constant, que Claude,
dans la frayeur dont son âme était bouleversée, demanda
plusieurs fois lequel de lui ou de Silius était empereur ou
simple particulier.

On était alors au milieu de l'automne : Messaline, plus dis-
solue et plus abandonnée que jamais, donnait dans sa maison
un simulacre de vendanges. On eût vu serrer les pressoirs,
les cuves se remplir; des femmes vêtues de peaux bondir

comme les bacchantes dans leurs sacrifices, ou dans les transports de leur délire; Messaline échevelée, secouant un thyrse, et près d'elle Silius couronné de lierre, tous deux chaussés du cothurne, agitant la tête au bruit d'un chœur lascif et tumultueux.

On dit que, par une saillie de débauche, Vectius Valens étant monté sur un arbre très-haut, quelqu'un lui demanda ce qu'il voyait, et qu'il répondit : « Un orage furieux du côté d'Ostie », soit qu'un orage s'élevât en effet, ou qu'une parole jetée au hasard soit devenue le présage de l'événement.

Cependant ce n'est plus un bruit vague, mais des courriers arrivant de divers côtés, qui annoncent que Claude instruit de tout, accourt pour se venger. Messaline se retira aussitôt dans les jardins de Lucullus; Silius, pour déguiser ses craintes, alla vaquer aux affaires du Forum. Comme les autres se dispersaient à la hâte, des centurions surviennent et les chargent de chaînes à mesure qu'ils les trouvent dans les rues ou les découvrent dans leurs retraites. Messaline, malgré le trouble où la jette ce revers de fortune, prend la résolution hardie, et qui l'avait sauvée plus d'une fois, d'aller au-devant de son époux et de s'en faire voir.

Elle ordonne à Britannicus et à Octavie de courir dans les bras de leur père, et elle prie Vibidia, la plus ancienne des Vestales, de faire entendre sa voix au souverain pontife et d'implorer sa clémence. Elle-même, accompagnée en tout de trois personnes (telle est la solitude qu'un instant avait faite), traverse à pied toute la ville, et, montant sur un de ces chars grossiers dans lesquels on emporte les immondices des jardins, elle prend la route d'Ostie : spectacle qu'on vit sans la plaindre, tant l'horreur de ses crimes étouffait la pitié.

L'alarme n'était pas moindre du côté de César : il se fiait peu au préfet Géta, esprit léger aussi capable de mal que de bien. Narcisse, d'accord avec ceux qui partageaient ses craintes, déclare que l'unique salut de l'empereur est de remettre, pour ce jour-là seul, le commandement des soldats à l'un de ses affranchis, et il offre de s'en charger; puis, craignant que sur la route les dispositions de Claude ne soient changées par Vitellius et Largus Cécina, il demande et prend une place dans la voiture qui les portait tous trois.

On a souvent raconté depuis qu'au milieu des exclamations contradictoires du prince, qui tantôt accusait les dérèglements de sa femme, tantôt s'attendrissait au souvenir de leur union et du bas âge de leurs enfants, Vitellius ne dit jamais que ces deux mots : « O crime! O forfait! » En vain Narcisse le pressa d'expliquer cette énigme et d'énoncer franchement sa pensée, il n'en put arracher que des réponses ambiguës et susceptibles de se prêter au sens qu'on y voudrait donner. L'exemple de Vitellius fut suivi par Cécina. Déjà cependant Messaline paraissait de loin, conjurant le prince à cris redoublés d'entendre la mère d'Octavie et de Britannicus; mais l'accusateur couvrait sa voix en rappelant Silius et son mariage. En même temps, pour distraire les yeux de Claude, il lui remit un mémoire où étaient retracées les débauches de sa femme. Quelques moments après, comme le prince entrait dans la ville, on voulut présenter à sa vue leurs communs enfants; mais Narcisse ordonna qu'on les fît retirer.

Il ne réussit pas à écarter Vibidia, qui demandait, avec une amère énergie, qu'une épouse ne fût pas livrée à la mort sans avoir pu se défendre. Narcisse répondit que le prince l'entendrait, et qu'il lui serait permis de se justifier; qu'en attendant la Vestale pouvait retourner à ses pieuses fonctions.

Claude gardait un silence étrange en de pareils moments. Vitellius semblait ne rien savoir. Tout obéissait à l'affranchi. Narcisse fit ouvrir la maison du coupable et y mène l'empereur.

Dès le vestibule, il lui montre l'image de Silius le père, conservée au mépris d'un sénatus-consulte; puis toutes les richesses des Nérons et des Drusus, devenues le prix de l'adultère. Enfin, voyant que sa colère allumée éclatait en menaces, il le transporte au camp, où l'on tenait déjà les soldats assemblés. Claude, inspiré par Narcisse, les harangue en peu de mots; car son indignation, quoique juste, était honteuse de se produire. Un cri de fureur part aussitôt des cohortes : elles demandent le nom des coupables et leur position.

Amené devant le tribunal, Silius, sans chercher à se défendre ou à gagner du temps, pria qu'on hâtât sa mort. La même fermeté fit désirer un prompt trépas à plusieurs chevaliers romains d'un rang illustre. Titius Proculus, auquel Silius avait confié la garde de Messaline, Vectius Valens, qui avouait tout et offrait des révélations, deux complices, Pompéius Urbicus et Sauffeius Trogus, furent traînés au supplice par l'ordre de Claude. Décius Calpurnianus, préfet des gardes nocturnes, Sulpicius Rufus, intendant des jeux, et le sénateur Junius Virgilianus subirent la même peine.

Le seul Mnester donna lieu à quelque hésitation. Il criait au prince en déchirant ses vêtements « de regarder sur son corps les traces des verges ; de se souvenir du commandement exprès par lequel lui-même l'avait soumis aux volontés de Messaline ; que ce n'était point, comme d'autres, l'intérêt ou l'ambition, mais la nécessité, qui l'avait fait coupable ; qu'il eût péri le premier, si l'empire fût tombé aux mains de Silius. » Ému par ces paroles, Claude penchait vers la pitié. Ses affranchis lui persuadèrent qu'après avoir immolé de si grandes victimes, on ne devait pas épargner un histrion ; que, volontaire ou forcé, l'attentat n'en était pas moins énorme. — On n'admit pas même la justification du chevalier romain Traulus Montanus. C'était un jeune homme de mœurs honnêtes, mais d'une beauté remarquable que Messaline avait appelé chez elle et chassé dès la première nuit, aussi capricieuse dans ses dégoûts que dans ses fantaisies. On fit grâce de la vie à Suilius Césoninus et à Plautius Latéranus. Ce dernier dut son salut aux services signalés de son oncle. Césoninus fut protégé par ses vices.

Cependant Messaline, retirée dans les jardins de Lucullus, cherchait à prolonger sa vie et dressait une requête suppliante, non sans un reste d'espérance et avec des retours de colère ; tant elle avait conservé d'orgueil en cet extrême danger. Si Narcisse n'eût hâté sa mort, le coup retombait sur l'accusateur. Claude, rentré dans son palais, et charmé par les délices d'un repas dont on avança l'heure, n'eut pas plutôt les sens échauffés par le vin, qu'il ordonna qu'on allât dire à la malheureuse Messaline (c'est, dit-on, le terme qu'il employa) de venir le lendemain pour se justifier. Ces paroles firent comprendre que la colère refroidie faisait place à l'amour, et, en différant, on redoutait la nuit et le souvenir du lit conjugal. Narcisse sort brusquement, et signifie aux centurions et au tribun de garde d'aller tuer Messaline ; que tel est l'ordre de l'empereur. L'af-

franchi Evodus fut chargé de les surveiller et de presser l'exécution. Evodus court aux jardins, et, arrivé le premier, il trouve
Messaline étendue par terre, et Lépida, sa mère, assise auprès
d'elle. Le cœur de Lépida, fermé à sa fille tant que celle-ci fut
heureuse, avait été vaincu par la pitié en ces moments su-
prêmes. Elle lui conseillait de ne pas attendre le fer du meur-
trier, ajoutant que la vie avait passé pour elle, et qu'il ne lui
restait plus qu'à honorer sa mort. Mais cette âme, corrompue
par la débauche, était incapable d'un effort généreux. Elle s'a-
bandonnait aux larmes et à des plaintes inutiles, quand les satellites forcèrent tout à coup la porte. Le tribun se présente en
silence; l'affranchi avec toute la bassesse d'un esclave se répand
en injures.

Alors, pour la première fois, Messaline comprit sa destinée.
Elle accepte un poignard, et, pendant que sa main tremblante
l'approchait vainement de sa gorge et de son sein, le tribun la
perça d'un coup d'épée. Sa mère obtint que son corps lui fût
remis. Claude était encore à table quand on lui annonça que
Messaline était morte, sans dire si c'était de sa main ou de
celle d'un autre. Le prince, au lieu de s'en informer, demande
à boire et achève tranquillement son repas. Même insensibilité
les jours qui suivirent : il vit sans donner un signe de haine ni
de satisfaction, de colère ni de tristesse, et la joie des accusateurs, et les larmes de ses enfants. Le Sénat contribua encore à
effacer Messaline de sa mémoire en ordonnant que son nom et
ses images fussent ôtés de tous les lieux publics et particuliers.
Narcisse reçut les ornements de la questure, faible accessoire
d'une fortune qui surpassait celle de Calliste et de Pallas. Ainsi
fut consommée une vengeance juste sans doute, mais qui eut
des suites affreuses, et ne fit que changer la scène de douleur
qui affligeait l'empire.                       (*Annal.*, liv. IX.)

## IV

### Empoisonnement de Britannicus.

Cependant Agrippine, forcenée de colère, semait autour d'elle
l'épouvante et la menace ; et, sans épargner même les oreilles

« du prince elle s'écriait que Britannicus n'était plus un enfant,
« que c'était le véritable fils de Claude, le digne héritier de ce
« trône, qu'un intrus et un adopté n'occupait que pour ou-
« trager sa mère. Il ne tiendrait pas à elle que tous les mal-
« heurs d'une maison infortunée ne fussent mis au grand jour,
« à commencer par l'inceste et le poison. — Grâce aux Dieux et à
« sa prévoyance son beau-fils au moins vivait encore ; elle irait
« avec lui dans le camp ; on entendrait d'un côté la fille de
« Germanicus et de l'autre l'estropié Burrus et l'exilé Sénèque,
« venant, l'un avec son bras mutilé, l'autre avec sa voix de rhé-
« teur, solliciter l'empire de l'univers ; » elle accompagne ces discours de gestes violents, accumule les invectives, en appelle à
la divinité de Claude, aux mânes du Silanus, à tant de forfaits
inutilement commis.

Néron, alarmé de ces fureurs, et voyant Britannicus près d'a-
chever sa quatorzième année, rappelait tour à tour à son esprit
et les emportements de sa mère, et le caractère du jeune homme,
que venait de révéler un indice léger, sans doute, mais qui
avait vivement intéressé en sa faveur. Pendant les fêtes de
Saturne, les deux frères jouaient avec des jeunes gens de leur
âge, et, dans un de ces jeux, on tirait au sort la royauté ; elle
échut à Néron. Celui-ci, après avoir fait aux autres des commandements dont ils pouvaient s'acquitter sans rougir, ordonne
à Britannicus de se lever, de s'avancer et de chanter quelque
chose. Il comptait faire rire aux dépens d'un enfant étranger
aux réunions les plus sobres, et plus encore aux orgies de l'i-
vresse. Britannicus sans se déconcerter, chante des vers, dont le
sens rappelait qu'il avait été précipité du rang suprême et du
trône paternel. On s'attendrit, et l'émotion fut d'autant plus visible que la nuit et la licence avaient banni la feinte. Néron
comprit cette censure, et sa haine redoubla. Agrippine par ses
menaces en hâta les effets. Nul crime dont on pût accuser Britannicus, et Néron n'osait publiquement commander le meurtre
d'un frère : il résolut de frapper en secret et fit préparer du poison. L'agent qu'il choisit fut Julius Pollio, tribun d'une cohorte
prétorienne, qui avait sous sa garde Locusta, condamnée pour
empoisonnement et fameuse par beaucoup de forfaits. Dès longtemps on avait eu soin de ne placer auprès de Britannicus que

des hommes pour qui rien ne fût sacré; un premier breuvage lui
fut donné par ses gouverneurs mêmes, et ses entrailles s'en dé-
livrèrent, soit que le poison fût trop faible, soit qu'on l'eût mi-
tigé, pour qu'il ne tuât pas sur le champ. Néron, qui ne pouvait souffrir cette lenteur dans le crime, menace le tribun,
ordonne le supplice de l'empoisonneuse, se plaignant que,
pour prévenir de vaines rumeurs et se ménager une apologie,
ils retardaient sa sécurité. Ils lui promirent alors un venin qui
tuerait aussi vite que le fer: il fut distillé auprès de la chambre
du prince, et composé de poisons d'une violence éprouvée.

C'était l'usage que les fils des princes mangeassent assis avec
les autres nobles de leur âge, sous les yeux de leurs parents, à
une table séparée et plus frugale. Britannicus était à l'une de
ces tables. Comme il ne mangeait ou ne buvait rien qui n'eût été
goûté par un esclave de confiance, et qu'on ne voulait ni manquer à cette coutume, ni déceler le crime par deux morts à la
fois, voici la ruse qu'on imagina. Un breuvage encore innocent,
et goûté par l'esclave, fut servi à Britannicus; mais la liqueur
était trop chaude, et il ne put le boire. Avec l'eau dont on la
rafraîchit, on y versa le poison, qui circula si rapidement dans
ses veines qu'il lui ravit en même temps la parole et la vie.
Tout se trouble autour de lui : les moins prudents s'enfuient ;
ceux dont la vue pénètre plus avant demeurent immobiles les
yeux attachés sur Néron. Le prince, toujours penché sur son lit,
et feignant de ne rien savoir, dit que c'était un événement ordinaire, causé par l'épilepsie dont Britannicus était attaqué
depuis l'enfance, que peu à peu la vue et le sentiment lui re-
viendraient. Pour Agrippine, elle composait inutilement son
visage : la frayeur et le trouble de son âme éclatèrent si visiblement qu'on la jugeait aussi étrangère à ce crime que l'était
Octavie, sœur de Britannicus: et, en effet, elle voyait dans cette
mort la chute de son dernier appui et l'exemple du parricide.
Octavie aussi, dans un âge si jeune, avait appris à cacher sa
douleur, sa tendresse, tous les mouvements de son âme. Ainsi,
après un moment de silence, la gaieté du festin recommença.

(*Annal.*, liv. XIII.)

## V

### Meurtre d'Agrippine.

Sous le consulat de C. Vipstanus et de Fontéius, Néron ne différa plus le crime qu'il méditait depuis longtemps. Une longue possession de l'empire avait affermi son audace, et sa passion pour Poppée devenait chaque jour plus ardente. Cette femme, qui voyait dans la vie d'Agrippine un obstacle à son mariage et au divorce d'Octavie, accusait le prince et le raillait tour à tour, l'appelant un pupille, un esclave des volontés d'autrui, qui se croyait empereur et n'était pas même libre. « Car pourquoi différer leur union? Sa figure déplaît apparemment, ou les triomphes de ses aïeux, ou sa fécondité et son amour sincère? Et l'on craint qu'une épouse, du moins, ne révèle les plaintes du sénat offensé et la colère du peuple, soulevé contre l'orgueil et l'avarice d'une mère. Si Agrippine ne peut souffrir pour bru qu'une ennemie de son fils, que l'on rende Poppée à celui dont elle est la femme : elle ira, s'il le faut, aux extrémités du monde ; et, si la renommée lui apprend qu'on outrage l'empereur, elle ne verra pas sa honte, elle ne sera pas mêlée à ses périls. » Ces traits, que les pleurs, et l'art d'une amante rendaient plus pénétrants, on n'y opposait rien ; tous désiraient l'abaissement d'Agrippine, et personne ne croyait que la haine d'un fils dût aller jamais jusqu'à tuer sa mère.

Mais elle finit par lui peser tellement qu'il résolut sa mort. Il n'hésitait plus que sur les moyens, le poison, le fer ou tout autre. Le poison lui plut d'abord ; mais si on le donnait à la table du prince, une fin trop semblable à celle de Britannicus ne pourrait être rejetée sur le hasard ; tenter la foi des serviteurs d'Agrippine paraissait difficile, parce que l'habitude du crime lui avait appris à se défier des traîtres ; enfin, par l'usage des antidotes, elle avait assuré sa vie contre l'empoisonnement. Le fer avait d'autres dangers ; une mort sanglante ne pouvait être secrète et Néron craignait que l'exécuteur choisi pour ce grand forfait ne méconnût ses ordres. Anicet offrit son industrie : cet affranchi, qui commandait la flotte de Misène, avait élevé l'en-

fance de Néron, et haïssait Agrippine autant qu'il en était haï.
Il montre que l'on peut disposer un vaisseau de telle manière
qu'une partie détachée artificiellement en pleine mer la sub-
merge à l'improviste. « Rien de plus fertile en hasards que la
mer : quand Agrippine aura péri dans un naufrage, quel homme
assez injuste imputera au crime le tort des vents et des flots ?
Le prince donnera d'ailleurs à sa mémoire un temple, des autels, tous les honneurs où peut éclater la tendresse d'un fils. »

Cette invention fut goûtée, et les circonstances la favorisaient.
L'empereur célébrait à Baies les fêtes de Minerve ; il y attire sa
mère, à force de répéter qu'il faut souffrir l'humeur de ses parents, et apaiser les ressentiments de son cœur, discours calculés
pour autoriser des bruits de réconciliation, qui seraient reçus
d'Agrippine avec cette crédulité de la joie, si naturelle aux
femmes. Agrippine venait d'Antium, il alla au-devant d'elle le
long du rivage, lui donna la main, l'embrassa et la conduisit
à Baules, c'est le nom d'une maison de plaisance située sur
une pointe et baignée par la mer, entre le promontoire de Misène et le lac de Baïes. Un vaisseau plus orné que les autres
attendait la mère du prince, comme si son fils eût voulu lui
offrir encore cette distinction, car elle montait ordinairement
une trirème et se servait des rameurs de la flotte : enfin un repas
où on l'avait invitée donnait le moyen d'envelopper le crime
dans les ombres de la nuit. C'est une opinion assez accréditée
que le secret fut trahi, et qu'Agrippine, avertie du complot et
ne sachant si elle y devait croire, se rendit en litière à Baies.
Là, les caresses de son fils dissipèrent ses craintes ; il la combla
de prévenances, la fit placer à table au-dessus de lui. Des entretiens variés, où Néron affecta tour à tour la familiarité du
jeune âge et toute la gravité d'une confidence auguste, prolon-
gèrent le festin. Il la reconduisit à son départ, couvrant de baisers ses yeux et son sein ; soit qu'il voulût mettre le comble à
sa dissimulation, soit que la vue d'une mère qui allait périr at-
tendrît en ce dernier instant cette âme dénaturée.

Une nuit brillante d'étoiles, et dont la paix s'unissait au calme
de la mer, semblait préparée par les dieux pour mettre le crime
dans toute son évidence. Le navire n'avait pas encore fait beaucoup de chemin. Avec Agrippine étaient deux personnes de sa

cour, Créperéius Gallus et Acerronie. Le premier se tenait debout près du gouvernail; Acerronie, appuyée sur le pied du lit où reposait sa maîtresse, exaltait, avec l'effusion de la joie, le repentir du fils, et le crédit recouvré par la mère. Tout à coup, à un signal donné, le plafond de la chambre s'écroule sous une charge énorme de plomb. Créperéius écrasé reste sans vie. Agrippine et Acerronie sont défendues par les côtés du lit qui s'élevaient au-dessus d'elles, et qui se trouvaient assez forts pour résister au poids. Cependant le vaisseau tardait à s'ouvrir parce que, dans le désordre général, ceux qui n'étaient pas du complot embarrassaient les autres. Il vint à l'esprit des rameurs de peser tous du même côté, et de submerger ainsi le navire. Mais, dans ce dessein formé subitement, le concert ne fut point assez prompt, et une partie, en faisant contre-poids, ménagea aux naufragés une chute plus douce. Acerronie eut l'imprudence de s'écrier « qu'elle était Agrippine, qu'on sauvât la mère du prince; » et elle fut tuée à coups de crocs, de rames et des autres instruments qui tombaient sous la main. Agrippine, qui gardait le silence, fut moins remarquée et reçut cependant une blessure à l'épaule. Après avoir nagé quelque temps, elle rencontra des barques qui la conduisirent dans le lac Lucrin, d'où elle se fit porter à sa maison de campagne.

Là, rapprochant toutes les circonstances et la lettre perfide, et tant d'honneurs prodigués pour une telle fin, et ce naufrage près du port, ce vaisseau, qui, sans être battu par les vents, ni poussé contre un écueil, s'était rompu par le haut comme un édifice qui s'écroule; songeant en même temps au meurtre d'Acerronie, et jetant les yeux sur sa propre blessure, elle comprit que le seul moyen d'échapper aux embûches était de ne pas les deviner. Elle envoya l'affranchi Agérinus annoncer à son fils « que la bonté des dieux et la fortune de l'empereur l'avaient sauvée d'un grand péril, qu'elle le priait, tout effrayé qu'il pouvait être du danger de sa mère, de différer sa visite; qu'elle avait en ce moment besoin de repos. » Cependant avec une sécurité affectée, elle fait panser sa blessure et prend soin de son corps. Elle ordonne qu'on recherche le testament d'Acerronie, et qu'on mette le scellé sur ses biens : en cela seulement elle ne dissimulait pas.

Néron attendait qu'on lui apprît le succès du complot; lorsqu'il reçut la nouvelle qu'Agrippine s'était sauvée avec une légère blessure, et n'avait couru que ce qu'il fallait de dangers pour ne pouvoir en méconnaître l'auteur; éperdu, hors de lui-même, il croit déjà la voir accourir avide de vengeance. « Elle allait armer ses esclaves, soulever les soldats, ou bien se jeter dans les bras du Sénat et du peuple et leur dénoncer son naufrage, sa blessure, le meurtre de ses amis : quel appui resterait-il au prince, si Burrus et Sénèque ne se prononçaient ? » Il les avait mandés dès le premier moment : on ignore si auparavant ils étaient instruits. Tous deux gardèrent un long silence, pour ne pas faire des remontrances vaines; ou peut-être croyaient-ils les choses arrivées à cette extrémité que, si l'on ne prévenait Agrippine, Néron était perdu. Enfin Sénèque, pour seule initiative, regarda Burrus et lui demanda s'il fallait ordonner le meurtre aux gens de guerre. Burrus répondit « que les prétoriens, attachés à toute la maison des Césars et pleins du souvenir de Germanicus, n'oseraient armer leurs bras contre sa fille. Qu'Anicet achevât ce qu'il avait promis. » Celui-ci se charge avec empressement de consommer le crime. A l'instant Néron s'écrie « que c'est en ce jour qu'il reçoit l'empire, et qu'il tient de son affranchi ce magnifique présent. Qu'Anicet parte au plus vite, et emmène avec lui des hommes dévoués. » De son côté, apprenant que l'envoyé d'Agrippine, Agérinus, demandait audience, il prépare aussitôt une scène accusatrice. Pendant qu'Agérinus expose son message, il jette une épée entre les jambes de cet homme; ensuite il le fait garrotter comme un assassin pris en flagrant délit, afin de pouvoir feindre que sa mère avait attenté aux jours du prince, et que, honteuse de voir son crime découvert, elle s'en était punie par la mort.

Cependant au premier bruit du danger d'Agrippine, que l'on attribuait au hasard, chacun se précipite vers le rivage. Ceux-ci montent sur les digues; ceux-là se jettent dans des barques; d'autres s'avancent dans la mer, aussi loin qu'ils peuvent; quelques-uns tendent les mains. Toute la côte retentit de plaintes, de vœux, du bruit confus de mille questions diverses, de mille réponses incertaines. Une foule immense était accourue avec des flambeaux : enfin l'on sut Agrippine

vivante, et déjà on se disposait à la féliciter, quand la vue
d'une troupe armée et menaçante dispersa ce concours.
Anicet investit la maison, brise la porte, saisit les esclaves
qu'il rencontre, et parvient à l'entrée de l'appartement. Il y
trouva peu de monde; presque tous, à son approche, avaient
fui épouvantés. Dans la chambre il n'y avait qu'une faible lumière, une seule esclave, et Agrippine de plus en plus inquiète de ne voir venir personne de chez son fils, pas même
Agérinus. La face des lieux subitement changée, cette solitude,
ce tumulte soudain, tout lui présage le dernier des malheurs.
Comme la suivante elle-même s'éloignait : « Et toi aussi, tu
m'abandones », lui dit-elle : puis elle se retourne et voit Anicet,
accompagné du triérarque Herculéus et d'Oloarite, centurion
de la flotte. Elle lui dit « que, s'il était envoyé pour la visiter,
il pouvait annoncer qu'elle était remise ; que, s'il venait pour
un crime, elle en croyait son fils innocent, que le prince n'a-
vait point commandé un parricide. » Les assassins environ-
nent son lit, et le triérarque lui décharge le premier un coup
de bâton sur la tête. Le centurion tirait son glaive pour lui
donner la mort, « frappe ici », s'écria-t-elle en lui montrant
son ventre, et elle expira percée de plusieurs coups.

Voilà les faits sur lesquels on s'accorde. Néron contempla-t-
il le corps inanimé de sa mère, et loua-t-il sa beauté ? Les uns
l'affirment, les autres le nient. Elle fut brûlée la nuit même,
sur un lit de table, sans la moindre pompe ; et, tant que Néron
fut maître de l'empire, aucun tertre, aucune enceinte ne pro-
tégea sa cendre. Depuis, des serviteurs fidèles lui élevèrent un
petit tombeau sur le chemin de Misène, près de cette maison du
dictateur César, qui, située à l'endroit le plus haut de la côte,
domine au loin tout le golfe. Quand le bûcher fut allumé, un de
ses affranchis, nommé Mnester, se perça d'un poignard, soit par
attachement à sa maîtresse, soit par crainte des bourreaux.
Telle fut la fin d'Agrippine, fin dont bien des années auparavant elle avait cru et méprisé l'annonce. Un jour qu'elle consultait sur les destins de Néron, les astrologues lui répondirent
qu'il régnerait et qu'il tuerait sa mère : « Qu'il me tue, dit-
elle, pourvu qu'il règne. »

C'est quand Néron eut consommé le crime qu'il en comprit

la grandeur. Il passa le reste de la nuit dans un affreux délire :
tantôt morne et silencieux, tantôt se relevant avec effroi, il
attendait le retour de la lumière comme son dernier moment.
L'adulation des centurions et des tribuns, par le conseil de
Burrus, apporte le premier soulagement à son désespoir. Ils lui
prenaient la main, le félicitaient d'avoir échappé au plus imprévu des dangers, aux complots d'une mère. Bientôt ses amis
courent aux temples des dieux, et, l'exemple une fois donné,
les villes de Campanie témoignent leur allégresse par des sacrifices et des députations. Néron, par une dissimulation contraire, affectait la douleur ; il semblait haïr des jours conservés
à ce prix, et pleurer sur la mort de sa mère. Mais les lieux ne
changent pas d'aspect comme l'homme de visage, et cette mer,
ces rivages, toujours présents, importunaient ses regards. L'on
crut même alors que le son d'une trompette avait retenti sur
les coteaux voisins, et des gémissements, dit-on, furent entendus
au tombeau d'Agrippine. Néron prit le parti de se retirer à
Naples, et écrivit une lettre au Sénat.        (*Annal.*, liv. XIV.)


# VI

### Meurtre d'Octavie.

Néron n'eut pas plutôt reçu le décret du Sénat, que, voyant
tous ses crimes érigés en vertus, il chassa Octavie sous prétexte
de stérilité ; ensuite il s'unit à Poppée. Cette femme, longtemps
sa concubine, et toute-puissante sur l'esprit d'un amant devenu
son époux, suborne un des gens d'Octavie afin qu'il l'accuse
d'aimer un esclave : on choisit, pour en faire le coupable, un
joueur de flûte, natif d'Alexandrie, nommé Lucérus. Les
femmes d'Octavie furent mises à la question, et quelques-unes
vaincues par les tourments avancèrent un fait qui n'était pas ;
mais la plupart soutinrent constamment l'innocence de leur
maîtresse. Une d'elles, pressée par Tigellin, lui répondit qu'il n'y
avait rien sur le corps d'Octavie qui ne fût plus chaste que sa
bouche. Octavie est éloignée cependant, comme par un simple
divorce, et reçoit, don sinistre, la maison de Burrus et les ter-

res de Plautus. Bientôt elle est reléguée en Campanie, où des soldats furent chargés de sa garde. De là beaucoup de murmures ; et parmi le peuple, dont la politique est moins fine, et l'humble fortune sujette à moins de périls, ces murmures n'étaient pas secrets. Néron s'en émut ; et, par crainte bien plus que par repentir, il rappelle son épouse Octavie.

Alors, ivre de joie, la multitude monte au Capitole et adore enfin la justice des dieux ; elle renverse les statues de Poppée ; elle porte sur ses épaules les images d'Octavie, les couvre de fleurs, les place dans le Forum et dans les temples. Elle célèbre même les louanges du prince et demande qu'il s'offre aux hommages publics. Déjà elle remplissait jusqu'au palais de son affluence et de ses clameurs, lorsque des pelotons de soldats sortent avec des fouets, ou la pointe du fer en avant, et la chassent en désordre. On rétablit ce que la sédition avait déplacé, et les honneurs de Poppée sont remis dans tout leur éclat. Cette femme dont la haine, toujours acharnée, était encore aigrie par la peur de voir ou la violence du peuple éclater plus terrible, ou Néron céder au vœu populaire, change de sentiments, se jette à ses genoux, et s'écrie « qu'elle n'en est plus à défendre son hymen, qui pourtant lui est plus cher que la vie ; mais que sa vie même est menacée par les clients et les esclaves d'Octavie, dont la troupe séditieuse, usurpant le nom du peuple, a osé en pleine paix ce qui se ferait à peine dans la guerre ; que c'est contre le prince qu'on a pris les armes ; qu'un chef seul a manqué, et que, la révolution commencée, ce chef se trouvera bientôt : qu'elle quitte seulement la Campanie et vienne droit à Rome, celle qui, absente, excite à son gré les soulèvements ! Mais Poppée elle-même, quel est donc son crime ? qui a-t-elle offensé ? Est-ce parce qu'elle donnait aux Césars des héritiers de leur sang, que le peuple romain veut voir plutôt les rejetons d'un musicien d'Égypte assis sur le trône impérial ? Ah ! que le prince, si la raison d'État le commande, appelle de gré plutôt que de force une dominatrice, ou qu'il assure son repos par une juste vengeance ! Des remèdes doux ont calmé les premiers mouvements ; mais, si les factieux désespèrent qu'Octavie soit la femme de Néron, ils sauront bien lui donner un époux. »

Ce langage artificieux, et calculé pour produire la terreur et la colère, effraya tout à la fois et enflamma le prince. Mais un esclave était mal choisi pour asseoir les soupçons, et d'ailleurs l'interrogatoire des femmes les avait détruits. On résolut donc de chercher l'aveu d'un homme auquel on pût attribuer aussi le projet d'un changement dans l'État. On trouva propre à ce dessein celui par qui Néron avait tué sa mère, Anicet, qui commandait, comme je l'ai dit, la flotte de Misène. Peu de faveur, puis beaucoup de haine, avait suivi son crime; c'est le sort de qui prête son bras aux forfaits d'autrui : sa vue est un muet reproche. Néron fait venir Anicet et lui rappelle son premier service, « lui seul avait sauvé la vie du prince des complots de sa mère; le moment était venu de mériter une reconnaissance non moins grande, en le délivrant d'une épouse ennemie. Ni sa main ni son épée n'avaient rien à faire, qu'il s'avouât seulement l'amant d'Octavie. » Il lui promet des récompenses, secrètes d'abord, mais abondantes, des retraites délicieuses, ou, s'il nie, la mort. Cet homme pervers par nature, et à qui ses premiers crimes rendaient les autres faciles, ment au delà de ce qu'on exigeait, et se reconnaît coupable devant plusieurs favoris, dont le prince avait formé une sorte de conseil. Relégué en Sardaigne, il y soutint, sans éprouver l'indigence, un exil que termina sa mort.

Cependant Néron annonce par un édit, que, dans l'espoir de s'assurer de la flotte, Octavie en a séduit le commandant; et sans penser à la stérilité dont il l'accusait naguère, il ajoute que, honteuse de ses désordres, elle en a fait périr le fruit dans son sein. Il a, dit-il, acquis la preuve de ses crimes; et il confine Octavie dans l'île de Pandataria. Jamais exilée ne tira plus de larmes des yeux témoins de son infortune. Quelques-uns se rappelaient encore Agrippine, bannie par Tibère; la mémoire plus récente de Julie, chassée par Claude, remplissait toutes les âmes. Toutefois l'une et l'autre avaient atteint la force de l'âge; elles avaient vu quelques beaux jours, et le souvenir d'un passé plus heureux adoucissait les rigueurs de leur fortune présente. Mais Octavie, le jour de ses noces fut pour elle un jour funèbre : elle entrait dans une maison où elle ne devait trouver que sujets de deuil, un père, puis un frère, empoisonnés coup sur coup, une esclave plus puissante que sa maîtresse, Poppée ne remplaçant une épouse que pour la perdre, enfin une accusation plus affreuse que le trépas.

Ainsi une faible femme, dans la vingtième année de son âge, entourée de centurions et de soldats, et déjà retranchée de la vie par le pressentiment de ses maux, ne se reposait pourtant pas encore dans la paix de la mort. Quelques jours s'écoulèrent et elle reçut l'ordre de mourir. En vain elle s'écrie qu'elle n'est plus qu'une veuve, que la sœur du prince, en vain elle atteste les Germanicus, leurs communs aïeux et jusqu'au nom d'Agrippine, du vivant de laquelle, épouse malheureuse, elle avait du moins échappé au trépas : on la lie étroitement, et on lui ouvre les veines des bras et des jambes. Comme le sang, glacé par la frayeur, coulait trop lentement, on la mit dans un bain très-chaud dont la vapeur l'étouffa ; et par une cruauté plus atroce encore, sa tête ayant été coupée et apportée à Rome, Poppée en soutint la vue. Des offrandes pour les temples furent décrétées à cette occasion ; et je le remarque, afin que ceux qui connaîtront, par mes récits ou par d'autres, l'histoire de ces temps déplorables, sachent d'avance que, autant le prince ordonna d'exils ou d'assassinats, autant de fois on rendit grâces aux dieux, et que ce qui annonçait jadis nos succès signalait alors les malheurs publics. Je ne tairai pas cependant les sénatus-consultes que distinguerait quelque adulation neuve, ou une servilité poussée au dernier terme.   (*Annal.*, liv. XIV.)

## VII

### Les causes de la décadence de l'éloquence.

Qui ne sait en effet que l'éloquence, comme les autres arts, est déchue de son ancienne gloire, non par la disette des talents, mais par la nonchalance de la jeunesse, la négligence des pères, l'incapacité des maîtres, l'oubli des mœurs antiques, tous maux qui, nés dans Rome, répandus bientôt en Italie, commencent enfin à gagner les provinces? Quoique vous connaissiez mieux ce qui se passe plus près de nous, je parlerai de

Rome et des vices particuliers et domestiques, qui assaillent
notre berceau et s'accumulent à mesure que nos années s'ac-
croissent ; mais auparavant je dirai brièvement quelle était en
matière d'éducation, la discipline et la sévérité de nos ancêtres.
Et d'abord, le fils né d'un chaste hymen n'était point élevé
dans le servile réduit d'une nourrice achetée, mais entre les
bras et dans le sein d'une mère, dont toute la gloire était de
se dévouer à la garde de sa maison et au soin de ses enfants.
On choisissait en outre une parente d'un âge mûr et de mœurs
exemplaires, aux vertus de laquelle étaient confiés tous les rejetons d'une même famille, et devant qui l'on n'eût osé rien dire
qui blessât la décence, ni rien faire dont l'honneur pût rougir.
Et ce n'était pas seulement les études et les travaux de l'enfance,
mais ses délassements et ses jeux, qu'elle tempérait par je ne
sais quelle sainte et modeste retenue. Ainsi Cornélie, mère des
Gracques, ainsi Aurélie mère de César, ainsi Atia mère d'Auguste, présidèrent, nous dit-on, à l'éducation de leurs enfants
dont elles firent de grands hommes. Par l'effet de cette austère
et sage discipline, ces âmes pures et innocentes, dont rien n'a-
vait encore faussé la droiture primitive, saisissaient avidement
toutes les belles connaissances, et, vers quelque science qu'elles
se tournassent ensuite, guerre, jurisprudence, art de la parole,
elles s'y livraient sans partage et la dévoraient tout entière.

« Aujourd'hui le nouveau-né est remis aux mains d'une misérable esclave grecque, à laquelle on adjoint un ou deux de
ses compagnons de servitude, les plus vils d'ordinaire, et les
plus incapables d'aucun emploi sérieux. Leurs contes et leurs
préjugés sont les premiers enseignements que reçoivent des
âmes neuves et ouvertes à toutes les impressions. Nul dans la
maison ne prend garde à ce qu'il dit ni à ce qu'il fait en présence du jeune maître. Faut-il s'en étonner ? Les parents même
n'accoutument les enfants ni à la sagesse ni à la modestie,
mais à une dissipation, à une licence, qui engendrent bientôt
l'effronterie et le mépris de soi-même et des autres. Mais Rome
a des vices propres et particuliers, qui saisissent en quelque
sorte, dès le sein maternel, l'enfant à peine conçu : je veux dire
l'enthousiasme pour les histrions, le goût effréné des gladiateurs et des chevaux. Quelle place une âme obsédée, envahie

par ces viles passions, a-t-elle encore pour les arts honnêtes?
Combien trouvez-vous de jeunes gens qui à la maison parlent
d'autres choses? et quelles autres conversations frappent nos
oreilles, si nous entrons dans une école? Les maîtres mêmes
n'ont pas avec leurs auditeurs de plus ordinaire entretien. Car
ce n'est point une discipline sévère ni un talent éprouvé, ce
sont les manéges de l'intrigue et les séductions de la flatterie
qui peuplent leurs auditoires. Je passe sur les premiers éléments de l'instruction, qui sont eux-mêmes beaucoup trop négligés; ou ne s'occupe point assez de lire les auteurs, ni d'étudier l'antiquité, ni de faire connaissance avec les choses, les
hommes on les temps. On se hâte de courir à ceux qu'on appelle
rhéteurs, dont la profession fut introduite à Rome, à quelle
époque et avec combien peu de succès auprès de nos ancêtres,
je le dirai tout à l'heure.

## VIII

### Préface de la vie d'Agricola.

Transmettre à la postérité les actions et les mœurs des
hommes illustres est un usage ancien que notre siècle même,
tout insouciant qu'il est des vertus contemporaines, n'a pas négligé, lorsqu'un mérite éclatant a su vaincre et surmonter un
vice commun aux grandes et aux petites cités, l'ignorance du
bien et l'envie. Mais comme autrefois on avait une pente naturelle aux belles actions, et qu'une plus libre carrière leur était
ouverte, on voyait aussi le génie en consacrer la mémoire par
des éloges indépendants et désintéressés, dont il trouvait le prix
dans le seul plaisir de bien faire. Même plusieurs grands
hommes, avec la franchise d'un mérite qui se connaît et sans
craindre le reproche de vanité, ont écrit leur propre vie. Rutilius et Scaurus l'ont fait, et n'ont été ni blâmés, ni soupçonnés
de mensonge : tant il est vrai que les vertus ne sont jamais si
bien appréciées que dans les siècles où elles naissent le plus facilement. Et moi, pour écrire aujourd'hui la vie d'un homme
qui n'est plus, j'ai besoin d'une indulgence que certes je ne de-

manderais pas si je n'avais à parcourir des temps si cruels et si
ennemis de toute vertu.

Nous lisons que Rusticus Arulénus et Herennius Sénécio
payèrent de leurs têtes les louanges qu'ils avaient données,
l'un à Pétus Thraséas, l'autre à Helvidius Priscus. Et ce fut peu
de sévir contre les auteurs; on n'épargna pas même leurs ouvrages; et la main des triumvirs brûla, sur la place des Comices, dans le Forum, les monuments de ces beaux génies.
Sans doute la tyrannie croyait que ces flammes étoufferaient
tout ensemble et la voix du peuple romain, et la liberté du sénat, et la conscience du genre humain. Déjà elle avait banni
les maîtres de la sagesse, et chassé en exil tous les nobles talents, afin que rien d'honnête ne s'offrît plus à ses regards.
Certes nous avons donné un grand exemple de patience; et si
nos ancêtres connurent quelquefois l'extrême liberté, nous
avons, nous, connu l'extrême servitude, alors que les plus simples entretiens nous étaient interdits par un odieux espionnage.
Nous aurions perdu la mémoire même avec la parole, s'il nous
était aussi possible d'oublier que de nous taire.

A peine commençons-nous à renaître, et quoique, dès l'aurore
de cet heureux siècle, Nerva César ait uni deux choses jadis incompatibles, le pouvoir suprême et la liberté; quoique Nerva
Trajan rende chaque jour l'autorité plus douce, et que la sécurité publique ne repose plus seulement sur une espérance et
un vœu, mais qu'au vœu même se joigne la ferme confiance
qu'il ne sera pas vain; cependant, par la faiblesse de notre nature, les remèdes agissent moins vite que les maux, et, comme
les corps sont lents à croître et prompts à se détruire, de même
il est plus facile d'étouffer les talents et l'émulation que de les
ranimer. On trouve dans l'inaction même certaines délices, et
l'oisiveté, odieuse d'abord, finit par avoir des charmes. Que
sera-ce si, durant quinze années, période si considérable de la
vie humaine, une foule de citoyens ont péri par les accidents
de la fortune, et les plus courageux par la cruauté du prince?
Nous sommes peu qui survivions, non-seulement aux autres,
mais, on peut le dire, à nous-mêmes, en retranchant du milieu
de notre vie ces longues années pendant lesquelles nous sommes parvenus en silence, les jeunes gens à la vieillesse, les

vieillards presque au terme où l'existence finit. Toutefois, bien que d'une voix dénuée d'art et d'expérience, je ne craindrai pas d'entreprendre des récits où seront consignés le souvenir de la servitude passée et le témoignage du bonheur présent. En attendant, ce livre, consacré à la mémoire d'Agricola mon beau-père, trouvera dans le sentiment qui l'a dicté ou sa recommandation ou son excuse.

# LIVRE CINQUIÈME

## CHAPITRE PREMIER

État général des lettres depuis le principat d'Hadrien jusqu'à la fin de l'empire d'Occident. — Les rhéteurs. — Fronton. — Aulu-Gelle. — Apulée.

### § I.

#### ÉTAT GÉNÉRAL DES LETTRES.

Avec le règne d'Hadrien commence la profonde, l'incurable décadence : tout languit, dépérit, disparaît à la fois, les idées, les sentiments, la langue. La littérature devient un je ne sais quoi de factice et de puéril. Les écrivains de la période précédente étaient encore des citoyens ; la chose publique les intéressait ; le mot de patrie avait pour eux un sens : ceux que nous allons rencontrer sont des sujets dans le sens le plus plat du mot ; on écrit encore, mais on ne pense plus. Pline, Tacite, Quintilien déploraient la décadence de l'antique éducation nationale : on n'en trouve plus la moindre trace dans la période actuelle. Ils conservaient encore quelques-uns de ces vieux préjugés romains, qui après tout étaient une passion et une force : tout cela est mort et n'a pas été remplacé. Rome est devenue la patrie du genre humain. Les étrangers, les provinciaux y affluent et y tiennent le premier rôle. Trajan est espagnol ; bientôt vont

venir des empereurs africains, syriens, thraces. Chaque
peuple de l'immense empire sera représenté à son tour
sur le trône du monde. Des empereurs comme Hadrien,
Antonin, Marc-Aurèle, sont des esprits cultivés ; mais
la faveur qu'ils accordent aux lettrés consomme la ruine
de toute indépendance personnelle. La littérature devient
comme une fonction, en tout cas, c'est un métier ; Hadrien réunit en une sorte d'académie les rhéteurs et les
philosophes ; il leur assigne pour théâtre de leurs exercices l'Athenæum, et leur fixe des salaires. Antonin et
Marc-Aurèle feront comme lui. C'est l'empereur qui donnera le ton à la littérature. Hadrien méprise Cicéron,
Salluste et Virgile : ce sont des auteurs trop modernes
pour lui plaire ; il ne veut entendre parler que du vieux
Caton, d'Ennius, de Cœlius, ce qui ne l'empêche pas d'a-
voir le plus profond mépris pour Homère et Platon. Il
aime à railler les écrivains de son temps ; il les accable
d'épigrammes impertinentes (*risit, contempsit, obtrivit*),
mais il les paye, et nul ne réclame. Marc-Aurèle est plus
doux, mais, dans cette âme honnête et faible, la bienveillance est banale, le discernement presque nul. Tous ses
maîtres, et combien n'en eut-il pas ! sont pour lui des
grands hommes. D'ailleurs toutes ses prédilections sont
pour l'idiome grec, et lui-même écrira en grec son beau
livre *des Pensées*.

Sous un tel régime il ne pouvait se produire d'œuvres
fortes et originales. Aussi presque tous les monuments
de la littérature sont des traités de grammaire, de rhétorique ou de philosophie élémentaire. Les compilateurs
apparaissent : une des formes les plus accusées de l'impuissance se manifeste, la recherche des archaïsmes.
C'est la grande voie du succès alors. On ne songe plus à

imiter les mœurs antiques, ce qui serait ridicule, mais on aime à enchâsser dans son style les tours, les figures, les membres et les périodes des anciens auteurs. Des grammairiens, passés maîtres dans ces pastiches déplorables, sont chargés de l'éducation des princes, sont élevés au consulat, obtiennent des statues : ils seront plus tard empereurs. De quelque côté que l'on se tourne, on sent le vide et le néant. Le mouvement et la vie passent chez les chrétiens, dont les éloquentes apologies commencent à retentir dans ce silence de mort. On voudrait aller à eux, abandonner le vieux cadavre romain, mais il faut réserver à ces précurseurs d'un monde nouveau une place à part, et achever les funérailles de l'ancien monde.

Il serait cependant injuste de ne pas mentionner, ne fût-ce qu'en passant, les remarquables développements que prit alors une science éminemment romaine, je veux dire la jurisprudence. L'époque à laquelle nous sommes parvenus produisit des hommes qui sont encore aujourd'hui considérés comme les fondateurs du droit. Il y a peu de noms plus illustres que ceux des Ulpien, des Papinien, des Paul et des Gaïus, celui-ci découvert et publié par Niebhur en 1816. Malheureusement nous ne possédons que des fragments incomplets et probablement défigurés de leurs ouvrages. La grande révision commandée par Justinien et opérée par Tribonien donna une place considérable aux décisions des jurisconsultes du troisième siècle, mais Tribonien falsifia plus d'une fois leurs textes, peccadille pour un homme qui vendait la justice. Quoi qu'il en soit, sous les règnes d'Hadrien et de ses successeurs, le droit fut définitivement constitué sur une base philosophique. Au temps de Cicéron lui-même, la jurisprudence n'était guère autre chose que la science des décisions rendues par les préteurs ou les jurisconsultes ; la science du droit proprement dite n'existait pas. L'étude de la philosophie, et surtout de la philosophie stoïcienne, amena peu à peu les jurisconsultes à rechercher les principes mêmes des lois. C'est sous Auguste que s'annonça cette révolution importante. Elle eut pour promoteur *Antistius Labéon*, élève de Trébatius, stoïcien. Elle eut pour adversaire Capito, courtisan et favori du prince. Les ouvrages de Sénèque, les nobles exemples donnés par les stoïciens sous les règnes de Néron et de ses successeurs, l'avénement à l'empire du stoïcien Marc Aurèle, firent enfin définitivement entrer dans le droit romain les principes du droit naturel, c'est-à-dire, ceux de la raison et de l'équité. Rien de plus remarquable que l'aspect offert alors par la société romaine. Le despotisme dans la cité, l'anéantissement de toute vie politique, une grande corruption dans les mœurs, voilà une de ses faces ; d'un autre côté, l'humanité et la justice pénétrant dans les institutions et les lois ; le droit paternel, si dur et si despotique, restreint ; la femme relevée de sa déchéance ; l'esclave reconnu et proclamé un être moral. M. Laferrière, dans un mémoire fort intéressant, a constaté la puissante et salutaire influence exercée par la doctrine stoïcienne sur les jurisconsultes romains. C'est à ceux que j'ai nommés qu'il emprunte presque toutes ses citations. Rien de plus élevé, de plus noble, de plus nouveau que ces fières revendications de l'équité naturelle. J'ajoute aussi que le langage de ces interprètes du droit est d'une remarquable pureté : concision, propriété, énergie, c'est une langue qu'on ne soupçonne pas, quand on lit Aulugelle ou Apulée.

Il serait injuste de ne pas mentionner en passant le développement que prit aussi dans cette période la grammaire. Il s'en faut bien que les Donat, les Servius, les Macrobe, les Priscien et tant d'autres aient un style remarquable, qu'ils se distinguent par l'élégance de la diction, que leur goût soit pur ; il leur arrive même assez souvent de ne pas comprendre les beautés littéraires des poëtes qu'ils interprètent ; mais leurs commentaires, surtout ceux de Donat et de Servius, renferment des renseignements archéologiques précieux. On en peut dire autant de Macrobe, à qui nous devons la conservation du *Songe de Scipion*, cet admirable couronnement du traité de la *République* de Cicéron. On consulte encore avec fruit son autre ouvrage *les Saturnales*, qui donne des détails intéressants sur les usages religieux des anciens Romains.

### § II.

#### CORNÉLIUS FRONTON.

La découverte des fragments de Fronton faite, il y a une cinquantaine d'années par M. Angelo Maï, nous permet de restituer à cette époque sa physionomie. Fronton, originaire d'Afrique, et qui florissait dans la première moitié du second siècle, était un rhéteur latin ; il fut chargé de l'éducation de Marc-Aurèle et de Lucius Vérus. Il eut dans ses élèves des amis pleins de déférence et de tendresse : élevé au consulat, honoré même du proconsulat, estimé, choyé, il donna le ton à la littérature de son temps. Il avait composé un ouvrage de grammaire sur les *différences des termes* (*De differentiis vocabularum*) qui est perdu pour nous. Mais nous possédons,

grâce à la découverte de M. Maï, quelques fragments assez considérables de Fronton, et surtout un grand nombre de lettres adressées par lui aux Antonins, avec les réponses de ces princes. C'est de cette partie de son œuvre
que je m'occuperai particulièrement. Je dois cependant
indiquer les titres et le caractère de ses autres ouvrages.
L'un, fort mutilé, est une espèce de relation panégyrique
de la guerre parthique. Il est probable que Fronton avait
été comme promu aux fonctions d'historiographe des
princes. L'ouvrage avait pour titre : *Principes d'histoire*.
A la suite se trouvent deux compositions d'une puérilité
rare, un *Éloge de la fumée et de la poussière* (*Laudes
fumi et pulveris*), sorte de déclamation paradoxale, et un
*Éloge de la négligence*. Ajoutons-y encore, pour être complet, une narration fabuleuse intitulée : *Arion*. Voilà le
catalogue des œuvres de Fronton.

C'était un honnête homme, de mœurs douces ; cependant il ne pouvait s'accommoder du caractère difficile, il
est vrai, de son collègue Hérodes Atticus, rhéteur grec.
Le pauvre empereur avait fort à faire pour maintenir la
paix entre ses deux professeurs d'éloquence. Fronton vécut et mourut heureux ; il fut pleuré par son élève, et les
contemporains s'imaginèrent ou firent semblant de croire
que l'éloquence romaine avait perdu en lui son plus
glorieux représentant (*decus romanæ eloquentiæ*). C'est
qu'en réalité, elle avait cessé d'exister. Lisez tout ce qui
reste de Fronton, vous ne découvrirez pas une idée.
Fronton n'en avait point, et était persuadé qu'il n'était
pas nécessaire d'en avoir. Il avait une passion sincère et
profonde pour l'éloquence, mais il ne lui arriva jamais
de se demander quelles étaient les sources de l'éloquence, quel en était le but, et si par hasard il n'était pas

utile de penser avant de parler. Sa correspondance contient à ce sujet les plus curieuses révélations. Il s'aperçoit à un moment que son élève Marc-Aurèle le néglige quelque peu, qu'il recherche les maîtres de philosophie, qu'il travaille à son âme, et que même il consacre une partie de ses nuits à ce salutaire labeur. Fronton s'alarme ; il tremble d'abord pour cette chère santé, puis il se lamente à la pensée d'une infidélité faite à l'éloquence en faveur de la philosophie. Platon, Chrysippe, Cléanthe, voilà assurément de grands personnages, mais « appren-« dre les raisonnements cératins, les sorites, les so-« phismes, mots cornus, intruments de torture, et né-« gliger la parure du discours, la gravité, la majesté, la « grâce, l'éclat, cela n'indique-t-il pas que tu aimes « mieux parler que de t'énoncer, murmurer et bredouiller «plutôt que de faire entendre une voix d'homme ? » Et plus loin : « Aujourd'hui, tu me parais, entraîné comme « tu l'es par les habitudes du siècle et le dégoût du tra-« vail, avoir déserté l'étude de l'éloquence et tourné « tes regards du côté de la philosophie, où il n'y a nul « préambule à décorer avec soin, nulle narration à dis-« poser brièvement, nettement, avec art, nulle ques-« tion à diviser, nuls arguments à chercher, rien à accu-« muler... » Les arguments de Fronton, on le voit, ne sont pas d'une bien haute portée. Laissons-le s'animer, et voyons comme il plaidera *pro domo sua.*

« Quoi! les dieux immortels souffriraient que les co-« mices, que les rostres, que la tribune, jadis retentis-« sante àla voix de Caton, de Gracchus et de Cicéron, de-« vînt silencieuse, et de préférence à notre âge! L'univers, « que tu as reçu sous l'empire de la parole, deviendrait « muet par ta volonté! Qu'un homme arrache la langue

« à un autre homme, il passera pour atroce ; arracher
« l'éloquence au genre humain, regarderais-tu cela
« comme un médiocre attentat? Ne l'assimileras-tu pas à
« Térées ou à Lycurgus? Et ce Lycurgus enfin, quel at-
« tentat si grave a-t-il commis que de couper des vignes?
« C'eût été, certes, un bienfait pour un grand nombre
« de peuples que la destruction de la vigne par toute la
« terre, et cependant Lycurgus fut puni d'avoir coupé les
« vignes. A mon sens, la destruction de l'éloquence ap-
« pellerait la vengeance divine : car la vigne n'est placée
« que sous la protection d'un seul dieu ; l'éloquence dans
« le ciel est chère à bien des dieux. Minerve est la maî-
« tresse de la parole ; Mercure préside aux messages ;
« Apollon est l'auteur des chants agrestes, Bacchus le
« fondateur des dithyrambes ; les Faunes sont les inspi-
« rateurs des oracles; Calliope est la maîtresse d'Ho-
« mère, et Homère et le Sommeil sont les maîtres d'En-
« nius, » etc., etc., etc. Voilà un spécimen du goût et de la
force d'invention qu'on admirait dans cet illustre rhéteur ;
telle est l'idée qu'il se fait de l'éloquence, quand il essaye
de s'en faire une idée, ce qui lui arrive rarement. Il ne
s'imagine pas un seul instant qu'elle puisse être autre
chose qu'une parure : aussi déclare-t-il que le *genre démonstratif* est le genre par excellence, le sommet de
l'art où peu parviennent (*in arduo situm*) : encore un
renseignement assez curieux sur l'éloquence du temps,
qui ne pouvait plus guère consister qu'en discours d'ap-
parat. Quels sont les auteurs dont il recommande la lecture à son élève? Cicéron vraisemblablement. Il n'en est
rien. Pourquoi? Cicéron n'est-il pas le plus grand des orateurs? Idées, disposition des arguments, dialectique
pressante et nourrie, philosophie oratoire, mouvement,

passion, il réunit toutes les qualités. Fronton s'occupe
bien de tout cela ! Cicéron ne saurait être un modèle utile
à étudier, « car il a apporté un soin peu scrupuleux dans
la recherche des mots. » Peut-être l'a-t-il fait par grandeur d'âme, ou pour s'éviter un long travail ; mais enfin,
dans tous ses discours, « on ne rencontrera que très-peu
« de ces mots inattendus, inopinés, qui ne se trouvent
« qu'à l'aide de l'étude, du travail, des veilles et d'une
« mémoire meublée de vers des anciens poëtes. » Quels
seront donc les modèles proposés à l'admiration et à l'i-
mitation du jeune prince? Ce sera avant tout M. Porcius
Caton, puis Salluste son imitateur ; parmi les poëtes,
ce sera Plaute, surtout Ennius, puis Nævius, Lucrèce,
Accius, Cécilius et Labérius. Il faudra aussi aller fouiller
les vieilles Atellanes de Pomponius et de Novius, les
contes de Sisenna et les satires de Lucilius. Voilà les procédés littéraires de Fronton mis à nu : c'est un amateur
de vieux mots. Quant à penser, il ne s'en soucie aucune-
ment, et même il témoigne une aversion particulière
pour les auteurs atteints de cette infirmité. Sénèque en
particulier est l'objet de son profond mépris. Il va jusqu'à
dire que « si l'on trouve quelquefois dans ses livres des
« idées sérieuses, on trouve bien des paillettes d'argent
« dans les cloaques, ce qui n'est pas une raison suffisante
« pour aller remuer les cloaques. » Je n'insiste pas sur
des théories littéraires de ce genre ; mais qui n'admire-
rait la patience héroïque de ce grand esprit Marc-Aurèle,
traînant attaché à sa personne ce froid et pauvre rhéteur
qui réclame toujours pour son art toutes les préférences
de l'empereur? Les doléances sont parfois comiques.
« Où est cet heureux temps, s'écrie-t-il, où, ne pouvant
« composer tout un discours, tu t'amusais du moins à re-

« cueillir des synonymes, à rechercher des expressions
« remarquables, à tourner et à retourner les membres de
« phrases des anciens, à communiquer de l'élégance aux
« termes vulgaires, de la nouveauté aux mots corrompus,
« à ajuster une image, jeter dans le moule une figure, la
« parer d'un vieux mot, lui donner avec le pinceau une
« teinte légère d'antiquité? »

Qu'on me permette d'ajouter à cette esquisse rapide
d'un rhéteur célèbre le trait suivant. Fronton veut s'excuser auprès de l'impératrice de ne lui avoir pas encore
écrit, mais il était occupé. Voici comment il se tire de
son épître (elle est en grec).

«Par faiblesse et par impuissance, je suis dans le même
état que cet animal appelé hyène par les Romains, et dont
le col tendu en ligne droite ne peut, dit-on, se tourner ni à
droite ni à gauche. Moi aussi, lorsque je travaille avec
ardeur à une chose, je ne puis me tourner d'aucun côté ;
je me sépare de tout ce qui n'est pas elle, et j'y suis tout
entier attaché. On dit aussi que, semblables à l'hyène,
les serpents à dard marchent en ligne droite, et ne vont
jamais autrement. Les javelots et les traits atteignent plus
sûrement le but lorsqu'ils sont lancés droit, sans être
écartés par le vent ou détournés par la main de Minerve
ou d'Appollon, comme ceux de Teucer ou des amants de
Pénélope. De ces trois images sous lesquelles je viens de
me représenter, il en est deux qui ont quelque chose de
farouche et de sauvage, l'hyène et les serpents; la troisième, celle des traits, a encore quelque chose d'inhumain et de bien fait pour effrayer les Muses. Si je parlais
du souffle des vents qui pousse le vaisseau en droite ligne, et ne l'entraîne point vers l'abîme, cette quatrième
image offrirait encore quelque chose de violent. Si, ajou-

tant encore une image tirée des lignes, je donnais la préférence à la ligne droite, parce qu'elle est la plus noble,
la plus antique des lignes, j'aurais choisi là une image
non-seulement inanimée, comme celle des javelots, mais
qui serait même incorporelle. Quelle image pourrais-je
donc trouver qui fût vraisemblable, prise surtout de l'humanité, de la musique mieux encore? Elle serait pour moi
la perfection, si on pouvait y mettre de l'amitié et de l'a-
mour. Orphée pleura, dit-on, pour s'être retourné en arrière ; s'il eût regardé et marché droit devant lui, il n'aurait pas tant pleuré. Mais c'est assez d'images ; car celle
d'Orphée elle-même n'est point vraisemblable, puisqu'elle
sort des enfers, » etc., etc.

Auprès de ce galimatias, Balzac et Voiture sont des modèles de simplicité et de naturel.

## § III.

### AULU-GELLE.

J'insisterai beaucoup moins, sur un autre personnage
du même temps, Aulu-Gelle (*Aulus Gellius*, et quelquefois
par corruption *Agellius*). Ce n'est pas qu'il semble inférieur en esprit à Fronton, mais sa personnalité nous
échappe. Il n'a pas eu comme le premier l'honneur d'être
le précepteur des princes, il n'a pas été élevé au consulat,
il n'a pas obtenu de statues. Rien de brillant dans sa vie,
rien de prétentieux dans son œuvre. Il n'a pas été un de
ces hommes qui exercent une influence quelconque sur
leur temps. Né à Rome, élève de Fronton dans sa première jeunesse, il le quitta pour aller, suivant l'ancien
usage, achever son éducation à Athènes ; puis il revint

à Rome, où il remplit une fonction publique, probablement celle de centumvir ou juré dans les affaires civiles. Il était marié, il avait des enfants, et consacrait à l'étude et à leur éducation les loisirs que lui laissaient les tribunaux. De là, est sorti l'ouvrage intitulé les *Nuits attiques* (*Noctium atticarum commentarium*), en vingt livres, dont le huitième est perdu. Aulu-Gelle choisit ce titre de préférence à tous les titres ambitieux alors à la mode, parce qu'il lui rappelait les longues et douces soirées d'hiver passées dans son domaine de l'Attique à lire, à annoter, à extraire les anciens auteurs grecs ou romains. Les *Nuits attiques* ne sont pas autre chose en effet qu'une compilation. A mesure qu'Aulu-Gelle trouvait dans ses livres quelque particularité intéressante, il la recueillait; et il ne suivit jamais d'autre ordre que celui de sa fantaisie de chaque jour. Ajoutons que tous les livres lui étaient bons, et qu'il enflait le sien de toutes les questions qui se présentaient. Poésie, éloquence, philosophie, droit, médecine, religion, grammaire, usages nationaux ou étrangers, anecdotes piquantes, souvenirs personnels; tout est entassé confusément dans le recueil; c'était, il le dit lui-même, comme un vaste cabinet à provisions. On le comprend, l'analyse d'un tel livre est impossible, on comprend aussitôt qu'il n'est pas dépourvu d'utilité pour nous. Bien des détails précieux nous ont été conservés par Aulu-Gelle seul, et il est juste de lui en savoir gré. Mais ce qu'il importe surtout de remarquer en lui, comme un des signes du goût du temps, c'est sa prédilection bien accusée pour les anciens auteurs. En cela il est de l'école de Fronton, c'est un archéologue. Grâce à cette manie de la mode du jour, nous trouvons dans Aulu-Gelle un nombre considérable de fragments qui remontent au sixième siècle de Rome. Il est un des plus ardents admirateurs de M. Porcius Caton, qu'il cite à chaque instant. Ennius, Nævius, Pacuvius sont ses poëtes préférés ; il les mentionne, les commente avec amour, non pour admirer la puissante venue de leurs vers sauvages, mais pour relever telle expression curieuse, tel tour, ou tel détail d'archéologie. — Lui-même dans ce commerce a contracté je ne sais quelle couleur archaïque, parure chère à son cœur assurément. C'est un homme qui vit dans la contemplation des vieilleries, qu'il adore comme vieilleries, ivre de joie quand il peut coudre à son vêtement moderne quelque lambeau de la toge antique de M. Porcius Caton !

## § IV.

### APULÉE.

Apulée (*L. Appuleius*) est un tout autre homme ; il ne faut pas le confondre avec ces collectionneurs de bric-à-brac : c'est un être vivant, passionné, étrange souvent, mais ce n'est pas une vieille médaille usée.

Il est né à Madaura, sur cette terre brûlante d'Afrique, dans la patrie des superstitions, des prodiges, des passions emportées. Sa naissance se place dans les dernières années du règne d'Hadrien, et l'on ignore la date de sa mort. C'est à Carthage qu'il alla faire son éducation. Cette grande cité était alors plus corrompue encore que Rome, si c'est possible, et plus éprise assurément de beau langage. « Y a-t-il, dit Apulée, gloire plus haute et plus « sûre que de bien parler à Carthage ? La cité est un « peuple d'érudits : c'est là que les enfants s'imprègnent

« de toutes les connaissances, que les jeunes gens en font
« parade, que les vieillards les communiquent. — Car-
« thage, ô ma vénérable maîtresse, Carthage, Muse cé-
« leste de l'Afrique, Carthage charme harmonieux de
« tous ceux qui portent la toge ! » De Carthage il passe à
Athènes ; mais il n'y allait point chercher cette délica-
tesse et cette mesure attiques qui ne convenaient point à
sa nature. Il y étudia la philosophie, puis se mit à courir
le monde. Esprit curieux et qui se portait aux choses sur-
naturelles d'un singulier élan, il profita de ses voyages
pour se faire initier à tous les mystères alors enseignés.
Enfin il arriva à Rome, la sentine du genre humain ; il s'y
perfectionna dans la langue latine, et réussit même à
plaider avec succès. Mais toute son attention se porta
bientôt sur les mystères d'Osiris et de Sérapis auxquels
il se fit initier ; il obtint même une des premières dignités dans le collége des prêtres. De là, il se rend à
Alexandrie, autre centre religieux et littéraire fort considérable, puis nous le retrouvons dans la petite ville
d'Œea où s'accomplit un des principaux événements de
sa vie. Agé alors d'une trentaine d'années, beau, bien fait,
éloquent, spirituel, il inspire une passion très-vive à
une veuve de quarante ans, fort riche, qui se décide à
l'épouser. Mais les enfants et les collatéraux de Pudentilla défèrent Apulée aux tribunaux comme coupable
d'avoir employé le secours de la magie pour se faire
aimer et épouser. Il échappe à ce danger, perd ou abandonne sa femme et retourne à Carthage. Son éloquence
y ravit tous les auditeurs, on lui dresse des statues. Que
devient-il ensuite ? On ne sait, mais on aime à croire qu'il
n'est pas mort d'une mort vulgaire.

Tel est le personnage. Comme on le voit, ce n'est ni un

Romain ni un Grec, c'est un mélange d'africain, de grec d'Orient, et de domicilié à Rome. Ces trois caractères se retrouveront dans son œuvre, non point fondus harmonieusement comme il arrive aux grandes époques littéraires, mais juxtaposés : de là des disparates étranges, monstrueuses parfois, mais non sans intérêt après tout. Ce personnage encore une fois n'est pas le premier venu.

Son premier ouvrage a pour titre : *Les Métamorphoses ou l'Ane d'or* en onze livres (*Metamorphoseon libri* XI). C'est un roman, le seul, on peut dire, que nous ait transmis l'antiquité romaine, car le *Satiricon* de Pétrone n'a pas tout à fait ce caractère. On ignore quelle est la source à laquelle a puisé Apulée. Ce qu'il y a de certain, c'est que la fable du roman et les principales particularités lui sont communes ainsi qu'à Lucien. Ou il a imité de très-près ce dernier, ou tous deux ont imité le même modèle. Celui-ci serait un certain *Lucius de Patras*, personnage d'ailleurs absolument inconnu. Quoi qu'il en soit, l'œuvre d'Apulée est originale. Elle a des proportions, bien plus vastes que l'*Ane d'or* de Lucien. Elle renferme un plus grand nombre d'épisodes et particulièrement, celui des amours de Psyché qui forme deux livres. Disons en deux mots le plan du roman. Un jeune homme de mœurs peu régulières, et passionné pour la magie, a recours à un sortilége pour se transformer en oiseau, mais il se trompe de fiole et le voilà changé en âne. Il garde l'intelligence humaine, la mémoire, et racontera plus tard les misères et les déboires de sa vie de bête. Enfin il réussit à manger des roses, ce qui est un remède souverain en pareil cas, il redevient homme et se fait initier aux mystères d'Osiris et de Sérapis.

Apulée était fort jeune quand il écrivit ce roman. Il
n'avait pas encore habité Rome, et il porta dans ses
récits et son style un coloris d'une singulière chaleur
et des élégances africaines à faire frémir les puristes;
mais que d'esprit, que de verve! Les anecdotes de haut
goût, les détails licencieux, et pis que cela même, sont
abordés franchement; dans un genre détestable l'auteur
du moins est original; il sait peindre : il sait aussi raconter avec beaucoup de charme et de grâce; et s'il n'é-
vite point les polissonneries, on le voit pourtant comme
toujours porté vers des choses plus hautes. L'histoire de
Psyché et de l'Amour que notre La Fontaine, fin connais-
seur, est allé chercher dans l'*Ane d'or*, est un mythe d'une
pureté ravissante. Agréable repos ménagé dans le récit
un peu monotone des épreuves d'un baudet, ce mythe,
d'un symbolisme si transparent, trahit une préoccupation réelle des destinées de l'âme, du problème
de la nature humaine, des expiations, des purifications
qu'elle doit subir avant de s'unir définitivement à
celui qui est la véritable vie et le véritable amour.
Les critiques ont été fort durs envers Apulée, faute
d'avoir essayé de le comprendre. Y a-t-il dans toute la
littérature latine un seul récit symbolique de cette valeur? Y en a-t-il même un seul? Et qu'on ne parle pas
de magie et d'obscénité (c'est la définition qu'on impose
à Apulée). Ici rien de tel. L'épisode de Psyché a un caractère religieux et philosophique à la fois. Je croirais volontiers qu'il naquit à l'ombre des sanctuaires et qu'il
fut imaginé pour peindre aux initiés dans une allégorie
poétique la nécessité des pratiques purificatrices sans lesquelles la béatitude céleste est refusée aux hommes.
Mais ce n'est pas ici le lieu de développer cette hypo-

thèse. Je ferai seulement remarquer que le onzième livre tout entier est consacré aux choses religieuses, et qu'il respire une onction remarquable.

Après les *Métamorphoses*, l'ouvrage le plus intéressant d'Apulée est celui qui porte indifféremment les titres d'*Apologie* ou *sur la Magie*. Ce sont deux plaidoyers prononcés par Apulée devant les juges pour repousser l'accusation de magie dirigée contre lui par le fils et les parents de sa femme. Il y a dans ces deux discours des détails bien curieux sur les mœurs, les habitudes, les préjugés et les superstitions d'une petite ville d'Afrique au deuxième siècle de notre ère, mais je ne puis m'y arrêter. Apulée gagna sa cause, et il était difficile qu'il en fût autrement. Il plaida avec beaucoup d'esprit et quelque peu de fatuité. « Vous prétendez que j'ai eu recours à des sortilèges pour me faire épouser de Pudentilla : mais, pauvres gens, que voyez-vous donc de si extraordinaire dans l'amour qu'un jeune homme beau, bien fait, spirituel, éloquent, inspire à une veuve sur le retour ? Ma bonne mine et mon esprit, voilà ma magie et mes charmes.» Vous ne trouverez plus, dans aucun orateur quel qu'il soit, ce ton simple et naturel, ce goût des arguments vrais. Quant au fond du débat, je renvoie les curieux soit à Apulée, soit à Bayle, qui dans son *Dictionnaire critique* s'est livré avec amour à l'examen du point en question : c'est un chef-d'œuvre d'analyse pénétrante, je dirais presque sensuelle. Le style des *Métamorphoses* est singulièrement chargé de néologismes et d'archaïsmes ; c'est du punique déguisé en latin ; mais l'auteur est parvenu à l'âge de trente ans, il a passé à Rome de laborieuses années, il plaide sa propre cause : son style est épuré, sa diction élégante sans trop d'affectation : il ne lui manque que la mesure. C'est la qualité impossible à acquérir dans les époques de décadence. Je ne dirai que quelques mots des autres ouvrages d'Apulée. Ils n'ont rien de cette originalité qui recommande les *Métamorphoses,* et l'*Apologie ;* je les appellerais volontiers des résidus de lectures. Les *Florides* sont des extraits de morceaux oratoires destinés à produire de l'effet; on les enchâssait dans une plaidoirie, comme on pouvait; c'était un lambeau de pourpre pour éblouir. Les traités philosophiques sur *les Dogmes de Platon,* (*De dogmate Platonis libri tres*), *sur le Monde* (*De mundo*), sur *Hermès Trismégiste* (*De natura Deorum Dialogus*), ne sont que des traductions ou des amplifications de textes grecs. Parmi ces fragments on trouve des vers, des discours, des ébauches de compositions historiques. Cet esprit curieux, fouilleur, s'était tourné de tous les côtés. Combien il diffère par là de ses contemporains qui vivent plongés et abêtis dans l'étude des vieilles formes du langage, incapables de penser et croyant écrire !

# CHAPITRE II

### Les Panégyriques et les Historiens.

### § 1.

#### LES PANÉGYRIQUES.

L'éloquence, bien que toujours enseignée et étudiée dans toutes les parties de l'empire, mais particulièrement dans les Gaules et dans l'Italie du nord, ne produisit dans les trois derniers siècles de l'empire d'Occident que des rhéteurs et des harangues officielles. Le nombre en fut probablement considérable, car les empereurs se succédaient, se renversaient avec une grande rapidité : c'est à peine si les orateurs avaient le temps de célébrer le vainqueur et d'insulter le vaincu qu'ils avaient célébré la veille. Mais de bonne heure les amateurs de ces sortes de monuments firent un choix : aussi ne possédons-nous que douze *panég yriques*. C'est assez pour apprécier en connaissance de cause cette branche de la littérature impériale.

Les *anciens panégyriques* (*panegyrici veteres*) célèbrent les vertus de Dioclétien et de Maximien, de Constance et de Constantin, de Julien, de Gratien et de Théodose. Quant aux auteurs, la plupart d'entre eux sont restés parfaitement inconnus. Le nom d'Ausone seul a survécu, parce qu'Ausone a fait autre chose : quant aux deux

*Mamertins*, à *Euménius*, à *Nazarius*, à *Drépanius*, ils
n'ont laissé dans l'histoire et dans la littérature d'autre
trace de leur passage que ces harangues mêmes. Je serai
fort bref à ce sujet.

Si l'on envisage ces panégyriques au point de vue historique, on ne peut les considérer comme une source
bien abondante ni bien sûre. Ils ne sont pas cependant
sans importance. On sait combien l'histoire du quatrième
siècle est obscure, à la fois par le manque de documents
et par le caractère même des documents souvent contradictoires : la translation de la capitale à Constantinople, la lutte de plus en plus vive entre le christianisme et
le paganisme, entre le christianisme et l'arianisme, les
pérégrinations incessantes des empereurs et les sanglantes révolutions qui étaient comme la loi de ce temps
misérable, en un mot une anarchie universelle qui dura
plus de cent ans : voilà le tableau que présente ce siècle
si tourmenté et si fécond cependant. On essayerait en
vain d'en reconstituer la physionomie à l'aide des panégyriques. C'est à peine si çà et là on peut recueillir un
trait significatif, un détail intéressant dans le fade écoule-
ment d'adulations banales. Ce qui m'a le plus frappé
au milieu de cette stérilité de mort, c'est le silence
absolu de chacun des orateurs sur le christianisme. Ainsi
l'un de ces panégyristes (l'auteur de la huitième harangue, il n'est pas nommé) raconte dans les plus grands
détails la fameuse victoire remportée par Constantin sur
Maxence, et il ne fait pas la moindre allusion au fameux labarum qui parut dans les airs avec l'inscription :
*Hoc signo vinces.* — *Nazarius*, autre panégyriste, passe
aussi sous silence ce merveilleux incident ; et ce qui
rend plus étrange cette omission, c'est la relation d'un

autre miracle qui assura aussi la victoire à Constantin : des escadrons célestes vinrent se joindre à ses troupes. L'orateur rapproche cette intervention surprenante de l'apparition de Castor et de Pollux, qui combattirent pour les Romains à la bataille du lac Régille, et il ajoute : le miracle fait en faveur de Constantin nous oblige à croire celui de l'apparition de Castor et de Pollux. Puissamment raisonné ! Autre détail non moins curieux : Ausone, qui était peut-être chrétien, loue la piété de son élève Gratien, qui avait décerné les honneurs divins à Valentinien, son père (*divinis honoribus consecratus*). — On sait du reste que Gratien, bien que chrétien, prenait encore le titre de *Pontifex maximus*, l'administration des choses de la religion était toujours une fonction de l'empereur. L'auteur du panégyrique de Julien, un des deux Mamertinus, écrivain qui n'est pas sans mérite, ne dit pas un mot de ce que nous appellerions aujourd'hui la question religieuse. Il semble appartenir lui-même à cette élite de la société païenne de ce temps, qui ne voulait point paraître acheter la faveur du prince au prix d'une conversion sans sincérité. Elle restait donc attachée, au moins de nom, à la vieille religion nationale ; mais elle avait cessé depuis longtemps d'y croire. La religion pour elle était une forme populaire et inférieure de la philosophie. Je trouve dans Mamertinus cette phrase bien remarquable : « J'atteste Dieu immortel, et ce qui me tient lieu de la divinité, ma sainte conscience. » (*Testor immortalem deum, et, ad vicem numinis, sanctam conscientiam meam.*) Enfin, dans le dernier de ces panégyriques, celui de Théodose par Drépanius, l'orateur, après avoir chanté la défaite de Maxime, s'indigne de la bassesse, de la cruauté, de la cupidité de ces évêques qui faisaient leur cour à l'usurpateur, et l'aidaient de leurs anathèmes contre les Priscillianistes, dans ses extorsions et ses exécutions. Il les représente de ces mêmes mains qui avaient manié les instruments de torture, touchant les objets sacrés. Ici l'orateur se rencontre avec Sulpice Sévère, qui a raconté deux fois ce lugubre épisode.

Tous ces renseignements ne jettent pas un grand jour sur cette époque. Il faut y joindre les détails qu'on rencontre çà et là sur les misères et les dangers incessants qni menaçaient l'empire. Les orateurs dont nous parlons félicitent parfois les princes de leur humanité envers leurs peuples. Les remises d'impôts étaient la forme la plus agréable sous laquelle elle pût s'exercer. Ausone raconte avec plus d'esprit que de sérieux une scène bien curieuse dont Gratien est le héros. Ce prince exempta des arrérages à payer toutes les provinces de son empire ; et, se fiant peu à la générosité de ses successeurs, il voulut les mettre dans l'impossibilité de révoquer ce qu'il faisait : il ordonna en conséquence que tous les registres d'impôts fussent brûlés sur les places publiques. C'était une des plaies de l'empire ; les invasions des barbares, la révolte des Bagaudes en Gaule, en furent d'autres ; on en trouve de vifs souvenirs retracés par quelques-uns de ces panégyristes, sous de fausses couleurs, il est vrai ; mais leurs aveux, si adoucis qu'ils soient, jettent de la lumière sur les ténèbres de ces temps malheureux.

Quant au mérite littéraire de ces compositions, il est à peu près nul. J'ai signalé dans l'examen du panégyrique de Trajan par Pline, les inconvénients inévitables

du genre. Cependant Pline parle en homme convaincu ; c'est un bon citoyen qui célèbre les vertus
réelles du prince, une félicité relative dont l'empire lui
est redevable. Rarement les panégyristes eurent cette
bonne fortune. Les empereurs qu'ils louent ne sont pas
des Trajans ; souvent la matière est fort ingrate : de là, la
nécessité de suppléer à la pauvreté du sujet par les ornements du langage. L'antithèse et l'hyperbole sont les
grandes ressources de ces orateurs officiels. Ils opposent
les crimes ou les vices du prédécesseur aux vertus et aux
belles actions du prince régnant, et ils exagèrent dans
les deux sens ; souvent même ils évoquent les souvenirs
de la Rome républicaine pour en faire litière à leur maître. Cette profanation est, à vrai dire, ce qu'il y a de
plus triste ; car, pour le reste, tout est si vide, si plat et
si prétentieux à la fois, que l'on n'a pas le courage de s'en
indigner.

## § II.

### LES HISTORIENS DE L'HISTOIRE AUGUSTE.

Nous possédons, sous le titre d'*écrivains de l'histoire
Auguste* (*scriptores historiæ Augustæ*), un recueil de
biographies d'empereurs, d'Hadrien à Carus et à ses fils
(117-285). L'auteur de ce recueil est inconnu. Il semble
avoir voulu, en réunissant ces vies des Césars, donner une
suite à Suétone ; mais les biographies de Nerva et de
Trajan manquent au commencement, et, dans le milieu
de l'ouvrage, celles des Philippes et des Décius, et une
partie de celle de Valérien. Telle qu'elle nous est parvenue, cette compilation, presque nulle sous le rapport

littéraire, est d'une certaine importance au point de
vue historique. Cette longue et confuse période pleine de
guerres, d'anarchie, de désordres de tout genre, ne nous
est guère connue que par l'*histoire Auguste*. L'auteur a
fait parmi les nombreuses biographies des empereurs un
choix quelconque, et les a rangées dans l'ordre qu'il lui
a plu. Quant aux biographies elles-mêmes, elles n'ont
pas été écrites par des témoins occulaires ou contemporains, si l'on en excepte Vopiscus. Tous ces historiens,
personnages obscurs pour la plupart, sont de plats et
inintelligents imitateurs de Suétone. Aucune considération élevée, aucun sens politique, rien de général ni de
romain ; le monde entier est pour eux renfermé dans
l'intérieur du palais impérial. Ce qu'ils nous apprennent,
ce sont de petits détails, des particularités de la vie intérieure ; ils ne se doutent même pas que la véritable
histoire du monde romain à cette époque se passe non
dans les appartements de ces Césars renversés l'un sur
l'autre, mais dans les provinces qui les élèvent, sur les frontières que les barbares vont envahir, ou au sein de cette
société chrétienne que la persécution rend chaque jour
plus puissante. Heyne à dit d'eux : « Les *écrivains de l'his-*
« *toire Auguste* sont indignes du nom d'historiens : ce sont
« des abréviateurs et des compilateurs d'écrivains qui
« eux-mêmes ne doivent pas être salués du nom d'histo-
« riens ; ils n'ont en effet farci leurs ouvrages que de
« vains bruits populaires. » Ainsi, d'une part, l'inintelligence du temps, de l'autre, un manque absolu de critique et d'exactitude, des erreurs grossières, des répétitions parfois contradictoires, quand ils empruntent à
deux auteurs différents le récit d'un même événement,
sans se donner la peine de choisir l'une des deux ver-

sions : voilà pour nous à peu près la seule source historique pour une période de près de 160 ans. Quant à leur
style, il est souvent incorrect et inintelligible, toujours
fort médiocre. Ils ne s'en soucient point d'ailleurs. L'un
d'eux, Trébius ou Trébellius Pollio, dit : *«id quod ad elo-
quentiam pertinet non curo. »* On ne le voit que trop.

Voici l'ordre dans lequel ils sont rangés.

*Ælius Spartianus.* Il vivait sous Dioclétien, à qui
son livre est adressé. Il s'est proposé d'écrire l'histoire,
d'abord pour satisfaire à sa conscience (*meæ satisfa-
ciens conscientiæ*), ensuite pour soumettre à la connaissance de la divinité du prince les empereurs (*cogni-
tioni tui numinis sternere principes*). Il avait, à ce qu'il
paraît, l'intention d'écrire l'histoire de tous les empereurs; on ne sait s'il a donné suite à ce projet. On a de
lui les vies d'Hadrien, d'Ælius Vérus, de Didius Julianus,
de Sévère, de Pescennius Niger, d'Antonin Caracalla, de
Géta, cette dernière dédiée à Constantin.

*Vulcatius Gallicanus* vivait aussi sous Dioclétien. Il
avait comme Spartianus conçu un plan plus vaste d'his-
toriographie, qui ne fut pas mis à exécution : « *Proposui
« omnes qui imperatorum nomen sive juste, sive injuste,
« habuerunt, in litteras mittere, ut omnes purpuratos
« Augustos cognosceres.* » Il ne reste de lui que la vie
d'Avidius Cassius, que Fabricius lui a même enlevée
pour l'attribuer à Spartianus. Vulcatius est incorrect et
sans ordre.

*Trébius* ou *Trébellius Pollio*, contemporain de Dioclétien et de Constantin, est quelque peu supérieur aux deux
précédents. Il reste de lui les vies de Valérien père et fils,
des deux Galliens, les Trente Tyrans et Divus Claudius.

*Flavius Vopiscus*, de Syracuse, vivait sous Constantin :

son père et son grand-père étaient amis de Dioclétien. Ils
furent témoins de l'entrevue du futur empereur avec la
druidesse qui prédit le meurtre d'*Aper*. Il a écrit les
vies d'Aurélien, de Tacite, de Florianus, de Probus, de
Firmus, de Saturninus, de Proculus, de Bonasus, de Carus, de Numerianus et de Carin. Il s'était proposé en
outre de raconter la vie d'Apollonius de Tyane dont il
disait : « quid illo viro sanctius, venerabilius, divinius-
« que inter homines fuit? » Vopiscus est d'un degré supérieur aux autres biographes. Plus voisin des événements et dans une position qui lui permettait de les mieux
apprécier, il mérite plus de crédit qu'aucun d'eux.

*Ælius Lampridius* a écrit les vies de Commode, de
Diaduménus, d'Héliogabal, d'Alexandre Sévère.

*Julius Capitolinus* est auteur des biographies d'An-
toninus Pius, de Marc-Aurèle, de L. Vérus, de Pertinax,
d'Albinus, de Macrin, des deux Maximins, des Gordiens,
de Maxime et de Balbinus.

Les derniers historiens de la fin du quatrième siècle
sont *Sextus Aurélius Victor*, *Eutrope*, *Sextus Rufus*,
et enfin *Ammien Marcellin*. Le dernier seul mérite d'ê-
tre consulté. *Sextus Aurélius Victor*, Africain d'origine
et d'une naissance obscure, fut élevé par Julien aux plus
hautes dignités de l'empire, et nommé par Théodose
préfet de Rome. C'était un païen fort honnête homme.
Ammien Marcellin en fait le plus grand éloge. De ses
ouvrages qui embrassaient toute l'histoire romaine jusqu'à son temps, nous ne possédons plus que de véritables abrégés dont il a fourni les matériaux, mais dont il
n'est peut-être pas l'auteur. Tel est le livre intitulé *Origo*
*gentis Romanæ*, qui est probablement l'œuvre d'un
grammairien, qui a imaginé cette espèce d'introduction

à l'histoire de Rome. L'ouvrage, qui porte le titre : *De viris illustribus urbis Romæ*, a été attribué à Cornélius Népos, à Suétone, à Pline le jeune. Une histoire abrégée des Césars (*de Cæsaribus historiæ abbreviatæ pars altera*) semble composée d'après des sources assez pures. Et enfin, l'ouvrage intitulé : *De vita et moribus imperatorum romanorum epitome ex libris Aurelii Victoris à Cæsare Augusto ad excessum Theodosii imperatoris*, est un extrait d'Aurélius Victor, dont l'auteur est inconnu. Une certaine indépendance s'y fait remarquer, et le style de ces divers ouvrages est en général assez pur.

*Eutrope* fut un personnage considérable sous les règnes de Constantin, de Julien et de Valens. Il fut consul, secrétaire des empereurs, suivit Julien dans son expédition contre les Parthes. Mais ce n'est pas un personnage politique. Il est appelé *Sophiste,* par les autres historiens. On sait qu'à cette époque, en Orient comme en Occident, les rhéteurs et les sophistes jouissaient d'une haute considération. On a cru qu'il était chrétien ; le contraire est à peu près certain. Comme beaucoup de bons esprits de ce temps, il était détaché du paganisme sans avoir embrassé le christianisme. Il dit de Julien : « *religionis christianæ insectator, perinde tamen ut cruore abstineret.* » C'est le jugement d'un esprit sensé et impartial. Eutrope a écrit un abrégé de l'histoire romaine (*Breviarium historiæ romanæ*) en dix livres, qui vont de la fondation de Rome à Valens. Il paraît que cet empereur fort ignorant lui avait commandé cet ouvrage pour sa propre instruction ; c'est une sorte de manuel. Eutrope se promettait d'écrire pour la postérité une histoire considérable de Rome, *stylo majore;* on ne sait s'il a exécuté son dessein. L'abrégé d'Eu-

trope fut accueilli avec la plus grande faveur; il s'en
fit plusieurs traductions grecques; les auteurs ecclésiastiques, Jérôme, Prosper d'Aquitaine, Orose, et les faiseurs de chroniques des premiers siècle du moyen âge le
copièrent et l'étudièrent comme source unique. Le style
d'Eutrope est généralement pur et simple, rare mérite
dans ce temps-là.

## § III.

### AMMIEN MARCELLIN.

Avec Ammien Marcellin, nous sortons des puérilités
de la biographie anecdotique, et nous rentrons dans le
domaine de l'histoire. Nous ne savons rien de précis sur
ce personnage. Il est né probablement à Antioche; il
appartient à une bonne famille; il passa la plus grande
partie de sa vie dans les camps, et mourut vraisemblablement à Rome, où il s'était retiré en quittant le service
militaire. Il eût pu écrire des mémoires, car il fut témoin
oculaire des principaux événements qu'il rapporte; mais
il ne se met jamais en scène; il ne lui arrive jamais
rien d'extraordinaire, il est vainqueur ou vaincu comme
le dernier de ses compagnons d'armes; il n'accuse jamais les chefs de ne pas savoir distinguer le mérite; il
ne se vante jamais d'avoir donné au général un conseil
qui eût sauvé l'armée. En un mot, l'histoire d'Ammien
Marcellin se présente à nous avec tous les caractères de
la plus franche impartialité; de plus l'auteur ne parle
que d'événements dont il a été le témoin, ou qu'il connaît
d'après les documents les plus authentiques.

Ammien Marcellin avait écrit l'histoire de Rome, depuis la mort de Nerva jusqu'à celle de Valens (96-378).

Mais les treize premiers livres, qui allaient de Trajan à Constance, ont péri. Nous ne possédons que les dernières années du règne de Constance, ceux de Julien, de Jovien, de Valentinien Iᵉʳ et de Valens, en tout une période d'environ vingt ans, racontée en dix-sept livres, donc avec beaucoup de détails, ce qui nous autorise à penser que la partie perdue ne devait guère être qu'une sorte de résumé.

L'ouvrage d'Ammien Marcellin est la source la plus précieuse que nous ayons pour étudier une des époques les plus intéressantes de l'histoire du monde. A vrai dire, il est le seul écrivain de ce temps dont le témoignage ait une sérieuse autorité. Il n'est pas difficile d'en donner la raison. Les historiens qu'on appelle *ecclésiastiques*, Eusèbe, Socrate, Sozomène, Théodoret, et les autres, sont des chrétiens plus ou moins intelligents (ils le sont fort peu en général), et qui ne s'intéressent qu'aux événements qui touchent directement au christianisme ; à les lire, on croirait que les empereurs n'ont absolument agi, parlé, pensé, commandé, que pour servir ou combattre la religion chrétienne. Ils sont doux et partiaux pour les orthodoxes, sottement calomniateurs envers les hérétiques et les païens. Ils traitent Julien d'une façon qui serait odieuse, si elle n'était ridicule : mais aujourd'hui encore il y a des gens qui croient, ou font semblant de croire à l'honnêteté et à l'intelligence de ces chétifs auteurs, et se dispensent d'être équitables parce que les contemporains ne l'ont pas été. Quant à Zosime, le seul auteur païen de cette même période, il est suspect de partialité contre les chrétiens, mais c'est un autre esprit que ceux dont j'ai parlé. Reste donc notre Ammien Marcellin, écrivain d'une intelligence suffisante, et d'une impartialité manifeste. C'est bien lui qui eût pu dire :

25.

« *Sine odio et ira, quorum causas procul a me habeo.* »
En effet, il n'est ni chrétien ni païen ; c'est, comme on
disait au siècle dernier, un philosophe.

Ceux qui ont songé à en faire un chrétien, ne l'ont pas
lu sérieusement. Jamais un chrétien ne se fût exprimé de
la sorte sur l'empereur Julien. A vrai dire, c'est le héros
d'Ammien ; il l'admire, il l'aime ; c'est avec un véritable
désespoir qu'il est forcé de lui trouver quelques défauts,
mais la vérité avant tout. Il blâmera donc dans l'empereur ce fameux décret qui interdisait l'enseignement aux
chrétiens ; il blâmera ces sacrifices incessants, ces pratiques de dévotion puérile, en un mot tout ce qui jette une
ombre fâcheuse sur cette noble figure du jeune stoïcien ;
il aime à le comparer à Marc-Aurèle, sur lequel évidemment Julien voulut se régler. Il le représente faisant tous ses efforts pour imposer aux chrétiens la tolérance envers leurs dissidents, c'est-à-dire l'anarchie
dans l'Église, adroite politique qu'ils ne lui ont pas
pardonnée. Un chrétien eût parlé tout au long de la
fameuse question de l'Arianisme qui remplit ce siècle ;
Ammien ne s'en occupe pas. Enfin un chrétien ne nous
eût pas montré Damase et Ursin se disputant l'évêché
de Rome à main armée, remplissant les rues de cadavres, et surtout n'eût pas ajouté que la chose était toute
simple, car l'évêque de Rome recevait beaucoup de cadeaux des matrones et vivait fort opulemment. Il est inutile de pousser plus loin cette démonstration, le fait est
trop évident.

Ce n'est pas un païen non plus, ai-je dit. Les croyances
religieuses d'Ammien Marcellin sont assez difficiles à déterminer. Il ne croit plus aux dieux du vulgaire, ni au Tartare, ni à toutes les vieilleries du culte national ; il s'en

faut cependant que ce soit un esprit libre de préjugés. Il
ne dit plus « *les dieux* » ni Jupiter, Mars, Junon ;
il dit tantôt *la divinité* (superum numen), tantôt *la justice,* tantôt *la fortune* (Fortuna, fatum.) Il croit à
l'action du destin, ce qui ne l'empêche pas d'admettre
l'action de la Justice souveraine. Mais ce qui domine en
lui, c'est sa croyance à la divination : c'est la grande maladie morale du quatrième siècle. Dans la ruine des
croyances nationales, cela seul subsista, et avec une
énergie que rien ne put abattre. Tous, grands et petits,
sages et vulgaire, empereur et sujets, étaient tendus vers
l'avenir, et voulaient lui arracher ses secrets. Tout
homme qui consultait les devins était suspect au prince ;
il leur demandait s'il ne serait pas bientôt empereur. De
tous côtés, en effet, s'éveillaient des ambitions, des convoitises, des hallucinations impériales. Aussitôt des per-
quisitions étaient faites ; on découvrait, ici, un manteau
de pourpre, là, des brodequins, un diadème ; les exécutions commençaient ; elles remplissaient les villes de
sang. L'empereur voulait tuer celui qui rêvait sa succession. La prétendue conspiration de Théodoros inon-
da l'Orient de carnage. Ammien croit que la puissance supérieure, éternelle et par conséquent connaissant
l'avenir, peut communiquer à un mortel une partie de sa
connaissance. Je cite le texte, pour donner une idée de la
confusion des idées et du style. « Elementorum omnium
« spiritus utpote perennium corporum præsentiendi motu
« semper et ubique vigens, ex his quæ per disciplinas va-
« rias affectamus, participat nobiscum munera divinandi ;
« et substantiales potestates ritu diverso placatæ, velut
« ex perpetuis fontium venis vaticina mortalitati suppe-
« ditant verba ; quibus numen præesse dicitur Themidis,

« quam ex eo quod fixa fatali lege decreta præscire facit
« in posterum, quæ τεθειμένα sermo græcus appellat, ita
« cognominatam in cubili solioque Jovis, vigoris vivifici,
« theologi veteres collocarunt. » (Lib. XXI, cap. i.)

Chez lui le politique et le soldat valent mieux que le
théologien. Il porte sur les divers princes qui ont passé
sous ses yeux des jugements sérieux, bien motivés, im-
partiaux, et s'applique à dire le bien et le mal, ne dissi-
mulant rien, et laissant au lecteur le soin de conclure. Il
ne s'est pas proposé de présenter un tableau complet de
l'empire romain au quatrième siècle, et l'on signalerait
dans son ouvrage plus d'une lacune ; cependant les traits
dominants qui caractérisent cette époque y sont fortement dessinés. Les questions d'administration intérieure
étaient devenues secondaires pour ainsi dire : il s'agissait
en effet pour l'empire d'être ou de n'être pas. Les barbares ne laissaient aucune trêve aux princes. En Orient,
les Arméniens, les Perses ; sur le Danube les Quades,
les Marcomans, les Sarmates ; sur le Rhin, les Allemands
et les Francks, les Bretons eux-mêmes ; puis les Goths,
bientôt suivis des Huns, des Alains, des Suèves. Les empereurs étaient brusquement appelés de l'Orient à l'Occident, du Nord au Sud par les provinces envahies, dé-
pouillées, mises à feu et à sang. Ammien Marcellin a
combattu sur le Rhin, sur le Danube, dans les plaines de
la Mésopotamie ; il a été vainqueur près d'Argentoratum,
il a assisté aux désastres d'Amida et d'Andrinople ;
Julien est mort sous ses yeux, il a vu la maison où Valens
a été brûlé ; il a échappé avec quelques soldats au glaive
des Perses maîtres d'Amida. Toutes ces campagnes sont
racontées par lui avec une grande sincérité ; le récit est
intéressant, un peu forcé de couleur et cherchant le dra-

matique, mais de fort beaux épisodes se détachent du
cadre général, et produisent une impression forte. Je si-
gnalerai la mort de Julien, le traité conclu avec les Perses
par Jovien, la bataille d'Argentoratum, celle d'Andrinople, le meurtre du roi d'Arménie, Para. Quant à la critique des événements, elle est généralement saine et
honnête. Ammien Marcellin est sévère dans ses jugements
sur les courtisans et les créatures des empereurs; il a
tracé de quelques-uns d'entre eux des portraits d'une
rare énergie. C'est un honnête homme indigné qui flétrit
des scélérats et des fripons. Le nombre en était grand.
L'administration de Rome délaissée par les empereurs
était entre les mains de préfets tout-puissants jusqu'au
jour où un caprice du prince, une délation, une
crainte superstitieuse, les renversaient. Le tableau que
trace Ammien des mœurs romaines vers 370 est fort ins-
tructif, mais lamentable. Les nobles, la bourgeoisie (représentée par les avocats) et le peuple sont tour à tour
mis sous nos yeux et dépeints sous les plus sombres couleurs. Le Sénat n'a plus qu'un semblant d'existence;
c'est le délégué de l'empereur absent qui est tout, et il
règne d'après les lois du bon plaisir. L'historien n'invoque pas l'antique liberté perdue; il se borne à exiger des
hommes en dignité un peu de désintéressement et d'honneur, qualités fort rares alors. C'est un moraliste sans
rigorisme, ce qu'on appelle un honnête homme. Ce qui
excite son indignation, ce sont les lâchetés, les perfidies.
Plus d'une fois les généraux romains y avaient recours
dans les périls extrêmes où se trouvait placé l'empire.
Le préfet du prétoire, Trajan, invite à sa table le roi
d'Arménie, Para, et le fait assassiner sous ses yeux.
Ammien est révolté de ce guet-apens odieux; il rappelle

la générosité des anciens Romains, la belle lettre de Fabricius à Pyrrhus pour lui dénoncer la trahison de son médecin. Mais parfois il est plus indulgent, et semble accepter l'axiome immoral « dolus an virtus, quis in hoste requirat ? » il appelle « mesure sage » *prudens consilium* le massacre d'une troupe de Goths appelés sous prétexte de recevoir leur paye.

Tel est l'esprit de l'ouvrage ; je dirai peu de chose de la composition et du style. L'auteur a essayé de présenter un récit fidèle des événements ; mais le théâtre est trop vaste, la scène change trop souvent. L'unité du sujet échappe à l'historien ; elle est réelle cependant, un mot la résume : décadence. La confusion est partout ; il ne reste plus rien des antiques traditions ; les empereurs sont pris au hasard, par les armées en campagne ; l'empire est comme un avancement. Rome n'est plus la capitale de l'État romain ; il n'y a plus de capitale, partant plus de centre, plus de direction unique, plus de suite dans la politique. On vit au jour le jour. Cette confusion se trouve dans l'ouvrage d'Ammien Marcellin ; Gibbon lui-même n'y a pas échappé. Mais si l'on prend telle ou telle partie de l'œuvre, soit une expédition contre les Allemands, soit une guerre contre les Perses, on ne peut que louer l'ordonnance du récit, la proportion des diverses parties, la gradation, l'intérêt. Les digressions nombreuses et généralement très-faibles, auxquelles se livre l'auteur, sur les tremblements de terre, les comètes, les avocats, sont des hors-d'œuvre qu'il est difficile de goûter. Il sait beaucoup, croit savoir, et n'a que des notions vulgaires et erronées. C'est un soldat qui s'est mis tard au travail et dont le jugement a été peu exercé. Quant au style, c'est le traiter avec indulgence que de

dire qu'il est dur ; il est affecté, emphatique, souvent barbare. Il y a des élégances qui font frémir. Ammien ne dit
pas *l'exil*, mais *le chagrin de l'exil* (mœror exsularis) ;
il ne dit pas *la relégation dans une île*, mais *la solitude insulaire* (exsularis solitudo). Va-t-il raconter une
guerre, il dit : « cependant la roue rapide de la fortune,
« changeant toujours la prospérité en malheur, armait
« Bellone en lui adjoignant pour compagnes les Furies. »
En général, lorsqu'il se laisse entrainer à quelque réflexion philosophique, son langage revêt une teinte de
barbarie très-prononcée ; quand il se borne à raconter,
il est plus simple, mais il écrit toujours mal.

Tel qu'il est, il est intéressant à lire, et son autorité
n'est pas médiocre.

### § IV.

### SYMMAQUE.

Symmaque est le dernier orateur qu'ait produit la
société antique. On voudrait qu'en disparaissant, le génie romain se recueillît et jetât par un dernier effort quelque œuvre puissante ; il n'en est rien. Après avoir longtemps langui, il s'éteint comme un feu sans aliments. Quelle
inspiration possible pour un peuple qui n'a plus ni vie
politique ni vie religieuse ?

Ce qui a sauvé le nom de Symmaque de l'oubli où sont
tombés tous ses contemporains, ce ne sont pas les nombreuses harangues qu'il faisait admirer aux sénateurs ; ce
n'est pas même le recueil de ses lettres divisées en dix
livres et publiées avec un soin pieux par son fils : c'est
une requête adressée à Théodose, et qui fut presque aussitôt vivement réfutée par l'évêque de Milan, saint Am-

broise, et par le poëte chrétien Aurélius Prudentius
Clemens. Cette requête peut être considérée comme la
suprême et impuissante protestation de la Rome païenne
contre le christianisme.

Ce n'est pas un médiocre honneur pour Symmaque
d'avoir pris la défense du culte et des institutions nationales dans un moment où il y avait plus de péril que
de profit à le faire. Mais Symmaque n'était pas une âme
vulgaire, et, de plus, il avait été comme préparé et désigné pour cette tâche par l'éducation qu'il avait reçue et
la position qu'il occupait. J'ai montré avec quelle ardeur,
parfois puérile, Pline le Jeune refaisait dans son imagination la vie publique qui n'était déjà plus qu'une ombre ;
quelle importance il attachait à ces séances du Sénat qui
étaient une vaine parade ; quel sérieux il apportait dans
l'accomplissement de ses fonctions exercées sous la sur-
veillance d'un empereur ; avec quelle naïveté il établis-
sait des rapprochements impossibles entre son temps et
celui de Cicéron : c'est que, si tout avait changé, l'éducation d'alors préparait toujours le jeune Romain à la vie
publique d'autrefois. Il s'en faut bien que Symmaque ait
toutes les illusions de Pline, son époque ne le permettait
pas ; mais, lui aussi, il est comme dominé par les traditions
antiques ; et, malgré les cruels démentis des faits, il se
rejette sans cesse vers ce qui a été, et ne peut s'empêcher d'en souhaiter, d'en espérer même le retour. Cicéron était le modèle et l'idéal de Pline ; Pline est le modèle
et l'idéal de Symmaque : tous deux se repaissent d'illusions.

Symmaque a rempli les charges les plus considérables
de la république (on parlait encore ainsi) sous les règnes de
Gratien, de Valérien, de Valentinien et de Théodose ; il a été

préfet de Rome en 384, consul et grand pontife en 391.
Suivant Cassiodore, il aurait composé un panégyrique en
l'honneur de Maxime, l'usurpateur, et l'aurait prononcé
en plein Sénat, ce qui l'exposa à une accusation de lèse-
majesté à laquelle il n'échappa que par la clémence de
Théodose. Le fait n'est pas impossible, surtout si on se
rappelle que Maxime se présentait comme le restaurateur
de la vieille religion nationale. Quoi qu'il en soit, Symmaque survécut à Théodose et ne mourut probablement
que dans les premières années du v⁵ siècle.

Le recueil de ses lettres offre bien peu d'intérêt. On
ne s'explique guère une si absolue indigence d'idées et de
sentiments. Il est probable que son fils, qui s'en fit l'éditeur, retrancha toutes celles où ce païen obstiné exprimait
son opinion sur les hommes et les choses de son temps.
La matière était riche ; chaque jour amenait des conversions au christianisme, et l'on ne sait que trop ce que
valaient souvent ces conversions ; Symmaque était bien
placé pour en apprécier la sincérité : « s'éloigner des
autels, dit-il quelque part, c'est une manière de s'avancer. » On regrette de ne pas trouver plus d'indications de
ce genre dans la correspondance qui nous est parvenue,
et qui doit avoir été modifiée. Ces détails, qui eussent été si
intéressants, sont remplacés par des pauvretés : tel livre
tout entier ne renferme que des lettres de recommandation, des billets plus ou moins bien tournés ; ailleurs, ce
sont les menus événements de sa vie privée, à Rome, en
Campanie, dans quelqu'une de ses nombreuses villas. Les
moins vides de ces lettres sont celles où il se montre
préoccupé de ses fonctions de consul ou de préfet ; la tâche était souvent bien pénible : il fallait nourrir et amuser le peuple romain. Aussi l'annone d'une part, de

l'autre, les jeux publics, tenaient sans cesse en éveil les malheureux magistrats.

La requête adressée aux empereurs (*Relatio ad Valentinianum, Theodosium, Arcadium imperatores*) fut justement inspirée par une circonstance de ce genre. L'an 384, il y eut une famine. Symmaque, alors préfet, et chargé de l'approvisionnement de la ville, ne put faire venir de l'Afrique qu'une quantité fort insuffisante de blé; il fallut attendre quelque temps l'arrivage d'une flotte apportant les blés de la Macédoine. Or, l'année précédente, l'empereur Gratien avait fait enlever du Sénat l'autel de la Victoire, ce symbole visible de la gloire de Rome dominatrice du monde. Aussitôt et la multitude et un grand nombre de sénateurs s'écrièrent que les malheurs de l'empire, les disettes, les invasions des barbares étaient un châtiment envoyé par les dieux dont on avait abandonné le culte. Rien de plus conforme aux idées romaines : on peut voir dans Tite-Live le discours si curieux de Camille après la prise de Véies, discours où il explique les succès et les revers de Rome par la scrupuleuse observance ou par l'omission des rites consacrés. Symmaque se fit à plusieurs reprises, sous Gratien d'abord, puis sous Valentinien, l'interprète de la croyance populaire : il demanda le rétablissement de l'autel de la Victoire d'abord, puis la reprise de toutes les cérémonies du culte national que les princes chrétiens n'osaient pas encore proscrire, mais qu'ils laissaient tomber en désuétude.

Le sujet était beau, favorable à l'éloquence. Qu'était-ce en effet que le christianisme d'alors, religion qui n'avait rien de national, qui ne se rattachait par aucun lien à l'histoire de la patrie, auprès de l'antique culte institué par Romulus, par Numa, et qui remontait même jusqu'aux dieux par Énée, le fondateur de la cité? Ce culte, on en retrouvait la trace vivante dans tous les souvenirs héroïques de Rome; le premier empereur, politique, avisé, en avait multiplié les cérémonies et accru la splendeur, tandis que ses poëtes les Horace, les Virgile, les Ovide en célébraient l'incomparable majesté. Tant que le peuple romain était resté fidèle aux prescriptions de la religion antique, il avait exercé sur les nations soumises une domination paisible. Les premiers revers essuyés dataient justement de l'expansion du christianisme. Voilà ce que devaient se dire les païens convaincus, voilà ce que pensait certainement Symmaque; mais il n'osa pas exprimer toute sa pensée. La meilleure, la seule efficace manière de plaider pour le culte ancien, c'était, en le glorifiant, d'attaquer ouvertement et sans scrupule le christianisme. Encore une fois la religion nouvelle n'avait pas de racines dans la cité; au fond, la cité lui était indifférente. Le temps était proche où saint Augustin opposerait à la vieille Rome prise par Alaric, la ville céleste, véritable et seule patrie du chrétien. Il fallait avoir le courage de condamner hautement le christianisme dans ses dogmes, dans sa constitution et surtout dans son esprit; de prouver qu'il faisait des saints et non des citoyens; que la patrie n'avait rien à attendre de lui dans les périls qui la menaçaient; que les vainqueurs, quels qu'ils fussent, seraient toujours bien accueillis des chrétiens. En plaidant ainsi la cause du culte national, Symmaque eût échoué, cela est certain : mais il échoua en la plaidant en avocat honteux, incertain, qui se tient sur la défensive au lieu de pousser vivement son adversaire. Il ne sut pas, il n'osa pas affronter un débat solennel, faire

un dernier et éclatant appel au gouvernement d'une part,
mais surtout au Sénat et au peuple romain. Quand on
parle au nom de onze siècles de gloire, quand on est convaincu que toute cette gloire doit remonter à la religion
comme à son principe naturel, il ne faut pas être humble
et supplier, il faut parler haut et ferme, livrer le dernier
combat et mourir. Symmaque était incapable de cet héroïsme : c'était un fonctionnaire. Il voulait bien adresser
une requête aux empereurs, évoquer les glorieux souvenirs de Rome républicaine, les Gaulois, Annibal, que
l'ombre du Capitole mettait en fuite ; mais la conclusion
naturelle, impérieuse, il n'osait la lancer à la face de ses
maîtres. Il se bornait donc, après avoir prouvé l'excellence du culte antique, à réclamer, quoi ? la tolérance.
C'était une abdication. Et que l'on remarque qu'il avait
pour lui non-seulement les traditions nationales, autorité
imposante, mais la légalité même. C'était en effet au mépris des lois qu'on affectait à d'autres usages les fonds
destinés au culte ; qu'on interdisait aux vestales de recueillir des héritages. D'où vient cette faiblesse de l'orateur ? Il était peut-être convaincu de la bonté de sa
cause, mais il avait peur de se compromettre. Les chrétiens étaient les plus forts ; les empereurs eux-mêmes
devaient compter avec eux. Nous sommes à la veille de
la pénitence publique infligée à Théodose par saint
Ambroise ; et bientôt l'archevêque de Constantinople,
saint Jean Chrysostome tiendra en échec l'empereur Arcadius dans sa propre capitale. Voilà pourquoi le polythéisme romain fut si faiblement défendu.

La réfutation de saint Ambroise a un tout autre ton ;
elle est triomphante et méprisante. Il n'accorde rien à
Symmaque, ni dans le présent ni dans le passé. Que

parle-t-on des dieux protecteurs des Camille et des Scipions, des dieux qui chassèrent les Gaulois et Annibal ?
C'est le courage des Romains qui a tout fait, les dieux
n'ont jamais existé. L'orateur chrétien n'examine pas si
les anciens Romains croyaient à l'existence de ces dieux,
si la foi profonde qui les animait ne les a pas conduits
cent fois à la victoire. Il condamne, il anathématise, il
annonce le Dieu des chrétiens, le seul vrai Dieu. Comme
jadis Scipion arrachait le peuple aux gradins du tribunal
pour le mener au Capitole rendre grâces aux dieux de la
république, ainsi saint Ambroise repoussait les vaines
doléances de Symmaque, en montrant d'un geste dominateur le christianisme triomphant.

# CHAPITRE III

Les derniers poëtes.

## § I.

### LES PETITS POETES.

Nous avons montré dans la période précédente ce qu'était devenue la poésie sous les derniers Césars de la famille d'Auguste. A partir du règne d'Hadrien, elle n'est plus qu'un misérable jeu d'esprit ou un moyen plus raffiné d'adulation. La plupart des écrivains de cette période sont inconnus ; les érudits s'épuisent en recherches pour déterminer la naissance, la patrie, la position sociale et souvent même le nom de ces poëtes. Les curieux trouveront dans Wernsdorff (*Poetæ latini minores*) reproduit par Lemaire, les œuvres de ce temps, et les détails biographiques obscurs ou peu satisfaisants, réunis et peu digérés par cet estimable savant.

Le caractère général des poésies conservées est la stérilité d'invention ; une des formes sous lesquelles elle le traduit de préférence, c'est le genre didactique ou descriptif. C'est ainsi qu'à la fin du dix-huitième siècle, et sous l'Empire sembla près d'expirer la poésie française, lorsque d'un brusque élan elle se replongea aux sources vives. Dans les trois premiers siècles de l'ère chrétienne, il se produisit un certain nombre de manuels en vers sur

la *chasse*, la *pêche*, sur les *phénomènes célestes*, sur la
*géographie*. Nous possédons le poëme de *Némésianus*
(qui pourrait bien s'appeler plutôt Olympius), intitulé :
*Cynegeticon* ; il est fort inférieur à celui de *Gratius
Faliscus* sur le même sujet. L'astronomie, qui était déjà
fort à la mode deux cents ans auparavant, inspire à un
certain *Rufus Festus Avienus*, personnage consulaire à
ce que l'on croit, deux poëmes imités ou plutôt traduits
du grec, les *Phénomènes et les Pronostics d'Aratus*
(*Phenomena, pronostica Aratea*). Ce savant personnage
ne s'en tint pas là ; il emprunta encore à des originaux
grecs la matière de deux poëmes géographiques, intitulés :
*Description de l'Univers* (*Descriptio orbis terræ*), et
*Régions maritimes* (*Oræ maritimæ*), absolument dé-
pourvus d'intérêt, soit au point de vue scientifique, soit
au point de vue poétique.

   Un autre poëte du troisième siècle, *Caius Julius Cal-
purnius Siculus,* se livra à la composition de *Bucoliques*.
Depuis Virgile nul ne s'était essayé dans ce genre ; il y
occupe donc la seconde place, mais à une distance considérable du maître qu'il imite, disons mieux, qu'il copie
souvent sans pudeur. C'est le même cadre, les mêmes
sujets, les mêmes détails ; toujours des combats de chant
entre deux bergers, ou des plaintes adressées à une infidèle. La seul innovation que se permette l'auteur, c'est
d'appliquer au règne fortuné de Carus et de ses fils les
descriptions de l'âge d'or qu'il emprunte à Virgile. J'y
trouve cependant quelques détails dont celui-ci ne se fût
pas avisé. Il n'aurait pas osé dire, par exemple : « Le
Sénat enchaîné, marchant au supplice dans un appareil
funèbre, ne lassera plus les bras des bourreaux, et, pendant que les prisons regorgent, la curie infortunée ne

comptera plus le petit nombre de ses membres. » Mais les souhaits du poëte, ses supplications à l'empereur pour qu'il veuille bien ne pas devenir dieu trop tôt, c'est la menue monnaie des poëtes et des orateurs de cour. Combien les Césars auraient accédé avec empressement à leurs désirs, s'ils l'avaient pu !

Une de ces églogues se distingue des autres par le sujet : c'est une description des spectacles de Rome par le berger Corydon. Cette vision splendide l'a ébloui ; combien les champs et les bois lui paraissent froids et mornes désormais ! Vous retrouvez ici l'auteur qui chante la campagne, enfermé dans son galetas. Combien l'autre thèse eût été plus poétique et plus intéressante !

Après ce triste disciple de Virgile, disons un mot d'un disciple de Phèdre, *Flavius Avianus*, personnage inconnu, qui composa et dédia à un certain Théodose également inconnu un recueil de quarante-deux fables. Le but d'Avianus, c'est d'offrir à son protecteur un ouvrage « propre à charmer son esprit, à exercer « son imagination, à calmer ses soucis, à le diriger dans « la conduite de la vie. » Il est douteux que ce but ambitieux ait été atteint. Ces apologues sont froids et secs. La forme élégiaque adoptée par Avianus est peu propre aux récits. Cette chute monotone des vers, cette suspension forcée du sens, souvent même de la phrase, condamne le poëte à je ne sais quoi de heurté et d'écourté. Ces défauts déjà sensibles dans Phèdre, qui lui aussi voulait enseigner au moyen de l'apologue ésopique, sont insupportables dans Avianus. Mais peut-être notre La Fontaine, si varié, si vif, si éclatant, si pittoresque, nous rend-il injuste pour ces fabulistes.

Il y eut aussi dans le troisième et dans le quatrième

siècle un certain nombre de compositions en vers sur le jardinage. On se rappelle que Virgile avait laissé de côté ce sujet, faute d'espace (*spatiis exclusus iniquis*), mais il avait eu l'imprudence d'ajouter : « je le laisse à traiter à d'autres » (*aliis post commemoranda relinquo*). Plus d'un effort fut tenté pour combler cette lacune. Un certain Palladius écrivit un traité en vers sur la greffe des arbres (*de insitionibus arborum*); il y eut une foule de petits poëmes sur *les Roses,* entre autres une élégie assez gracieuse qu'on attribue à Ausone. L'auteur qui annonça formellement l'intention d'être le continuateur de Virgile, est Columelle (*L. Junius Moderatus Columella*). Il appartient à l'époque précédente ; il était contemporain de Sénèque ; et s'il n'est pas un grand poëte, sa diction du moins est assez pure. Il a composé un grand ouvrage en prose, sans aucune originalité sur les travaux de la campagne (*de re rustica*). Un de ses amis, un certain Silvinus, l'invita à écrire en vers le dixième livre consacré au jardinage. Columelle ne se fit pas prier et se mit résolument à l'œuvre.

Il est difficile de partager l'admiration du docte Barthius pour ce travail consciencieux, qu'il qualifie de *naturali venustate elegans*, ni pour le poëte, qu'il déclare égal aux plus illustres, *poetarum primoribus accensendum*. Columelle, comme tous les imitateurs, met à nu les vices inhérents au poëme didactique, la sécheresse et la monotonie. Virgile avait échappé à ce grave inconvénient à force de génie, et surtout parce qu'il avait le vif et profond sentiment des choses de la nature ; Columelle tombe dans le catalogue. Son jardin est un fouillis de plantes et d'arbres inextricable; il énumère, énumère impitoyablement; seulement il ajoute des épithètes

aux substantifs, ce qui crée à ses yeux le style poétique.
Les épisodes sont sans relief, les digressions, visiblement
imitées, n'ont aucune grâce. Il aime les détails crus, immondes; il enregistre les vieilles recettes malpropres de
la superstition antique (v. 85, 105-360). C'est un compilateur et un archéologue. On se rappelle les admirables
descriptions de Lucrèce et de Virgile sur le réveil de la
fécondité au printemps; Columelle a essayé de refaire
ce tableau. Il faut le lire pour se rendre bien compte de
la différence essentielle qu'il y a entre un sec imitateur et
des génies originaux (v. 196 et 59).

§ II.

CLAUDIEN.

Claudien (*Claudius Claudianus*) termine cette longue
et froide série des poëtes de la décadence. Avant lui
presque rien, après lui, plus rien; nous tombons dans la
pieuse et dure barbarie du moyen âge. Dans ses vers la
Muse latine jette un dernier éclat; on pourrait croire à
une renaissance prochaine, c'est un adieu éternel.

Claudien n'est ni un Romain, ni même un Italien,
c'est un Alexandrin; mais son père était sans doute
Romain d'origine, un de ces fonctionnaires qui accompa-
gnaient les empereurs dans leurs fréquentes tournées.
Il écrivit d'abord en grec, et ne composa ses poëmes en
langue latine que lorsqu'il se fut fixé soit à Rome, soit à
Milan, où résidaient souvent les empereurs d'Occident.
Stilichon, le tuteur d'Honorius, fut son protecteur, et
il s'éleva aux premières dignités de l'empire. Arcadius et
Honorius lui accordèrent une distinction plus flatteuse

encore ; ils lui firent ériger une statue dans le forum de
Trajan, avec une inscription fort élogieuse : « Bien que
« ses vers suffisent à sa gloire immortelle, cependant les
« très-heureux et très-doctes empereurs, voulant hono-
« rer son dévouement, ont, sur la demande du Sénat,
« fait élever sa statue dans le forum de Trajan. » Un
distique grec ajoutait que Claudien *réunissait en lui
l'esprit de Virgile et la muse d'Homère.* Voilà des
princes qui payaient bien les éloges reçus.

La faveur dont jouissait Claudien dura autant que
celle de son protecteur. Quand Stilichon fut renversé
du pouvoir par une de ces révolutions de palais, si communes alors, Claudien fut sans doute enveloppé dans sa
disgrâce. C'était en 408, il devait alors avoir environ
quarante ans; fut-il tué? fut-il exilé? on ne sait, mais, à
partir de ce moment, il disparaît pour nous.

C'est un poëte de cour. Tous ses poëmes, sauf deux
essais très-pâles d'épopée, sont des poëmes de circonstance. Il glorifie ses maîtres et ses protecteurs, célèbre
leurs triomphes et leurs mariages, insulte à leurs ennemis abattus. Pour lui, le monde est renfermé dans l'enceinte du palais. Il chante Théodose le père des deux empereurs Arcadius et Honorius, il chante Stilichon le tuteur
d'Honorius, il chante la femme de Stilichon et sa fille qui
doit épouser Honorius. Quant à Arcadius qui règne à
Constantinople, il le célèbre d'abord quand il vit en
bonne harmonie avec son frère; mais, du jour où le
faible empereur tombe sous l'autorité de Rufin et d'Eutrope, Claudien, qui approuve Honorius de se laisser
gouverner par Stilichon, ne peut pardonner à Arcadius
d'en faire autant. Mais c'est trop insister sur ce point;
et il serait injuste d'exiger d'un courtisan qui fait des

vers pour ses maîtres, de l'élévation dans les idées et de l'indépendance dans les sentiments. Il serait plus injuste encore de ne pas reconnaître les qualités remarquables qui brillent dans ces vers de commande, et assurent à Claudien une place distinguée parmi les poëtes de second ordre.

Il y a peu de variété dans l'œuvre poétique de Claudien, et je ne crois pas utile de donner les titres des pièces qui forment son recueil. Essayons plutôt d'en bien déterminer le caractère.

J'ai eu occasion de montrer, en parlant des derniers monuments de l'éloquence latine, comment des trois genres reconnus, le genre démonstratif était à peu près le seul qui eût survécu. La poésie subit aussi plus ou moins cette nécessité des temps. Claudien est le représentant accompli du genre démonstratif en vers. Il ne sait que louer ou invectiver, louer le maître et ses favoris, invectiver ses ennemis. Mais, dans ce cercle si étroit, il a déployé des mérites fort remarquables, et je ne crois pas qu'aucun poëte de cour puisse lui être comparé.

Je prends un exemple dans les deux genres. Claudien veut chanter le 3ᵉ et le 4ᵉ consulats d'Honorius Augustus. Le sujet était difficile, car Honorius avait alors dix ans et onze mois ; mais son père vivait encore, Théodose le Grand; c'est lui qui sera l'âme du poëme. L'enfant royal, tout brillant des espérances qui reposent sur lui, illustre déjà par son père, promet au monde un grand empereur. La pourpre lui sied, il est revêtu d'une majesté précoce ; sur son visage éclate une fierté guerrière qui rappelle les exploits sans nombre de Théodose. Il est né pour ainsi dire, il a grandi dans les camps: « A peine « les peuples barbares ont-ils appris qu'un enfant était

« né au héros, sur les rives du Rhin, voici que les
« Germains commencent à trembler ; le Caucase effrayé
« agite la cime de ses forêts, l'Égypte s'incline, et dé-
« pose ses flèches. Quant à l'enfant, il se traîne
« parmi les boucliers ; ses hochets, ce sont les dé-
« pouilles toutes fraîches des rois; c'est lui qui le pre-
« mier embrasse son père, quand, tout farouche, il re-
« vient des combats. »

A peine a-t-il atteint sa dixième année, il demande
des armes. « Tel un lion qu'abritait l'antre de sa mère
« au poil fauve, et qui tétait sa mamelle, dès qu'il a
« senti croître les griffes à ses pattes, la crinière à son
« cou, les dents à sa gueule, il repousse cette molle
« nourriture, et quitte l'abri du rocher, il brûle d'ac-
« compagner son père errant aux déserts de Gétulie ;
« il menace déjà les étables, déjà il se couvre du sang
« d'un taureau superbe. »

C'est là la partie la plus originale des poëmes laudatifs
de Claudien. Cette association de la gloire du père et des
belles espérances que donne le fils, plaît à l'imagination.
Le poëte sort du lieu commun, et il rencontre de belles
images pour peindre ce qu'il y a de plus charmant ici-
bas, les premiers rayons d'une destinée illustre. Les faits
n'ont pas encore démenti ces belles promesses ; cet enfant qui grandit sera peut-être un second Théodose.

Il convient aussi de louer les longues mais nobles re-
commandations du père à son fils. Cette espèce de testament politique est animé d'un souffle généreux. Le
début ne manque pas d'une sorte de gravité antique.
« Si la fortune t'avait assis sur le trône des Parthes, cher
« enfant, si, descendant des Arsacides, tu étalais aux
« yeux l'éclat barbare de la tiare orientale, la noblesse

« de ta race pourrait suffire ; tu pourrais, satisfait de la
« gloire de ton nom, consumer dans le luxe et la mollesse
« une vie inutile. Mais d'autres lois sont imposées à
« ceux qui dirigent les destinées de Rome ; c'est sur leur
« vertu et non sur leur nom qu'ils doivent s'appuyer. »

Il y a même dans ce poëte courtisan un ressouvenir
éloquent de la Rome républicaine.

« N'oublie pas que tu commandes aux Romains, qui
« pendant longtemps ont commandé au monde entier :
« c'est un peuple qui n'a pu tolérer l'insolence de Tar-
« quin, ni *l'autorité usurpée de César*. L'histoire te
« racontera les crimes d'autrefois. Tu verras que la
« honte ne meurt point. Qui ne flétrit et ne flétrira à
« jamais les monstruosités de la maison des Césars ? Qui
« pourrait ignorer les meurtres de Néron, et les rochers
« de Caprée où s'alla cacher l'ignoble vieillard ? »

Il serait facile de détacher de ces poëmes plus d'un
passage digne d'être admiré. Claudien, en effet, a de
l'imagination, de l'éclat et une certaine élévation dans les
sentiments. Si les princes qu'il loue ne méritent pas tous
les éloges qu'il leur décerne, il sait du moins ce que c'est
qu'un grand prince, ce que c'est que la gloire, la vertu, le
désintéressement, la clémence ; il n'adore point, il
n'encense point les viles passions des princes, il ne
célèbre point leurs vices ; il veut voir en eux les vertus
dont il a l'esprit possédé. Au fond, est-il plus excessif dans
ses louanges que Virgile et Horace? Je ne le crois pas.
Après tout, Stilichon comme homme de guerre valait bien
Auguste ; chanter, dans Honorius enfant, les espérances
qu'il donne au monde, il n'y a là rien de trop exorbitant
pour l'époque. Ce qui est insupportable, ce sont les
épithalames, l'éloge de Sérena, celui de Mallius Théo-

dorus, d'Olybrius, de Probinus. Sur ce point, j'abandonne
Claudien.

Mais il excelle dans l'invective. Ses deux poëmes contre Rufin et Eutrope sont des œuvres éloquentes et d'un
singulier éclat. Je sais tout ce qu'il y a d'excessif, de faux
et même de peu généreux dans les outrages amers,
lancés à des vaincus, à des morts; mais c'est le style du
sujet et le ton de l'époque. Ce qui n'appartient qu'à
Claudien, c'est la vigueur du pinceau et la chaleur du
langage. Un historien, un philosophe aurait recherché et
expliqué les causes de l'élévation de Rufin et d'Eutrope ;
comment ces personnages de vile extraction, dont le
dernier n'était pas même un homme, sont-ils devenus
les véritables maîtres d'un grand empire ? Il serait absurde de dire qu'ils n'ont dû leur haute fortune qu'à leurs
vices : s'ils avaient peu de vertus, ils avaient assurément
du mérite : un eunuque, vendu sur la place publique, ne
devient pas consul et premier ministre s'il ne possède
des qualités réelles : l'empereur préférerait après tout pour
favori quelque descendant d'une noble famille : s'il
accepte le joug d'un eunuque, c'est que celui-ci a su
l'imposer. De tout cela le poëte ne tient nul compte; il
ne voit que la bassesse du personnage ; il se complaît dans
les peintures les plus violentes de son abjection première ; il en fait comme le rebut de la nature entière,
un être qu'on ne peut nommer; puis il le montre revêtu
de la pourpre et de la trabée, précédé des licteurs portant les faisceaux, donnant son nom à l'année; il évoque
le souvenir des consuls de la vieille Rome, il les convie à
la contemplation de cette infamie. C'est une joie pour lui
que d'énumérer toutes les turpitudes de cette vie étrange,
de fouiller dans les replis de cette âme souillée, et d'op-

poser sans cesse l'abjection de l'origine et celle de l'âme
aux splendeurs dont l'eunuque a été revêtu. Ajoutez à
cela une sorte de satisfaction, quand il nous rappelle que
c'est à la cour d'Arcadius, en Orient, que de telles hontes
s'étalent. Ce n'est pas à Rome ou à Milan qu'un Rufin ou
un Eutrope pourraient se faire jour jusqu'aux premiers
honneurs de l'État. La vieille majesté romaine vit encore
à la cour d'Honorius ; et c'est lui ou Stilichon qui purgera
l'empire d'Orient de ces deux monstres qui le déshono-
rent. Voilà les procédés de l'invective dans Claudien.
Malgré la diffusion et les déclamations trop ordinaires en
pareil sujet, on ne lit pas sans plaisir ces virulentes
satires. Le sentiment est sincère, honnête ; il y a
dans ce poëte de cour une indignation réelle. Les souvenirs de l'ancienne Rome le soutiennent et l'inspirent ; si
ce n'est pas un citoyen qui parle, c'est du moins un admirateur des temps où il y avait des citoyens.

Claudien a de l'imagination ; il fait un emploi assez
heureux de la religion et des machines poétiques, surtout
quand il s'indigne ; il a du coloris et de l'énergie. Il est
dépourvu de mesure. Les sujets de ses chants étaient
maigres ; il leur donne un embonpoint factice au moyen
de développements et de répétitions souvent fastidieuses.
Ce qu'il y a de plus remarquable en lui, c'est la versification ; souple, variée, harmonieuse surtout, elle est
une imitation savante de Virgile et de Lucain.

## § III.

### RUTILIUS NUMATIANUS.

Ce n'est pas un Romain, ni même un Italien qui ferme la série des poëtes de cette dernière période, c'est un gaulois, Rutilius Numatianus.

On ne sait s'il est né à Toulouse ou à Poitiers, mais il n'y a pas de doute sur sa nationalité; lui-même nous apprend qu'il a quitté l'Italie et s'est rendu en Gaule où l'appelaient les malheurs de sa patrie :

> Indigenamque suum gallica rura vocant.
> Illa quidem longis nimium deformia bellis ;
> Sed, quam grata minus, tam miseranda magis.

C'est là un sentiment généreux. La Gaule tout entière était alors en proie à la dévastation ; les barbares la ravageaient périodiquement, et l'Italie, envahie à plusieurs reprises, conquise par Alaric, ne pouvait porter secours aux provinces. Les catastrophes se succédaient ; le vieil empire tombait en ruines, et sur ses débris commençaient déjà à apparaître les États nouveaux d'où sortiront les sociétés modernes.

Il y avait là une riche matière pour un poëte. Quelle révolution dans le monde que la chute de Rome ! Quelles perspectives offertes à l'imagination dans cette longue agonie de l'empire ! Quels seront les successeurs des maîtres du monde ? Que de peuples barbares se sont déjà précipités sur les provinces ouvertes, ont accumulé les ruines et ont disparu ! La ville éternelle survivra-t-elle à ce débordement des nations ? Les anciens oracles seront-ils confondus ? Apparaîtra-t-il un sauveur ? Et quand même le poëte ne chercherait point à pénétrer les voiles sombres de l'avenir, ne suffirait-il pas d'égaler les lamentations aux calamités présentes ?

Mais Rutilius Numatianus a l'imagination légère et agréable plutôt que forte. C'est bien un Gaulois, un Gaulois romanisé ; mais la solide gravité romaine n'a pu transformer la nature primitive. C'est de plus un fonctionnaire. Son père, Lachanius, avait été proconsul en Toscane, et les habitants du pays, satisfaits de son administration, lui avaient élevé une statue. Rutilius, lui aussi, était entré dans les charges publiques. En 417, il était préfet de Rome, dignité considérable jadis. C'est en 419 ou 420, pendant ou peu après le voyage qu'il fit en Gaule, qu'il publia le poëme qui a sauvé son nom de l'oubli. Ce poëme a pour titre : *Itinerarium*. Il ne nous en reste que le premier livre et une soixantaine de vers du second. Nous ne possédons point la partie de l'ouvrage où l'auteur décrivait l'état de la Gaule, sa patrie, et les sensations qu'il dut éprouver à la vue de cette désolation.

Le poëme est écrit en vers élégiaques, d'un tour assez facile et non sans élégance, un peu durs cependant. Le choix de ce mètre indique la portée de l'œuvre. Elle ne renfermera pas de grands tableaux ; elle n'aura point un mouvement ample et grave : ce seront de petits détails juxtaposés, une série de silhouettes agréablement jetées sur un fond sombre.

Rutilius dépeint les lieux qu'il a non pas traversés, mais vus dans son voyage, et qu'il a vus à une certaine distance. En effet, ce haut fonctionnaire, ce préfet de la ville, n'ose voyager par terre : les Goths sont partout, et ces barbares seraient capables de ne pas s'incliner devant la majesté d'un magistrat romain. Aussi Rutilius voyage par mer ; il rase les côtes, et, de loin, il distingue les

contours des régions dont il n'ose approcher. Quels rapprochements s'offrent à l'esprit ! Un préfet de Rome forcé
de se cacher, et cela aux portes mêmes de Rome ! Cette
dure nécessité n'imposait-elle pas pour ainsi dire le ton
et la couleur du poëme ? Il fallait un Jérémie pour peindre de tels désastres ; Rutilius n'est qu'un diminutif
d'Ovide. Comme lui, il colle ses baisers aux portes qu'il
doit abandonner,

> Crebra relinquendis infigimus oscula portis ;

il pleure, les sanglots étouffent sa voix ; il supplie Rome
de lui pardonner cet abandon. Que pense-t-il de Rome ?
C'est la reine superbe du monde qui lui appartient :

> Regina tui pulcherrima mundi ;

c'est la mère des hommes et des dieux :

> Genitrix hominum, genitrixque deorum ;

et il énumère les exploits de la cité victorieuse, et cela
après qu'elle est tombée aux mains d'Alaric ! Dans cette
invocation fastueuse et vide, deux vers se détachent : le
poëte a entrevu un des côtés sérieux de la grandeur de
Rome, l'unité des peuples accomplie par elle. Il y avait
là matière à de belles et fécondes idées, à de nobles peintures ; mais il tombe aussitôt dans le vide de la mythologie ou dans les souvenirs héroïques, si cruellement dé-
placés :

> Fecisti patriam diversis gentibus unam.
> Urbem fecisti quod prius orbis erat.

Voilà le patriotisme de Rutilius : il est sincère, mais
qu'il est borné et puéril ! Comment peut-il croire que

Rome va reprendre d'une main ferme la domination du monde, quand tout lui échappe à la fois, quand lui-même, il n'ose toucher le sol de l'Italie? Le dernier souvenir, la dernière impression qu'il emporte de Rome, c'est le bruit des applaudissements qui retentissent au cirque. Est-ce sur les gladiateurs qu'il comptait pour chasser les barbares?

Rutilius, si plein d'illusions sur l'avenir de Rome, n'a que le plus profond mépris pour le christianisme. Cela devait être : pouvait-il comprendre la révolution religieuse qui s'accomplissait, lui qui se refusait à voir la révolution politique accomplie? Mais il n'ose guère épancher sa haine et son dédain. Heureusement il lui tombe un juif sous la main. Juif, chrétien, pour lui c'est tout un ; il en est resté à l'opinion de Tacite sur ce point. A ce juif, il adresse les injures « dues à cette race dégoûtante » :

> Reddimus obscenæ convicia debita genti.

Cette race, c'est la souche de la folie, *radix stultitiæ ;* elle a le cœur froid, comme le froid sabbat qu'elle célèbre ; elle condamne le septième jour à un honteux repos, symbole de la fatigue de son dieu :

> Septima quæque dies turpi damnata veterno
> Tanquam lassati mollis imago Dei.

Il regrette enfin que Titus ait soumis la Judée. Puissamment imaginé !

Après les juifs, les moines ont leur tour. En longeant l'île de Capraria, il a entrevu des êtres sales qui fuient la lumière. « Ils s'appellent *moines*, dit-il, d'un mot grec, parce qu'ils veulent vivre seuls et sans témoins. Ils fuient les faveurs de la fortune, parce qu'ils en craignent les

revers. Ce sont de vils esclaves ; un fiel noir gonfle leurs
cœurs. » Que d'ignorances et de préjugés sots dans ces
quelques vers ! Quelle légèreté surtout ! Bientôt, en effet,
la barque de Rutilius glisse le long des rivages de Pise
et de Cyrnos, et le poëte envoie à un de ses amis, qui a
fui le monde pour se faire moine, un adieu mélancolique
d'un tout autre ton.

« Je me détourne avec douleur de ces rochers qui me
rappellent une douceur récente : c'est là que s'est enseveli vivant un concitoyen égaré. Hier, il était des nôtres ;
jeune, d'illustre naissance, sa fortune était brillante, il
était marié à une femme digne de lui : le délire le saisit,
il abandonne les dieux et les hommes ; sottement crédule,
il va s'exiler, se cacher dans une vile retraite. Malheureux ! il croit que les misères et la saleté sont chères aux
cieux ; il se torture lui-même, cent fois plus cruel que les
dieux outragés. Cette secte, je le demande, n'est-elle pas
plus funeste que les poisons de Circé ? Autrefois, c'étaient
les corps qu'on changeait, aujourd'hui, ce sont les âmes.

Tunc mutabantur corpora, nunc animi.

Beau vers, et qui lui échappe sans qu'il en comprenne
toute la portée. Ainsi Rutilius Numatianus assista à la plus
grande, à la plus complète révolution qui se soit accomplie dans le monde, la chute de l'empire romain et l'établissement du christianisme, sans se douter du spectacle
imposant qu'il avait sous les yeux.

FIN DU TOME SECOND.

# TABLE DES MATIÈRES

DU TOME DEUXIÈME

## LIVRE TROISIÈME

## LIVRE QUATRIÈME

FIN DE LA TABLE DU TOME SECOND.

Corbeil, typ. et stér. de CRÉTÉ FILS.

Imprimé en France
FROC030909191020
25456FR00013B/319